Veröffentlicht von
DREAMSPINNER PRESS

5032 Capital Circle SW, Suite 2, PMB# 279, Tallahassee, FL 32305-7886 USA
www.dreamspinnerpress.com

Toronto Tales: Die komplette Serie
Urheberrecht der deutschen Ausgabe © 2021 Dreamspinner Press.
Urheberrecht © 2021 KC Burn.
Übersetzt von Teresa Simons.

Umschlagillustration
© 2021 Reese Dante.
http://www.reesedante.com
Die Illustrationen auf dem Einband bzw. Titelseite werden nur für darstellerische Zwecke genutzt. Jede abgebildete Person ist ein Model.

Deutsche Ausgabe. 978-1-64405-951-7
Deutsche eBook Ausgabe. 978-1-64405-950-0
Deutsche Erstausgabe. Juni 2021
v 1.0

Gedruckt in den Vereinigten Staaten von Amerika.

KC Burn

TORONTO TALES:
DIE KOMPLETTE SERIE

INHALT

Küss mich, Bulle

Für die Freunde und Familienmitglieder, die mich bei der Verwirklichung dieses Manuskripts unterstützt haben, vor allem Chudney, Jax, Dottie und Alex. Ohne euch wäre es mir nie gelungen.

1

KURT KAUERTE hinter dem Auto und wartete auf Bens Zeichen. Wie kugelsicher war so ein Auto eigentlich? Vor dreißig Jahren waren sie eher wie kleine Panzer gebaut worden. Sein Vater besaß noch so eins und bezeichnete es als seine alte Landjacht. Heutzutage … tja, aus Titan bestanden sie nicht gerade.

Die Sonne brannte auf ihn herab und erhitzte sein Gesicht so sehr, dass Schweiß von seinem kurzen Haar in seinen Kragen tropfte. Sein marineblaues Hemd war bereits völlig durchnässt – kugelsichere Westen, so warm und schwer sie sich auch anfühlten, waren leider ein notwendiges Übel. Doch an diesem letzten Dienstag im Mai kam die Temperatur der eines Julitages nahe und er hasste Einsätze an sommerlichen, sonnigen Tagen wie die Pest. Das Licht machte es ihnen schwer, ungesehen zu bleiben, und konnte im entscheidenden Moment blenden.

Er wischte sich mit dem Handrücken den Schweiß von der Stirn. Als verdeckter Ermittler hätte er sich wenigstens ein Stirnband umbinden können, um den Schweiß aufzufangen. Stattdessen hockte er hier, während um ihn herum die beißenden Gerüche des Teers des erhitzten Asphalts und der Fischabfälle des nicht weit entfernten Marktes miteinander konkurrierten. Hätten sie doch nur auf Verstärkung gewartet. Da er allerdings erst seit drei Jahren Detective war und Ben das Ganze schon viel länger machte, beugte er sich der größeren Erfahrung seines Partners. So wortkarg und zurückhaltend dieser auch sein konnte, war er doch ein engagierter und erfolgreicher Polizist, dem Kurt bedingungslos vertraute.

So, wie es sein sollte.

Endlich hatte Ben seine Position neben der Eingangstür des Gebäudes erreicht und gab ihm das Zeichen. Mit einem letzten Zupfen am Kragen seiner Weste schlich Kurt am Haus entlang auf den Hintereingang zu, wobei er sich möglichst dicht an der Wand hielt, um nicht von einem der Fenster aus gesehen zu werden.

Gustav, einer von Bens Informanten, hatte Ben mit einem Hinweis zu einem Verdächtigen kontaktiert, dem Ben augenblicklich hatte nachgehen wollen. Kurt vertraute darauf, dass Ben das Richtige tat, obwohl der Hinweis eigentlich nichts mit ihren aktuellen Fällen zu tun hatte. Doch Bens Kontakte waren überall und es konnte nicht schaden, den Drogenfahndern ein bisschen unter die Arme zu greifen.

Das vertraute Gefühl der Waffe in seiner Hand beruhigte ihn, während er auf den Fluchtversuch durch die Hintertür wartete, der üblicherweise folgte, wenn sich am Vordereingang ein Polizist bemerkbar machte. Er richtete sich etwas auf, um einen Blick durch das schmutzige Fenster zu werfen. Niemand war zu sehen.

3

Nichts bewegte sich. Es gab keinen Hinweis darauf, dass der Raum in letzter Zeit benutzt worden war. Tisch und Stühle waren von einer Staubschicht bedeckt.

Bens lautstarke Aufforderung, hereingelassen zu werden, lenkte Kurts Aufmerksamkeit wieder auf den Hintereingang. Er hörte noch, wie Ben mit lautem Krachen die Vordertür eintrat, bevor das Gebäude plötzlich explodierte und ihn durch die Luft schleuderte.

DAS LICHT ließ seine Augen schmerzen, obwohl diese fest geschlossen waren. Am liebsten hätte er auch seine Ohren verschlossen, um diesem höllischen Gepiepe zu entkommen.

„Sind Sie wach?", verlangte eine durchdringende Frauenstimme zu wissen. Er zuckte zusammen.

„Kommen Sie, Zeit zum Aufwachen."

Es war ein gleichmäßiges und rhythmisches Piepen … wie das eines Herzmonitors. Genau. Der Geruch von Desinfektionsmittel hätte ihn gleich darauf bringen sollen: Er befand sich in einem Krankenhaus. Der Monitor musste jemanden darauf aufmerksam gemacht haben, dass er bei Bewusstsein war.

„Was ist passiert?" Gott. Das klang kein bisschen nach ihm. Es klang nach jemandem, der einen Haufen Kies gefrühstückt hatte. Und es tat verdammt weh.

„Können Sie die Augen aufmachen, Detective O'Donnell?"

Auf keinen Fall. „Zu hell", brachte er hervor. In seinen Schläfen breitete sich ein pochender Schmerz im Rhythmus seines Herzschlags aus. Andere Körperteile schienen mit einstimmen zu wollen, worauf er sich nicht gerade freute. Wenigstens bedeutete es, dass er nicht tot war.

Das Licht nahm ab, woraufhin Kurt es wagte, seine Augen einen Spalt weit zu öffnen. Eine Schwester mit – seine Augen hatten Mühe, sich darauf einzustellen – Teddybären auf ihrem Kittel schaute auf ihn herunter, während sie mit dem lautesten Stift der Welt etwas auf ihrem Klemmbrett notierte.

„Durst."

Trotz ihrer Stimme, die vermutlich Glas zum Zerspringen bringen konnte, lächelte sie ihm freundlich zu. „Ich weiß. Aber ich kann Ihnen nichts geben, bevor Sie von einem Arzt untersucht wurden."

Nachdem sie ihm sanft die Schulter getätschelt hatte, verließ sie mit quietschenden Gummisohlen, die ihn erneut zusammenzucken ließen, den Raum.

Was zum Teufel war nur passiert?

Auf der Suche nach Verletzungen bewegte er nacheinander vorsichtig alle Körperteile. Nichts protestierte so schmerzhaft wie sein Kopf, auch wenn mit seinem linken Arm und Bein etwas nicht zu stimmen schien. Er schaute sich im Zimmer um, konnte aber nirgendwo etwas entdecken, das ihm Datum oder Uhrzeit verriet. Er erinnerte sich noch daran, wie er mit Ben ins Auto gestiegen war, nachdem dieser einen Hinweis von seinem Informanten erhalten hatte. Waren sie danach in einen Unfall verwickelt worden? Oder hatte man ihn angeschossen? Darüber nachzudenken löste in Kurts Kopf einen stechenden Schmerz aus. Seufzend gab er es auf und entspannte sich stattdessen so gut es ging auf der Granitplatte, die ihm das Krankenhaus als Bett zur Verfügung gestellt hatte.

Auch wenn er sich am liebsten den Tropf abgerissen hätte und aus dem Zimmer gestürzt wäre, um eine Erklärung zu verlangen, fürchtete er sich davor, seine Schmerzen noch zu vergrößern. In seinem ganzen Leben hatte er sich noch nie so schlecht gefühlt – er wollte nicht wissen, wie viel schlimmer es noch werden könnte.

Die unüberhörbar laut protestierenden Stimmen eines irischen Paares, die ihm plötzlich aus dem Flur entgegenschallten, beruhigten ihn. Sollte es seinen Eltern nicht gelingen, die Ärzte davon zu überzeugen, sich bald um ihn zu kümmern, musste er nur auf den Einmarsch seiner Brüder und Schwestern warten. Dann würde das Krankenhauspersonal einfach alles tun, um die lärmende Brut schnellstmöglich loszuwerden.

„Mein Junge ist da drin!"

Oh. Sie kamen näher. Kurt konnte nur hoffen, dass man seine Mutter entweder beruhigen oder zu ihm lassen würde. Sie schien nämlich gerade erst richtig in Fahrt zu kommen und ihre Stimme gab ihm das Gefühl, jemand würde auf seinem Gehirn Stepp tanzen.

„Mrs. O'Donnell, Mr. O'Donnell, die Frau Doktor ist bereits auf dem Weg, versprochen. Bitte kommen Sie doch mit in den Wartebereich, es wird nicht mehr lange dauern."

Die eindringliche Stimme gehörte seinem Vorgesetzten. Was machte der hier? Bedeutete es, dass er wirklich während eines Einsatzes verletzt worden war? Warum konnte er sich nicht erinnern? Und wo zum Teufel war Ben?

Kurt hob seine rechte Hand an die Stirn und massierte sie vorsichtig. Gott, er brauchte ein Schmerzmittel. Eine Enthauptung würde vielleicht auch helfen.

„Detective O'Donnell." Eine zierliche Frau in einem weißen Kittel betrat das Zimmer. „Ich bin Doktor Sarwa. Wie geht es Ihrem Kopf?"

„Er tut weh." Seine Stimme war auch jetzt nur ein Krächzen. „Was ist passiert?"

„Einen Moment. Ist Ihnen übel?"

„Nein, eigentlich nicht." Das stimmte, auch wenn ihm nicht unbedingt nach Essen zumute war.

Dr. Sarwa nickte knapp und machte sich ein paar Notizen auf ihrem Klemmbrett, bevor sie es ablegte und auf Kurts linker Seite die Decke zurückschlug. Obwohl es seine schmerzenden Augen anstrengte, schaute Kurt hinunter. Beinahe der ganze Arm war mit einem dicken Verband umwickelt. Hatte er sich ihn gebrochen?

5

Als die Ärztin den Verband löste, kam eine schwarze Naht zum Vorschein, die von der Mitte seines Bizeps bis zu seinem Handgelenk eine lange, gezackte Schnittwunde verschlossen hielt.

„Sie hatten Glück, Detective O'Donnell", murmelte Dr. Sarwa und betastete sanft den … Schnitt konnte man es eigentlich nicht nennen. Das klang viel zu sehr nach etwas Beabsichtigtem und kein anständiger Chirurg würde eine so ungenaue, zerklüftete Wunde verursachen. „Sie haben keine gebrochenen Knochen."

Das nannte sie Glück? Jetzt, wo er seinen verletzten Arm gesehen hatte, begann dieser so heftig zu pochen wie sein Kopf.

Kurt holte tief Luft. Seine Kehle war so ausgetrocknet, dass er so wenig sprechen wollte wie möglich. „Bein?"

Sie schnaubte. „Nur ein verstauchtes Knie. Absolut nichts Ernstes."

„Durst."

„Ich sage es gleich der Schwester. Sie kann Ihnen etwas Saft bringen." Sie befestigte den Verband wieder an seinem Arm. „Sieht gut aus. Also, die Kurzfassung: Sie haben sich den Kopf gestoßen und ein Schrapnellsplitter hat Ihren Arm aufgerissen."

Kurt musste lachen, unterdrückte es aber gleich wieder, da es die Stepptänzer in seinem Gehirn zu einer Steeldrum-Band mutieren ließ. „Expertenmeinung?"

Dr. Sarwa lächelte leicht. „Ich könnte jetzt mit Fachbegriffen um mich werfen, aber das heben wir uns vielleicht lieber auf, bis Sie sich nicht mehr so benommen fühlen. Die Schnittwunde war gefährlich und wir mussten sie sofort behandeln, sonst wären Sie verblutet, aber es hätte viel schlimmer sein können. Ich sehe später noch mal nach Ihnen."

Vielleicht war er kurz eingenickt, denn schon bald tauchte eine Schwester mit einem Becher Saft neben seinem Bett auf, dicht gefolgt von seinen Eltern.

„Schatz, oh, Schatz!" Seine Mutter stürzte auf die Bettseite gegenüber der Schwester zu. Kurt war allerdings gerade eher an dem sich nähernden Strohhalm interessiert, aus dem ein frischer, durchdringender Apfelduft drang. Er ließ ihm das Wasser im Mund zusammenlaufen.

Seine Mutter griff nach seiner Hand und drückte sie kräftig. Tränen tropften auf seinen Handrücken. Er hatte sich nicht zum ersten Mal … verletzt. Mit sechs älteren Geschwistern hatten sich Prellungen und lädierte Knochen nicht vermeiden lassen. Aber jetzt hatte es ihn zum ersten Mal bei einem Einsatz erwischt. Er konnte sich zwar nicht daran erinnern, aber wo sonst sollte er sich eine solche Wunde zugezogen haben?

Nachdem er seinen Durst zumindest etwas abgeschwächt hatte, wandte er sich seiner Mutter zu. Die Schwester verließ das Zimmer, sodass sein Vater ihren Platz an der anderen Seite des Bettes einnehmen konnte.

„Kurt, Schatz …"

„Mom, es geht mir gut."

„Das tut es nicht!"

6

Kurt verzog das Gesicht, woraufhin sein Vater leise sagte: „Deirdre, nicht so laut. Denk daran, was die Ärztin gesagt hat."

„Aber es geht ihm nun mal nicht gut, Sean." Sie beugte sich vor und küsste ihm die Wange. „Tut mir leid, Schatz."

„Wie fühlst du dich, Sohn?" Die Hand seines Vaters schwebte kurz über seinem verbundenen Arm und legte sich schließlich auf seine Schulter.

„Ein bisschen mitgenommen." Aber jetzt, wo er etwas wacher war, hätte er nichts dagegen gehabt, sich auf den Heimweg zu machen. Seit er seine Ursache kannte, hatte der Schmerz langsam nachgelassen. „Dad, was ist passiert?"

Seine Eltern tauschten einen Blick aus und seine Mutter begann zu weinen.

„Was ist los?" Den beiden fehlten eigentlich niemals die Worte.

„Schatz, du hättest sterben können." Seiner Mutter versagte die Stimme.

Der Geräuschpegel vor seinem Zimmer stieg plötzlich an, was bedeuten musste, dass der Rest seiner Familie eingetroffen war. Verdammt, das hier war nicht schlimmer als die Sache mit dem verrotteten Baum im Garten, auf den er wegen einer Wette mit Ian geklettert war. Damals hatte er sich einen Arm und ein Bein gebrochen. Diesmal waren es nur ein unschöner Schnitt, eine Beule und ein verstauchtes Knie. Kein Grund für so ein Theater. Und trotzdem behandelten sie ihn gerade wie einen kleinen Jungen, trotz seiner einunddreißig Jahre. Warum hatte er bloß das letzte Kind seiner Eltern sein müssen?

Die Tür öffnete sich, doch anstelle seiner Geschwister trat sein Chef ein.

„Sir?" Plötzlich stieg Übelkeit in ihm auf und das Pochen in seinem Kopf wurde heftiger.

„O'Donnell, es ist schön, Sie wieder wach zu sehen. Leider habe ich schlechte Nachrichten." Als wäre das nicht schon an seinem düsteren Gesichtsausdruck abzulesen gewesen.

„Was, Sir?" Seine Mutter hielt seine Hand noch fester, während sich sein Vater abwandte, um aus dem Fenster zu sehen.

„Erinnern Sie sich noch daran, wie es zu der Explosion kam?"

Explosion? Das erklärte den Schrapnellsplitter. Aber nichts anderes. „Ich erinnere mich an keine Explosion. Nur daran, dass Gustav Informationen für Ben hatte und wir in sein Auto gestiegen sind. Ist das Auto explodiert?" Und warum war Ben nicht hier, um es ihm selbst zu erzählen? Die Übelkeit hatte sich in einen heftigen, brennenden Schmerz in seinem Magen verwandelt.

„Das Gebäude, zu dem Sie der Informant geschickt hat, war mit einer Sprengfalle versehen. Wir sind fast sicher, dass ein Mann dahintersteckt, den Ben in seiner Zeit als Drogenfahnder verhaftet hat – er nennt sich Novi, der russische Bär. Vor ein paar Monaten ist er auf Bewährung freigekommen."

Novi. Kurt erinnerte sich an Geschichten über ihn – unter anderem war er Drogenschmuggler und Dealer. Doch Inspector Nadars Gesicht zeigte ihm, dass er noch mehr zu sagen hatte.

„Es tut mir leid, Kurt. Ben hat es nicht geschafft."

Nicht geschafft? Kurt keuchte. Bruchstückhafte Erinnerungen voller Hitze und Lärm stürzten auf ihn ein.

„Liebling, es tut mir so leid", flüsterte seine Mutter. Seine Eltern hatten Ben ein paar Mal getroffen. Obwohl er ein Einzelgänger gewesen war und Kurt selbst nach drei Jahren nicht viel über sein Privatleben gewusst hatte, war Ben sein Partner gewesen. Sie hatten gut zusammengearbeitet und Kurt hatte ihn als Freund betrachtet. Die fast fünfzehn Jahre Altersunterschied hatten dabei keine Rolle gespielt.

Als ihm Tränen in die Augen stiegen, löste er den Blick von Inspector Nadar und wandte sich seiner Mutter zu, die ein Taschentuch hervorholte und damit sein feuchtes Gesicht betupfte.

Schließlich holte er tief Luft und sah wieder seinen Vorgesetzten an. „Wie lange schon? Weiß seine Familie Bescheid?" Soweit er wusste, war da nur Bens Mutter. Er wollte helfen. Es war seine Aufgabe.

„Die habe ich benachrichtigt, während Sie noch behandelt wurden. Es ist noch nicht ganz sicher, aber wahrscheinlich findet die Beerdigung Samstag statt. Wenn Sie dabei sein wollen, sollten Sie sich aufs Gesundwerden konzentrieren."

„Ja, Sir." Er würde auf jeden Fall hingehen, zur Not mit Tropf. Und danach würde er sich um den russischen Bären kümmern.

„Auf Wiedersehen, Mr. und Mrs. O'Donnell." Inspector Nadar nickte energisch, bevor er sich auf dem Absatz umdrehte und das Zimmer verließ.

„Genau, Schatz: Werd erst einmal wieder gesund. Ich wüsste nicht, was ich tun würde, wenn ich dich verloren hätte."

Bald strömten seine Brüder und Schwestern in den Raum, voller Mitgefühl, aber froh, dass ihm nichts Schlimmeres zugestoßen war. Alle umarmten ihn vorsichtig, da seine Familie nicht lange ohne Küsse und Umarmungen auskam. Irgendwer von ihnen musste das Krankenhauspersonal eingeschüchtert haben, denn Kurt bezweifelte, dass andere Patienten ebenfalls acht Besucher gleichzeitig empfangen durften. Er wusste seine Familie wirklich zu schätzen und hoffte, dass Bens Mutter ebenfalls jemanden hatte, der ihr beistand, wenn sie an einem ihrer guten Tage begriff, was passiert war.

„Mom, ich möchte nach Hause."

„Ich weiß, Schatz. Die Ärzte wollen dich noch einen Tag hierbehalten und dann nehmen dein Vater und ich dich mit zu uns. Wir sind hergekommen, so schnell wir konnten, aber Erin hat schon das Gästezimmer für dich vorbereitet. Wir kümmern uns um dich."

Er würde sich später bei seiner Schwester bedanken. Auch wenn es albern war, dass er sich in seinem Alter von seiner Mutter umsorgen lassen wollte, brachte ihn der Gedanke an seine eigene trostlose Wohnung beinahe wieder zum Weinen. Er hatte keine Freundin. Noch nicht einmal eine Frau, mit der er sich regelmäßig traf. Aber er hatte seine große, liebevolle Familie.

8

DIE KAPELLE war klein, doch nach dem Weg vom Taxi dorthin begann sein Bein bereits zu protestieren. Da es Ben nicht kümmern würde, wo er saß, ließ er sich in der hintersten Reihe nieder. Es wäre ihm ohnehin unangenehm gewesen, Aufmerksamkeit auf sich zu ziehen, da er überlebt hatte und Ben nicht.

Er hätte seine Eltern mitkommen lassen sollen. Aus irgendeinem Grund hatte er das hier allein tun wollen. Dämlich. Der Stock stützte ihn etwas zu wenig, weil er den falschen Arm benutzen musste. Er suchte unter den Anwesenden nach Mrs. Kaminski, denn er musste ihr wenigstens sein Beileid aussprechen. Die meisten Kirchenbänke waren mit Personen in Ausgehuniform gefüllt – wenige Zivilisten.

Der Pfarrer erschien und eröffnete mit angemessen ernster Miene die Trauerfeier. Es gab keinen Sarg, wie es bei Oma O'Donnells Beerdigung der Fall gewesen war – die einzige andere ihm nahestehende Person, die in seinem Leben gestorben war. Kurt hoffte, dass man sich nur aus persönlichem Geschmack gegen einen Sarg entschieden hatte und nicht aus Notwendigkeit. Seine Verletzungen hatten ihn so erschöpft, dass er nicht auf den Gedanken gekommen war, sich nach Einzelheiten zu erkundigen. Der Gottesdienst begann, doch Kurt konnte sich nur schwer darauf konzentrieren – die Worte eines Pfarrers konnten ihn nicht trösten. Nicht jetzt.

Stattdessen zogen vor seinem inneren Auge die gemeinsam im Polizeiwagen verbrachten Stunden vorbei. Trotz der Verschwiegenheit in Bezug auf sein Privatleben hatte Ben ihm sein über Jahre gesammeltes berufliches Wissen vermittelt, und Kurt, neu in der Rolle des Detectives, hatte es geradezu aufgesogen und sich mit Bens Hilfe Tag für Tag verbessert.

In der ersten Reihe, sehr weit am rechten Rand, saßen zwei nicht uniformierte Personen. Der Rest der Bank war frei, reserviert für die Familie, die entweder nicht existierte oder einfach nicht erschienen war. Von seinem Platz aus konnte Kurt nur das Profil der Frau sehen, die in Bens Alter zu sein schien. Also nicht Mrs. Kaminski. Wer war sie dann? Die fremde Frau hatte keinerlei Ähnlichkeit mit Ben, weshalb er sich nicht vorstellen konnte, dass es sich um eine Verwandte handelte – trotz ihres Platzes auf der Familienbank.

Während er sie so ansah, betupfte sie ihre Augen mit einem Taschentuch und bot dem Mann neben sich ebenfalls eins an. Er nahm es, hielt es allerdings nur in der Faust, ohne es zu benutzen. Als sich die Frau etwas bewegte, konnte Kurt sein Gesicht sehen, das ihm jedoch so unbekannt war wie ihres.

Schließlich erhoben sich die Anwesenden für ein Kirchenlied und versperrten ihm die Sicht. Er wollte sein Bein durch das ständige Aufstehen und Hinsetzen nicht noch stärker belasten und hatte dabei sogar den Segen seiner Mutter. Sie hatte ihm eingeschärft, seine Verletzungen nicht wieder zu verschlimmern.

Als der Inspector aufstand, um die Trauerrede zu halten, verspürte Kurt einen reuevollen Stich. Wenn die Rede nicht von einem von Bens Freunden gehalten wurde, der nichts mit der Polizei zu tun hatte, hätte Kurt es tun sollen. Doch Scham hatte ihn dazu gebracht, das Angebot seines Vorgesetzten anzunehmen, und Scham brachte ihn jetzt dazu, unruhig auf der Bank herumzurutschen und seine Tränen zu unterdrücken, um nicht seine Uniform zu entehren, während er der Rede lauschte. Nadar hatte bei Weitem nicht so viel Zeit mit Ben verbracht wie Kurt, was man seinen Worten deutlich anmerkte. Kurt betrachtete die beiden Fremden in der ersten Reihe und wartete darauf, dass einer von ihnen aufstehen würde, um ebenfalls ein paar Worte zu sagen. Doch sie rührten sich nicht, wenn man davon absah, dass die Frau sich erneut die Tränen wegwischte.

Verdammt. Konnte er wirklich so lange mit Ben zusammengearbeitet haben, ohne zu wissen, dass dieser eine Freundin hatte? Theoretisch hätte sie eine Verwandte sein können, aber Ben hatte niemals ein Familienmitglied außer seiner Mutter erwähnt. Die Frau hob die Hand, um sich eine dunkle Haarsträhne aus dem Gesicht zu wischen und Kurt sah etwas, das er schon viel eher hätte bemerken sollen: einen Ehering.

Wie zum Teufel konnte das sein?

Warum hatte Ben ihm nichts gesagt? Zugegeben, Kurt hatte vielleicht mehr über sich selbst erzählt, als Ben lieb gewesen war, hatte dabei jedoch auch immer Interesse an Ben gezeigt. Doch dieser war fast jeder Frage über sein Privatleben ausgewichen. Kurt hatte ihn als Freund betrachtet, ohne zu wissen, dass Ben offenbar verheiratet gewesen war, und ohne die Frau zu erkennen, die er in ihren drei Jahren als Partner doch wenigstens hätte kennenlernen sollen. Verdammt, die meisten Polizisten in seinem Umfeld trafen sich auch in ihrer Freizeit mit ihren Kollegen, oft sogar gemeinsam mit ihren Frauen. Ben und er hatten vielleicht nicht viel mehr zusammen unternommen, als in der Mittagspause zusammen zu essen, aber Ben hatte sowohl seine Eltern als auch alle seine Geschwister mindestens einmal getroffen, wenn diese beim Revier vorbeigeschaut hatten.

Ein stechender Schmerz breitete sich in seinem Arm aus. Ein Blick nach unten verriet Kurt, dass er den Stock, der quer über seinem Schoß lag, krampfhaft mit beiden Händen umklammerte. Seiner rechten machte das nichts aus, aber für die frischen Nähte in seinem linken Arm war das eindeutig zu viel. Mit einem tiefen Atemzug ließ er los. Nach der Trauerfeier würde er mit den beiden Fremden reden, denn es war seine Pflicht als Bens Partner und er musste einfach Gewissheit haben. Hoffentlich konnte er dabei seine Verbitterung verbergen. Wieso hatte Ben sich nicht versetzen lassen, wenn er Kurt so wenig gemocht hatte? Einen anderen Grund, ihm seine Frau zu verschweigen, konnte Kurt sich nicht vorstellen – selbst wenn er nicht mehr mit ihr zusammengelebt haben sollte.

Ob Bens vorheriger Partner Ed es gewusst hatte, würde Kurt nie herausfinden, denn dieser war an einem Herzinfarkt gestorben, woraufhin man Ben Kurt zugeteilt hatte. Der Schmerz angesichts der Tatsache, dass sein Partner ihm kein bisschen vertraut hatte, war fast so schlimm wie das Gefühl der Leere, die der Tod seines Freundes in seinem Herzen hinterlassen hatte. Selbst wenn die Freundschaft nur von Kurts Seite ausgegangen sein sollte, vermisste er ihn. Gott. Warum hatte er es nicht gewusst? War er zu egozentrisch gewesen oder hatte Ben es ihm absichtlich verheimlicht? Schuldgefühle fraßen sich wie Säure durch ihn hindurch, das Brennen in seinem Magen kehrte zurück. Es musste an ihm gelegen haben.

Die Trauerfeier endete abrupt – oder zumindest kam es Kurt so vor, da er ihr keine Aufmerksamkeit mehr geschenkt hatte. Kaum war der Pfarrer verstummt, verließen die beiden Fremden die Kapelle durch einen Seiteneingang. Ohne nachzudenken war Kurt bereits aufgesprungen und humpelte hinter ihnen her, aus der Kapelle hinaus und auf den Parkplatz zu.

„Moment! Warten Sie!"

Zwei dunkelhaarige Köpfe drehten sich zu ihm um und der Mann murmelte der Frau etwas zu, das sie mit einem Nicken beantwortete.

„Danke", keuchte er. Gott, hoffentlich würde er bald zu alter Stärke zurückfinden. Er blieb vor ihnen stehen und nahm den Stock in die linke Hand, damit die andere für einen Händedruck frei war. Die zwei waren eindeutig Geschwister, doch die Frau musste mehrere Jahre älter sein und hatte das leicht rundliche Kinn, das er von seinen eigenen Schwestern aus den ersten Schwangerschaftswochen kannte. Ob Ben wirklich Vater geworden wäre? Die bitteren Schuldgefühle verschlugen ihm beinahe die Sprache.

„Ich bin Kurt O'Donnell", brachte er schließlich hervor. „Bens Partner." Der Mann keuchte leise und wandte sich ab, woraufhin ihn seine Schwester mit dem Ellbogen anstieß.

„Es freut mich, Sie kennenzulernen, Kurt. Ich bin Sandra und das ist mein Bruder Davy." Sie hätte vor Gericht eine gute Zeugin abgegeben: Ihre Worte verrieten ihm kaum mehr, als er vorher gewusst hatte.

„Mein herzlichstes Beileid." Kurt schüttelte ihr sanft die Hand. Ihre Augen waren gerötet und die leicht gelbliche Blässe ihres Gesichts erinnerte Kurt eher an Krankheit als an Trauer.

„Das wünsche ich Ihnen auch", antwortete sie.

Er streckte seine Hand zu Davy aus, froh darüber, dass Sandra einen Bruder hatte, der ihr durch diese schwere Zeit helfen konnte. Doch die Körpersprache der beiden stimmte nicht mit seinen Erwartungen überein. Sandra schlang ihrem Bruder einen Arm um die Taille und wandte sich ihm fast schützend zu. Eigentlich hätte es andersherum sein sollen.

Davy sah ihn an und seine Augen waren gerötet wie die seiner Schwester. Damit hörten die Gemeinsamkeiten allerdings auf.

Sandra war traurig, doch Davy war am Boden zerstört. In seinen dunkelbraunen Augen schien sich der Schmerz der ganzen Welt widerzuspiegeln. Der weiße Teil seiner Augen war so blutunterlaufen, als hätte er tagelang geweint. Seine Nase war ebenso gerötet und geschwollen wie seine Augenlider. Der Rest seines Gesichts war in die Leichenblässe getaucht, die Kurt nach diesem Schock bei Sandra erwartet hatte, und er wirkte benommen.

11

„Es tut mir so leid", flüsterte Kurt und hielt Davys Hand fest, vergaß völlig, sie zu schütteln. Er verspürte den plötzlichen Drang, Davy zu umarmen, war jedoch zu sehr damit beschäftigt zu verbergen, wie schockiert er war und wie betrogen er sich fühlte. Alles drehte sich um ihn herum, als sich seine Erwartungen und Schlussfolgerungen in Luft auflösten und durch neue Informationen ersetzt wurden.

Davys Lippen bewegten sich, doch er brachte kein Wort heraus. Dann senkte er den Blick, löste seine Hand jedoch nicht aus Kurts. Es war Sandra, die sie schließlich trennte.

„Wir müssen jetzt los, Kurt. Danke, dass Sie sich vorgestellt haben." Sie versuchte zu lächeln.

Die beiden stiegen ins Auto, Sandra auf der Fahrerseite.

„Moment!"

Sandra drehte sich zu ihm um.

„Was ist mit Bens Mutter?"

„Oh, der ging es leider nicht gut. Das Personal im Sunshine Manors hat uns davon abgeraten, sie herzubringen."

Kurt trat zur Seite und ließ sie – besser konnte man es nicht beschreiben – flüchten. Während er den Rücklichtern nachsah, stützte er sich wieder auf seinen Stock. Nach allem, was er von Ben gehört hatte, wäre es durchaus möglich gewesen, dass seine Mutter zu krank oder zu desorientiert für eine Beerdigung war. Aber Sandra hatte gelogen. Er war schon zu lange Polizist. Er spürte so etwas.

2

AN DIESEM Abend bemühte sich seine Familie darum, ihn aufzumuntern. Seine älteste Schwester Erin brachte ihre Töchter, bevor seine Mutter sich auf den Weg ins Restaurant machte. Seit ihre Kinder erwachsen waren, verbrachten seine Eltern den Großteil ihrer Zeit im Finn's Frolic, das eine Mischung aus Familienrestaurant und Pub war und den O'Donnells gehörte. Seit seinem Unfall war seine Mutter fast ständig zu Hause, während andere Familienmitglieder ihre Schichten übernahmen oder Kurt besuchten und ihn zu Arztterminen führen.

Kurt saß gerade am Küchentisch und sehnte sich nach der Einsamkeit seiner sterilen, trostlosen Wohnung, als Erin eintrat, seine Wange küsste und ein paar Einkaufstüten auf der Arbeitsplatte abstellte.

„Kurt, Süßer, die Mädchen wollten ihren Lieblingsonkel besuchen. Wie wäre es mit einem Brettspiel?"

„Klar, kein Problem." Solange es nichts Kompliziertes war, konnte er spielen und dabei trotzdem über die neuen Informationen nachgrübeln. Er zupfte an einem losen Faden in der strahlend gelben Tischdecke. „Bist du heute mein Kindermädchen?"

„Kurt!" Erins Tonfall war dem seiner Mutter zum Verwechseln ähnlich. Er errötete – sie wollten nur helfen.

„Tut mir leid. Es war kein leichter Tag."

Erin quietschte leise und kam an den Tisch, um ihn zu umarmen, wobei ihr langes Haar seine Arme streifte. Würde er seines wachsen lassen, sähe es genauso aus. Von allen Geschwistern war Erin ihm am ähnlichsten: rotbraunes Haar, goldener Teint, tiefblaue Augen. Wenn sie neben ihm stand, konnte vermutlich jeder erkennen, dass sie Bruder und Schwester waren – wie es heute bei Sandra und Davy der Fall gewesen war.

„Sag mal, wenn du schwanger bist, wann kriegst du dann deine dicken Backen?"

Erin drehte sich um und bewarf ihn mit dem Geschirrtuch. „Hast du immer noch nicht gelernt, eine schwangere Frau nicht als dick zu bezeichnen? Selbst nach fünf Nichten und Neffen?"

Kurt warf das Tuch zu ihr zurück. „Ich nenne *dich* ja gar nicht dick. Bei der Beerdigung habe ich heute eine Frau gesehen, deren Gesicht auch so aussah." Er deutete auf sein Kinn. „Ein bisschen schwammig. Ich bin sicher, dass sie schwanger war, aber ich weiß nicht, in welchem Monat."

Sie runzelte die Stirn. Es war zweifellos eine seltsame Frage, aber seit seinem Unfall ließ man ihm so einiges durchgehen. Das war ihm recht, denn er wollte die

Sache mit Davy und Sandra vorerst für sich behalten – zumindest bis er entschieden hatte, was er davon hielt. Nicht zu wissen, dass Ben mit einer Kurt unbekannten Frau ein Kind erwartet hatte, war eine Sache. Aber über eine Verbindung zu Davy zu spekulieren, wenn da vielleicht gar keine war, würde bei seinen Kollegen nicht gut ankommen. Wahrscheinlich hatte er sich ohnehin geirrt, was den Grund für Davys Trauer anging. Vielleicht war Kurt einfach der schlechteste Ermittler aller Zeiten.

„Tja, bei mir sieht es zwischen dem vierten und fünften Monat so aus. Aber bei Colleen und Caitlyn hat es im fünften angefangen und dann bis zur Geburt angehalten." Die Zwillinge mussten natürlich immer alles gleich machen.

„Und was ist mit Heather?" Das zweitälteste Kind der O'Donnells war Mike und seine Frau hatte sich nach drei Jahren immer noch nicht ganz an die große Sippe gewöhnt. Im Gegensatz zu Kurts Schwestern vertraute sie ihnen nicht gleich alles an und ihre Schwangerschaft war schon weit fortgeschritten gewesen, bevor sie sie offiziell bestätigt hatte. Aber es war eben genau dieses runde Gesicht gewesen, das seine Schwestern zum Spekulieren gebracht hatte. Nur deshalb war es ihm auch bei Sandra aufgefallen.

„Bei Heather war es schwer zu sagen. Aber ich glaube, wir haben es auch ungefähr im vierten Monat vermutet."

„Also nicht, bevor man selbst von seiner Schwangerschaft weiß, oder?"

„Nein. Ganz bestimmt nicht. Redest du auch wirklich von einer Frau bei der Beerdigung? Du hast doch nicht etwa irgendeine arme junge Frau in Schwierigkeiten gebracht?"

Ganz so viel ließ sie ihm wohl doch nicht durchgehen. „Nein, Erin, das habe ich nicht." Dazu hätte er sich erst einmal mit einer treffen müssen und er hatte sich schon seit Wochen, Monaten nicht mehr zu einem Date durchringen können. Sein Bruder Ian war praktisch süchtig danach, was Kurt nicht verstehen konnte. Sex zu haben, fehlte ihm, aber so viel besser als sich einen runterzuholen war es nun auch wieder nicht. Dafür aber nervenaufreibender, weil er die ganze Zeit darüber nachdenken musste, ob er alles richtig machte und … fuck. Er wollte nicht weiter an Sex denken, während er mit seiner Schwester in der Küche seiner Mutter saß.

„Es ist nur meine natürliche Neugier als Polizist, versprochen. Ist ja auch egal. Sollte ich nicht eigentlich mit meinen Nichten spielen?"

Erin rief die Mädchen in die Küche, wo sie dann spielten, während Erin kochte. Trotzdem wurde Kurt den Gedanken nicht los, dass Ben von dem Kind gewusst haben musste. Doch Kurt konnte sich nicht erinnern, ihn jemals auffällig glücklich – oder auch deprimiert – erlebt zu haben. Wie lange war er wohl schon verheiratet gewesen? Er konnte nur mit Mühe das Bedürfnis unterdrücken, das Nummernschild, das er sich am Morgen gemerkt hatte, genauer zu überprüfen. Wenn sein Chef herausbekäme, dass er aus privaten Gründen Polizeiressourcen nutzte, befände er sich in ernsten Schwierigkeiten.

ÜBER DIE nächsten eineinhalb Wochen hinweg tat Kurt alles, was von ihm erwartet wurde. Er hielt seine Termine bei der Physiotherapie ein, ging zum Polizeipsychiater, füllte Formulare wegen seiner vorübergehenden Arbeitsunfähigkeit aus, sprach mit seinem Arzt, wann er den Dienst wieder aufnehmen würde, und verbrachte Zeit mit seiner Familie und den Kollegen vom Revier, die ihn besuchten. Trotzdem konnte er einfach nicht den Schmerz in Davys braunen Augen vergessen.

Als er am Dienstagmorgen aufstand, genau drei Wochen nach Bens Tod, fand er im Wohnzimmer seinen Bruder Mike beim Zeitunglesen vor.

„Was ist mit deiner Arbeit?" Er musste unbedingt in seine eigene Wohnung zurück. Sein Arm war noch nicht wieder in Ordnung und sein Knie wackelig, aber er war doch nun wirklich kein Baby mehr. Seit er aus dem Krankenhaus entlassen worden war, hatte er nicht eine einzige Minute für sich allein gehabt.

„Habe mir den Morgen freigenommen. Ich habe noch viele Urlaubstage übrig." Sein Bruder war Investmentbanker, und zwar ein verdammt guter. Genau wie der Rest der Familie arbeitete er hart und machte wenig Urlaub. So genervt er auch war, wurde Kurt doch warm ums Herz, wenn er bedachte, wie sehr sich seine Familie um ihn sorgte. „Ich fahre dich zum Arzt."

Obwohl er sein linkes Knie nicht zum Fahren brauchte, wollte ihn niemand das Risiko eingehen lassen, die Naht an seinem Arm zu beschädigen, falls er einmal schnell reagieren musste. Da er jetzt ständig herumchauffiert wurde, kam er sich erst recht wie ein hilfloses Kind vor. Bei diesem Arztbesuch sollten die Fäden gezogen werden, aber dass er direkt wieder eine Fahrerlaubnis bekommen würde, bezweifelte er.

„Können wir erst beim Revier vorbeifahren?"

„Warum denn das?" Mike legte die Zeitung zur Seite und kniff die Augen zusammen. Abgesehen von ihrer Mutter bestand er am eisernsten darauf, dass Kurt sich lange genug auskurierte, bevor er wieder arbeitete. Allerdings hätte er sich in dieser Hinsicht keine Sorgen machen müssen: Kurt hatte es nicht eilig, da ihm anfangs ohnehin nur die Arbeit am Schreibtisch erlaubt war und er vermutlich Tag für Tag Bens leeren Platz anstarren würde, bevor er zum normalen Dienst zurückkehren durfte. Oder, noch viel schlimmer, vielleicht würde ihm sofort ein neuer Partner zugeteilt werden.

„Ich muss mit meinem Chef reden. Wegen der Formulare und so. Und darüber, ob Bens Schreibtisch noch freigeräumt werden muss."

„Darum hat sich bestimmt schon jemand gekümmert, Knirps", sagte Mike sanft. „Aber wir können ja vorsichtshalber nach dem Arztbesuch vorbeifahren, dann musst du dich nicht stressen."

Sein Bruder stand auf, legte ihm einen Arm um die Schultern und drückte ihn flüchtig an sich.

„Danke, Mike."

15

DAS KASTENFÖRMIGE Gebäude ragte vor ihm auf. War er jemals hier gewesen, ohne im Dienst zu sein? Wahrscheinlich nicht, seit er damals seine letzten Bewerbungsunterlagen abgegeben hatte. „Kannst du mich nachher abholen?"

Mike tätschelte ihm die Schulter. „Kein Problem, um die Ecke gibt es ein Café. Ruf mich einfach an, wenn du fertig bist. Du hast doch dein Handy?"

Kurt rollte die Augen. Er war Polizist, Herrgott noch mal, sogar Detective. Sein Handy war beinahe so wichtig wie seine Waffe. Und da er diese seit dem Unfall nicht bei sich hatte, passte er auf das Handy dafür schon fast übertrieben gut auf.

„Ja, Mikey. Ich melde mich dann."

Mit Hilfe des Stocks gelang ihm der Ausstieg aus dem niedrigen Auto ohne größere Probleme. Nachdem er die Tür geschlossen hatte, ging er langsam auf das Gebäude zu.

SEINE MITARBEITER und Freunde begrüßten ihn mit einer etwas unangenehmen Mischung aus Freude, ihn zu sehen, und Trauer, ihn allein zu sehen. Er marschierte geradewegs auf Nadars Büro zu, ohne in die Ecke zu schauen, in der sich Bens und sein Schreibtisch befanden.

„O'Donnell, was führt Sie her? Wollen Sie schon zurück an den Schreibtisch? Ich finde, Sie sollten sich noch etwas Zeit nehmen." Das Rascheln seiner Papiere verriet Nadars Nervosität, mit der er wiederum Kurt nervös machte.

Nachdem er die Tür geschlossen hatte, ließ er sich seinem Chef gegenüber nieder. „Sir, ich brauche Bens Privatadresse."

Nadars Augenbrauen hoben sich fast bis zu seinem Haaransatz. „Und wollen Sie mir vielleicht auch verraten, warum?"

„Sie sagten, Sie hätten seine Familie informiert. Ich glaube, damit meinten Sie nicht nur Bens Mutter."

„Tja, Sie sind eben immer noch einer meiner besten Detectives. Aber wollen Sie das wirklich? Wenn Sie so fragen, hat Ben Ihnen diese Information offensichtlich nicht anvertraut."

Und schon wieder traten ihm Tränen in die Augen. „Und das macht mich fertig, Sir. Er hätte es tun sollen. Ich bin … war … sein Partner. Es ist mir wichtig, Sir. Bitte."

„Solange Sie keine Dummheiten machen."

„Nein, Sir."

Kurzes Bleistiftgekritzel und schon hielt Kurt einen Notizzettel mit einer Adresse in der Hand.

„Danke, Sir. Was ist mit Bens persönlichen Gegenständen?"

„Ich habe schon nachgesehen. Eigentlich hatte ich vor, sie einzupacken, aber abgesehen von den Unterlagen zu seinen Fällen habe ich in seinem Schreibtisch nur Knabberzeug gefunden. In seinem Schrank waren ein paar Kleidungsstücke zum Wechseln, die ich schon zurückgebracht habe."

Das waren im Grunde keine neuen Informationen, doch im Nachhinein betrachtet wirkten sie beinahe wie ein Vorzeichen. Kurt steckte den Zettel in die Tasche und ging zu Bens Schreibtisch, wo er sich auf den Stuhl setzte. Bequem waren die Stühle sowieso nicht, aber den Raum von Bens Platz aus in einem ganz anderen Blickwinkel zu sehen, war besonders seltsam. Die anderen Polizisten taten rücksichtsvollerweise so, als wäre er nicht dort, und wandten ihre Blicke ab, während er Schubladen öffnete und schloss, in der Hoffnung, dass Nadar vielleicht doch etwas Persönliches übersehen hatte. Selbst bei der Kaffeetasse handelte es sich nur um die Standardausführung. Der Inspector hatte ihn zwar gerade als einen seiner besten Detectives bezeichnet, aber Kurt sah das anders. Wie hätte er sonst übersehen können, dass sich keinerlei persönliche Gegenstände an Bens Arbeitsplatz befunden hatten? Keine Bilder, nichts von subjektivem Wert, kein Hinweis darauf, wofür er eintrat oder was er mochte. Kurt hätte nicht lockerlassen und mehr Fragen stellen sollen – Ben irgendwie zeigen sollen, dass er seines Vertrauens würdig war.

Er konnte hier nicht länger sitzen. Mit dem Zettel sicher in der Tasche rief er seinen Bruder an.

AM SAMSTAGNACHMITTAG stieg er aus einem Taxi und blieb auf dem Gehweg stehen. Auch wenn seine Physiotherapeutin ihn dafür umbringen würde, hielt er seinen Stock in der linken Hand. Es war nicht ideal, aber es war verdammt viel besser, als die linke Hand für die schwere Tüte mit dem Topf zu benutzen, in dem sich der berühmte irische Eintopf seiner Mutter befand. Beides in der Rechten zu tragen, wäre schwierig gewesen. Wenn alles nach Plan lief, würde er den Topf aber wenigstens nicht gleich wieder mitnehmen müssen und schon gar nicht voll.

Kurt stand vor einem kleinen, eingeschossigen Haus, das offenbar einmal sehr gut gepflegt worden war. Nicht, dass es jetzt heruntergekommen wirkte, doch die beinahe zwanghafte Genauigkeit, mit der es instand gehalten worden sein musste, schien etwas nachgelassen zu haben. Vielleicht bildete Kurt es sich aber auch nur ein. In der Auffahrt neben Bens makellosem – wenn auch nicht sehr umweltfreundlichem – Oldtimer stand ein Kurt unbekanntes kleines Auto. Keines der beiden war das Auto, in das Davy nach der Beerdigung gestiegen war und auf beiden lag eine dünne Staubschicht.

Schließlich biss Kurt sich auf die Lippe und setzte sich in Bewegung. Der Briefkasten war voll. Genau genommen quoll er bereits über. Nicht besonders ratsam, selbst wenn man nicht verreist war. Diebe würden es für ein unbewohntes Haus halten und als leichtes Ziel betrachten. Er warf einen Blick auf die Umschläge, die aus dem Briefkasten hingen wie Federn aus dem Maul einer selbstzufriedenen Katze. Davy Broussard. Gut. Jetzt hatte er einen vollen Namen.

Mit dem Stock drückte er den Klingelknopf und nahm durch die Tür hindurch ein leises Läuten wahr. Dann wartete er. Warf einen Blick durch das kleine Fenster in der Tür. Neben einem Stapel Zeitungen standen mehrere Paar Schuhe und eine Aktentasche. Mehr konnte er wegen des hellen Sonnenlichts nicht erkennen.

Er hob erneut den Stock, klopfte diesmal kräftig gegen die Tür. Er wollte nicht gehen, bevor er mit Davy geredet hatte.

Mehrere lange Sekunden später öffnete sich endlich der Türriegel und ein zerzauster, mit einem Schlafanzug bekleideter Davy spähte zu ihm heraus. Mit einem Schlafanzug. Um drei Uhr nachmittags. Seine Augen – fast genauso blutunterlaufen wie bei der Beerdigung – weiteten sich beunruhigt, doch er schien Kurt nicht zu erkennen.

„Kann ich Ihnen helfen?" Wow, hatte der Typ eine tolle Stimme. Tiefer, als er es bei jemand so Dünnem erwartet hatte. Damit hätte er bestimmt als Sprecher in der Werbebranche arbeiten können. Und Kurt hatte nicht mehr gewusst, dass Davy größer war als er. Aber die fünf Zentimeter, um die er Kurt mit seinen eins achtzig überragte, waren nichts im Vergleich zu den mindestens fünfundzwanzig Kilo an Muskelmasse, die er Davy voraushatte. Kurt war kleiner, aber verdammt viel kräftiger.

„Hi, ich bin Kurt O'Donnell. Bens Partner, erinnern Sie sich?" Davy holte geräuschvoll Luft, beinahe ein Keuchen, genau wie bei der Beerdigung. War es Bens Name, der ihn so quälte? „Darf ich reinkommen? Mein Bein tut so langsam weh." Das tat es nicht, aber es war eine gute Ausrede. Er spürte, dass Davy ihm am liebsten die Tür vor der Nase zugeschlagen hätte, und musste das unbedingt verhindern. Einerseits wollte er Antworten, aber noch wichtiger war, dass er sich Ben gegenüber verpflichtet fühlte.

„Oh, natürlich." Davys Höflichkeit siegte und Kurt schob sich hastig an ihm vorbei ins Haus, bevor er es sich anders überlegen konnte.

„Wo ist die Küche?"

„Warum?" Davy zeigte in den hinteren Teil des Hauses – eher mechanisch als aus dem Wunsch heraus, Kurt in seiner Küche zu haben.

„Weil ich etwas zu essen mitgebracht habe."

„Warum?"

Kurt schüttelte den Kopf. Auf dem Weg durch das Haus sah er nichts als typische Einrichtungsgegenstände, die mit geradezu militärischer Genauigkeit platziert worden waren. Nichts Persönliches, nichts mit Charakter, nichts Lebendiges, wenn man von dem Durcheinander aus Schuhen und Zeitungen an der Haustür absah.

Die Küche war der weißeste Raum, den er in seinem ganzen Leben gesehen hatte – das Krankenhauszimmer, in dem er sich vor Kurzem befunden hatte, eingeschlossen. Das einzige Nichtweiße waren die schwarzen Herdplatten und der

18

verchromte Wasserhahn an der Spüle. Nachdem er den elektrischen Topf auf die Arbeitsplatte gehievt hatte, verzog er das Gesicht. Es war der alte seiner Mutter mit dunkelgrüner Keramikbeschichtung und einer kitschigen Strichzeichnung eines roten Hahnes auf der Vorderseite. Er wirkte beinahe obszön, wie er da auf der weißen Arbeitsplatte in der beinahe Weißblendung verursachenden Küche stand. Mochte Davy es so? So ... nichtssagend? Verdammt, selbst Kurts miese Wohnung hatte ein blaues Sofa und bunte Geschirrtücher.

Kurt zuckte mit den Schultern. Jetzt war er hier und würde das Beste daraus machen. Hoffentlich würde Davy wenigstens seine guten Absichten verstehen. Eigentlich hätte er schon viel früher hier sein sollen, aber seine eingeschränkte Beweglichkeit und die Tatsache, dass sie sich kaum kannten, hatten ihn zögern lassen.

Nachdem er den Topf sicher abgestellt und eingeschaltet hatte, drehte er sich um. Davy saß zusammengesunken am Küchentisch, hatte das Kinn auf eine Hand gestützt und seine Augen beinahe geschlossen. Die Ringe unter seinen Augen und seine eingefallenen Wangen zeigten deutlich, wie schwer die letzten Wochen für ihn gewesen sein mussten. Noch überraschender war, wie es Davy trotz seines hellblauen Schlafanzugs und seiner dunkelbraunen Haare gelang, in diesem einer weißen Leinwand gleichen Raum beinahe völlig unterzugehen. Kurt hatte damit gerechnet, ihn wie eine Rose zwischen Unkraut hervorstechen zu sehen, doch die Farblosigkeit ließ ihn nur noch blasser wirken.

„Alles in Ordnung?"

Davy nickte mit seinen Augen, als wäre er zu müde, um den ganzen Kopf zu bewegen. „Sandra ist übrigens nicht hier."

Was? „Ähm ... ich weiß?" Ihm ging ein Licht auf. Kurts Reaktion bei der Beerdigung, Sandra als Bens Frau oder Freundin zu betrachten, war von den beiden beabsichtigt gewesen. Vielleicht hatten Ben und Davy ihre Beziehung vor allen verheimlicht, nicht nur vor ihm.

„Was machen Sie dann hier?", fragte Davy.

„Tut mir leid, ich hätte eher kommen sollen."

Davy warf einen verwirrten Blick auf die Wanduhr. „Heute? Entschuldigung, aber waren wir verabredet?"

Kurt errötete. Er war einfach unangemeldet hereingeplatzt und Davy schien nicht zu wissen, was er davon – oder von ihm – halten sollte. Er schien seit Bens Tod nicht besonders viel Schlaf gefunden zu haben, sonst wäre er mit der Situation vielleicht besser zurechtgekommen.

„Ich bin hier, weil Sie hier sind und nicht Sandra."

Bei diesen Worten öffneten sich Davys Augen weit und er richtete sich auf seinem Stuhl auf. „Wie meinen Sie das?" Seine Brust hob und senkte sich wie die Flügel eines verängstigten Vogels ... oder als würde er gleich vor lauter Hyperventilieren in Ohnmacht fallen.

19

Kurt sank vor ihm auf die Knie, ignorierte den stechenden Schmerz in seinem verletzten Gelenk. „Atmen Sie, Mann, ganz ruhig. Ein. Aus. Es gibt keinen Grund, sich vor mir zu fürchten. Versprochen."

Während er sprach, legte er vorsichtig eine Hand auf Davys Knie, damit er sich auf Kurt und seine Atmung konzentrierte.

Nach einigen Minuten schien Davy nicht mehr Gefahr zu laufen, bewusstlos zu werden, sodass Kurt sich ebenfalls auf einen Stuhl kämpfte. Auch wenn er einfach reagiert hatte, ohne nachzudenken, würde ihm diese Reaktion sicher eine Menge Ärger von seiner Physiotherapeutin einbringen. Vielleicht würde er später sogar seine noch halb volle Schachtel mit Schmerztabletten hervorkramen müssen. Aber jetzt hatte er dringendere Probleme.

„Besser?"

Davy nickte – diesmal ein richtiges Nicken – und sah ihn fragend an.

„Ich weiß, dass Ben hier gewohnt hat. Ich weiß … oder zumindest schlussfolgere ich, dass Sie hier mit ihm gewohnt haben."

Der ängstliche Blick kehrte zurück und Davy verschränkte nervös seine blass und kalt wirkenden Finger, antwortete jedoch nicht.

Wieder ging Kurt ein Licht auf. Bens Partner. So hatte er sich Davy vorgestellt. Für Davy musste der Begriff eine völlig andere Bedeutung haben. „Sie waren Bens Partner, oder? Sein Lebenspartner." Er sah keinen Ring an Davys Finger, also waren sie wahrscheinlich nicht verheiratet gewesen.

Hellrosa Lippen pressten sich zusammen, als fürchtete Davy, was herauskommen könnte. Kurt kannte diese Reaktion von schuldbewussten Menschen, die jedoch keine abgebrühten Kriminellen waren. Sie schwankten zwischen dem Drang, die Wahrheit zu sagen, und der Angst vor den Konsequenzen.

Schließlich öffneten sich Davys Lippen, doch anstelle der von Kurt erwarteten Bestätigung wiederholte er nur seine Frage. „Was machen Sie hier?"

„Ich wollte mich entschuldigen. Ihnen meine Hilfe anbieten, egal wofür."

„Das verstehe ich nicht. Wieso denn entschuldigen?"

Kurts Augen brannten. Mittlerweile waren weitere Erinnerungen des Unfalltages zurückgekehrt, wenn auch nicht alle. „Ich hätte mehr tun sollen. Vielleicht würde Ben dann noch leben."

Davy räusperte sich. „Inspector Nadar hat mir alles erzählt. Ich glaube nicht, dass es Ihre Schuld war. Sie hätten mir nichts zu essen bringen müssen."

Kurt musterte Davy von Kopf bis Fuß und zog eine Augenbraue hoch. Er hatte bei der Beerdigung keine Gelegenheit gehabt, ihn sich genauer anzusehen, war aber trotzdem sicher, dass er seitdem mindestens fünf Kilo abgenommen hatte. Und seine Gesichtsfarbe ähnelte der der Küchenwand. Seine Mutter würde einen Anfall bekommen, wenn er Davy in diesem Zustand zurückließe. Er würde nicht zulassen, dass Bens Partner sich durch Vernachlässigung umbrachte.

„Ich möchte wirklich helfen. Ben war mein Freund." Auch wenn Ben ihn vielleicht nicht so gesehen hatte. „Frau, Lebenspartner, Kinder … ich würde meine

Hilfe jedem anbieten, den Ben zurückgelassen hätte. Also, es dauert ungefähr eine halbe Stunde, bis der Eintopf warm ist. Kann ich bis dahin irgendetwas für Sie tun?"

Davy keuchte leise. Dann ein zweites Mal. Und dann schockierte er sie beide, indem er plötzlich in Tränen ausbrach. Sein schlanker Körper wurde von heftigem Schluchzen und mühsamen Atemzügen geschüttelt. Er sprang hastig auf, wie um zu flüchten, und rieb sich hektisch das Gesicht, als könnte er so seinen Schmerz verbergen.

Kurt konnte das nicht mit ansehen. Er wollte nicht zulassen, dass Davy sich noch weiter verstecken musste. Also schnappte er sich ihn mit seiner gesunden Hand und zog ihn auf seinen Schoß wie ein kleines Kind. Davys Kopf traf den oberen Teil seiner noch nicht verheilten Wunde und er musste die Zähne zusammenbeißen, um nicht laut aufzuschreien. Trotzdem legte Kurt seinen gesunden Arm um Davys steifen, zitternden Körper und schon wenige Sekunden später schmiegte dieser sich an ihn, als wollte er Kurts Wärme in seine kalten Glieder aufsaugen. Kurt verlagerte sein Gewicht, bis Davys Kopf auf seiner Schulter ruhte und warme Tränen – das einzig warme an Davy – auf seinen Hals tropften. Er schaukelte ihn sanft, wie er es bei seinen Nichten oder Neffen tun würde, woraufhin Davy die Beine anzog, um sich noch dichter zusammenzukauern. Wo zum Teufel war Sandra? Wo waren Davys Eltern, seine Freunde?

Während er leise ein irisches Lied sang, das er als Kind oft von seiner Mutter gehört hatte, hielt er Davy in den Armen und ließ ihn weinen, obwohl er sich nach einer Weile wünschte, sie säßen dabei auf einem Sofa. Ihm selbst liefen ebenfalls ein paar Tränen über die Wangen und tropften von seinem Kinn in Davys weiches Haar. Auch wenn sein Verlust bei Weitem nicht so groß war wie Davys, tat es doch jeden Tag aufs Neue verdammt weh.

In seinem Beruf brachen oft völlig Fremde – Opfer oder Verwandte der Opfer – vor ihm zusammen und brauchten Trost. Ben hatte nie verstehen können, dass er so bereitwillig auf diese zuging, doch wenn Kurt spürte, dass ihn jemand brauchte, konnte er einfach nicht anders. Ben und er waren häufig mit Leid konfrontiert worden und eine Umarmung hatte oft große Wirkung gezeigt. Und Kurt würde Davy auf keinen Fall den Trost verweigern, den er selbst Fremden spendete. Nicht diesem blassen, dünnen Mann, den Ben geliebt haben musste.

Davys Wirbelsäule ließ sich unter seinen Fingern lesen wie Blindenschrift und jede einzelne Rippe verriet, wie sehr er sich vernachlässigt hatte.

Die Minuten vergingen, während die Hysterie in Davys Schluchzern nachließ. Der Körper in seinen Armen wurde wärmer und entspannte sich, als sich verkrampfte Muskeln lösten.

Seine Schulter war durchnässt, doch Davys Weinen war in ein leises Schniefen übergegangen und sein Kummer schien für den Moment etwas nachgelassen zu haben.

„Na los, Davy, ich glaube, du solltest jetzt ein bisschen schlafen." Er störte ihn nur ungern, aber sein Arm und Bein protestierten bereits.

Nachdem er Davy auf die Füße geholfen hatte, folgte er dem stolpernden und schwankenden Mann in ein großes Schlafzimmer mit einem breiten Bett. Kurt vermutete, dass Davy dieses Schlafzimmer mit Ben geteilt hatte, auch wenn es sich, abgesehen von ein paar Kleidungsstücken auf einem Stuhl neben Davys Seite des Bettes, nicht von einem Hotelzimmer der mittleren Preisklasse unterschied.

Nur Sekunden nachdem Davy auf das Bett gesunken war – zum Glück trug er bereits seinen Schlafanzug –, schlief er leise schniefend ein.

Zurück in der Küche wurde Kurt von dem verführerischen Duft des Eintopfes empfangen, der sich langsam erwärmte. Nach der reinigenden Tränenflut würde Davy wahrscheinlich stundenlang schlafen. Kurt sollte gehen. Wirklich. Aber verdammt, die Sache mit Ben und Davy war seltsam und seine ausgeprägte Neugier war einer der Gründe, aus denen er überhaupt erst Polizist geworden war.

Angefangen beim Kühlschrank öffnete er jede einzelne Tür im Raum. Was er fand, bestätigte seinen Verdacht: Davy hatte schon lange nicht mehr eingekauft und seit der Beerdigung wahrscheinlich nicht viel gegessen. Reinigungsmittel waren dafür massenweise vorhanden – keine Überraschung bei so einem makellosen Haus. Doch eine seiner Theorien bestätigt zu wissen, stillte seine Neugier noch lange nicht.

Er machte bei den Schubladen weiter, bis er eine mit ungeöffneten Briefen fand. Er nahm sie heraus und sah sie sich an. Die Poststempel zeigten, dass sie alle erst nach Bens Tod geschickt worden waren. Da Davy offensichtlich seit einigen Tagen nicht mehr den Briefkasten geleert hatte, vermutete Kurt, dass diese von seiner Schwester hereingebracht worden waren. Er hätte zu gern gewusst, welcher der beiden Männer der Ordnungsfanatiker war. Auch wenn er außer der Küche nicht viel gesehen hatte, deutete alles auf einen beinahe krankhaften Sauberkeitszwang hin.

Kurt beschloss, die Post hereinzuholen, und warf auf dem Weg einen Blick auf den unordentlichen Zeitungsstapel neben der Tür. Auch die Zeitungen waren alle erst nach Bens Tod erschienen. Die Briefe legte er auf den Küchentisch, auch wenn Davy sie später vermutlich in die Schublade zu den anderen stopfen würde. Danach entfernte er die verdorbenen Lebensmittel aus dem Kühlschrank und putzte ihn kurz. Da er nicht wusste, wann hier die Müllabfuhr kam, ließ er die Tüte in der Garage stehen.

Anschließend stellte er den Topf auf eine niedrigere Temperatur herunter – so konnte er den ganzen Tag bleiben und Davy würde nach dem Aufwachen etwas Warmes zu essen haben – und wandte sich dem Rest des Hauses zu.

Er arbeitete sich methodisch, fast wie bei einer Hausdurchsuchung, nur wesentlich ordentlicher, durch das ganze Haus vor. Fast nichts wies darauf hin, dass hier überhaupt jemand lebte – schon gar nicht ein glückliches Paar. Die Einrichtung war durchgängig farblos und auch hier gab es keinerlei persönliche Gegenstände.

Nicht ein einziges eselohriges, zerlesenes Buch stand in den wenigen schlichten Regalen. Schlimmer noch, es war auch kein unbenutztes zu finden. Nicht das kleinste Foto war im Haus angebracht worden. Selbst in Kurts einsamer Wohnung befanden sich zumindest Bilder seiner Familie – hiernach würde er seine eigene Wohnung nie wieder als steril bezeichnen. Einsam, aber nicht steril. Dieses Haus war es, und zwar so sehr, dass Kurt das Verlangen verspürte, nach Fingerabdrücken zu suchen, um zu beweisen, dass Davy nicht nur ein Geist war, der in einem Musterhaus herumspukte.

Schließlich blieben nur noch das Gästezimmer und das Schlafzimmer übrig. Das Schlafzimmer konnte er nicht durchsuchen, ohne Davy zu wecken – auch wenn er mehr als nur neugierig war, ob es irgendwelche Geheimnisse barg.

Das Gästezimmer unterschied sich nicht vom Rest des Hauses. Die Kommode diente gleichzeitig als Wäscheschrank und das Bett wirkte wie frisch aus dem Möbelkatalog. Nicht weiter überraschend: Wenn Ben sogar Kurt seine Wohnsituation verschwiegen hatte, waren Gäste ganz sicher nicht üblich. Außerdem konnten diese furchtbar unordentlich sein.

Er öffnete den Kleiderschrank. Großer Gott, hier hätte man nur allzu gut einen Witz über Schwule und Regenbögen anbringen können: Der Schrank war bis zum letzten Zentimeter mit Gegenständen in allen Farben vollgestopft. Hemden, Hosen, Decken, sogar etwas, das wie ein knallbunter, handgemachter Quilt aussah. Kisten waren wahllos übereinandergestapelt worden und bei einigen ragten Papier- oder Stoffstückchen unter dem schlecht verschlossenen Deckel hervor. Außerdem waren da Dekokissen, Spiele, verschiedene Lampen und kleine Andenken. Blau, Rot, Grün, Violett und Gelb leuchteten ihm entgegen und überforderten nach dem Rest des Hauses beinahe seine Augen.

Vorne im Schrank stand eine Schachtel, deren Deckel sehr abgegriffen wirkte. Er öffnete sie und fand darin Fotos. Warum hatte man eine ganze Schachtel Fotos und stellte kein einziges davon auf?

Zuoberst lag ein altes, natürlich überbelichtetes Polaroidfoto. Der Schnappschuss, vielleicht zehn Jahre alt, zeigte Davy und Ben, beide lachend. Er hätte sie beinahe nicht erkannt – Ben hatte in seinem Beisein nie gelacht und Davy war nur ein blasser Schatten des glücklichen jungen Mannes auf dem Foto. Die zwei berührten sich nicht, saßen aber dicht beieinander. Kurt biss sich auf die Lippe und unterdrückte die plötzlich aufsteigenden Tränen.

Er blätterte flüchtig durch die anderen Fotos in der Kiste. Von Ben fand er zwar keines mehr, aber dafür viele von Davy, Sandra und anderen Personen. Auf dem Boden vor dem Schrank hockend dachte er nach. Es würde Stunden dauern, sich alles darin anzusehen, und Davy konnte jeden Moment aufwachen. All das gehörte eindeutig Davy. Was bedeutete, dass Ben die Person mit dem Sauberkeitsfimmel gewesen war, wozu dann auch sein kahler Arbeitsplatz passte.

Eigentlich hatte er die Erfahrung gemacht, dass die meisten Menschen ihren wertvollsten Besitz nah bei ihrem Schlafplatz behielten. Dieses Zimmer folgte dieser Regel nicht. Es war die Ausnahme. Denn aus irgendeinem Grund war Kurt sicher, dass sich in diesem Schrank alles befand, was Davy am Herzen lag.

Seine Nachforschungen warfen mehr neue Fragen auf, als sie beantworteten. Er musste mit Davy reden, aber daraus würde heute nichts mehr werden. Mit einem kurzen Blick in den Keller beendete er seinen Rundgang, doch auch hier fand er nichts Neues – abgesehen von einem wirklich beeindruckenden Heim-Fitnessstudio.

Nachdem er ein letztes Mal nach Davy gesehen hatte, der noch immer tief und fest schlief, legte er neben den elektrischen Topf einen Zettel mit seiner Nummer und der Bitte an Davy, ihn anzurufen, falls er ihn brauchte. Und auch wenn Davy nicht anrufen sollte: Er brauchte Hilfe, also würde Kurt ihm helfen – vor allem natürlich Ben zuliebe, aber vielleicht auch ein bisschen aus Neugier.

3

ERNEUT AUS dem Taxi zu steigen und auf Davys Haus zuzugehen, fühlte sich wie ein Déjà-vu an. Er hatte es noch nicht einmal vierundzwanzig Stunden ausgehalten. Den Abend zuvor hatte er damit verbracht, ruhelos auf und ab zu gehen, seine Eltern anzufauchen und sich zu fragen, ob Davy den Eintopf gegessen hatte. Er hatte seinen Eltern noch nicht einmal den Grund für seine Laune verraten können. Irgendwann hatte ihn der Gedanke an Davys leere Küchenschränke auf eine ziemlich anmaßende Idee gebracht. Vielleicht sollte er doch möglichst bald wieder seinen Dienst aufnehmen, damit er nicht mehr so viel nachdenken konnte.

Er verließ das Haus, während seine Eltern die Kirche besuchten. Kurt ging selten hin, und selbst falls Davy es eigentlich öfter tat, ließ der Staub auf seinem Auto darauf schließen, dass er zurzeit sowohl der Arbeit als auch der Kirche fernblieb.

Wie am Tag zuvor klopfte er mit dem Stock an die Tür. Wieder wartete er, wieder drückte er den Klingelknopf.

Als Davy diesmal die Tür öffnete, schien er Kurt zu erkennen und sah ihn vorsichtig, aber freundlich an.

„Hi, Davy. Geht es dir besser?" Die blassen Wangen hatten ein bisschen mehr Farbe und die Augenringe waren weniger dunkel. Der Schlafanzug war allerdings noch der vom Vortag.

Davy errötete sichtbar und senkte den Blick. „Ja", flüsterte er an seine Füße gerichtet. „Es tut mir leid."

„Es gibt nichts, was dir leid tun muss. Es sei denn, du lässt mich nicht rein."

„Oh. Doch, natürlich." Davy trat zur Seite.

Kurt schenkte ihm ein beruhigendes Lächeln und ging vor in die Küche. Im Wohnzimmer hätte man wahrscheinlich gemütlicher sitzen können, aber durch seine eigene Familie war er daran gewöhnt, sich viel in der Küche aufzuhalten. Außerdem konnte es Davy nicht schaden, von Lebensmitteln umgeben zu sein, wenn er wieder ein bisschen zunehmen wollte.

„Danke für den Eintopf, der war wirklich gut." Davy setzte sich ihm gegenüber an den Küchentisch. Obwohl er vielleicht sogar ein paar Jahre älter war als Kurt, wirkte er wie ein verlorener kleiner Junge.

Der kitschige äußere Teil des Topfes stand noch auf der makellosen Arbeitsplatte, doch der innere mit dem Eintopf war herausgenommen worden, was Kurt als gutes Zeichen betrachtete. Hätte Davy das Essen einfach entsorgt, hätte er wahrscheinlich bereits alles gespült und wieder zusammengesetzt.

„Hast du den selbst gekocht?"

„Nein, meine Mutter."

„Oh."

Dann saßen sie da und starrten einander an. Kurt wollte keine anspruchsvolle Unterhaltung beginnen, da er eine Lieferung erwartete. Davy legte mit gerunzelter Stirn den Kopf schräg.

Als es an der Tür klingelte, verfinsterte sich sein Gesicht noch mehr. Sein Blick wanderte von Kurt zur Tür und wieder zurück. „Wer ist das?", fragte er misstrauisch.

„Niemand, um den du dir Sorgen machen musst", antwortete Kurt und sprang auf, um zur Tür zu gehen. Davy folgte ihm.

„Ich will keinen Besuch." Seine Stimme wurde lauter und das Misstrauen war einem Anflug von Hysterie gewichen.

Kurt öffnete die Tür und ignorierte Davys halbherzige Proteste, während er dem Lebensmittellieferanten zeigte, wo er seine Last abladen konnte. Als der Mann hinausging, um den Rest zu holen, brachte Davy endlich einen vollständigen Satz zustande.

„Was zum Teufel soll das?" Davy klopfte die Seiten seines Schlafanzugs ab, als könnte er in den nichtexistenten Taschen irgendetwas finden. „Wer soll das alles bezahlen?"

Aha, Davy suchte wohl nach seinem Portemonnaie.

„Ich."

„Das kann ich nicht annehmen. Sag ihm, er soll alles wieder mitnehmen."

„Ich soll dich verhungern lassen? Wohl kaum."

„Ich kann selbst einkaufen."

Kurt schnaubte. „Dann hättest du es vielleicht machen sollen."

Der Lieferant kehrte schwer bepackt zurück. „Kurt!"

„Meine Güte, Davy, warum gehst du nicht einfach duschen und überlässt das mir?" Er schnupperte übertrieben und verzog das Gesicht.

In Davys Augen flackerte Verärgerung auf. Er errötete. Allerdings war Kurt nicht sicher, ob vor Wut oder Scham. Aber wenn Kurt ihn dazu brachte zu duschen, würde er sich in Ruhe um die Lebensmittel kümmern können.

„Warum sagst du das?", zischte Davy mit einem verstohlenen Blick auf den Lieferanten, der gerade eine Plastikkiste auf den Küchenboden stellte.

Kurt verdrehte die Augen. „Weil du den gleichen Schlafanzug anhast wie gestern. Solltest du den nicht mal wechseln?"

„Sei still, sonst versteht er das noch falsch." Davys Stimme wurde gleichzeitig eindringlicher und leiser.

„Was? Oh, einen Moment." Kurt wandte sich dem Lieferanten zu, der für den Kreditkartenbeleg seine Unterschrift brauchte. Danach schloss er die Haustür und machte sich auf den Weg in die Küche. Alle Lebensmittel einzusortieren, würde mit seinem mitgenommenen Arm und Bein eine Weile dauern, aber dann konnten sie sich ums Mittagessen kümmern.

26

„Was machst du da?"

„Auspacken. Ich dachte, du duschst schon."

„Ich ... ich ...", stotterte Davy. „Stört es dich gar nicht, was der Typ über uns denkt?"

„Der Lieferant? Was genau soll der über uns denken?"

„Dass, na ja, dass wir zusammen sind", antwortete er mit beinahe zu einem Flüstern gesenkter Stimme. Es brach Kurt fast das Herz. Was hatte Ben diesem armen Kerl mit seiner Heimlichtuerei bloß angetan?

„Und wenn schon, er ist doch nur irgendein Lieferant. Ist doch vollkommen egal." Auch wenn Kurt selbst nicht schwul war, fand er nicht, dass sich irgendjemand dafür schämen musste. Und wenn der Lieferant ihn dafür hielt, störte es ihn kein bisschen – falls er es überhaupt getan hatte. Trotz Davys Misstrauen schien der Typ sich eher für sein Trinkgeld als für ihr Liebesleben interessiert zu haben.

„Ist es das?" Davy schien es nicht zu begreifen. Und Kurt begriff ebenfalls so einiges nicht. Ben hätte es vielleicht nicht gleich in der Zeitung inserieren müssen, aber er war nun wirklich nicht der einzige schwule Polizist, auch wenn es sich bei den meisten anderen um jüngere handelte. Selbst die Schwulenehe war schon seit Jahren möglich. Also warum hatte Ben ein so großes Geheimnis daraus gemacht und damit auch Davy gezwungen, sich zu verstecken?

„Dann gehe ich jetzt wohl besser duschen."

Kurt wartete, bis er den Raum verlassen hatte, bevor er sich den Lebensmitteln widmete.

ALS KURT alles eingeräumt hatte und gerade Zutaten für Omeletts zusammensuchte, kehrte ein nach Zitronenseife duftender Davy in die Küche zurück. Kurt lächelte, als er Davys T-Shirt und Jeans sah, beides leicht abgetragen. Er hatte schon gefürchtet, Davy würde wieder im Schlafanzug auftauchen.

„Setz dich." Kurt schaltete die Herdplatte ein. „Es dauert nicht mehr lange. Du magst doch Eier, oder? Viel mehr kann ich nämlich nicht kochen."

„Eier sind in Ordnung. Aber ich kann selbst für mich kochen."

Er drehte sich um und starrte Davy an. „Ach ja? Wann hast du das letzte Mal gegessen?"

„Gestern." Seine Lippen verzogen sich zum Anflug eines Lächelns.

Kurt musste lachen. „Ich meine davor."

Davy wurde wieder ernst. „Ich erinner mich nicht. Eigentlich koche ich gerne. Sogar sehr gerne. Aber für mich allein ist es nicht dasselbe. Es lohnt sich einfach nicht."

„Aber du kannst richtig kochen?"

„Ja."

„Sehr gut. Was hältst du dann davon, uns morgen ein Mittagessen zu kochen? Zutaten sollten jetzt genug da sein."

Kurt platzierte die Omeletts auf Tellern und beförderte sie mit dem Schwung eines geübten Kellners auf den Tisch. Genau wie seine Geschwister hatte er im Finn's schon so manche Schicht übernommen, wenn auch nicht als Koch.

Davy stupste die Eier mit der Gabel an.

„Keine Sorge, sie sind genießbar."

„Kurt, warum bist du hier?"

Da er plötzlich einen Kloß im Hals hatte, legte Kurt die Gabel auf den Tisch, ohne sein Omelett probiert zu haben. „Ben und ich haben drei Jahre zusammengearbeitet. Ich habe ihm bedingungslos vertraut. Ich wusste, dass ich immer auf ihn zählen konnte. Und obwohl er das anscheinend nicht gewusst hat, konnte er auch auf mich zählen. Und dazu gehört auch, dass ich dich verdammt noch mal nicht einfach verhungern lasse."

„Ben wusste, dass er auf dich zählen konnte. Er hat gesagt, du seist der beste Partner, den er sich nach Eds Tod erhoffen hätte können. Er hat viel über dich geredet."

„Über dich hat er nie geredet." Seine Verärgerung ging in Bedauern über und er war, wie es in letzter Zeit häufig geschah, den Tränen nahe. Er starrte auf seinen Teller.

„Ich weiß", antwortete Davy leise. „So war Ben einfach. Aber ich möchte trotzdem nicht, dass du aus Mitleid Zeit mit mir verbringst."

„Verdammt, so ist das überhaupt nicht." Kurt hob den Blick. „Du brauchst im Moment einfach Hilfe. Deine Freunde und deine Schwester scheinen ja nicht für dich da zu sein."

Davy zuckte mit den Schultern. „Meine Schwester … hat es gerade selbst nicht leicht. Ihr Mann ist in Afghanistan stationiert und sie muss alleine mit einer Risikoschwangerschaft zurechtkommen. Da will ich sie nicht noch mehr belasten." Davy spießte mit der Gabel etwas von seinem Omelett auf, schob sie aber nicht in den Mund.

Kurt hakte fürs Erste nicht weiter nach. Er wollte Davy zum Essen bringen und das Thema regte bei beiden nicht unbedingt den Appetit an. Nach Davys Freunden konnte er sich später noch erkundigen.

„Iss, Davy." In der Hoffnung, Davy würde seinem Beispiel folgen, schob er sich einen großen Bissen Ei in den Mund, kaute und schluckte. „Was bist du eigentlich von Beruf?"

„Ich überwache für einen Arzneimittelhersteller die klinische Prüfung."

„Oh, ein richtiger Schlauberger."

Davy senkte den Kopf, schien sich aber über das Kompliment zu freuen. „Nicht besonders."

„Klar. Ich wette, du hast mindestens ein Diplom. Worin, Chemie?"

„Fast, Biochemie."

„Siehst du, ein Schlauberger. Erzähl mir davon."

Das Gespräch lenkte Davy so gut ab, dass er sein Omelett dabei bis zum letzten Bissen aufaß und nach und nach immer lebhafter wurde. Trotzdem wurde bald klar, dass sein Berufsleben ebenso einsam war wie sein privates. Er beaufsichtigte viele Menschen, hatte jedoch kaum jemanden, mit dem er direkt zusammenarbeitete. So ergaben sich keine ernsthaften Freundschaften.

Nachdem sie aufgegessen hatten, räumte Kurt den Tisch ab und kümmerte sich um das Geschirr. „Tja, also, ich muss mich jetzt so langsam auf den Weg machen. Aber ich schaue morgen wieder vorbei."

Er sorgte dafür, dass er Davys Nummer in seinem Handy gespeichert hatte, bevor er ins Taxi stieg und sich nach Hause bringen ließ.

„SCHATZ, DU gehst schon wieder aus?" Sie betrachtete das Taxi, das in die Auffahrt einbog. „Das machst du schon seit zwei Wochen jeden Tag. Wann stellst du sie mir vor?"

„Mom, wie schon gesagt: Ich habe keine Freundin. Ich verbringe nur Zeit mit einem Freund." Also wirklich, er brauchte zwar keinen Stock mehr und ihm waren die Fäden gezogen worden, aber er war noch lange nicht wieder in bester Verfassung. In diesem Zustand Sex zu haben, war kein angenehmer Gedanke. Allerdings rechnete er damit, bei seinem nächsten Arztbesuch eine Fahrerlaubnis zu erhalten, woraufhin er dann auch wieder in seine eigene Wohnung zurückziehen wollte.

Seine Mutter seufzte nur, als hätte diese Unterhaltung mit ihm sowieso keinen Sinn.

„Soll ich dich wirklich nicht fahren? Der Taxifahrer hilft dir nicht beim Ein- und Aussteigen. Da mache ich mir Sorgen."

Was sollte das? Das hatte er alleine geschafft, seit er aus dem Krankenhaus entlassen worden war. Er brauchte – und wollte – dabei verdammt noch mal keine Hilfe. Und trotzdem behandelte seine Mutter ihn wie etwas Zerbrechliches – eigentlich fehlte nur noch, dass sie ihm das Essen kleinschnitt und ihm den Hintern abwischte. Er war kein Kleinkind, er erholte sich nur von einer Verletzung – und das ziemlich schnell.

„Ich kann mit dem Taxi fahren, Mom." Sein unnachgiebiger Tonfall schien sie zu verletzen, aber es reichte ihm einfach. Kurt hatte niemandem von Davy erzählt – er war nicht sicher, warum –, doch während seine Familie ihn als hilflos betrachtete, schöpfte er neue Kraft daraus, Davy zu helfen. Und er konnte nicht abstreiten, dass er Davys Gesellschaft genoss. Ihr gemeinsames Mittagessen würde ihm fehlen, wenn Davy wieder arbeiten musste – leider blieben diesem nur noch wenige freie Tage, während Kurts Urlaub noch etwas andauerte.

„Mach's gut, Mom." Er küsste sie als kleine Entschuldigung auf die Wange. „Ich bin bald zurück."

ALS KURT im Taxi saß, klingelte sein Handy und das Display zeigte eine unbekannte Nummer an.

„O'Donnell hier."

„Oh, ähm, hi, Kurt?"

„Davy? Woher rufst du an?"

„Vom Supermarkt an der Ecke."

„Stimmt was nicht?" Davy hatte ihn noch nie angerufen und Kurt hatte keine Ahnung, warum er es nicht von seinem eigenen Telefon aus tat. Aber vielleicht war es ein gutes Zeichen, dass Davy wenigstens wieder das Haus verließ.

„Oh, ähm, nein. Hör zu, wolltest du heute vorbeikommen?" Als hätte er das nicht jeden Tag getan. Seine Besuche bei Davy machten Kurt seine berufliche Auszeit angenehmer und es freute ihn, Davy gegen die Depressionen helfen zu können, in denen er bei ihrem ersten Treffen so tief versunken gewesen war. Irgendwann würde Davy vielleicht auch seine Scheu vor Kurt verlieren – welcher sich zugegebenermaßen ziemlich unverschämt in sein Leben gedrängt hatte. Als jüngstes von sieben Kindern war er eben daran gewöhnt, sich durchsetzen zu müssen. Auch wenn es ihm nicht immer gelang, gab er doch jedes Mal sein Bestes.

„Ja, ich bin schon auf dem Weg." Und, bitte Gott, hoffentlich zum letzten Mal ohne sein eigenes Auto.

„Oh, ich, ähm … ich glaube, das ist keine gute Idee."

Was? „Warum nicht?" Wenigstens bemerkte der Taxifahrer nicht, wie er plötzlich errötete. Hatte Davy genug von ihm? Seine Verabredungen mit Davy hatten Kurt so sehr dabei geholfen, Bens Tod zu verarbeiten, und er hatte eigentlich geglaubt, Davy ginge es ähnlich. Wenigstens hatte er seither regelmäßig gegessen. Kurt hatte nicht in Erwägung gezogen, dass Davy ihn vielleicht als Last und nicht als Hilfe betrachtete.

„Tut mir leid. Ich habe deine Gastfreundschaft viel zu sehr ausgenutzt."

„Was? Nein!"

Oh. „Wo liegt dann das Problem?"

„Mir … geht es nicht gut." Davy log. Kurt konnte es spüren, selbst am Telefon. Es bestärkte ihn nur noch in seinem Entschluss, Davy zu besuchen. Irgendetwas stimmte nicht – etwas anderes als Kurts rücksichtslose Aufdringlichkeit.

„Davy, ich fahre gleich durch einen Tunnel und verliere die Verbindung. Also bis gleich." Kurt legte auf. Persönlich würde er von Davy eher eine Antwort bekommen.

4

KURT LIEß das Taxi erst am Supermarkt vorbeifahren, konnte von Davy aber keine Spur entdecken.

Wenige Minuten später hielt das Taxi vor Davys Haus. Er betrachtete es nicht als Bens Haus, hatte es von Anfang an nicht getan. Obwohl Bens Auto noch in der Zufahrt stand, verband Kurt das Haus im Geiste nur mit Davy.

Und wehe, wenn dieser jetzt nicht hier war. Kurt sprang aus dem Taxi, warf dem Fahrer einen Zwanziger zu und legte den Weg zur Haustür zurück, so schnell er konnte – was ihm nicht schnell genug war. Allerdings nahm er den Stock nur noch zur Sicherheit mit und wollte ihn nicht benutzen, wenn es nicht unbedingt sein musste.

Mit dem Finger auf der Türklingel wartete er. Da das schrille Klingeln, mit dem er gerechnet hatte, nicht zu hören war, klopfte er kräftig mit seinem Stock an die Tür, bis Davy sie aufriss. Er sah genervt und verschwitzt aus.

„Was?" Als er Kurt sah, ließ die Verärgerung in seinem Gesicht etwas nach.

„Hi, Davy. Wie geht's? Bereit fürs Essen?" Am nächsten Tag würde er endlich mit seinem Auto kommen, damit sie zum Essen ausgehen konnten.

„Ich habe dir doch gesagt, dass es mir nicht gut geht und … warte mal. Hier gibt es doch überhaupt keine Tunnel."

Kurt zuckte mit den Schultern. „Ich habe gelogen."

Davys Mund öffnete und schloss sich wie der eines Goldfisches. „Aber … aber … wie konntest du nur?"

Kurt widerstand dem Drang zu lachen. „Du hast doch auch gelogen. Du siehst völlig gesund aus."

Röte kroch Davys Hals hinauf und breitete sich leuchtend in seinen Wangen aus.

„Kann ich reinkommen?" Eine rhetorische Frage, da er sich wie bei seinem ersten Besuch hier bereits an Davy vorbeischob. Wenigstens trug dieser diesmal keinen Schlafanzug.

Großer Gott. So warm wie hier musste es ungefähr in der Hölle sein. „Davy, was ist mit deiner Klimaanlage los?" Sollte er ihm anbieten, sie sich anzuschauen? Oder würde er es nur noch schlimmer machen?

Er betrat die Küche. „Mach doch wenigstens ein paar Fenster auf. Draußen ist es kühler als hier." Und heller. Das Fenster über der Spüle ließ sich nur mit einem gequälten Quietschen öffnen, das darauf hindeutete, dass es meistens – oder sogar immer – verschlossen war. Eine warme, leicht feuchte Brise drang in die Küche.

„Schon besser." Da er schon oft genug hier gewesen war und Zurückhaltung nicht in seiner Natur lag, wartete er nicht darauf, dass Davy ihm ein Getränk anbot – dann wäre er vermutlich sowieso vertrocknet. Davy redete selten und schien immer noch nicht zu wissen, was er von Kurts Besuchen halten sollte, doch von diesem beängstigend erschöpften, beinahe lebensmüde wirkenden Davy der ersten Zeit war in den letzten Tage nichts mehr zu sehen gewesen.

Als Kurt den Kühlschrank öffnete, ging kein Licht an. Dafür ging Kurt endlich eines auf. Er schloss die Kühlschranktür und drehte sich um. Davy war ihm in die Küche gefolgt, starrte aber auf seine nackten Füße.

Misstrauisch ging Kurt auf ihn zu und drückte den Lichtschalter hinter ihm. Aus. An. Wieder aus. Wieder an. Nichts.

Ein Stromausfall war nichts Ungewöhnliches. Bei großer Hitze konnte das vorkommen. Nur dass es dazu heute eigentlich nicht warm genug war. Und es erklärte auch nicht, warum Davy sich zu schämen schien, ihn nicht ansehen wollte.

„Davy, warum hast du keinen Strom?" Kurt ballte die Hände zu Fäusten, damit er nicht in Versuchung geriet, den Mann zu packen und zu schütteln. Wollte er sich jetzt umbringen, indem er sich kochte, da Kurt ihm ja nicht erlaubt hatte, sich auszuhungern?

Dann bemerkte er die auf den Boden fallenden Tropfen: Tränen. Verdammt. Aber diesmal musste es nicht in der Küche sein. Er konnte fast noch die blauen Flecken von dem Tag sehen, an dem Davy in seinen Armen geweint hatte – diese Küchenstühle waren Folterinstrumente.

Er ging an Davy vorbei ins Wohnzimmer. Dieses war wenigstens nicht weiß, auch wenn ihm das eintönige Beige das Gefühl gab, er befände sich im Inneren eines Pilzes. Glücklicherweise ließen sich die Fenster hier leichter öffnen – sein linker Arm schmerzte noch von dem in der Küche. Er war schon ziemlich gut verheilt, aber er wollte lieber nicht das Risiko eingehen, seine Physiotherapeutin zu verärgern, sonst würde sie ihn morgen nicht Auto fahren oder bald wieder arbeiten lassen. Jedenfalls sah das Zimmer ohne die Rollos gleich viel freundlicher aus.

Als Kurt sich von den Fenstern abwandte, sah er Davy noch immer in derselben bedrückten Haltung im Türrahmen stehen. Er deutete auf das vornehme, aber nichtssagende Sofa. „Setz dich."

Überraschenderweise kam Davy der Aufforderung nach. Obwohl er wenig redete, hatte Kurt mit etwas Widerstand gerechnet. Vielleicht spürte er, dass Kurt an diesem Tag einfach die Geduld fehlte.

Kurt ließ sich auf dem Couchtisch vor Davy nieder, der ihm einen vorwurfsvollen Blick zuwarf. Er verdrehte die Augen. Ben hätte sich über Füße oder einen Hintern auf dem Tisch wohl ziemlich aufgeregt, aber das war Kurt gerade egal.

„Also, was ist hier los?"

Ein leichtes Zittern durchlief Davys schlanken Körper. Entfernter Verkehrslärm drang durch die Fenster herein und mischte sich mit dem Geräusch von Davys mühsamen Atemzügen.

Kurt wartete mit pochenden Schläfen. Er war wütend, wollte es aber nicht sein. Kummer verschwand nicht einfach nach ein paar Wochen, vor allem nicht, wenn der Partner der letzten zehn Jahre starb. Es würde noch Monate dauern, bis es Davy besser ging. Daran musste Kurt immer denken, wenn er wieder frustriert darüber war, wie Davy sich hier einschloss und sich dem Leben entzog.

Es dauerte einige Minuten, bis Davy endlich den Kopf hob. Seine Augen waren feucht und gerötet wie schon seit den ersten Tagen nicht mehr.

„Ich konnte die Rechnung nicht bezahlen."

Obwohl das nach allen Hinweisen Kurts logische Schlussfolgerung gewesen war, überraschte ihn die Aussage. Es war schwer zu glauben, dass ein verantwortungsbewusster und pedantischer Mann wie Ben seinen Partner verschuldet zurückgelassen haben sollte.

„Ich werde das Haus verkaufen müssen", flüsterte Davy, während neue Tränen seine zu schmalen Wangen hinabbrannten.

Erneut überfiel Kurt das Bedürfnis, Davy in die Arme zu nehmen und ihm zu sagen, alles würde gut werden. Er zögerte. War das die Art von Trost, die Davy brauchte? Vermutlich nicht. Nicht jetzt. Trotzdem ließ er sich zumindest neben Davy auf die Couch fallen und legte ihm einen Arm um die schmalen Schultern. Davy schmiegte sich an ihn und hielt sich fest wie eine Klette. Wie lange hatte Davy ohne die kleinste Berührung eines anderen Menschen auskommen müssen?

„Warte mal, immer langsam – dein Gehalt reicht nicht für die Hypothekenraten?" Es war eine ziemlich unverschämte Frage und Kurt wusste von den derzeit hohen Immobilienpreisen, aber das Haus war nicht gerade luxuriös. Nur ein älterer Bungalow mit zwei Schlafzimmern und ausgebautem Keller.

Davy nickte in Kurts Halsbeuge mit dem Kopf, schüttelte ihn jedoch gleich darauf. „Eigentlich schon, nur hat mich die Beerdigung all meine Ersparnisse gekostet. Alles andere läuft auf meinen Namen und wird automatisch von meinem Konto abgebucht. Ben ..." Davy schluckte schwer und holte tief Luft. „Normalerweise hat mir Ben jeden Monat Geld überwiesen. Aber jetzt hat sich das Pflegeheim seiner Mutter gemeldet, da es noch keinen Scheck bekommen hatte. Also habe ich einen geschickt – was hätte ich auch sonst tun sollen? Nur bleibt jetzt nichts mehr für die Stromrechnung und das Telefon. Mir war nicht klar, wie teuer so eine Einrichtung auf Dauer ist."

Seit er Davy kannte, hatte er ihn noch nie so viel auf einmal sagen hören. Jetzt verstand Kurt auch den Anruf aus dem Supermarkt. „Dein Telefon ist also auch abgestellt? Hast du kein Handy?"

Wieder ein Kopfschütteln von Davy.

„Meine Güte, Davy. Es ist verdammt gefährlich, kein Telefon zu haben. Was ist, wenn du dich verletzt? Oder es brennt? Oder jemand einbricht?" Kurt löste sich von Davy, um ihn vorwurfsvoll anzustarren.

Davys einzige Reaktion war, den Blick verwirrt zu erwidern. Kurt riss sich zusammen und unterdrückte seine Ängste. Zur Not würde er Davy sein eigenes Handy leihen, aber im Moment hatte er dringendere Probleme.

„Okay, okay, vergiss es. Was ist mit einer Lebensversicherung? Hatte Ben keine Rücklagen? Ich kann mir nicht vorstellen, dass er keine Vorkehrungen für seine Mutter getroffen hat … und für dich. Er arbeitet … hat in einem gefährlichen Beruf gearbeitet."

Kurt hatte sich gleich am ersten Tag als Polizist um sein Testament gekümmert – auch wenn er außer ein paar kleinen Ersparnissen nicht viel zu vererben hatte. Aber er hatte ja auch niemanden, der sich auf ihn verließ, wie Davy und Bens Mutter.

Davy zuckte mit den Schultern. „Keine Ahnung. Er hat nie was davon gesagt."

Das Pochen in seinen Schläfen wurde lauter und eindringlicher. Er hatte nicht viel mehr über Ben gewusst, als dass er ein großartiger Polizist gewesen war. Doch je mehr er über ihn erfuhr, desto weniger war Kurt sicher, ob er privat genauso viel von ihm gehalten hätte.

„Hat er einen Aktenschrank? Oder einen Ordner? Vielleicht eine Kiste mit persönlichen Unterlagen?"

Davy biss sich kurz auf die Lippe, bevor er nickte. „Ja."

„Na gut, dann bring alles in die Küche." Trotz der unbequemen Stühle war der Küchentisch wahrscheinlich besser geeignet. Auch wenn er absolut kein Experte für Papierkram war, konnte er Davy nicht ohne Strom und voller Sorge um sein Haus zurücklassen, nachdem er gerade erst Ben verloren hatte.

Während Davy im Schlafzimmer verschwand, nahm Kurt die Schublade mit den ungeöffneten Briefen in Augenschein. Seit dem ersten Tag hatte er nicht mehr hineingesehen, hoffte aber auf irgendeinen Hinweis auf eine Lebensversicherung oder etwas Ähnliches.

Die Briefe, die nach Beileidskarten aussahen, legte er zur Seite. Es waren nur wenige. Wahrscheinlich, weil kaum jemand von Bens und Davys Beziehung gewusst hatte. Einige Briefe schienen Kontoauszüge zu sein, die im Moment allerdings ebenfalls uninteressant waren. Zwei an Davy gerichtete Einschreiben einer Anwaltskanzlei waren da schon wichtiger.

Ein Schweißtropfen rann seinen Rücken hinunter und erinnerte ihn an den unangenehmen Augenblick, bevor bei dem Einsatz alles schiefgegangen war. Würde die Klimaanlage funktionieren, wäre sein langärmliger Pullover kein Problem. Er hatte in der Öffentlichkeit keine kurzen Ärmel mehr getragen seit … tja, seit Ben gestorben war. Anfangs hatte er nur die Verbände abdecken wollen und mittlerweile war es zur Gewohnheit geworden.

Scheiß drauf. Er zog sich den Pullover aus und hoffte einfach, dass es Davy nicht stören würde.

Genau in diesem Moment tauchte Davy mit einer Fächermappe in der Hand in der Tür auf und erstarrte.

„Oh, hi, entschuldige. Ich habe etwas geschwitzt." Und er hatte sich von der Erinnerung an die Explosion durcheinanderbringen lassen. „Ich hoffe, du hast nichts dagegen."

Kurt machte sich normalerweise keine Gedanken darum, mit freiem Oberkörper herumzulaufen – sei es in seiner Wohnung, bei seinen Eltern oder wenn er mit Freunden grillte oder Football spielte. Aber Davy hatte zehn Jahre lang mit dem gesitteten Benjamin Kaminski zusammengelebt. Als Davys Gesicht noch blasser als vorher wurde, griff er nach seinem Pullover. Egal, er würde es überleben.

„Warte, es stört mich nicht", antwortete Davy endlich und betrat die Küche, um die Mappe auf den Tisch zu legen.

Kurt hielt in der Bewegung inne. „Bist du sicher? Ich will nicht, dass du dich unwohl fühlst." Denn plötzlich erinnerte er sich daran, dass Davy schwul war. Er würde das nicht falsch verstehen, oder?

„Nein. Ich … mir war nur nicht klar, wie schlimm dein Arm verletzt war. Du hast die Wunde kurz erwähnt, aber weil du immer den Stock hattest, habe ich das mit deinem Bein für ernster gehalten. Aber das war es nicht, oder?"

Oh. Natürlich. Er hatte überhaupt nicht darüber nachgedacht, wie furchtbar die Narbe auf Davy wirken musste. Oder überhaupt auf andere Menschen. Bisher hatten sie nur seine Familienmitglieder und die Ärzte gesehen.

Er presste den Arm dicht an seine Seite, während er einhändig mit dem Pullover kämpfte.

„Ich ziehe mir lieber wieder was über."

Davy hielt seinen Pullover fest. „Das musst du nicht, ich war nur überrascht. Mit … allem … vergesse ich manchmal, dass du so schlimm verletzt warst."

Er zuckte mit dem Pullover in der Hand die Schultern, immer noch unsicher, ob er ihn anziehen sollte oder nicht.

„Und deine Tattoos. Davon wusste ich gar nichts. Sie sind schön. Darf ich sie mir ansehen?"

„Ähm, danke. Sicher." Leute sahen sich gerne seine tätowierten Armbänder an. Die komplexen, fünf Zentimeter breiten Streifen aus keltischen Knotenmustern waren ein fesselnder Anblick – zumindest sagte man ihm das oft und Davy war nicht der Erste, der sie genauer betrachten wollte. Eigentlich waren es meistens Frauen. Trotzdem war Kurt glücklich, dass Davy nach seiner vielen Teilnahmslosigkeit endlich ein wenig Interesse für etwas zeigte.

Die sanfte Berührung von Davys Fingerspitzen an seinem linken Bizeps verursachte ihm Gänsehaut, doch er hielt still. Überraschend kräftige Finger legten sich um Kurts Handgelenk und drehten es ein wenig, um die lange, zerklüftete Narbe sichtbar zu machen.

„Tut es weh?"

„Die Narbe?" Sie sah noch etwas rot und frisch aus, verheilte aber gut. „Manchmal. Mit den Fenstern hätte ich vielleicht etwas vorsichtiger sein sollen."

Ein leises Keuchen war zu hören und Davys Finger legten sich etwas fester um sein Handgelenk. „Das tut mir wirklich leid. Ich hätte nicht …"

„Du hättest nicht was? Du wusstest es doch nicht und ich wusste es besser. Es ist nicht deine Schuld."

Davy ließ seinen Zeigefinger an der Narbe entlanggleiten, bis sie auf Kurts Tattoo traf. „Es geht um den ganzen Arm? Das muss doch auch wehgetan haben."

Er schnaubte. „Lange nicht so sehr wie die Wunde."

War diese eine Strafe für seine Eitelkeit gewesen? Denn die Narbe durchschnitt das Armband, sodass die Linien unterbrochen waren und das Tattoo nicht mehr zu dem auf dem rechten Arm passte.

„Es wäre bestimmt nicht leicht, es zu reparieren", sagte Kurt. „Ich weiß nicht, ob es schmerzhaft ist, vernarbte Haut zu tätowieren."

Davy nickte und ließ ihn los. Trotz der Hitze waren seine Finger kühl gewesen und Kurt konnte sie noch spüren, als Davy sich bereits auf einen Stuhl gesetzt und ihm die Mappe zugeschoben hatte.

Fast eine Stunde verbrachte Kurt damit, schweigend die peinlich genau organisierten Unterlagen zu studieren. Davy sah ihm ununterbrochen zu. Schließlich streckte Kurt sich und schob Davy die Einschreiben zu. „Mach die auf."

„Warum?" Davy hob sie vorsichtig an den Ecken hoch, als wären sie schmutzig. Beim Anblick seiner gerümpften Nase verflüchtigte sich Kurts Frust. Er konnte verstehen, warum Davy solchen Dingen auswich: Wenn er die Briefe nicht öffnete, wurde er nicht mit der Endgültigkeit von Bens Tod konfrontiert. Selbst wenn er dafür in dieser düsteren Sauna sitzen musste.

„Weil es Zeit wird. Du bist Bens Testamentsvollstrecker. Das weißt du doch, oder?"

Davy schüttelte den Kopf. Ernsthaft? Ben hatte es ihm nicht gesagt? Ihn nicht vorbereitet? Kein Wunder, dass Davy so ratlos war.

„Es überrascht mich, dass die Anwälte dich nicht angerufen haben." Davys verstohlener Blick auf das Telefon ließ Kurt vermuten, dass es einige unbeantwortete Nachrichten gab. „Wenn du dich um das hier gekümmert hast, sollte die Hypothek kein Problem mehr sein."

„Und was ist mit Bens Mutter?"

Ein Brennen in seinen Augen warnte Kurt vor aufsteigenden Tränen. Er unterdrückte sie – Davy weinte genug für sie beide. Trotz Davys Neigung, Problemen aus dem Weg zu gehen, konnte Kurt sehr gut verstehen, warum Ben sich diesen liebevollen, weichherzigen Mann als Partner ausgesucht hatte – auch wenn er ihn nicht immer gut behandelt zu haben schien.

36

„Es gibt zwei Lebensversicherungspolicen. Eine für dich und das Haus und die andere über die Polizei für seine Mutter." Was mittlerweile gut ins Bild passte: Sonst hätte am Ende noch irgendein Typ in der Verwaltung etwas über Bens Partner der letzten zehn Jahre herausgefunden. Aber wenigstens hatte Ben sich dazu durchgerungen, mithilfe eines Anwalts Vorkehrungen für Davy zu treffen. „Du musst dich mit dem Anwalt darüber unterhalten, wie die Gelder verteilt werden und wer in Zukunft über Mrs. Kaminskis Behandlung entscheidet. Vielleicht besteht auch die Möglichkeit, Unterstützung beim Staat zu beantragen oder die Testamentsvollstreckung abzutreten."

„Nein."

Kurt riss die Augen auf. Mit einem so entschiedenen Protest hatte er nicht gerechnet.

„Nein. Ben hat es so gewollt, also muss ich es tun." Davy legte seine Hände auf die Dokumente, als könnte er ihren Inhalt auf diese Weise in sich aufsaugen.

„Aber du musst es nicht alleine machen. Ich werde dir helfen, okay?" Vor einem Monat hätte ihn sein Pflichtgefühl gegenüber Ben dazu gedrängt. Jetzt wollte er helfen, weil er Davy als Freund betrachtete.

Davy stiegen Tränen in die Augen und seine Lippen formten das Wort „danke", ohne dass er Kurt ansah. Dann holte er zittrig Luft und zwinkerte die Tränen fort.

Kurt reichte Davy sein Handy. „Ruf den Anwalt an und mach einen Termin. Danach können wir eine Pizza bestellen und während wir warten, regeln wir das mit dem Strom und deinem Telefon."

„Wie das?"

„Mit meiner Kreditkarte."

„Nein", sagte Davy noch nachdrücklicher als vorher. „Das kann ich nicht annehmen." Er deutete auf die Unterlagen. „Es ist meine eigene Schuld, weil ich dumm war und mich nicht rechtzeitig darum gekümmert habe."

„Du bist nicht dumm", antwortete Kurt empört. „Du hattest ein paar verdammt schwere Wochen. Ich möchte einem Freund aus der Klemme helfen und daran wirst du mich nicht hindern."

Es war nicht gelogen. Mittlerweile betrachtete er Davy wirklich als Freund, nicht nur als den Lebensgefährten seines verstorbenen Partners.

Erneut schien Davy den Tränen nah zu sein, doch diesmal wurden sie von einem Lächeln begleitet. „Einem Freund?"

Kurt bekam Magenschmerzen. Er verspürte das Bedürfnis, irgendjemanden zu schlagen. Davy hatte ihm von Sandras Schwangerschaft erzählt und davon, wie Ben ihn nach und nach von seinen Freunden isoliert hatte. Na gut, ganz so hatte er es nicht ausgedrückt, aber mittlerweile war Kurt sicher. Er hatte oft genug mit Opfern häuslicher Gewalt zu tun gehabt, um die Anzeichen zu erkennen. Auch wenn Ben Davy nicht körperlich misshandelt hatte, musste die Isolation sehr schlimm für ihn gewesen sein. Und alles nur, um zu verheimlichen, dass Ben schwul war.

Hatte keiner von Davys alten Freunden versucht, wieder Kontakt aufzunehmen oder nachzufragen, wie es ihm ging? Für den Moment unterdrückte Kurt diese Gedanken und nickte Davy lächelnd zu.

Davy erwiderte das Lächeln, hob das Handy und wählte. Während Davy sich in der Warteschleife befand, legte Kurt die wichtigsten Dokumente auf einen Stapel, bevor er die Küche verließ, damit Davy in Ruhe telefonieren konnte.

Kurt hatte Davy noch nicht gestanden, dass er seinen Schrank durchwühlt hatte, überlegte aber ernsthaft, ob er es tun sollte – das Haus brauchte nämlich dringend Farbe.

Davy hüpfte vielleicht nicht direkt – dazu war er ein bisschen zu groß –, kam aber doch sehr leichten Schrittes ins Wohnzimmer, um Kurt sein Handy zurückzugeben.

„Ich habe morgen um halb elf einen Termin."

„Sehr gut. Ich muss morgen nämlich ziemlich früh zum Arzt und ich könnte dich danach abholen. Dann können wir essen gehen."

„Essen gehen?" Großer Gott. Davy klang wie eine viktorianische Jungfrau, der er gerade Gruppensex vorgeschlagen hatte.

„Ja, essen gehen. Das ist übrigens nicht verboten."

„Aber … aber … in der Öffentlichkeit? Denken die Leute dann nicht …" Er verstummte. *Oh, Ben. Was hast du diesem armen Kerl nur angetan?*

„Freunde, schon vergessen? Freunde gehen manchmal zusammen essen. Außerdem denken deine Nachbarn bestimmt sowieso schon, dass wir eine Affäre haben – ich komme jeden Mittag vorbei und wir verlassen *nie* das Haus."

Davy riss die Augen auf und errötete so heftig, dass es beinahe schmerzhaft aussah. Dann entwich ihm plötzlich ein halb unterdrücktes Kichern, bevor er die Augen niederschlug. Doch sein Gesicht wirkte immer noch fröhlich und Kurt musste lächeln. Bald würde Davy wirklich lachen. Bald würde Davy sich nicht mehr schuldig fühlen, weil er sein Leben weiterlebte.

In der nächsten Woche würden beide wieder arbeiten – Kurt mit einem beinahe verheilten Körper, aber Davy noch weit entfernt von verheilter Seele und verheiltem Herzen.

KURT SCHAUTE sich im Imbiss nach bekannten Gesichtern um. Sie waren ziemlich weit von seinem eigenen Bezirk entfernt, aber Lettie's war eines der besten durchgängig geöffneten Restaurants der Stadt – was natürlich dazu führte, dass es Polizisten während der Nachtschicht häufig dorthin verschlug. Allerdings war es jetzt Mittag statt Mitternacht und anstelle von Polizisten tummelten sich dort Geschäftsleute.

„Verrätst du mir, warum jemand, der angeblich gut kochen kann, in einem Imbiss essen will?" Denn als Davy herausgefunden hatte, wo sich die Anwaltskanzlei befand, hatte er für ihr Mittagessen gleich Lettie's vorgeschlagen.

„Das Essen ist gut. Oder zumindest war es das mal. Ich war seit Jahren nicht hier, aber früher habe ich hier oft mit meinen Freunden gegessen." Davy sah sich um und die Anspannung in seinem Gesicht wich einem Ausdruck von Nostalgie.

„Es ist immer noch gut. Viele Jungs vom Revier kommen zum Essen hierher."

„Ach ... ja?" Der nervöse Blick kehrte zurück und Davy sah sich erneut um, diesmal verstohlener. Da verstand Kurt. Er wollte nicht nachfragen, hätte jedoch seinen letzten Cent darauf verwettet, dass Davy wegen Ben nicht mehr hergekommen war.

Bis ihr Essen serviert wurde, unterhielten sie sich sporadisch. Kurt bemühte sich darum, Davy zu zeigen, dass es ihm nichts ausmachte, mit ihm in der Öffentlichkeit gesehen zu werden. Warum sollte es auch?

„Den Seitenhieb habe ich übrigens mitbekommen", merkte Davy irgendwann mit einem schelmischen Blick an, der Kurt sehr freute.

„Was meinst du?"

„Die Anspielung auf meine Kochkünste."

Kurt zuckte mit den Schultern. Davy hatte ihnen ein paar Mal eine Kleinigkeit gemacht, meistens Sandwiches oder Eier. Lecker, aber nichts Besonderes.

„Ach, das macht doch nichts. Man darf auch mal ein bisschen übertreiben", neckte Kurt.

„Übertreiben?", antwortete Davy gespielt entrüstet. „Das reicht. Am Wochenende koche ich meine Spezialität. Und du wirst sie probieren."

„Ach wirklich? Was ist deine Spezialität?"

„Lass dich überraschen."

Diese humorvolle Seite stand Davy so viel besser als die zombiehafte Gleichgültigkeit und die Tränen.

„Na gut, welcher Tag ist denn besser für dich?" Kurts Arbeit begann erst Montag wieder, aber Davy wollte schon am nächsten Tag beginnen, da er es erst einmal mit einer kürzeren Woche versuchen wollte. Ob ein Tag oder fünf – Kurt war sicher, dass es nicht leicht für ihn werden würde.

„Wäre dir Samstag recht? Auch wenn der eigentlich für Dates reserviert ist?"

„Samstag ist gut. Ich treffe mich schon länger mit niemandem." Seine Familie war in den letzten Wochen ein ungefährliches Gesprächsthema gewesen, aber über sein Liebesleben hatte er nicht viel geredet.

Eine leichte Röte legte sich auf Davys Wangenknochen und Kurt war nicht sicher, warum. War es seltsam, sich mit einem schwulen Freund über Sex und Verabredungen zu unterhalten? Vielleicht. Kurt beschloss, das Thema in Zukunft lieber zu vermeiden.

„Davy Broussard? Ich kann es kaum glauben", rief eine leicht gekünstelt klingende Stimme.

Kurt drehte sich um und sah einen formvollendet gekleideten, blonden Mann im Anzug vor sich. Er war kleiner als Davy und Kurt, wirkte aber so elegant und souverän, dass er anstelle eines Geschäftsmannes auch ein Model hätte sein können.

„Jon!" Davy war unverkennbar erfreut. „Wie geht es dir?"

„Gut, Süßer. Stell mir doch diesen Prachtkerl vor."

„Oh, natürlich. Jon, das ist …" Davy wirkte plötzlich unsicher, schien nicht mehr daran gewöhnt zu sein, seinen Freunden jemanden vorzustellen.

„Ich bin Kurt, ein Freund von Davy."

„Oh, ein *Freund* also." Es war deutlich zu hören, wie Jon das Wort interpretierte.

Kurt fixierte ihn mit dem durchdringenden Blick, den er sich normalerweise für widerspenstige Verdächtige aufhob. Leider schien sich die Wirkung außerhalb des Verhörraums in Grenzen zu halten.

„Tja, Süßer, es freut mich, dass du endlich diesen abscheulichen Ben losgeworden bist."

Für Kurt waren die Worte ein Schlag ins Gesicht und für Davy mussten sie unendlich viel schlimmer sein. Er wandte sich zu ihm und stellte fest, dass er leichenblass war. Dann verfärbte sich sein Gesicht beinahe grünlich und er sprang auf und stürzte in Richtung der Toiletten.

„Was ist denn mit dem los?" Vor lauter Verwirrung vergaß Jon seine affektierte Sprechweise.

Er hatte Davy wohl doch nicht absichtlich verletzt, wie Kurt es im ersten Moment vermutet hatte. Es war das Einzige, was Jon vor einer gebrochenen Nase bewahrte. Trotzdem ballten sich Kurts Hände zu Fäusten.

„Musste das sein? Liest du keine Zeitung? Oder guckst die Nachrichten? Ben ist vor einem Monat bei einem Einsatz ums Leben gekommen."

Der blonde Mann wurde beinahe so blass wie Davy und ließ sich auf die jetzt freie Bank sinken. Kurt winkte der Kellnerin. Sobald er bezahlt hatte, würde er Davy hier rausbringen.

„Ich wusste nicht …", begann Jon zaghaft. „Ich meine …"

„Wie konntest du das nicht wissen? Es wurde überall darüber berichtet."

Jon riss die Augen auf und schlug sich eine Hand vor den Mund. „Meinst du die Sache mit der Explosion? Das war Davys Ben?"

Als er sich so mit einem aufrichtigen Blick über den Tisch beugte, wirkte Jon plötzlich wie ein kleines Kind, das sich nur verkleidet hatte.

„Ernsthaft … Kurt, nicht wahr? Ich war seit der Schule mit Davy befreundet, aber Ben habe ich nie getroffen und wusste noch nicht einmal seinen Nachnamen. Er wollte nie einen von Davys Freunden kennenlernen. Ich habe mal ein Foto von ihm gesehen, aber das ist schon lange her. In den letzten fünf Jahren war Davy praktisch verschwunden."

Jon schaute auf seine Hände hinunter, dann wieder zu Kurt. „Wie geht es ihm? Kann ich helfen?"

Jetzt wusste Kurt, warum Davys Freunde nicht für ihn da gewesen waren. Davy hätte sie ganz sicher nicht angerufen. Hätte Kurt sich nicht wie ein ungehobelter Wüstling in sein Leben gedrängt, hätte Davy niemanden außer seiner Schwester gehabt, die ganz allein mit ihrer schwierigen Schwangerschaft kämpfte. Am liebsten hätte er Jon gesagt, dass die Isolation nicht nur von einer Seite ausgegangen war, aber er hatte jetzt andere Probleme.

„Hat Davy deine Nummer?"

„Eigentlich schon, aber für den Fall der Fälle …" Jon reichte ihm eine Visitenkarte. „Bitte sag ihm, dass er mich anrufen soll."

Nachdem die Kellnerin die Rechnung gebracht hatte, warf Kurt ein paar Scheine auf den Tisch und steckte die Visitenkarte in die Tasche. Dann stand er auf. „Ich sehe besser mal nach Davy."

„Okay, danke. Sagst du Davy, dass es mir leid tut?"

„Mache ich", antwortete Kurt und folgte Davy zu den Toiletten. Dieser war gerade dabei, sich das blasse Gesicht mit einem Papiertuch trocken zu tupfen.

„Entschuldige." Das leise Wort ging in dem großen, hallenden Raum beinahe unter.

„Du musst dich nicht entschuldigen. Es ist kein Problem. Ich will mich zwar noch mit dir über deine Freunde unterhalten, aber nicht jetzt." Kurt überlegte, ob er Davy die Karte geben oder sie noch behalten sollte, bis er mit Davy über eine Therapie gesprochen hatte. Doch mit einem Freund zu reden, würde ihm bestimmt nicht schaden. „Hier, die soll ich dir von Jon geben. Es tut ihm leid."

Davy nahm die Karte vorsichtig entgegen und betrachtete sie. „Oh, Jon wurde befördert. Das freut mich für ihn."

Kurt musste eine Flut von verärgerten Worten unterdrücken. Sie auszusprechen, würde jetzt niemandem helfen. Davy erkannte einfach noch nicht, dass er nicht nur ein trauernder Hinterbliebener war, sondern auch ein Opfer. Kurt atmete tief durch, wobei ihn der Andrang chemischer Gerüche beinahe zum Husten brachte.

„Komm, lass uns gehen."

Ein bisschen Farbe kehrte in Davys Gesicht zurück. „Gibt es einen Hinterausgang?"

„Ja." Heute konnte Kurt gut verstehen, warum er sich verstecken wollte.

So oft Kurt die Papierstapel auch auf seinem Schreibtisch herumschob, sie wurden nicht kleiner. Dazu hätte er tatsächlich irgendetwas bearbeiten müssen. Es war schrecklich, an einen Schreibtisch gefesselt zu sein – und wenn es nach seinem Chef ging, würde er hier noch einige Wochen bleiben müssen, bis man ihm einen neuen Partner zugeteilt hatte. Was bedeutete, dass er Berge von Papierkram erledigen durfte und zu viel Zeit für Sorgen um Davy hatte.

Eigentlich ziemlich albern. Vielleicht war er einfach zu sehr daran gewöhnt, ihn täglich zu sehen. Er hatte schon lange nicht mehr so viel Zeit mit einem Freund verbracht, wahrscheinlich seit dem College nicht. Wieder zu arbeiten, hatte Davy erstaunlich gutgetan, ihn allerdings auch erschöpft – bei beiden Baseballspielen, die sie sich in dieser Woche bei Davy angesehen hatten, war dieser vor dem sechsten Inning eingeschlafen. Kurt verzog das Gesicht. Bis zur Hockeysaison war Davy hoffentlich etwas ausdauernder geworden. Er hatte noch nicht einmal sein Versprechen gehalten, für Kurt zu kochen. Nicht, dass es Kurt an gutem Essen mangelte – er musste lediglich seine Eltern oder ihr Pub besuchen.

„Hallo, Knirps." Kurts Bruder Ian stand neben seinem Schreibtisch.

„Du hast kein Recht, mich so zu nennen, Winzling. Du bist nur ein Jahr älter." Kurt brauchte nicht hinzuzufügen, dass Ian keine Chance gegen ihn hatte, was Körperkraft anging – das wussten sie beide. Ihre Gesichter sahen sich trotz Ians dunkler Haare und hellblauer Augen sehr ähnlich, doch Ian war kleiner als Kurt, schmaler und weniger muskulös. Was Ian allerdings nie daran hinderte, ihn zu ärgern.

„Mir egal, Knirps. Leg dich mit mir an und ich sag es Mom!" Ian zwinkerte ihm zu und Kurt rollte die Augen. Mike war zwölf Jahre älter als Kurt, sodass er bereits ein Teenager gewesen war, als Kurt begonnen hatte, ihm hinterherzukrabbeln. Daher kam Kurts Spitzname, den er nicht mehr losgeworden war. Trotzdem musste Ian den verdammten Namen nicht übernehmen, schon gar nicht an Kurts Arbeitsplatz. „Was machst du hier?"

„Ich war in der Nähe zu einem Geschäftsessen verabredet, das aber in letzter Sekunde abgesagt wurde. Und da du immer noch einen auf Bürohengst machen musst, wollte ich dich zum Mittagessen hier rausholen."

Ians Blick fiel auf Bens leeren Tisch, bevor er zu Kurt zurückwanderte. Kurt passierte das ebenfalls ständig, seit er vor zwei Wochen wieder mit der Arbeit begonnen hatte.

Kurt fragte sich, ob Ians Geschäftsessen erfunden war. Einerseits konnte er sich gut vorstellen, dass seine Familie ihn unauffällig im Auge behalten wollte, andererseits waren Ian und er schon immer nicht nur Brüder, sondern auch gute Freunde gewesen.

„Okay, das klingt gut."

Kurt wandte sich seiner Kollegin in der nächsten Tischreihe zu. „He, Christa."

Sie drehte sich lächelnd zu ihm um. „He, Kurt. Ich nehme an, das ist einer deiner Brüder?"

„Ian. Wir gehen mittagessen. Ich bezweifle, dass irgendwer nach mir fragt, aber falls doch …"

„Kein Problem, dann gebe ich es weiter."

„Danke, Christa."

Kurt streckte die Hand nach seinem Autoschlüssel aus, entschied jedoch, dass es genug Möglichkeiten zum Essen in Gehweite gab. Mit Ian im Schlepptau verließ er das Revier.

„Läuft da was?", fragte Ian.

„Wo?"

„Na, mit dieser Kleinen, Christa. Sie steht auf dich."

„Also, erstens hasst sie es, ‚Kleine' genannt zu werden – und sie könnte dich genauso schnell k. o. schlagen wie ich –, und zweitens: Nein, das tut sie nicht."

„Und ob sie auf dich steht."

„Mir egal." Gott, es war heiß draußen und noch viel zu früh für so schwüle Luft. Smog hatte sich wie ein leicht gelblicher, beißend riechender Nebel über die Stadt gelegt. Kurt schaute nach rechts und links, überlegte, wohin sie gehen sollten.

„Sie ist niedlich."

Ein Thai-Restaurant. Das wäre das Richtige. Ian aß genauso gern thailändisch wie er. Er wandte sich nach links und setzte sich in Bewegung.

„Ja, aber wenn es nicht funktionieren würde, müsste ich sie jeden Tag sehen."

„Dann frage ich sie vielleicht nach ihrer Nummer."

Kurt zuckte mit den Schultern. „Von mir aus." Sein Bruder hatte Sex mit jeder Frau, die er kriegen konnte, und hielt nicht viel von festen Beziehungen – nicht, dass er sich um Christa Sorgen machen musste, die kam allein zurecht. Leider war Kurt zu wählerisch, während Ian nicht wählerisch genug war. Seine Mutter hatte bei ihnen beiden schon beinahe die Hoffnung aufgegeben, dass sie jemals eine Familie gründen würden.

Der Geruch von Zitronengras und Curry schlug Kurt entgegen. Er hatte kurz darüber nachgedacht, seinen Bruder doch mit zu Lettie's zu nehmen, aber es wäre unpraktisch gewesen und er war nicht sicher, warum er überhaupt so gern dorthin wollte. Das Essen war jedenfalls nicht so gut wie hier.

Mitten beim Essen klingelte Kurts Handy. Das Display zeigte überraschenderweise Davys Nummer – obwohl sie sich häufig sahen, telefonierten sie eher selten. „Da muss ich drangehen."

Ian nickte zufrieden kauend.

Kurt bahnte sich einen Weg zwischen den Tischen hindurch bis zum Ausgang und nahm ab. „Hi, Davy, was gibt's?"

„Hi, Kurt." Davys Stimme klang zögerlich und ein bisschen unsicher, aber lange nicht so sehr wie an dem Tag, als er vom Supermarkt aus angerufen hatte. „Wolltest du heute Abend vorbeikommen?"

Die Jays spielten an diesem Abend und Kurt hatte sich daran gewöhnt, die Spiele mit Davy anzusehen. Er wusste nicht, ob Davy sich überhaupt besonders für Baseball interessierte, aber sie genossen beide die gemeinsame Zeit. Allerdings rief Kurt selten vorher an. Davy war fast immer zu Hause und rechnete mittlerweile damit, dass Kurt kam.

„Ja, eigentlich schon, wenn ich nicht gerade bei einem Fall gebraucht werde." Nicht, dass man ihn für irgendetwas brauchen würde, solange er an diesen miesen Schreibtisch gefesselt war, aber er musste wenigstens für sich selbst so tun, damit er sich nicht ganz so nutzlos vorkam. Im Moment saß er nur seine Zeit ab.

„Okay, ähm, gut. Ich wollte es nur wissen."

„Warum, hast du schon Pläne? Dann sehe ich mir das Spiel mit meinen Brüdern an."

„Nein, nein. Ich wollte nur wissen, ob ich für zwei kochen soll. Bis später."

Davy legte auf und Kurt starrte verwirrt auf das Handy. Er fragte sich nicht zum ersten Mal nach einem so seltsamen Gespräch mit Davy, ob ihm eine Therapie guttun würde. Erst war er besorgt gewesen, Davy könnte sich etwas antun, und später hatte er herausgefunden, wie sehr Davy unter Ben gelitten hatte. Vielleicht brauchte Davy mehr Hilfe als nur einen guten Freund. Nur hatte er Angst, Davy könnte den Vorschlag falsch verstehen und ihre noch so neue Freundschaft beenden.

5

DIE BEIßENDEN Ausdünstungen von Desinfektionsmitteln brannten ihm in der Nase, konnten jedoch trotzdem nicht den Geruch nach Krankheit und Tod überdecken, der im Sunshine Manors in der Luft lag. Er hatte noch nie so eine Pflegeeinrichtung betreten. Granny O'Donnell war schnell und ohne langen Krankenhausaufenthalt gestorben und Menschen in diesem Zustand begingen selten Verbrechen. In einem normalen Altenheim roch es lange nicht so sehr nach Leichenhalle wie hier.

Kurt hielt sich im Hintergrund, während Davy der Rezeptionistin seinen Namen nannte. Nachdem ihn Davys Bitte, ihn zu begleiten, anfangs überrascht hatte, verstand Kurt jetzt sehr gut, warum er ungern alleine herkam. Das war wohl der deprimierendste Ort, den er je gesehen hatte – oder gerochen.

Ein Pfleger trat an Davy heran und dieser drehte sich zu Kurt um. „Wir dürfen rein."

Kurt folgte dem Pfleger und Davy aus dem Empfangsbereich zu den Zimmern.

Einige der Bewohner – fast alle älter – streckten die Hände nach ihnen aus, nickten unsichtbaren Besuchern zu oder murmelten unheimlich vor sich hin. Es war einem Gefängnis erstaunlich ähnlich, auch wenn diese armen Seelen von gebrechlichen Körpern oder einem verwirrten Verstand gefangen gehalten wurden.

Der Pfleger führte sie in einen spartanisch eingerichteten Raum mit einer Frau im Lehnstuhl. Sie sah dem Mann, den Kurt gekannt hatte, kein bisschen ähnlich.

„Hi, Mrs. Kaminski, ich bin es, Davy. Ich habe Bens Partner von der Arbeit mitgebracht. Er heißt Kurt. Wir wollten Sie ein bisschen besuchen." Sie setzten sich auf die zwei Besucherstühle.

Mrs. Kaminskis ausdrucksloses Gesicht gab keinen Hinweis darauf, dass sie Davys Worte wahrgenommen hatte. Ihre miteinander verflochtenen Finger bildeten auf der um ihre Schultern gelegten Decke geheimnisvolle Muster.

Davy redete weiter, ein Monolog in beruhigendem Tonfall, den er sich vermutlich von Ben abgeschaut hatte. Es war schade, dass Ben die beiden nicht miteinander bekannt gemacht hatte, als es seiner Mutter noch besser ging. Vielleicht hätte sie Davys Stimme dann wiedererkannt und als tröstend empfunden.

Plötzlich überraschte Mrs. Kaminski sie beide, indem sie sich aufrichtete und Davys Handgelenk ergriff.

„Ben, Ben, ich bin so froh, dass du hier bist. Bitte bring mich nach Hause. Mir gefällt es hier nicht."

Davys gequälter, panischer Blick wanderte von Kurt zu Mrs. Kaminski und zurück. Ohne zu wissen, warum er es für das Richtige hielt, legte Kurt ihm eine Hand auf die Schulter und wies ihn an: „Sag ihr, was sie hören möchte."

„Ähm … na gut … Ich bin hier, um dich abzuholen, ähm, Mom. Wir, äh …" Er warf Kurt einen flehenden Blick zu.

„Mach so weiter", flüsterte Kurt.

Davys Stimme wurde fester. „Wir warten nur noch, bis deine Sachen gepackt sind."

„Gut, gut." Mrs. Kaminski ließ lächelnd Davys Arm los, sank wieder auf ihrem Stuhl zusammen und griff nach ihrer Decke.

Davys Schultern hoben und senkten sich, während er ein paar Mal tief durchatmete. Als er endlich wieder Kurt ansah, waren seine Augen zwar feucht, doch er weinte nicht. Auch wenn es unglaublich schwer für ihn gewesen sein musste, begann die Zeit zwei Monate nach Bens Tod vielleicht allmählich damit, Davys Wunden zu heilen.

„Ich glaube, das reicht für heute", sagte Kurt.

„Woher wusstest du, dass ihr das helfen würde?"

Kurt zuckte mit den Schultern. „Man hat uns hier ja gesagt, dass es für sie eigentlich nur noch schlechte Tage gibt, und du hast mir erzählt, dass sie selbst bei Ben schon länger keinen klaren Moment mehr hatte. Also konnte man vermuten, dass es nicht lange anhalten würde."

NACHDEM SIE das Gebäude verlassen hatten, atmete Kurt tief ein. Selbst die verschmutzte, schwüle Luft war nach einer Stunde im Sunshine Manors erfrischend.

Davy wirkte völlig erschöpft, was man ihm nicht vorwerfen konnte. Selbst ohne Mrs. Kaminskis Verwechslung wäre der Besuch anstrengend gewesen.

„Wie oft war Ben hier?"

„Zweimal im Monat. Früher ist er öfter gekommen, aber seit sie ihn nicht mehr erkannt hat, war er nicht sicher, ob seine Besuche ihr überhaupt guttaten."

Auch wenn Ben nicht gut mit Davy umgegangen war, empfand Kurt ein gewisses Mitleid mit ihm – die Besuche mussten für ihn sehr schmerzhaft gewesen sein. Kurt holte erneut tief Luft. In seinem Beruf hatte er zwar schon Schlimmeres erlebt, aber es war trotzdem deprimierend. Vor allem, weil er kaum etwas tun konnte, um zu helfen.

„Und wie machst du es?"

„Ich habe vor, genauso oft herzukommen."

Das überraschte Kurt nicht. Davy war so gutherzig, dass ihm alles andere nicht genug wäre, auch wenn er sich zu seinem ersten Besuch erst lange hatte durchringen müssen.

„Wenn ich mitkommen soll, sag einfach Bescheid."

Davy biss sich auf die Lippe und nickte, sagte aber nichts. Nach der stillen Rückfahrt stattete Kurt seiner lebhaften Familie einen Besuch im Finn's ab.

MONTAGMORGEN FOLGTE ein riesiger, dunkelhaariger Mann Inspector Nadar aus seinem Büro und zu Kurts Schreibtisch.

„Kurt, das ist Simon Trent, Ihr neuer Partner. Simon, das ist Kurt O'Donnell." Nadar deutete auf Bens Tisch. „Das ist Ihr Arbeitsplatz. Den Rest kann Ihnen Kurt zeigen."

Kurt stand auf und reichte Simon die Hand, wobei er ein ganzes Stück zu ihm hochschauen musste. Er war wirklich riesig, mindestens zehn Zentimeter größer als Kurt.

„Ich lasse Sie beide jetzt allein. Ab morgen sind Sie wieder im Einsatz", sagte Nadar und zog sich in sein Büro zurück.

Oh, Gott sei Dank. Da Simon nicht nachfragte, was es mit der letzten Bemerkung auf sich hatte, wusste er wohl schon von Nadar über Kurts Verletzungen Bescheid.

„Das mit deinem Partner tut mir leid, Mann."

„Danke, das weiß ich zu schätzen." Mehr sagte Kurt dazu nicht. Mittlerweile fiel es ihm immer schwerer, den Partner, den er zu kennen geglaubt und verloren hatte, mit dem Mann in Einklang zu bringen, den er jetzt kennenlernte und immer weniger mochte. Doch da ihm dieser Gedanke ein schlechtes Gewissen verursachte, dachte er so wenig wie möglich darüber nach.

Stattdessen wechselte er das Thema und versorgte Simon mit den wichtigsten Informationen zu seinem neuen Arbeitsplatz.

„BEREIT FÜR die Mittagspause?", fragte Simon ein paar Stunden später. Kurt warf ihm einen misstrauischen Blick zu, da er sich fragte, ob Simon nur dem verletzten Mann eine Pause gönnen wollte, als Simons Magen plötzlich ein lautes Knurren von sich gab. Anscheinend brauchte ein so großer Mensch öfter Energienachschub.

Kurt lachte. „Ich könnte schon eine Kleinigkeit vertragen. Es gibt hier in der Nähe alles Mögliche. Hast du Lust auf was Bestimmtes?"

„Vielleicht griechisch?"

„Kein Problem, nur ein paar Straßen weiter."

„ALSO, WARUM hast du bei der RCMP aufgehört?" Gesetzeshüter war zwar Gesetzeshüter, aber die Royal Canadian Mounted Police umgab doch ein gewisser Zauber, auch wenn sie immer seltener auf Pferden ritt.

„Vor ein paar Jahren habe ich geheiratet und Jen, meine Frau, wollte gern zurück in die Stadt. Und weil ich auch nichts gegen eine Veränderung hatte, habe ich mich bei der Polizei hier und in Vancouver beworben."

Kurt zog die Augenbrauen hoch. „Also wolltet ihr nur in die Stadt, egal in welche?"

Simon spießte mit seiner Gabel ein Stück Bratkartoffel auf. „Ganz egal nicht. Aber Montreal kam nicht infrage, weil ich kein Französisch spreche, und am Ende hat es uns von Halifax hierher verschlagen."

„Und wie gefällt es euch bis jetzt?"

„Ziemlich gut, auch wenn hier alles ein bisschen hektischer ist. Wir sind aber noch dabei, uns einzugewöhnen. Jen hat diese Woche auch schon mit ihrem neuen Job angefangen. Wir kennen nur noch nicht viele Leute – also wenn du mal zum Essen kommen willst, bist du herzlich eingeladen. Wenn du eine Frau oder eine Freundin hast, bring sie einfach mit."

Wenn er nicht alleine gehen wollte, würde er sicher Davy oder einen seiner Brüder zum Mitkommen überreden können. Jedenfalls fiel bei Simons Angebot eine Anspannung von Kurt ab, derer er sich überhaupt nicht bewusst gewesen war. Simon hatte sich ihm in den letzten Stunden bereits mehr geöffnet als Ben in drei ganzen Jahren.

„Keine Frau, keine Freundin, aber ich komme gerne mal vorbei, danke. Sag mir einfach, wann und wo."

Simon lächelte zufrieden. Der halbe Tag mit Simon hatte Kurt bereits gezeigt, dass ihre Partnerschaft anders sein würde als seine letzte. Ben war älter und erfahrener gewesen, sodass sich zwischen ihnen eine Art Lehrer-Schüler-Beziehung entwickelt hatte. Simon und er befanden sich auf Augenhöhe.

6

DER AUGUST war die Hölle. Ein Monat, der dank der Hitzewelle von ungewöhnlich vielen Gewalttaten und Morden geprägt war, ließ Simon und Kurt nicht zur Ruhe kommen. Sie machten viele Überstunden, ohne dafür mit größeren Fortschritten belohnt zu werden. Kurt hatte auch die Nachforschungen zu Bens Tod im Auge behalten, doch die verliefen ebenso schleppend. Dabei war er es Ben und sich selbst schuldig, das Schwein hinter Gitter zu bringen. Leider war der Fall, sobald sich herausgestellt hatte, wer dahintersteckte, der Mordkommission entzogen worden. Andererseits hätte sein Vorgesetzter Kurt ohnehin niemals gestattet, sich an den Ermittlungen zu beteiligen. So konnte Kurt nur das Beste hoffen, denn besonders Davy würde es sicherlich helfen, den Verantwortlichen gefasst zu wissen.

Wegen seiner vielen Überstunden hatte er allerdings nur zweimal die Gelegenheit gehabt, Simons Einladungen anzunehmen, und konnte sich nur noch etwa alle zehn Tage mit Davy treffen. Vielleicht ging es Davy also bereits besser. Als er zuletzt bei ihm gewesen war, hatte Davy geplant, sich mit Jon und einigen anderen alten Freunden zu treffen. Kurt hatte sich so für ihn gefreut.

„Uff, ich glaube, wir können für heute Schluss machen, oder?" Simon lehnte sich auf seinem Stuhl zurück. „Sollen wir noch was trinken und uns ein bisschen entspannen? Es läuft bestimmt gerade irgendein Spiel."

Kurt warf einen Blick auf die Uhr. Für einen Besuch bei Davy war es jetzt sowieso zu spät und wenn sie beim Finn's vorbeifahren würden, wären sie vermutlich die halbe Nacht dort. Eigentlich brauchte Kurt dringend Schlaf, hatte aber noch nicht das Bedürfnis, in seine leere, triste Wohnung zurückzukehren. Allerdings waren für den nächsten Abend zwei Spiele angesetzt und wenn nichts dazwischenkam – und das würde es gefälligst nicht, sonst würde Kurt vielleicht selbst einen Mord begehen –, konnte er endlich Davy wiedersehen.

BEWAFFNET MIT einem Armvoll Snacks vom Laden um die Ecke und bereit für den langen Sportabend stieg Kurt vor Davys Haus aus. An diesem letzten Augustwochenende hatte die Hitzewelle endlich nachgelassen und damit auch der Polizei eine kleine Atempause verschafft.

Seine Brüder reagierten überrascht, dass er sich den Doubleheader nicht mit ihnen ansehen wollte, was eigentlich Tradition war. Vor allem Ian hatte keine Ruhe gegeben und sogar versucht, sich bei Kurts Plänen einzuladen. Letztendlich war es Kurt gelungen, ihn abzuwimmeln, doch es störte ihn, seine Brüder belügen zu müssen. Trotzdem fiel es ihm schwer, das Geheimnis, das Ben so sorgfältig gehütet hatte, einfach preiszugeben. Davy war ohnehin noch nicht bereit dazu, seine Familie kennenzulernen. Sie hatten sich einige Male darüber unterhalten und Davy schien gleichzeitig eingeschüchtert und fasziniert davon, wie groß die O'Donnell-Sippe war. Nach der langen Zeit allein mit Ben und mit Sandra und Mrs. Kaminski als einzigen Verwandten konnte Kurt das gut nachvollziehen. Nur in Momenten wie diesen, wenn seine Familienmitglieder ihn nicht in Ruhe ließen, beneidete er Davy ein wenig um sein Alleinsein.

Gut, Davys Auto stand in der Einfahrt – Kurt würde nicht ins laute Pub zurückkehren müssen. Manchmal mochte er den Lärm und Tumult, aber heute freute er sich auf die Ruhe in Davys Haus. Vielleicht hätte er das Ganze vorher mit Davy absprechen sollen, doch die Arbeit hatte seine Pläne in letzter Zeit häufig zunichtegemacht und Davy schien an seine Überraschungsbesuche gewöhnt zu sein. Sowohl Klopfen als auch Klingeln blieb erfolglos. Er fühlte sich unangenehm an seine ersten Besuche hier erinnert, bei denen er Davy erst aus seiner traurigen Teilnahmslosigkeit hatte reißen müssen. Er stellte die Tüte mit Knabberzeug ab und spähte durch die Scheibe, wobei er seine Augen mit den Händen vom grellen Licht der tiefstehenden Sonne abschirmte. Er konnte nichts Ungewöhnliches entdecken. Vermutlich duschte Davy nur. Aus Gewohnheit suchte er mit der Hand nach seiner Waffe, doch leider war er nicht im Dienst. Außerdem gab es keinen Grund, ein Verbrechen zu vermuten. Nichts wies auf einen Einbruch hin. Davy machte vielleicht nur einen Spaziergang. Nur konnte Kurt sich einfach nicht des starken Bedürfnisses erwehren, Davy zu beschützen. Es war vom ersten Tag an da gewesen und ging weit über das Berufliche hinaus. Für Davy da zu sein, gab ihm das Gefühl, stark zu sein, besonders, da seine Familie ihn so oft wie ein kleines Kind behandelte. Deshalb würde er es auch weiter tun, wenn Davy es zuließ.

Beim Gedanken daran, den Abend vielleicht nicht mit Davy verbringen zu können, wurde Kurt von Enttäuschung durchflutet. Er hatte sich auf die angenehme Kühle des Hauses und eine nette Unterhaltung mit Davy während des Spiels gefreut. Es fühlte sich ein bisschen an wie damals auf der Highschool, als seine Eltern ihm Hausarrest aufgebrummt und ihn damit von der größten Party des Jahres ferngehalten hatten. Warum ihm ein versäumtes Treffen mit Davy so ein Gefühl gab, wusste er nicht genau. Vielleicht lag es daran, dass er außerhalb der Familie ziemlich wenig Energie in ernsthafte Freundschaften investierte und ihm deshalb die mit Davy umso mehr bedeutete.

Während er dort so stand, kam Kurt ein anderer Gedanke: Vielleicht befand sich Davy im Garten. Er hatte den wilden Dschungel schon ein paar Mal vom Küchenfenster aus gesehen, sich aber nie dazu geäußert – Davy hatte bisher andere Sorgen als den Zustand seines Gartens gehabt. Ob er jetzt endlich beschlossen hatte, sich darum zu kümmern?

Bei Bens offensichtlicher Paranoia überraschte ihn der hohe, blickdichte Zaun nicht. Das weit offene Gartentor dagegen schon. Die Rasenfläche dahinter war um einiges größer, als er erwartet hatte. Häuser so dicht am Stadtkern hatten selten ein derart großes Grundstück. Laut Davy hatten sie das Haus nach dem ersten Jahr ihrer Beziehung gekauft und im Gegensatz zu vielen Nachbarn lieber einen größeren Garten behalten, anstatt das Haus abzureißen und es durch ein viel größeres zu ersetzen. Kurt war über diese Entscheidung froh: Davys Haus besaß wesentlich mehr Charakter als die riesigen Neubauten.

Auf der Veranda standen ein Tisch und vier Stühle, deren Schmutzschicht verriet, wie lange sie nicht mehr benutzt worden waren. Hinter dem Rasen begann der Dschungel, doch genau auf der Grenze sah Kurt eine große grüne Plastiktonne neben einem Turm ineinandergestellter verwitterter Holzkörbe. Kurt ging darauf zu und entdeckte Davy, der mit einem halb vollen Korb an seiner Seite zwischen unzähligen Reihen von Tomatenpflanzen kniete. Sein Rücken war Kurt zugewandt und seine Schultern bebten.

Vertrocknete Blätter knirschten unter seinen Füßen, als Kurt um die Tonne herumging. Davy hörte es und er versteifte sich, drehte sich zu Kurt um.

„Großer Gott, Davy, was ist denn hier passiert?" Beim Anblick von Davys mit roter Flüssigkeit verschmiertem T-Shirt raste sein Puls und er griff erneut nach seiner nicht vorhandenen Waffe. Er warf sich vor Davy auf die Knie, um ihn sich näher anzusehen. „Wo blutest du?"

Davys Augen blitzten auf, bevor er ein wässriges Schniefen von sich gab. „Das ist nur Tomatensaft."

Oh. Tomatensaft. Kurts Wangen röteten sich, nahmen wohl ungefähr die Farbe der runden, reifen Tomaten in Davys Korb an. Er spürte etwas Kühles, Feuchtes an seinen Knien und schaute nach unten, nur um festzustellen, dass er in zermatschten, überreifen Tomaten kniete. Igitt.

„Und machen dich Tomaten immer so fertig?" Zugegeben, sie fühlten sich ziemlich widerlich an. Weinen war vielleicht keine schlechte Idee. Aber jetzt musste er sich auf Davy konzentrieren. Er hatte ihn schon lange nicht mehr so unglücklich gesehen und es versetzte seinem Herzen einen Stich, als wäre es seine Schuld. Andererseits schien es normal zu sein, unter einem solchen Verlust vor allem im ersten Jahr noch sehr zu leiden. Bei Davy waren es erst drei Monate, da durfte er wohl keine Wunder erwarten.

„Ich schaffe es nicht. Ich schaffe es einfach nicht."

„Was schaffst du nicht?" Davy machte ihm Angst. Er hätte sich nie verziehen, wenn Davy sich in diesen ersten schweren Tagen etwas angetan hätte und jetzt … War seine Verzweiflung etwa so heftig zurückgekehrt?

„Das hier. Ben hat diesen dämlichen Garten geliebt, aber ich weiß verdammt noch mal nicht, was ich damit machen soll." Die Verbitterung in Davys Stimme war genauso schockierend wie seine Flüche. Er fluchte fast nie. „Erst habe ich ihn ignoriert. Ich wollte ihn nicht sehen. Ben hat die hier angepflanzt, am Wochenende bevor er … bevor er …"

Kurt nickte. Davy musste es nicht laut aussprechen. „Und? Kannst du sie nicht einfach pflücken?"

„Ben pflückt ... hat sie immer gepflückt. Ich habe sie für Kohlrouladen mit Tomatensoße benutzt, nach einem Rezept seiner Mutter, und die Reste eingefroren. Aber weil ich dieses Jahr nicht rauskommen wollte, habe ich zu lange gewartet. Riechst du das nicht?"

Kurt schnupperte und nahm tatsächlich einen unangenehm süßlichen Duft wahr. Verfaulte Tomaten. Er schaute sich genauer um und erkannte zum ersten Mal das tatsächliche Ausmaß des Tomatenbeetes. Pflanzen über Pflanzen, deren Zweige vom Gewicht der Früchte teilweise bis auf den Boden herabhingen. Scheiße. Ben musste Tomaten wirklich geliebt haben ... oder Kohlrouladen. Gott.

„Ich habe versucht, sie zu pflücken, aber es ist mir einfach zu viel. Und wie soll ich sie alle loswerden?" Davys Stimme wurde lauter, beinahe schrill vor Verzweiflung.

„He, beruhig dich."

„Das sagst du immer!" Davy schleuderte ihm eine weiche Tomate entgegen, die mit einem lauten Platschen auf seinem T-Shirt zerplatzte. Nicht verfault, nur sehr, sehr reif. Trotzdem ... Kurt zog eine Augenbraue hoch und streckte seinerseits die Hand nach einer Tomate aus. Davys Mund formte sich vor Überraschung zu einem „O", bevor er von Kurts Vergeltungstomate getroffen wurde. Kurt lachte. Davy bedachte ihn mit einem bösen Blick, warf sich aber zur Seite und bewaffnete sich mit zwei frischen Tomaten. Kurt ließ sich von ihm treffen, bevor er sich bückte und mehrere Tomaten aufhob, um sie auf Davy zu werfen, der auszuweichen versuchte.

So ging der Gemüsekampf noch einige Minute weiter, bis sie schließlich keuchend auf dem Boden lagen. Davy wirkte viel entspannter, auch wenn sein Gesicht und Körper völlig mit rotem Saft und Tomatensamen bedeckt waren. Kurt sah nicht viel besser aus.

„Kannst du irgendwas mit den Tomaten anfangen? Die reifen könnte meine Mutter nämlich bestimmt im Finn's gebrauchen." Er wollte bei Davy nicht wieder schlechte Stimmung auslösen, aber an seinem ursprünglichen Problem hatte sich nichts geändert. Es wäre nicht gut, so viele Tomaten einfach verrotten zu lassen.

„Magst du Kohlrouladen?", fragte Davy schüchtern.

„Ich liebe sie sogar." Kurt mochte so ziemlich alles, was essbar war, Kohlrouladen eingeschlossen, und im Moment hätte er zu allem ja gesagt.

„Dann behalte ich vielleicht ein paar."

Kurt zerrte den halb vollen Korb bis zur Küchentür. „Also gut, dann kümmere ich mich um den Rest und du duschst dich und machst Kohlrouladen."

„Abgemacht." Davy schenkte ihm dieses Beinahelächeln. Eines Tages würde Kurt von ihm ein richtiges sehen und vor Schreck tot umfallen.

Kurt pflückte stundenlang Tomaten. Die reifen kamen in die Körbe, die überreifen in die Komposttonne. Anschließend lud er die Körbe in sein Auto und stellte die Tonne an den Straßenrand. Für den Kompostabfall war es eigentlich noch ein paar Tage zu früh, aber bei seinen momentanen Arbeitszeiten war er nicht sicher, ob er vorher noch einmal bei Davy sein würde. Die Tonne war verdammt schwer und er wollte nicht, dass Davy sich daran verletzte.

Als er das Haus betrat, schlug ihm der Duft von gebratenem Fleisch, Kohl und Tomatensoße entgegen und überdeckte den unangenehmen Geruch seiner Kleidung.

„Das riecht toll, Davy. Hast du was dagegen, wenn ich deine Dusche benutze?"

Davy kam mit Topfhandschuhen an den Händen aus der Küche und betrachtete die Tasche in Kurts Hand. „Du hast Sachen zum Wechseln mitgebracht?"

Er zuckte mit den Schultern. „Ich habe ziemlich früh an einem sehr unschönen Tatort gelernt, niemals aus dem Haus zu gehen, ohne wenigstens eine Jogginghose und ein T-Shirt mitzunehmen." Mann, das war echt übel gewesen. Er hatte schon geglaubt, den Gestank von verwestem Fleisch nie wieder aus seinem Auto zu bekommen – selbst die kurze Fahrt zum Revier hatte ausgereicht, um ihn von seiner Kleidung auf die Polster zu übertragen. Er hatte für den Rest des Winters mit offenem Fenster fahren müssen.

Davy öffnete den Mund, als wollte er eine Frage stellen, schien es sich dann aber anders zu überlegen. Zum Glück. Es war keine schöne Geschichte und er wollte sie bei diesen fantastischen Essensdüften nicht um ihren Appetit bringen.

„Dusche?", fragte er noch einmal.

„Oh, natürlich. Die Dusche ist im Bad neben dem Schlafzimmer und Handtücher findest du im Flurschrank."

KURT HOLTE sich Handtücher und betrat das Badezimmer. Als er gefragt hatte, war ihm nicht mehr klar gewesen, dass er zur Dusche nur durch Davys Schlafzimmer kam. Aber egal, er duschte nicht zum ersten Mal in einem fremden Haus.

Als er sich auszog, achtete er darauf, dass seine schmutzige, schweißdurchtränkte Kleidung nur die Fliesen und nicht etwa die weiße Bademmatte oder den Duschvorleger berührten. Warum musste hier bloß alles weiß sein? In der Küche und im Badezimmer sah es wie im Krankenhaus aus und auch der Rest des Hauses war geradezu aggressiv neutral gehalten.

Er stellte sich unter den warmen Wasserstrahl. Der Wasserdruck war perfekt. Er hatte sich beim Duschen nicht mehr so wohlgefühlt, seit … Wann war er zuletzt im Urlaub gewesen? Vor zwei Jahren? Drei Jahren? Jedenfalls seit seinem letzten Hotelaufenthalt. Bei seinen Eltern war der Wasserdruck schon immer mies gewesen und in seiner eigenen Wohnung nur geringfügig besser – und das auch nur, wenn er dann duschte, wenn sich nicht gerade auch alle anderen für die Arbeit fertig machten.

Hoffentlich hatte Davy einen großen Warmwasserspeicher. Kurt sah sich nach einem Stück Seife um, fand aber keines. Stattdessen hatte Davy eine Flasche

Duschgel, dessen Marke er nicht kannte – nicht, dass er in der Hinsicht Experte war. Für ihn war Seife eben Seife.

Als er die Flasche öffnete, entstieg ihr ein frischer Zitrusduft. Er seifte sich ein, überrascht davon, wie sehr er den Geruch mochte. Nicht feminin, wie er anfangs befürchtet hatte – und eigentlich sollte er sich für solche Gedanken schämen. Davy war schwul, nicht feminin. Kurt benutzte das Duschgel ebenfalls für seine Haare, ohne nach Shampoo zu suchen. Bei seinen kurzen Haaren spielte es keine Rolle.

Bald stellte Kurt fest, dass ihm der Duft mehr als nur gefiel: Sein Schwanz regte sich. Vielleicht war es auch nur eine automatische Reaktion, weil er sich in der Dusche oft einen runterholte – obwohl er es eigentlich nie in fremden Duschen tat. Noch nicht einmal bei den Frauen, mit denen er sich getroffen hatte. Kurt betrachtete das Label des Duschgels. Zitronengras. Tja, in seinem thailändischen Essen mochte er das sehr, aber eine Erektion hatte er davon noch nie bekommen. Wohl doch die Gewohnheit. Er säuberte sich zügig, denn er würde seinen Bedürfnissen ganz bestimmt nicht in Davys Dusche nachgeben.

Nachdem er seine Dusche beendet hatte, trocknete er sich mit den mitgebrachten Handtüchern ab und schaute sich im Badezimmer um.

Mist.

Er schlang sich eines der weißen Handtücher – ebenfalls Hotelqualität – um die Hüften, öffnete die Badezimmertür einen Spalt weit und spähte hinaus.

Verdammter Mist. Er hatte seine Wechselkleidung tatsächlich im Flur vergessen. Und die schmutzige würde er auf keinen Fall auch nur in die Nähe seiner sauberen Haut lassen.

Er trat in den Flur hinaus und schnappte sich seine Tasche.

„Bist du fertig?", rief Davy.

Kurt fuhr die Tasche umklammernd herum, als Davy aus der Küche kam.

Davy riss die Augen auf. „Ähm, anscheinend noch nicht", sagte er.

„Ich habe meine Sachen hier vergessen. Bin gleich zurück." Ohne Davy anzusehen, verließ er mit hocherhobenem Kopf und roten Ohren den Flur.

Zurück im Badezimmer sah er sein Spiegelbild und stöhnte. Das eng anliegende Handtuch überließ nichts der Fantasie und seine nackte Brust glänzte feucht. Er hatte nach dem Sport oder der Arbeit schon öfter in der Gegenwart anderer Männer geduscht oder sich umgezogen, aber halb nackt im Haus eines schwulen Mannes herumzustolzieren, gehörte sich einfach nicht, vor allem, da seine Erektion sich noch nicht wieder ganz beruhigt hatte. Andererseits schien Davy es nicht als billige Anmache betrachtet zu haben, also machte er sich vielleicht nur zu viele Gedanken. Wahrscheinlich hatte Davy es überhaupt nicht schlimm gefunden.

Fertig angezogen steckte er seine schmutzigen Kleider in eine Plastiktüte und verstaute sie in seiner Tasche. Mit einem letzten tiefen Atemzug unterdrückte er seine Verlegenheit und betrat die Küche, um mit Davy zu essen.

KURT LEHNTE sich mit dem Bauch voller Kohlrouladen auf seinem Stuhl zurück. „Davy, das war einfach fantastisch. Ich weiß, dass du dieses tolle Chemiediplom hast, aber hast du schon mal darüber nachgedacht, Koch zu werden?"

Davys Wangen röteten sich. Das musste ein Volltreffer gewesen sein. „Ja, schon. Aber ich weiß nicht, ob es mir Spaß machen würde, für so viele Fremde zu kochen. Außerdem sind die Arbeitszeiten grauenhaft."

Das stimmte. Vielleicht sogar noch schlimmer als die eines Polizisten. „Tja, ich begehe nur ungern Essensflucht, aber die Tomaten werden in meinem warmen Auto nicht besser. Ich muss sie ins Kühle bringen."

Davy folgte ihm bis zur Tür. „Das mit dem Spiel – den Spielen – tut mir leid."

„Mach dir nichts draus, das hier war wichtiger." Kurt streckte sich, spürte seine Muskeln protestieren. Vielleicht hätte es nicht unbedingt alles an einem Tag sein müssen. „Es wird noch andere Spiele geben." Und es war schön, jemandem helfen zu können, anstatt sich wegen seines Unfalls so furchtbar zerbrechlich vorzukommen.

„Tschüss, Davy." Er beugte sich instinktiv ein Stück vor, fast als wollte er Davy küssen. Moment mal. Er verließ hastig das Haus. Davy hatte nicht überrascht oder schockiert gewirkt, also hatte er die winzige Bewegung vielleicht nicht bemerkt. Zumindest hoffte Kurt das.

Als er ins Auto gestiegen war, drehte er die Klimaanlage auf und saß ein paar Sekunden lang einfach nur da, während sich die Luft um ihn herum abkühlte. Was war bloß mit ihm los? Warum zum Teufel hatte er beinahe Davy geküsst? Nicht richtig geküsst, mit Zunge oder so, sondern nur ein Abschiedsküsschen, aber trotzdem … Er hatte vorher noch nie daran gedacht, Davy – oder irgendeinen anderen Mann – zu küssen, aber irgendwas an dem Moment erinnerte ihn an seine Eltern. Er hätte Davy fast ein Küsschen zum Abschied gegeben, wie sein Vater es immer bei seiner Mutter tat. Verdammt seltsam. Doch wenn Davy es nicht bemerkt hatte, würde Kurt ihn lieber nicht darauf ansprechen. Es musste ein durch seine Erschöpfung hervorgerufener gedanklicher Aussetzer gewesen sein.

Er war wirklich verdammt müde. Nachdem er sein Handy herausgekramt hatte, drückte er die Kurzwahltaste für das Finn's. „Hallo Mom", sagte er, als sie sich meldete.

„Hallo, Schatz. Wie geht es dir? Wir haben dich seit Tagen nicht gesehen. Kommst du vorbei? Willst du was essen?"

Oh Gott, bloß nichts mehr zu essen. Nicht jetzt und vielleicht auch nicht in den nächsten paar Tagen. Er hatte mehr Kohlrouladen gegessen, als gut für ihn war – sie waren eben einfach so verdammt lecker gewesen. Wie war es Ben gelungen, bei diesem Essen nicht zu einem fetten, faulen Polizisten zu werden?

„Nein, Mom, ich brauche nichts mehr. Aber ich habe …" Kurt schaute in den Rückspiegel, um zu zählen. Er hatte sogar die Rückbank umklappen müssen.

„Acht große Körbe Tomaten. Glaubst du, du kannst sie gebrauchen? Sie sind schon ziemlich reif."

Wenn nicht, würde er sie irgendwo entsorgen. Er würde sich für Davy darum kümmern.

„Wie in aller Welt kommst du an so viele Tomaten?"

„Ich habe einem Freund bei der Gartenarbeit geholfen und er wusste nicht, was er damit anfangen sollte."

„Sind sie denn gut?"

In den richtigen Händen sogar sehr. „Ja. Ich habe gerade bestimmt einen halben Korb davon gegessen."

Seine Mutter lachte. „Na gut, dann plane ich einfach ein bisschen um, was die Tagesgerichte nächste Woche betrifft. Bring sie her."

Kurt ließ das Auto an und fuhr mit einem letzten Blick auf Davys Haus los.

7

„HI, KUMPEL. Schön, dass du da bist." Simon öffnete die Tür und ließ Kurt eintreten. Seit Simon ihm mitgeteilt hatte, Jen habe auch viele andere Leute eingeladen, darunter ein paar Singlefrauen von der Arbeit, hatte Kurt darüber nachgedacht abzusagen. Doch auch wenn Simon ihm nicht böse gewesen wäre, hätte er Jen gegenüber ein schlechtes Gewissen gehabt. Nach fast drei Monaten der Zusammenarbeit hatte Simon aufgehört, ihn zu fragen, ob er eine Begleitung zu den ruhigen wöchentlichen Treffen mitbringen wollte, während Jen anscheinend immer noch vorhatte, eine Partnerin für ihn zu finden.

Ein Gemisch weiblicher Stimmen drang an Kurts Ohren und sein Puls beschleunigte sich. Jetzt wünschte er, er hätte Ian oder Davy mitgebracht, um ein bisschen Unterstützung zu haben. Was eigentlich ziemlich albern war, denn so etwas brauchte er sonst nie. Doch der beunruhigende kleine Zwischenfall an Davys Haustür vor ein paar Wochen hatte ihn davon überzeugt, dass er dringend Sex brauchte. Nicht, dass er besonders große Lust auf ein Date verspürte, aber er musste mal wieder Zeit mit einer Frau verbringen.

Jen winkte ihm vom Tisch mit dem Knabberzeug aus zu. Kurt näherte sich lächelnd. Nach einer kurzen Umarmung machte Jen ihn mit einer perfekt gestylten, blonden Frau bekannt.

„Kurt, ich würde dir gern eine Freundin von der Arbeit vorstellen. Tiffany, das ist Kurt."

Tiffanys Lächeln zeigte gepflegte, weiße Zähne, erinnerte Kurt jedoch ein bisschen an einen Tierfilm über Löwen, den er vor Kurzem gesehen hatte. Furcht machte sich in Kurt breit, doch er zwang sich, das Lächeln zu erwidern. Tiffany war hübsch, gut gebaut und Jen schien sie zu mögen. Außerdem hatte er einen Vorsatz gefasst. Er atmete tief durch und bemühte sich um ein Gesprächsthema, während Jen sie allein ließ.

„UND, WIE ist es mit Tiffany gelaufen?", fragte Simon grinsend, als er sich am Montagmorgen an den Schreibtisch gegenüber setzte. Kurt warf Christa einen verstohlenen Blick zu. Sie schien nichts gehört zu haben. Nachdem Ian ihn darauf hingewiesen hatte, war ihm aufgefallen, dass sie den Gesprächen über seine Verabredungen – oder den Mangel daran – ausgesprochen viel Aufmerksamkeit schenkte. Also zuckte er mit den Schultern und wechselte lieber das Thema. „Komm, wir werden an einem Tatort gebraucht."

„Oh, sag das doch gleich. Du hättest mich anrufen können, dann wäre ich direkt hingekommen."

„Ich habe es selber gerade erst erfahren, also wollte ich lieber hier auf dich warten."

„Ach so, dann lass uns gehen."

Als sie vom Parkplatz fuhren, räusperte Simon sich.

„Hör zu, ich wollte nicht zu neugierig sein. Es geht mich eigentlich nichts an … und Jen auch nicht." Sein verlegener Blick wirkte bei einem so großen, imposanten Mann beinahe komisch.

„Nein, kein Problem. Ben hat mir nur nie Fragen zu meinen Dates gestellt." Oder zu irgendetwas anderem, das nicht mit der Arbeit zu tun hatte. Aber Simon musste nicht wissen, wie sehr ihn das noch immer belastete. Und Ben hätte ganz bestimmt nie versucht, ihn zu verkuppeln. „Außerdem hat mir mein Bruder gesagt, dass Christa, na ja, auf mich steht."

Simon warf ihm einen Blick zu. „Oh, Mann. Warum hast du mir nicht gesagt, dass du und Christa …"

„Nein, zwischen uns ist nichts." Gott, was für ein peinliches Gespräch. „Beziehungen laufen bei mir selten gut und ich möchte nicht das Risiko eingehen, dass es ein böses Ende nimmt und wir trotzdem zusammenarbeiten müssen. Aber sie hört sehr genau zu, wenn es um mein Liebesleben geht, also muss so ein Gespräch vor ihr nicht sein, sonst verletzt es sie noch."

„Das ist sehr rücksichtsvoll. Aber es tut mir leid, dass aus dir und Tiffany nichts geworden ist."

„Wenn du das schon weißt, wieso fragst du dann?" Gott, hatte Tiffany etwa jedes peinliche Detail ausgeplaudert? Er hatte sich noch nie so gedemütigt gefühlt.

Simon lachte. „Als Detective bin ich nur gut im Kombinieren. Wenn es mit ihr geklappt hätte, wärst du jetzt bestimmt optimistischer, was Beziehungen angeht. Na ja, Tiffany ist sowieso nicht mein Fall – sie kann ein bisschen überwältigend sein. Aber ich dachte, sie wäre dein Typ gewesen, weil ihr euch sofort verabredet habt."

Nein, eigentlich war sie nicht sein Typ, aber bei Frauen konnte er schwer Nein sagen. Lag das daran, dass er mit dem Durchsetzungsvermögen seiner Mutter und seiner Schwestern aufgewachsen war? Oder wollte er es sich nur leicht machen?

„Aber keine Sorge, du musst nicht darüber reden. Ich verstehe das."

Plötzlich wurde ihm bewusst, wie verschlossen er auf Simon wirken musste. Er wollte auf keinen Fall wieder in einer unangenehmen, unpersönlichen und – das konnte er sich mittlerweile eingestehen – nicht sehr freundschaftlichen Partnerschaft landen.

„Simon, ich bin einfach noch ziemlich fertig."

Simon runzelte die Stirn und schien nicht sicher zu sein, was Kurt meinte. Zugegeben, genauso hätte Kurt in seiner Jugend wahrscheinlich von einem schlimmen Kater gesprochen.

„Entschuldige, das sollte ich wohl näher erklären. Ich weiß nicht, was Inspector Nadar dir alles über die Sache mit Ben gesagt hat, aber ich war froh, dass ich es dir nicht selbst erzählen musste. Ich meine, ich war nach seinem Tod ein paar Mal beim Therapeuten – das war ja sowieso vorgeschrieben –, aber es gab da so einiges, worüber ich noch nicht sprechen konnte."

Das Auto kam zum Stehen. Waren sie schon angekommen?

Dunkelbraune Augen betrachteten ihn ernst und mitfühlend – sehr ungewohnt bei seinem immer gut gelaunten Partner. „Tja, erst die Arbeit. Aber keine Sorge, heute Abend gehen wir ein Bier trinken und dann können wir weiterreden. Dir geht es nicht gut und ich möchte nicht, dass mein Partner und Freund so unglücklich ist."

Kurt bekam Magenschmerzen. Er wollte nicht weiterreden. Allerdings würde Simon es jetzt bestimmt nicht mehr auf sich beruhen lassen – sein neuer Partner konnte verdammt stur sein. Und er redete gerne. Und viel.

DIESMAL HATTEN sie um eine erträgliche Zeit Feierabend gehabt und Kurt folgte Simon jetzt widerstrebend in ihre neue Lieblingskneipe, die Beer Bar. Mit Ben hatte Kurt nie etwas getrunken, aber mit anderen Kollegen schon, sodass er einige Bars in der Umgebung kannte. Diese hier hatte Simon am besten gefallen. Irgendwann musste er Simon mit ins Finn's nehmen – das würde er lieben.

Anstatt sich an den Tresen zu quetschen, der einem den besten Blick auf die Fernsehbildschirme bot, bestellte Simon ihnen Bier und bahnte sich zwischen den Tischen hindurch einen Weg bis zu einer Nische im hinteren Teil.

„Ist es dir hier recht, um ein bisschen zu reden?"

Kurt setzte sich auf die Bank. „Klar, danke."

Eine Zeit lang saßen sie nur schweigend da und Kurt zeichnete mit dem Finger Muster in das kondensierte Wasser auf seinem Glas. Simon drängte ihn nicht.

Fang einfach vorne an, sagte seine Mutter oft. Und nach einem letzten tiefen Atemzug tat er genau das. „Mit Ben habe ich mich nie privat getroffen. Er hat mich weder nach meinem Liebesleben noch nach meiner Familie gefragt. Wir haben nie zusammen gegessen, wenn es nicht während der Arbeitszeit war. Und ich habe nie darüber nachgedacht, sondern es nur für eine etwas ungewöhnliche Freundschaft gehalten. Ben war ein guter Polizist. Er hat mir viel beigebracht. Aber nach seinem Tod ist mir klar geworden, dass ich ihn überhaupt nicht kannte. Wir waren keine Freunde und ich habe einiges herausgefunden, das mich daran zweifeln lässt, ob ich ihn privat überhaupt gemocht hätte."

Kurt trank von seinem Bier, ohne Simon anzusehen. Was dachte dieser jetzt wohl über Kurt? Allein die Worte auszusprechen, war ihm wie ein Verrat an Ben vorgekommen. Er hasste dieses Gefühl.

Simon seufzte und Kurt wagte einen kurzen Blick in seine Richtung. Sein Gesicht war kein bisschen vorwurfsvoll.

„Das tut mir leid, Kurt. Man kann nicht immer gut mit seinem Partner auskommen, aber ich glaube, bei uns passt es besser. Auch wenn Ben vielleicht ein guter Polizist war, gibt es genug gute Polizisten, die nicht unbedingt gute Menschen sind. Dafür solltest du dich nicht verantwortlich fühlen."

„Aber … aber … ich komme mir so treulos vor." Er senkte wieder den Blick.

„Hast du denn noch nie erlebt, dass sich jemand versetzen ließ? Oder um einen neuen Partner gebeten hat? Man kann sich nicht mit jedem Menschen gut verstehen. Warum machst du dir deswegen Vorwürfe? Ich habe nichts Schlechtes über Ben gehört, was bedeutet, dass du niemandem von deinen Problemen mit ihm erzählt hast – obwohl das wahrscheinlich besser gewesen wäre. Deine Loyalität ist also eher ungewöhnlich groß. Deshalb ist das alles auch so schmerzhaft für dich."

Tatsächlich? Ein Teil seiner Anspannung fiel von ihm ab. „Ähm, danke", murmelte er.

„Und scheue dich nie, mir irgendetwas zu erzählen – von mir wirst du wahrscheinlich noch mehr zu hören kriegen, als dir lieb ist. Ich möchte nämlich mit meinem Partner befreundet sein. Ich würde sogar sagen, das sind wir schon."

Kurt entspannte sich noch ein bisschen mehr. Er nahm einen langen Schluck von seinem Bier.

„Also, willst du über Tiffany reden?"

Oh Gott, Tiffany. Am liebsten wäre es ihm gewesen, wenn nie jemand davon erfahren hätte, aber er wusste nicht, mit wem er sonst darüber reden konnte. Die Sache mit Ben belastete ihn mehr, als er gedacht hatte, und er hatte alles zu lange in sich hineingefressen. Selbst wenn er Lust auf die Sprüche seiner Brüder gehabt hätte, war er einfach nicht mehr daran gewöhnt, sich ihnen anzuvertrauen, da er es so lange nicht mehr getan hatte – vielleicht hatte seine Partnerschaft mit Ben ihn auch im Privaten beeinflusst. Scheiße. Hätte Ben noch gelebt, hätte Kurt ihm vielleicht sogar eine reingehauen. Jedenfalls wollte er mit den anderen Jungs vom Revier ebenfalls nicht darüber reden und bei Davy war er nicht sicher, ob dieser ihm weiterhelfen konnte.

Also hob er eine Schulter und sagte, ohne Simon in die Augen zu schauen: „Wir sind zu ihr gegangen, um Sex zu haben. Aber ich … ich konnte nicht."

„Du wolltest keinen One-Night-Stand? Das ist doch nicht schlimm."

„Nein, ich meine … ichhabkeinenhochgekriegt." Er sprach es so schnell aus, dass es kaum zu verstehen war. So klang es weniger schlimm. Natürlich wusste er, dass so etwas passieren konnte, aber er hatte noch nie ein Problem damit gehabt.

„Was …? Oh …", sagte Simon, nachdem er sich Kurts Worte zusammengereimt hatte. „Tja, das kommt eben vor."

Mann, er war so ein Versager. „Ach ja? Bei dir auch?"

„Einmal, als ich so richtig betrunken war."

Natürlich. Kurt verzog das Gesicht. Leider hatte er diese Ausrede nicht. Er hatte an dem Abend weniger getrunken als jetzt, denn Tiffany hatte ihn möglichst schnell in ihr Bett kriegen wollen. Leider hatte sich dort von seiner Seite nichts geregt.

„Andererseits könnte mir das bei Tiffany vielleicht auch passieren. Sie kann einem echt auf die Nerven gehen."

Simons Versuch, ihn aufzuheitern, brachte Kurt zum Lächeln.

„Also nichts? Kein bisschen?", hakte Simon nach einem Schluck Bier nach.

Kurt schüttelte den Kopf.

„Warum bist du dann überhaupt mit ihr ausgegangen? Wie gesagt, sie sieht zwar gut aus, kann aber ziemlich anstrengend sein."

„In letzter Zeit hat sich da bei mir so wenig getan, dass ich es einfach mal wieder wollte."

Simon wirkte nachdenklich. „Und wann hat sich das letzte Mal ... etwas bei dir getan?"

Das letzte Mal? Beim Sex lohnte sich im Vergleich zu seiner eigenen Hand oft nicht der Aufwand. Aber selbst seine Hand hatte er nicht mehr benutzt, seit ... seit ... „Noch vor Bens Tod." Oh, verdammt. Das waren fast vier Monate. Erst hatte er es auf die Schmerzmittel geschoben, aber die nahm er jetzt schon seit Wochen nicht mehr. Das einzige Mal, dass er überhaupt etwas gespürt hatte, war in Davys Dusche gewesen. Vielleicht hätte er die anscheinend seltene Gelegenheit doch nutzen sollen.

Simon nickte, als hätte er sämtliche Geheimnisse des Universums entschlüsselt. „Ich bin ja kein Experte, aber Trauer kann sich bei jedem anders auswirken. Das Interesse an ... ähm ... Sex zu verlieren gehört bei dir vielleicht einfach zum Heilungsprozess dazu. Wenn du jetzt schon wieder daran denkst und es auch willst, wird es sich bestimmt bald bessern. Mach dir keinen Stress. Und ich sage Jen, sie soll eine Verkupplungspause einlegen. Ich glaube, sie hat eine ganze Liste mit Frauen."

Tja, das war vermutlich das peinlichste Gespräch, das er je geführt hatte – und Simons geröteten Wangen nach zu urteilen, ging es ihm nicht anders. Aber er fühlte sich besser. Er war beinahe gestorben und hatte einige beunruhigende Entdeckungen in Bezug auf sich und seinen Partner gemacht, während da im Hintergrund das ständige Wissen war, dass Bens Mörder sich noch auf freiem Fuß befand. Sich zusätzlich wegen seines Liebeslebens unter Druck zu setzen, machte alles noch schlimmer. Simon hatte recht. Es würde sich bald bessern und er konnte sich noch Zeit lassen, bevor er sich wieder zu den Haien in den Ozean der Datingwelt stürzte.

„Danke, Mann. Mir geht's schon besser."

„Gut. Willst du dir Donnerstag bei uns das Spiel ansehen? Ich verspreche auch, dass es nur du, ich und Jen sein werden."

„Nein danke, ich habe schon Pläne. Aber ich weiß das Angebot zu schätzen."
Er war schon zu lange nicht mehr dazu gekommen, sich mit Davy ein Spiel
anzusehen und dabei richtig zu entspannen. Trotz seiner seltsamen Reaktionen der
letzten Zeit fühlte er sich in Davys Haus wohl und war gern dort – und er vermisste
seinen Freund.

Simon hielt sein Glas hoch und Kurt stieß es mit seinem an. Begleitet von
weniger persönlichen Gesprächsthemen tranken sie ihr Bier aus.

KURT BRACHTE auch diesmal Snacks mit, während Davy mit einigen aufgetauten
Kohlrouladen für das Abendessen sorgte. Sie waren gerade mit dem Essen und
Geschirrspülen fertig, als das erste Inning begann.

Davy kauerte sich mit angezogenen Beinen auf dem Sofa zusammen.

„Ist dir kalt? Wenn du die Heizung nicht anstellen willst, hol dir doch einfach
eine Decke."

Ohne zu antworten, kletterte Davy vom Sofa und verschwand in einem der
Schlafzimmer. Wenige Sekunden später kehrte er mit einem knallbunten Quilt
zurück, den Kurt aus seinem Versteck im Schrank wiederzuerkennen glaubte.

Der sterile Raum wurde plötzlich von einer Wärme erfüllt, die nichts mit der
Temperatur zu tun hatte. Davy musste es ebenfalls gespürt haben, denn er grinste
ihn an.

„Feuerst du wieder die Jays an?", fragte er Kurt.

„Natürlich, warum?" So lebhaft, wie Davy wirkte, würde er heute vielleicht
sogar das ganze Spiel hindurch wach bleiben.

„Weil ich heute für die Yankees bin."

Kurt presste eine Hand auf seine Brust, als wäre er tödlich verwundet
worden. „Warum? Warum sagst du nur so etwas Grausames?"

Davys herausfordernder Blick verlor durch die bunte Decke an Wirkung,
sodass er eher wie ein freches Kind wirkte. Auch das Schulterzucken war kaum zu
sehen. „Keine Ahnung, sie sind einfach besser."

„Sind sie nicht."

Davy rollte die Augen. „Natürlich sind sie das." Na gut, jetzt war Davy
einfach trotzig. Was Kurt nicht daran hinderte, sich provozieren zu lassen.

„Okay, worum wetten wir?"

„Der Verlierer ist den ganzen nächsten Monat für das Bier zuständig."

„Abgemacht."

Kurt hatte noch nie so viel Spaß dabei gehabt, mit einem Fan der gegnerischen
Mannschaft ein Spiel anzuschauen. Immer wenn die Yankees bei etwas Erfolg
hatten, rechnete Kurt beinahe damit, dass Davy ihm die Zunge herausstreckte. Er
hatte schon vorher hin und wieder Davys spielerische Natur aufblitzen sehen, aber
der Tomatenschlacht und dieser Wette nach zu urteilen, kehrte seine Lebhaftigkeit
jetzt mit aller Macht zurück.

In der zweiten Hälfte des neunten Innings erzielten die Yankees drei Runs und gewannen, woraufhin Davy den Quilt von sich warf und aufsprang.

„Ha! Ich hab's dir ja gesagt." Obwohl Davys Siegestanz zum Totlachen war, unterbrach Kurt ihn, indem er sich auf ihn warf, wie er es bei einem seiner Brüder getan hätte.

Davy gab einen überraschten Laut von sich und seine weit aufgerissenen Augen wirkten verängstigt, während sein Körper sich verspannte. Bis Kurt lachte und ihm durchs Haar wuschelte. Er ließ Davy los und stützte sich auf die Unterarme, um auf ihn herabzuschauen.

„Na gut, du hast gewonnen", sagte Kurt gespielt beleidigt.

„So gehst du mit deinen Brüdern um?"

„Klar, wenn sie es einfach wagen, zu einem anderen Team zu halten. Aber sie setzen sich besser zur Wehr", antwortete er grinsend. Bei drei älteren Brüdern hatte er wohl mehr Raufereien miterlebt als andere. Und seine drei älteren Schwestern hatten ihm schmutzige Tricks beigebracht. Das schien bei Sandra und Davy anders gewesen zu sein.

Davy lachte ein wohlklingendes, fröhliches Lachen. Neben seinem Mund zeigten sich bezaubernde kleine Einbuchtungen. Wie konnte es sein, dass er in dieser langen Zeit noch nie Davys Grübchen gesehen hatte?

Kurts Schwanz regte sich und er zog überrascht die Augenbrauen hoch. Möglichst unauffällig erhob er sich zügig und verschwand mit erzwungener Gelassenheit in Richtung Badezimmer. Dort angekommen betrachtete er sich im Spiegel, bevor er seinen Blick zu seiner Hose hinunterwandern ließ. Was zum Teufel sollte das? Na gut, er hatte beim Sport auch schon früher mal einen Steifen bekommen. Das konnte bei so viel Adrenalin vorkommen. Aber musste sein Schwanz gerade dann wieder zum Leben erwachen, wenn er einen anderen Mann auf den Boden drückte? Andererseits war jetzt vielleicht einfach der richtige Zeitpunkt gekommen und alles hätte ihn dazu bringen können. Ein bisschen wie eine zweite Pubertät, aber halb so wild.

Nachdem er gespült und sich die Hände gewaschen hatte, ging er ins Wohnzimmer zurück. Davy hatte es sich wieder auf der Couch gemütlich gemacht, nachdem er ihnen frisches Bier geholt und zu einem der Westküstenspiele umgeschaltet hatte.

Nichts hatte sich geändert. Mit einem Seufzer der Erleichterung ließ er sich auf das Sofa fallen. Leider hielt der Frieden nur wenige Minuten an, denn schon bald klingelte sein Handy. Verdammt, die Arbeit.

„Ich muss los, Davy."

Davy nickte und blieb in seine Decke gekuschelt sitzen. Er wusste, dass Kurt die Tür sicher hinter sich verschließen würde.

„Pass auf dich auf."

Kurt fragte sich nicht zum ersten Mal, ob er mit diesen Worten auch Ben zum Dienst verabschiedet hatte.

GOTT, DIE Überstunden brachten ihn um. Er war verdammt erschöpft. Die lange Arbeitszeit hatte Vor- und Nachteile. Der Vorteil war, dass er Davy seit der Wette erst dreimal hatte besuchen können, und das nur sehr kurz. So hatte er seine seltsamen Reaktionen gut verdrängen können. Der Nachteil war, dass er seinen Freund vermisste. Simon war mittlerweile ebenfalls ein guter Freund geworden, doch aus irgendeinem Grund reichte es Kurt einfach nicht.

Sein Handy klingelte und zeigte eine unbekannte Nummer. Wäre ihm nicht gerade so furchtbar langweilig gewesen, hätte er das einfach die Mailbox erledigen lassen.

„O'Donnell", grunzte er.

„Spricht da Kurt?"

Die Stimme kam ihm nicht bekannt vor. „Ja."

„Ich weiß nicht, ob du dich an mich erinnerst, aber hier ist Jon, Davys Freund."

Vor seinem geistigen Auge tauchte ein gut aussehender, blonder Mann in einem teuren Anzug auf.

„Jon, ja, ich erinnere mich."

„Gut, gut. Davy hat Geburtstag und wir wollten ihn überreden, am Samstag mit uns auszugehen. Weil er sich aber noch nicht bereit fühlt, mit uns um die Häuser zu ziehen, feiern wir bei ihm zu Hause. Ihr seid doch befreundet, oder? Willst du uns vielleicht Gesellschaft leisten?"

„Davy hat Samstag Geburtstag?" Warum hatte er das nicht gewusst?

„Der Geburtstag ist eigentlich erst am Dienstag darauf."

„Oh, ach so. Also, wenn ich es einrichten kann, komme ich." Solange keiner seiner Fälle eine dramatische Wendung nahm. „Wann geht es los? Soll ich irgendetwas mitbringen?"

„Gegen acht. So wie ich Davy kenne, ist für das Essen schon gesorgt. Aber wenn du etwas Bestimmtes trinken willst oder so, bring es am besten mit."

„Okay, Jon. Danke für die Einladung."

Kurt legte auf und wünschte sich den Samstag herbei. Es sollte sein erster freier Tag nach fünfzehn Arbeitstagen am Stück sein und er wäre verdammt sauer, wenn etwas dazwischenkäme. Allerdings musste er erst noch ein Geschenk für Davy finden. Was sollte er ihm bloß kaufen? Irgendetwas Buntes. In seine Decke gewickelt hatte Davy so lebendig gewirkt und Kurt würde niemals den geheimen Schrank mit seiner Vielfalt von Farben vergessen.

„Komm, lass uns fahren", sagte Simon und Kurt zuckte zusammen. „Oh, habe ich dich beim Grübeln gestört?"

„Ich freue mich nur auf Samstag."

„Da bist du nicht der Einzige. Hast du schon was vor?"

„Jetzt schon."

„Ein Date?", erkundigte sich Simon. Bei jedem anderen hätte die Frage wahrscheinlich einen spöttischen Unterton gehabt. Simon klang lediglich interessiert.

Kurt lächelte. „Nein, nur eine kleine Geburtstagsfeier bei einem Freund."

ALS ER sich Freitag mit Simon auf dem Weg zum Mittagessen befand, konnte er sich kaum auf ihre Unterhaltung konzentrieren. Er hatte immer noch kein Geschenk für Davy. Ihre Freundschaft hatte sich aus einem tragischen Vorfall heraus entwickelt und nicht durch gemeinsame Interessen. So wusste er nicht, worüber Davy sich freuen würde. Bei anderen Freunden beschränkten sich die Geschenke meistens auf Alkohol oder einen finanziellen Beitrag, wenn jemand anders das eigentliche Geschenk besorgte.

Als jüngstes Kind hatte seine Familie ihm immer gesagt, was er für andere Familienmitglieder kaufen sollte, und auch bis heute nicht damit aufgehört. Er hoffte, dass es sich nur um eine Gewohnheit handelte und nicht um mangelndes Zutrauen zu ihm.

Leider hatte er sich an diese Unterstützung gewöhnt. Zum ersten Mal musste er ohne Hilfe ein Geschenk kaufen und war völlig ratlos. Selbst eine Freundin hatte er nie lange genug gehabt, um ein Geburtstagsgeschenk kaufen zu müssen.

Als sie plötzlich an einem Geschäft mit einem bunt und glänzend dekorierten Schaufenster vorbeikamen, das ihm noch nie zuvor aufgefallen war, blieb er stehen. Bei näherem Hinsehen entdeckte er flauschige Lampenschirme, Stühle mit Fell und Federn, verrückte Bilderrahmen und Suppenschüsseln mit Beinen und grinsenden Gesichtern. Konnte er hier etwas finden, das Davy gefallen würde? Er war nicht sicher, ob er aus Davys sexueller Orientierung und dem bunten Kleiderschrank klischeehafte Schlüsse zog. Seine Hand wanderte zu der Tasche mit seinem Handy – vielleicht konnte er ja Jon anrufen und um Rat fragen. Andererseits kannte dieser Davy nach so viele Jahren ohne Kontakt wahrscheinlich auch nicht besser.

„Kurt?", rief Simon, der schon ein ganzes Stück entfernt war. „Kommst du?"

Nach einem letzten Blick ins Schaufenster eilte er Simon hinterher.

„Willst du da was kaufen? Ich warte auf dich."

„Nein, schon gut, mir ist der Laden nur noch nie aufgefallen."

Simon zog eine Augenbraue hoch, setzte sich jedoch wieder in Bewegung, anstelle weiter darauf einzugehen. Kurt trottete neben ihm her. Es war anstrengend, sich so viele Gedanken darüber zu machen, aber mit Simon darüber zu reden, wäre noch viel anstrengender gewesen.

8

KURT STAND mit trockenem Mund und verschwitzten Händen vor Davys Tür. Er musste aufpassen, dass ihm der Zwölferpack belgischen Biers nicht aus der Hand rutschte. Warum war er so verdammt nervös? Nachdem er sich bei seinen ersten Besuchen hier ohne Hemmungen in Davys Leben gedrängt hatte, fühlte er sich wegen seiner Geburtstagsparty plötzlich wie eine nackte Jungfrau, umgeben von betrunkenen Männern. Selbst als er gegen Davys Willen Lebensmittel bestellt hatte, war es ihm nicht so unangenehm gewesen.

Fetzen von Musik und gedämpftem Gelächter drangen durch die Tür. Mit einem letzten tiefen Atemzug klemmte er sich das Geschenk unter den Arm und drückte auf den Klingelknopf.

Wenige Sekunden später öffnete Jon lachend und mit geröteten Wangen die Tür. „Hi, Kurt, komm rein."

KURT NAHM sich eine Flasche Bier und betrachtete die große Auswahl von Snacks auf der Arbeitsplatte. Obwohl er Hunger hatte, war ihm gerade nicht nach Essen zumute. Und das langärmlige Hemd war eindeutig ein Fehler gewesen. Trotz der kühlen Herbsttemperaturen war es wegen der zusätzlichen Menschen warm und seine alberne Aufregung brachte ihn erst recht ins Schwitzen. Er krempelte seine Ärmel hoch, bevor er mit Bier und Geschenk ins Wohnzimmer ging.

Davy hob den Kopf und schenkte ihm das Lächeln mit diesen Grübchen – diesen verdammten Grübchen. Davy war seit Bens Tod nicht sehr oft glücklich gewesen, doch Kurt hatte mittlerweile gelernt, dass die Grübchen das sichere Anzeichen dafür waren.

„Hi, Kurt."

„Hi, Davy. Alles Gute im Voraus." Er reichte ihm sein Geschenk und hoffte, er würde es nicht öffnen. Neben den Geschenken seiner Freunde würde es sicher nicht gut abschneiden.

Leider sprang Davy vom Sofa auf, nahm das Päckchen entgegen und riss das Papier ab. Kurt bekam rote Ohren. Er hätte nach der Arbeit doch zu dem Laden zurückgehen sollen, anstelle sich feige mit einem Buch aus der Affäre zu ziehen.

„Du kochst doch gerne …"

„Gourmet-Burger?" Davy blätterte durch das Kochbuch. „Das klingt gut, danke!" Davy umarmte ihn kurz – zu kurz, als dass Kurt sich Sorgen um seine Reaktion machen konnte. Da er in Davys braunen Augen und fröhlichem Lächeln

66

keinerlei Enttäuschung wahrnahm, erwiderte er das Lächeln. Gut, dass er das hinter sich hatte.

„Wer ist dieser Prachtkerl? Und kann ich ihn haben?"

Kurt errötete wieder. Irgendwie hatte er nicht damit gerechnet, von Männern angemacht zu werden. Ein zierlicher Blondschopf näherte sich ihm lässig und stellte sich mit anzüglich vorgeschobenen Hüften vor ihn.

„Klappe, Rick. Das ist Kurt. Und du kriegst ihn nicht", sagte Davy.

„Oh, dann hast du ihn dir schon geschnappt?", fragte der Blonde mit verführerischer Stimme, während seine kleine Hand Kurts Unterarm streichelte.

Irgendwer hätte wohl die Klimaanlage einschalten oder ein Fenster öffnen sollen, denn jetzt errötete Davy genauso heftig wie Kurt.

„Rick, er steht nicht auf Männer!"

Jon hielt sich vor Lachen den Bauch.

„Nein, das darf doch nicht wahr sein!" Rick hörte trotzdem nicht auf, seinen Arm zu streicheln. Es war ein seltsames Gefühl, denn obwohl die Hand spürbar männlich war, fühlte Kurt sich durch seine zierliche, schlanke Figur und sein violettes, glitzerndes T-Shirt entfernt an einige Frauen erinnert, mit denen er sich getroffen hatte.

„Tut mir leid, Rick."

„Und was ist mit Brüdern? Hast du Brüder, Kurt?"

„Schon, aber keine schwulen."

Rick runzelte die Stirn, ließ aber immer noch nicht von Kurts Arm ab. Kurt hätte protestieren sollen. Er wusste selbst nicht, warum er sich von Rick anfassen ließ. Vielleicht lag es an der direkten Art seiner Familie, für die Zurückhaltung ein Fremdwort war. Glücklicherweise löste Davy Ricks Hand von ihm.

„Benimm dich, Rick. Ich habe dir doch gesagt, dass er nicht auf Männer steht."

„Tja, einen Blowjob kriegt er bestimmt genauso gerne wie jeder andere Kerl. Und ich habe dafür verdammt viel Talent."

Kurt musste lachen. Rick stand offenbar gern im Mittelpunkt, aber Kurt machten seine Bemerkungen nichts aus.

Davy stellte ihm die anderen beiden Gäste vor, ein Paar namens Keith und David. Kurt erfuhr, dass Jon, Davy und David Highschoolfreunde waren und diese Freundschaft zu Davys Spitznamen geführt hatte. Kurt war froh darüber. David war kein schlechter Name, doch die Grübchen passten viel besser zu einem Davy.

Wären Jon und Rick ebenfalls ein Paar gewesen, hätte Kurt die Situation etwas seltsam gefunden, aber glücklicherweise war das nicht der Fall.

Kurt machte es sich in einem Ledersessel gemütlich und lauschte Gesprächen über alte Zeiten. Obwohl er nicht sicher war, ob die drei sich aufgrund von gemeinsamen Interessen angefreundet hatten oder weil sie schwul waren, fragte er nicht nach. Seine Neugier hob er sich für die Arbeit auf.

Davys Hände bewegten sich lebhaft, als er sprach, und seine Freude war nicht zu übersehen. Auch wenn sicherlich noch nicht alle Wunden verheilt waren, schien er sich auf dem besten Weg dorthin zu befinden.

Margaritas wurden gemixt, doch Kurt blieb bei seinem Bier. Er war nicht sicher, was er von einer Party mit schwulen Männern erwartet hatte, entspannte sich aber, als er feststellte, dass sie wie jede andere Party war – nur dass die geschmacklosen Bemerkungen manchmal in ungewohnte Richtungen gingen und etwas frecher waren.

„Spielen wir heute irgendwas?"

Spielen?

„Ich kann das Hockeyspiel für dich einschalten, Kurt", bot Davy an. Davy wollte es nicht sehen? Dann mussten es ja tolle Spiele sein, die geplant waren – wie Kurt zu Beginn der Saison herausgefunden hatte, begeisterte Davy sich nämlich wesentlich mehr für Hockey als für Baseball. Kurt ging es ähnlich.

„Spielt ihr so was wie Nackt-Twister?"

„Nein!", protestierte Davy entsetzt.

„Gerne doch!" Rick warf ihm – oder besser seiner Lendengegend – einen bedeutungsvollen Blick zu.

Kurt rollte die Augen. „Was dann? Flaschendrehen?"

Davy schüttelte kichernd den Kopf.

„Warum nicht?", fragte Rick.

„Strip-Poker?"

„Auch nicht!" Davy unterstrich die Verneinung mit einer die Luft durchschneidenden Handbewegung.

„Bitte?", flehte Rick.

Davy musste lachen. Und lachen. Er warf sich auf die Couch und kicherte, bis ihm Tränen über die Wangen liefen. Vielleicht lag es an den Margaritas. Oder an der Gesellschaft. Aber das war Kurt egal. Und den zufriedenen Blicken seiner Freunde nach zu urteilen, interessierte sie der Grund genauso wenig.

„Mit welcher Art von Party hast du denn bitte gerechnet?", fragte Davy keuchend, als er sich wieder beruhigt hatte.

„Na ja, keine Ahnung. Aber solange ich mich nicht ausziehen muss, mache ich so ziemlich alles mit."

„Oh, Süßer, das höre ich gerne." Überraschenderweise fand er Rick eher lustig als irritierend.

„Allerdings hätte ich nichts dagegen, im Hintergrund Hockey laufen zu lassen. Nur um den Spielstand im Auge zu behalten."

Davy schaltete den Fernseher ein und stellte ihn leise, während Jon einige Schachteln aus einer Tasche holte.

„Normalerweise fangen wir mit Brettspielen an und gehen später zu einem Kartenspiel über. Meistens Poker oder Arschloch."

Kurt zog eine Augenbraue hoch. „Ich soll mit euch ein Spiel namens Arschloch spielen?"

Die Frage brachte Davys Kichern samt Grübchen zurück. Kurt behielt für sich, dass ihm das Spiel nicht neu war und er sich bestens mit der richtigen Strategie auskannte – auch wenn es sich hauptsächlich um ein Glücksspiel handelte. Allerdings lag ihm Poker noch mehr – die meisten Amateurspieler konnten bei Weitem nicht so gut bluffen wie die Kriminellen, die er verhörte.

Kurt deutete auf die Schachteln. „Von diesen Spielen habe ich noch nie gehört." Seine Familie besaß Berge von Brettspielen – so konnte man sieben Kinder kostengünstig beschäftigen –, allerdings handelte es sich dabei um die bekannteren.

Die Spiele, die jetzt auf dem Couchtisch lagen, wirkten kompliziert und hatten viele Figuren. Um sich die Regeln selbst beizubringen, hätte er vermutlich stundenlang Anleitungen lesen müssen.

Als sie begannen, bemerkte er das leidenschaftliche Leuchten in Davys Augen. Auch Jon und David spielten voller Begeisterung und Ehrgeiz.

„Oh mein Gott, in der Schule wart ihr eine Gruppe von Spielefreaks, stimmt's?"

Davy schaute vom Spielbrett auf und eine leichte Röte legte sich über diese modelhaften Wangenknochen, die Kurt eigentlich nie mit diesen seltsamen, superintelligenten und irgendwie bewundernswerten Kindern seiner Schulzeit assoziiert hatte.

„Na ja, ähm, irgendwie schon. Du warst wohl eher der beliebte Sportlertyp, oder?"

„Nicht besonders. Die guten ‚Rollen' waren immer schon von meinen älteren Geschwistern besetzt. Aber es überrascht mich, dass ich hier noch nie irgendeine Konsole gesehen habe. Ich liebe Videospiele."

Er und Ian hatten sich über die Jahre schon unzählige Male wegen des Ausgangs von Spielen in die Haare gekriegt.

Überraschenderweise zog sich Davy auf diese Frage hin zurück. Nicht körperlich, zumindest nicht sehr, doch seine Lebendigkeit schien etwas nachzulassen. Kurt hätte sich treten können. Er hätte wissen müssen, dass dem spießigen Ben keine Videospiele gefallen hatten.

Davys andere Freunde schienen die kleine Veränderung ebenfalls zu bemerken, sich allerdings nicht über den Grund im Klaren zu sein. Kurt wusste es sofort, als wäre es von einer Leuchtreklame über Davys Kopf verkündet worden – Ben hinterließ auch nach seinem Ableben noch viele Fallgruben in Gesprächen mit Davy.

Scheiße. Er musste das wieder in Ordnung bringen. Er hatte bis jetzt viel Spaß gehabt und was noch viel wichtiger war: Davy ebenfalls. Wenn ihm doch nur etwas einfallen würde, um vom Thema abzulenken.

„He, was ist mit deinem Arm passiert?", fragte Rick plötzlich. Ganz toll. Ausgerechnet jetzt musste er die verdammte Narbe bemerken. Noch mehr, was Davy an Bens Tod erinnerte.

„Nichts", murmelte Kurt und schob seinen Ärmel darüber.

„Er wurde bei einem Einsatz verletzt – nicht, dass es dich was angeht", sagte Davy mit Nachdruck, als müsste er Kurt verteidigen. Ein entschlossenes, kleines Lächeln zeigte sich auf seinem Gesicht. Keine Grübchen, aber es war ein Anfang.

Kurt erwiderte das Lächeln und hoffte, Davy würde die Entschuldigung darin sehen.

„Wer ist dran?"

ZU SEINER Überraschung gewann Kurt das erste Spiel. Den Fernseher hatten sie bereits während des ersten Drittels wieder abgeschaltet, da abzusehen war, dass das Hockeyspiel ein ziemlich schmerzhaftes und deprimierendes Ende nehmen würde. Stattdessen lief Musik und Kurt stürzte sich begeistert, wenn auch etwas unerfahren, in das Spiel.

Allerdings lag es dank seiner Arbeit in seiner Natur, den nächsten Schritt seines Widersachers vorauszusehen und rechtzeitig zu verhindern. David und Keith waren zwar nicht begeistert davon, wie schnell er die Regeln lernte, doch sein Platz zwischen Davy und Rick auf dem Sofa brachte ihm auch eine Menge Lob ein. Dafür sah er großzügig über Ricks ... na ja – vorsichtig ausgedrückt – Kuscheln hinweg.

Nach seinem Sieg lehnte er sich in die Sofakissen zurück, während Jon das Brett für eine zweite Partie bereit machte. Davy stand auf, um neues Bier für Kurt zu holen und Rick mixte frische Margaritas.

Rick posierte mit in die Hüfte gestemmter Hand in Kurts Sichtfeld, sprach dabei aber mit Davy: „Davy, kommst du Halloween mit? Wir wollen in diesen neuen Club, das Empire."

Davy ließ sich wieder auf die Couch fallen und zuckte mit den Schultern. „Eher nicht. Zu Halloween ist mir immer alles ein bisschen zu wild."

„Aber das ist doch das Schöne daran. All diese heißen, jungen Typen, verschwitzt und halb nackt in den nuttigen Kostümen ihrer Wahl. Es herrscht so ein Gedränge, dass man niemandem ausweichen kann und überall ist nackte Haut." Rick schwang die Hüften und ließ seine freie Hand verführerisch an seiner Seite hinaufgleiten.

Jon leckte sich die Lippen. „Ja, es lohnt sich wirklich."

Keith und David schenkten dem Gespräch nicht viel Aufmerksamkeit, da David gerade auf Keith' Schoß saß und sie sich küssten, als wären sie allein im Raum.

Davy schnaubte. „Leute, wir sind heute hier, weil ich selbst an einem normalen Wochenende noch nicht bereit für einen Club bin. Und Halloween ist schon in zwei Wochen. Vielleicht nächstes Jahr. Obwohl ich dann schon dreiunddreißig bin. Wahrscheinlich fehlt mir dann die Energie."

„Warte mal." Kurt starrte Davy an. „Du wirst am Dienstag zweiunddreißig?"

Davy errötete. „Ich weiß, ich sehe älter aus, stimmt's?"

Rick schlug Kurt sanft auf den Arm, während er sich wieder auf seinen Platz neben ihm zwängte. „Süßer, wegen dir kriegt er noch Komplexe und dann kommt er niemals mit."

Er wollte wegen Davys Laune nicht wieder von Ben anfangen, dabei war der einzige Grund, aus dem er Davy für älter gehalten hatte, dass Ben bei seinem Tod bereits fünfundvierzig gewesen war. Scheiße. Davy musste zu Beginn ihrer Beziehung ja noch ein halbes Kind gewesen sein.

„Nein, Davy du siehst …" Kurt hatte keine Ahnung, wie er diesen Satz beenden sollte. Seine Schwestern hätten ihm schon allein dafür, dass er das Thema überhaupt angesprochen hatte, eine verpasst. Jedenfalls sah Davy jünger aus, als er war – zumindest wenn er genug geschlafen hatte.

„Jetzt lass doch den armen Hetero in Ruhe", unterbrach Rick seinen Gedankengang. „Du machst ihn ganz verlegen."

Davy warf ihm ein neckendes Lächeln zu. Glück gehabt.

„Und wie alt bist *du*, mein Hübscher?" Ricks Finger wanderte über seinen Bizeps. Wenigsten waren die Tattoos nicht zu sehen – sonst wäre Rick wahrscheinlich schon dabei gewesen, ihn abzulecken.

„Einunddreißig."

„Oho!", johlte Jon. „Davy, jetzt bist du nicht mehr das Baby."

Ach, verdammt. Kurt hatte es satt, der Jüngste zu sein.

„Praktisch noch ein Twink", erklärte Rick in vielsagendem Tonfall, der Kurt davon abhielt, nach der Bedeutung des Wortes zu fragen. Dafür gab es das Internet.

Selbst David und Keith unterbrachen ihre Knutscherei, um zu lachen.

„Mal ganz abgesehen davon, dass er hetero ist, sieht er von uns allen am wenigsten wie ein Twink aus", widersprach Davy.

Rick schmollte, aber mittlerweile wusste Kurt, dass es nicht ernst gemeint war. „Egal. Will ein heißer Kerl wie du nicht trotzdem Halloween mit uns feiern? Du könntest als nuttiger Feuerwehrmann gehen oder als nuttiger Engel … ich besorge dir ein Kostüm."

„Rick!", sagte Davy warnend. „Er ist Polizist."

„Tja, dann will er sich wahrscheinlich nicht als nuttiger Polizist verkleiden – da fühlt er sich ja wie bei der Arbeit."

Kurt konnte sein Lachen nicht unterdrücken. „So verlockend das auch klingt, werde ich entweder im Dienst sein oder mit meiner Schwester Süßigkeiten verteilen."

Rick seufzte. „Wie liebenswert. So eine Verschwendung."

„Davy, verteilst du auch Süßigkeiten?" Es würde zu ihm passen.

Davys Blick verdüsterte sich. „Nein, bis jetzt nie. Aber diesmal besuche ich Sandra und helfe ihr."

Dieser verdammte Ben.

„Können wir weiterspielen?", erkundigte sich Jon und stupste David an, der wieder mit Keith beschäftigt war.

ZUR FREUDE aller Anwesenden gewann Davy die zweite Partie, woraufhin sie beschlossen, zum Kartenspielen überzugehen.

„Aber erst kommt der Kuchen", sagte Jon.

Kuchen. Daran hatte Kurt überhaupt nicht gedacht. Für so etwas waren normalerweise seine Schwestern oder seine Mutter zuständig. Jon und Rick verschwanden in der Küche, während David es sich wieder auf Keith' Schoß gemütlich machte, nur dass das Küssen bald in etwas überging, das an unanständig grenzte.

„Du hast den Kuchen nicht auch noch selbst gebacken, oder?", flüsterte Kurt, nachdem er den Blick von dem schamlosen Gegrapsche abgewandt hatte.

„Nein, Rick hat ihn mitgebracht. Einer seiner Lover ist Bäcker."

„Oh, gut."

Davy wedelte mit der Hand in Davids und Keith' Richtung. „Ignorier sie einfach. Nach dem Kuchen bleiben sie wahrscheinlich sowieso nicht mehr lange. Ich verspreche, dass sie keine – na ja, fast keine – Haut zeigen werden. Sie stehen nur auf Zuschauer."

Kurt zuckte mit den Schultern. Es waren nicht die ersten Männer, die er beim Rummachen sah, aber sonst waren es meistens Unbekannte gewesen. Vielleicht hätte er sich dabei eigentlich unwohler fühlen sollen, doch wenn Davy es nicht für unhöflich hielt – oder zumindest kein Problem damit hatte –, würde Kurt sich auch nicht darüber aufregen.

Als Jon und Rick zurückkehrten, strahlte Davys Gesicht heller als die Kerzen auf dem Kuchen. Er schloss die Augen und blies sie aus. Dann nahm er das Messer in die Hand, um den Kuchen anzuschneiden, wurde jedoch von Kurt gebremst. In seiner Familie war es Tradition, immer ein Foto mit dem Geburtstagskuchen zu machen. Und es gab verdammt viele Geburtstage. Eigentlich hätte es Kurt viel früher einfallen müssen.

„Sollen wir nicht erst ein Foto machen?", schlug er also vor.

„Gute Idee, Süßer", säuselte Rick. „Hat jemand eine Kamera?"

Wie gelang es Rick bloß, praktisch jedes Wort zweideutig klingen zu lassen? Jedenfalls hatte Kurt nicht daran gedacht, eine Kamera mitzubringen.

„Wartet, ich mache einfach eins mit dem Handy", beschloss Kurt. Die anderen gesellten sich zu Davy und er machte ein Bild.

„Moment, du musst auch mal mit drauf", sagte Davy. „Hast du einen Selbstauslöser?"

„Ich glaube nicht." Und nach so viel Bier wollte er nicht anfangen, danach zu suchen.

„Ich mache einfach noch eins", mischte sich Keith ein.

„Sicher?" Kurt wusste selbst nicht, ob er damit Keith oder Davy meinte, doch es war Davy, der nickte.

Rick wackelte mit den Augenbrauen und machte auf dem Sofa Platz für Kurt. Kurz darauf leuchtete der Blitz und Keith gab ihm sein Handy zurück.

UM MITTERNACHT hatten sie den Kuchen aufgegessen und befanden sich mitten in einem Pokerspiel. Um zwei Uhr morgens kämpften dann nur noch Jon und er um den Sieg. Keith und David hatten sich, wie vorausgesagt, nach dem Kuchen verabschiedet, Rick schlief auf dem Sofa und Davy räumte in der Küche auf.

Kurt überlegte, wie viel Bier er getrunken hatte. Auf jeden Fall genug, um erleichtert darüber zu sein, dass er mit dem Taxi gekommen war.

Er betrachtete sein Blatt. Endlich hatte er, im wahrsten Sinne des Wortes, alle Karten in der Hand. Kurt ging all-in. Jon musterte ihn leicht weggetreten. Kurt war vielleicht selbst nicht mehr ganz nüchtern, aber Jon war eindeutig zu betrunken, um ihn zu durchschauen. Sein Beruf half Kurt auch bei diesem Spiel weiter – wahrscheinlich würde man ihn nie wieder zum Mitspielen einladen. Und selbst in dem unwahrscheinlichen Fall, dass Jon gewinnen sollte, waren die verlorenen zwanzig Dollar zu verkraften. Hauptsache, er konnte bald schlafen.

„Ich gehe mit."

Kurt legte seine Karten auf den Tisch.

„Scheiße, beim nächsten Mal spielen wir Arschloch", lallte Jon.

Kurt zuckte mit den Schultern und nahm seinen Gewinn an sich, während Jon ein Taxi rief und die Spiele zusammenpackte.

EIN PAAR Minuten später leuchteten Scheinwerfer durchs Fenster.

„Komm schon, Rick, das Taxi ist hier." Jon half ihm auf die Füße und die beiden Männer stolperten zur Tür. „Willst du auch mitfahren?", fragte Jon.

„Nein", antwortete Kurt. „Ich bleibe noch ein bisschen und helfe Davy beim Aufräumen."

Jon und Rick verschwanden aus der Tür und ließen dabei einen eisigen Luftschwall herein. Es wurde Winter.

Insgesamt hatten sie erstaunlich wenig Unordnung gemacht. Kurt sammelte seine Bierflaschen und einige Margaritagläser ein und brachte alles in die Küche. Bald hatte er hier so viele Bierflaschen angesammelt, dass es sich lohnen würde, sie gegen das Pfandgeld einzutauschen. Die Essensreste befanden sich bereits gut verpackt im Kühlschrank und bis auf die wenigen Gläser war kein schmutziges Geschirr mehr zu sehen.

Er verspürte leichte Schuldgefühle. Davy hatte vielleicht nicht den Kuchen gebacken, aber bei seiner eigenen Geburtstagsfeier gekocht und aufgeräumt. Das war einfach nicht richtig. Allerdings konnte Kurt in seinem betrunkenen, müden Zustand nicht viel tun, um es wiedergutzumachen. Er musste dringend schlafen. Also rief er ebenfalls ein Taxi, bevor er sich auf die Suche nach Davy machte, um sich zu verabschieden.

„Davy?" Wo war er nur hingegangen?

Er öffnete einige Türen. „Davy?"

Schließlich fand er ihn, und zwar nackt auf seinem Bett ausgebreitet. Das dunkle Haar war zerzaust und auf seinem Gesicht, das halb in das Kissen gekuschelt war, zeichnete sich ein leichtes Lächeln ab. Ein Streifen Mondlicht erhellte die Stelle, an der sein schmaler Rücken in die Rundungen seines Hinterns überging. Kurts Blick wanderte zu dem schattigen Platz zwischen seinen Beinen. Als ihm durch den Biernebel hindurch klar wurde, wo er gerade hinsah, hob er hastig den Kopf.

Kurt wusste nicht, wie viel Davy genau getrunken hatte – schließlich hatte er sogar bei sich selbst den Überblick verloren –, vermutete aber, dass es genug gewesen war, um es am nächsten Morgen zu spüren. Also schlich sich Kurt in das angrenzende Badezimmer und füllte ein Glas mit Wasser.

Als er auf der Suche nach Kopfschmerztabletten den Badezimmerschrank öffnete, sah er als Erstes eine Flasche Gleitgel. Er schloss ihn wieder.

Gleitgel. Okay. Auch wenn Kurt ebenfalls welches besaß, erinnerte es ihn im Haus eines schwulen Mannes an andere Anwendungsmöglichkeiten und der Anblick verunsicherte ihn etwas.

Schließlich überwand er sich dazu, die Tür erneut zu öffnen und das Gleitgel zugunsten der Kopfschmerztabletten zu ignorieren.

Als er das Wasser und die Tabletten auf dem Nachttisch platzierte, bemerkte er, dass Davy sich auf den Rücken gedreht hatte. Das Mondlicht färbte seine blasse Haut bläulich. Ein Arm ruhte über seinem Kopf, während die andere Hand auf seiner Brust lag, als wollte er sich mit den Fingern über die Brustwarze streicheln. Gegen seinen Willen wanderte Kurts Blick abwärts.

Plötzlich ließ ihn ein lautes Hupen zusammenzucken. Er stürzte geradezu aus dem Haus, achtete allerdings darauf, die Tür gut zu verschließen. Auch wenn er nicht wollte, dass der Taxifahrer die halbe Nachbarschaft weckte, würde er Davy, besonders in seinem betrunkenen Zustand, nicht der Gefahr eines Einbruchs aussetzen.

Da die Fahrt zu seiner Wohnung eine Weile dauerte, gab sie ihm Gelegenheit, etwas wacher zu werden. Trotzdem brauchte er nach der harten Arbeit der letzten Wochen dringend Schlaf. Also zog er sich aus und legte sich ins Bett. Der Raum schien sich ein wenig um ihn zu drehen und er konnte einfach nicht einschlafen. Außerdem war sein Schwanz halb steif.

Er beugte sich zu seinem Nachttisch hinüber und holte seine eigene Flasche Gleitgel aus der Schublade, allerdings von einer anderen Marke als Davys. Ein Orgasmus würde ihm beim Schlafen helfen.

Mit etwas Gel in der Hand begann er, sich zu streicheln. Das Mondlicht an der Zimmerdecke verschwamm vor seinen Augen zu einer Vision glatter, schneeweißer Haut, die sich über schlanke, aber gut bemuskelte Glieder spannte. In seiner Fantasie bewegte Davys Hand sich plötzlich und zwickte in die kleine Brustwarze, während sich ein lustvoller Ausdruck auf sein Gesicht legte. Das Bild veränderte sich und wechselte zu dem Tag, an dem er mit Davy gerauft hatte – nur dass sie in seiner Vorstellung beide nackt waren. Davy wand sich unter ihm, während Kurt ihn auf den Boden presste.

Kurts Hand bewegte sich immer schneller und die durch seine feuchte Haut verursachten Geräusche schienen durchs Zimmer zu hallen.

Eine Sekunde lang, nur eine einzige Sekunde, hatte er ein Bild von Davy vor Augen, der einladend die Beine spreizte, um Kurts Schwanz in sich aufzunehmen. Seine Lippen bewegten sich, formten die Worte „fick mich".

Mit einem lauten Stöhnen ergoss sich Kurt über seine Hand und seinen Bauch, wo sich klebriges Sperma mit Gleitgel vermischte.

Seine Hand lag noch auf seinem schlaffen Schwanz, als er in einen tiefen Schlaf fiel.

9

VERDAMMTE SCHEISSE. Wie viel hatte er am Abend zuvor getrunken? Er schrie auf, als er sich das Schienbein an der Badewanne stieß. Schwankend presste er eine Hand gegen die Fliesen, um nicht hinzufallen. Die andere drückte er an seine Schläfe, als könnte er so sein dehydriertes Gehirn vor den durch seinen lauten Schrei ausgelösten Schmerzen schützen.

Als der Schmerz nachließ, kratzte er sich gedankenverloren den Bauch und stieß dabei auf getrocknetes Sperma. Ein Bild davon, wie er sich zu Fantasien von Davy einen runterholte, blitzte vor seinem geistigen Auge auf. Er stöhnte. Zu viel Bier. Das musste der Grund gewesen sein. Nie wieder.

Er duschte und spülte die verräterischen Spuren von seinem Körper.

Niemand außer ihm wusste es. Niemand musste es je erfahren. Fast jeder trank mal zu viel und machte dann Dummheiten. Eigentlich sollte ihm das in seinem Alter nicht mehr passieren, aber er würde es einfach vergessen. Die Erinnerung war ohnehin sehr verschwommen.

„HI, KURT, wie geht's?", erkundigte sich Christa lächelnd.

Oh. So laut. Am Tag nach Davys Geburtstag hatte er – immer noch verkatert – das Restaurant seiner Familie besucht, wo er im Endeffekt nur noch mehr getrunken hatte, um vor seinen Brüdern nicht zugeben zu müssen, wie schlecht er sich fühlte – und vor allem, warum. Er hatte sogar behauptet, dass er den Samstagabend im Dienst verbracht hatte. Er war schon lange nicht mehr in so einem Zustand bei der Arbeit erschienen und würde es auch so bald nicht wieder tun.

„Gut, Christa." Er hielt sich mit dem Lächeln zurück. Nach Ians Besuch war er stets darum bemüht, ihr keine falschen Hoffnungen zu machen. „Ist Simon schon da?"

„Ja, ich glaube im Pausenraum."

Gut. Kurt legte eine Hand um den Pappbecher mit warmem Kaffee. Er hatte sich die dringend nötige Portion Koffein bereits auf dem Weg hierher gekauft. Er trank einen Schluck und hoffte, dass er ihm bald beim Wachwerden helfen würde.

Sein Handy vibrierte und er schaute auf das Display. Nur eine Nachricht von Erin, nichts Wichtiges. Er kämpfte gegen den Drang an, seine Fotos zu öffnen. Wie mehrmals am Tag zuvor verlor er den Kampf. Er hatte nur zwei Fotos vom Samstagabend, doch das von Keith gemachte war wirklich gut geworden. Es erinnerte ihn an die fröhlichen Bilder, die Davy in seinem Schrank mit Schätzen aufbewahrte.

Davys Grübchen waren zu sehen, seine Augen leuchteten und … Scheiße. Eine weitere Erinnerung drängte sich an die Oberfläche: Davy beim Kochen und Putzen. Die Schuldgefühle kehrten zurück. Ganz egal, welche seltsame Reaktion ihm am Samstag seine nächtlichen Fantasien beschert hatte, er konnte Davy den Dienstag nicht allein verbringen lassen. Nicht seinen ersten Geburtstag ohne Ben. Und diesmal würde er ihn nicht die ganze Arbeit machen lassen.

„Was Wichtiges?", fragte Simon und deutete auf Kurts Handy.

„Meine Güte, erschreck mich nicht so." Kurt drückte hastig einen Knopf, um das Foto zu schließen. „Und nein, nur eine Nachricht von meiner Schwester."

„Geht's dir gut?"

„Ja, entschuldige – ich bin nur ein bisschen müde."

Fuck.

AM DIENSTAGABEND vor Davys Tür zu stehen, war noch viel nervenaufreibender als am Samstag zuvor. Würde Davy irgendwie herausfinden, was Kurt getan hatte?

Quatsch. Das war Unsinn. Wie sollte das möglich sein? Außerdem … hatte Kurt es doch verdrängen wollen.

Er wollte gerade klingeln, als sich die Tür öffnete und eine sehr schwanger und blass aussehende Sandra vor ihm stand.

„Hi, Sandra." Er war so ein Idiot. Natürlich verbrachte Davy seinen Geburtstag nicht alleine.

„Hallo, Kurt. Was machen Sie denn hier?"

Kurts Hände verkrampften sich so sehr, dass sie das Päckchen in seinen Händen zum Knistern brachten. Ach ja: das Geschenk. „Ich wollte Davy nur ein Geschenk vorbeibringen. Und ich dachte, ich könnte ihn vielleicht zum Essen ausführen. Aber ich hätte wohl damit rechnen müssen, dass Sie da sind."

Ein Schweißfilm legte sich auf seine Oberlippe. Warum hatte er die Sache mit dem Essengehen zugegeben?

Sandra legte den Kopf schräg. „Tatsächlich? Mir geht es nämlich nicht besonders gut. Eigentlich sollte ich im Bett liegen, aber ich konnte meinen kleinen Bruder heute nicht allein lassen."

Sie drehte sich um. „Davy? Ist es dir recht, wenn du stattdessen mit Kurt essen gehst?"

„Kurt? Wie kommst du darauf?"

Tja, heute hätte er wirklich vorher anrufen sollen.

„Weil er vor der Tür steht, Süßer."

Am liebsten hätte er sich umgedreht und wäre weggerannt.

„Ach ja?" Davy schaute über Sandras Schulter und schenkte ihm ein strahlendes Lächeln mit Grübchen. Kurt beruhigte sich etwas. Allein Davys Lächeln war die Herfahrt wert gewesen.

„Hi, Kurt. Ich weiß, dass es dir nicht gut geht, Schwesterchen. Es macht mir nichts aus, mit Kurt essen zu gehen."

„Danke, Jungs. Das ist nett von euch."

„Können wir erst Sandra nach Hause bringen? Ich habe sie nach der Arbeit abgeholt."

„Klar. Hier." Er schob Davy das bunt verpackte Geschenk entgegen. „Herzlichen Glückwunsch."

Davy warf ihm einen verwirrten Blick zu. Kein Wunder, bei zwei Geschenken. Doch gestern war Kurt in der Mittagspause wieder an diesem farbenfrohen Schaufenster vorbeigekommen und ihm war ein leuchtend blauer Bilderrahmen mit unregelmäßig gewelltem Rand aufgefallen. Er hatte ihn gekauft und dafür Davys Geburtstagsfoto ausdrucken lassen. Es erschien ihm wie ein besseres, ein persönlicheres Geschenk als das Kochbuch. Trotzdem, wer brachte einem Freund schon zweimal ein Geschenk? Er hätte damit rechnen sollen, dass es peinlich werden würde.

„Kann ich es später aufmachen?"

Kurt zuckte mit den Schultern. „Von mir aus."

Davys Lächeln ließ etwas nach und er zog sich ins Haus zurück. Kurt führte Sandra zum Auto und half ihr hinein, während Davy die Tür abschloss.

Eine Stunde später hatten sie Kurts Auto nicht weit vom Lettie's entfernt geparkt, da an einem Dienstagabend freie Plätze leicht zu finden waren.

„Und du bist sicher, dass du hier noch mal rein willst?" Ihr letzter Besuch hatte in einem ziemlichen Desaster geendet. Nichts, woran man gute Erinnerungen haben konnte, auch wenn es am Ende einen alten Freund in Davys Leben zurückgebracht hatte.

„Ja, ganz sicher."

„Na gut, Geburtstagskind. Nach dir."

Kurt verzichtete auf Bier, da er sich gerade erst von diesem furchtbaren Kater erholt hatte, ermunterte dafür aber Davy. „Trink ruhig was. Ich geb dir was aus. Ich muss fahren, aber du kannst dir doch was bestellen."

„Du musst mir nichts ausgeben."

„Und ob – du hast Samstag die ganze Arbeit gemacht, obwohl die Party für dich war." Kurt schaute ihn trotzig an, bis Davy lachen musste.

„Na gut, von mir aus, aber kein Bier. Es ist lange her, dass ich so einen Kater hatte und das will ich nicht wiederholen, schon gar nicht an einem Wochentag. Übrigens, was ist das Geschenk?"

„Das kannst du ja nachher selbst herausfinden. Aber es ist wirklich nichts Besonderes." Er wollte nicht darüber reden. Es war irgendwie sentimental, und obwohl es perfekt zu Davy passte, war es wohl ein ziemlich seltsames Geschenk von einem Mann an einen anderen.

„Wie war die Arbeit?"

Sie waren gerade richtig ins Gespräch gekommen, als sich eine Hand auf Kurts Schulter legte.

„Kurt, wie geht's?"

Er hob den Blick und entdeckte Simon, der in einem dreiteiligen Anzug neben ihm stand. Meine Güte, war der Mann groß. Er warf einen Blick auf Davy, der schweigend ganz in die Ecke seiner Bank gerutscht war, als wollte er sich verstecken.

„Was machst du denn hier, Simon?"

„Jen und ich haben Theaterkarten. Du hast so viel Gutes über das Lokal erzählt, dass wir es mal ausprobieren wollten."

Kurt sah sich im Raum um und stellte fest, dass Simon und Jen nicht die einzigen Gäste zu sein schienen, die vor dem Theaterbesuch die gute Küche und schnelle Bedienung im Lettie's ausnutzten. Zu anderen Tageszeiten hatte Kurt hier nie so elegante Kundschaft gesehen.

„Simon, Jen, das ist ein Freund, Davy. Davy, mein Partner Simon und seine Frau Jen."

Simon schien Davys Zusammenzucken beim Wort „Partner" nicht zu bemerken und Davy reichte ihm die Hand – Kurt war nicht sicher gewesen, ob er es tun würde.

„Hi, Davy. Schön, dich kennenzulernen." Jen setzte sich auf die Bank zu Kurt und Simon nahm neben Davy Platz. So passten sie am besten auf die Bänke, da Jen und Davy im Gegensatz zu Simon und Kurt ziemlich schlank waren. Allerdings wusste Kurt nicht, warum Davy sich in Simons Nähe so offensichtlich unwohl fühlte.

„Ihr habt doch hoffentlich nichts dagegen, wenn wir uns zu euch setzen", sagte Simon, wobei er ein bisschen die Augen verdrehte – es war nicht zu übersehen, dass es eigentlich Jens Entscheidung war.

„Hör schon auf, du." Jen verpasste ihm einen leichten Klaps auf den Arm. „Ich habe Kurt ewig nicht mehr gesehen. Außerdem haben wir sowieso nur Zeit für einen Snack. Habt ihr zwei schon bestellt?"

Davy schüttelte den Kopf, schien sich durch Jens unverwüstliche gute Laune etwas entspannt zu haben.

„Sehr gut." Sie schaute Simon an, der sofort eine große Hand hob, um die Kellnerin zu ihnen zu winken. Kurt wusste, dass Simon kein unterdrückter Pantoffelheld war oder wie auch immer die Allgemeinheit Männer bezeichnete, die eigentlich nur Rücksicht auf ihre Frauen nahmen. Er beneidete sie um ihre Verbundenheit. Er selbst war einunddreißig Jahre alt – wann würde er endlich etwas Ähnliches finden?

Nachdem sie sich eine Portion Nachos bestellt hatten, unterhielten sich Jen und Davy erst über ihren jeweiligen Beruf, dann über ihren Eindruck von verschiedenen Theaterstücken. Kurt hatte nur von wenigen überhaupt gehört –

entweder weil er sie in der Schule hatte lesen müssen oder weil er sich dunkel an eine Werbekampagne dazu erinnerte. Es würde ihm vermutlich nicht schaden, sich mal wieder eins anzusehen. Seine Schwestern versicherten ihm immer, das Theater von Toronto sei … bodenständig und erstklassig? So was in der Art. Vielleicht sollte er sich selbst davon überzeugen – man kam billiger und leichter an die Karten als an die für ein Spiel der Leafs.

Irgendwann wurde das Gespräch von den Nachos unterbrochen, auf die sie sich alle hungrig stürzten. Davy schien sich mittlerweile an ihre überraschende Gesellschaft gewöhnt zu haben. Er lächelte Kurt zu, während er sich einen Spritzer Salsa vom Daumen saugte. Kurt biss sich auf die Lippe. Bei diesem Anblick stellte er sich sofort vor, dass Davy an etwas ganz anderem saugte. Er schob seine Hüften etwas weiter unter den Tisch.

Was war nur los mit ihm? Warum reagierte er so auf Davy? Er brauchte dringend Sex – und das *nicht* mit Davy.

Er wandte den Blick von Davy ab, bis Simon und Jen gegangen waren. Wenigstens würden die Burger, die sie bestellt hatten, Davy beim Essen nicht besonders sexy aussehen lassen.

„Sie machen einen netten Eindruck", bemerkte Davy, während die Kellnerin ihnen die Burger servierte. Er schob die Senfflasche in Kurts Richtung.

„Ich verstehe nicht, was du gegen Senf hast", sagte Kurt und verteilte einen großen, gelben Klecks auf seinem Brötchen.

Davy verzog das Gesicht. „Und ich verstehe nicht, wie du ihn essen kannst. Er sieht unnatürlich aus und schmeckt scheußlich."

„Und dein Ketchup ist besser? Das ist doch nur rote Zuckermatsche."

„Und trotzdem noch um Längen besser als Senf." Davy warf ihm einen herablassenden Blick zu.

Kurt lachte erleichtert, denn die sexuelle Spannung war verflogen. Wirklich. Zumindest benahm sich sein Schwanz jetzt besser.

„Du gehst also gerne ins Theater?", nahm Kurt das alte Gesprächsthema wieder auf. Dann wären Theaterkarten sicher ein gutes Geschenk für Davy. Für seinen nächsten Geburtstag musste er sich das merken.

„Ich liebe es. Aber ich gehe nicht … Ich bin lange nicht mehr hingegangen."

Kurt spürte Wut in sich aufsteigen. Wenigstens konnte er mit Wut besser umgehen als mit seinen anderen Gefühlen, auch wenn er sie selten verspürte. Aber es war einfach furchtbar zu wissen, dass Davy beinahe wie ein Gefangener gelebt hatte. Vielleicht nicht während der ganzen zehnjährigen Beziehung, aber es schien stetig schlimmer geworden zu sein, besonders nach Bens vierzigstem Geburtstag. Auch jetzt hielt er eine Therapie noch für eine gute Idee, würde diese jedoch ganz sicher nicht an Davys Geburtstag vorschlagen. Vielleicht bei seinem nächsten Besuch. Er wollte nicht die Freude aus Davys Gesicht vertreiben, wie er es mit der Frage nach den Videospielen getan hatte.

„Mann, bin ich satt." Davy schob den Teller mit seinem halb gegessenen Burger und den unberührten Pommes frites von sich. Kurt aß unbekümmert weiter – er hatte sich an den kleineren Appetit seines Freundes gewöhnt.

„Sollen wir uns gleich noch einen Film ansehen? Dienstags sind die billiger." Kurts gespielt verführerischer Tonfall brachte Davy zum Lachen.

„Es ist schon fast acht. Da haben wir keine große Auswahl mehr."

„Na und? Dann nehmen wir eben den erstbesten Film." Kurt wollte den Abend noch nicht beenden. Sie waren zwar nicht mehr die Jüngsten, aber auch nicht so alt, dass sie sich schon um acht wieder auf den Nachhauseweg machen mussten.

„Na gut. Aber dann ist er bestimmt ganz furchtbar."

„Egal, es ist doch mein Geld. Außerdem können wir dann Popcorn auf die Leinwand werfen."

„Popcorn werfen? Ist das angemessenes Verhalten für einen braven, vorbildlichen Polizisten?", fragte Davy vorwurfsvoll, bis er am Ende losprusten musste.

„Na ja. Vielleicht erzählst du es besser niemandem."

Davy lächelte. „Na gut, ich werde mich nur über den Film beschweren. Aber lass mich wenigstens bezahlen."

„Vergiss es, Geburtstagskind. Sollen wir?"

Als Davy nickte, legte Kurt ein paar Scheine auf den Tisch und stand auf. Er wurde von einem Zupfen an seinem Ärmel gebremst.

„Danke, Kurt", sagte Davy aufrichtig. Kurt verstand, dass er ihm für mehr als nur das Essen dankte, und der letzte Rest seiner Unsicherheit verflog. Er durfte Davy nicht enttäuschen.

„Jederzeit. Das weißt du, oder?"

Davy lächelte und auch wenn seine Augen etwas feucht waren, fielen keine Tränen. Zum Glück. An seinem Geburtstag zu weinen, brachte bestimmt Unglück.

MIT POPCORN und Getränken setzten sie sich zwei Minuten vor Filmbeginn auf ihre Plätze. Sie hatten beide noch nie davon gehört, aber es war der nächste Film gewesen.

„Bist du sicher, dass wir hier richtig sind?" Davy schaute sich um.

„Ja. Kino acht. Wie soll man sich da vertun?"

„Aber wir sind ganz alleine."

Es war wirklich ein bisschen ungewöhnlich. An einem Dienstag hatte Kurt nicht mit vielen Besuchern gerechnet, doch bei einem Horrorfilm hätte man so kurz vor Halloween trotzdem einige Zuschauer erwarten können. Vielleicht hatten alle anderen einfach auch noch nie von diesem Film gehört.

Der Vorspann begann und Davy starrte derart übertrieben gespannt auf die Leinwand, dass Kurt lachen musste. Der Film war so furchtbar, wie Davy vorausgesagt hatte. Das Blut wirkte unecht und die Polizisten benahmen sich geradezu lächerlich unrealistisch. Während Davy also sarkastische Kommentare zum albernen Verhalten und den unlogischen Reaktionen der Personen abgab, beschwerte Kurt sich über die Darstellung des Polizeiberufs. Manchmal mussten sie so heftig lachen, dass sie größere Teile der an den Haaren herbeigezogenen Handlung verpassten – kein besonders großer Verlust.

Die letzte Szene war das typische offene Ende, das nach einer Fortsetzung schrie. Allerdings konnte Kurt sich nicht vorstellen, dass irgendjemand verrückt genug war, eine in Auftrag zu geben.

Davy erklärte: „Das war ein Zehn-Blowjobs-Film. Mindestens."

Schon allein das Wort aus Davys Mund zu hören, löste zwischen seinen Beinen ein Kribbeln aus. „Was?"

„Zehn Blowjobs. So viele wurden gebraucht, um jemanden davon zu überzeugen, diesen Film zu drehen."

Kurt musste so heftig lachen, dass er beinahe am letzten Schluck seines Getränks erstickte und seine Seiten noch heftiger schmerzten, als sie es schon während des Films getan hatten. „Zehn? Ist das dein Ernst? Da tippe ich eher auf hundert. Oder fünfhundert."

Davy lachte mit ihm.

AUCH DIE Fahrt zu Davys Haus half Kurts schmerzenden Rippen nicht sich zu beruhigen, da Davy immer wieder die lustigsten Stellen erwähnte. Als er vor dem Haus anhielt, verspürte er den fast überwältigenden Drang, Davy zu küssen. Gott. Das hier war doch kein Date. Er umklammerte krampfhaft das Lenkrad und starrte geradeaus.

„Noch mal danke, Kurt. Es war ein toller Abend." Er tätschelte ihm die Schulter und stieg aus. Ja, es war wirklich ein toller Abend gewesen. Trotz des miesen Films hatte er im Kino noch nie so viel Spaß gehabt.

ALS KURT später im Bett lag, musste er an den Anblick von Davys Hintern denken, als dieser auf sein Haus zuging. Scheiße. Allmählich wurde es wirklich unheimlich. Er war nicht schwul. Er hatte sich bisher nie zu einem Mann hingezogen gefühlt. Und Davy wirkte nicht besonders weiblich, also konnte es auch nicht daran liegen. Er war vielleicht schlank, hatte aber einen Bartschatten und große Hände und überragte Kurt um ein ganzes Stück.

Und trotzdem quälte ihn der Gedanke an diese roten Lippen. Sich ihre Berührung vorzustellen, brachte seine Haut zum Kribbeln und sein Herz zum Rasen. Es war erschreckend. Er wurde von immer neuen Davy-Fantasien überrascht. Die verlockendste war die, in der Davy vor ihm kniete und ihm einen blies. Verdammt, jetzt würde er nicht einschlafen können, ohne sich einen runterzuholen.

Er legte eine Hand um seinen Schwanz, der bereits schmerzhaft steif war. Warum hatte der Gedanke an Davys Mund diese Wirkung auf ihn? Schon allein seine Grübchen weckten bei seinem Schwanz mehr Interesse als eine nackte Tiffany, die nur auf ihn wartete.

Nein. Er durfte der Versuchung nicht nachgeben. Er konnte so einschlafen. Er ließ seine Erektion los und versuchte sie durch reine Willenskraft zum Nachlassen zu bewegen. Versuchte sich nicht vorzustellen, wie Davy im Restaurant unter den Tisch krabbelte und Kurts Reißverschluss öffnete. Oder wie er sich im dunklen Kino über Kurts Schoß beugte. Oder wie er Kurt mit einem ziemlich illegalen Blowjob während der Autofahrt verwöhnte. Und immer war es Davy und niemand anders, dessen dunkles Haar Kurts Bauch kitzelte. Seine Hüften hoben sich und er verkrallte die Finger im Bettlaken.

„Verdammt!" Sein Schrei hallte laut im stillen Zimmer wieder, doch wenigstens musste er sich dank der dicken Wände keine Sorgen wegen der Nachbarn machen.

Er drehte sich auf die Seite, um das Gleitgel vom Nachttisch zu nehmen. Er verteilte etwas davon auf seinen Händen und legte eine um seinen Schwanz, die andere um seine Hoden. Schon diese erste Berührung brachte ihn zum Stöhnen.

Er begann langsam, wie er es am liebsten hatte, seinen Schwanz zu streicheln, strich jedes Mal kurz über die Spitze, bevor er seine Hand wieder hinunterbewegte. Er gab vor, anstelle seiner Hand Davys heißen, feuchten Mund zu spüren, in ihn hineinzustoßen, und massierte dabei seine Hoden.

Plötzlich fand er sich in seiner Vorstellung auf Davy liegend wieder, zwischen seinen gespreizten Beinen. Davys Schwanz lag steif und schwer auf seinem Bauch, die geschwollene Eichel zeigte Richtung Kinn. Kurts Hand bewegte sich immer schneller, während die andere tiefer wanderte, bis sich ein einzelner Finger in ihn schob, wo nie zuvor etwas gewesen war. Vor seinem inneren Auge sah er, wie sein Schwanz in Davys Körper eindrang, und so schob er seinen Finger tiefer und stellte sich vor, dass sich Davy ebenso warm und eng anfühlte. Es war erschreckend gut. Sein Finger und seine Hand bewegten sich im gleichen Rhythmus, bis ihn schließlich die Vorstellung, wie Davy sich über seinen Bauch ergoss, während Kurt tief in ihm kam, mit einem langen Stöhnen zum Höhepunkt brachte.

Anschließend lag er keuchend im Bett, während sein Samen auf seinem Bauch abkühlte. Er schloss die Augen. Unglaublich. Er war doch nicht schwul, oder? Es war doch sicher normal, hin und wieder über andere Männer zu fantasieren. Auch wenn er das nie zuvor getan hatte …

Er löste seinen Finger aus seinem Körper, was seinen Schwanz ein letztes Mal zucken ließ, und sprang aus dem Bett, um eine Dusche zu nehmen. Doch zu seinem Entsetzen fand er sich dort wenige Minuten später an die Wand gelehnt wieder, Hand und Finger in derselben Position wie vorher im Bett und Bilder von Davy in seinem Kopf. Als er kam, wurde ihm klar, dass er heute noch nicht einmal das Bier als Ausrede hatte.

Oh Gott.

10

„WANN BEGINNT der große Ansturm?" Kurt lehnte sich auf seinem Klappstuhl neben der Tür zurück und betrachtete Erin, die ihm gegenübersaß. Erins Töchter und seine anderen Nichten und Neffen waren mit Erins Mann und seinen anderen verheirateten Geschwistern losgezogen, um Süßes zu verlangen und Saures anzudrohen. Es war beinahe unerträglich niedlich gewesen, wie die kleinen Zwerge da in ihren Kostümen gestanden hatten, denen im letzten Moment noch dicke Jacken hinzugefügt wurden. Das Problem hatte er als Kind auch immer gehabt: Ein paar Tage vor Halloween hatte es einen verdammten Kälteeinbruch gegeben und sein seit dem Sommer geplantes Kostümkonzept war völlig ruiniert gewesen.

„In zehn, fünfzehn Minuten müsste es eigentlich so langsam losgehen." Erin schnappte sich einen winzigen Schokoriegel aus der Schüssel zu ihren Füßen und steckte ihn in den Mund.

„He, Schwester, halt dich zurück. Iss den Bälgern nicht alles weg."

Erin warf einen Schokoriegel nach ihm und er wich lachend aus.

„Eigentlich wollte ich gerade sagen, wie schön es ist, mal wieder Zeit mit meinem kleinen Bruder zu verbringen. Aber ich habe es mir anders überlegt. Warum bist du eigentlich nicht bei einer Party? Du hättest doch mit Ian und Dylan ausgehen können."

Kurt zuckte mit den Schultern. Die Party, zu der seine beiden Single-Brüder verschwunden waren, wäre sicher ähnlich wild wie die, zu der Davys Freunde wollten. Ian hatte ihm versichert, dass jemand wie er dort nicht allein nach Hause gehen musste. Aber ... „Man könnte mich für einen Notfall brauchen. Deswegen sitze ich hier mit dir. Für eine lange, lange Weile." Er streckte ihr die Zunge heraus, woraufhin sie einen weiteren Riegel warf. Diesen fing er auf, um ihn zu essen.

Sie wurden von der Türklingel unterbrochen und Erin sprang auf, um Kostüme zu bewundern.

Kurt fragte sich, wie es gewesen wäre, wenn er Ricks Einladung angenommen hätte ... und Davy mitgekommen wäre. Er war schon ewig nicht mehr tanzen gegangen und die Vorstellung, Davy dabei zuzusehen, war bedrohlich verlockend. Sein Beruf hatte ihn einige Male in Schwulenclubs geführt und selbst im Dienst war ihm nicht entgangen, dass dort Sex in der Luft lag. Ob Davy ein guter Tänzer war?

Er fluchte, als ein Schokoriegel seinen Kopf traf. „He, was soll der Scheiß?"

„Vorsicht mit der Wortwahl, Knirps." Sie warf ihm einen bösen Blick zu.

„Was soll ... was soll das?" Er rieb sich die Stirn.

„Ich weiß nicht, wo du gerade warst, aber ganz bestimmt nicht hier. Wie heißt sie?"

„Wer?"

„Du hast doch an ein Mädchen gedacht. Du hast ganz dämlich gegrinst und warst total in Gedanken versunken. Wann stellst du sie uns vor?"

Niemals.

„Vergiss es, da ist niemand."

„Von wegen. Ich habe dich zweimal gerufen und du hast mich nicht gehört. Sie muss ja wirklich toll sein."

„Vergiss es, Erin." Er benutzte seine strengste Polizistenstimme und funkelte sie wütend an, was die Frau, die ihm die Windeln gewechselt hatte, allerdings nicht besonders beeindruckte. Für sie würde er immer der kleine Junge bleiben, der nicht allein zurechtkam. Der Knirps.

Erin verdrehte also nur die Augen und stand auf. „Ich hole uns ein paar *gesunde* Snacks. Kümmer dich um die nächsten Kinder."

Kaum hatte sie ausgesprochen, klingelte es auch schon wieder und Kurt sprang auf. Hoffentlich hatte Erin nicht sein rotes Gesicht bemerkt. Gott. Wenn Erin vermutete, dass er eine Freundin hatte, würde sie ihrer Mutter von dem Verdacht erzählen. Und er konnte ihnen nicht erzählen, dass es eigentlich um einen Mann ging. Es war nur eine Phase, über die er hinwegkommen musste. Seine starke Zuneigung zu Davy hatte mit der ungewöhnlichen Art zu tun, auf die er ihn kennengelernt hatte. Wenn es Davy wieder gut ging, würde alles nachlassen. Außerdem war es neu für ihn, so viel Zeit in der Gegenwart schwuler Männer zu verbringen. Kein Wunder, dass seine Gedanken ungewöhnliche Richtungen einschlugen.

Erin kehrte mit einem Teller geschnittenem Gemüse und Dip zurück und stellte das Ganze auf den kleinen Flurtisch.

„Danke, Erin." Er hatte gerade ein Stück Karotte genommen, als es erneut klingelte und gleichzeitig sein Handy vibrierte.

„Ich muss drangehen."

Erin nickte und öffnete die Tür, während er sich weiter ins Haus zurückzog, um dem Tumult der vom Zucker angetriebenen Kinder zu entkommen.

„Hi, Davy. Was ist los?"

„Sandra. Ich bin bei Sandra."

Die Panik in seiner heiseren, schwachen Stimme war selbst über das aufgeregte Kinderquietschen hinweg zu hören.

„Beruhige dich. Was ist passiert?" Er benutzte seinen Alles-unter-Kontrolle-Tonfall. Aus irgendeinem Grund griff er heute häufig auf seine Berufserfahrung zurück. „Hol tief Luft und halt sie kurz an."

Kurt schwieg und lauschte, ob Davy seine Anweisung befolgte. „Gut, jetzt atme langsam aus." Er wartete wieder. „Und jetzt erzähl mir alles."

„Sandra. Sie blutet und sie hat Wehen. Aber es ist noch zu früh für das Baby. Es soll erst in zwei Wochen kommen."

„Hast du einen Krankenwagen gerufen?"

„Nein, noch nicht."

Ihm wurde warm ums Herz. Davy hatte als Erstes ihn angerufen und rechnete damit, dass Kurt ihm half. Davy hielt ihn nicht für einen nutzlosen Knirps.

„Mach dir keine Sorgen, es ist ja nicht viel zu früh. Aber es wird bestimmt keine leichte Geburt." Hoffentlich bestand wirklich kein Grund zur Sorge. „Ich lege jetzt auf und rufe einen Krankenwagen. Dann sage ich dir, in welches Krankenhaus sie kommt und wir treffen uns da. In Ordnung?"

Davys Atmung beschleunigte sich wieder.

„Davy, atme. Schön langsam, sonst fällst du in Ohnmacht. Du musst jetzt Sandra helfen."

Er schlug gegenüber Davy nur ungern einen so schroffen Ton an, wusste jedoch, dass er nur so seine Panik durchdringen konnte.

„Also, ich lege jetzt auf. Es wird nicht lange dauern."

Kurz darauf schnappte Kurt sich seinen Mantel und seine Schlüssel und stürzte an Erin vorbei. „Ich muss los, Schwesterchen. Ich erklär's dir später." Sehr viel später, falls sie ihn immer noch wegen einer imaginären Freundin ausfragen wollte.

Wenigstens war sie dank seiner Arbeit daran gewöhnt, dass er überstürzt und ohne Erklärung das Haus verließ, und stellte keine Fragen. Während er das Auto anließ, bellte er Anweisungen in sein Handy.

Schon bald war er zügig, aber immer auf die vielen Kinder achtend, in Richtung Krankenhaus unterwegs.

Der Verkehr war einfach nur verrückt. Es war ein ungünstiger Abend, um zu fahren, ein ungünstiger Abend für einen Notfall. Wenigstens war es noch so früh, dass sich die betrunkenen Missgeschicke und Alkoholvergiftungen in der Notaufnahme in Grenzen halten sollten. Als er endlich das Krankenhaus betrat, wurde er von der gelassen wirkenden Schwester am Empfang zum Wartebereich geschickt, in dem er Davy vorfand. Der Mann war beinahe so blass wie bei ihrer ersten Begegnung.

„Hi. Hast du schon was gehört?"

Davy starrte ihn mit großen, glasigen Augen an, bis er ihn plötzlich zu erkennen schien und sich Erleichterung in seinem Gesicht abzeichnete. Er machte einen Schritt auf Kurt zu, blieb dann aber mit an seinen Seiten geballten Fäusten stehen.

„Sie haben sich ziemlich schnell um sie gekümmert. Im Moment wird sie untersucht. Mehr … mehr weiß ich nicht."

„Komm her und setz dich, bevor du mir umkippst." Er führte Davy zu einem Stuhl und setze sich neben ihn. Am liebsten hätte er ihn umarmt. Bei seinen Brüdern hätte er es in einer solchen Situation ebenfalls getan. Nur war er einerseits nicht sicher, was Davy davon hielt, und fürchtete andererseits, dass seine seltsame Besessenheit von Davy sofort für jeden Menschen sichtbar wäre.

Zum ersten Mal konnte er Bens Heimlichtuerei beinahe verstehen. Andererseits war Ben schwul gewesen. Wäre Kurt schwul, würde er dazu stehen.

Oder? Sexfantasien mit Davy hatte er in letzter Zeit vermeiden können. Das war doch sicher ein gutes Zeichen. Als Davy plötzlich zu zittern begann, vergaß Kurt seine Sorgen und legte ihm einen Arm um die Schultern, drückte ihn kurz an sich.

„Ich hole dir einen Kaffee, okay? Damit dir ein bisschen wärmer wird." Kurt schaute sich um. „Wo ist dein Mantel?"

Davy sah sich ebenfalls etwas verloren im Wartezimmer um. „Keine Ahnung. Ich glaube, ich habe keinen getragen."

„Na gut, darum können wir uns später kümmern. Erst mal brauchst du ein warmes Getränk. Ich bin gleich wieder da."

Kurt eilte zur Cafeteria und zurück. In der Notaufnahme war es noch relativ ruhig, weshalb Sandras kurze Wartezeit nicht unbedingt damit zu tun haben musste, dass die Ärzte ihren Zustand für besonders ernst hielten.

Zurück bei Davy schob er ihm den Pappbecher in die Hand und Davy legte automatisch seine kalten Finger darum und beugte sich über den Becher, um den duftenden Dampf einzuatmen, bevor er einen vorsichtigen Schluck nahm. „Sehr süß", erklärte er und verzog das Gesicht.

„Du kannst den Zucker im Moment gebrauchen. Also trink ihn. Außerdem kenne ich den Kaffee hier und glaub mir, ohne ist der ungenießbar. Je mehr Zucker, desto besser."

Seine Worte sorgten für den Anflug eines Lächelns und Davy wirkte schon etwas weniger wie ein einsamer kleiner Junge. Nachdem er noch ein paar Schlucke getrunken hatte, wagte Kurt es, ihm weitere Fragen zu stellen.

„Bist du schon dazu gekommen, Sandras Mann anzurufen? Oder Freunde?"

Sie sprachen nicht oft über Davys wesentlich ältere Schwester. Kurt wusste nur, dass ihr Mann, William, im Ausland stationiert war und sie während ihrer schwierigen Schwangerschaft von den anderen Soldatenehefrauen unterstützt wurde.

„William hat erst in zwei Wochen frei." Trotzdem wählte Davy mit seiner freien Hand eine Nummer und presste das Handy ans Ohr.

Kurt entfernte sich ein paar Schritte und begutachtete die Zeitschriften, um Davy in Ruhe telefonieren zu lassen. Als er Davy schließlich das Handy in die Tasche stecken sah, setzte er sich wieder zu ihm.

„William konnte ich nicht erreichen, aber ich habe bei seinem befehlshabenden Offizier eine Nachricht für ihn hinterlassen. Und ich habe Sandras beste Freundin Liz angerufen. Ähm …" Davy senkte den Kopf und verbarg so sein Gesicht vor Kurt.

„Was?"

„Sie hat gefragt, ob sie herkommen soll", sagte Davy an die Topfpflanze in der Ecke gerichtet. „Ich habe ihr gesagt, dass das nicht sein muss und ich mich melde, wenn es etwas Neues gibt. Aber … du musst auch nicht bleiben. Auch wenn ich froh bin, dass du gekommen bist, will ich dir nicht den Abend ruinieren. Das hier könnte eine Weile dauern."

„Ich gehe nirgendwohin, Davy." Kurt zog seinen Mantel aus und hängte ihn über die Stuhllehne.

Davy kniff die Augen zusammen und biss sich auf die Lippe, bevor ihm ein tiefer Seufzer entwich. „Danke."

„Jederzeit, Davy. Das weißt du doch."

Davy sah sich kurz um und tätschelte Kurt flüchtig den Arm, zog seine Hand jedoch schnell mit einem schuldbewussten Blick zurück. Dabei schenkte ihnen niemand Beachtung. Die Menschen hier hatten ihre eigenen Sorgen. Mit dem Blick auf den an der Wand angebrachten Fernseher gerichtet, machten sie es sich für eine lange Wartezeit bequem.

EIN PAAR Stunden später war Davy mit dem Kopf an seiner Schulter eingeschlafen. Stress und Langeweile waren eine tückische Kombination. Kurts Augenlider waren ebenfalls ziemlich schwer, auch wenn es dank der Sitcoms zumindest geringfügig interessanter war als bei einer Observierung.

Ein junger Arzt in lila OP-Bekleidung sprach leise mit der Schwester am Empfang, die auf Davy deutete. Als der Arzt auf sie zukam, stupste Kurt Davy an und bemerkte voller Erleichterung das Lächeln auf dem Gesicht des gut aussehenden Arztes.

„Mr. Grey? Sie sind der Vater?"

„Nein, nein, ich bin Sandras Bruder, Davy Broussard."

Nachdem er Davy die Hand geschüttelt hatte, warf er einen fragenden Blick auf Kurt.

„Ich bin es auch nicht, ich bin nur ein Freund." Er wartete kurz, um Davy die Gelegenheit für Erklärungen zu geben. Da dieser allerdings schwieg, fuhr Kurt fort: „Sandras Mann befindet sich im Ausland. Selbst wenn er so kurzfristig freibekommt, braucht er einige Stunden hierher."

„Ich verstehe. Jedenfalls geht es ihrer Schwester gut, Mr. Broussard. Wir mussten einen Kaiserschnitt durchführen und sie wird ein paar Tage hierbleiben müssen. Aber sie ist schon wieder ansprechbar und hat nach Ihnen gefragt."

„Und das Kind?", fragte Davy.

„Ihm geht es gut. Sie können ihn morgen sehen, wenn sich alles etwas beruhigt hat. Und er muss zur Beobachtung noch etwas länger hierbleiben als ihre Schwester."

Plötzlich waren das Lächeln und die Grübchen mit voller Kraft zurück. Obwohl Kurt keinen besonders guten Gaydar besaß – schließlich brauchte er den nicht –, entging ihm nicht der anerkennende Blick, den der Arzt auf Davys Mund warf. Allein die Vorstellung, Davy könnte ebenfalls interessiert sein, versetzte ihm einen Stich, bei dem es sich nur um Eifersucht handeln konnte. Da er in seinem ganzen Leben noch nie eifersüchtig gewesen war, versuchte er, es zu ignorieren.

Davy drehte sich zu Kurt um.

„Keine Sorge", kam ihm Kurt zuvor. „Ich warte hier, bis du deine Schwester besucht hast." Davy brauchte jemanden, der ihn nach Hause brachte, und bei dieser Kälte würde Kurt ihn ganz bestimmt nicht ohne Mantel mit dem Taxi fahren lassen.

Davy nickte und folgte dem Arzt durch eine Schiebetür.

ZEHN MINUTEN später kam Davy zurück und wirkte viel entspannter.

„Alles in Ordnung?"

„Ja, ihr geht es gut. Liz oder ich holen sie ab, wenn sie entlassen wird. Ich kann es kaum erwarten, meinen Neffen zu sehen." Davys schwungvolle Schritte passten nicht zu seinen dunklen Augenringen. Er brauchte dringend Schlaf. Obwohl er sich natürlich noch an das erste Mal erinnerte, als eine seiner Schwestern ein Kind zur Welt gebracht hatte … genau genommen sogar an alle. Es war immer etwas ganz Besonderes gewesen, etwas Ehrfurchtgebietendes. Wie konnte er da Davy seine Freude übel nehmen?

„Wie heißt er? Haben sie schon einen Namen ausgesucht?"

„Ja, haben sie: Oliver Alain, nach unseren Eltern. Mom hieß Olive und Dad Alain."

Davy erzählte selten von seinen Eltern. Kurt wusste, dass sie ein Autounfall das Leben gekostet hatte, als Davy noch ein Teenager gewesen war. Die elf Jahre ältere Sandra war daraufhin zu seiner Erziehungsberechtigten geworden. Im Gegensatz zu seinem jüngsten Verlust war diese Wunde vermutlich bereits verheilt, doch es war eben dieser Mangel an Menschen, die für Davy da waren – insbesondere, da Sandra ihre eigenen Probleme hatte –, der Kurt von Anfang an Sorgen bereitet hatte.

„ICH HABE gehofft, dass du heute kommen würdest."

„Ach ja?", fragte Kurt, der sich gerade seines Schals entledigte, und sein Herz klopfte schneller. Er hatte sich seit dem Krankenhausbesuch, der jetzt dreizehn Tage her war, von Davy ferngehalten – und hasste sich dafür, dass er die Tage zählte. Als er es nicht länger hatte ertragen können – was eigentlich bereits drei Tage früher der Fall gewesen war –, hatte er allerdings erst noch eine Ausrede gebraucht. Und heute wurde endlich ein Hockeyspiel um eine vernünftige Uhrzeit übertragen.

Davy würde niemals erfahren müssen, was Kurt sich nachts vorstellte. Kurt bemühte sich, so selten wie möglich darüber nachzudenken. Es war schlicht Neugier oder eine fehlgeleitete, alberne Schwärmerei. Irgendwann würde es nachlassen. Und er hatte nicht vor, seine Freundschaft mit Davy aufzugeben, nur weil er plötzlich einen unberechenbaren Schwanz hatte.

„Ja. Ich habe ein bisschen eingekauft, damit ich ein Burgerrezept aus deinem Kochbuch ausprobieren kann."

„Oh, cool." Vielleicht war es doch kein so dummes Geschenk gewesen, denn Davy aß genauso gern Hamburger wie er.

„Machs dir gemütlich. Ich bereite nur schnell alles vor."

Kurt schaltete den Fernseher im Wohnzimmer ein. Als er sich gerade auf die Couch setzen wollte, sah er aus dem Augenwinkel etwas ungewohnt Farbiges. Er stand auf, um sich das Kaminsims genauer anzusehen.

Er errötete, konnte aber ein Lächeln nicht unterdrücken. Der Bilderrahmen, den er Davy geschenkt hatte, nahm auf dem Sims einen zentralen Platz ein. Auf dem Foto sah Davy so verdammt glücklich aus.

Doch dieses Foto war nicht das einzige. Kurt schaute sich auch die anderen an, die ohne erkennbares System darum herum aufgestellt worden waren. Zwar erkannte er außer Davy und Sandra niemanden, freute sich aber trotzdem, dass Davy einige seiner Schätze hervorgeholt hatte. Ein Foto zeigte ein winziges, rotgesichtiges Baby, bei dem es sich vermutlich um Davys Neffen Oliver handelte. Obwohl er dank seiner Geschwister ein gewisses Maß an Erfahrung mit Babys vorweisen konnte, hatte er nie gelernt, sie auseinanderzuhalten. Selbst die Fotos, die Davy ihm bereits per Handy geschickt hatte, halfen ihm nicht viel weiter.

Wenigstens war Sandras Mann wieder bei ihr. Er war sechs Tage nach Halloween eingetroffen, da seine Reise durch mehrere Schneestürme verzögert worden war. Trotz der Unterstützung durch Sandras Freundinnen hatte Davy sich völlig dabei verausgabt, Sandra mit dem Baby zu helfen.

Einerseits war es ihm schwergefallen, Davy nicht ebenfalls seine Hilfe anzubieten, andererseits hatte er sich besser von Davy fernhalten können, da dieser so beschäftigt gewesen war. Eigentlich hätte er seine Schwestern oder seine Mutter um Hilfe bitten sollen. Für Kurt hätten sie alles getan. Doch immer wenn Schuldgefühle ihn dazu brachten, sein Handy in die Hand zu nehmen, hielt die Angst ihn von dem Anruf ab – Angst, seine Familie könnte herausfinden, dass er mehr für Davy empfand, als er sollte.

Er drehte sich um und musterte den Rest des Zimmers. Davys bunter Quilt, von seiner Mutter genäht, war über die Lehne des Sofas gelegt worden, auf dem sich neuerdings außerdem flauschige, rote Kissen befanden. Im Bücherregal standen jetzt Bücher anstelle von farbloser Dekoration, die wie aus dem Katalog wirkte. Den abgenutzten Buchrücken sah man gleich an, wie gern Davy las. Kurt konnte sich nicht erinnern, dass Ben jemals über Bücher geredet hatte.

Kurt näherte sich dem Regal, um sich die Titel anzusehen. Einige waren Kochbücher, zwischen denen sich eine Lücke in der Größe des Burgerkochbuchs befand. Daneben standen viele Romane, deren Autoren Kurt nur teilweise bekannt waren. Vor allem Fantasy, Scifi und ein paar Thriller. Er nahm eines der unbekannten Bücher aus dem Regal und wurde rot, als er die zwei nackten Männeroberkörper auf dem Titelbild sah. Er schob es vorsichtig zurück ins Regal und wandte sich wieder dem restlichen Raum zu.

Er war zu einem Wohnzimmer geworden, das auch tatsächlich bewohnt aussah. Das Sterile, Unberührte war von Davy abgemildert worden. Kurt hielt es für ein gutes Zeichen, dass das Haus nicht länger an Bens paranoide Lebensweise erinnerte. Es freute ihn für Davy.

Ein Kaminfeuer hätte das Ganze gut abgerundet. Ob Davy irgendwo Feuerholz hatte?

Während Kurt noch darüber nachdachte, betrat Davy das Zimmer und brachte zwei Bierflaschen mit. „In ungefähr zehn Minuten können wir essen."

„Es riecht schon sehr gut." Das tat es wirklich, auch wenn Kurt nicht alle Düfte genau deuten konnte. Davy lächelte und der Anblick seiner Grübchen löste ein unerwartetes Kribbeln in Kurts Lendengegend aus. Gott. Würde das jetzt immer öfter passieren, nachdem Davy sich nun auf dem Weg der Besserung befand und häufiger lächelte? Kurt musste endlich von dieser Besessenheit loskommen. Nur schien sie, seinen vielen Fantasien über Davy nach zu urteilen, leider eher schlimmer zu werden.

Nein, es war sicher nur ein letztes Aufbäumen, bevor es besser wurde. Nichts Ungewöhnliches.

Sie saßen auf dem Sofa und hörten zu, wie die Spieler vorgestellt wurden. Anschließend folgte Werbung. Davon gab es viel zu viel. „Hast du Feuerholz?", fragte Kurt, um die Werbepause zu überbrücken.

„Feuerholz? Frierst du?"

„Nein, ich habe mich nur gefragt, ob du den Kamin benutzt."

„Nie. Der Rauch war Ben zu schmutzig und im Feuerholz hätte Ungeziefer sein können."

Kurt spürte Wut in sich aufsteigen. Wie konnte man etwas gegen Kaminfeuer haben? Sie waren wundervoll, besonders an richtig kalten Tagen, an denen aber nicht so viel Schnee gefallen war, dass man ihn wegschaufeln musste. An Tagen, an denen man nichts zu tun hatte und sich einfach nur entspannen wollte. Kurt sah einen Ofenschirm und Kaminbesteck. Warum war das überhaupt gekauft worden, wenn man es niemals benutzt hatte?

„Wir müssten uns zwar erst ansehen, ob der Abzug frei ist, aber wenn du mal ein Feuer machen willst, lass es mich wissen. Mein Bruder Dylan hat ein Haus auf dem Land und immer überschüssiges Feuerholz."

Kurt betrachtete den weichen weißen Teppich vor dem Sofa. Aus irgendeinem Grund gefiel es Davy nicht, einen Couchtisch direkt vor dem Sofa stehen zu haben. Falls man einmal dringend einen brauchte, hatte er den niedrigen Tisch und zwei Stühle in der Ecke neben dem Bücherregal platziert. So kam es, dass der Bereich vor dem Kamin frei war. Kurt stellte sich vor, wie das Kaminfeuer den hellen Teppich in ein warmes, oranges Licht tauchte. Und plötzlich malte er sich gegen seinen Willen aus, wie Davy sich nackt auf dem Teppich räkelte und die Wärme des Feuers genoss. Oh Gott, das musste endlich aufhören.

Er beugte sich vor und stützte die Arme auf die Knie, um seinen dämlichen, vorlauten Schwanz zu verbergen. Dann kam er sich dumm vor, denn Davy schaute ihm natürlich nicht zwischen die Beine und würde es auch nicht tun. Erstens trauerte er noch, zweitens hatte es nie einen Hinweis darauf gegeben, dass er sich auch nur im Geringsten von Kurt angezogen fühlte. Und das war gut so. Wirklich. Davy wusste eben, dass Kurt hetero war.

„Danke, ich werde drüber nachdenken."

Plötzlich brachte ein schrilles Piepen Davy dazu, sein Bier auf das Beistelltischchchen neben der Couch zu stellen und in die Küche zu stürzen. Kurt seufzte. Vielleicht war das Kaminfeuer keine gute Idee. Zumindest nicht, bevor er über diese seltsame Phase hinweg war. Er würde es lieber nicht mehr erwähnen. Da das Essen wohl beinahe fertig war, holte er den kleinen Tisch aus der Zimmerecke und stellte ihn vor das Sofa. Zum Glück war er nicht besonders schwer.

Anschließend nahm er wieder seinen Platz ein und starrte in Gedanken versunken auf den Fernseher, bis plötzlich ein Tablett auf dem Tisch vor ihm landete und ihn aufschreckte.

„Warum hast du nichts gesagt? Ich hätte dir beim Tragen geholfen."

Davy zuckte mit den Schultern. „Kein Problem. Genau wie du habe ich mir während des Studiums mein Geld als Kellner verdient. Das verlernt man nicht."

„Und was gibt es?"

Davy verteilte die Teller. Kurt liebte es, so vor dem Fernseher zu essen – bei Ben hatte es das vermutlich nicht gegeben.

„Griechische Burger. Lammhackfleisch mit Feta und Tomaten und dazu Tsatsiki mit jeder Menge Knoblauch." Der Salat schien ebenfalls griechisch zu sein, denn auch hier entdeckte Kurt Feta, Tomaten und ein paar Oliven.

Ooh. „Selbst gemachtes Tsatsiki?"

Davy nickte.

Fantastisch. Wenn er in einem griechischen Restaurant war, aß er fast alles mit der köstlichen Joghurtsoße.

Davy hielt eine gelbe Flasche hoch. „Den habe ich dir zwar mitgebracht, aber probier es wenigstens erst einmal ohne Senf."

Kurt grinste. „Schon gut. Ich liebe zwar Senf auf Burgern, aber sonst habe ich ja auch kein Tsatsiki dafür." Obwohl er später vielleicht doch ein bisschen Senf nehmen würde, nur um Davy zu ärgern.

Davy stellte die Flasche auf den Tisch, warf Kurt aber misstrauische Blicke zu.

„Beruhige dich. Es sieht fantastisch aus." Er biss in seinen Burger. „Oh Gott, das schmeckt großartig", murmelte er um den ersten Bissen herum. Davy war ein hervorragender Koch. Obwohl er an das gute Essen seiner Mutter gewöhnt war, konnte er von Davys Gerichten nicht genug bekommen. Er würde wohl mehr Zeit im Fitnessstudio verbringen müssen.

Zufrieden mit Kurts Reaktion widmete sich Davy ebenfalls seinem Burger. Das Spiel begann und sie genossen das Essen, wenn sie nicht gerade lautstark die Übertragung kommentierten.

KURT SASS an seinem Schreibtisch und wartete auf Simon, der sich in einer Besprechung befand. Aus Langeweile schaute er sich noch einmal die neuesten Babyfotos an, die Davy ihm geschickt hatte. Man hätte denken können, er wäre Olivers Vater und nicht nur sein vernarrter Onkel. Andererseits hätte er beinahe einen weiteren geliebten Menschen verloren und es war kein Verbrechen, seine Familie zu lieben. Das tat Kurt schließlich auch, so sehr sie ihn auch manchmal nervte.

Die Geburt hatte einen angenehmen Nebeneffekt gehabt: Seitdem hatte Davy sich daran gewöhnt, Kurt Nachrichten zu schicken. Und zwar sehr oft. Es war ein bisschen wie damals in der Schule, als man heimlich kleine Zettel ausgetauscht hatte – was Kurt nicht daran hinderte, sich wie verrückt zu freuen, sobald sein Handy piepte. Und wie ein besessener Idiot behielt er alle Nachrichten, um sie später noch einmal lesen zu können. Eigentlich konnte es so nicht weitergehen. Nur wusste Kurt nicht, wie er es stoppen sollte, ohne den Kontakt zu Davy vollständig abzubrechen. Und das konnte er einfach nicht.

„Na, was hast du da Schönes?"

Kurt versuchte schuldbewusst, die Nachrichten zu schließen, wobei ihm in der Eile das Handy auf den Schreibtisch fiel.

„Nur Babyfotos von einem Freund." Kurt hoffte, dass sein Erröten nicht allzu auffällig war.

Simon verdrehte die Augen. „Zeig die bloß nicht Jen. Sie erwähnt in letzter Zeit immer wieder Kinder, aber ich würde lieber noch etwas warten."

Kurt verstaute das Handy in seiner Tasche. „Da fällt mir ein: Habt ihr zwei Samstag Zeit?"

„Vielleicht. Warum, hast du ein Date und willst nicht alleine hin?"

Als wäre Kurts Gesicht noch nicht rot genug gewesen. Vor allem, weil er sich an Davys Geburtstag erinnerte, als sie mit Jen und Simon zusammengesessen hatten, als wären sie ebenfalls ein Paar.

Simon sagte leise: „Entschuldige, Kumpel. Das hätte ich nicht sagen sollen."

Kurt schüttelte den Kopf. „Macht nichts. Jedenfalls findet Samstag im Restaurant meiner Eltern eine Geburtstagsparty für meinen Bruder statt. Wollt ihr kommen? Meine Familie würde euch wirklich gerne kennenlernen."

„Oh, ach so. Sehr gerne, wenn es sich einrichten lässt. Wollen wir dann los? Ich habe ein paar Adressen, denen wir einen Besuch abstatten sollen."

Gott sei Dank. Dann war das Thema Verabredungen vorerst wieder erledigt. Er wollte im Augenblick weder über Tiffany noch über Davy nachdenken.

„Klar", antwortete Kurt, zog seinen Mantel an und folgte Simon nach draußen.

11

KURT ENTDECKTE Simon, sobald er mit ein paar Schneeflocken bedeckt das Restaurant betrat. Er war größer als jeder andere im Raum. Vermutlich befand sich Jen neben ihm, doch da sie so klein war, war es über die Menge hinweg nicht zu erkennen. Samstags war im Finn's immer viel los.

Er hob einen Arm und winkte Simon, der ihn bemerkte und auf ihn zukam. Zwar waren auch hier viele Menschen, doch die eigentliche Party fand im Hinterzimmer statt.

„Hi, wie geht's? Das ist also das Familienrestaurant." Er klopfte Kurt zur Begrüßung auf die Schulter.

„Es ist toll hier", erklärte Jen und umarmte ihn.

„Ja. Es war eine alte Brauerei, die meine Eltern gekauft haben, kurz nachdem sie eingewandert sind. Sie haben sie wiederhergerichtet und nach meinem Großvater benannt und seitdem ist es ihre große Leidenschaft. Aber als Kinder hat es uns manchmal ganz schön genervt, weil wir oft beim Kellnern oder in der Küche helfen mussten. Als das Geschäft dann richtig lief, konnten meine Eltern ein paar Leute einstellen und seitdem helfen wir nur noch ab und zu aus, wenn die beiden mal eine Pause brauchen."

Kurt drehte sich um und führte sie ins Hinterzimmer.

„Oh, Schatz, wer ist denn das?" Wie üblich bemerkte seine Mutter als Erste die neuen Gesichter.

„Das sind mein Partner Simon und seine Frau Jen. Simon, Jen: Meine Mutter Deirdre."

Simon umarmte seine Mutter schwungvoll. Diese wirkte überrascht, lachte aber. Jen verdrehte gespielt genervt die Augen, schien es aber eigentlich komisch zu finden.

„Schön, Sie kennenzulernen, Mrs. O'Donnell", sagte Simon und stellte Kurts Mutter wieder auf die Füße.

„Bitte nicht so förmlich. Wie mein Kleiner schon sagte: Deirdre."

„Na gut, Deirdre." Simon grinste.

Mittlerweile hatte auch der Rest seiner Familie Simons Ankunft bemerkt – er war ja auch nicht zu übersehen. Mike kam als Erster zu ihnen herüber, während seine Mutter sich mit Jen unterhielt.

„Ist das dein neuer Partner, Knirps?"

„Knirps?", fragte Simon mit hochgezogener Augenbraue. Jen unterdrückte ein Lachen.

„Simon, Jen, das ist mein großer Bruder Mike, das Geburtstagskind. Er ist schon ein alter Mann: dreiundvierzig."

Mike warf ihm einen bösen Blick zu, nahm aber freundlich Simons und Jens Glückwünsche entgegen.

„Also, warum Knirps?", wiederholte Simon.

Kurt stöhnte, Mike lachte. „Na ja, wir dachten alle, das Nesthäkchen würde am kleinsten bleiben. Wie man sieht, haben wir uns geirrt und er wurde stattdessen der Größte von uns."

„Das liegt daran, dass Mom mich am liebsten hat", sagte Kurt und streckte Mike die Zunge heraus. Dieser schnappte sich Kurt, als wollte er ihn in den Schwitzkasten nehmen, drückte ihn jedoch stattdessen kurz an sich.

Kurt hoffte, dass er nur aus Höflichkeit darauf verzichtete und nicht, weil er Kurt auch sechs Monate nach seinem Unfall noch für zerbrechlich hielt.

„Wie geht es dir, Knirps? Ich sehe dich in letzter Zeit viel zu selten."

Nein, nicht aus Höflichkeit. „Mir geht es gut, Mike. Versprochen. Alles verheilt." Er schob seinen Ärmel hoch, um die Narbe an seinem Arm zu zeigen. Nur eine leichte rosa Färbung verriet, wie frisch sie noch war.

„Schon gut, schon gut."

Kurt musste daran denken, wie Davy sie damals hauchzart mit seinem Finger nachgezeichnet hatte und lächelte, während er den Ärmel wieder hinunterzog.

„Dieser tüchtige junge Mann wird bestimmt gut auf meinen Liebling aufpassen." Seine Mutter drückte Simons Arm. Kurt konnte kaum glauben, wie anders das Verhältnis seiner Familie zu seinem neuen Partner bereits war, wenn man es mit ihren wenigen Begegnungen mit Ben verglich.

„Natürlich werde ich das Ma'am."

„Guter Junge. Und Mikey, es ist zwar dein Geburtstag, aber hol Simon und Jen doch bitte etwas zu trinken und stell ihnen den Rest der Bande vor."

„Ooh, jetzt wird es ernst für dich", flötete Mike, während er Simon und Jen, beide grinsend, mit zu den anderen Familienmitgliedern nahm.

Doch anstatt ihm Vorwürfe zu machen, wie Mike es vermutet hatte, umarmte seine Mutter ihn nur.

„Also, wann stellst du sie mir vor?"

„Wen?"

„Deine Freundin."

„Verd… verflixt, Mom, hast du das von Erin? Ich habe keine Freundin."

„Nein, Erin hat nichts gesagt, aber jetzt werde ich sie fragen. Du lügst nämlich, Junge. So wie du jetzt hat Mike ausgesehen, als er Heather kennengelernt hat. Da wusste ich gleich, dass er sie einmal heiraten würde."

„Heiraten! Gott, Mom, ich führe noch nicht mal eine Beziehung!" Wenn man von einer freundschaftlichen mit einem Mann absah, in dessen Gesellschaft er mehr Spaß hatte als bei jedem seiner bisherigen Dates.

Seine Mutter schaute ihm in die Augen und legte eine Hand auf seinen vernarbten Arm. „Ach Schatz, auch wenn du noch keine Beziehung mit ihr führst, du hast sie getroffen. Die Narbe hat dich an sie erinnert und es war nicht zu übersehen: Du bist verliebt."

Es war ein *er* und Kurt war nicht in ihn verliebt. Seine Mutter musste verrückt geworden sein. Oder sie war betrunken.

„Das bin ich nicht, Mom, ich schwöre." Kurt hoffte, dass sie seine Panik nicht bemerkte. Sie musste ihm einfach glauben.

„Schon gut, Liebling, schon gut, mach dir keine Sorgen. Du wirst sie schon noch überzeugen. Du bist ein guter Fang."

Scheiße. Sie hatte sie doch bemerkt.

„Vergiss nicht, dass du immer mit mir reden kannst. Ich bin zwar deine alte Mutter, aber was Frauen angeht, kenne ich mich aus."

Kurt gab ein bitteres Lachen von sich. Hätte sie gewusst, was in seinem Kopf vor sich ging, wäre sie nicht so versessen darauf gewesen, ihn zu verkuppeln. Sie war eine gute Katholikin. Wahrscheinlich würde sie ihn hassen, anstatt ihm Ratschläge zu geben. Genau wie der Rest seiner Familie.

„Na, Knirps?" Ian näherte sich und drückte ihm eine Flasche Bier in die Hand – der einzige Grund, aus dem Kurts böser Blick ziemlich harmlos ausfiel. „Ich habe deinen Partner kennengelernt. Macht einen netten Eindruck." Dylan, der hinter Ian stand, nickte.

„Komm mit, wir haben ihn zu einer Partie Billard überredet und brauchen einen vierten Mann."

Kurt ließ sich, dankbar, den erschreckenden Einsichten seiner Mutter entkommen zu sein, an den Billardtisch entführen. Gott. Wenn sie herausfände, dass er sich von einem Mann angezogen fühlte – und er war natürlich *nicht* verliebt, schließlich war er nicht schwul – und über ihn fantasierte, würde sie ausrasten. Ihn vermutlich sogar enterben. Wie die anderen Familienmitglieder auch.

„He, was ist denn mit dir los?", fragte Ian. „Du siehst ganz fertig aus."

„Mom hat mit mir übers Heiraten geredet."

„Oh Mann, das ist ja echt scheiße. Warum solltest du das tun? Es gibt noch so viele unentdeckte Frauen."

Dylan schnaubte. „Trotz eines fleißigen Entdeckers wie dir. Aber ernsthaft, ich kann mir das auch noch nicht vorstellen. Vielleicht in ein paar Jahren."

Kurt war zwar der Jüngste, allerdings nur drei Jahre jünger als Dylan, während Ian sich ziemlich genau in der Mitte dazwischen befand. Sie hatten alle noch jede Menge Zeit, um sesshaft zu werden.

„Du hast aber keine Freundin, die du uns verschweigst, oder?", erkundigte sich Ian.

„Nein." Warum konnten sie nicht endlich mit diesem Thema aufhören?

Ian und Dylan tauschten misstrauische Blicke. Um Gottes willen, sie hatten doch nicht etwa einen Verdacht? Das war unmöglich, oder?

„Ähm ... Billard ...?"

SIMON SPIELTE fast so gut wie er und seine Brüder, was sehr beeindruckend war, da sie an diesem Tisch übten, seit sie groß genug waren, um über den Rand zu schauen. Trotzdem beließen sie es bei einem Spiel und gaben den Tisch für die anderen Gäste frei.

Jen gesellte sich zu ihnen und reichte Simon ein Bier. „Danke, Schatz." Er beugte sich zu ihr hinunter, um sie zärtlich zu küssen.

„Ich mag deine Familie", sagte Jen an Kurt gewandt.

„Danke. Die meiste Zeit über mag ich sie auch."

Jen lächelte, während Ian ihm gegen die Schulter boxte.

„Wir sind gleich zurück", sagte Dylan und er und Ian hielten ihre leeren Bierflaschen hoch.

„Bringt mir auch eins mit", rief Kurt ihnen hinterher, woraufhin ihm Ian lediglich den Mittelfinger zeigte.

„Entschuldige, ich hätte dir auch eins holen sollen", sagte Jen.

„Das musst du nicht, ich hole mir gleich selbst eins. Und Ian stellt sich nur ein bisschen an."

Caitlyn kam an den Tisch. „Da bist du ja", sagte sie zu Jen. „Komm rüber und bring Simon mit." Dann warf sie Kurt einen tadelnden Blick zu.

„Du hättest mir erzählen sollen, dass du Jen kennst."

„Wann denn das?"

Kurt fand ihren vorwurfsvollen Ton ungerechtfertigt. Er sah die Zwillinge kaum, weil sie meistens mit Familienunternehmungen beschäftigt waren.

„Wir sind seit Kurzem Arbeitskolleginnen, haben aber heute erst festgestellt, dass Simon dein Partner ist."

„Und ich hätte wissen müssen, dass ihr zusammenarbeitet?" Wie immer überhörte seine Schwester den Sarkasmus. Vielleicht hätte er es gewusst, würde seine Schwester nicht so oft den Arbeitsplatz wechseln wie andere Leute bei ihrem Auto das Öl. Wie sollte er da den Überblick behalten?

„Geh ruhig", fügte Kurt hinzu, da Simon zögerte. „Ich gehe an die Bar."

Er holte sich endlich ein Bier und lehnte sich damit an die Wand. Überall um sich herum sah er Paare. Seine Schwester hatte einige Freundinnen eingeladen, die ebenfalls Single waren. Allerdings hielt er ein Date mit ihnen für eine genauso schlechte Idee wie eines mit seiner Arbeitskollegin.

„Hallo, du musst Kurt sein." Eine kleine, vollbusige Frau mit braunem Haar stand plötzlich vor ihm – viel zu nah für eine Fremde. Doch sie war ziemlich hübsch und der Größenunterschied erlaubte ihm einen tiefen Einblick in ihren Ausschnitt, in dem der Rand von rosa Spitzenunterwäsche zu sehen war.

„Ja, das stimmt."

„Ich bin Heidi, eine Freundin von Heather."

„Schön, dich kennenzulernen, Heidi."

„Heather sagt, du bist Polizist." Heidi kam noch ein Stückchen näher und legte eine zierliche Hand auf seinen Bizeps. Eigentlich fielen die Freundinnen seiner Schwägerin ebenfalls in die Kategorie Frauen, mit denen er sich nicht verabreden sollte. „Du musst sehr mutig sein. Und offensichtlich bist du auch sehr stark." Sie drückte seinen Arm.

Kurt trank einen großen Schluck Bier und unterdrückte ein Augenrollen.

Trotzdem … er stellte sich vor, wie er sich zu ihr hinunterbeugte und sie küsste. Wie er sie auszog. Wie er seine Hände auf ihre vollen Brüste legte. Doch es hatte keinen Effekt. Nichts regte sich – wenn möglich sogar noch weniger als bei Tiffany.

Fuck.

Er versuchte es erneut. Diesmal malte er sich aus, wie sie zusammen nackt im Bett lagen. Nur war sie nicht groß genug. Und hatte keine Grübchen.

Oh, Scheiße. Ihm brach der Schweiß aus und er versuchte zurückzuweichen, woran ihn die Wand allerdings hinderte.

„Da bist du ja", hörte er plötzlich Simons Stimme sagen. Heidi hatte sich mittlerweile an ihn geschmiegt und eine Hand unter seinen Pullover geschoben. Ihre Brüste waren gegen seinen Oberkörper gepresst.

„Tut mir leid, Miss, ich muss mir Kurt kurz ausleihen." Simon lächelte ihr zu, löste ihre Hand von Kurt und führte ihn zum Billardtisch.

„Danke fürs Retten." Kurt konnte endlich wieder atmen. Noch ein Debakel wie das mit Tiffany hätte sein Ego vermutlich nicht verkraftet.

„Bedank dich bei Jen." Simon deutete auf seine Frau, die Kurt mitfühlend zuwinkte. „Sie sagt, dass sie einen Hai erkennt, wenn sie einen sieht."

Wahrscheinlich hatte sie einfach seinen verängstigten Gesichtsausdruck bemerkt. Ganz toll. Aber er konnte ihr nicht böse sein. Besser so, als sich weiter Heidis nicht sehr originellen, aber entschlossenen Verführungsversuchen stellen zu müssen.

„Sollen wir noch ein Spiel machen? Jen und ich gegen dich?"

„Ach nein, spielt ihr ruhig. Ich sehe zu."

Kurt machte es sich auf einem Barhocker bequem, der ihm einen guten Blick auf den Raum bot. Allerdings fiel es ihm schwer, sich auf das Spiel zu konzentrieren.

Sein Bruder Mike küsste ein Stück weit entfernt mit einem glücklichen Lächeln seine Frau Heather. Sein Vater nahm seiner Mutter grinsend ein schweres Tablett ab. Erins Mann strich ihr zärtlich eine Haarsträhne aus dem Gesicht. Simon stand dicht hinter Jen und tat, als müsste er ihr bei einem schwierigen Stoß helfen, doch ihrem leisen Kichern nach zu urteilen, war es nicht der einzige Grund.

Obwohl er von Freunden und Verwandten umgeben war, die ihn liebten, hatte er sich nie zuvor so einsam gefühlt. Er hätte sich nicht durch seine Angst davon abhalten lassen sollen, Davy einzuladen. Tatsächlich erinnerten seine Gründe dafür so sehr an Bens Verhalten, dass er sich plötzlich heftig schämte. Davy hätte sich gut mit seiner Familie verstanden, da war er sicher. Sie hätten ihn geliebt und Davy hätte ihm den ganzen Abend Gesellschaft geleistet. Simon war ein guter Freund, hatte aber Jen. Mit Ian und Dylan konnte man ebenfalls Spaß haben, doch die beiden hatten die Party bereits verlassen, vermutlich um sich noch ein Date für ein bisschen Spaß später am Abend zu suchen. Genau wie Kurt fischten sie lieber in fremden Gewässern.

Aber er konnte Davy nicht einladen, so sehr er es sich auch wünschte. Er konnte einfach nicht riskieren, dass irgendjemand etwas bemerkte.

Jen versenkte eine Kugel und quietschte, was Kurts Aufmerksamkeit wieder auf den Tisch lenkte. Sie hatte gewonnen, was bei Simons Talent wahrscheinlich nicht sehr oft passierte.

„He, Kumpel, wir wollten uns so langsam auf den Weg machen", sagte Simon, der jetzt einen Arm um Jens Schultern gelegt hatte. „Danke für die Einladung."

„Gern geschehen. Meine Familie findet euch toll. Schön, dass ihr gekommen seid."

Jen umarmte ihn und die beiden gingen auf die Tür zu. Kurt warf einen Blick auf seine Uhr. Schon nach Mitternacht. Er konnte auch gehen. Obwohl er am liebsten viel mehr getrunken hätte, hatte er sich sehr zurückgehalten, weswegen er noch fahren konnte.

Er verabschiedete sich von seiner Familie – abgesehen von Ian und Dylan, die noch verschwunden waren – und verließ das Hinterzimmer, um sich durch die vielen Menschen im öffentlichen Teil des Restaurants zum Ausgang zu schlängeln.

Plötzlich packte jemand seinen Arm und jeder Muskel in seinem Körper spannte sich an, bis er bemerkte, dass es sich nur um Ian handelte.

„Wo willst du hin? Die heiße neue Kellnerin hat uns zu einer anderen Party eingeladen. Ihre Freundinnen sind Stripperinnen", zischte Ian.

„Und sie sind zwanzig."

Ians Blick sagte deutlich *na und?*

Gott. Eine ganze Party mit aufdringlichen Frauen wie Heidi. Frauen mit Erwartungen, die er nicht erfüllen konnte – und eigentlich auch nicht wollte. Und zu allem Überfluss noch vor den Augen seiner beiden wilden Brüder. Da hätte er sich lieber mit einer Gabel die Augen ausgestochen. Seine miese, leere, einsame Wohnung mit der beinahe vollen Flasche Wodka wartete auf ihn.

„Nicht heute Ian, ich bin müde. Es war eine lange Woche."

„Dagegen hilft am besten eine schnelle, leicht zu habende Nummer." Ian grinste.

Kurt schüttelte den Kopf. Ian wirkte fast ein bisschen verzweifelt. Ob er unter einer frühen Midlife-Crisis litt? „Lass das ja nicht Mom hören. Und ich gehe trotzdem."

„Na gut. Treffen wir uns trotzdem nächste Woche zum Mittagessen?"

„Klar, ruf mich einfach an, wenn du Zeit hast."

Nachdem Ian gegangen war, stand Kurt da und fragte sich, ob er die richtige Entscheidung getroffen hatte. Während er die Bar betrachtete, um herauszufinden, welche Kellnerin Ian gemeint hatte, fiel ihm ein schlanker blonder Mann ins Auge. Sein Körperbau und Profil waren Davys so ähnlich, dass man ihn aus der Entfernung mit ihm verwechselt haben könnte, wäre da nicht das helle Haar gewesen. Plötzlich drehte der Mann sich um und bemerkte seinen Blick. Als Kurt ihn weiter anstarrte, zog er eine Augenbraue hoch und leckte sich die Lippen. Eine unerwartete Welle der Lust durchflutete Kurt so heftig wie ein Faustschlag in den Magen. In einer Sekunde hatte dieser Mann einen größeren Effekt auf ihn gehabt als Heidis üppige Brüste in mehreren Minuten.

Oh fuck.

Er knöpfte seinen Mantel zu und schob sich durch die Menge in die eisige Novembernacht hinaus.

12

Es WAR zu spät, um zu klingeln. Abgesehen von der fröhlichen rot-grünen Weihnachtsbeleuchtung in den Fenstern lag Davys Haus im Dunkeln. Kurt wusste, dass es für ihn keinen Grund gab, hier in seinem Auto zu sitzen. Nur hatte sich das überwältigende Bedürfnis, in Davys Nähe zu sein, nach ein paar Flaschen Bier einfach nicht mehr unterdrücken lassen. Mit all den glücklichen Paaren um sich herum hatte er sich so furchtbar einsam gefühlt. Auch wenn Davy von den vielen Menschen vielleicht nicht begeistert gewesen wäre, hätte Kurt ihn zumindest einladen sollen. Es war dumm gewesen, es nicht zu tun. Eigentlich hatte er sich in letzter Zeit allgemein sehr dumm verhalten, denn keine Frau hatte je so starke Gefühle in ihm ausgelöst wie Davy. Er musste herausfinden, wie gut Davy in sein Leben passte. Er musste sich endlich zusammenreißen und auf ihn zugehen. Nicht, dass er ihn drängen wollte – Davys Trauer war noch längst nicht vorüber. Er konnte einfach noch nicht so weit gehen, Davy – oder überhaupt irgendjemandem – seine neu entdeckten Neigungen zu gestehen. Erst musste er ganz sicher sein. Aber Davy als Freund in sein Leben integrieren? Das hätte er schon lange tun sollen.

Kurt rieb sich die kalten Hände und betrachtete die weißen Wölkchen, die sich beim Ausatmen vor seinem Mund bildeten.

Er war verrückt. Er saß vor Davys Haus wie bei einer Observierung – nur dass er vor einer Observierung niemals trinken würde. Gott. Das Ganze musste furchtbar verdächtig aussehen. Es würde ihn nicht überraschen, wenn bald ein Streifenwagen vorbeikäme. Dann hätte Inspector Nadar sicher einiges zu seinem Verhalten zu sagen. Und er konnte es noch nicht einmal erklären, ohne etwas zuzugeben, das er nicht laut aussprechen und sich selbst kaum eingestehen wollte.

Kurts Gedankengang wurde von einem schwarzen Kleinwagen unterbrochen, der in Davys Auffahrt einbog. Der Motor ging aus und ein schwarz gekleideter kleiner Mann stieg aus.

Ohne darüber nachgedacht zu haben, war Kurt ebenfalls ausgestiegen und überquerte eilig die Straße, um den Fremden abzufangen. Wer sich mitten in der Nacht auf dem Weg zu Davys Haustür befand, hatte sicher nichts Gutes im Sinn.

Doch plötzlich öffnete sich die Beifahrertür und Davy stieg aus. Kurt erstarrte, als wäre er mit Wasser übergossen worden und augenblicklich auf dem dunklen Gehweg festgefroren. Obwohl er nur wenige Meter entfernt zum Stehen gekommen war, hatten ihn die beiden Männer nicht bemerkt.

Das Kältegefühl breitete sich von seinen Fingern bis in den Rest seines Körpers aus. Kurt war ziemlich sicher, dass es nicht an der Temperatur lag.

Der Mann war ihm völlig unbekannt und er konnte nicht genau ausmachen, was sie sagten, während Davy die Tür aufschloss und sich dann zu dem Fremden umwandte.

Als Davy ihm zulächelte, ihm für einen kurzen Moment diese Grübchen zeigte, legte der blonde Mann seine Hände an Davys Wangen und küsste ihn.

Wut explodierte wie heiße Lava in Kurts Brust und löste ihn aus seiner Starre. Unter seinen Füßen knirschte Schnee, als er auf Davys Tür zusprintete. Er stürzte die Verandastufen hinauf und riss den Fremden von Davy los. *Seinem* Davy.

Der Mann stieß einen Schrei aus und prallte mit einem dumpfen Knall gegen das Fenster.

Davy starrte Kurt, der keuchend und mit geballten Fäusten vor ihm stand, verwirrt an.

„Was ist hier los?" Kurt erkannte seine eigene Stimme kaum wieder.

Der Fremde hatte sich wieder aufgerappelt. „Wer sind Sie?"

„Wer zum Teufel sind *Sie*? Davy, du hattest doch nicht etwa eine *Verabredung*?" Kurt war nicht ganz sicher, wie er seine fürchterliche Wut zum Ausdruck bringen konnte, ohne eine Anzeige wegen Körperverletzung zu riskieren. Obwohl das Arschloch Davy nicht länger küsste oder anfasste, wurde er von Sekunde zu Sekunde aufgebrachter.

„Was soll das, Kurt?"

„He, ich wusste nicht, dass du einen eifersüchtigen Ex hast."

„Den habe ich nicht." Die Worte schossen aus Davys Mund wie Pistolenkugeln. Kurt hatte ihn noch nie so wütend gesehen, starrte aber genauso wütend zurück.

„Wer zum Teufel ist der Typ dann?"

Kurt wandte sich wieder dem Fremden zu. „Das geht Sie nichts an." Sein Gesichtsausdruck schien den Mann zu erschrecken.

„Davy, soll ich die Polizei rufen?"

„Nein, er *ist* die Polizei. Fahr nach Hause, Andrew."

Andrew. Jetzt hatte er einen Namen, auf den er seinen Hass richten konnte.

„Bist du sicher?" Andrew schob sich vorsichtig, als hätte er es mit einem wilden Tier zu tun, an Kurt vorbei. Kurt wusste, dass er sich beruhigen sollte, aber das kümmerte ihn nicht. Am liebsten hätte er diesen Idioten kopfüber von der Veranda in den Schnee geworfen.

„Ja, fahr einfach." Davy verwendete denselben schneidenden Tonfall, den Kurt heute zum ersten Mal von ihm gehört hatte, auch für Andrew. Gut. Andrew gehorchte.

Während Andrew hinter ihnen losfuhr, öffnete Davy die Tür und trat ein.

„Komm rein", befahl Davy. „Ich werde nicht noch weiter vor den Nachbarn rumschreien."

Kurt folgte ihm ins Wohnzimmer, wo Davy sich seines Mantels entledigte und ihn über einen Stuhl warf.

„Also, was sollte das Ganze?" Davy klang kein bisschen ruhiger. „Und zieh deine verdammten Schuhe aus. Du verteilst überall Schnee."

„Du verabredest dich schon wieder? Wie konntest du nur?" Kurt riss sich die Schuhe von den Füßen und warf sie in die Zimmerecke. Vielleicht wäre es ihm leichter gefallen, seine Gedanken zu ordnen, hätte er sich auch nur für eine Sekunde von der Sorge befreien können, Davy könnte sich von ihm lösen, ihn nicht mehr brauchen.

Davy starrte ihn mit offenem Mund an. „Ich bin dir zwar keine Rechenschaft schuldig, aber nein, ich *verabrede* mich nicht." Er äffte das Wort in Kurts entsetztem Tonfall nach. „Noch nicht."

Kurt hätte noch sechs Monate haben sollen, bevor Davy sich wieder mit Männern traf. Das war es doch, was Trauertherapeuten sagten: ein Jahr der Trauer. Sechs Monate länger, um zu entscheiden, ob er Davy für sich wollte oder sich diese Besessenheit von ihm lieber aus dem Kopf schlug.

„Noch nicht?" Davys Worte hätten ihn beruhigen sollen, taten es jedoch nicht. Er zitterte aus dem unterdrückten Bedürfnis heraus, Davy zu packen und zu schütteln, damit er Vernunft annahm. Davys Augen funkelten ihn wütend an, reflektierten die bunten Lichter der Fenster. Er hatte sich nicht die Mühe gemacht, eine Lampe einzuschalten, was Kurt nur recht war. Hierfür brauchten sie kein Licht.

„Wenn du dich nicht verabredest, warum hat der Typ dich dann geküsst?"

Davy warf ihm einen verärgerten Blick zu, während er sich ebenfalls die nassen Schuhe von den Füßen schob.

„Meine Güte, er ist ein Freund von Jon. Wir waren in einem Club und er hat angeboten, mich nach Hause zu fahren. Ja, er hat einen Annäherungsversuch gestartet, aber verrat mir doch mal … was zum Teufel geht dich das an?"

Kurt näherte sich Davy und bemühte sich um eine möglichst einschüchternde Körperhaltung. Davy mochte ein paar Zentimeter größer sein, allerdings war Kurt kräftiger gebaut und hatte eine Menge Übung darin, bedrohlich zu wirken. Aber Davy gab nicht nach, blieb aufrecht stehen, hob das Kinn und schaute Kurt in die Augen.

„Ich mag ihn nicht."

„Na und? Du musst die Männer, mit denen ich mich treffe, nicht mögen. Oder die, mit denen ich schlafe."

„Mit denen du *schläfst*?" Die Worte waren wie ein Messerstich. Er bekam vor lauter Schmerzen kaum Luft.

Davy warf ihm einen weiteren bösen Blick zu. „*Noch nicht*, du Idiot."

Der Schmerz ließ augenblicklich nach. Kurt atmete tief durch, bereitete sich auf einen neuen Angriff vor. Doch plötzlich stieg ihm Davys frischer Zitronengrasduft gemischt mit einem Hauch von Schweiß in die Nase. Sein Schwanz erwachte mit beinahe schmerzhafter Heftigkeit zum Leben. Plötzlich war Streiten das Letzte, was er mit Davy tun wollte.

Er legte die Hände auf Davys schmale Schultern, zog ihn an sich und presste zum ersten Mal in seinem Leben seine Lippen auf die eines Mannes.

Davy stand wie angewurzelt da, während Kurt seine überraschend weichen Lippen kostete. Als er eine Hand an Davys Wange legte und raue Bartstoppeln unter seinen Fingern spürte, löste sich ein Stöhnen aus seiner Kehle. Er leckte über Davys Lippen, sehnte sich nach seinem Mund. Kurz fürchtete er, Davy würde sich ihm verweigern, doch dann öffnete sich plötzlich sein Mund, während seine Arme sich um Kurts Taille schlangen.

Oh Gott. Davys Geschmack. Die Hitze seines Mundes. Das gehörte ihm, nicht diesem verdammten Andrew. Er schob Davy auf die Couch zu und presste ihn mithilfe seines Gewichts auf eine aggressive Art und Weise darauf, wie er es bei einer Frau nie getan hätte – und er hatte auch niemals das Bedürfnis danach verspürt.

Ein letzter Zentimeter und dann lag er auf Davy, sein Mund auf Davys Mund, seine Hüften auf Davys Hüften. Ein weiteres Stöhnen erklang zwischen ihren Mündern. Vermutlich Kurts eigenes. Das völlig neue Gefühl einer Erektion, die sich gegen seine presste, von Hüften, die sich ihm entgegenschoben, war unglaublich erregend. Niemals hatte er sich einer Frau körperlich so nah gefühlt. Wie denn auch? Sein fester, muskulöser Körper passte zu Davys, als hätte man sie füreinander geschaffen. Die Heftigkeit seines Kusses ließ etwas nach, während viele unbekannte Gefühle auf ihn eindrängten und sein Schwanz sich nach mehr sehnte, mehr Druck, mehr Berührung, mehr nackte Haut.

Davy klammerte sich an ihn, stemmte sich gegen ihn, rang mit ihm und stieß ihm die Zunge in den Mund, als wären sie dabei zu kämpfen, anstatt sich zu küssen. Das hier mit jemandem zu tun, der ihm an Körperkraft beinahe gleichkam, war faszinierend und erstaunlich aufregend.

Doch irgendwann riss Davy seinen Mund los und fragte: „Verdammt, was soll das werden?"

„Ich küsse dich." Eigentlich fiel er eher über ihn her.

„Und warum darf Andrew mich nicht küssen, aber du schon?" Es war keine ernst gemeinte Frage, sondern eine höhnisch provozierende.

Kurts Wut kehrte ungebremst zurück und seine Hände verkrallten sich in Davys Haar, um seinen Mund wieder in Reichweite zu bringen. „Weil du mir gehörst", knurrte er und schob seine Zunge zurück in Davys Mund.

Allerdings ließ Davy sich das nicht gefallen: Er biss Kurt in die Lippe und riss sich erneut los. Kurt zuckte zurück, auch wenn der Schmerz nicht nur unangenehm war.

„Von wegen." Davy warf ihm einen bösen Blick zu, schob ihm aber gleichzeitig energisch seine Hüften entgegen. Der Druck einer jeansbedeckten Erektion gegen seine eigene ließ Kurt aufkeuchen.

Plötzlich drehte sich der Raum um ihn herum. Davy hatte seine Unaufmerksamkeit ausgenutzt und ihn auf den Boden befördert. Kurt blieb atemlos auf dem weichen Teppich liegen, der seinen Fall gebremst hatte. Davy beugte sich über ihn, schaute mit zerzaustem dunklem Haar, kussgeschwollenen Lippen und roten Wangen auf ihn herab. Soweit Kurt wusste, hatte ihn bisher nie ein Mann lustvoll angesehen. Doch das Verlangen in Davys Augen war unverkennbar und wurde nicht durch die Zärtlichkeit abgemildert, die Kurt bei Frauen sah.

Und dann stürzte Davy sich auf ihn, zerrte an seinem Reißverschluss und zog ihm die Jeans herunter. Kurts Schwanz sprang heraus, begierig nach Aufmerksamkeit, und Davy ließ sich nicht lange bitten, bevor er ihn in diesen feuchten, glühend heißen Mund nahm, der so gut küssen konnte. Kurt schrie auf und hob die Hüften, bemüht, sich tiefer hineinzuschieben.

Davy saugte, leckte und knabberte, während Kurt sich hilflos unter dieser Flut von Empfindungen auf dem Boden wand. Noch nie hatte ihm jemand mit so viel Begeisterung und Geschick einen geblasen. Großer Gott.

Plötzlich verließ Davys warmer Mund seinen Schwanz und Kurt schaute nach unten. Warum hatte Davy aufgehört?

Mit einem teuflischen Lächeln schob Davy sich an seinem Körper hinauf und zog ihm den Pullover über den Kopf, während seine Zunge einen feuchten Pfad über die freigelegte Haut leckte. Kurt wand sich noch heftiger und versuchte, auch seine Arme aus dem Pullover zu befreien. Die Hand an seinem Schwanz und die Lippen an seiner Brustwarze machten ihn nur noch verzweifelter.

Doch dann brachen die Berührungen unvermittelt ab und Davy hob den Kopf, um ihm ernst in die Augen zu schauen. Kurt sah, dass er wütend und erregt war. „Nein", sagte Davy. „Wenn du mehr willst, bleibst du so liegen."

Oh Gott. Das sollte ihm nicht so gut gefallen. Und er hätte alles getan, damit Davy ihn nur wieder berührte. Er bemühte sich, still zu liegen, konnte allerdings nicht verhindern, dass seine Hüften sich auf der Suche nach Davys Hand ein wenig vom Boden hoben.

Er erwiderte Davys Blick. Auch wenn er sich nicht ganz dazu überwinden konnte, Davy anzubetteln, schien sein flehender Gesichtsausdruck Wirkung zu zeigen. Davy grinste, jedoch kein fröhliches Grinsen. Seine Grübchen wirkten plötzlich teuflisch – und unglaublich verführerisch. Sekunden später waren sie beide nackt, abgesehen von dem Pullover, der Kurts Hände davon abhielt, Davy zu berühren.

Nackt. Mit einem Mann. Er war der Erektion eines anderen Mannes nie zuvor so nahe gekommen und die Bedeutung dieser Situation tat sich vor ihm auf wie eine tiefe Schlucht. Sein Schwanz hatte keinerlei Zweifel, doch seine Atemzüge waren etwas zu schnell und hektisch, selbst für seinen erregten Zustand. Trotzdem konnte er den Blick nicht von Davy abwenden. Oder von Davys Schwanz. Er war lang, länger als Kurts, dabei aber schlanker – genau wie Davy. Er hob sich rötlich von der blassen Haut seines Bauchs und seiner Schenkel ab und wurde von dunklem Schamhaar umgeben, das den Blick auf sich zog.

Flüssigkeit hatte sich an der Spitze gesammelt. Während Kurts Schwanz noch mitfühlend zuckte, beschleunigte sich seine Atmung immer mehr und ihm wurde beinahe schwarz vor Augen – bis Davys Lippen sich wieder um ihn legten und er mit beinahe brutaler Heftigkeit saugte. Plötzlich war die Welt wieder in Ordnung. Davy zog sich ein Stück zurück und liebkoste die Eichel ausgiebig mit seiner Zunge, wie es noch nie jemand getan hatte. Dabei fischte er mit einer Hand etwas aus der Schublade des Beistelltischchens.

Als Davy sich weiter zwischen Kurts Beine schob, spreizte Kurt sie für ihn, als hätte er nicht zum ersten Mal einen Mann zwischen seinen Schenkeln knien, der sündige und wundervolle Dinge mit seinem Schwanz anstellte. Kurt hörte ein Knacken, konnte es aber nicht einordnen, bis er plötzlich einen kühlen, feuchten Finger an seinem Hinterteil spürte. Gleitgel. Hätte er es nicht vor Kurzem mit seinem eigenen Finger ausprobiert, hätte er sich geweigert. Und vielleicht hätte er es trotzdem getan, wäre er nicht so sehr von der Lust überwältigt gewesen, dass er lieber Davy die Führung überließ. Stattdessen spreizte er die Beine nur noch weiter und stöhnte.

Davy antwortete mit einem Knurren, das Kurts Schwanz in seinem Mund zum Vibrieren brachte. Er begann seinen Finger zu bewegen und Kurts Hüften nahmen seinen Rhythmus auf, brachten ihn dem Höhepunkt näher.

Nur dass Davy es noch nicht dazu kommen lassen wollte und seinen zauberhaften Mund von ihm löste, als er mit einem weiteren Finger in ihn eindrang. Das unerwartete Brennen ließ Kurt aufkeuchen, verhinderte aber seinen bevorstehenden Orgasmus. Trotzdem gelang es ihm nicht, seine Hüften ruhig zu halten.

„Ja, genau so", murmelte Davy.

Als er einen weiteren Finger hinzunahm, stieß Kurt einen leisen Schrei aus, da das Brennen heftiger wurde. Was tat Davy da? Als Kurt ihm gerade sagen wollte, er solle aufhören, senkten sich Davys Lippen wieder auf seinen Schwanz und seine Finger berührten etwas in Kurts Innerem.

„Oh Gott", stöhnte Kurt stattdessen und fügte wenige Sekunden später hinzu: „Mehr, bitte, mehr."

Davy hob den Kopf. Die bunten Lichter spiegelten sich in seinen glänzenden Lippen, als er mit einem unheilvollen Lächeln seine Finger aus Kurt löste.

Leer. So leer. Kurt stöhnte erneut und warf Davy einen bösen Blick zu. „Das ist nicht mehr."

„Jetzt beschwerst du dich auch noch?" Blitzschnell beugte Davy sich über ihn und brachte ihn mit seinem Mund zum Schweigen. Diesmal schmeckte Davy salziger und Kurt begriff beinahe schockiert, dass es sich um seinen eigenen Geschmack auf Davys Lippen handelte.

Und während Davy ihn noch küsste, erfüllte er Kurts Sehnsucht nach mehr: Sein Schwanz presste sich gegen ihn und drang nach der langen Vorbereitung mühelos in Kurt ein. Kurts Hände verkrallten sich in seinem Pullover, als er von

Panik und Lust durchflutet wurde, und seine Ausrufe der Angst und Verzweiflung und Verzückung verklangen wirkungslos in Davys Mund. Er wollte schreien, brüllen, stöhnen, schien jedoch nichts anderes tun zu können, als Davys unaufhaltsames Vordringen in seinen Körper hinzunehmen.

Als Davy sich schließlich vollkommen in ihm befand, richtete er sich auf. Mit seinem wilden, lustvollen Blick glich er einem Racheengel.

Kurt keuchte, versuchte einen klaren Gedanken zu fassen. Ungewohnt feste Muskeln, spitze Hüftknochen und drahtiges Haar berührten seine Schenkel. Davys weiche Hoden kitzelten etwas. Er war beim Sex noch nie jemandem so hilflos ausgeliefert gewesen. Doch als er um den Schwanz in seinem Innern herum die Muskeln anspannte, brachte er damit sowohl Davy als auch sich selbst zum Stöhnen und es fühlte sich so wundervoll an, so unglaublich perfekt.

Davy zog sich fast völlig aus ihm zurück, bevor er sich erneut in ihn schob. Kurt spürte seinen tropfenden Schwanz auf seinem Bauch zucken. „Mehr", flüsterte er ein weiteres Mal.

Ein ersticktes Heulen brach aus seiner Kehle hervor, als Davys Stöße sich beschleunigten. Die Geräusche ihrer aufeinanderprallenden nackten Körper waren beinahe so erregend wie der harte Schaft, der wieder und wieder in ihn eindrang und seine Prostata streifte. Davys Schwanz sandte Wellen der Lust durch seinen Körper, weckte unvorstellbare Empfindungen in ihm. Hätte es doch niemals aufgehört.

„Bitte, oh, bitte." Er stand so kurz vor dem Höhepunkt und Betteln erschien ihm wie der schnellste Weg, zu bekommen, was er wollte. Und er wollte kommen. Er *musste* kommen. Sonst würde er vor lauter Wonne explodieren.

Davy legte eine Hand um Kurts Schwanz, um ihn im Rhythmus seiner Stöße zu streicheln, und nur Sekunden später keuchte Kurt, stöhnte und kam über seinen Bauch und Davys Hand. Davy bewegte sich mit konzentriertem Gesichtsausdruck weiter, während Kurts beinahe krampfartige Zuckungen langsam verebbten.

Dann schob er sich, so weit er konnte, in Kurts Körper.

„Oh, fuck." Die Worte gingen in ein Stöhnen über, als Davy die Augen zukniff und über ihm erbebte, sich warm und feucht in Kurts Inneres ergoss.

Davy brach keuchend auf ihm zusammen. Kurt schnappte ebenfalls nach Luft, genoss die ausklingende Lust. Er hatte noch niemals so fantastischen Sex gehabt, ignorierte aber die logische Folgerung daraus. Darüber konnte er später nachgrübeln, wenn er wieder Kraft geschöpft hatte. Er befreite seine Hände problemlos aus seinem Pullover, was ihm in seinem lustvernebelten Zustand noch wie eine große Herausforderung vorgekommen war, und konnte jetzt endlich Davys weiche Haut spüren. Er streichelte ihm den schweißnassen Rücken und erinnerte sich daran, dass die Wirbel vor einigen Monaten noch erschreckend weit hervorgetreten waren und er um Davys Leben und Verstand gefürchtet hatte. Jetzt fühlte sich Davys Rücken genau richtig an und dazu verdammt sexy.

Kurt hob den Kopf, um Davys Schläfe zu küssen. Doch kaum berührten seine Lippen Davys Haut, setzte Davy sich ruckartig auf. Er starrte kurz auf die

Stelle hinunter, an der sie noch verbunden waren, bevor er sich aus Kurt löste. Dann hob er den Kopf und schaute Kurt mit einem Gesichtsausdruck an, den man nur als entsetzt beschreiben konnte. Kurt streckte eine Hand nach ihm aus, aber Davy erhob sich hastig und zog sich an, hielt dabei den Blick gesenkt.

„Du musst jetzt gehen, Kurt."

„Was? Warum?" Kurt streifte ebenfalls seine Jeans über, wobei er die klebrige Flüssigkeit zwischen seinen Schenkeln so gut wie möglich ignorierte. Die Stimmung war plötzlich wieder umgeschlagen und obwohl Kurt nicht sicher war, warum, würde er angezogen vermutlich besser damit umgehen können. Auf eine Dusche musste er im Augenblick wohl verzichten.

Davy wich seinem Blick aus. „Geh einfach. Das hier hätte nie passieren dürfen."

„Vergiss es." Kurt packte ihn an den Schultern, um ihn zu küssen, doch als Davy sich diesmal ernsthaft zur Wehr setzte, wich er zurück. Er wollte Davy auf keinen Fall wehtun.

„Hau endlich ab!"

„Davy, es tut mir leid, aber sag mir doch, warum. Es war doch gut, oder nicht?" Zumindest hoffte Kurt, dass es für Davy gut gewesen war. Denn für Kurt war es *unglaublich* gut gewesen.

Davy öffnete den Mund. Schloss ihn wieder. Seine Wangen röteten sich vor Wut und er holte zu einem Faustschlag aus, den Kurt dank seiner Ausbildung abfangen konnte – was nichts daran änderte, dass er völlig schockiert war.

Davy riss sich von Kurt los, wich zurück und plötzlich traten ihm Tränen in die Augen. „Es hätte nicht passieren dürfen. Ich bin noch nicht so weit. Und selbst wenn ich es wäre, würde ich mich niemals mit *dir* einlassen."

Davy kennenzulernen hatte Kurts Leben völlig auf den Kopf gestellt und jetzt schien Davy es mit ein paar kurzen Worten in Stücke zu zerreißen. Das Blut pochte in seinen Schläfen und er holte ebenfalls aus, konnte sich aber noch rechtzeitig bremsen und schlug nur mit der Faust vor die Wand. Ihm war egal, dass er das am nächsten Tag wohl ziemlich deutlich spüren würde.

„Warum nicht mit mir?"

„Weil ich eher sterben würde, als wieder etwas mit einem verkappten schwulen Polizisten anzufangen! Zehn Jahre lang musste ich mich verstecken und ich werde ganz bestimmt nicht wegen dir wieder damit anfangen! Ich habe so viel verloren! Nie wieder!" Im Gegensatz zu seinem Schlag traf ihn Davys Schmerz mit voller Wucht. In seinem vom Orgasmus berauschten Zustand hatte er völlig vergessen, dass der Mann noch trauerte.

„Davy, ich bin nicht Ben. Und vielleicht ist jetzt nicht der beste Augenblick dafür, aber wenn du es mit einer Therapie versuchen würdest …"

Er wurde von einem auf seinen Kopf zufliegenden Buch unterbrochen.

„Fick dich! Du bist also besser als Ben? Und deswegen lauerst du wie ein Stalker im Dunkeln vor meiner Tür und wartest darauf, dass ich nach Hause komme?"

„Ich habe nicht gelauert. Ich bin nur auf dem Heimweg von der Geburtstagsparty meines Bruders bei dir vorbeigefahren."

Davy presste die Lippen aufeinander. „Das bringt mich auf die Frage: Wie viele deiner Familienmitglieder hast du mir denn schon vorgestellt? Hast du mich ihnen gegenüber überhaupt erwähnt? Wissen sie, dass wir Freunde sind?"

Auch wenn Kurt nicht wusste, was er sagen sollte, sprach sein Schweigen offenbar Bände.

„Eben", zischte Davy. „Genau wie Ben. Wenn wir alleine sind, bin ich gut genug, aber lass bloß niemanden wissen, dass wir *Freunde* sind." Davy stieß das Wort mit besonderer Bitterkeit hervor.

„Was ist mit Simon und Jen?"

„Hättest du sie mir wirklich vorgestellt, wenn wir ihnen nicht zufällig über den Weg gelaufen wären? Ich glaube nicht. Verdammt, ich weiß ja noch nicht mal, wo du wohnst! Du hast mich nicht ein einziges Mal zu dir eingeladen. Schämst du dich vor deinen Nachbarn?" Ein weiteres Buch flog an seinem Kopf vorbei.

„So ist das nicht!" Das war es wirklich nicht.

„Nein, denn jetzt willst du, dass ich deine heimliche Affäre werde." Die Enttäuschung in Davys Worten versetzte Kurt einen Stich, obwohl er sie ihm nicht übel nehmen konnte. Trotzdem war er der Meinung, dass es viel zu wunderschön gewesen war, um es so zu bezeichnen.

„Das stimmt nicht. Ich …"

„Ach nein? Dann bist du jetzt offiziell schwul? Und erzählst es deinen Freunden und deiner Familie? Die alle überhaupt nichts von meiner Existenz wissen? Wirst du zugeben, dass du einen Mann geküsst hast? Dass du einen Mann gefickt hast? Und was ist mit deinen Kollegen? Glaubst du, sie hätten nichts dagegen, mit einer Schwuchtel zu arbeiten? Ben hat es nicht geglaubt."

Kurt wusste nicht, wie er auf den Ansturm von Fragen reagieren sollte. Er hatte Sex mit Davy gehabt, ohne vorher darüber nachdenken zu können. Auch wenn er es nicht bereute, hatte er noch keine Antworten für Davy. Er war ja noch nicht einmal sicher, ob er überhaupt schwul war oder nur neugierig. Doch Davys schonungslose Worte ließen auch den letzten Rest seines Hochgefühls verfliegen und ersetzten es mit Verzweiflung.

„Ich will dir doch nur helfen. Bitte."

„Ich brauche deine verdammte Hilfe nicht. Hör auf, dich um mich kümmern zu wollen. Ich komme allein zurecht, ganz ohne dich. Und jetzt raus – und komm nicht wieder, sonst rufe ich die Polizei." Davy stürmte in sein Schlafzimmer und knallte die Tür hinter sich zu.

Kurt blieb mit seinem Pullover in der Hand wie erstarrt stehen. Am liebsten wäre er Davy gefolgt, wusste aber nicht, was er ihm sagen sollte. Ein kleiner Teil von ihm wollte Davy verletzen, wie dieser ihn verletzt hatte. Nur wollte er nicht, dass der Streit eskalierte. Die quälende Leere in seinem Innern machte ihn ... unberechenbar. Trotz der Schmerzen in seiner Brust zwang er sich, ein paar Mal tief durchzuatmen, und kämpfte gegen den Drang an, irgendetwas zu zerstören.

Es half nur wenig. Er brauchte mehr Zeit, um sich zu beruhigen. So gut der Sex auch gewesen war, vielleicht hatten sie wirklich einen Fehler gemacht. Er streifte sich den Pullover über, ohne darauf zu achten, ob er ihn richtig herum anzog. Vielleicht würden Davys Worte ihn von seiner Besessenheit heilen.

Nachdem er die Tür hinter sich zugeworfen hatte, joggte er zu seinem Auto und verzog das Gesicht, als sich seine ungewohnten Aktivitäten dabei deutlich bemerkbar machten.

NACHDEM ER endlich die ersehnte Dusche hinter sich gebracht hatte, stützte er sich auf den Waschtisch, atmete tief durch und betrachtete sich im Spiegel. Er hatte sich nicht verändert. Es prangte kein blinkendes Schild auf seiner Stirn, das verkündete, ein Mann habe es ihm besorgt. Und die leichte Rötung an seinem Kinn durch Davys Stoppeln würde am Morgen verschwunden sein.

Er überraschte sich selbst mit einem bitteren Lachen. Auf gewisse Weise hatte er gerade seine Jungfräulichkeit verloren und es war alles viel zu schnell gegangen. Auf den Streit hätte er verzichten können und ... Scheiße. Davy hatte das doch hoffentlich alles nicht so gemeint, oder? Er war sicher nur wütend gewesen. Er hatte Kurt doch nicht wirklich endgültig aus seinem Leben verbannt?

Kurt hatte Angst. Was bedeutete das jetzt für ihn? Er hatte sich noch nie so unsicher gefühlt. Würden sie wieder Sex haben? Durfte Kurt das zulassen? Konnte er widerstehen?

Er schaute seinem Spiegelbild in die Augen und sagte: „Ich bin schwul."

Sein Magen zog sich schmerzhaft zusammen.

„Ich bin schwul", wiederholte er lauter und stellte sich dabei vor, wie er es zu seiner Mutter sagte. Er bekam feuchte Hände.

Dann malte er sich aus, wie er es Ian gestand. Er keuchte.

Seinem Vater. Sein Herz raste und ihm wurde so schwindelig, dass er sich am Waschtisch festklammern musste.

„Das geht nicht. Ich kann nicht schwul sein. Ich bin es nicht."

Ein paar heftige Atemzüge später verließ er das Badezimmer und suchte seine Wodkaflasche. Sie war noch voll genug, um zumindest für kurze Zeit seine Sorgen vergessen zu können. Er wollte sich im Moment nicht daran erinnern, wie er mit Davy geschlafen hatte. Am Ende würde es ihn noch erregen, an jemanden zu denken, der den Sex mit ihm gehasst hatte. Kurt hätte es ebenfalls hassen sollen. Er hätte Davy hassen sollen. Er hätte sich benutzt vorkommen müssen.

111

Aber das tat er nicht. Das leichte Brennen, das er auch jetzt noch verspürte, war eine angenehme Erinnerung an den besten Orgasmus seines Lebens. Nur mit den Folgen konnte er nicht umgehen.

Denn er konnte einfach nicht schwul sein.

13

Es WAREN schon mehr als zwei Wochen. Seit er ihn kennengelernt hatte, war nie so viel Zeit ohne einen Besuch bei Davy vergangen. Er lehnte sich auf dem Schreibtischstuhl zurück und ließ sein Handy auf der Tischplatte neben der Fallakte kreisen, die er seit zwei Stunden ignorierte.

Davy hatte den Kontakt abgebrochen. Schon vorher hatten sie selten telefoniert, doch jetzt hatten auch die Nachrichten aufgehört. An Abenden, an denen ein Spiel übertragen wurde, war Kurt ein paar Mal zu Davys Haus gefahren, hatte sein Auto aber nicht in der Einfahrt vorgefunden und das Haus war dunkel gewesen – selbst die Lichterketten hatten nicht gebrannt.

Er hatte der Versuchung widerstanden, abzuwarten, ob Davy wieder mit Andrew nach Hause kommen würde, und Andrew dann ordentlich zu verprügeln. Aus irgendeinem Grund hatte Kurt erwartet, dass bald wieder alles beim Alten sein würde – eine Hoffnung, die mit jedem neuen Tag weiter in die Ferne rückte.

Allerdings hatte Kurt ebenfalls nicht angerufen oder geschrieben. Die komplizierten Fragen, die Davy ihm gestellt hatte, gingen ihm pausenlos durch den Kopf. Wenn er allein war, wurden sie noch lauter, ließen sich jedoch durch den Wodka etwas dämpfen. Auch wenn ihn Davys Stimme in seinem Kopf quälte, hatte er nicht das Recht, sich mit Davy in Verbindung zu setzen, bevor er ihm seine Fragen beantworten konnte. Und es war nicht unmöglich, dass Davy vielleicht doch noch nachgeben und ihn von seinen Qualen erlösen würde.

Sechzehn Tage. Es machte ihn fertig, nicht zu wissen, ob es Davy gut ging. Hasste er Kurt? Oder war er ihm egal? Vielleicht hatte Kurt nicht dieselbe gähnende Leere in Davys Leben hinterlassen, die Kurt durch den Verlust von Davy verspürte.

Ein besonders lauter Seufzer ließ Simon von seinem Bericht aufschauen. Kurt hatte es schon vor Tagen aufgegeben, einen zu schreiben, da er sich einfach nicht konzentrieren konnte, und Simon hatte kommentarlos auch Kurts Teil des Papierkrams übernommen.

„Willst du heute Abend nicht doch vorbeikommen? Jen fragt auch schon nach dir."

„Nein danke. Ich wäre keine besonders angenehme Gesellschaft."

Simon presste die Lippen aufeinander und widmete sich wieder seinem Bericht. Kurt war ihm dankbar für seinen uneingeschränkten Beistand. Er hätte die Einladung annehmen sollen. Eigentlich war es bereits Tradition, dass er einmal wöchentlich Simon und Jen zum Essen besuchte, mal mit anderen ihrer Freunde, mal alleine. Doch in den letzten zwei Wochen war Kurt, wie um sich zu bestrafen, jeden Abend in seine einsame Wohnung zurückgekehrt. Dort sah er fern, trank und redete sich ein, dass er nicht auf einen Anruf von Davy wartete.

„Vielleicht nächste Woche", lenkte Kurt ein. Eventuell gelang es ihm bis dahin, sich wieder fröhlich zu geben.

Simon lächelte ihm kurz zu, während sein Blick Kurt sagte, dass er sich lieber bald wieder fangen sollte, da Simon sonst eine Erklärung verlangen würde.

Eine Wolke blumig süßen Parfums kündigte Christas Ankunft an seinem Schreibtisch an.

„Hi, Kurt."

„Hi, Christa. Kann ich dir helfen?" Kurt hatte sich angewöhnt, sie nicht zu fragen, ob sie etwas brauchte. Der für gewöhnlich darauf folgende schmachtende Blick hatte ihm nicht gefallen.

„Du hast Post." Christa reichte ihm einen weißen Umschlag mit handgeschriebener Adresse.

„Danke." Die Absenderadresse war Davys. Und Christa stand noch immer erwartungsvoll lächelnd neben seinem Schreibtisch.

„Willst du ihn nicht aufmachen?"

Was zum Teufel sollte das? Natürlich bekam er hier eigentlich keine private Post – wie Davy ihm vorgeworfen hatte, wusste dieser nur eben nicht Kurts Adresse und als Polizist sorgte er dafür, dass man diese auch nicht einfach online fand –, aber das hieß noch lange nicht, dass es Christa etwas anging.

„Es ist nichts Wichtiges." Kurt steckte den Brief in die Manteltasche und wandte sich wieder seinem Computer zu. Christa zuckte mit den Schultern und setzte sich an ihren Schreibtisch.

Kurts ganzer Körper kribbelte. Den Inhalt des Briefes zu erfahren, kam ihm wichtiger vor als zu atmen. Aber wenn Christa ihn gerade mal nicht ansah, tat es dafür Simon. Oder sein Chef. Oder Ivan vom Drogendezernat, der ebenfalls schwul war. Nein, Moment, nicht *ebenfalls*.

Und was hatte es damit eigentlich auf sich? Sendete Kurt jetzt plötzlich Signale aus? Oder hatte er die Blicke vorher einfach nie bemerkt? Oder … Gott … wusste Ivan etwa über Ben Bescheid?

Die letzten zwei Wochen hatten ihm in dieser Hinsicht die Augen geöffnet. Seit er darauf achtete, hatte er bemerkt, dass ganz und gar nicht jeder die offen schwulen Kollegen mit Respekt behandelte. Nadar würde es ihnen sicher nicht durchgehen lassen, aber in seiner Abwesenheit hielt das einige seiner Mitarbeiter nicht von Beleidigungen und zweideutigen Bemerkungen ab. Wenigstens kamen diese hauptsächlich von Typen, die Kurt bereits aus anderen Gründen als Arschlöcher abgestempelt hatte. Trotzdem war er zu feige, sich zu einem ihrer Ziele zu machen. Er wollte nicht ausgegrenzt werden.

Plötzlich kam Ivan auf ihn zu und beugte sich zu Kurts Ohr herunter. „He, ich dachte, das wolltest du vielleicht wissen: Wir sind kurz davor, Novi zu erwischen", sagte er leise.

Kurt musste erst verarbeiten, dass Ivan ihm nicht gerade mitten an seinem Arbeitsplatz ein unmoralisches Angebot gemacht hatte. Seine Panik ließ nach.

„Tatsächlich?"

„Ja. Behalt es für dich. Eigentlich darf ich nicht darüber reden, aber dir wollte ich es sagen. Wir kriegen das Arschloch."

„Danke. Ich weiß es zu schätzen." Das tat er wirklich. Kurt kannte Ivan nicht besonders gut, aber er machte einen netten Eindruck. Er hatte es nicht verdient, von manchen Kollegen so mies behandelt zu werden.

Verdammt. Kurt rutschte auf seinem Stuhl herum. Sortierte seine Bleistifte. Las seine E-Mails, ohne sie tatsächlich wahrzunehmen. Was war bloß in diesem verdammten Umschlag?

Simon warf ihm misstrauische Blicke zu. „Ich bin hier fertig. Ich hole mir nur noch einen Kaffee und dann können wir uns auf den Weg machen. Willst du auch einen?"

„Gerne." Auch wenn sein Magen nach dem vielen Wodka, mit dem er sich abends in den Schlaf zu trinken versuchte, von Kaffee nicht begeistert war, machte der Schlafmangel ihn nötig. Und wenigstens hatte er dann überhaupt etwas im Magen, denn das Essen fiel ihm zurzeit auch nicht leicht.

Simon entfernte sich und Christa wirkte beschäftigt. Kurt nahm vorsichtig den Brief aus seiner Tasche und wandte sich etwas von ihr ab, damit sein Körper ihn verdeckte. Das leise Geräusch des zerreißenden Papiers kam ihm laut wie ein Schuss vor, aber er wusste es besser.

In dem Umschlag befand sich ein einzelnes Blatt Papier. Kurt faltete es auseinander und brauchte einige Sekunden, bis er begriff, was er da vor sich hatte.

Das Ergebnis einer Blutuntersuchung. Davys. Vorgenommen worden war sie zwei Tage, nachdem sie Sex gehabt hatten. Negativ.

Sein Magen brannte wie Feuer. Kurt hatte mögliche gesundheitliche Folgen überhaupt nicht in Betracht gezogen. Dabei hätte er es verdammt noch mal tun sollen. Er knüllte das Stück Papier zusammen und stopfte es in seine Tasche.

Plötzlich überrollte ihn die Erkenntnis, wie unvorsichtig er sich verhalten hatte, wie eine riesige Flutwelle. Ihm wurde übel.

Kurt sprang auf und rannte zu den Toiletten, erreichte sie gerade noch rechtzeitig, bevor er sich übergeben musste.

Nicht, dass sich besonders viel in seinem Magen befand. Seit Mikes Geburtstag hatte er wenig gegessen. Trotzdem konnte er nicht aufhören zu würgen.

Irgendwann hörte Kurt schwere Schritte und das Geräusch der sich schließenden Tür.

„Meine Güte", sagte Simon hinter ihm. „Brauchst du einen Arzt?"

„Nein", stieß Kurt mühsam hervor.

Als sich sein Körper endlich beruhigt hatte, ließ er sich gegen die kühle Metallwand der Kabine fallen und betätigte mit zitternder Hand die Spülung. Simon verschwand, nur um kurz darauf mit einem feuchten Papiertuch zurückzukehren. Kurt wischte sich damit das Gesicht ab und warf es in die Toilette.

„Du siehst furchtbar aus. Und das schon länger. Du solltest wirklich nach Hause gehen, dich ausruhen und diesen Virus, oder was auch immer es ist, endlich loswerden."

Virus. Kurt hätte gelacht, wären da nicht die schrecklichen Magenschmerzen gewesen. Also nickte er nur.

„Soll ich dich fahren? Oder einen deiner Brüder anrufen?"

Großer Gott, nein. Das Letzte, was er jetzt brauchte, war seine überfürsorgliche Familie. Er wollte Ruhe. Da er, abgesehen von seiner Verletzung, sehr selten krank war, hatte er mehr als genug Urlaubstage.

„Du hast recht, ich fahre nach Hause. Aber das schaffe ich allein. Du musst niemanden anrufen."

„Sicher?"

Simon half ihm auf die Beine, sodass er sich zum Waschbecken schleppen konnte.

Er sah wirklich furchtbar aus. Nachdem er sich den Mund ausgespült hatte, entriegelte Simon die Tür.

„Sag mal, tust du mir einen Gefallen?"

„Jederzeit, Kurt. Das weißt du doch."

Dasselbe hatte er mehr als nur einmal Davy gesagt. Er biss sich auf die Lippe, um den Schmerz zu unterdrücken.

„Kannst du meinen Mantel holen und ihn mir zum Auto bringen? Im Moment möchte ich niemanden sehen."

„Klar, das verstehe ich. Geh schon vor, ich komme gleich."

„Danke."

Er wirkte kurz, als wollte er Kurt umarmen, schien es sich jedoch glücklicherweise anders zu überlegen.

Nach einem Zwischenstopp beim Schnapsladen ließ Kurt sich zu Hause mit einem Glas Wodka auf dem Sofa nieder und schrieb Davy eine Nachricht.

Zehn Minuten später eine weitere.

Und nach einem zweiten Glas Wodka eine dritte. Als er eingesehen hatte, dass Davy nicht antworten würde, meldete er sich für den Rest der Woche von der Arbeit ab und hoffte, seine Familie würde nichts davon erfahren.

ALS SIMON sie zu ihrem nächsten Tatort fuhr, piepte sein Handy, um ihn auf eine neue Nachricht aufmerksam zu machen. Auch jetzt, Wochen später, hoffte er noch auf ein Lebenszeichen von Davy. Trotz der großen Menge an Textnachrichten, die er Davy nach seinem Brief geschickt hatte, gefolgt von mehreren Nachrichten auf seiner Mailbox, hatte er bisher nichts von ihm gehört. Kein einziges Mal. Kurt war mehrmals an Davys Haus vorbeigefahren und hatte sein Auto in der Zufahrt stehen sehen. Doch die Unerschrockenheit, die ihn bei seinem ersten Besuch über Davys Schwelle geführt hatte, war verschwunden. Er wusste einfach, dass Davy ihn nicht sehen wollte.

Trotzdem konnte Kurt nicht anders, als weiter jeden Tag eine Nachricht an Davy zu schicken, so sinnlos es auch war. Und jedes Mal, wenn sein Handy sich meldete, verspürte er noch einen Rest Hoffnung. Betete, dass es Davy war.

Diesmal war es seine Mutter.

„Simon, willst du Weihnachten mit Jen bei meiner Familie zum Essen vorbeikommen? Ihr hattet doch noch nichts vor, oder?"

„Ich frage Jen. Aber bist du sicher, dass es in Ordnung ist? Seid ihr nicht so schon genug Leute? Oder findet es im Restaurant statt?"

„Eine Weihnachtsfeier im Restaurant käme für Mom nicht infrage. Und wir sind gar nicht so viele: Die Zwillinge machen mit Mark, Evan und den Kindern einen Skiausflug und Erin besucht ihre Schwiegereltern. Also bleiben nur noch meine Brüder und Mikes Familie."

„Dann hätte ich nichts dagegen. Jen und ich hatten nur einen ruhigen Abend geplant und sie würde euch bestimmt gerne besuchen."

Kurt antwortete seiner Mutter, dass Simon wahrscheinlich kommen würde. Die nächste Nachricht, ob Kurt denn ein Date mitbringen wollte, verneinte er mit Nachdruck. Gott, wie würde seine Mutter wohl reagieren, wenn er einen Mann mitbrächte? Wie verabredete man sich überhaupt mit einem Mann, ohne ausgelacht zu werden oder eine verpasst zu kriegen? War Kurt zu alt, um sich auf etwas Neues einzustellen? Darüber wollte er sich in nächster Zeit keine Gedanken machen. Er musste irgendwie darüber hinwegkommen, Davy verloren zu haben, und sich an den Gedanken gewöhnen, dass er sich zu Männern hingezogen fühlte, bevor er über eine Verabredung mit einem auch nur nachdenken wollte.

Außerdem war Weihnachten etwas Besonderes. Davy hätte er mitgebracht, aber niemand anderen, egal ob Mann oder Frau.

IAN WISCHTE mit einem Lappen über den Tresen. „Ich kann nicht glauben, dass wir an einem der vollsten Tage des Jahres an der Bar arbeiten müssen."

In diesem Jahr war der Valentinstagsandrang noch verrückter als sonst, da seine Eltern anlässlich ihres fünfundvierzigsten Hochzeitstags mit besonderem Preisnachlass geworben hatten.

„Es könnte schlimmer sein: Stell dir vor, sie hätten uns zum Kellnern gezwungen. Ich bin so dankbar, dass ich das nicht mehr machen muss." Kurt versorgte sich mit neuen kitschigen Verzierungen für die Getränke. Ihm war nicht entgangen, dass Ian und er die einzigen Familienmitglieder bei der Arbeit waren.

„Wartet denn schon ein heißes Date auf dich?" Vielleicht war das die Erklärung für Ians Ungeduld.

„Machst du Witze? Erstens kann man Frauen billiger rumkriegen und zweitens kann man am Valentinstag keine Frau einladen, ohne dass sie ernste Absichten vermutet." Ian schnaubte und schüttelte den Kopf, als wäre Kurt der naivste Mann aller Zeiten.

War es bei Männern genauso? Feierten schwule Männer den Valentinstag überhaupt? Er wusste es nicht – was ihn nicht davon abgehalten hatte, eine einzelne rote Rose zu kaufen und sie am Nachmittag vor Davys Tür zu legen. Dafür hatte er eine Uhrzeit gewählt, zu der Davy sicher nicht zu Hause war – er hatte nicht riskieren wollen, Davy mit einem anderen Mann zu sehen, falls er, wie Kurt fürchtete, eine Verabredung hatte.

Armselig. Dumm und armselig – sowohl die Rose als auch die Tatsache, dass er Davy aus Feigheit nicht gegenübertrat. Selbst in seinen Nachrichten, die er jetzt nur noch wöchentlich schrieb, konnte er Davy nie sagen, was dieser vermutlich hören wollte: dass er bereit war, offen zu dem zu stehen, was zwischen ihnen passiert war.

Und so war er jetzt hier und trank bei jeder sich bietenden Gelegenheit heimlich Schnaps, um den Schmerz zu lindern, den ihm der Anblick der glücklich verliebten Paare verursachte.

„Eigentlich sollte Dylan mit uns leiden müssen", sagte Ian.

„Ja. Ich war echt sprachlos, als er Weihnachten plötzlich mit einer Freundin aufgetaucht ist. Hat er es dir vorher verraten?"

„Mit keiner Silbe. Wahrscheinlich hatte er Angst, ich könnte sie ihm wegschnappen, und wollte sich ihrer erst ganz sicher sein", antwortete Ian lachend und wackelte mit den Augenbrauen.

„Dylan hatte schon immer eine Vorliebe für Geheimnisse."

„Genau wie du." Plötzlich wurde Ians schmales Gesicht ernst und Kurt fiel es schwer, Luft zu bekommen.

„Wie … wie meinst du das?"

„Du gehst der Familie aus dem Weg und du siehst … abgemagert aus. Stimmt etwas nicht?"

Kurt presst die Lippen aufeinander. Genau *deshalb* war er der Familie aus dem Weg gegangen. Sie kannten ihn zu gut. Weihnachten hatte er einigermaßen überstanden, da ihm in Abwesenheit seiner Schwestern nur seine Mutter wirklich große Aufmerksamkeit geschenkt hatte und er noch nicht ganz so dünn gewesen war.

Trotzdem hatte sie ihn in die Küche gezerrt und ihm dieselbe Frage gestellt.

„Schatz, stimmt etwas nicht? Bist du krank?"

Kurt war ihrem Blick ausgewichen, da er gefürchtet hatte, sich zu verraten – seine Mutter besaß ein Gespür für die Geheimnisse ihrer Kinder. Nur dieses durfte sie nie erfahren. Niemals.

„Oh, Schatz. Ist es dein Mädchen? Immer noch kein Glück?" Seine Mutter hatte ihn kräftig umarmt, wobei ihr Kopf kaum bis zu seiner Schulter hinaufgereicht

118

hatte. Es war Kurt gelungen, sich die einzelne entkommene Träne vom Gesicht zu wischen, bevor seine Mutter ihn losgelassen hatte.

„Es gibt kein Mädchen, Mom." Kurt hatte gehofft, sie würde nicht dahinterkommen, wie man diesen Satz auch interpretieren konnte. So nah war er einem Geständnis noch nie gekommen.

„Aber heute wirst du richtig essen. Dich für eine Frau auszuhungern, die eindeutig schlechten Geschmack hat ... das lasse ich nicht zu. Wenn sie nicht sieht, was für ein toller Mann du bist, dann ist sie für dich sowieso falsch."

Für ihn falsch. Die Worte hatten ihm nur noch tiefer ins Herz geschnitten. An diesem Abend hatte er sich bemüht, zu essen und normal zu wirken. Erst zu Hause hatte er sich betrunken und alles wieder von sich gegeben. Das tat er in letzter Zeit viel zu oft, fand aber einfach nicht in die richtige Spur zurück.

EIN FEUCHTES Geschirrtuch traf Kurts Schulter und riss ihn aus seinen Gedanken. „He, was soll der Scheiß?"

Ian musterte ihn aufmerksam. Kurt überlegte, ob er seine Augentropfen benutzt hatte. In den letzten Wochen nahm er sie regelmäßig, um seine blutunterlaufenen Augen zu verbergen. „Ich habe dich gefragt, ob etwas nicht stimmt und du warst plötzlich total weggetreten. Was ist bloß los mit dir?"

„Nichts ist los. Was habt ihr alle für ein Problem? Darf ich nicht ab und zu mal einen schlechten Tag haben?" Ian riss die Augen auf, als Kurt das Glas in seiner Hand so kräftig in die Spüle warf, dass es zerbrach. Obwohl er es später bereuen würde, stieß er seinen Bruder aus dem Weg und floh in den Pausenraum. Der größte Ansturm war vorbei, da die Gäste so langsam das Bedürfnis verspürten, sich auf den Weg nach Hause zu machen, wo sie es wie die Verrückten treiben konnten – verdammt –, anstelle noch mehr zu trinken. Ian, der neugierige Mistkerl, konnte den Rest alleine machen.

Der kurze Anflug von Schuldgefühlen kam nicht gegen den Sirenengesang seines neu angelegten Wodkavorrats an, der in seiner Küche auf ihn wartete. In seiner miesen Wohnung konnte er endlich genug trinken, um alles zu vergessen – zumindest für ein paar Stunden.

KURT KLOPFTE an Inspector Nadars Bürotür.

„Herein."

Nachdem er die Tür hinter sich geschlossen hatte, setzte er sich. Er hatte bei seiner Ankunft schon genug von dem Geflüster um ihn herum aufgeschnappt, um ungefähr zu wissen, was Nadar ihm mitteilen wollte.

„O'Donnell. Ich weiß, wie schwer die letzten Monate für Sie gewesen sein müssen."

Kurt unterdrückte ein verächtliches Schnauben.

„Und ich weiß auch, wie gerne Sie sich an den Ermittlungen zu Bens Tod beteiligt hätten. Allerdings wären Sie einfach nicht unvoreingenommen gewesen und es war ohnehin ein Fall für das Drogendezernat."

Das kümmerte Kurt nicht im Geringsten – nicht, wenn die Gerüchte wirklich der Wahrheit entsprachen. Er hatte noch nie verstanden, warum Nadar sich bei manchen Angelegenheiten so übervorsichtig ausdrückte, während er bei anderen beinahe schmerzhaft direkt war.

„Gestern Abend wurde eines unserer Teams bei der Verhaftung von Viktor Novikov angegriffen und es kam zu einem Schusswechsel."

Es dauerte ein paar Sekunden, bis Kurt begriff, dass Nadar über Novi, den russischen Bären sprach.

„Novikov ist heute Morgen im Krankenhaus gestorben, doch es besteht kein Zweifel daran, dass er für Bens Tod verantwortlich war."

Kurt bemühte sich um einen neutralen Gesichtsausdruck, während er von einem düsteren, gehässigen Gefühl der Freude durchflutet wurde. Ein schönes Valentinstagsgeschenk, auch wenn es einen Tag zu spät kam: Der Bär hatte bekommen, was er verdiente, auch wenn Kurt lieber selbst den tödlichen Schuss abgefeuert hätte. Aber da blieb noch eine wichtige Frage:

„Sir, haben Sie schon … Bens Familie …?"

„Ob ich seine Familie informiert habe? Ja, sobald ich es wusste."

„Danke. Gibt es sonst noch etwas?"

„Ich möchte, dass Sie sich den Rest der Woche freinehmen, um alles zu verarbeiten."

Kurt zuckte mit den Schultern und verließ das Büro.

Draußen eilte ihm Simon entgegen. „He, Kumpel, alles in Ordnung? Ich habe es gerade gehört."

„Mir geht es gut. Allerdings hat mich Nadar bis Montag beurlaubt."

„Das kann wahrscheinlich nicht schaden. Ruf mich an, falls du irgendetwas brauchst."

Nicht schaden. Er wollte nicht nach Hause. Allmählich hasste er seine Wohnung, konnte allerdings auch nicht ins Finn's oder zu seiner Familie gehen. Sie hätten ihn mit ihrer übertriebenen Fürsorglichkeit erstickt. Wenigstens konnte er sich mit dem Gedanken trösten, dass es Davy helfen würde, seinen Verlust zu verarbeiten, ohne ihn bei einem Gerichtsverfahren erneut durchleben zu müssen. Auch wenn Kurt egoistischerweise bereits darauf gehofft hatte, Davy bei dem Verfahren sehen zu können.

Kurt schrieb eine schnelle Nachricht zur Situation an Davy, auf die er allerdings keine Antwort erwartete.

Draußen im matschigen, grauen Februarwetter machte er zuerst beim Schnapsladen Halt, falls er nicht mehr genug Alkohol im Haus hatte, um sich für den Rest der Woche zu betäuben, damit er schlafen konnte. Er hatte nicht vor, seine

Wohnung vor Montag auch nur ein einziges Mal zu verlassen. Vielleicht würde er auch auf das Duschen verzichten.

Kurt öffnete den Kühlschrank und betrachtete das Bier.

Scheiß drauf. Er knallte die Tür zu und griff stattdessen nach der Flasche Wodka und goss sich etwas davon in ein Whiskyglas mit Eiswürfeln.

Er nahm kurz das Telefon in die Hand, legte es aber wieder hin. Er war nicht hungrig genug, um sich etwas zu essen zu bestellen, und nachdem er erst etwas getrunken hatte, wäre der Hunger ganz verschwunden.

Also ließ er sich mit dem Glas in der Hand auf die Couch fallen und schaltete das Hockeyspiel ein. Immer wieder warf er Blicke nach rechts, als könnte dort plötzlich Davy auftauchen. Andererseits konnte er sich Davy nicht in seiner Wohnung, auf seinem Sofa und vor seinem Fernseher vorstellen. Denn Davy hatte recht gehabt: Kurt hatte sich in Davys Leben gedrängt, war jedoch nie so höflich gewesen, Davy auch in seines einzuladen. Er war so ein Arschloch. Trotzdem wollte er das Spiel nicht alleine schauen.

Er hätte ins Finn's gehen können, aber dazu hätte er duschen müssen. Und sich rasieren. Das hatte er schon seit Tagen nicht mehr getan und hatte es auch nicht vor, bevor er wieder arbeiten musste. Außerdem hatte er kein Interesse an den neugierigen Fragen seiner Familie.

Auf dem Bildschirm verfehlte ein spektakulärer Schuss das Tor. Davy wäre aufgestanden und hätte sich lautstark beschwert. Bei Hockeyspielen wurde er richtig lebhaft, viel mehr als beim Baseball.

Kurt starrte auf den Fernseher, ohne den Rest des Spiels wahrzunehmen, während er sich an ihr erstes gemeinsames Hockeyspiel erinnerte. Bei einer zweifelhaften Schiedsrichterentscheidung war Davy fluchend aufgesprungen und hatte dabei Bier verschüttet. Dann hatte er Kurt einen verlegenen Blick zugeworfen. Es war … fuck … es war so verdammt süß gewesen. Kurt war vor Lachen fast geplatzt, während er Davy beim Aufwischen geholfen hatte.

Lauter Jubel lenkte seine Aufmerksamkeit wieder auf den Fernseher. Er hob sein Glas an den Mund, stellte aber fest, dass es leer war. Er wischte sich die Tränen aus dem Gesicht.

„Scheiße." Mit Schwung schleuderte er das leere Glas an die Wand, wo es mit einem befriedigenden Knall zersplitterte. Schmelzende Eiswürfel mischten sich auf dem Boden mit glitzerndem Glas. Kurt schnappte sich eine nahe stehende leere Bierflasche und warf sie hinterher, fügte braune Scherben hinzu.

Nach dem Ende des Spiels – er hatte keine Ahnung, wer überhaupt gespielt hatte, geschweige denn, wer der Sieger war – stolperte er zu dem Scherbenhaufen, um ihn zu beseitigen.

Rote Flüssigkeit tropfte in die Wasserpfütze. Kurt drehte seine Hand um und sah den tiefen Schnitt, spürte ihn aber erst, als er die Scherbe herauszog. Dann tat es plötzlich schweineweh.

Wer hatte eigentlich diesen Ausdruck erfunden? Er ergab überhaupt keinen Sinn. Seine Hand pochte und blutete immer heftiger, sodass er beschloss, das Ganze später zu beseitigen.

Stattdessen wickelte er seine Hand in ein einigermaßen sauberes Handtuch und ließ sich voll bekleidet ins Bett fallen. Sein letzter Gedanke vor dem Einschlafen war, dass der Schnitt bis Montag hoffentlich weit genug verheilt war, um keine Aufmerksamkeit zu erregen.

14

KURT WAR seit zwei Tagen zurück bei der Arbeit und mittlerweile war alles wieder etwas ruhiger geworden. Dafür war er dankbar, da er nur ungern über Ben oder Novi oder überhaupt irgendetwas reden wollte. Auf den Straßen unterwegs zu sein, war ihm da wesentlich lieber. Und im Moment interessierte er sich vor allem dafür, seinen Zeugen zum Reden zu bringen. Leider war Wally ein nutzloser, zugedröhnter Versager.

Kurt schob ihn gegen die Mauer und beugte sich vor, um ihm eine Drohung ins Ohr zu zischen.

Doch Simon, der riesige Mistkerl, packte ihn am Kragen und zog ihn von Wally weg, wobei er ihn bis auf die Zehenspitzen hob. Jetzt, da Kurt ihn nicht mehr festhielt, rutschte Wally im matschigen Schnee aus und er landete auf einem Knie.

„Reiß dich verdammt noch mal zusammen, O'Donnell", zischte Simon ihm zu. Wally fiel vermutlich überhaupt nicht auf, wie kräftig Simon ihn gepackt hielt, aber tatsächlich hätte Kurt sich nur mit großer Mühe befreien können.

„Hau ab, Wally." Das ließ sich der ungepflegte kleine Mann nicht zweimal sagen.

Als Wally verschwunden war, versuchte Kurt sich aus Simons Griff zu winden, schnürte sich dabei allerdings nur die Luft ab. „Was soll das? Er entkommt uns!"

Simon ließ ihn los und Kurt schwankte kurz, als er wieder auf seinen Füßen stand. Er drehte sich verärgert zu Simon um, der ihm einen bösen Blick zuwarf, den er sich normalerweise für die Verbrecher aufhob. Was Kurt nur noch wütender machte.

„Ich hatte ihn doch, was soll der Scheiß?"

„Hätten wir ihn mit aufs Revier genommen, wärst du suspendiert worden." Die Worte „du Idiot" schwangen deutlich in Simons gereiztem Tonfall mit.

„Was redest du da?"

„Was du mit ihm gemacht hast, grenzt an Körperverletzung und bei einer Verhaftung hätte der kleine Mistkerl das garantiert jeden wissen lassen. Was ist bloß los mit dir?"

„Nichts ist los! Wer bist du, meine Mutter?" Kurt knirschte mit den Zähnen und ballte die Fäuste, verlagerte sein Gewicht. Er spürte das Adrenalin durch seinen Körper strömen. Wollte er wirklich Simon schlagen? War es ihm das wert?

Simon nahm ihm die Entscheidung ab. „Meine Güte, Kurt. Steig endlich ins Auto", sagte er und schob ihn kurzerhand auf den Beifahrersitz. Da Kurt nicht besonders wild darauf war, hier zu stranden und mit öffentlichen Verkehrsmitteln zurückfahren zu müssen, schnallte er sich an und verschränkte die Arme.

„Was ist mit Wally?", fragte Kurt, sobald Simon ebenfalls im Auto saß. „Er ist ein Verdächtiger und du hast ihn entwischen lassen." Der Vorwurf brachte einen Muskel in Simons Kiefer zum Zucken.

„Als Zeuge taugt er nicht viel und das weißt du auch." Simon ließ das Auto an und fuhr los.

Während der Fahrt herrschte Schweigen, das nur vom störenden Knistern des Funkgeräts unterbrochen wurde. Als Simon schließlich vor Kurts Wohnung anhielt, war ein großer Teil seiner Wut verraucht.

„Was willst du hier?"

„Steig aus." Simon wartete nicht auf ihn, sondern ging auf die Haustür zu, ohne sich umzudrehen.

Im Nachhinein betrachtet musste Kurt zugeben, dass er vielleicht ein bisschen übertrieben hatte. Trotzdem war es eigentlich nicht Simons Aufgabe, ihn vor sich selbst zu schützen. Simon war sein Partner, nicht sein Vater.

„Schließ auf", befahl Simon in immer noch ziemlich schroffem Tonfall.

Kurt öffnete die Tür zu seiner Wohnung, zog seinen Mantel aus und warf sich wie ein schmollender Teenager auf die Couch. Simon betrat die Küche … und kam mit einer leeren Wodkaflasche in der Hand gleich wieder heraus. Er setzte sich Kurt gegenüber auf den Couchtisch und stellte die Flasche – eine von mehreren, die sich in der Küche angesammelt hatten – neben sich ab.

„Mein Gott, Kurt." Die Wut war verflogen und durch etwas anderes ersetzt worden. Mitleid vielleicht. Da Kurt es lieber nicht genau wissen wollte, wich er Simons Blick aus. Die Alternative, sich im Badezimmer einzuschließen, würde Simon vermutlich ebenfalls nicht zum Gehen bewegen.

„Wie viel trinkst du? Und vor allem, warum?", fragte er ruhig, als wollte er Kurt nicht wieder provozieren. „Man sieht dir schon länger an, dass etwas nicht stimmt, aber mir war nicht klar, wie schlimm es ist." Er deutete auf die Küche.

Kurt wagte einen kurzen Blick in Simons Gesicht, doch trotz der Besorgnis und des Mitgefühls darin hielt er es nicht lange durch.

„Komm schon, Kurt, rede mit mir. Ich bin dein Partner. Dein Freund. Lass mich dir helfen – so kann es doch nicht weitergehen."

Kurt öffnete den Mund, um „mir geht es gut" zu sagen, wie er es in den letzten Wochen immer und immer wieder getan hatte.

Stattdessen brach ein Schluchzer aus ihm heraus, seine Augen füllten sich mit Tränen und jedes einzelne schmutzige, schreckliche Detail seiner Beziehung zu Davy sprudelte hervor. All seine dunklen Geheimnisse, seine Ängste, seine Unentschlossenheit, sein schmerzlicher Verlust.

Simon stand nur einmal kurz auf, um eine Rolle Toilettenpapier zu bringen, damit Kurt sich die Nase putzen konnte. Davon abgesehen tat er nichts, um Kurts Redestrom zu unterbrechen, und ließ ihn sich alles von der Seele reden, was er seit

Bens Tod in sich hineingefressen hatte. Und auch Kurt selbst konnte die Flut nicht stoppen, bevor er wirklich alles gesagt hatte, Simon sein Innerstes offenbart hatte.

Am Ende starrte er auf seine Hände, die ein feuchtes Stück Toilettenpapier umklammerten. Sein Hals brannte vom vielen Reden, als hätte er Schmirgelpapier verschluckt, und die Haut seines Gesichts schmerzte, als wäre sie zu straff gespannt. Doch Simon war noch bei ihm. Er hatte ihn nicht geschlagen oder ausgelacht. Allerdings hatte er auch noch nichts gesagt, seit Kurt mit dem Reden aufgehört hatte, und es war kein gutes Gefühl, in dieser unheilvollen Stille auf seinem billigen Sofa zu sitzen. Hatte er eine weitere Freundschaft zerstört? Würde es so weitergehen, bis er ganz allein war? Was hätte sein Leben dann noch für einen Sinn?

Simon holte tief Luft und atmete langsam aus, was kleine Toilettenpapierfetzen aufwirbelte.

„Okay. Das erklärt einiges. Und ich will dir dazu nur eins sagen: Ich weiß nicht, ob du wirklich schwul bist, aber wenn du wirklich ehrlich zu dir selbst bist, solltest du die Antwort ziemlich schnell finden. Egal ob du es am Ende bist oder nicht, ob du offen dazu stehst oder nicht … ich bin dein Freund. Ich werde immer dein Freund sein. Und für die Menschen, die dich lieben, ist es furchtbar, dich so leiden zu sehen." Er zog die Augenbrauen hoch. „Ach ja, und auf den Alkohol kannst du jetzt hoffentlich verzichten, oder?"

Kurt wagte ein vorsichtiges Lächeln. Er war noch nie so erleichtert gewesen.

„Und auf den Kaffee am besten auch – in letzter Zeit hast du rekordverdächtig viel davon getrunken. Hast du vielleicht irgendwo Tee? Sonst frage ich Jen, ob sie welchen rüberbringt."

Den hätte ihm seine Mutter auch aufgedrängt. „Meine Eltern sind irisch. Ich habe garantiert irgendwo Tee", krächzte er.

Simon klopfte sich auf die Oberschenkel und richtete sich zu seiner vollen Größe auf. „Bleib sitzen. Denk nach. Von mir aus darfst du auch ein bisschen grübeln. Aber fang nicht wieder an, dir Sorgen zu machen, okay?"

Gegen seinen Willen kehrte das schwache Lächeln zurück und er lehnte sich gegen die Polster, um dem Geklapper in der Küche zu lauschen, das ihn beruhigte, wie es seit Monaten nichts mehr getan hatte.

Er musste kurz eingenickt sein, denn plötzlich saß ihm Simon mit einem dampfenden Kaffeebecher voll Tee gegenüber. Seine Mutter hatte ihn davon überzeugt, Tee im Haus zu haben, aber bei den dazu passenden Tassen war ihr das nicht gelungen. Er nahm den Tee entgegen und ließ sich davon die Hände wärmen, während der Dampf seine strapazierten Schleimhäute beruhigte.

Nachdem er ein paar Schlucke getrunken hatte, fragte er: „Und es macht dir wirklich nichts aus?"

„Wirklich nicht. Ein paar von den Jungs werden das leider anders sehen. Dieser Ivan vom Drogendezernat scheint einiges abzukriegen … aber so fertig wie dich habe ich ihn nie gesehen. So etwas heimlich mit sich herumzutragen, belastet einen. Und Ivan hat übrigens auch jede Menge Freunde."

125

„Ich muss es meinen Eltern sagen, oder? Davy wird vielleicht nie wieder mit mir reden, aber um …"

„Um jemals wieder eine Chance bei ihm zu haben? Ja, wenn du die willst, musst du wohl wirklich dazu stehen. Aber vergiss nicht, dass seit Bens Tod erst ein Jahr vergangen ist. Vielleicht braucht ihr beide noch ein bisschen Zeit."

Es war ihm nicht entgangen, dass sie beide klangen, als wäre Kurt definitiv schwul. Aber wie Simon gesagt hatte: Wenn er ganz ehrlich war, wusste er es bereits.

„Aber was, wenn er nie wieder …"

Simon unterbrach ihn mit einer ungeduldigen Handbewegung. „Dann wirst du damit umgehen und über ihn hinwegkommen müssen. Aber darüber kannst du dir später Gedanken machen. Du musst erst mal dein eigenes Leben in Ordnung bringen, bevor du an eine Beziehung denken kannst, okay?"

Beim Gedanken daran, Davy aufgeben zu müssen, tat sich tief in seinem Innern eine schmerzhafte Leere auf. Aber auch damit hatte Simon recht: Erst wenn Kurt sich wieder im Griff hatte, konnte er über Davy nachdenken. Selbst wenn nicht mehr daraus werden konnte, bestand vielleicht wenigstens die Möglichkeit, ihre Freundschaft zu retten.

„Und bevor ich es vergesse", fügte Simon hinzu. „Um noch mal auf den Alkohol zurückzukommen …"

„Den werde ich los", unterbrach ihn Kurt. „Versprochen. Ich glaube nicht, dass ich zum Alkoholiker geworden bin."

„Das hoffe ich. Aber wenn es damit Probleme geben sollte, sagst du es mir, verstanden?"

„Verstanden. Danke, Simon."

Simon legte ihm eine Hand auf die Schulter. „Wieso versuchst du nicht, ein bisschen zu schlafen? Das hast du doch in letzter Zeit bestimmt auch viel zu selten gemacht."

Fast wie in Trance gehorchte Kurt. Als er sich ins Bett fallen ließ, drang das Klappern von Geschirr und leeren Flaschen an sein Ohr. Vielleicht war es manchmal ganz schön, sich von jemandem helfen zu lassen … so, wie er Davy helfen wollte. Aber daraus würde vielleicht niemals etwas werden. Eine letzte Träne lief ihm über die Wange, als er in tiefen Schlaf fiel.

DIE ANKÜNDIGUNG einer neuen Einsatzmannschaft, bei der die Zusammenarbeit der verschiedenen Abteilungen geplant war, hielt alle in Atem und Kurt war eine Zeit lang zu beschäftigt, um sich über irgendetwas anderes Gedanken zu machen als die Arbeit, weshalb er seine neuen Erkenntnisse noch für sich behielt. Simon erwähnte sie ebenfalls nie wieder, außer um ihm zu sagen, dass Jen davon wusste, und ihn dazu zu überreden, seine wöchentlichen Treffen mit ihnen wieder aufzunehmen. Jen war auch jetzt noch ganz wild darauf, ihn zu verkuppeln –

diesmal mit verschiedenen Männern, die sie bei der Arbeit kennengelernt hatte –, hielt sich aber glücklicherweise vorerst zurück.

Er schrieb Davy nach wie vor jede Woche eine Nachricht, doch je länger sein Schweigen anhielt, desto mehr schwand Kurts Hoffnung. Wenigstens hatte Davy bisher keine Unterlassungsverfügung gegen ihn beantragt. Seit seinem Geständnis gegenüber Simon vor fast drei Monaten hatte Kurt nicht einen Schluck getrunken und war gut damit zurechtgekommen.

Mittlerweile konnte er in den Spiegel sehen und „ich bin schwul" sagen, ohne zusammenzuzucken oder zu erröten. Beim Gedanken daran, es seiner Familie zu erzählen, schauderte er allerdings nach wie vor.

Also hatte er das einzig Mögliche getan: sie gemieden. Glücklicherweise hatten Caitlyn und Colleen vor Kurzem bekannt gegeben, dass sie – wieder zur gleichen Zeit – schwanger waren. Das lenkte die Aufmerksamkeit fürs Erste von ihm ab.

Doch heute war es mit den Ausflüchten vorbei. Es gab keine Entschuldigung, die seine Mutter dafür akzeptiert hätte, seine eigene Geburtstagsfeier zu verpassen. Er würde es ihnen nicht direkt bei der Party sagen, um diese nicht zu ruinieren, aber schon sehr bald. Er musste es bald tun. Er war bereit.

Vielleicht.

Er ließ sich vom Taxi nicht ganz bis zum Restaurant bringen, sondern stieg etwas früher aus, da er hoffte, ein kleiner Spaziergang in der kühlen Frühlingsluft würde ihn beruhigen.

Doch das tat er nicht. Bei jeder Berührung, jeder Umarmung zuckte er zusammen. Jedes Wort kam ihm wie eine Andeutung vor. Jeder Blick wirkte wissend und kritisch.

Seine Eltern umarmten ihn, doch seine Mutter sah ihn auf seltsame Art und Weise an, beinahe gequält. Er war nicht sicher, was es bedeutete, wusste aber, dass er dringend mit ihr reden musste.

Nachdem er einige Minuten lang Gäste begrüßt und sich dabei wie ein Schwindler gefühlt hatte, setzte er sich mit einer Flasche Bier in eine Ecke und hoffte, der Abend würde schnell vergehen.

Wäre sein Leben jetzt anders gewesen, wenn er Davy zur letzten Geburtstagsparty eingeladen hätte? Wären sie jetzt Freunde? Oder sogar zusammen? Vielleicht hätten sie an Kurts Feier offiziell als Paar teilgenommen. Er würde es nie erfahren.

„Hi, kleiner Bruder." Ians Stimme überraschte ihn so sehr, dass er zusammenzuckte und Bier verschüttete.

„Oh, ähm, hi." Sein Vorhaben, sich normal zu verhalten, ging bis jetzt ziemlich daneben. Als verdeckter Ermittler wäre er jetzt schon tot gewesen.

„Oh, ähm, hi", imitierte ihn Ian. „Mehr hast du mir nicht zu sagen? Ich habe dich seit Monaten nicht gesehen. Seit du am Valentinstag einfach abgehauen bist. Hast du dich mit 'ner scharfen Braut in deiner Wohnung eingeschlossen?" Wenigstens klang er nicht allzu verärgert. Ian war selten nachtragend.

„Nein, ich musste nur viel arbeiten." Was wenigstens keine Lüge war.

„Ausgezeichnet! Dann kannst du ja mitkommen, sobald wir uns hier rausschleichen können. Ich habe uns nämlich VIP-Karten für diesen schicken Stripclub auf der Queen Street besorgt. Die Frauen sind der Wahnsinn. Der perfekte Ort, um den Geburtstag meines letzten Singlebruders zu feiern. Wir müssen zusammenhalten, jetzt, wo sich Stephanie Dylan geschnappt hat."

Wie an dem Tag mit Simon hatte Kurt plötzlich genug. Keine Lügen mehr. „Wo ist Mom?"

„Was?"

„Vergiss es, ich ..." Ihm fehlte die Energie, sich eine Ausrede einfallen zu lassen. „Ich muss Mom finden." Ian blieb mit offenem Mund zurück, aber das war jetzt seine kleinste Sorge.

Er suchte die Menge nach seiner Mutter ab, bis er sie plötzlich an der Bar entdeckte, auf der sie gerade den Geburtstagskuchen abstellte.

„Mom, ich muss mit dir reden."

Ihr Blick wanderte vom Kuchen zur Menschenmenge und zurück. „Jetzt?"

„Bitte." Bevor ihn der Mut verließ.

„Na gut, im Pausenraum?"

Der Raum war klein, aber ruhig und hatte eine Tür. „Ja."

Sie presste die Lippen aufeinander, wirkte traurig und resigniert. „Was ist mit deinem Vater?"

Der kleine Junge in ihm wollte die Flucht ergreifen. „Nein, nicht jetzt. Nur du, bitte." Wenn sie mit Ablehnung reagierte, konnte er sich wenigstens das enttäuschte Gesicht seines Vaters sparen. Er würde einfach sofort gehen und alles hinter sich lassen. Seine Mutter kommunizierte mit ein paar kurzen Blicken mit seinem Vater – ein Verhalten, das er bei Paaren erst nach seiner Begegnung mit Davy bemerkt hatte, da er sich seitdem selbst eine so innige Beziehung wünschte.

Als er seiner Mutter in den Pausenraum folgte, warf er einen letzten Blick zurück und bemerkte Simon, der ihm aufmunternd zunickte. Und Jen war sicher ebenfalls dort, auch wenn er sie nicht sehen konnte. Immerhin zwei Menschen, die ihn unterstützten. Besser als nichts.

SIE NAHMEN im Pausenraum Platz. Seine Mutter hatte ihre Hände in ihrem Schoß zusammengekrallt. Kurt hätte es ihr am liebsten gleichgetan, fürchtete aber, dabei seine Bierflasche zu zerbrechen. Stattdessen trank er einen Schluck, um das Unvermeidliche noch etwas hinauszuzögern. Den Kickboxer-Schmetterlingen in seinem Bauch gefiel das allerdings kein bisschen.

„Bitte, Schatz, rede mit mir." Er blickte in die tränenfeuchten Augen seiner Mutter und begriff, dass sie seinen Schmerz geteilt hatte, obwohl es ihm entgangen war. Wenn sie ihn jetzt hasste … Nein. Er musste es ihr sagen und ihr die Gelegenheit geben, die liebende Mutter zu sein, als welche er sie kannte.

„Ich bin schwul", flüsterte er und brachte sogar den Mut auf, ihr dabei weiter in die Augen zu schauen. Denn er musste wissen, was sie dachte, was sie empfand. Die Tränen fielen, doch sie lächelte. War sie etwa erleichtert?

Dann sprang sie plötzlich auf, um ihn stürmisch zu umarmen und er erwiderte die Umarmung, während seine Anspannung von ihm abfiel. Hoffentlich würde es nie wieder so furchtbar werden, diese Worte auszusprechen.

Schließlich löste sie sich von ihm, küsste ihm die Stirn und setzte sich wieder auf ihren Stuhl, hielt aber weiter eine seiner Hände in ihren.

„Oh, Schatz. Ich hatte Angst, du wolltest mir sagen, dass du schwer krank bist. Oder etwas anderes Furchtbares."

„Und das hier ist nicht furchtbar?" Kurt konnte nicht aufhören zu flüstern.

„Nein, Schatz, nein. Ich liebe dich. Also möchte ich, dass du glücklich bist. Und das bist du schon seit ziemlich langer Zeit nicht."

Sie musterte ihn eingehend. „Schatz, ich hatte recht, oder? Du warst wirklich verliebt." Sie schob seinen Ärmel hoch und berührte die Narbe. „Was ist passiert?"

Oh Gott. Seine Augen brannten. Hoffentlich hatte es nur mit der emotionalen Achterbahnfahrt der letzten Zeit zu tun und wurde jetzt nicht zur Gewohnheit. Es war nämlich ein schreckliches Gefühl.

„Ich war – bin – tatsächlich verliebt. Aber er will mich nicht." Er wollte die ganze Geschichte nicht noch einmal erzählen. Doch selbst bei seinem Gespräch mit Simon hatte er nicht zugegeben – sich selbst nicht eingestanden –, dass er sich in Davy verliebt hatte. Er wusste jetzt, warum so viele Menschen ihre erste große Liebe gleichzeitig verfluchten und priesen. Sie war so wunderschön wie ein Sonnenaufgang und schmerzhafter, als im Höllenfeuer zu schmoren.

Er bekam eine zweite Umarmung.

„Tja, wenn er nicht sieht, was ihm entgeht, ist er nicht gut genug für dich. Es sei denn, er ist verheiratet. Dann sollte man ihn köpfen." Seine Mutter klang wirklich empört und es wärmte ihm das Herz, wie sehr sie auf seiner Seite stand.

„Nein, er ist nicht verheiratet. Und es war hauptsächlich meine Schuld. Ich war unehrlich – mir selbst und ihm gegenüber. Ich wollte mich verstecken."

„Und jetzt, wo du dich nicht mehr versteckst?"

„Ich weiß es nicht. Es ist kompliziert." Der Jahrestag von Bens Tod war bereits in zwei Wochen. Er hoffte, Jon oder, wenn es sein musste, Andrew würde für Davy da sein. Er wollte nicht, dass Davy das allein durchstehen musste. Obwohl er am liebsten selbst dort sein wollte, Davy von seinem Coming-out erzählen wollte, durfte er diesen wichtigen Schritt in seinem Leben nicht zu sehr von Davy abhängig machen. Er musste es für sich tun, nicht für Davy. Davy und Simon hatten ihm klargemacht, dass er erst mit sich selbst im Reinen sein musste, bevor er über eine Beziehung nachdenken konnte.

„Kenne ich diesen Mann? Wie heißt er?"

„Er heißt Davy. Irgendwann werde ich dir von ihm erzählen. Aber jetzt muss ich mir als Erstes überlegen, wie ich mit dem Rest der Familie umgehe."

Sie zuckte mit den Schultern. „Du musst es ihnen sagen. Sie haben sich alle Sorgen um dich gemacht. Vielleicht muss es nicht bei allen heute Abend sein, aber bei deinem Vater auf jeden Fall. Weil er immer so still ist, bemerkt man oft nicht, wie viel er sieht. Er hatte genauso viel Angst um dich wie ich, nur dass er dachte, du hättest vielleicht ein Drogenproblem."

„Drogen? Wie kommt er denn bloß darauf?" Dabei war er damit gar nicht so weit von der Wahrheit entfernt gewesen. Seine Eltern hatten zwar mehr Kinder als die meisten Paare, schenkten jedoch trotzdem jedem von ihnen Aufmerksamkeit. Sie waren sich schon immer der individuellen Bedürfnisse ihrer Kinder bewusst gewesen und hatten niemals übersehen, wenn eines von ihnen sich schlecht fühlte oder Probleme hatte.

„Du hast viel Stress im Beruf. Unter so großem Druck greifen viele Menschen zu chemischer Unterstützung."

Kurt errötete. Kein Wunder, dass er als Kind selten mit etwas davongekommen war. Obwohl er sie seit Monaten gemieden hatte, waren sie ihm einen Schritt voraus.

Die Schmetterlinge kehrten mit neuer Energie zurück. „Wird er mich hassen?"

„Kurt Patrick O'Donnell, dein Vater ist ein guter Mensch und er liebt dich", sagte sie mit vorwurfsvoller Stimme. „Ich schicke ihn jetzt rein und danach essen wir deinen Geburtstagskuchen." Trotzdem drückte sie ihm tröstend die Hand, bevor sie das Zimmer verließ.

WIE ER da so im Pausenraum saß, kam er sich vor wie in seiner Jugend, als er manchmal wegen einer Missetat auf sein Zimmer geschickt worden war, um die Strafe seines Vaters abzuwarten. Normalerweise war es etwas ziemlich Schreckliches gewesen, zum Beispiel das Putzen der Restauranttoiletten. Vielleicht hätte er seine jetzige Situation nicht damit vergleichen sollen, denn nun fiel es ihm schwer, nicht auch diesmal ein schreckliches Ende zu fürchten.

Plötzlich tauchte sein Vater in der Tür auf, eine bedrohlich dunkle Silhouette vor dem hellen Restaurant. Doch Kurt war kein Kind mehr und versuchte auch nicht, einen Streich zu verheimlichen. Er war ein Mann und es gab nichts, wofür er sich schämen musste, auch wenn er sich vor der Reaktion seines Vaters fürchtete.

Als sein Vater den Raum betrat, erhellte das Licht sein Gesicht und den fragenden Ausdruck darin.

„Hi, Dad."

„Kurt." Sein Vater ließ sich auf dem Stuhl nieder, auf dem vorher seine Mutter gesessen hatte. Der eigentlich sehr energische, lebensfrohe Mann wirkte jetzt zutiefst besorgt. Vielleicht gab es doch etwas, wofür er sich schämen musste, wenn er seinen Eltern solche Schmerzen bereitet hatte. Und trotzdem gelang es ihm einfach nicht, es auszusprechen.

Doch obwohl sein Vater ein sehr stiller Mensch war, machte ihn das nicht unbedingt geduldig. Nachdem sie also einige Sekunden still dagesessen hatten, befahl er: „Spuck's aus, mein Sohn. Kurz und schmerzlos."

Klar. Schmerzlos. „Ich bin schwul."

Sein Vater holte geräuschvoll Luft, sagte aber nichts.

Kurt konnte das Schweigen nicht lange ertragen. „Es tut mir leid."

Sean schüttelte den Kopf. „Was tut dir leid? Dass du deiner Mutter so lange Angst gemacht hast? Das sollte es auch."

„Ja, aber ich meine …"

„Dass du schwul bist?" Der erwartete missbilligende Blick blieb aus.

„Ja."

„Sohn, wenn Gott dich so erschaffen hat, warum sollte es dir leidtun? Ich musste es nur erst … Ich dachte nämlich, du würdest …"

„Schon gut. Mom hat es mir erzählt. Und ich ähm … habe in letzter Zeit wohl wirklich ziemlich viel getrunken."

Oh, da war der Blick ja endlich. „Und jetzt?"

„Ich …" Er dachte darüber nach. Er war in letzter Zeit zu beschäftigt gewesen, um sich selbst leidzutun, aber es lag nicht nur daran, dass er keinen Alkohol mehr brauchte. Und jetzt gab es noch zwei Menschen, die hinter ihm standen. Auch wenn er nicht wild darauf war, es dem Rest der Familie zu sagen, war ihm bereits eine riesige Last von den Schultern gefallen.

Er atmete erleichtert aus. „Ich glaube, das ist jetzt vorbei."

„Aber du musst es allen sagen. Nicht sofort, aber du musst aufhören, ihnen auszuweichen, verstanden?"

Sie standen auf und Sean legte den Kopf schräg. „Oh, Junge, du hast ganz schön gelitten, nicht wahr?"

Kurt biss sich auf die Lippe und nickte. Sein Vater umarmte ihn – die Art von Umarmung, in der man sich sicher und geborgen fühlte. Als er sich von ihm löste, waren die Augen seines Vaters etwas feuchter als vorher.

„Na komm, geh schon raus, damit wir den Kuchen anschneiden können, sonst kriegen wir's mit deiner Mutter zu tun. Oder mit deinen Schwestern – Gott, keine andere schwangere Frau ist so verrückt nach Süßem wie die zwei."

Es war kaum zu glauben, wie anders sich Kurt fühlte, als er sich wieder unter die Leute mischte. Viel zufriedener. Auch wenn er Davy noch genauso heftig vermisste, kam er sich jetzt unglaublich befreit vor.

Seine Familie überredete ihn zu dem traditionellen Foto mit dem Kuchen, obwohl er es sich wahrscheinlich niemals ansehen würde. Das Ganze erinnerte ihn zu schmerzhaft an die glückliche Zeit mit Davy an dessen Geburtstag – was man wahrscheinlich auch seinem Gesicht auf dem Foto ansah.

Als sie den Kuchen anschnitt, schenkte seine Mutter ihm ein trauriges Lächeln. Sie wusste sicher, dass sein größter Wunsch heute die Versöhnung mit Davy war.

Von der anderen Seite des Raumes warf Simon ihm mit hochgezogener Augenbraue einen fragenden Blick zu. Kurt hob wie zu einem Toast seine Bierflasche und grinste. Simon erwiderte das Grinsen und beugte sich zu Jen hinunter, um ihr etwas zuzumurmeln, woraufhin sie sich auf die Zehenspitzen stellte und Kurt zuwinkte.

Nachdem Kurt seine Bierflasche geleert hatte, beschloss er, auf Wasser umzusteigen. An der Bar gesellte sich Ian zu ihm. „Also, wie schlimm ist es?"

„Schlimm?"

„Na ja, unsere Leithammel haben dich bei deiner eigenen Geburtstagsparty in den Pausenraum geschleift. Da müssen sie dir doch wegen irgendwas eine ziemliche Strafpredigt gehalten haben."

„Nein, haben sie nicht. Alles okay." Und zum ersten Mal seit Monaten entsprachen diese Worte der Wahrheit. Kurt lachte.

„Na gut, dann lass die gefräßigen Schwestern ihren Kuchen essen, verabschiede dich von allen und dann geht's los in den Club."

„Nein, Ian, ich komme nicht mit."

„Was? Warum nicht?"

Einen guten Zeitpunkt würde es dafür sowieso nicht geben, also: „Ich bin schwul."

Ian starrte ihn an. „Wie bitte?"

„Ich bin schwul. Deshalb habe ich mit Mom und Dad geredet."

Ian erblasste, was den Kontrast zwischen heller Haut und dunklem Haar noch vergrößerte. „Ich … ich …"

„Ja, ich weiß, das kommt ziemlich überraschend."

Plötzlich drehte Ian sich um und rannte praktisch aus dem Raum. Seine Reaktion war für Kurt wie ein Schlag in die Magengrube, der seine gute Laune gnadenlos zermalmte. Von allen Familienmitgliedern hatte er bei Ian mit dem größten Verständnis gerechnet, weil sie sich so nahestanden.

Sowohl Simon als auch Mikey hatten Ians Flucht bemerkt und kamen von verschiedenen Enden des Raums auf Kurt zu.

„Knirps, was ist los? Warum ist Ian abgehauen?", fragte Mike.

Kurt warf einen Blick auf Simon. Dieser nickte ihm zu und zuckte mit den Schultern. Warum nicht. Kurz und schmerzlos, oder? „Ich habe ihm gesagt, dass ich schwul bin."

Mike musterte sie beide kurz, als wäre er nicht sicher, ob sie sich einen Scherz mit ihm erlaubten. Dann betrachtete er Kurt genauso nachdenklich, wie sein Vater es getan hatte. „Oh. Und das fand er schlimm?"

Ähm ... ernsthaft? Jetzt war es gleich das andere Extrem? Mike wirkte noch nicht einmal überrascht. Er konnte es doch nicht vermutet haben, wenn sogar Kurt es bis vor Kurzem nicht gewusst hatte, oder?

„Sieht so aus."

„Er wird sich schon wieder beruhigen, Knirps. Heißt das, du bringst jetzt endlich mal jemanden zu Familienfeiern mit? Mom macht es nämlich ganz verrückt, dass du immer noch alleinstehend bist."

Simons kaum hörbares Keuchen zeigte Kurt, dass dieser wusste, wie schmerzhaft diese Frage für ihn war, auch wenn Mike es nicht beabsichtigt hatte.

„Vielleicht. Eines Tages."

AM ENDE des Abends wusste es seine ganze Familie. Seine Schwestern waren tatsächlich etwas schockiert gewesen, hatten aber anschließend positiv reagiert. Ian war nicht zurückgekommen und hatte sich auch bei niemandem gemeldet. Kurt beschloss, dass er sich darum jetzt keine Sorgen machen konnte. Wenn Ian sich so anstellte, würde Kurt sich wohl an ein Leben ohne ihn gewöhnen müssen. Er hatte zu viele andere Probleme, um sich Gedanken darüber zu machen, wie er einen Bruder zurückgewinnen konnte, der ihn wegen einer nicht zu ändernden Veranlagung hasste. Es war ihm nicht unbedingt egal, aber die schrecklichen emotionalen Strapazen der letzten Zeit hatte er hinter sich gelassen. Er war beinahe glücklich

15

DIE LÄNGEREN Sommertage schienen auch längere Arbeitstage zu bedeuten, was vor allem an der neuen Einsatzmannschaft lag, für die jetzt ihre erste Operation anstand. Glücklicherweise wurde von ihm und Simon nicht allzu viel erwartet – sie bildeten hauptsächlich die Verstärkung. Kurt freute sich schon darauf, nach diesem Einsatz endlich wieder nur normal überarbeitet zu sein anstatt völlig überarbeitet.

„Wir müssen hier abbiegen", sagte Kurt, als er von der Nachricht aufschaute, die er gerade schrieb. Sein Partner kannte die Stadt mittlerweile ziemlich gut, aber um diese Tageszeit würden sie fast zehn Minuten sparen, wenn sie kleinere Straßen nahmen. Kurt wählte *Senden* und steckte sein Handy in die Tasche.

„Danke. War das deine wöchentliche Nachricht an Davy?"

Kurt seufzte. „Ja." Er hatte es bisher nicht übers Herz bringen können, den Mann, den er liebte, endgültig aufzugeben, obwohl sie sich seit fast einem halben Jahr nicht mehr gesehen hatten. Am Jahrestag von Bens Tod hatte er eine zusätzliche geschickt, jedoch selbst darauf keine Antwort erhalten. Es war sogar durchaus möglich, dass Davy die Nummer gewechselt hatte. Er hätte es leicht herausfinden können, wollte die Illusion aber nicht aufgeben. So konnte er sich immer noch vorstellen, dass seine Nachrichten Davy wenigstens zum Lächeln brachten.

„Und wie läuft es damit?"

Kurt zuckte mit den Schultern. „Immer noch nichts." Er wusste selbst, wie lächerlich er sich verhielt. Die meisten Männer, die sich zum ersten Mal zu ihrem Schwulsein bekannten, hatten sicher wesentlich mehr Sex als er. Leider war Kurt noch ziemlich unsicher. Schon bei Verabredungen mit Frauen hatte er sich nie besonders wohlgefühlt, aber dabei hatte er wenigstens ungefähr gewusst, was von ihm erwartet wurde und an welche Spielregeln man sich hielt. Vielleicht sollte er doch Ivan um Rat fragen.

„Kommst du Samstag zu unserer Party?"

„Klar." Auch wenn ihm ein ruhiges Essen mit den beiden eigentlich lieber war als ihre Partys – wenn er mit einem Haufen fremder Leute trinken wollte, konnte er das im Finn's tun –, wollte er Jen nicht verletzen, indem er absagte.

Am Tatort angekommen stiegen sie aus dem Auto. Einer der Streifenpolizisten kicherte und murmelte: „Schwuchtel". Simon und Kurt knurrten, woraufhin der Polizist sich eilig zurückzog.

Kurt rollte die Augen. Es nervte, dass einige Mitarbeiter ihn wegen seiner sexuellen Orientierung so respektlos behandelten. Und es war irgendwie ironisch, wenn man sein momentan enthaltsames Leben bedachte. Glücklicherweise hatte er die meisten dieser Mitarbeiter sowieso nicht leiden können. Abgesehen von der ein oder anderen Drohgebärde ignorierte er sie also. Trotzdem sollte er wirklich mal Ivan zu einem Bier einladen – nicht als Date, sondern um zu reden, sich Rat zu holen … vielleicht sogar als Freund.

„Also, was haben wir hier?" Er musste sich auf seine Arbeit konzentrieren. Daran, Davy zu vermissen, hatte er sich sowieso schon fast gewöhnt.

„KURT! WIE schön, dass du kommen konntest." Jen umarmte ihn und zog ihn ins Haus. Kurt wunderte sich. Die Umarmung war zwar nicht ungewöhnlich, doch ganz so stürmisch begrüßte ihn Jen eigentlich nicht. Vielleicht hatte sie schon ziemlich viel Wein getrunken?

Er folgte ihr ins Wohnzimmer, wo er unter den Gästen einige bekannte Gesichter entdeckte. Eines davon war Tiffanys. Sie lächelte ihm zu und winkte, schien keinen Groll mehr gegen ihn zu hegen.

„Hast du es ihr gesagt?"

Jen folgte seinem Blick bis zu Tiffany. „Ja, das habe ich. Sie war ziemlich fertig wegen eurem … ähm … Date. Es macht dir doch nichts aus?"

Machte es das? Kurt dachte kurz darüber nach. „Nein, eigentlich nicht." Er hatte nicht vor, es an die große Glocke zu hängen und Werbung dafür zu machen, konnte jedoch damit leben, wenn die Leute in seinem Umfeld es erfuhren, selbst wenn es nicht von ihm war.

„Das ist jetzt sowieso egal." Jen hüpfte praktisch vor Aufregung. Plötzlich hatte er ein ungutes Gefühl und blieb stehen.

Doch Jen sah sich zu ihm um, packte ihn beim Handgelenk und zog ihn mit sich ins Esszimmer. Dort angekommen blieben sie vor einem schlanken braunhaarigen Mann stehen, der ein paar Zentimeter kleiner war als Kurt. Das ungute Gefühl ging in Panik über.

„Justin?"

Der Mann hob den Blick vom Buffettisch. „Hi, Jen." Mit seinen blassblauen Augen musterte er Kurt von Kopf bis Fuß.

„Justin, das ist unser Freund Kurt. Kurt, das ist Justin. Er wohnt ein paar Häuser weiter."

„Schön, dich kennenzulernen, Kurt."

Oh, verdammt. Das war Jens neuester Verkupplungsversuch. Daran bestand kein Zweifel, als Jen sie mit einem verschmitzten Grinsen sofort allein ließ. Das hatte sie damals auch bei Tiffany getan. Zugegeben, Justin wirkte bereits auf den ersten Blick anziehender auf ihn – nur wusste er trotzdem nicht, wie er jetzt reagieren sollte.

„Jen sagt, du bist ein Detective, wie Simon?" Justin reichte ihm einen Teller und machte ihm Platz am Tisch.

„Ja, das bin ich. Und mir scheint, ich befinde mich ein bisschen im Nachteil."
Gott, er klang wie seine Großtante Martha. Er nahm den Teller, obwohl die Ninja-
Schmetterlinge den Gedanken ans Essen unerträglich machten.

„Keine Sorge, nicht besonders. Mehr weiß ich nämlich auch nicht."

Kurt grinste. „Dann ist es ja gut."

Justin erwiderte das Grinsen. „Ich arbeite im Vertrieb und sitze praktisch die
ganze Zeit am Schreibtisch. Sicher nicht halb so aufregend wie dein Beruf."

„Na ja, eigentlich verbringe ich auch viel Zeit am Schreibtisch. Es gibt
jede Menge Papierkram und man muss Datenbanken durchsuchen und im Internet
recherchieren. Verfolgungsjagden und Schießereien sind eher selten."

Er war nicht sicher, was Justin von seinem Beruf hielt. Er war schon einigen
Frauen begegnet, die Polizisten heiß fanden und deshalb mit jedem von ihnen Sex
gehabt hätten. Er ging davon aus, dass es unter schwulen Männern ähnliche Fälle
gab. Und der Gedanke an Sex in Verbindung mit diesem Mann weckte durchaus
sein Interesse.

Sie unterhielten sich weiter und fanden sich irgendwann auf der Veranda
wieder, um die nicht mehr ganz so schwüle Sommernacht zu genießen. Sie
unterhielten sich so lange, dass Kurt fürchtete, es wäre unhöflich, Justin die ganze
Zeit für sich zu beanspruchen. Und er war nicht sicher, ob Justin sich von ihm
angezogen fühlte oder nur Mitleid mit ihm hatte.

„Hör zu, darf ich ehrlich zu dir sein?", fragte er schließlich. Seit seinem
Geburtstag hatte er sich eine direktere Art angewöhnt.

Justin hob den Kopf und warf ihm einen skeptischen Blick zu. „Ähm,
natürlich."

„Für mich ist das alles noch ziemlich … neu." Kurt deutete auf Justin und ihn.

„Neu?" Justin runzelte die Stirn und beugte sich wieder zu Kurt vor. „Warte,
du hast dich gerade erst geoutet?"

Kurt nickte.

„Wann?"

Wann? Seit seinem Geburtstag war er so beschäftigt gewesen, dass die Tage
einfach an ihm vorbeigezogen waren. „Vor ungefähr sechs Wochen."

„Mein Gott, dann bist du ja praktisch noch Jungfrau."

Hoffentlich verbarg die Dunkelheit, wie heftig er errötete. Allerdings war es
nicht so dunkel, dass er übersah, wie Justin sich in seiner Jeans zurechtrückte, was
seine eigene ebenfalls noch enger werden ließ.

Justin schaute sich um. „Sollen wir uns einen etwas ruhigeren Ort suchen?"

Es gab keinen Zweifel daran, wie Justins Vorschlag gemeint war. Kurts
Schwanz wurde noch steifer. „Gerne."

SIE GINGEN – mit etwas Abstand zwischen sich – ein Stück um das Haus herum,
bis sie eine besonders schattige Stelle gefunden hatten. Die Geräusche der Party

waren hier kaum zu hören, als würden sie von der Dunkelheit verschluckt, was Kurt das Gefühl gab, mit Justin ganz allein zu sein. Trotz seines zierlichen Körperbaus schob Justin ihn energisch an die Hausmauer und küsste ihn.

Kurt öffnete den Mund für Justins Zunge. Er packte Justins schmale Hüften und presste sich gegen ihn, während er Justins Mund mit seiner Zunge erforschte. Justin schob sich ihm entgegen, rieb seine Erektion an Kurts steifem Schwanz.

Genau wie beim ersten Mal fühlte es sich richtig an, einen Mann zu küssen. Nur fiel es ihm schwer, dabei nicht pausenlos an Davy zu denken. Er versuchte, den Gedanken zu verdrängen, und küsste Justin heftiger und leidenschaftlicher. Justin stöhnte und schob eine Hand zwischen sie, um durch die Jeans hindurch Kurts Schwanz zu streicheln. Es war lange her, dass sich etwas so gut angefühlt hatte … seit der Sache mit Davy. Es war so viel besser als mit einer Frau.

Justin öffnete geschickt Kurts Reißverschluss. Das Gefühl, im Freien so entblößt zu sein und jeden Moment von anderen Menschen überrascht werden zu können, ließ seinen Schwanz vor Lust pochen und tropfen. Zum ersten Mal verstand er, warum einige Menschen das Risiko eingingen, wegen Erregung öffentlichen Ärgernisses verhaftet zu werden. Eigentlich sollte er es als Polizist besser wissen, konnte aber kaum noch klar denken. Das warme Stück Fleisch in Justins Hand hatte die Kontrolle übernommen.

„Mach meinen Reißverschluss auf", flüsterte Justin.

Oh, natürlich. Kurt sollte sich revanchieren. Mit leicht zitternden Fingern schob er seine Hände um Justins herum und schaffte es schließlich, seine Erektion zu befreien. Als sich seine Hand zum ersten Mal um den Schwanz eines anderen Mannes legte, vergaß er für einen Moment seine eigene Lust. Er fühlte sich gleichzeitig hart und weich an, vertraut und doch unbekannt. Er erkundete ihn, streichelte ihn, wie er es bei sich selbst getan hätte. Dass er dabei gedanklich Davy vor sich sah, musste niemals jemand erfahren. Ihm wurde schmerzlich bewusst, dass er nie die Gelegenheit gehabt hatte, Davy so zu berühren. Sein Daumen glitt über die Eichel, spürte dort die ersten feuchten Tropfen. Leider hatte er Davy auch nie schmecken dürfen. Stattdessen hatte er sich in den einsamen Nächten in seiner Wohnung den eigenen Samen von den Fingern geleckt und sich vorgestellt, es wäre Davys.

Justin schob sich noch dichter an ihn, um beide Schwänze in seine Hand zu nehmen, sodass Kurt sich allein auf seine Gefühle konzentrieren konnte, während Justins Hand sich immer schneller bewegte. Kurts Atmung beschleunigte sich ebenfalls, bis er plötzlich zum Höhepunkt kam und es Justins Hand mit seinem Sperma noch leichter machte.

Bebend und stöhnend folgte Justin ihm nur wenige Sekunden später und die feuchte Sommerluft mischte sich mit dem schweren Geruch von Sex.

Nachdem Justin in die Knie gegangen war, um seine Hand am Gras abzuwischen, brachte er seine Kleidung in Ordnung. Kurt tat es ihm nach, wenn auch wesentlich langsamer. Er hatte zum ersten Mal seit langer Zeit einen Orgasmus

137

mit einem anderen Menschen erlebt. Doch das erwartete gute Gefühl blieb aus, während die schmerzhafte Leere in seinem Innern noch zunahm.

An die Wand gelehnt dachte er darüber nach, ob sein Sexleben, sein Liebesleben, jemals leichter werden würde. Ob ihm jemals eine so glückliche Beziehung möglich wäre, wie er sie bei seinen Freunden und Verwandten beobachtete.

„Das war toll, Kurt." Justin küsste ihn flüchtig. „Sollen wir das mal wiederholen?"

Kurt dachte darüber nach. Justin machte einen netten Eindruck. Sie hatten sich gut unterhalten und fühlten sich voneinander angezogen. Aber war es fair, sich mit Justin einzulassen, wenn er noch nicht über Davy hinweggekommen war? Seine Mutter hätte ihn sich vorgeknöpft, wenn er eine Frau als Ersatz für eine andere benutzt hätte – also warum sollte das bei einem Mann anders sein? Außerdem hätte er es selbst nicht mit seinem Gewissen vereinbaren können. Er war Polizist geworden, weil er Wert darauf legte, das Richtige zu tun. Und das hier war nicht richtig.

„Tut mir leid, Justin, ich …" Er atmete tief durch und zögerte kurz, als ihm erneut Justins männlicher Duft in die Nase stieg, fuhr dann aber fort: „Ich liebe jemand anderen. Darüber muss ich erst hinwegkommen."

„Tja, das ist schade. Und bei diesem Typen gibt es keine Hoffnung mehr?"

„Lange Geschichte, aber er will absolut nichts mehr mit mir zu tun haben. Und damit muss ich mich erst abfinden. Er ist der Grund, aus dem ich mich überhaupt geoutet habe."

„Und trotzdem will er nichts von dir wissen? Das verstehe ich nicht. Wir kennen uns zwar noch nicht lange, aber du wirkst nett. Und du siehst verdammt gut aus."

Die Dunkelheit überdeckte Kurts rotes Gesicht. „Danke, du machst auch einen netten Eindruck. Er hat mich abserviert, weil er dachte, dass ich ihn wie mein schmutziges kleines Geheimnis behandeln wollte. Und ich habe mich geoutet, weil er recht hatte. Ich hätte von Anfang an zu ihm stehen sollen."

„Und warum hat er dann nicht …? Moment mal, Kurt, weiß er überhaupt von deinem Coming-out?"

„Nein, ich … ach, verdammt."

„Oh, Kurt." Justin küsste ihn ein letztes Mal und trat zurück. „Sag es ihm. Und wenn dann trotzdem nichts daraus wird, ruf mich an. Sag Simon und Jen von mir danke für die schöne Party. Ich mache mich jetzt besser auf den Weg."

Justin ließ ihn dort in der Dunkelheit stehen, während Kurt einen Entschluss fasste. Er würde es Davy nicht schreiben. Er war nicht sicher, ob Davy seine Nachrichten überhaupt las. Nein, er musste Davy persönlich aufsuchen und dafür sorgen, dass dieser ihm zuhörte.

Kurt hatte in seiner Familie schon früh lernen müssen, sich durchzusetzen. Er hatte hart dafür arbeiten müssen, es bis zum Detective zu schaffen. Er hatte mit sich gerungen, bis er sich sein Schwulsein hatte eingestehen können, und trotz seiner Furcht, sie könnte ihn verstoßen, sogar den Mut gefunden, es seiner Familie zu sagen. Und doch wurde ihm erst jetzt klar, dass er vielleicht auch um Davy kämpfen musste. Er hatte sich lange genug selbst bemitleidet. Sobald der große Einsatz vorbei war und die Arbeit ihm etwas mehr Zeit ließ, würde er etwas unternehmen.

Der Partylärm wurde wieder lauter – oder zumindest nahm er ihn deutlicher wahr. Er stellte sicher, dass er vorzeigbar aussah und nichts auf sein kleines Date im Dunkeln hinwies. Er lachte. Wie bei einer Highschoolparty voller hormongesteuerter Teenager. In seinem Alter hätte ihm das eigentlich ein bisschen peinlich sein sollen.

Er ging um das Haus herum zur Veranda, wo sich mittlerweile der Großteil der Gäste aufzuhalten schien, und trat aus dem Schatten möglichst unauffällig ins freundliche Licht der Tiki-Fackeln.Simon bemerkte ihn natürlich trotzdem und kam mit einem Bier in der Hand auf ihn zu.

„Wo hast du Justin gelassen?" Wenigstens sprach er leise.

„Er ist gegangen. Ich soll euch von ihm danke für die Einladung sagen."

„Aha, gegangen also. Aber mir ist trotzdem aufgefallen, dass ihr ganz schön lange weg wart. Trefft ihr euch wieder?"

Oh Gott. Vielleicht hatte es doch seine Vorteile, wenn sich ein Partner nicht für sein Privatleben interessierte. Trotzdem war er froh, Justin kennengelernt zu haben. Es machte ihn noch sicherer, dass er schwul war, und auch wenn er immer noch nicht viel mehr über Beziehungen zwischen Männern wusste, war mit Justin alles wesentlich besser gelaufen als mit seinen letzten weiblichen Verabredungen.

„Nein, ich glaube nicht."

Simon wirkte überrascht. Diese Antwort schien er nicht erwartet zu haben.

„Nein", wiederholte Kurt. „Ich ... ich will mit Davy reden. Persönlich. Vielleicht können wir einiges klären. Vielleicht kriegen wir das wieder hin."

„Freut mich für dich. Ich habe mich schon gefragt, wann du dir endlich ein Herz fasst. Es macht mich jede Woche traurig, dich diese Nachricht schreiben zu sehen."

„Ja. Vielleicht wird es nichts ändern, aber ich brauche endlich Gewissheit – für immer so weiterzumachen, ist mir zu dämlich."

Simon stieß ihm einen Ellbogen in die Rippen. „Tja, da kann ich dir nur schwer widersprechen. Und wann machst du es?"

„Realistisch gesehen ist es unwahrscheinlich, dass er seine Meinung ändert. Also warte ich lieber noch, bis wir unseren großen Einsatz hinter uns haben. Sonst bin ich am Ende noch unkonzentriert, weil es mit Davy schlecht gelaufen ist." Aber wenn wirklich nichts daraus werden sollte, wenn Davy wirklich nichts mehr mit ihm zu tun haben wollte, dann würde er wenigstens wissen, dass er darüber hinwegkommen musste. Und wenn er es geschafft hatte, konnte er sich wieder an Verabredungen wagen – diesmal mit Männern.

Sie tranken von ihrem Bier.

„Sag mal, bist du eigentlich schon zum Essen gekommen?"

„Nein." Kurts Magen unterstrich das lautstark.

„Dann komm, wir haben bestimmt noch ein paar Burger."

Sie gingen zum Grill, wo Simon ein Stück Fleisch zwischen zwei Brötchenhälften legte und es auf einem Teller Kurt reichte. „Hmm, wir haben hier Ketchup, Senf und Relish. Wenn du etwas anderes willst, musst du reingehen."

Kurt stellte sein Bier ab und griff nach der Flasche hinter dem Dijonsenf. Doch als er sie in der Hand hielt, erstarrte er. Oh Gott, er musste an die vielen Diskussionen über Senf denken, die er mit Davy gehabt hatte. Er erinnerte sich an das erste Mal, dass er in Davys Haus Burger gegessen hatte – ohne Senf. An ihre Burger im Lettie's, als Davy ihm den Senf gereicht hatte, ohne zu fragen. An den Senf, den Davy zu den griechischen Burgern auf den Tisch gestellt hatte ... den er wegen Kurt gekauft haben musste, denn Davy hasste Senf. Und das waren nur einige der vielen Gelegenheiten, bei denen Davy gezeigt hatte, wie wichtig ihm Kurts Wohlergehen und Vorlieben waren.

Der Senf gehörte zu den Kleinigkeiten, die Kurt bei anderen Paaren beneidet hatte, die wortlose Verständigung, Witze, die nur sie verstanden, und vielsagende Blicke. All das hatte er mit Davy gehabt, ohne es zu merken. Er hatte es für die beste Freundschaft seines Lebens gehalten, dabei war es viel eher einer Beziehung gleichgekommen. Vermutlich hatte Davy es genauso wenig bemerkt, weshalb der stürmische Sex sie beide so sehr aus der Bahn geworfen hatte. Keiner von ihnen war bereit gewesen, sich die Veränderungen zwischen ihnen einzugestehen. Wahrscheinlich hatte Davy bis zu diesem Abend noch nicht einmal etwas von Kurts Unsicherheit in Bezug auf seine Sexualität geahnt, was vielleicht einer der Gründe für ihren heftigen Streit war.

Hoffnung, echte Hoffnung, füllte plötzlich die Leere in ihm. Vielleicht hatte er doch noch eine Chance.

Simon bemerkte das breite Grinsen, das Gesichtsmuskeln beanspruchte, die Kurt seit Langem nicht mehr benutzt hatte.

„Was ist los?"

„Mir ist nur gerade etwas eingefallen. Etwas, das mich glauben lässt, dass Davy vielleicht auch Gefühle für mich hatte."

Simons Antwort war ein Schnauben. „Das weiß ich schon seit dem Abend, an dem Jen und ich euch getroffen haben. Ich war nur nicht sicher, ob du dasselbe empfindest. Aber Jen wusste es.","Sie wusste es?", fragte Kurt überrascht.

„Ich habe es erst nicht geglaubt, bis ich es dann von dir gehört habe. Obwohl ich sehen konnte, wie wohl du dich in seiner Nähe gefühlt hast. Jen war seit der Sache mit Tiffany ziemlich sicher." Simon sah sich um und sagte den Namen sehr leise, falls Tiffany sich in der Nähe befand.

Oh. Seltsamerweise wusste er seine Freundschaft mit Simon und Jen jetzt noch mehr zu schätzen, denn sie hatten ihn nie anders behandelt oder zu irgendetwas gedrängt und Jen hatte ihn an Mikes Geburtstag sogar vor dieser Frau gerettet.

Waren Frauen nicht oft mit schwulen Männern befreundet? Vielleicht hatte sie es sogar lange vor ihm geahnt – was seine Heimlichtuerei noch viel dümmer machte.

Zwei Wochen. In zwei Wochen würde er mit Davy reden. Vielleicht würde er Davy irgendwann einmal hierher mitbringen können. Oder zu einer der wilden Geburtstagsfeiern seiner Familie.

Er würde am Boden zerstört sein, wenn Davy ihn ablehnte, und trotzdem konnte er die aufkeimende Hoffnung nicht unterdrücken. Eigentlich wollte er es auch nicht. Der Gedanke an den Senf würde ihm durch die nächsten Tage helfen.

16

DIE BLINKENDEN roten Lichter blendeten Kurt. So war das nicht geplant gewesen. Die Trage wurde klappernd in den Krankenwagen gehoben und er keuchte. Am liebsten hätte er laut geschrien, konnte aber vor lauter Schmerzen kaum atmen.

„Vorsichtig!", fauchte Simon die Sanitäter an.

Kurts Augen tränten.

Simon kletterte zu ihm in den Krankenwagen und Kurt starrte zu ihm hoch. Sein Partner hatte die Gesichtsfarbe eines Zeichentrickgespensts und sein blaues Hemd war blutbespritzt. Ein metallischer Geruch mischte sich mit dem der Antiseptika.

„Halt durch, Kurt."

Er wollte antworten, doch seine Lunge und seine Stimmbänder versagten. Der Stich der Infusionsnadel überraschte ihn, weil er nicht damit gerechnet hatte, etwas anderes als die Schusswunde spüren zu können. Er wollte nicht sterben, hatte aber das Gefühl, eine Kanonenkugel hätte seine Brust durchschlagen.

„Es geht Ihnen bald wieder gut", sagte eine Sanitäterin in dem Versuch, ihn zu beruhigen. Kurt glaubte ihr nicht. Es ging ihm nicht gut. Vielleicht würde es ihm nie wieder gut gehen. Er ertrank langsam, aber sicher in einem Meer aus Schmerzen.

„Ssss …" Fuck.

Er stöhnte laut auf, als der Krankenwagen durch ein Schlagloch rollte.

„Meine Güte, geben Sie ihm doch was gegen die Schmerzen!" Simon klang gereizt und ängstlich, was Kurt verdammt erschreckte. Er streckte eine Hand aus, um an Simons Ärmel zu zupfen.

Simon fuhr zu ihm herum. „Ganz ruhig, Kumpel, alles wird gut."

Kurt öffnete den Mund und zupfte erneut an seinem Ärmel.

„Versuch lieber nicht zu reden."

Er atmete durch, so gut es ging.

„Ich habe deine Eltern angerufen. Sie kommen zum Krankenhaus."

Kurt bemühte sich, den Kopf zu schütteln, und ließ Simon nicht los. Hätte er doch nur sprechen können.

Simon beugte sich zu ihm hinunter. „Ich weiß nicht, was du mir sagen willst."

„Davy", brachte er schließlich flüsternd hervor. Er wollte ein letztes Mal Davy sehen.

„Davy. Ich rufe ihn an, versprochen. Aber jetzt beruhige dich erst mal, okay? Du musst durchhalten." Simons Hand auf seiner kam ihm glühend heiß vor. Was aber auch daran liegen konnte, dass Kurt furchtbar fror. Ein Schauer durchlief seinen Körper und Simon drückte seine Hand. Fühlte es sich so an, wenn man verblutete?

Dann plötzlich, als hätte er ins falsche Ende eines Fernglases geschaut, rückte Simon in immer weitere Ferne und die Welt um ihn herum verdunkelte sich.

KURT ZWINKERTE. Seine Augen brannten und fühlten sich verklebt an. Als er eine Hand hob, um sie sich zu reiben, bemerkte er die Nadel in seiner Hand. Er hing also schon wieder am Tropf. Allmählich wurde es zur schlechten Angewohnheit. Eine verschwommene Erinnerung an schreckliche Schmerzen kehrte zurück. Er zwinkerte ein zweites Mal. Das Atmen funktionierte problemlos und schmerzfrei. Wären da nicht der Tropf und die typisch langweiligen Deckenplatten des Krankenhauses gewesen, hätte er vermutet, gestorben zu sein. Er wunderte sich sehr darüber, dass er das nicht war.

Als er von der Kugel getroffen worden war, hatten sie eigentlich bereits die Gefahr für gebannt und alle Bandenmitglieder für verhaftet gehalten. Außerdem hatte Kurt eine kugelsichere Weste getragen, sodass es Simon anfangs überhaupt nicht aufgefallen war. Hoffentlich konnte er bald jemanden fragen, was schiefgegangen war.

Plötzlich bemerkte er, dass neben ihm ein leises Gespräch geführt wurde. Als er sich auf die Seite drehen wollte, zischte er leise. Fuck, da waren die Schmerzen ja wieder. Er lag kurz still und drehte dann vorsichtig den Kopf, was trotzdem noch ein leichtes Ziehen in seiner Brust zur Folge hatte.

Nicht weit von ihm standen seine Eltern und Simon. Das Zimmer war erstaunlich geräumig – vielleicht hatte sich das Personal an seine große Familie erinnert. Wo sich wohl der Rest von ihnen befand?

Schließlich bemerkte Simon Kurts Blick und informierte seine Mutter.

„Oh, Schatz, du hast uns solche Angst eingejagt – schon wieder. Wie geht es dir? Soll ich einen Arzt rufen?" Sie ließ sich auf einen Stuhl neben seinem Bett sinken und streichelte ihm die Wange.

„Ich sage jemandem Bescheid, dass er wieder wach ist", beschloss Simon. Beim Anblick seines schlecht sitzenden, mit dem Namen des Krankenhauses bedruckten T-Shirts erinnerte sich Kurt undeutlich an Simons verzweifelten Versuch, die Blutung zu stoppen, der seine Kleidung ziemlich in Mitleidenschaft gezogen hatte. Anscheinend war er noch nicht zu Hause gewesen, um sich umzuziehen.

Seine Mutter küsste Kurts Wange, während ihm sein Vater sanft den Arm tätschelte. „Ich bin froh, dass es dir besser geht, Junge."

„Wie spät ist es? Was ist heute für ein Tag?" Seine Stimme war heiser, aber hörbar. Gott, in diesem Krankenwagen hatte er sich so gefürchtet.

„Heute ist Mittwoch und es ist zehn Uhr morgens. Die anderen haben wir gestern Abend nach Hause geschickt, aber Simon und wir sind geblieben", antwortete sein Vater.

Nur ein Tag, falls er nicht doch eine ganze Woche bewusstlos gewesen war. Allerdings hätte Simon dann sicher Zeit gefunden, nach Hause zu fahren und sich frische Kleidung anzuziehen. Was Verletzungen anging, war Dienstag wohl sein Pechtag.

„Oh, Schatz." Seine Mutter presste ihr Gesicht an seinen Hals und begann zu weinen. „Sie mussten dich stundenlang operieren und die Fahrt hierher hättest du beinahe nicht überstanden. Schatz, das muss endlich aufhören. Noch öfter macht mein Herz das nicht mit."

Er spürte ihre nassen Tränen und hätte sie am liebsten umarmt, wollte aber keine neuen Schmerzen heraufbeschwören.

„Deirdre, Liebling, du durchnässt den armen Jungen ja." Sein Vater setzte sich neben seine Mutter und legte sowohl ihr als auch Kurt beruhigend eine Hand auf den Arm.

Schon bald kam Simon zurück. „Sie wollen gleich jemanden schicken. Verdammt, Kurt, es tut gut, dich wach zu sehen." Er blieb am Fußende des Bettes stehen.

„Was ist passiert?" Simon konnte ihm hoffentlich alles erklären, denn eigentlich waren sie tatsächlich nur als Verstärkung für den Notfall eingesetzt worden und hatten dem gefährlichsten Teil der Operation nicht beigewohnt.

„Willst du das jetzt wirklich hören?"

„Ja, bitte." Er würde sich wieder bei seinen Eltern auskurieren müssen. Verdammt.

„Was weißt du noch?"

Kurt dachte darüber nach. „Abgesehen von kurzen Abschnitten im Krankenwagen erinnere ich mich daran, dass die Operation erst ziemlich gut gelaufen ist. Es waren schon alle Verdächtigen verhaftet und wir wollten sie gerade abtransportieren. Und dann lag ich plötzlich auf dem Rücken und konnte nicht atmen." Der Himmel hatte so klar und blau ausgesehen.

„Tja, das stimmt alles. Leider ist ihnen jemand entwischt. Zwei von unseren Jungs haben ihn eingekreist und überwältigt, aber erst, als er bereits Schüsse auf sie abgegeben hatte. Und dabei wurdest du unglücklich von einer verirrten Kugel getroffen, die neben dem Schulterriemen in deine Brust eingedrungen ist." Simon schluckte schwer und hob den Blick zur Decke. „Gott, als ich mich umgedreht habe, lagst du auf dem Boden und alles war voller Blut. Im Krankenwagen ist deine Lunge kollabiert. Ich dachte … ich dachte, es wäre vorbei."

Von der Tür her war ein Keuchen zu hören. Alle wandten sich um und Kurt dachte kurz, er hätte Halluzinationen.

144

Davy. Dünner als bei ihrem letzten Zusammentreffen und blass. Geschwollene, rote Augen. Und unter der Oberfläche von Angst der zärtliche Gesichtsausdruck, von dem Kurt geträumt hatte.

„Ich sollte ihn anrufen." Daran erinnerte sich Kurt nicht und ihm war nicht klar, warum Simon so verärgert wirkte. Wenn sie dazu geführt hatte, Davy zu sehen, war eine Schussverletzung vielleicht gar nicht so übel.

„Davy. Schön, dass du es endlich geschafft hast." Oh, Simon war *wirklich* verärgert – so sarkastisch klang er selten. Seine Eltern standen auf und schienen zu überlegen, ob sie etwas unternehmen sollten, wie zum Beispiel diesen Fremden rauzuwerfen.

Davy lächelte unsicher, wandte den Blick aber nicht von Kurt ab. „Ich war mit meiner Schwester und ihrer Familie in Pickle Lake. Von da aus fährt man acht Stunden bis Thunder Bay, und als ich da gestern angekommen bin, hatte ich den letzten Flug verpasst."

„Pickle Lake? Oh, dann warst du wohl noch ziemlich schnell. Tut mir leid. Du hast nur am Telefon gesagt, du kommst sofort ..."

„Tja, ich bin in Panik geraten." Davy näherte sich dem Bett, blieb aber auf halbem Weg stehen. Er schien nicht sicher zu sein, ob man es ihm erlauben würde.

Als Kurt ihm die Hand entgegenstreckte, machte er einen weiteren Schritt auf ihn zu, war jedoch trotzdem noch zu weit entfernt. „Mom, kann Davy kurz deinen Stuhl haben?"

Sie warf Kurt einen langen, prüfenden Blick zu, bevor sie sich an Davy wandte: „Setzen Sie sich. Davy, richtig? Wir warten draußen auf den Rest der Bande. Und wenn sie hier sind, können sie Kurt Gesellschaft leisten, während wir uns ein bisschen unterhalten."

„Mom! Lass ihn in Ruhe."

„Aber er ist es, oder? Er ist der ..."

Davy verfolgte das Gespräch, als wohnte er einem Tennismatch bei.

„Mom, hör auf, bitte."

„Aber ich habe doch das Recht, den Mann kennenzulernen, in den mein kleiner Schatz verliebt ist."

Alle Anwesenden atmeten hörbar ein. Niemand konnte ihn so gut blamieren wie seine Mutter. Er hatte nicht vorgehabt, Davy gleich unter Druck zu setzen. Er wollte nur seine Gesellschaft genießen. Doch jetzt stand Davy wie erstarrt da und Kurt fürchtete, er würde aus dem Zimmer fliehen, bevor er eine Chance auf ein Gespräch mit ihm hatte.

„Komm mit, Deirdre, lass die Jungs reden." Sein Vater führte seine Mutter aus dem Zimmer und Simon folgte ihnen, drehte sich allerdings noch einmal um.

„Wenn du etwas brauchst, Kurt, ruf einfach."

„Ich komme schon zurecht", antwortete Kurt. Es sei denn, Davy lief tatsächlich weg. Dann brauchte er Simon, damit dieser ihn zurückbringen konnte.

Das Geräusch der sich schließenden Tür riss Davy aus seiner Starre. Plötzlich stürzte er an Kurts Seite und nahm seine Hand.

„Es … es …" Tränen tropften auf Kurts Handrücken. „Es tut mir so leid, Kurt." „Mir tut es auch leid."

Davy stand unruhig neben seinem Bett, zupfte an der Decke, tätschelte Kurt den Arm, streichelte seine Finger.

„Bitte setz dich."

Davy kam der Aufforderung nach und verschränkte seine Finger mit Kurts. „Wir müssen reden, aber jetzt ist wohl kein guter Zeitpunkt."

Plötzlich spürte Kurt eine Art Echo der erschreckenden, atemlosen Hilflosigkeit, die er im Krankenwagen erlebt hatte. Die Worte „wir müssen reden" waren nie ein gutes Zeichen. War Davy nur hier, weil Kurt in seinem kritischen Zustand darum gebeten hatte? Um dem Wunsch eines vielleicht sterbenden Mannes nachzukommen? Wie furchtbar. Als er Davy in der Tür gesehen hatte, war er voller Hoffnung gewesen. Doch Davy hatte noch nicht einmal Kurts Gefühle angesprochen, die seine Mutter so einfach ausgeplaudert hatte. Vielleicht waren sie ihm egal.

„Bitte sag es einfach. Ich will nicht warten. Wenn du nichts mehr mit mir zu tun haben willst, sag es jetzt. Dann habe ich es hinter mir." Kurt wich Davys Blick aus, da er das Mitleid darin nicht sehen wollte.

Der Herzmonitor piepte plötzlich schneller und Davy warf einen Blick darauf, bevor er Kurt musterte.

„Wir haben einiges zu bereden und in deinem Zustand ist das keine gute Idee. Aber ich kann dir versprechen, dass ich dich nicht aus meinem Leben verbannen möchte. Ich … ich möchte, dass du wieder mehr daran teilhast."

Kurt wagte es, Davy anzusehen. Anscheinend hatte er sich den liebevollen Blick bei Davys Ankunft nicht eingebildet, denn er war zurück. „Wirklich?"

„Ja. Natürlich nur, wenn du es auch willst."

Kurt nickte. „Unbedingt."

Davy beugte sich vor und küsste ihn. Seine Lippen waren so sanft und weich wie in Kurts Erinnerung und schienen ihm den fehlenden Teil seiner Seele zurückzubringen.

Irgendwann löste Davy sich von ihm und Kurt sagte: „Mehr."

Obwohl ihm Tränen übers Gesicht liefen, lachte Davy kopfschüttelnd. „Wenn es dir besser geht. Betrachte es als Motivation."

Kurts Augenlider fühlten sich schwer an.

„Ruh dich ein bisschen aus. Ich schätze, ich unterhalte mich dann mal mit deiner Mutter. Ich … ich kann kaum glauben, dass du ihr von mir erzählt hast."

„Na ja, *alles* habe ich ihr nicht erzählt."

„Oh, so ein Glück."

„Simon dagegen …"

146

Davy riss entsetzt die Augen auf. Kurt nickte und hätte gelacht, hätte er sich nicht so sehr vor den Schmerzen gefürchtet.

„Du hast ihm wirklich …? Warte mal, heißt das, du hast dich auch bei deinen Kollegen geoutet?"

Davy hatte recht: Sie mussten wirklich dringend reden. Wäre er doch nur nicht so verdammt müde gewesen …

„Ähm, ich lasse dich jetzt schlafen. Aber … was deine Mutter gesagt hat … stimmt es wirklich, dass du mich …"

Den Rest der Frage hörte Kurt nicht mehr.

ALS ER aufwachte, saß Davy wieder neben ihm – oder immer noch. Doch diesmal schlief er und hatte seinen Kopf auf eine Ecke von Kurts Krankenhauskissen – wie üblich platt wie ein Pfannkuchen – gelegt. Kurt musste lächeln, als ihm über den Desinfektionsmittelgeruch hinweg der Duft von Zitronengras in die Nase stieg. Er musste dringend mal wieder thailändisch essen – seit dem Streit mit Davy hatte er sich nicht dazu überwinden können. Kurt bewegte sich versuchsweise und stellte fest, dass die Schmerzen etwas nachgelassen hatten. Allerdings weckte er durch seine Unruhe Davy, der den Kopf hob und zärtlich auf Kurt herablächelte. Diese Grübchen waren so vertraut und luden dazu ein, darüberzulecken. Kurt hatte vor, diesem Drang schon bald nachzugeben.

„Wie geht es dir?"

„Ein bisschen besser." Vielleicht sogar mehr als nur ein bisschen, denn er konnte viel klarer denken – was sich allerdings wieder ändern konnte, wenn er neue Medikamente bekam. „Wie war das Gespräch mit meiner Mutter?"

„Eigentlich gut, aber ziemlich kurz. Sie hat mich nämlich nach Hause geschickt, weil sie fand, dass ich Schlaf brauchte. Und als ich wieder hergekommen bin, war es so spät, dass alle anderen schon gegangen waren."

„Haben sich meine Brüder einigermaßen gut benommen?"

„Ich bin keinem von ihnen begegnet. Sie müssen zwischen meinen Besuchen hier gewesen sein."

Kurt war ziemlich sicher, dass sie ihn besucht hatten, konnte sich aber ebenfalls nicht daran erinnern.

„Wie spät ist es?"

Davy schaute auf seine Armbanduhr. „Fast Mitternacht."

Mitternacht? Damit hatte er nicht gerechnet. Dem Krankenhauslicht hätte man es nicht angemerkt. „Ich bin ja froh, dass du hier bist, aber warum hat man es dir erlaubt?"

Davy errötete und senkte den Blick. „Deine Mutter hat behauptet, ich gehöre zur Familie."

Kurt war nicht sicher, warum Davy so verlegen war. Oder schuldbewusst. Vielleicht …

„Können wir jetzt reden? Meine Familie dürfte uns in nächster Zeit nicht unterbrechen."

„Darf ich dich erst küssen?"

Oh. Er spürte ein Kribbeln zwischen seinen Beinen. Obwohl es noch viel zu früh war, um über Sex auch nur nachzudenken, tat es gut zu wissen, dass alles noch funktionierte.

„Ja, bitte." Kurt konnte es kaum erwarten, mehr als nur das zu tun. Er hatte das Gefühl, schon ewig auf Davy zu warten. „Oh, Moment ... ich konnte mir schon ziemlich lange nicht mehr die Zähne putzen."

Davy lächelte. „Wir sind in einem Krankenhaus – da wollte ich dir sowieso nicht gleich die Zunge in den Hals stecken." Er beugte sich vor und ließ seine Lippen von Kurts Wange zu seinem Mund gleiten, wo er sanft an seinen Lippen knabberte.

Kurt erwiderte den Kuss, auch wenn er albernerweise enttäuscht war, dass Davy sich zurückhielt.

„Wenn ich rüberrutsche, legst du dich dann neben mich?"

„Ich will dir nicht wehtun."

„Bitte."

Ein paar schmerzhafte Sekunden später war es Kurt gelungen, auf der schmalen, unbequemen Matratze Platz für Davy zu schaffen. Davy legte die Arme um ihn und Kurt seufzte erleichtert.

„Also, rede mit mir", forderte er Davy auf.

„Wo soll ich anfangen? Ich bin zu einem Therapeuten gegangen, wie du es vorgeschlagen hast. Erst wollte ich nicht. Ich war verdammt sauer auf dich. Aber Jon hat mich schließlich doch dazu überredet. Ich ... ähm ... habe Jon auch alles erzählt."

Oh. Das würde seine nächste Begegnung mit Jon ziemlich interessant machen. „Und dann?"

„Tja, ich habe einiges über mich und meine Beziehung mit Ben herausgefunden. Und ich habe eingesehen, dass ich viel von meiner Verärgerung über Ben auf dich übertragen habe. Und obwohl du mir über eine schwere Zeit hinweggeholfen hast und ich dich mochte, war es ein etwas ... erniedrigendes Gefühl. Als wäre ich nicht in der Lage, allein zurechtzukommen. Ich kam mir mies vor, weil ich mich so kurz nach Bens Tod zu einem anderen Mann hingezogen fühlte – und dann auch noch einem heterosexuellen. Bis zu diesem Abend in meinem Haus wusste ich nicht, dass du mich auch mochtest. Und dann haben sich meine Wut und meine Lust vermischt ... und ich habe dich einfach furchtbar behandelt. Ich hoffe, du kannst mir verzeihen."

Kurt kuschelte sich dichter an Davys warmen, schlanken Körper und seufzte erneut. „Ich bin selbst schon darauf gekommen, dass wir beide nicht bereit für die ganze Sache waren. Ich, na ja, ich habe vor dir noch nie etwas für einen Mann empfunden. Ich war erst nicht sicher, ob es mehr als Freundschaft war – aber dann habe ich dich mit Andrew gesehen und bin so wütend geworden … Trotzdem bereue ich nicht, dass wir miteinander geschlafen haben. Auch wenn der Streit danach furchtbar war, war es der beste Sex meines Lebens. Was wohl vor allem damit zusammenhing, dass ich bereits in dich verliebt war – auch wenn ich mir das erst viel später eingestanden habe."

Während Kurt sprach, stützte Davy sich auf einen Ellbogen und sein Blick wurde immer ungläubiger.

„Oh Gott, jetzt fühle ich mich noch viel mieser. Du hast noch nie einen Mann gemocht? Und ich dachte, du verheimlichst es nur genauso verbissen wie Ben und deshalb hätte ich es in meinem eigenen Gefühlschaos nicht bemerkt. Deshalb war ich auch so wütend auf dich." Davy schloss die Augen. „Oh, Kurt, es tut mir so leid. Habe ich dir wehgetan?"

Kurt schnaubte. „Hast du nicht zugehört? Der *beste Sex meines Lebens*. Allerdings hätte ich auf das Drama und die Funkstille verzichten können."

Davy wurde rot wie ein Feuerwehrauto. „Entschuldige."

„Und der Tag, an dem du mir deine Untersuchungsergebnisse geschickt hast … war nicht gerade mein bester. Ich hatte überhaupt nicht darüber nachgedacht, ein Kondom zu benutzen."

„Dafür muss ich mich ebenfalls entschuldigen. Ich habe mich sehr dafür geschämt, dass ich es auch vergessen habe. Ben und ich haben monogam gelebt und deshalb seit Jahren keine benutzt. Aber ich hätte daran denken müssen, dich zu schützen."

Eigentlich hätte Kurt dieser Gedanke unangenehm sein sollen, doch mittlerweile war ihm klar, dass es in einer Beziehung ganz natürlich war, einander beschützen zu wollen.

„Diesen Umschlag aufzumachen, war ein ziemlicher Schock. Da ich nicht schwanger werden kann, hatte ich mir über so etwas ehrlich gesagt überhaupt keine Gedanken gemacht. Hätte ich dir auch meine Ergebnisse schicken sollen?" Vielleicht gehörte sich das ja.

Davy schüttelte den Kopf. „Bei deinem Beruf ist es doch sowieso Vorschrift, dass du dich regelmäßig testen lässt. Um mich habe ich mir keine Sorgen gemacht. Ich hätte wirklich anrufen oder wenigsten einen Brief schreiben sollen … aber ich habe mich nicht getraut. Ich war sicher, du würdest mich – und das, was zwischen uns passiert ist – hassen, sobald du zu Hause darüber nachgedacht hattest."

„Du hast dich geirrt: Ich liebe dich. Und es war wundervoll. Ich bereue nur, dass ich dich nicht berühren konnte … und schmecken." Kurt spürte, wie sich etwas gegen seine Seite presste und Davy rutschte ein wenig herum. Er grinste. Manche Signale waren ziemlich leicht zu verstehen, besonders wenn ihm der Schwanz seines Gegenübers als Barometer zur Verfügung stand. Dann musste er daran denken, wie er zuletzt mit einem anderen Mann geübt hatte, und errötete.

„Also, ähm, das alles läuft doch darauf hinaus, dass wir zusammen sein wollen, oder?"

Davy nickte.

„Ähm, tja, dann sollte ich dir auch ein paar Dinge erzählen, bevor wir irgendwelche Entscheidungen treffen."

Kurt verschwieg absolut nichts. Weder seine Depressionen und sein Alkoholproblem noch sein Coming-out und Ians Reaktion darauf oder die Sache mit Justin. Nachdem er alles erzählt hatte, betrachtete er Davys Gesicht und versuchte, seine Gedanken zu erraten.

„Sehe ich das richtig? Du hast dich wegen mir geoutet und mir jede Woche geschrieben, obwohl du keine Antwort bekommen hast. Du hast mir diese wunderschöne Rose geschenkt – die habe ich übrigens getrocknet und behalten. Zu wissen, dass du noch irgendwo da draußen warst und an mich gedacht hast, hat mir sehr dabei geholfen, meine Probleme zu verarbeiten. Du dachtest, ich wollte dich nie wiedersehen. Und jetzt glaubst du, deine paar Minuten Spaß mit einem fremden Mann könnten mich daran zweifeln lassen, dass ich dich liebe?"

„Na ja …" Kurt konnte kaum glauben, dass Davy ihm gerade seine Liebe gestanden hatte.

„Oh, Kurt. In deiner Situation hätten die meisten Männer jede Gelegenheit genutzt, ihre neue Freiheit zu genießen. Ich bin dankbar, dass du es nicht getan hast, aber Justin kann ich dir nun wirklich nicht vorwerfen."

Allmählich wurden ihm Davys Worte wirklich bewusst. Das hier passierte gerade tatsächlich. Die Schmerzen in seiner Brust kamen nicht gegen den überwältigenden Drang an, Davy zu küssen. Er legte ihm eine Hand in den Nacken und zog ihn zu sich herunter, küsste ihn voller Leidenschaft.

Davy stöhnte und schien vergessen zu haben, dass er im Krankenhaus nicht zu weit gehen wollte. Kurt seufzte zufrieden und liebkoste Davys Zunge mit seiner.

Als Davy sich nach einer Weile von ihm löste, atmeten sie beide schwer. „Gott, ich will dich."

„Aber nicht hier, oder?", fragte Kurt voller Bedauern.

Davy strich ihm lächelnd die Haare aus der Stirn. „Nein, nicht hier. Später, wenn wir zu Hause sind."

„Zu Hause?"

„Ich weiß, dass wir noch einiges besprechen müssen, aber … wenn man ganz ehrlich ist, haben wir die Kennenlernphase doch bereits hinter uns, auch wenn uns beiden nicht klar war, dass unsere Verabredungen mehr als nur freundschaftlich waren. Also wollte ich dich fragen, ob du zu mir ziehen willst. Ich möchte mich um dich kümmern und dir beim Gesundwerden helfen. Und später möchte ich für dich da sein, wenn du von einem langen Arbeitstag nach Hause kommst."

Zu Davy ziehen. Er hasste seine Wohnung schon seit Monaten, weil – jetzt konnte er es zugeben – Davy nicht dort war. Bei Davy hatte er sich dagegen von Anfang an wie zu Hause gefühlt. Immer dort zu sein war ein traumhafter Gedanke.

„Bist du sicher? Meine Arbeitszeiten sind ungewöhnlich und ziemlich lang. Und oft muss ich Pläne in letzter Minute absagen." Als Polizist gestalteten sich Beziehungen schwierig.

Davy lachte und küsste ihm die Stirn. „Danke, Kurt, aber das wusste ich schon."

Ach ja, natürlich wusste er das. Er hatte damit zehn Jahre Erfahrung.

„Aber da wäre etwas anderes ... ach, vergiss es."

„Was?" Kurt konnte keine Entscheidung treffen, bevor sie alle Zweifel beseitigt hatten.

„Vielleicht sollten wir das später besprechen." Davy verbarg sein Gesicht an Kurts Hals.

„Nein. Ich bin wach, du bist wach und wenn du dir Sorgen machst, möchte ich wissen, warum."

Davy schwieg so lange, dass Kurt schon glaubte, er wäre wieder eingeschlafen.

„Ich habe Angst", murmelte er schließlich gegen Kurts Hals. „Du hast dich jetzt zum zweiten Mal verletzt und wir wissen beide, dass du fast gestorben wärst."

Kurt drehte den Kopf, wobei er das Ziehen in seiner Brust ignorierte, um Davys Haare zu küssen, während er über seine Antwort nachdachte. „Ich weiß, wie schwer es ist, zu warten und sich zu sorgen. Deshalb ist bei Polizisten die Scheidungsquote so hoch. Aber ich bin kein großer Fan von Krankenhäusern und bemühe mich deshalb sehr, mich nicht zu verletzen. Vielleicht sollte ich die Gruppeneinsätze in Zukunft vermeiden. Bei der Mordkommission geht es wesentlich ruhiger zu."

„Es ist also nicht bei einem normalen Einsatz passiert?" Davy stützte sich wieder auf seinen Ellbogen, um auf ihn herunterzuschauen.

„Nein, diesmal nicht." Eigentlich waren seine Verletzungen auch eher zufällig gewesen – niemand hatte ihm persönlich nach dem Leben getrachtet.

„Dann ... dann mach das nicht mehr. Ich glaube ... ich glaube, mit dem Rest kann ich umgehen."

„Na gut. Ich rede mit meinem Chef." Er würde sich später noch Gedanken um seine berufliche Zukunft machen müssen. Obwohl er seine Arbeit liebte und gut darin war, wollte er nicht Teil dieser traurigen Scheidungsquote werden. Er wusste bereits, wie sich ein Leben ohne Davy anfühlte: einfach grauenhaft. Sie hatten beide ein bisschen Glück verdient und er würde dafür kämpfen. Wenn Davy auf Dauer wirklich nicht mit Kurts Beruf zurechtkam, würde er etwas anderes finden müssen.

„Und ja, ich mache es. Ich ziehe bei dir ein." Der Gedanke war kein bisschen erschreckend. Es fühlte sich gut an, richtig. Selbst der Verlust von Ians Freundschaft würde mit Davys Liebe leichter zu ertragen sein.

Davy lächelte mit der vollen Kraft seiner Grübchen und küsste ihn. Erst sanft, bis es plötzlich in wild und leidenschaftlich überging. Eine von Davys

Händen schob sich unter die Decke und glitt an Kurts – dank des schicken Krankenhauskittels nacktem – Bein hinauf. Das Ding hatte also auch seine Vorteile. Ohne nachzudenken, streckte er eine Hand aus, um sie zwischen Davys Beine zu schieben, und stöhnte … vor Schmerzen. Davy ließ sofort von ihm ab.

„Oh, Kurt, bitte entschuldige."

Kurt brach der Schweiß aus und sein Schwanz hatte leider das Interesse verloren.

„Nein, es ist ja nicht deine Schuld. Ich muss wohl warten, bis es mir besser geht."

Davy kuschelte sich wieder an ihn und küsste seine Schulter. Während seine Erregung nachließ, wurden seine Atemzüge immer ruhiger und ruhiger, bis er wieder eingeschlafen war.

Wärmer und zufriedener, als er es in den letzten Monaten je gewesen war, tat Kurt es ihm nach.

„He, Knirps, wach werden."

Kurt riss die Augen auf. „Was soll das, Mike?" Wie konnte er jemanden, der sich von einer Schussverletzung erholte, so unsanft wecken?

„Das ist also der berühmte Freund, Knirps?"

Davy lag noch immer warm und schlafend neben ihm. War es Mike jetzt doch nicht mehr so egal, wenn er seinen kleinen Bruder tatsächlich mit einem anderen Mann sah? Kurt hob, so gut er konnte, das Kinn. „Ja. Na und?"

„Meine Güte, was hat dich denn gebissen?" Kurts Magen knurrte. „Oh, ich verstehe. Wenn du Hunger hast, ist deine Laune immer unerträglich. Na ja, jedenfalls ist Mom auf dem Weg hierher. Und ich bezweifle, dass sie das als besonders förderlich für deine Genesung betrachtet." Mikes Finger zeigte erst auf ihn, dann auf Davy. „Und der Rest der Familie ist auch dabei."

Plötzlich verspannte sich Davy, der offenbar wach war und zumindest den letzten Teil gehört hatte. Durch die offene Tür drangen bereits die Stimmen seiner Familie herein. Davy setzte sich mit zerzaustem Haar auf und wirkte schuldbewusst, ängstlich und benommen. Am liebsten hätte Kurt ihn wieder an seine Seite gezogen, die sich jetzt kalt anfühlte, verzichtete aber darauf und hielt stattdessen nur Davys Hand fest. Nach einigen Sekunden gab Davy es auf, sie ihm wegziehen zu wollen.

Mike betrachtete ihn. „Wie heißt du, Kurts Freund?", fragte er, während Dylan und seine Schwestern gefolgt von seinen Eltern das Zimmer betraten. Plötzlich blieb die ganze Horde stehen und starrte auf Davy und ihre Hände.

„Davy", flüsterte Davy.

„Mike, lass ihn in Ruhe."

Mike warf Kurt einen kühlen Blick zu. „Er hat dich verletzt, Knirps. Er war nicht für dich da."

„Das mag ja sein, Mike, aber … du weißt nicht alles. Ich habe ihn ebenfalls verletzt. Aber wir haben alles geklärt und wir lieben uns. Ich ziehe bei ihm ein."

Die Frauen im Zimmer keuchten laut auf.

Mike musterte Davy, dann wieder Kurt. Kurt warf ebenfalls einen Blick auf Davy und schmolz beinahe dahin, als er das glückliche Lächeln sah, das seine Worte hervorgerufen hatten.

Plötzlich schob sich Erin an Mike vorbei, wobei sie ihm einen Klaps auf den Hinterkopf verpasste. „Hör auf, dich hier wie Kurts Vater aufzuspielen. Hi, ich bin Erin … Davy, richtig?"

Sie umarmte ihn und Davy wirkte gleichzeitig schockiert und erleichtert.

ALS IRGENDWANN die Schwester kam, um den Großteil seiner Besucher nach Hause zu schicken, hatte sich Davy schon einigermaßen an seine laute, chaotische und herzliche Familie gewöhnt. Der Gedanke, jetzt zu einer großen Familie zu gehören, schien ihn sogar zu freuen. Obwohl er seine Meinung vielleicht ändern würde, wenn er sich erst bei einer Feier in einem Raum mit der ganzen Familie samt Partnern und Kindern befand. Das war noch wesentlich überwältigender als nur seine engsten Angehörigen.

Nur dass Ian sich noch nicht einmal sehen ließ, machte ihn traurig, was er auch seiner Mutter mitteilte.

„Der beruhigt sich schon wieder. Er war hier, als du noch operiert wurdest, und hat sich eindeutig Sorgen gemacht. Ich weiß nicht, was in ihn gefahren ist, aber er wird darüber hinwegkommen."

„Ich bin nicht sicher, Mom. Meidet er euch denn auch?"

„Schwer zu sagen – euch Jüngste sehe ich sowieso ziemlich selten, weil ihr immer mit Partys, Verabredungen und der Arbeit beschäftigt seid."

Tja, bei ihm war es in letzter Zeit eigentlich nur die Arbeit gewesen.

„Aber dafür ist Dylan doch jetzt ruhiger, erst recht, wenn er bald verheiratet ist."

Seine Mutter warf ihm einen strengen Blick zu. „Von dir und Davy erwarte ich ebenfalls regelmäßige Besuche. Aber erst mal werden wir dir alle beim Umzug helfen. Schließlich wirst du selbst in nächster Zeit nichts Schweres tragen dürfen."

„Danke, Mom."

„Konzentrier dich einfach aufs Gesundwerden, Schatz."

Nachdem sich seine Familie zum Mittagessen verabschiedet hatte, blieb nur noch Davy an seiner Seite zurück. „Ich mag deine Familie."

„Sie mögen dich auch."

„Abgesehen von Ian."

Kurt runzelte die Stirn. „Meine Mutter denkt, er beruhigt sich wieder."

„Aber du glaubst es nicht?"

Tat er es? Auch wenn es ihm schwerfiel zu glauben, dass Ian so einfach auf ihre Freundschaft verzichten wollte, hatte er schon viel schlimmere Geschichten gehört. „Ich bin nicht sicher. Wohl eher nicht."

„Es tut mir leid. Es kommt mir vor, als wäre das alles meine Schuld."

„Nein, das ist es nicht. Und ich bereue kein bisschen, dass wir uns gefunden haben. Ich liebe dich."

„Ich liebe dich auch. Aber du siehst müde aus. Ich sollte dich jetzt ein bisschen schlafen lassen und zu Hause schon mal alles für dich vorbereiten." Davy küsste ihn flüchtig und warf Kurt einen gespielt bösen Blick zu, als dieser versuchte, etwas Leidenschaftlicheres daraus zu machen. „He, du sollst schlafen."

„Sonst …?", fragte Kurt mit verführerischer Stimme.

Davy betrachtete ihn mit hungrigem Blick. „Mir würde da so einiges einfallen. Aber leider wirst du dazu erst wieder gesund werden müssen. Also, streng dich an."

Kurt hätte niemals gedacht, dass es ihm gefallen würde, jemand anderen beim Sex die Kontrolle übernehmen zu lassen. Und bevor er es erlebt hatte, hätte er es nie von seinem Freund … Geliebten … Partner erwartet. Doch jetzt liebte er es. Und er liebte Davy. Lächelnd ließ er den Blick auf dem beeindruckenden Hintern ruhen, den er hoffentlich bald anfassen konnte, bis er aus seinem Blickfeld verschwunden war.

Noch vor einem Jahr war es Kurt so schlecht gegangen wie nie zuvor. Doch ohne diese furchtbare, furchtbare Zeit hätte er nie so viel Glück und so viel Liebe gefunden.

EPILOG

SIMON STRECKTE sich, bis er mit den Fingern beinahe die Zimmerdecke berührte. Er hatte nur ein paar kleine Farbspritzer abbekommen, während Jon, Rick und Davy ziemlich bunt aussahen. „Ich gehe uns ein paar Pizzas holen. Bin bald wieder da."„Weichei", sagte Kurt von seinem gemütlichen Platz auf der Couch.

Simon zog eine Augenbraue hoch. „Du kannst froh sein, dass du dich noch erholen musst, sonst dürftest du das jetzt alles selber streichen." Er warf Kurt einen nassen Lappen an den Kopf.

Davy lachte und ließ sich neben Kurt nieder. „Ich glaube, wir haben uns alle eine kleine Pause verdient. Wir haben hart gearbeitet."

„Ich auch. Ich musste alles beaufsichtigen." Kurt grinste Davy zu. Nachdem er das Krankenhaus hatte verlassen dürfen, war er gleich hier eingezogen und schon nach ein paar Wochen fühlten sie sich wieder so wohl miteinander, als wären sie nie getrennt gewesen, als hätten sie schon immer zusammengewohnt. Einiges hatte sich natürlich geändert: Kurt begleitete Davy jetzt alle zwei Wochen zu Bens Mutter, er hatte seine Mitgliedschaft im Fitnessstudio gekündigt und Sandra erzählte dem kleinen Oliver von seinem Onkel Kurt.

Aber das Beste waren die vielen Blowjobs, die neuerdings einen Teil seines Lebens darstellten. Gott, sie waren einfach unglaublich. Er hatte ziemlich schnell herausgefunden, dass Geben dabei fast noch schöner war als Nehmen. Davy hilflos vor Lust zu sehen, war wundervoller und befriedigender als alles, was er je erlebt hatte.

Weshalb er plante, ihre Freunde so bald wie möglich loszuwerden. Kurts Arzt hatte am Vortag endlich auch seine Erlaubnis für größere Anstrengungen gegeben – sie hatten beide ungeduldig darauf gewartet, endlich einen Schritt weitergehen zu können –, doch Kurt hatte Davy mit dieser Nachricht überraschen wollen und dieser hatte gestern Überstunden machen müssen. Die Anstreich-Party abzusagen, wäre unhöflich gewesen und jetzt brannte Kurt darauf, seinen Mann endlich für sich allein zu haben. Jedes Mal, wenn Davy sich bewegte, reagierte mittlerweile Kurts Schwanz.

„Und du machst das sehr gut", lobte Davy und streichelte ihm über den Oberschenkel. Kurt keuchte leise. Bei dieser Berührung in Kombination mit der Erinnerung daran, wie er Davy letzte Nacht einen geblasen hatte, war Kurt ziemlich froh, dass er gerade saß. Er musste aufhören, an Sex zu denken, solange ihre Freunde noch bei ihnen waren.

„Du musst nicht auch noch ständig damit angeben", schmollte Rick.

„Angeben?"

„Wir wissen alle, dass du den großen, starken Detective um den Finger gewickelt und auf unsere Seite gebracht hast. Wir haben's ja verstanden. Also lass endlich die Finger von ihm und hör auf, uns alle eifersüchtig zu machen."

„Ich bin nicht eifersüchtig", sagte Simon grinsend.

„Wenn du meinst …", neckte Rick.

„Tja, das ist wohl der richtige Moment, um zu verschwinden." Simon schnappte sich seine Schlüssel und verließ das Zimmer.

„Aber, um mal wieder ernst zu werden, bis jetzt sieht alles richtig gut aus." Kurt war es wichtig gewesen, das Haus zu renovieren. Nicht unbedingt, um Erinnerungen an Ben auszulöschen – viel hatte ohnehin nicht auf seinen persönlichen Geschmack hingewiesen –, sondern um es wirklich zu *ihrem* Haus zu machen. Davy hatte sich mit unerwartet großer Begeisterung auf die Baumärkte gestürzt, und bald würde der Rest des Hauses so farbenfroh sein wie dieser Raum. Nur das Schlafzimmer würde weiß bleiben, allerdings hatte Davy dafür schon einige Aquarellbilder ausgesucht. Je weiter die Renovierungsarbeiten fortschritten, desto mehr blühte Davy auf. Kurt zog ihn an sich und küsste ihn, was dazu führte, dass Davy bald auf seinem Schoß saß und Jon und Rick sich noch lauter beschwerten.

Eigentlich war Kurt nicht exhibitionistisch veranlagt, aber Davys Freunde zu ärgern, war ziemlich lustig. Das schlechte Gewissen, das er deswegen eigentlich hätte haben sollen, hielt sich in Grenzen.

Plötzlich klingelte es an der Tür.

„Nein, nein, bleibt ruhig sitzen, ich geh schon", sagte Jon augenrollend. Davy erhob sich von Kurts Schoß, woraufhin Rick einen Blick zwischen Kurts Beine warf und erneut schmollte.

„He, hör auf, meinen Mann anzustarren", befahl Davy streng.

„Ich wusste nicht, dass dein Bruder zum Helfen kommen wollte", rief Jon aus dem Flur.

Kurt und Davy sahen einander verwirrt an. Seltsam. Dann musste Mikes Geschäftsreise ausgefallen sein – Dylan würde sich garantiert nicht einen ganzen Samstag von seiner Hochzeitsplanung loseisen, nur um bei ihnen zu streichen.

Doch der Bruder, der Jon ins Wohnzimmer folgte, war Ian. Er sah Kurt mit einem beinahe flehenden Blick an, den Kurt nicht verstand. Ian hatte ihn seit Monaten gemieden. Trotz der Versicherungen seiner Mutter, Ian habe ihn im Krankenhaus besucht und werde sich deshalb sicher wieder beruhigen, war es Kurt schwergefallen, ihr zu glauben. Das tat es auch jetzt noch.

„Was willst du hier?" Kurt stand auf und ging ein paar Schritte auf ihn zu.

Davy stellte sich neben ihn, leistete stummen Beistand. Außer Simon wussten ihre Freunde nichts von dem Vorfall mit Ian und hatten bisher auch noch keinen von Kurts Brüdern kennengelernt – obwohl Kurt vorhatte, sie demnächst zu Erins Geburtstagsfeier einzuladen.

„Oh mein Gott, Kurt! *Das* ist einer deiner Brüder?" Ricks Stimme senkte sich zu diesem Tonfall, den Kurt gedanklich seine „Nimm mich"-Stimme nannte. „Bitte sag mir, dass er auch schwul ist."

„Er ist hetero", antworteten Kurt und Davy wie aus einem Munde.

„Das bin ich nicht", widersprach Ian.

Kurt nahm undeutlich wahr, dass Rick irgendwo im Hintergrund ein glückliches Quietschen von sich gab, konnte den Blick aber nicht von seinem Bruder abwenden.

Da ihm im Augenblick die Worte fehlten, packte er Ian am Arm und führte ihn die Kellertreppe hinunter. Sie mussten unter vier Augen reden und er wollte Ian nicht ihr Schlafzimmer, ihre Zufluchtsstätte, betreten lassen – vor allem, weil dieses Gespräch durchaus schlecht ausgehen konnte.

„Oh mein Gott, Kurt." Ian sah sich staunend in Davys riesigem Heim-Fitnessstudio um. „Das ist ja unglaublich."

Ja, das fand Kurt auch. Er hatte sogar schon Träume – und zwar ziemlich feuchte – von diesem Raum gehabt, in denen Davy und er die Geräte nach dem Training für andere schweißtreibende Aktivitäten nutzten.

„Lenk nicht ab. Was ist los?"

Ian schaute ihn an, schwieg aber.

„Ernsthaft, Ian, was hast du vorhin gemeint?" Kurt hatte noch nie das Bedürfnis verspürt, einem seiner Brüder ernsthaft wehzutun, doch wenn es so weiterging, würde es nicht mehr lange dauern. Schließlich hatte Ian ihn ebenfalls verletzt. Und zwar sehr.

Ian strich sich nervös die Haare aus dem Gesicht und begann, im Raum auf und ab zu gehen.

„Ich … ich bin auch schwul."

Kurt runzelte die Stirn. Eigentlich hätte er so positiv reagieren sollen, wie der Rest seiner Familie es bei ihm getan hatte. Aber was, wenn das alles nur ein übler Scherz war?

„Und was ist dann mit den ganzen Mädchen? Den Stripperinnen?"

„Ich könnte dich dasselbe fragen. Du hattest doch auch Freundinnen", antwortete Ian in einem ähnlich vorwurfsvollen Ton und warf ihm einen finsteren Blick zu.

„Heißt das, du hast es jetzt erst gemerkt?"

Ian schaute auf den Boden. „Nein. Ich weiß es schon länger. Seit Jahren. Mit den Frauen wollte ich es nur verheimlichen."

„Seit Jahren? Meinst du das ernst? Das soll ich dir alles glauben?"

„Ich hatte Angst. Ich dachte, ich würde euch alle verlieren. Also habe ich es verschwiegen. Und als du mir das von dir erzählt hast, so selbstbewusst und offen, dachte ich, du hättest es irgendwie rausgefunden und wolltest dich über mich lustig machen. Und als dann klar wurde, dass du es ernst meintest und alle es problemlos hinnahmen ... war ich wütend." Ian wich seinem Blick aus, stand mit hängenden Schultern niedergeschlagen da.

Kurts Wut verflog. Er erinnerte sich an die qualvollen Monate, in denen er seine Sexualität verheimlicht hatte. Wäre da nicht Davy gewesen ... seine Liebe zu Davy ... hätte er vielleicht auch nicht den Mut gefunden, sich zu outen. Und bei Ian waren es Jahre gewesen. Gott, *Jahre.*

„Komm her." Kurt breitete die Arme aus und Ian kam ihm mit einem unterdrückten Schluchzer entgegen. Während sie sich so umarmten, schien es Kurt, als wäre sein Leben endlich perfekt.

Am Ende saßen sie auf einer der gepolsterten Plastikbänke und redeten.

„Wirst du es allen sagen?" Er wollte Ian zu nichts drängen, wollte ihm aber klarmachen, wie gut es tat, offen zu sein.

„Ja. Das viele Lügen hat mich echt fertiggemacht. Ich kann immer noch nicht glauben, dass du dich getraut hast, es bei deiner eigenen Geburtstagsfeier zu sagen."

„Na ja, ich hatte den richtigen Anreiz: Hast du meinen Freund gesehen?", fragte Kurt, um die Stimmung ein bisschen aufzulockern.

Ian lächelte und rieb sich die Augen. „Der niedliche Blonde?"

Rick? Ernsthaft? „Hast du einen Freund?"

„Nein, ich hatte nur viele One-Night-Stands."

„Dann komm mit hoch und ich stelle dir Rick vor."

„Rick?"

„Der niedliche Blonde. Mein Davy ist der Große mit den dunklen Haaren." Beinahe hätte er die Worte „geil" oder „scharf" in seine Beschreibung eingeflochten. Rick hatte eindeutig einen schlechten Einfluss auf ihn.

„Okay. Und ich würde gern bleiben und helfen, wenn du nichts dagegen hast."

Kurt stellte Ian allen vor und dann aßen sie die Pizza, die Simon mittlerweile gebracht hatte. Anschließend wurden sie Zeuge, wie Ian und Rick sich umkreisten wie ... tja, es fiel Kurt schwer, einen Vergleich zu finden. Es war ein bisschen wie ein Balztanz, bei dem die Beteiligten abwechselnd ihr prachtvolles Gefieder zur Schau stellten und ihre Hörner aneinanderstießen. Trotz des vielen Testosterons waren bald alle Wände gestrichen, auch wenn Ian und Rick irgendwann heimlich verschwunden waren.

DAS ROTE Licht des Sonnenuntergangs fiel auf die weißen Tücher, die außer im Schlafzimmer alle Möbel bedeckten. Sie waren endlich allein ... und Kurt war etwas nervös.

„Ich wollte kurz duschen." Davy küsste Kurts Schläfe. „Willst du mitkommen?" Gemeinsame Duschen waren ein weiterer Genuss, den er in seiner Zeit mit Davy entdeckt hatte. Obwohl er nicht sicher war, ob er danach noch die

Energie für seine großen Pläne haben würde, konnte er der Verlockung eines nassen, nackten Davy nicht widerstehen.

Kurt streckte die Hand aus und ließ sich von Davy ins Badezimmer führen.

DAS WASSER war warm, doch Davys Hände, die ihn sanft einseiften, waren verdammt heiß. Sie küssten sich unter dem herabströmenden Wasser, das ihre sich berührenden Münder umspülte. Davys Zunge schob sich tief in Kurts Mund und erkundete ihn, wie es hoffentlich später sein Schwanz mit Kurts Körper tun würde. Während Davy sich von seinem Mund löste, um Wasser von seinen Schultern und seinem Hals zu lecken, ließ Kurt seine Hände neckend und forschend über Davys ganzen Körper gleiten, ohne lange zu verweilen. Nachdem er jeden Zentimeter von Davy eingeseift hatte, widmete er sich Davys langem, schlankem Schwanz. In seiner Hand fühlte er sich genauso gut an wie in seinem Mund, aber er war ziemlich sicher, dass er sich auch jetzt noch am besten anfühlen würde, wenn Davy es ihm damit besorgte.

Bald würde er es herausfinden.

Davy revanchierte sich, streichelte mit der einen Hand Kurts Erektion und spielte mit seinem feuchten Schamhaar, während die andere erst sanft seine Hoden und dann die Stelle direkt dahinter massierte. Bald ließ die andere Hand seinen Schwanz los und wanderte über seine Hüfte zu seinem Hintern. Kurt schob sich Davy entgegen, rieb sich an seinem Bauch.

Seine Hände, die sich jetzt an Davys Hüften klammerten, glitten ebenfalls um Davy herum und legten sich auf seinen Hintern. Er fühlte sich so perfekt an, feste Muskeln und feine Härchen, ganz anders als bei einer Frau.

„Ja, weiter so, mein heißer, heißer Mann. Ich liebe es, dich verrückt zu machen. Willst du meinen Schwanz lutschen? Bis zum letzten Tropfen alles aus mir raussaugen?"

Kurt wusste nicht, wie es Davy in so einer Situation gelang, zusammenhängende Sätze zu bilden, doch er hatte sich mittlerweile daran gewöhnt. Jedes Mal, wenn sie Sex hatten, gaben diese weichen, hübschen Lippen plötzlich verdorbene, verführerische Worte von sich, die Kurts Schwanz zum Zucken und Tropfen brachten.

Trotzdem – wenn der Abend so enden sollte, wie Kurt es sich vorgestellt hatte, würde er die Konzentration und den Mut aufbringen müssen, etwas zu sagen.

„Ich will, dass du mich fickst."

Davys Finger kamen zum Stillstand. „Was?"

„Der Arzt hat mir seine Erlaubnis für … äh … anstrengendere Aktivitäten gegeben."

Davy gab ein heiseres Stöhnen von sich und seine Hüften zuckten. „Mein Gott, Kurt. Ich wäre fast gekommen. Willst du das wirklich?" Seine Hände massierten Kurts Hintern.

Kurt löste sich ein Stück von ihm, um seine Hände an Davys Wangen zu legen und ihm in die lusterfüllten Augen zu sehen. „Ich träume jede Nacht davon." Davy starrte ihn kurz mit offenem Mund an, bevor er sich wieder fing.

„Dann solltest du deinen Arsch lieber ins Schlafzimmer bewegen", befahl er und unterstrich die Worte mit einem Klaps auf Kurts Hintern, der durchs Badezimmer hallte.

„Fuuuck", stöhnte Kurt. Das leichte Brennen verursachte ihm weiche Knie.

Er streckte einen Arm an Davy vorbei, um das Wasser abzudrehen. Kaum waren sie abgetrocknet, stürzte Kurt mit Davy auf den Fersen ins Schlafzimmer. Als er sich auf die Matratze warf, spürte er nur ein leichtes Ziehen in der Schulter. Davy krabbelte zu ihm aufs Bett und küsste ihn stürmisch, stieß seine Zunge in Kurts Mund, als wollte er nachahmen, was noch kommen sollte.

Kurt stöhnte. Er liebte es, wenn Davy die Führung übernahm. Als könnte er seine Gedanken lesen, presste Davy Kurts Hände rechts und links von seinem Kopf auf die Matratze und hielt sie dort fest. Dann schob er die Hüften vor, sodass sein Schwanz zwischen Kurts Hinterbacken rutschte und seinen Eingang streifte.

Kurt stöhnte noch lauter und spreizte seine Beine weiter, lud Davy dazu ein, es endlich zu tun. Davy knurrte in seinen Mund, bevor er sich von Kurt losriss, um hektisch im Nachttisch nach dem Gleitgel zu suchen.

Als er die Flasche gefunden hatte, zögerte er.

„Kondom?"

„Hattest du seit mir andere?", keuchte Kurt.

„Natürlich nicht."

„Dann los, mach es endlich."

Davy träufelte sich das Gel auf die Finger und schob sofort zwei davon in Kurt. Dieser bäumte sich auf. Es brannte, da er noch nicht viel Erfahrung mit der ganzen Sache hatte, doch der leichte Schmerz war unerheblich, weil es sich gleichzeitig so verdammt gut anfühlte, erst recht, als Davys Fingerspitzen seine Prostata fanden.

„Oh Gott, ja!"

„Du bist so heiß", flüsterte Davy. „Und eng. So verdammt eng." Er beugte sich vor und saugte eins von Kurts Eiern in seinen Mund. Kurt schrie auf und verkrallte seine Finger in Davys nassem Haar.

Davy nahm einen weiteren Finger hinzu. „Weiter so, entspann dich. Zeig mir, wie sehr du mich willst."

Davys gesenkte Stimme ließ seine Hoden vibrieren, brachte ihn dem Orgasmus immer näher.

„Bitte beeil dich."

Davy leckte sich die Lippen und zog seine Finger zurück. Kurt konnte nicht anders, als jeden Muskel anzuspannen, um zu versuchen, diese magischen Finger in sich zu behalten, obwohl er doch wusste, dass sich Davys Schwanz noch besser anfühlen würde. Diesen beträufelte Davy jetzt ebenfalls mit Gel und verteilte es ausgiebig darauf, ließ Kurt den Anblick genießen.

Schließlich beugte er sich über Kurt und griff wieder nach seinen Handgelenken, als würde er Kurt dort festhalten, auch wenn ihnen beiden klar war, dass Kurt sich jederzeit problemlos hätte befreien können. Aber das wollte er nicht. Am liebsten hätte er für den Rest seines Lebens so dort gelegen und in Davys gefährlich verführerisches Gesicht hinaufgeschaut.

Endlich berührte ihn Davys Schwanz und Kurt schob sich ihm entgegen, doch Davy wich grinsend zurück. Kurt wand sich auf dem Bett und gab verzweifelte Laute von sich.

„Oh ja, du sehnst dich wirklich danach."

„Nach dir." Kurts Stimme hatte zum letzten Mal so atemlos geklungen, als sie zum ersten Mal Sex gehabt hatten.

Davy senkte den Kopf, um an Kurts Brustwarze zu saugen, während er in einer fließenden Bewegung in Kurt eindrang. Beides zusammen war beinahe zu viel für Kurt. Er krallte sich in den Laken fest und bog den Rücken durch.

Davy zog sich so langsam aus ihm zurück, dass Kurt hätte schwören können, jedes winzige Äderchen zu spüren. Dann kam der nächste Stoß, der zielsicher Kurts Prostata traf. Kurt schrie auf.

Während Davy sich der anderen Brustwarze widmete, konnte Kurt sich kaum auf etwas anderes konzentrieren als Davys quälend langsame Stöße. Mehr. Er brauchte mehr.

„Davy, oh, Davy."

„Ich liebe es, wie du mich allein mit meinem Namen so anflehst." Davy ließ seine Handgelenke los, doch noch bevor Kurt endlich eine Hand um seinen Schwanz legen konnte, schob ihm Davy die Knie dichter an die Brust und befahl: „Halt sie fest."

Kaum war Kurt der Aufforderung nachgekommen, stieß Davy immer schneller und heftiger zu.

„Davy, bitte." Er musste einfach kommen. Musste einfach Davy in sich kommen fühlen.

Davy legte eine Hand um Kurts beinahe schmerzhaft steifen Schwanz und bewegte sie zügig auf und ab.

Ein langes, lautes Stöhnen brach aus Kurt hervor, schien sich tief aus seiner Seele zu lösen, als er auf seinen eigenen Bauch kam.

Davy verzog das Gesicht und bewegte sich weiter, hielt sich zurück, bis Kurt ein letztes Mal erbebte und still lag. Dann schob er sich hinein, so weit er konnte, und zuckte einmal heftig zusammen, als er stumm zum Höhepunkt kam. Der Anblick seiner schweißüberströmten, leicht geröteten Haut und das Gefühl der warmen Flüssigkeit, die sich in ihn ergoss, brachten Kurts Schwanz ein letztes Mal zum Zucken.

Kurt zog Davy, der sich noch in ihm befand, auf seine Brust herunter und kuschelte sich an ihn. Das war einer der besten Teile ihrer Beziehung: mit Davy in seinen Armen einschlafen zu können.

„Lieb dich." Kurt küsste Davy.

Davy nahm Kurts Hand und legte seine Lippen auf das Ende der langen Narbe, bevor er den Kopf senkte und auch die frische Narbe auf Kurts Brust küsste. „Ich liebe dich auch."

Ja, die Narben auf seinem Körper waren Meilensteine ihrer Beziehung, die er für immer behalten würde. Kurt hatte sein Glück durch Schmerz, Trauer und Verzweiflung gefunden. Doch mit Davy als Belohnung hätte er es jederzeit wieder durchlebt.

VERTRAU MIR, BULLE

Das hier ist für alle, die nicht perfekt sind.

DANKSAGUNG

Wie immer bedanke ich mich bei meinen großartigen Unterstützern Alex, Dottie und Chudney. Und ganz besonders bei Dolorianne, die hierbei meine Rettung war.

Außerdem danke ich dem Canadian Identity Theft Support Centre, vor allem Heather, die mir hilfsbereit meine Fragen beantwortet hat. Sollte trotzdem etwas nicht stimmen, ist es allein meine Schuld.

1

DETECTIVE IVAN Bekker betrat humpelnd das Polizeirevier. Die Zusammenarbeit der beiden Abteilungen war von Anfang an ein völliges Desaster gewesen. Ivans Vorgesetzter im Drogendezernat und der Leiter der für organisierte Kriminalität zuständigen Abteilung gerieten ständig aneinander. Erstaunlicherweise war es ihnen dennoch gelungen, bereits mehrere Hauptakteure des von der Russenmafia ins Leben gerufenen Drogenrings dingfest zu machen. Allerdings war es beim letzten Einsatz anstelle der vorgesehenen problemlosen Festnahme zu einer wilden Schießerei zwischen den Lagerhallen gekommen.

Glücklicherweise hatte es auf ihrer Seite trotz Schusswunden und anderer Verletzungen keine Toten gegeben.

Noch nicht.

Ivans Blick wanderte an seinen Kollegen vorbei, die an ihren Computern arbeiteten, telefonierten oder schrieben, und blieb an dem leeren Schreibtisch bei Inspector Nadars Bürotür hängen. Kurt, ein Freund, war blutüberströmt in einen Krankenwagen geladen und von seinem Partner Simon begleitet abtransportiert worden. Einer ihrer eigenen Männer war schwer verletzt und es gab noch keine Informationen über seinen Zustand. Es war unfair. Kurt und Simon gehörten eigentlich zur Mordkommission und waren lediglich als Verstärkung am Einsatz beteiligt gewesen, doch Kurt war von einer verirrten Kugel getroffen worden.

Er stapfte in den Umkleideraum und entledigte sich seiner Schutzausrüstung. Bevor er auch die blutbespritzte Kleidung darunter ausziehen konnte, stürmte jedoch Inspector Sergio Martelli, der Leiter des Drogendezernats, in den Raum.

„Bekker, in mein Büro. Sofort."

Sein ohnehin oft schroffer Chef klang ernsthaft verärgert. Großartig. Das hatte Ivan gerade noch gefehlt. Dabei wünschte er sich doch nur eine warme Dusche und die Gelegenheit, zum Krankenhaus zu fahren und nach Kurt zu sehen. Seit Kurts ehemaliger Partner Ben vor fast einem Jahr bei einem Einsatz ums Leben gekommen war, hatte Kurt Ivans Aufmerksamkeit erregt. Er hatte sich nicht direkt von ihm angezogen gefühlt, doch ihm war eine Veränderung aufgefallen. Vor einigen Wochen hatte Kurt ihn schließlich zu einem Bier eingeladen und Ivan gestanden, dass er schwul sei. Wie die meisten schwulen Polizisten plante Kurt, diese Tatsache für sich zu behalten. Ivan, der selbst offen dazu stand, stellte die große Ausnahme dar.

Obwohl es ihnen vor dem heutigen Fiasko nur drei Mal gelungen war, sich zum Essen oder zu einem Bier zu treffen, betrachtete Ivan den Mann als Freund. Der jetzt verdammt noch mal nicht einfach sterben konnte.

Ivan warf einen wehmütigen Blick auf die Duschen und zupfte an seinem feuchten, blutigen T-Shirt.

„Sofort, Bekker!" Die Stimme seines Chefs hallte durch den Raum wie die eines Feldwebels – mit dem er von allen verglichen wurde. Wie man hörte, hatten Martellis Kollegen in der Polizeischule nicht lange gebraucht, um seinen Vornamen Sergio erst in Serge und dann in Sarge zu ändern, als wäre er wirklich Feldwebel. Mittlerweile hielten die meisten Leute die Bezeichnung für seinen tatsächlichen Dienstgrad und Martelli schien das Wortspiel zu gefallen.

Ivan schlug seinen Spind zu und stapfte zum Büro seines Chefs. Wenn das Blut Martellis Besucherstühle ruinierte, war es nicht sein Problem.

Im Flur war von Martelli nichts zu sehen. Offenbar hatte seine dröhnende Stimme den gesamten Weg vom Büro zur Umkleide zurückgelegt. Ivans Schritte verlangsamten sich, während in seinem Innern Wut gegen Erschöpfung ankämpfte.

Die anderen Beamten im Flur machten einen großen Bogen um ihn, was Ivan ihnen nicht vorwerfen konnte – vermutlich sah er aus wie aus einem Horrorfilm entflohen. Genau genommen sah er mit seinem dunkelblonden Haar und den von seiner Mutter geerbten slawischen Gesichtszügen dem russischen Gangster, den er an diesem Tag erschossen hatte, verdammt ähnlich. Ivan war noch immer mit seinem Blut beschmiert. Man gewann nicht, indem man jemanden tötete. Noch inmitten des Kugelhagels war Ivan hinübergestürzt und hatte sich bemüht, den Mann zu retten. Es war ihm nicht gelungen. Während sich die meisten anderen Verbrecher auf dem Weg ins Gefängnis befanden – einige würde man sicher ausweisen –, befand sich Ivans Widersacher auf dem Weg zur Leichenhalle. Als die Sanitäter eingetroffen waren, hatten sie herausgefunden, dass der Name des jungen Mannes Dmitri war. Ivan hatte gehört, man könne seinen ersten Toten niemals vergessen. Jetzt wusste er, warum.

Ohne zu klopfen oder ein Wort zu sagen, stolzierte Ivan in Martellis Büro und ließ sich auf den rechten der blauen Stühle fallen. Martelli hätte es verdient gehabt, das verdammte Ding anschließend neu beziehen lassen zu müssen.

Martelli, der gerade in einen Bericht vertieft war, schien ihn nicht zu bemerken.

Ivan rutschte auf seinem Stuhl herum. Er hätte schon lange geduscht haben können.

Irgendwann ließen sich Verärgerung und Ungeduld nicht länger unterdrücken. „Was zum Teufel ist so dringend, Sarge, dass ich mich nicht erst umziehen konnte?"

„Schließen Sie die Tür, Bekker."

Seine Wangen und sein Hals glühten. Ob man tatsächlich vor Wut kochen konnte? Dann stand Ivan nämlich kurz davor. Er stand auf und schlug die Tür mit einem so lauten Knall zu, dass er noch nachhallte, als er bereits wieder saß.

Martelli zog eine graue Augenbraue hoch und starrte ihn an. „Musste das sein?"

Ivan erwiderte den Blick, ohne zu antworten. Im Zweifelsfall schwieg man lieber, als etwas Falsches zu sagen.

„Was ist da draußen passiert?"

Er betrachtete Martelli aus zusammengekniffenen Augen, um seine Laune genauer zu ergründen. Eindeutig verdammt verärgert. Dabei konnte Ivan nicht der Einzige sein, der nach dem heutigen Tag einen Menschen auf dem Gewissen hatte. Der Kugelhagel hatte an ein kleines Kriegsgebiet erinnert. Sicher stand nicht nur ihm eine Untersuchung der Special Investigations Unit bevor.

Trotzdem: Auch wenn es nicht in seiner Absicht gelegen hatte, jemanden zu töten, hatte er sich nicht falsch verhalten. Also zuckte er mit den Schultern und schilderte den Einsatz aus seiner Sicht. Martelli und die SIU würden sehr viele Beamte befragen müssen, um sich ein lückenloses Bild der Ereignisse machen zu können.

„In Ordnung. Gute Arbeit. Allerdings brauche ich das noch schriftlich, bevor Sie gehen."

„Bevor ich gehe?" Was sollte das? Er hatte nicht vor, an diesem Tag noch einen Bericht zu schreiben. Nicht, solange sich Kurt in unbekannter Verfassung im Krankenhaus befand.

„Ja, darauf muss ich leider bestehen."

„Warum, Sarge?" Ivan schlug mit den Fäusten auf die Armlehnen, doch es reichte nicht. Er stand so schwungvoll auf, dass der Stuhl beinahe umkippte, und begann, im Raum auf und ab zu gehen. Zwar war er nicht so groß wie einige der anderen Polizisten, konnte durch seine hart erarbeiteten Muskeln jedoch durchaus einschüchternd wirken. Leider ließ sich Martelli nicht beeindrucken. Verdammt. Andererseits spielte Ivan sich normalerweise nicht so auf, wie es einige andere Idioten unter seinen Kollegen für nötig hielten – weshalb er häufig unterschätzt wurde.

Doch sein Vorgesetzter kannte Ivan, und während dieser wie eine Wildkatze durch das Zimmer tigerte, schaute er ihm geduldig zu, als hätte er es mit einem verängstigten Kätzchen zu tun.

Nur war es auch jetzt noch nicht genug. Ivan wirbelte herum, riss den Stuhl von den Beinen und sah zu, wie dieser gegen die Wand prallte. Er ballte die Hände zu Fäusten. Irgendetwas zu schlagen wäre – zumindest für einige Sekunden – ein gutes Gefühl gewesen. Nur gab es in diesem verdammten Büro nichts, woran er sich nicht die Hand verletzt hätte – die Hand, in der er seine Dienstwaffe halten musste.

„Besser?", erkundigte sich Martelli.

Ivan öffnete seine Fäuste und ließ sich auf den zweiten Stuhl fallen. Die Schadenfreude darüber, auch den anderen Stuhl mit Blut und Schmutz zu beschmieren, war keine ausreichende Entschädigung dafür, an diesem Tag noch einen Bericht schreiben zu müssen.

„Wollen Sie jetzt vielleicht meine Gründe hören?" Die Missbilligung in Martellis Stimme war nicht zu überhören.

Ivan kratzte mit dem Fingernagel über einen angetrockneten Blutfleck auf seinem Handrücken, der das hastige Händewaschen überstanden hatte.

„Von mir aus." Seine Mutter hätte ihm einen Klaps auf den Hinterkopf verpasst, wenn er in diesem Ton mit ihr gesprochen hätte. Glücklicherweise war Martelli nicht seine Mutter.

„Sie, Kessel und Gillespie sind beurlaubt, während die SIU Nachforschungen anstellt. In den anderen Abteilungen wird es ähnlich aussehen, da bisher zehn Todesopfer bekannt sind, obwohl der Einsatz unblutig verlaufen sollte. Das wird für mich noch ein ziemliches Nachspiel haben."

„Aber was soll mein verdammter Bericht daran ändern, Sarge?"

Nach einem verstohlenen Blick durch das Büro antwortete Martelli so leise, dass Ivan sich vorbeugen musste, um ihn zu verstehen: „Ich habe einen Auftrag für Sie. Ganz inoffiziell."

Ivan richtete sich überrascht auf. Martelli hatte große Pläne für eine Zukunft in der Politik – unterstützt von seiner vermögenden, weltgewandten Frau –, sobald er seine fünfundzwanzig Jahre im Dienst hinter sich hatte. Aus diesem Grund hielt Martelli sich grundsätzlich strikt an die Regeln. Dass er jetzt plötzlich vorschlug … Was genau schlug er eigentlich vor?

„Wovon sprechen wir hier?"

„Sie sind einer meiner besten Detectives, Bekker."

Tatsächlich? Ivan machte seine Arbeit verdammt gut, doch es überraschte ihn, dass Martelli ihn für einen der Besten hielt. Vielleicht war es Martelli unangenehm, einem schwulen Mann Anerkennung zu zollen. Martelli leitete seine Abteilung auf effiziente Weise, überhörte jedoch grundsätzlich die Beleidigungen und Beschimpfungen, die sich Ivan regelmäßig von einigen Kollegen anhören musste. In dieser Hinsicht beneidete er Kurt, denn Inspector Nadar von der Mordkommission ging politisch korrekt vor und bestrafte dieses Verhalten. Glücklicherweise kam Ivan mit dem Großteil der Männer gut aus – ein paar schwarze Schafe gab es immer. Nur wie sollte er Martelli jetzt antworten?

„Okay", sagte er schließlich nur.

Martelli nickte, als hätte er auf eine Bestätigung gewartet. Das Gespräch war wirklich seltsam. „Wir wissen beide, dass wir heute noch Glück hatten. Nur einer unserer Männer wurde lebensgefährlich verletzt. Wenn man bedenkt …" Martelli zögerte.

„Wenn man was bedenkt?"

Martelli runzelte seine künstlich gebräunte Stirn. „Wenn man bedenkt, dass es bei uns eine undichte Stelle gibt. Vielleicht sogar Schlimmeres."

Ivan holte tief Luft. Er hatte sich bemüht, diesen Verdacht zu verdrängen, doch in seiner ganzen Laufbahn war er bei einem Einsatz noch nie auf so gut organisierten Widerstand getroffen.

„Schlimmeres?"

„Darüber möchte ich noch nicht spekulieren. Stattdessen möchte ich, dass Sie der Sache während Ihrer Beurlaubung als verdeckter Ermittler nachgehen. Ich bitte Sie nur ungern darum, aber wir haben einen Hinweis erhalten, dem wir nachgehen müssen. Und dafür brauche ich Sie."

Ivan lehnte sich auf seinem Stuhl zurück und musterte Martelli. Diese Bitte wich so weit von den Vorschriften ab, dass es schon nicht mehr lustig war. Sollte etwas schiefgehen, konnte es unter Umständen das Ende seiner Karriere als Polizist bedeuten. Andererseits verlief bei diesem Beruf nicht immer alles so korrekt und vorschriftsmäßig, wie man es sich vielleicht wünschte. Außerdem hatte er ohnehin bereits mehrmals über einen Berufswechsel nachgedacht. Er war Polizist geworden, um zu helfen und zu einer besseren Welt beizutragen. Ihm war nicht klar gewesen, dass er dazu sein Privatleben würde aufgeben müssen.

„Was genau muss ich tun?"

„Uns ist zu Ohren gekommen, dass eines der aufstrebenden jungen Mitglieder in Razhins Organisation einen Mitbewohner sucht. Sie sollen den neuen Mitbewohner spielen, um herauszufinden, ob tatsächlich eine Verbindung zu Razhin besteht, und uns in diesem Fall möglichst viele Informationen über ihn zu beschaffen. Wenn wir ihm nicht endlich das Handwerk legen, wird der heutige Einsatz kein Einzelfall bleiben."

Als Kopf der Russenmafia in Toronto war Viktor Razhin für den Drogen- und Menschenhandel verantwortlich, den sie betrieb.

Martelli klopfte mit einem Finger auf den Tisch. „Meinen Informationen zufolge besitzt der Junge zwei Immobilien und hat die letzten Monate damit verbracht, sich einen Namen mit Marihuana zu machen."

„Marihuana? Gibt Razhin sich mit solchen Kleinigkeiten ab?"

„Soweit ich weiß, hat der Junge selbstständig angefangen – und Gras ist nun mal ungefährlicher und erfordert ein wesentlich geringeres Startkapital als der Handel mit Kokain, Crack oder Meth."

„Und mittlerweile ist er erfolgreich genug, um Razhins Aufmerksamkeit zu erregen? Unser Jungunternehmer scheint ein kluges Köpfchen zu sein. Nur warum sollte so jemand einen Mitbewohner brauchen?"

Martelli reichte ihm schulterzuckend ein Blatt Papier. „Keine Ahnung. Finden Sie es heraus, wenn Sie können, aber konzentrieren Sie sich auf die Verbindung zu Razhin. Das Wichtigste steht hier drauf. Vernichten Sie es, bevor Sie das Revier verlassen."

„Es gibt noch nicht mal eine Akte?" Ivan runzelte die Stirn.

„Zu gefährlich. Selbst die kleinste Information in der Datenbank könnte unseren Maulwurf alarmieren."

Ivan überflog das Blatt, fand aber abgesehen von ein paar Namen, Adressen und Telefonnummern kaum brauchbare Informationen. Parker Wakefield. Kein Foto, keine Kopie des Führerscheins, keine Übersicht seiner belegten Kurse, keine

Kreditauskunft. Nur die Tatsache, dass er die University of Toronto besuchte, zweiundzwanzig Jahre alt war und einen Freund namens Neil Travers hatte. Ivan bemühte sich um einen neutralen Gesichtsausdruck. Offenbar vertraute Martelli ihm, doch die Sache mit dem „besten Detective" war nur leeres Gerede gewesen. Martelli hatte ihn ausgesucht, weil er der einzige offen schwule Mann unter den Detectives war (auch wenn Ivan abgesehen von Kurt noch ein paar andere verdächtigte). Eins der homophoben Arschlöcher zu schicken wäre für Martelli ein zu großes Risiko gewesen.

„Ich bin ein bisschen zu alt für die Uni oder einen Mitbewohner. Wie erklären wir das?"

„Sie sind ein geschiedener Mann, der von seiner Frau bis aufs Hemd ausgezogen wurde. Ich hoffe auf ein bisschen Anteilnahme von seiner Seite. Außerdem schuldet mir die Wohnungsvermittlerin der Universität einen Gefallen und wird Sie als den geeignetsten Kandidaten darstellen."

„Frau?" Ganz toll. Ein weiterer Einsatz, bei dem er den Hetero spielen musste. „Heißt das, ich habe wenigstens Trish als Unterstützung dabei?" Seine Partnerin hätte die perfekte wütende Ehefrau abgegeben. Während die meisten Kollegen sie für eine furchtbare Zicke hielten, gefiel es ihm, dass sie sich nichts gefallen ließ und so direkt und schlagfertig war. Sie verstanden sich großartig.

Martelli schüttelte den Kopf und Ivan verspürte einen Stich. Wenn Trish eine Verräterin wäre, hätte Ivan es verdammt noch mal gewusst.

„Wenn Trish sowieso nicht dabei sein soll, warum kann ich dann nicht einfach ein schwuler Mann sein, der sich von jemandem getrennt hat?" Die Wahrheit ließ sich am besten verkaufen.

Martelli schnaubte. „Seien Sie nicht albern. Das wirkt bei weitem nicht so tragisch wie eine Scheidung. Wir wollen doch Mitgefühl in ihm hervorrufen, damit er sich öffnet."

Hätte Ivan nicht bereits gesessen, hätten ihm vermutlich seine Beine den Dienst versagt. Er konnte kaum atmen. Es war wie ein Schlag ins Gesicht. Obwohl er länger mit Colin zusammengelebt hatte, als die meisten Ehen in seinem Umfeld andauerten, sollte die Beziehung weniger wert sein? Zugegeben, sie waren nie verheiratet gewesen. Ivan war nicht sicher, wie das bei einem schwulen Polizisten funktionieren würde und Colin hatte ihn nie dazu gedrängt. Trotzdem war Ivan glücklich gewesen – bis er im letzten Herbst einmal früher nach Hause gekommen war und Colin mit einem anderen Mann in ihrem Bett vorgefunden hatte. Und sein Schmerz, seine Enttäuschung, wurde jetzt als unbedeutend abgetan?

Warum war das Leben als schwuler Mann ein ständiger Kampf? Es machte diesen Beruf so ermüdend, besonders heute. Vor allem, da Martelli es eilig zu haben schien und ihm vermutlich nicht die Gelegenheit geben würde, beim Krankenhaus anzuhalten und herauszufinden, wie es Kurt ging … ob er überhaupt noch lebte.

„Dann verlangen Sie also nicht von mir, ihn zu verführen?" Martellis verwirrtem Gesichtsausdruck nach zu urteilen, war es Ivan nicht völlig gelungen, den beißenden Sarkasmus zu unterdrücken.

„Nein! Nein. Selbst wenn die Sache mit dem Bettgeflüster zwischen zwei Männern funktionieren würde, wäre er viel zu jung für Sie."

Ivan zog bei Martellis nachdrücklichen Worten und seinem heftig errötenden Gesicht eine Augenbraue hoch. Auch wenn seine Frage nicht ganz ernst gemeint gewesen war, verstand er nicht, warum sein Chef sich so dagegen wehrte. Wäre er aus Sicht der meisten Schwulen mit seinen vierunddreißig Jahren nicht praktisch schon tot gewesen, hätte es ihn vielleicht sogar gekränkt, dass Martelli ihm nicht zutraute, einen Zweiundzwanzigjährigen zu verführen. Am heutigen Tag fühlte er sich allerdings noch nicht einmal dazu in der Lage, einen halb blinden Zweiund*neunzig*jährigen zu verführen.

In den letzten Monaten hatte er sich ziemlich ausgelebt, aber bei einem One-Night-Stand war bei weitem nicht so viel Geschick nötig wie bei einer erfolgreichen Liebesfalle. Außerdem wurde bei einem solchen Einsatz normalerweise nicht von ihnen verlangt, tatsächlich mit jemandem zu schlafen. Das machte es einem zu schwer, objektiv zu bleiben.

„Wenn Sie meinen. Aber was passiert jetzt mit der SIU? Muss ich nicht für die Nachforschungen zur Verfügung stehen? Und was ist mit meiner Waffe?"

Martelli holte ein billiges Handy hervor und schob es über den Schreibtisch. „Benutzen Sie das hier. Ich habe mir ebenfalls eins besorgt, mit dem ich Sie über Ihre Termine informieren kann. Niemand wird erwarten, dass Sie den ganzen Tag zu Hause herumsitzen."

Termine. Hatte er mit seiner erfundenen Ehefrau auch seine Arbeit verloren? Oder musste er von nun an wirklich den ganzen Tag irgendwo herumhängen und vorgeben zu arbeiten? Doch obwohl dieser Einsatz immer mieser klang, war er ebenfalls nicht wild darauf, in seine halb leere Wohnung zurückzukehren.

„Wie sieht es mit einem Auto aus?" Als verdeckter Ermittler konnte er sein eigenes nicht benutzen. Erstens wollte er einen der wenigen Luxusgegenstände in seinem Leben nicht in Gefahr bringen und zweitens konnte es Razhins Leuten Hinweise auf seine wahre Identität liefern.

Martelli schüttelte den Kopf. „Kein Auto."

Nein, natürlich nicht. Warum sollte ihm bei einem inoffiziellen Einsatz auch ein Auto zur Verfügung stehen? Das schlechte Gefühl, das an ihm nagte, seit er den Jungen niedergeschossen hatte, nahm noch zu. Sollte er das wirklich tun? Sollte er seine Karriere – das Einzige, was ihm noch geblieben war – für eine unausgegorene verdeckte Ermittlung aufs Spiel setzen? Und das für einen Vorgesetzten, der den seelischen Schock und die Trauer seiner Trennung nicht nachvollziehen konnte?

„Sir, ich …"

„Sie müssen es einfach tun", unterbrach ihn Martelli mit einem flehenden Blick. „Ich habe niemand anderen, dem ich vertrauen kann."

Ach ja. Der verdammte Maulwurf. Wie hatte er den vergessen können? Seine Zweifel und selbst die Gefahr einer Abmahnung waren unwichtig, wenn es darum ging, seine Mitarbeiter vor einem Verräter zu schützen. Trotz ihrer erst kurzen Freundschaft hatte Kurt es verdient, dass Ivan sich bemühte, den Verantwortlichen zu finden – schließlich war die undichte Stelle vermutlich der Grund für Kurts Verletzung.

„Na gut." Er konnte nicht darum bitten, über Kurts Zustand auf dem Laufenden gehalten zu werden. Zu viel Kontakt hätte seine Mission gefährdet. Wenn Kurt es nicht überstand, würde er es aus der Zeitung erfahren. „Dann kümmere ich mich jetzt um den Bericht, Sarge. Brauche ich sonst noch etwas?"

Zu dem schlichten Handy gesellten sich ein Schlüssel und ein Zettel mit einer Adresse und einer Telefonnummer. „Liz hat sich um alles gekümmert. Sie können morgen einziehen."

„Liz? Wer ist Liz?"

„Die Wohnungsvermittlerin der Universität. Über sie bin ich auf die Sache mit dem Mitbewohner gestoßen." Martellis Blick senkte sich zu dem Tacker, den er seit Minuten nervös auf dem Tisch herumschob. Meine Güte. War diese Liz etwa seine neue Freundin? Für einen Mann, dessen weitere Karriere vom Vermögen und den Verbindungen seiner Frau abhängig war, fiel es ihm überraschend schwer, die Finger von anderen Frauen zu lassen.

„Na ja, dann mache ich mich jetzt an die Arbeit." Nachdem Ivan das Blatt mit den nicht sehr ausführlichen Informationen auf den Tisch gelegt und seine wenigen Hilfsmittel an sich genommen hatte, stürmte er aus dem Büro und knallte die Tür hinter sich zu.

Seine Mitarbeiter wirkten nach diesem Gespräch plötzlich wesentlich bedrohlicher als sonst. Seit Colin ihn betrogen hatte, war seine Wohnung kein sicherer Zufluchtsort mehr für ihn und jetzt war mit seinem Arbeitsplatz dasselbe passiert. Er war zu alt und abgekämpft für diesen Mist.

IVAN SCHLOSS leise die Tür auf und betrat das Haus. Sein Einsatz als verdeckter Ermittler war schnell und reibungslos zustande gekommen. Zu schnell. Ivan war gleichzeitig misstrauisch und beeindruckt. Vielleicht war das normal, wenn für eine solche Mission nicht Formulare in dreifacher Ausführung unterschrieben und dann praktisch von Gott selbst beglaubigt werden mussten. Gestern noch war ihm von Martelli dieser unorthodoxe Vorschlag unterbreitet worden und heute war er bereits ein geschiedener heterosexueller Mann. Glücklicherweise konnte er einen gefälschten Ausweis von seinem letzten Einsatz als verdeckter Ermittler benutzen.

Er zog kopfschüttelnd die Tür hinter sich zu. Parkers Suche nach einem Mitbewohner war ein seltsamer Zufall. War es einfach Glück? Oder war es ein Zeichen, dass Ivans Einsatz den Bach runtergehen und ihn in einen Strudel reißen würde? Nach jahrelanger Erfahrung als Detective machte es Ivan misstrauisch, wenn etwas zu leicht war. Er vermutete sofort einen Trick. Einen gefährlichen Trompe-l'Œil. Martelli schien weniger skeptisch zu sein – was vielleicht daran lag, dass sich *Ivan* in Gefahr begab. Oder es war einfach völlig normal, dass eine inoffizielle Mission so verlief.

„Hallo?", rief Ivan. Er hatte Parker, den Besitzer des Hauses, bisher nicht kennengelernt. Bei einem Telefongespräch am Vortag hatte die Wohnungsvermittlerin versprochen, Parker über seinen sofortigen Einzug zu unterrichten. Jetzt hoffte er, dass er Parker bei seiner ersten Begegnung allein – ohne seinen Freund – antreffen würde, um von Anfang an Sympathie zu wecken – schließlich war Martelli davon überzeugt, dass Parker eine Schwäche für Underdogs wie Ivans Rolle hatte.

„Hallo?", rief er erneut, bekam allerdings keine Antwort. Ihm war versichert worden, dass er jederzeit einziehen könne – den Schlüssel hatte er ja bereits von Martelli erhalten. Trotzdem hatte er zumindest mit einer Begrüßung gerechnet. Vielleicht war es nur ein weiterer Hinweis darauf, dass es sich bei Parker um keinen besonders anständigen Menschen handelte. Von einem Drogendealer konnte man wohl nichts anderes erwarten. Vielleicht würde es Ivan zumindest gelingen, Parkers Freund vor seinen gefährlichen Machenschaften zu bewahren.

Ivan warf einen Blick in die Küche und ins Wohnzimmer. Alles wirkte sauber und aufgeräumt. Kein schmutziges Geschirr in der Spüle. Offenbar hatte auch ein Drogenhändler gewisse Ansprüche. Parker besuchte die Universität, doch wie eine Studentenbude wirkte das hier nicht. Martelli vermutete, dass Parkers Stundenplan nicht sehr voll war. Eine offizielle Einkommensquelle hatte er allerdings nicht. Trotzdem war er Immobilienbesitzer, suchte aber einen Mitbewohner, obwohl er angeblich erfolgreiches neues Mitglied in Razhins Organisation war. Ivan wollte nicht nur aufdecken, ob tatsächlich eine Verbindung zu Razhin bestand, sondern auch eine Erklärung für diese vielen Widersprüche finden. Irgendetwas stimmte nicht – und Ivan musste dahinterkommen, bevor er in einen Pistolenlauf starrte.

Das etwa hundert Jahre alte Reihenhaus war winzig. Im Erdgeschoss befanden sich eine kleine Küche, ein Esszimmer, ein Wohn- beziehungsweise Medienraum und ein kleines Badezimmer, mit dem Ivan nicht gerechnet hatte. Häuser dieser Art besaßen häufig nur ein einziges Badezimmer im Obergeschoss. Die Einrichtung war modernisiert worden und die zahlreichen, vermutlich noch originalen hölzernen Zierleisten hatte man – nicht besonders geschmackvoll – weiß gestrichen. Eine Tür führte in den Keller, doch den würde Ivan später noch erkunden können.

„Hallo?" Ivan erklomm die schmale Treppe, deren Teppichbelag das Knarzen der Holzstufen kaum dämpfte. Für einen Teenager, der sich zu später Stunde heimlich in sein Zimmer schleichen wollte, wäre dieses Haus nicht gut geeignet gewesen. Auch jetzt bekam Ivan keine Antwort.

Oben angekommen betrat er etwas, das eigentlich zu klein war, um es als Flur zu bezeichnen. Von hier aus gelangte man zu drei weiteren Räumen und einem zweiten Badezimmer.

Im ersten Schlafzimmer befanden sich ein Futonbett, Bücherregale und ein Schreibtisch mit einem Computer. Das nächste war nur mit dem Nötigsten eingerichtet und wirkte steril, ohne eigenen Charakter. Vermutlich seins. Theoretisch hätte es auch ein Gästezimmer und seins irgendwo im Keller sein können, doch das war unwahrscheinlich. Nachdem er seine Reisetasche neben dem Bett abgestellt und einen Blick in das sehr saubere Badezimmer geworfen hatte, wandte er sich der einzigen verschlossenen Tür zu. Da niemand auf sein Klopfen reagierte, öffnete Ivan vorsichtig die Tür und schaute hinein.

Das Bett war riesig. Gigantisch. Eines dieser kalifornischen Kingsize-Betten. Durch den schmalen Raum wirkte es noch größer. Jedenfalls glaubte Ivan nicht, dass Studenten normalerweise solch ein Bett besaßen. Das Bett wurde von zwei schmalen Nachttischen eingerahmt, die man vermutlich hatte ölen müssen, um sie zwischen Bett und Wand zwängen zu können.

Alles andere war Chaos. Da Ivan keine Zeit hatte, das Zimmer in Ruhe zu durchsuchen, konnte er es sich nur oberflächlich ansehen. Überall war ... Zeug. Flauschige Kissen und bunte Vorhänge setzten farbige Akzente. Pappkartons über denen T-Shirts und Jeans hingen mischten sich mit einem sehr femininen Schminktisch und einem exotisch wirkenden asiatischen Wandschirm. Das Kopfende des Bettes bestand aus nachgemachtem Schmiedeeisen, das Ivan aus einem IKEA-Katalog bekannt vorkam. Es passte nicht zum Kleiderschrank und zur Kommode, die wie der Wandschirm eher asiatisch angehaucht waren. Das Zimmer schrie nicht unbedingt „Drogenhändler!". Was er damit anfangen sollte, wusste Ivan allerdings nicht. Er wusste nur, dass es anstrengend werden würde, es zu durchsuchen. Er wollte lieber nicht darüber nachdenken, was sich noch in den Schränken befand, auch wenn er es irgendwann würde herausfinden müssen.

Ivan zog sich aus dem Zimmer zurück und schloss leise die Tür. Er würde es sich später genauer ansehen, wenn er nicht Gefahr lief, von seinem neuen Mitbewohner beim Schnüffeln erwischt zu werden. Das wäre kein guter Beginn für seine Mission.

Zurück im Erdgeschoss war er immer noch allein und beschloss daher, sich den Keller anzusehen.

Er war feucht und nicht ausgebaut. In einer dunklen Ecke ragte ein monströser alter Heizofen auf. Nackte Glühbirnen hingen vom Gebälk herab und erleuchteten die deprimierend grauen Betonwände. Abgesehen von dem Ofen, bei dem man sich nur mit Mühe vorstellen konnte, dass er noch funktionierte, gab es im Keller nur feuchte Pappkartons, Regale und eine Waschmaschine und einen Trockner.

Ivan befand sich wieder in der ersten Etage und packte seine Kleidung aus, als er hörte, wie sich die Haustür öffnete.

„Hallo?", rief jemand.

Wer zum Teufel war das? Die rauchige Stimme löste ein Kribbeln in Ivans Bauch aus, als hätte ihm jemand über die Hoden gestreichelt. Ivan schob die Schublade zu und überlegte, ob er antworten sollte.

„Ivan? Bist du hier?"

Oh, Scheiße. Parker? Warum hatte ihn niemand davor gewarnt, dass Parkers Stimme wie goldener Honig gemischt mit Sex klang?

„Ich komme gleich runter." Ivan zweifelte immer noch daran, wie überzeugend seine erfundene Identität war, doch für einen Rückzieher war es jetzt zu spät. Ivans eigenes Studium war schon verdammt lange her. Obwohl er jünger wirkte, als er war, lagen zwischen ihm und Parker mehr als zehn Jahre. Würde es ihm bei diesem Altersunterschied wirklich gelingen, sich mit Parker anzufreunden und ihn dazu zu bringen, Ivan zu vertrauen? Ihm vielleicht sogar mehr zu vertrauen als seinem Freund Neil?

Er holte tief Luft, wischte seine verschwitzten Handflächen an seiner Jeans ab und ging ein letztes Mal seine Geschichte durch. Allmählich begann er, verdeckte Ermittlungen zu hassen. Oder hasste er das ganze Drogendezernat? Jedenfalls wurde es jedes Mal zermürbender.

Als Ivan die Küche betrat, verstaute Parker gerade Lebensmittel im Kühlschrank. Er war schlank und groß – wohl noch ein paar Zentimeter größer als Ivan mit seinen eins achtzig – und trug ein grünes, leicht abgetragenes T-Shirt zu einer locker sitzenden Jeans.

„Hi", sagte Ivan leise.

„Hi", antwortete Parker, ohne sich umzudrehen, da er noch mit dem Auspacken beschäftigt war. Ivan nutzte die Gelegenheit, um ihn von hinten zu betrachten. Sein dunkelbraunes Haar hatte goldene Spitzen, als hätte er sie einmal blondiert und dann nachwachsen lassen – ein Look, für den Ivan insgeheim eine Vorliebe hatte.

„So, fertig", sagte Parker, während er den letzten Joghurtbecher im Kühlschrank platzierte. „Eigentlich wollte ich das vor deiner Ankunft erledigt haben."

Er drehte sich um.

Ivan klammerte sich an die Arbeitsplatte.

Verdammt. Er hatte mit Schwierigkeiten gerechnet, aber nicht mit dieser Art von Schwierigkeiten. Parker war einfach nur umwerfend. Sein scharf geschnittenes Gesicht mit vollen Lippen grenzte an androgyn. Und diese Augen. Sie waren wie die rundgewaschenen Kiesel in einem Flussbett: graugrün mit goldenen Sprenkeln, eingerahmt von den dichtesten Wimpern, die Ivan je bei einem Mann gesehen hatte. Er hätte diese Augen stundenlang anstarren können. Und die Frisur passte perfekt zu diesem atemberaubenden Mann, der ein verdammtes Model hätte sein können.

Oh Gott. Ivan musste mit ihm zusammenwohnen. Sich mit ihm anfreunden. Und die Finger von ihm lassen, da er einen Hetero spielte.

„Tut mir leid, ich bin Parker." Parker streckte die Hand aus und sein Lächeln machte die Kanten seines Gesichts weicher, wie es der Trick mit der Vaseline auf der Linse früher bei den Hollywoodstars getan hatte.

Als Ivan den Arm ausstreckte, um Parker die Hand zu schütteln, war er erleichtert, dass die Arbeitsplatte zwischen ihnen verbarg, welche Wirkung Parkers Anblick auf einen gewissen Körperteil von Ivan hatte.

176

„Ivan", sagte er knapp. Wahrscheinlich klang er unhöflich, was allerdings wesentlich besser war, als sich seine tatsächliche Reaktion anmerken zu lassen und die Mission in Gefahr zu bringen. Es war nicht Ivans Art, sich an den Freund eines anderen heranzumachen – vor allem, wenn es gegen seine Anweisungen verstieß. Selbst wenn Martelli davon ausgehen sollte, dass zwei schwule Männer sowieso gleich miteinander im Bett landen würden, wäre es für Ivan kein leichtes Unterfangen, diesen hinreißenden jungen Mann für sich zu gewinnen. Ivan war gut aussehend, jedoch bei weitem nicht so wie dieser Adonis. Und falls Parker eine Vorliebe für ältere Männer hatte, war er dafür vermutlich wieder zu jung.

„Schön, dich kennenzulernen", antwortete Parker. Er war zwar nicht übertrieben mager, aber doch so schlank, dass man von seiner tiefen Stimme überrascht war.

„Trinkst du?", fragte Parker.

„Ja, sicher. So ziemlich alles." Obwohl es stimmte, klang es für seine Ohren, als wäre er ein Säufer.

„Oh, gut. Ich habe nämlich Bier mitgebracht. Ich dachte, wir könnten uns eine Pizza bestellen, etwas trinken und uns besser kennenlernen."

Ivan starrte ihn an. Mit so viel Freundlichkeit hatte er bei seinem kriminellen, mit Drogen handelnden Mitbewohner nicht gerechnet.

„Natürlich nur, wenn du willst", fuhr Parker zögerlich fort, als Ivan nicht gleich antwortete. Sein Lächeln war verflogen. Ivan kam es vor, als hätte er eigenhändig die Sonne verdunkelt. Wie konnte ein Lächeln nur so eine Wirkung haben?

„Klar, das klingt gut, ich lade dich ein", sagte Ivan hastig. Ein unglücklicher Parker würde sich ihm sicher nicht öffnen.

Parker legte den Kopf schief wie ein Vogel. „Oh. Und ich dachte …" Er errötete und senkte den Blick.

Mist. Seine falsche Identität. Er musste sich in den Versager Ivan Baker verwandeln. „Nein, kein Problem. Meine Frau hat sich mit so ziemlich allem davongemacht, aber eine Pizza kann ich mir gerade noch leisten, ohne zwischen den Sofakissen nach Kleingeld suchen zu müssen. Versprochen."

Parker lachte und das strahlende Lächeln kehrte ebenfalls zurück. Ivan konnte sich nicht daran sattsehen. Warum konnte Parker nicht einfach aussehen wie die miesen Typen, die er so oft verhaftete? Noch nie hatte ein Verbrecher in ihm das Verlangen ausgelöst, seine Finger in dessen Haar zu schieben und ihn zu einem Kuss zu sich herunterzuziehen.

Scheiße.

SCHEISSE. SEIN neuer Mitbewohner schien sich über irgendetwas zu ärgern. Parkers Magen kribbelte vor Nervosität. Vielleicht hätte er nach einer Frau suchen sollen. Parker hatte keine Ahnung, wie man sich mit anderen Männern anfreundete. Erst recht nicht bei einem attraktiven heterosexuellen Mann, der älter war und wesentlich mehr Lebenserfahrung besaß. Worüber sollte er sich mit so jemandem unterhalten? Er wusste nicht viel über Sport, Autos oder Sex mit Frauen. Selbst mit Männern hatte er nur wenig Erfahrung, obwohl er seit sechs Jahren keine Jungfrau mehr war.

Neil hatte einen Mitbewohner für eine dumme Idee gehalten und die nette Dame von der Wohnungsvermittlung hatte ihn gewarnt, dass die Mitte des Semesters kein guter Zeitpunkt für seine Suche sei. Als dann ihr Anruf wegen eines passenden Kandidaten gekommen war, hatte sich Parker gefreut, auch wenn es sich nicht um einen Studenten handelte. Ein frisch geschiedener Mann fühlte sich vielleicht genauso einsam wie er – denn allein in diesem leeren Haus zu leben, war ein erdrückendes Gefühl und Neil wollte nicht zu ihm ziehen. Allerdings hatte er nicht damit gerechnet, seinen neuen Mitbewohner so anziehend zu finden.

„Hier, ein Bier." Parker reichte Ivan die gekühlte Flasche. Hoffentlich würde der Alkohol für eine etwas entspanntere Atmosphäre sorgen. Er wollte nicht, dass Neil recht behielt – wollte ihm unbedingt das Gegenteil beweisen.

„Danke. Gibt es in der Nähe eine Pizzeria, die du magst, oder soll ich einfach bei Pizza Pizza bestellen?"

„Pizza Pizza ist mir recht." Genau genommen bestellte er dort am liebsten. Mit einem einzigen Anruf eine gute Pizza an jeden Ort in der Stadt geliefert zu bekommen, war für Studenten ein echter Segen.

„Ich habe gesehen, dass du im Wohnzimmer einen richtig netten Fernseher hast. Willst du vielleicht was für uns aussuchen, während ich bestelle?"

„Ähm, klar." Was sollten sie sich denn bloß ansehen? Ein Gespräch war offenbar nicht erwünscht. Vielleicht war das auch zu viel verlangt, da sie sich nicht bei einem Date befanden. Parker verzog das Gesicht. Vielleicht diente das Fernsehen Heteromännern in dieser Hinsicht ebenfalls als Vermeidungsstrategie, wie er es auch bei Schwulen erlebt hatte.

Mit einem Seufzer ließ er sich auf dem Sofa nieder. Neil hatte ihn zu dem Gerät überredet, doch Parker war nach kurzer Zeit klar geworden, dass er dabei nicht an Parker gedacht hatte. Er drehte die Fernbedienung in der Hand herum, da es ihm widerstrebte, den Fernseher einzuschalten.

„Was für eine Pizza willst du?", rief Ivan aus der Küche.

Parker rieb sich den Bauch und runzelte die Stirn. „Am liebsten Peperoni."

Er war nicht sicher, was Ivans Brummen bedeutete, hörte aber gleich darauf das Murmeln seiner tiefen Stimme, als er die Bestellung aufgab.

Kurz darauf, während Parker noch die Fernbedienung ansah, kam Ivan aus der Küche und ließ sich auf den Sessel fallen. Das Zimmer erschien ihm plötzlich kleiner, obwohl Ivan nicht so groß war wie er selbst. Doch diese Schultern waren atemberaubend breit und in dem langweiligen blauen Polohemd steckte unübersehbar ein ausgesprochen durchtrainierter Körper. Versucht hätte er allerdings nichts, selbst wenn Ivan bei ihm auf dem Sofa gewesen wäre – in der Nähe gut aussehender Männer verhielt er sich nervös und ungeschickt.

178

Ivan streckte eine Hand aus. Parker starrte sie kurz an, bevor er ein verlegenes Lachen ausstieß und ihm die Fernbedienung reichte.

„Mal schauen, was dein toller Fernseher so alles im Angebot hat."

Ivan schaltete das Gerät mit geübter Hand ein. Als sich der riesige Bildschirm mit nichts als nackter Haut füllte, wurde Parker klar, was Neil sich zuletzt angesehen hatte. Lautes Stöhnen und das feuchte Geräusch eines Ficks mit ausreichend Gleitgel hallten durchs Zimmer, während die Kamera einen riesigen Schwanz heranzoomte, der in einen Hintern gerammt wurde. Parkers Körper fühlte sich plötzlich kalt an, als ihm das Blut in den Kopf stieg – wahrscheinlich nicht die Richtung, in die der Regisseur es hatte lenken wollen. Er sprang über den Couchtisch, wobei er sich daran das Schienbein stieß, und hämmerte auf die Tasten des DVD-Players. Verdammter Neil.

Parker verdeckte den Bildschirm so gut wie möglich mit seinem Körper, während er eine gefühlte Ewigkeit darauf wartete, dass der Player die DVD auswarf. Es schienen mehrere höllische Minuten vergangen zu sein, als endlich der herrliche Anblick des Menübildschirms die Großaufnahme nackter Körperteile ersetzte. Er schnappte sich die DVD und warf sie auf den Boden. Wenn sie danach nicht mehr funktionierte, hatte Neil es verdient. Wahrscheinlich handelte es sich sowieso um einen illegal heruntergeladenen Film.

Mit dem Schlimmsten rechnend – und mit feuerrotem Gesicht – wandte er sich Ivan zu. War diesem aufgefallen, dass es sich um zwei Männer gehandelt hatte? Als Parker sich nach einem Mitbewohner umgesehen hatte, war er überhaupt nicht auf die Idee gekommen, zu erwähnen, dass er schwul war. Das kam ihm plötzlich wie ein fataler Fehler vor. Der kräftige Bizeps unter den kurzen Ärmeln ließ vermuten, wie hart Ivan zuschlagen konnte. Das schmerzhafte Pochen in Parkers Schienbein erinnerte ihn daran, wie verletzlich der menschliche Körper war.

„Ähm ..."

Verblüfft hieß nicht gleich angewidert, oder? Steckte Parker jetzt in Schwierigkeiten (oder, in diesem Fall, Schwulitäten)?

Ivan brachte keinen Ton hervor, obwohl sich seine Lippen bewegten.

„Das war nicht meiner." Kaum hatte Parker die Worte ausgesprochen, hätte er sie am liebsten zurückgenommen. Es klang nach einer armseligen Ausrede.

Ivan warf einen kurzen Blick auf das Sofa, was Parker nur noch heftiger erröten ließ. Stellte er sich vor, wie Parker dort saß und sich einen runterholte? Würde es die Angelegenheit weniger peinlich – und widerlich – machen, wenn er erklärte, dass es Neil gewesen war? Der Gedanke war Parker nämlich ebenfalls unangenehm. Ivan war jetzt sicher erleichtert darüber, sich nicht auf die Couch gesetzt zu haben. Auch Parker würde es große Überwindung kosten, ohne sie vorher zu reinigen.

„Okay." Ivan klang beinahe, als glaubte er Parker. „Willst du vielleicht ...?" Ivan wedelte mit der Fernbedienung, woraufhin Parker erneut von einer heftigen

Welle der Scham durchflutet wurde. Er entfernte sich hastig aus seiner störenden Position vor dem Bildschirm.

Anschließend humpelte er zum Sofa zurück. Er musterte es möglichst unauffällig und ließ sich, nachdem er keine neuen Flecken entdeckt hatte, vorsichtig darauf nieder.

Ivan schaltete auf einen Kanal mit alten Musikvideos um, bevor er sich Parker zuwandte. Es gab Parker die Gelegenheit, seinen neuen Mitbewohner genauer zu betrachten, wozu er in der Küche keine Gelegenheit gefunden hatte. Ivan besaß die weit auseinanderstehenden Augen und hohen Wangenknochen, die Parker mit osteuropäischen Männern verband. Ähnlich wie die Männer, die Neil gelegentlich mitgebracht hatte, aber dabei von so rauer Schönheit, dass es beinahe wehtat. Goldblondes Haar, dunkelblaue Augen und ein Körper, an dem kein Gramm Fett zu sehen war – obwohl Parker nicht abgeneigt gewesen wäre, ihn in nacktem Zustand genauer zu überprüfen, nur um ganz sicherzugehen. Als gerade ein Teil seines Blutes (endlich) sein Gesicht verließ, um in südlichere Gefilde zu wandern, zog Ivan mit fragendem Blick eine Augenbraue hoch.

Parker hustete verlegen und wandte sich dem Fernseher und einem ihm unbekannten Video zu, in dem jede Menge gebleichtes, hochgegeltes Haar zu sehen war. Vielleicht hatte er Ivan sowieso schon vergrault – da musste er ihn nicht auch noch anstarren. Selbst wenn er nicht heterosexuell gewesen wäre, hätte Parker bei jemandem wie ihm nicht die geringste Chance gehabt. Vermutlich hielt er Parker für einen unreifen Studenten, der seine Freizeit damit verbrachte, sich auf dem Sofa einen runterzuholen.

Die peinliche Stille zwischen ihnen dauerte an und wurde nur vom Gejaule des für die achtziger Jahre typischen Synthie-Pop durchbrochen. Wenn Ivan klar wäre, dass die DVD zwei Männer gezeigt hatte, hätte er sicher etwas gesagt, oder? Ivan sah ihn mit diesem Blick an, den er von seinen Professoren kannte, wenn sie jemanden bei einer Lüge erwischen wollten. Seltsam.

„Hast du, äh, dein Zimmer gefunden? Gefällt es dir? Wir können die Möbel auch noch umstellen. Die Waschmaschine steht im Keller und wir können einen Plan fürs Putzen und Einkaufen machen und ..." Parker verstummte. Er hatte immer hastiger gesprochen, bis er sich zum Luftholen unterbrochen hatte, und Ivan starrte ihn mit großen Augen an. Wieder errötete er vor Verlegenheit und biss sich auf die Lippe, um ja nicht noch mehr zu sagen. Aus diesem Grund hatte er neben Neil kaum Freunde. Neil war der Einzige, der Zeit mit dem übergewichtigen Jungen verbracht hatte und auch jetzt noch bei ihm blieb, wo er zwar Gewicht verloren hatte, jedoch trotzdem noch ungeschickt im Umgang mit Menschen war.

Parker runzelte wie Ivan die Stirn. Wie sollte er jetzt reagieren? Er änderte nervös seine Sitzposition und stieß dabei mit seinem Schienbein erneut vor den Couchtisch.

„Au. Scheiße." Ein stechender Schmerz schoss durch die ohnehin bereits in Mitleidenschaft gezogene Stelle. Er presste eine Hand darauf und unterdrückte ein Wimmern, während er sich leicht vor und zurück wiegte.

„Lass mich mal sehen." Ivan stand auf und kniete sich neben Parker, der vor Schreck erstarrte.

Mit sanften Fingern löste er Parkers Hand von seinem Bein und schob seine Jeans hoch. Dann befühlte er die Stelle vorsichtig. Parker zischte.

„Du hast einen ziemlich unschönen Bluterguss und die Haut ist ein bisschen aufgeschürft, aber ich glaube nicht, dass etwas gebrochen ist. Hast du irgendwo einen Erste-Hilfe-Kasten?" Ivan schaute zu ihm hoch und Parker stockte beinahe der Atem.

„Ja, ähm, im Badezimmer. Unter dem Waschbecken", antwortete Parker und zeigte zum vorderen Teil des Hauses.

Ivan tätschelte ihm das Knie und stand auf, um ihn zu holen.

„Die meisten älteren Häuser haben kein Badezimmer im Erdgeschoss." Das gefliese Badezimmer ließ Ivans Stimme etwas hallen.

„Stimmt. Wir haben es einbauen lassen, als meine Mutter krank wurde und Schwierigkeiten mit der Treppe bekam."

Ivan kehrte mit dem weißen Plastikkasten ins Wohnzimmer zurück und musterte Parker. Schon wieder.

„Deine Mutter hat hier gewohnt?" Ivan schaute sich im Raum um.

Parker nickte. „Ja. Und weil sie sich immer schlechter bewegen konnte, haben wir das Badezimmer bekommen und dieses hier zum Schlafzimmer umfunktioniert."

„Wo wohnt sie jetzt?"

Parker senkte den Blick zu der violetten, blutigen Schwellung auf seinem Schienbein und zuckte mit den Schultern. Seine Mutter war seine beste Freundin gewesen. Obwohl er sich mehrere Jahre auf ihren Tod hatte vorbereiten können, war es ein schwerer Schlag gewesen. Selbst jetzt, fast ein halbes Jahr später, rief er ihr manchmal versehentlich noch eine Begrüßung zu, wenn er nach Hause kam. Wenigstens hatte Neil es nie miterlebt.

„Oh. Wann ... Ich meine ... Ich wollte nicht ..."

Als er Ivan herumstottern hörte, wie er es selbst es so häufig tat, schaute er zu ihm auf. Bei Ivans mitfühlendem Gesichtsausdruck traten ihm Tränen in die Augen.

„Das wusste ich nicht, Parker", sagte Ivan schließlich und kam näher.

„Woher hättest du das auch wissen sollen?"

Es war leichter, sich wieder in den Griff zu bekommen, als Ivan sich darauf konzentrierte, Parkers Wunde zu reinigen. Er unterdrückte das Angebot, es selbst zu übernehmen, obwohl es die männlichere, selbstständigere Alternative gewesen wäre. Er war einfach schon so lange nicht mehr so sanft, so selbstlos, so fürsorglich berührt worden.

Beim Brennen des Desinfektionsmittels zuckte Parker zusammen, gefolgt von einer Gänsehaut, als Ivan auf die Wunde blies. Hatte Ivan Kinder? Konnte er deshalb so gut mit kleinen Verletzungen umgehen?

„Wie lange ist es her?", fragte Ivan, während er mit seiner Arbeit fortfuhr.

„Sechs Monate. Krebs."

„Mein Beileid." Ivan wickelte einen Verband um Parkers Schienbein. Seine Finger fühlten sich warm an.

„Danke." Er räusperte sich.

Ivan zog das Hosenbein wieder hinunter und hob den Kopf. Parker hatte nie zuvor so schöne blaue Augen gesehen. Das Mitgefühl darin löste ein warmes Kribbeln in seinem Bauch aus.

Plötzlich klingelte es an der Tür und Ivan stand so hastig auf, dass er fast hintenübergekippt wäre.

„Das ist wohl die Pizza." Mit seinem Portemonnaie in der Hand machte er sich auf den Weg zur Tür.

Parker schlang die Arme um seinen Körper, denn plötzlich fror er. Er fragte sich, ob das Leben mit Ivan fantastisch oder grauenhaft werden würde.

2

NACHDEM IVAN für die Pizzas bezahlt hatte, trug er sie in die Küche, ohne sich einen Blick ins Wohnzimmer zu gestatten. Diese Mission fing nicht gut an. Kein Wunder, dass der Junge bisher nicht negativ aufgefallen war. Er wirkte so unschuldig, die Trauer um seine Mutter so aufrichtig. Niemand hätte ihn bei der ersten Begegnung für einen Drogendealer gehalten. Ivan würde sehr darauf achten müssen, sich nicht zu verraten, bevor er beurteilen konnte, wie viel von Parkers Persönlichkeit echt war und wie viel nur gespielt.

Außerdem musste er sich zusammenreißen und überlegen, wie er sich bei Parker einschmeicheln konnte, anstatt darüber nachzudenken, wie er ihn ins Bett kriegen konnte. Bei Parkers Anblick hatte er vom ersten Moment an nichts als Sex im Kopf gehabt und der Schwulenporno in Lebensgröße hatte alles nur noch schlimmer gemacht. Ivan hatte nie zuvor jemanden so rot werden sehen, doch so verlockend es auch gewesen war, Parker mit irgendeinem Kommentar noch verlegener zu machen, hätte der arme Junge dann wahrscheinlich einen Herzinfarkt bekommen.

Als er Parkers Wunde versorgt und sich dabei vorgestellt hatte, dass dieser sich auf dem Sofa bei einem Pornofilm selbst befriedigte, war er abgelenkter gewesen als je zuvor bei einem Einsatz als verdeckter Ermittler. Ein weiterer Grund, um über seine Zukunft im Polizeidienst noch einmal gründlich nachzudenken.

Während Ivan Teller suchte, zählte er gedanklich Argumente dafür auf, dass Sex mit Parker eine schlechte Idee war. Er war kriminell, er hielt Ivan für hetero, er war verdammt jung und vor allem hatte er einen Freund. Er hatte nicht viele Verbrecher kennengelernt, die großen Wert auf Treue legten, doch nach seinen Erfahrungen mit Colin wollte er mit solchen Dingen nichts zu tun haben. Glücklicherweise hinderte ihn seine Scheinidentität ohnehin daran. Was für eine sonderbare Situation. Als er das letzte Mal mit jemand völlig Fremdem zusammengewohnt hatte, war er noch Student gewesen. Es würde nicht leicht werden, diese sorglose Einstellung wiederzufinden und sich in einen zwölf Jahre jüngeren Mann hineinzuversetzen.

Als er hatte, was er brauchte (einschließlich seiner wiedergewonnenen Selbstbeherrschung), brachte er alles ins Wohnzimmer.

Parker starrte auf den Bildschirm und sah kein bisschen entspannter aus. Dagegen musste er etwas unternehmen. Wenn Ivan keine Gemeinsamkeiten fand, keinen Weg zu einer Freundschaft, war sein Job nicht nur Zeitverschwendung, sondern konnte ihn auch das Leben kosten.

„Ich habe uns noch ein Bier mitgebracht." Ein bisschen Alkohol würde ihnen guttun.

„Oh, danke." Parker betrachtete die Schachteln. „Ich hatte nicht mit meiner eigenen Pizza gerechnet."

Ivan reichte sie ihm schulterzuckend, woraufhin Parker sie öffnete und die Stirn runzelte.

„Hast du die Falsche bekommen?"

„Ähm, nein." Parker rieb sich den Bauch. „Welche hast du dir bestellt?"

„Hähnchen-Brokkoli." Seine Arbeitskollegen hielten es für eine seltsame Kombination, doch es war eine der gesündesten Alternativen. In seinem Alter vertrug er allzu fettiges Essen nicht mehr besonders gut – der Kaffee auf dem Revier war für seinen Magen schon Strafe genug. Nachdem er die Zusammenstellung einmal ausprobiert und sehr gemocht hatte, war sie zu seiner Lieblingspizza geworden.

„Hähnchen-Brokkoli? Brokkoli auf einer Pizza kann ich mir überhaupt nicht vorstellen."

„Gesünder als Peperoni." Ivan unterdrückte ein Stöhnen. Wenn er wie ein Vater klang, der Moralpredigten hielt, kam das bei einem jungen Mann bestimmt nicht gut an. Glücklicherweise wirkte Parker eher neugierig als genervt.

„Ach ja?"

„Willst du mal probieren?" Er drehte seine Schachtel mit der offenen Seite zu Parker.

Mit einem schüchternen Lächeln nahm er sich ein Stück heraus. Dieser Junge war ein verdammt guter Schauspieler. Damit hätte er wahrscheinlich sogar Ivans Mutter überzeugt, die so etwas schneller durchschaute als die meisten seiner Polizistenkollegen. Bei einer Oberstufenlehrerin war das kein Wunder.

Seine Mutter. Diesmal konnte er das Stöhnen nicht unterdrücken: Er hatte vergessen, sie vor seiner Mission anzurufen. Ein Familienessen zu verpassen war eine Sache. Es zu tun, ohne sich abzumelden, kam nicht infrage. Er würde einen Weg finden müssen, ihr vor Sonntag Bescheid zu sagen.

„Was ist los?"

„Nichts Besonderes. Mir ist nur ein Anruf eingefallen, den ich noch erledigen muss."

„Du kannst ruhig das Telefon hier benutzen." Parker deutete auf den kleinen Tisch neben dem Sofa.

„Nein danke. Es … ähm … hat mit der Scheidung zu tun. Darüber möchte ich jetzt lieber nicht nachdenken."

Parker antwortete nicht, da er gerade einen Bissen Pizza kaute, doch das mitfühlende Lächeln mit einem Klecks Tomatensoße an der Lippe, das er Ivan anschließend schenkte, brachte ihn beinahe dazu, Parker alles zu gestehen. Seit wann fiel ihm die Arbeit als verdeckter Ermittler so schwer? Lag es an Parker? Das Äußere eines Models und das Wesen eines ängstlichen Welpen. Bei dem Jungen musste es sich um einen ganz abgebrühten Typen handeln, der ihm etwas

184

vormachte – denn sonst war er der schlechteste Kriminelle, den er je gesehen hatte und Razhin würde ihn zermalmen, bevor er ihm sein Geschäft wegnahm.

Er musste daran denken, dass er ein verarmter, geschiedener Mann war und Parker ein naiver Student. Das waren die Rollen, die sie sich ausgesucht hatten, und sie würden sie spielen, solange es nötig war. Ivan besaß den Vorteil, dass er über Parker Bescheid wusste, während Parker keinen Grund hatte, Ivan ebenfalls für einen Schauspieler zu halten.

Ivan nahm sich ebenfalls ein Stück Pizza. „Schmeckt es?"

Parker nickte. „Können wir uns vielleicht deine teilen? Die andere hebe ich dann für später auf."

„Kein Problem."

Die nächsten Minuten verbrachten sie damit, schweigend zu essen. Es war wie das unbeholfenste Date aller Zeiten, bei dem nicht einmal die Aussicht auf Sex bestand. Ihm wollte einfach kein Gesprächsthema einfallen, das Parker nicht vielleicht misstrauisch machen würde, denn als Mitbewohner durfte er nicht zu neugierig wirken. Es war der ungewöhnlichste Einsatz, den er in seiner Zeit als Polizist erlebt hatte.

„Bringst du noch Möbel mit? Ich kann dir beim Umstellen helfen."

Ivan widerstand dem Drang, die zurückgebliebene Tomatensoße von Parkers Lippe zu wischen. „Nicht ernsthaft. Ein paar Kleinigkeiten stehen noch bei einem Freund in der Garage und die wollte ich in den nächsten Tagen holen. Was meine Frau mir noch gelassen hat, wollte ich nicht besonders gern behalten."

„Oh. Das tut mir leid. Geht es dir gut? Hast du Kinder? Oder willst du lieber nicht darüber reden? Außer den Eltern von ein paar Bekannten kenne ich niemanden, der geschieden ist."

„Keine Kinder." Zum Glück musste er die nicht auch noch vorspielen. „Aber ich möchte wirklich nicht gerne drüber reden, wenn es dir nichts ausmacht." Je weniger sie davon sprachen, desto leichter war es, sich nicht zu verplappern.

Wie gelang es dem Jungen nur, diesen verletzten Gesichtsausdruck zu heucheln? Vielleicht sollte er das Gras vergessen, denn er hätte mit einem einzigen Blick unter seinen dichten Wimpern hervor jeder Großmutter all ihre Ersparnisse abschwatzen können. „Nur die Scheidung. Und meine Frau. Über alles andere können wir reden."

Das strahlende Lächeln kehrte zurück. Verdammt sollte er sein. Genau wie Martelli und der Verräter, der an allem schuld war.

Parker zeigte mit einem halb gegessenen Pizzastück auf den Fernseher. „Ist das die Musik, die du gerne hörst? Für so alt hätte ich dich gar nicht gehalten." Kaum hatte er die Worte ausgesprochen, riss er die Augen auf und errötete erneut.

Ivan wurde ebenfalls ein wenig rot. Die meisten seiner Freunde waren dem Grunge und dem Neunziger-Rock treu geblieben, der sie in ihrer Jugend so stark beeinflusst hatte. Doch Ivans zwei ältere Schwestern hatten den elektronisch angehauchten New Wave geliebt und als Ivan die Videos voller wunderschöner

185

Männer mit enger Kleidung und Eyeliner gesehen hatte ... war ihm ziemlich schnell klar geworden, dass er schwul war. Seine erste große Schwärmerei waren sämtliche Mitglieder von Duran Duran gewesen. Nur konnte er das vor Parker, der ihn für heterosexuell hielt, nicht zugeben.

„Daran sind meine beiden älteren Schwestern schuld", antwortete er also nur. Er unterdrückte ein Grinsen, als er beschloss, sie beim nächsten Familienessen daran zu erinnern. Schließlich musste er seinen Pflichten als nervender kleiner Bruder nachkommen.

„Verstehe. Ich kenne mich damit nicht gut aus. Von den meisten dieser Bands habe ich noch nie etwas gehört", sagte Parker mit diesem Augenaufschlag, der bei Ivan jeden Ärger über die Erwähnung seines fortgeschrittenen Alters verfliegen ließ.

„Welche Kurse hast du belegt?", wechselte Ivan das Thema. Toll. Jetzt klang er wieder wie ein Vater. Kein Wunder, dass Parker ihn nach Kindern gefragt hatte.

Parker wandte den Blick ab. „Oh, alles Mögliche. Nichts Interessantes."

Parkers Reaktion war jedenfalls *sehr* interessant. Und verdächtig. Trotzdem wäre es ein Fehler gewesen, ihn jetzt zu einer Antwort zu drängen.

„Was ist mit deinem Vater? Wo wohnt der?"

Der verletzte Gesichtsausdruck kehrte noch viel heftiger zurück und Ivan bereute die Frage. Wie gelang es Parker nur, ihn mit seinem Blick bis ins tiefste Innere zu erschüttern? Er weckte in ihm das Bedürfnis, Parker in die Arme zu schließen und ihm tröstende Worte zuzuflüstern. Dabei war das eigentlich nicht Ivans Art. Colin hatte sich häufig über Ivans mangelnde Zärtlichkeit beschwert und damit sogar seine Untreue gerechtfertigt.

„Ich weiß es nicht. Ich habe ihn nie kennengelernt."

„Oh, das tut mir leid." Das Gespräch lief nicht besonders gut. Was hatte er sich nur dabei gedacht, sich in diese Situation zu stürzen, wo er doch erst vor einigen Stunden einen jungen Mann erschossen hatte, der genauso gut Parker hätte sein können? Jemanden zu töten, selbst wenn es sich um Notwehr handelte, steckte man nicht so einfach weg. Seine Beurlaubung hatte andere Gründe als nur die Nachforschungen der SIU, auch wenn sowohl er als auch Martelli es übersehen hatten. Doch jetzt war Ivan hier und im Endeffekt war es vielleicht sogar besser, als einsam grübelnd in seiner Wohnung zu sitzen.

Seine Hände zitterten ein wenig. „Hör zu, Parker, ich bin ziemlich fertig. Macht es dir etwas aus, wenn ich mich jetzt hinlege? Ich räume das hier morgen auf."

„Nein, kein Problem. Ich kümmere mich schon darum, bevor ich meine Hausaufgaben mache."

Sich einmal richtig auszuschlafen würde ihm – und hoffentlich auch seiner Konzentration – guttun. Schließlich hatte er sich bisher nicht einmal einen Beruf für sein zweites Ich ausgedacht. Es war verdammt großes Glück, dass Parker ihn bisher nicht danach gefragt hatte. Er würde sich etwas mit flexiblen Zeiten überlegen müssen. Arbeitslosigkeit wollte er nicht vortäuschen, denn ein arbeitsloser, geschiedener und heterosexueller älterer Mann wäre für seinen jungen Mitbewohner vielleicht etwas zu viel des Guten gewesen.

Ivan ballte eine Faust, als er sich die knarzenden Stufen hinaufschleppte. Vor allem musste er aufhören, darüber nachzudenken, ob Parker jemals mehr als nur Freundschaft für ihn empfinden könnte. Das war das Wichtigste.

IVAN WURDE durch das ungewohnte Geräusch einer schweren Tür geweckt, die lautstark ins Schloss fiel. Er setzte sich keuchend auf und sah sich in einem unbekannten Zimmer um. Es kam vor, dass er in fremden Betten aufwachte, doch in diesem Bett hatte er eindeutig allein geschlafen – für mehr wäre auf dieser schmalen Matratze ohnehin kaum Platz gewesen.

Ach ja, er war als verdeckter Ermittler im Einsatz. Das Zimmer befand sich in Parkers Haus.

Sonnenlicht schien ungehindert durch die Fenster herein und machte den Raum heller und wärmer, als es Ivan lieb war. Ein Blick auf den Wecker bestätigte ihm, dass es bereits Nachmittag war. Er hatte tief und lange geschlafen, allerdings nicht unbedingt gut. Einige Traumfetzen blitzten lebhaft vor seinem inneren Auge auf, von denen die meisten mit Parker zu tun hatten. Anfangs noch sinnlich – offensichtlich hatte er die Lust verarbeitet, die der junge Mann in ihm auslöste – waren seine Träume bald düsterer und schmerzhafter geworden, bis er schließlich Parker an Dmitris Stelle vor sich gesehen hatte, wie ihm Blut aus dem Mund sickerte und wie es unter Ivans Händen hervorquoll, als er versuchte, ihn zu retten.

Ivan rieb sich das Gesicht. Am liebsten wäre er in Parkers Zimmer gestürzt, um sich davon zu überzeugen, dass es ihm gut ging. Aber das war dumm. Das hier war ein Einsatz und bei Parker handelte es sich um einen Kriminellen. Sobald Ivan genug Beweise gesammelt hatte, würde Parker im Gefängnis landen und Ivan in seinen Alltag zurückkehren. Je eher, desto besser, wenn man sich seine Träume ansah.

Sein Handy zeigte keine Nachrichten oder versäumten Anrufe von Martelli an. Also würde er wie geplant vorgehen, auch wenn er sich mit dem Herumschnüffeln zurückhalten musste, bis er Parkers Stundenplan besser kannte und sein Vertrauen gewonnen hatte. Stattdessen würde er zu seiner Wohnung fahren und ein paar Kartons mit Kleidung und Büchern herbringen, damit es nach einem echten Umzug aussah. Und diesmal musste er an einen Schlafanzug denken. Normalerweise schlief er nackt, aber jetzt lebte er mit jemandem zusammen, mit dem er keinen Sex hatte. Nachdem er seine Unterwäsche zurechtgerückt hatte, stand er auf.

Eigentlich brauchte er dringend eine Dusche, hatte nur leider auch kein Handtuch mitgebracht. Wer zog in eine neue Wohnung, ohne an ein Handtuch zu denken? Gott, wenn er diesen Einsatz nicht überlebte, war es seine eigene Schuld.

Hoffentlich hatte Parker nichts dagegen, wenn er sich vorübergehend ein Handtuch lieh. Der Wäscheschrank sah aus wie der seiner Mutter: Alles war ausgesprochen sauber und ordentlich gefaltet, viel mehr als in seinem eigenen. In diesem Haus war nichts, wie er es von einem Drogendealer oder einem Studenten erwartet hätte. Parker selbst war ebenfalls nicht, was er erwartet hatte, doch er würde schnell lernen müssen, damit umzugehen. Er nahm sich ein weiches, weißes Handtuch aus dem Schrank und schloss die ebenfalls weiß übergestrichene Holztür. Wie gern hätte er das alte Holz in diesem Haus aufgearbeitet und in den Ursprungszustand zurückgebracht. Und die Wände in einer dazu passenden Farbe gestrichen. Dann hätte es noch viel weniger nach der Behausung eines Studenten ausgesehen.

NACH EINER zweieinhalbstündigen Fahrt mit dem Taxi, der U-Bahn, der Straßenbahn und dem Bus erreichte Ivan seine Wohnung, ohne irgendwelche Verfolger bemerkt zu haben. Es war wirklich ätzend, das Auto nicht benutzen zu dürfen, das dort so einladend auf seinem Parkplatz stand. Wie sollte er jemandem folgen, falls es einmal nötig sein sollte? Leider war sein neues Auto zu auffällig, zu unverwechselbar und außerdem zu sehr unter dem Namen Ivan Bekker angemeldet.

Er schloss seine Wohnungstür auf und trat ein. Sich von Baker auf Bekker umzustellen war nicht leicht – vor allem, da es sich nicht um eine gewöhnliche verdeckte Ermittlung handelte. Er musste nicht nur vor Parker eine Rolle spielen, sondern auch im wirklichen Leben vor seinen Kollegen. Es würde eine große Herausforderung werden, bei den vielen Lügen die Übersicht zu behalten – eine Herausforderung, der er sich zurzeit unglücklicherweise nicht gewachsen fühlte.

Als Erstes rief er beim Revier an, um nach Simons Handynummer zu fragen. Wenn ihm jemand Informationen zu Kurts Zustand geben konnte, dann der Detective, mit dem Kurt zusammenarbeitete.

Während er wählte, ließ er sich auf das Sofa fallen, das Colin sich ausgesucht, aber aus irgendeinem Grund nicht bei seinem Auszug mitgenommen hatte.

Nach einigen Minuten meldete sich Simon. „Trent hier.“

„Hi, Simon. Hier ist Ivan.“ Er zögerte. „Bekker. Vom Drogendezernat.“

Simon lachte und sein Tonfall wurde freundlicher. „Ich weiß, wer du bist. Kurt hat die Operation gut überstanden und ist schon wieder wach. Zumindest war er das. Jetzt schläft er gerade.“

„Das ist toll“, antwortete Ivan voller Erleichterung.

„Es freut mich, dass du anrufst. Kurt verbringt gerne Zeit mit dir.“

Oh. Ivan kannte Simon nicht besonders gut, aber Kurts letzter Partner, Ben, hatte vor seiner Versetzung zur Mordkommission für das Drogendezernat gearbeitet. Schon nach wenigen Worten war deutlich, dass Simon sich sehr von Ben unterschied. Ben hatte immer Abstand gehalten. Ein guter Polizist, jedoch nicht sehr gesellig.

Eigentlich war Ivan nicht besonders überrascht gewesen, als sich nach Bens Tod herausgestellt hatte, dass er heimlich schwul gewesen war. Er hatte immer gewirkt, als hätte er etwas zu verbergen gehabt. Viel mehr hatte ihn Kurts Geständnis gewundert, dass er sich in Bens Lebensgefährten Davy verliebt hatte. Doch es hatte ihn auch gefreut, dass Kurt sich mit seinen Sorgen an ihn gewendet hatte und ihn als Freund zu betrachten schien.

„Das geht mir genauso. Ich bin froh, dass es ihm besser geht. Ich werde jetzt eine Zeit lang nicht erreichbar sein. Kannst du ihn wissen lassen, dass ich ihn so bald wie möglich besuche?"

„Kein Problem. Ich weiß nicht, wann er entlassen wird, aber er möchte dann bei Davy einziehen."

„Bei Davy? Wirklich?" Kurt hatte sich seit Monaten nach dem Mann verzehrt. Über die Einzelheiten wusste Ivan nicht Bescheid, doch es war offensichtlich gewesen, wie sehr Kurt ihn liebte.

„Ja. Sie haben sich in Ruhe ausgesprochen."

„Gut. Das freut mich." Das tat es wirklich. Schön, dass es auch glückliche Beziehungen gab. Niemand hatte es mehr verdient als Kurt.

„Und wie geht es dir, Ivan? Ein paar von den Jungs waren da, um Kurt zu besuchen, und haben von deiner Beurlaubung erzählt."

„Bei mir ist alles in Ordnung. Das wird schon." Sobald er diese Mission hinter sich gebracht hatte.

„Schön. Das wird Kurt sehr beruhigen."

„Ich muss jetzt Schluss machen, Simon. Aber ich melde mich so bald wie möglich bei Kurt."

„Dann mach's gut, Ivan."

Nachdem er aufgelegt hatte, atmete Ivan erleichtert durch. Simon hätte nicht so entspannt geklungen, wenn Kurt nicht tatsächlich auf dem Weg der Besserung gewesen wäre. Er erhob sich von der Couch.

Was sollte er packen? Er ging langsam durch die Wohnung und betrachtete alles. War Colin wirklich bereits vor acht Monaten ausgezogen? Auch jetzt gab es noch leere Stellen, die zeigten, was er mitgenommen hatte. Das Bücherregal war nur halb gefüllt und selbst in Ivans Schrank befanden sich noch Lücken, wo Colins Kleidung gewesen war. Armselig. Als wartete er auf Colins Rückkehr in sein Leben – nicht, dass er das verlogene Arschloch zurückwollte. Doch die Lücken, die er in der Wohnung hinterlassen hatte, ließen sie weniger wie ein Zuhause wirken. Hatte sie sich wie sein Zuhause angefühlt, als Colin noch hier gewesen war? Ivan konnte sich nicht mehr erinnern. Schon die Monate vor ihrer spektakulären Trennung waren von Anspannung und Unzufriedenheit erfüllt gewesen, als sie beide allmählich bemerkt hatten, dass sich ihre Beziehung nicht in die erwartete Richtung entwickeln würde. Trotzdem hätte Colin zumindest den Anstand besitzen sollen, es rechtzeitig zu beenden, anstatt Ivan zu betrügen.

Es war ein erstaunlich erfreulicher Gedanke, zu Parkers Haus zurückzukehren. Nur auf seine falsche Identität hätte er zu gern verzichtet. Es war nervenaufreibend und ermüdend, ständig auf jedes einzelne Wort zu achten und ja nicht zu vergessen, welche Lügen man erzählt hatte. Und die Lügen wären ihm wesentlich leichter gefallen, wenn der Mann nicht so liebenswert und unschuldig gewirkt hätte.

Ivan schnappte sich ein paar Kartons und machte sich daran, das Nötigste einzupacken. An seinem Nachttisch zögerte er, nahm aber neben dem Gleitgel schließlich noch ein paar Kondome. Er wollte lieber auf Nummer sicher gehen, auch wenn sie vielleicht eine Verlockung darstellen würden. Spielzeuge kamen allerdings nicht infrage – kein heterosexueller Mann hatte Dildos oder Buttplugs in seinem Nachttisch, da war Ivan sicher. Sollte Parker oder einer seiner Bekannten sich zum Schnüffeln entschließen, würden sie dadurch misstrauisch werden, was Ivan um jeden Preis vermeiden wollte.

Nachdem er gepackt hatte, rief er seine Mutter an, um sie wissen zu lassen, dass er eine Zeit lang nicht erreichbar sein würde.

„Ja, Mom, ich weiß. Nein, ich habe niemand Neuen kennengelernt."

Er tippte seufzend mit der Schuhspitze vor einen der Kartons, während er ihr (zumindest halb) zuhörte.

„Nein, ich belüge dich nicht. Falls ich jemanden kennenlerne und etwas Ernstes daraus wird, stelle ich ihn dir vor. Versprochen." Das traf auf Parker nun wirklich nicht zu und ein Mitglied einer Verbrecherorganisation würde er ohnehin nicht in die Nähe seiner Familie lassen.

Er betrachtete die vier Kartons, die er gepackt hatte. „Was? Nein, Mom. Ich muss jetzt Schluss machen." Er legte auf, während sie noch sprach, wozu er sich beim nächsten Treffen sicher einiges würde anhören müssen.

Wie sollte er die Kartons zu Parker transportieren? Seine Freunde waren alle Polizisten, die von der ganzen Sache nichts erfahren durften. Er wusste nicht, wem er vertrauen konnte oder wer vielleicht der falschen Person gegenüber etwas erwähnen würde. Mit Colins Freunden hatte er seit der Trennung nichts mehr zu tun und ein Auto zu mieten war ein zu großes Risiko. Seine Familie kam erst gar nicht infrage – die wollte er von seiner Arbeit so weit wie möglich fernhalten.

Er blätterte noch durch die Kontakte in seinem Telefonbuch, als er plötzlich vom Klingeln seines „neuen" Handys überrascht wurde.

„Hallo?"

„Ivan, läuft alles wie geplant?"

Es dauerte einen Moment, bis er die Stimme seines Chefs erkannt hatte.

„Ja, bisher schon."

„Sehr gut. Ich wollte Sie nur über einen Termin informieren, den Sie morgen Nachmittag um drei haben. Bloor Street 31, Raum 1912."

Ivan verdrehte die Augen. Da die Befragung der SIU auf dem Revier stattfinden würde, musste es sich um den vorgeschriebenen Termin beim Seelenklempner handeln. Das würde ein schöner Freitagnachmittag werden. Er kritzelte die Adresse auf einen Zettel.

„Na gut, ich werde da sein. Was ist mit der SIU?"

„Irgendwann nächste Woche. Passen Sie auf sich auf."

190

„Klar, Sarge." Ivan legte auf und grübelte weiter darüber nach, wie er die Kisten zu Parkers Haus transportieren konnte, ohne zu viel Aufmerksamkeit zu erregen.

„Dein Chauffeur ist hier", verkündete der schlanke blonde Mann, als er aus dem Auto stieg.

„Danke, Rick. Das ist wirklich nett."

„Kein Problem, ich helfe gern." Rick stemmte die Hände in die Hüften und zwinkerte ihm zu. Ivan musste lachen. Er hatte Rick kurz nach seiner Trennung von Colin kennengelernt. Sie hatten eine sehr nette Nacht miteinander verbracht, auf die noch weitere gefolgt waren, als Ivan seine neuen Freiheiten als Single genoss. Nach und nach hatte sich daraus eine Freundschaft entwickelt und sie hatten einiges zusammen unternommen, auch wenn sie am Ende des Abends meistens mit anderen Männern nach Hause gingen. Eine Beziehung würde daraus nämlich nicht entstehen. Rick war verdammt gut im Bett, aber ihre Vorlieben ergänzten sich nicht hundertprozentig. Außerdem war Rick ohnehin nicht an etwas Ernstem interessiert. Ivan hatte ihn angerufen, weil man ihn nicht direkt mit Ivan Bekker oder der Polizei in Verbindung brächte.

Nachdem er die Kartons in Ricks Auto geladen hatte, musterte er es. Rick war einer der auffälligsten schwulen Männer, die Ivan kannte, was sein unauffälliges Auto noch überraschender machte. Für Ivans Zwecke war es genau das Richtige.

„Verrätst du mir, was das Ganze soll, Großer? Ich dachte, dein Freund wäre ausgezogen und du bleibst hier."

„Ich darf nicht darüber reden. Aber es wäre gut, wenn du später auf einem Umweg nach Hause fahren würdest."

Er schnappte sich Ricks Handy und speicherte seine neue Nummer unter dem Namen Baker. „Falls dir etwas Ungewöhnliches auffällt, ruf mich unter dieser Nummer an. Aber bitte wirklich nur im Notfall."

Rick zog eine Augenbraue hoch. „,Ich sterbe, wenn ich nicht bald einen Typen zum Ficken finde' zählt wahrscheinlich nicht als Notfall, oder?" Er warf einen Blick auf das Display. „Baker?"

„Frag nicht. Bitte."

Rick schob das Handy schulterzuckend zurück in die Tasche seiner engen Jeans. „Du bist der Boss. Können wir?"

„Sekunde noch." Ivan nahm eine Handvoll Schlamm aus dem Beet mit den vor Kurzem gegossenen Rosen am Rand des Gartens und beschmierte damit die Nummernschilder. Nicht so sehr, dass man Rick anhalten würde, aber doch genug, um es einem Beobachter schwer zu machen, sie bei fahrendem Auto zu entziffern.

„Ganz anonym. Cool. Aber wisch dir bloß die Hände sauber, bevor du einsteigst."

Während Ivan sich die Hände am Rasen abwischte, warf er einen letzten Blick auf seine Wohnung. „Warte mal", rief er Rick zu und lief noch einmal hinein. Er war nicht sicher, ob er einen Fehler machte – und hoffte, dass er Rick nicht in Gefahr brachte –, doch Ivan war verzweifelt.

Als er ins Auto stieg, hatte er sein Handy und das Ladegerät bei sich.

„Rick, bitte heb das für mich auf. Wenn ich es brauche, melde ich mich."

„Mach ich, Großer."

„Aber heb nicht ab, wenn jemand anruft."

Rick rollte die Augen und nickte. „Können wir jetzt fahren?"

„Ja, aber versprich mir, dass du das hier niemandem erzählst."

„Süßer, sei nicht albern – mir würde sowieso niemand glauben."

OBWOHL ES ein Risiko darstellte, sich von Rick helfen zu lassen, hätte es ebenfalls verdächtig gewirkt, keine Freunde zu haben. Vor allem, wenn die Kisten dann auf mysteriöse Weise in Parkers Haus aufgetaucht wären. Allerdings ließ er Rick das Auto so parken, dass es vom Haus aus nicht gesehen werden konnte – auch wenn Rick nicht begeistert davon war, die Kartons so weit tragen zu müssen. Bisher hatte Ivan keinen Hinweis darauf entdeckt, dass Razhin Parkers Haus im Auge behielt, doch das konnte sich schnell ändern – besonders, wenn der Maulwurf etwas herausfand.

„Das Haus sieht nicht übel aus. Wo sollen die Kisten hin?"

Ivan stellte seine neben der Treppe ab. „Lass sie einfach hier stehen. Ich bringe sie später hoch."

Rick kam der Aufforderung nach und klopfte sich den Staub von der Kleidung.

Plötzlich hörte Ivan ein Schnaufen. Rick hatte es ebenfalls gehört.

„Hallo?" Rick schob sich an ihm vorbei ins Wohnzimmer und Ivan folgte ihm.

Auf der Wohnzimmercouch lag ein tief und fest schlafender Parker, der leise schnarchte. Ohne das Erröten und die Ungeschicklichkeit wirkte er weniger wie ein kleiner Junge, sah aber noch genauso hinreißend aus. Wie er dort lag, hätte man ihn für ein Model bei einem Fotoshooting halten können. Der Mann war atemberaubend. Absolut atemberaubend. Und Ivan stand kurz davor, sein Leben zu ruinieren, indem er versuchte Rhazin – zumindest im übertragenen Sinne – ins Bett zu kriegen.

Rick atmete hörbar ein, bevor er leise und voller Ehrfurcht fragte: „Ist das dein neuer Freund, Süßer? Dann verstehe ich, warum du so schnell einziehst. Diese Schönheit würde ich auch nicht aus den Augen lassen."

„Es ist nicht, was du denkst", flüsterte Ivan. Er wollte Parker nicht wecken. Er wollte auch nicht aufhören, ihn anzusehen.

„Oh, dann kannst du mich ihm ja vorstellen." In Ricks spielerischem Tonfall schwang etwas Wildes, Gieriges mit. Oder Ivan bildete es sich nur ein.

Jedenfalls spannte sich bei Ricks Worten jeder Muskel in seinem Körper an. Nur über seine Leiche würde Parker Rick kennenlernen. Dafür gab es viele Gründe, aber Ricks Sicherheit schien plötzlich nicht mehr an erster Stelle zu stehen. Das musste aufhören. Eifersucht wegen eines Manns, den er erst seit einem Tag kannte, war lächerlich. Außerdem war dieser Mann ein Krimineller, dem er das Handwerk legen sollte.

„Komm. Du solltest lieber gehen, bevor er aufwacht."

„Wenn es sein muss", antwortete Rick grinsend.

Ivan brachte ihn zur Tür. „Denk dran: Ruf mich an, wenn dir etwas Ungewöhnliches auffällt."

„Ungewöhnlicher als das hier?"

„Und vergiss diese Adresse, okay?", bat Ivan ihn, ohne auf seine Frage einzugehen.

„Dann mach ich mich auf den Weg", sagte Rick. „Und schnapp ihn dir", fügte er mit einem anzüglichen Zwinkern hinzu.

„Hör auf. So ist das wirklich nicht. Aber danke für deine Hilfe."

Rick umarmte ihn zum Abschied. Ivan gestattete sich, den Kontakt zu genießen. Es war viel zu lange her, dass er einen warmen Männerkörper in den Armen gehalten hatte. „Viel Glück."

ALS PARKER erwachte, roch er Tomatensoße. Er blinzelte verwirrt und dachte nach. Hatte er etwas auf dem Ofen vergessen? Er konnte sich nur noch daran erinnern, wie er sich nach einem langen Tag erschöpft auf das Sofa gesetzt hatte.

„Neil, bist du das?" Parker hievte sich vom Sofa hoch und betrat die Küche.

„Oh, hallo, du bist wach." Ivan lächelte ihm zu.

„Äh, ja." Ivan war nach Hause gekommen und hatte gekocht, ohne ihn zu wecken? Er musste wirklich müde gewesen sein. Kein Wunder, nach dem unruhigen Schlaf der letzten Nacht. Doch die Kopfschmerzen, mit denen er am Morgen aufgewacht war, hatten sich nach seinem unfreiwilligen Nickerchen noch verschlimmert.

„Das Essen ist gleich fertig. Kannst du Teller holen?"

Parker runzelte die Stirn. Einerseits wäre er am liebsten gleich ins Bett gegangen, andererseits konnte er sich nicht daran erinnern, wann das letzte Mal jemand für ihn gekocht hatte. Na gut, Ivan hatte vielleicht nicht direkt *für* ihn gekocht, wollte aber mit ihm teilen. Doch der stechende Schmerz in seinem Kopf hinderte ihn daran, eine Entscheidung zu treffen. Er rieb sich die Schläfen.

„Alles in Ordnung?" Ivan legte den Kochlöffel ab und wandte sich ihm zu.

„Ja. Ich habe nur Kopfschmerzen."

„Wann hast du das letzte Mal etwas gegessen?"

Wann war das gewesen? Zum Frühstücken hatte er zu lange geschlafen. „Gestern Abend. Die Pizza."

Ivan riss die Augen auf. „Gestern Abend? Kein Wunder, dass du Kopfschmerzen hast. Hol dir ein Glas Wasser und setz dich hin."

Immer noch leicht benebelt gehorchte er. Dann saß er dort, den Kopf in die Hände gestützt, und bemerkte nicht, wie Ivan sich näherte, bis vor ihm auf dem Tisch plötzlich ein Teller Spaghetti auftauchte. Er schaute auf und Ivan lächelte ihm über den Tisch hinweg zu.

„Ich hoffe, du magst Nudeln."

Parker erwiderte das Lächeln. Seine Mutter hatte ihm oft Spaghetti gekocht, als er noch ein Kind gewesen war. Er schob sich eine Gabel davon in den Mund und genoss den Geschmack. Obwohl Nudeln billig und schnell zubereitet waren, mied er sie normalerweise aus Sorge um sein Gewicht. Dieses eine Mal würde jedoch nicht schaden.

„Ja, danke."

„Verrätst du mir, wer Neil ist?"

Die wohlige Wärme in seinem Innern ließ beim Gedanken an Neil etwas nach. Doch auch wenn sie in letzter Zeit nicht immer einer Meinung waren, handelte es sich trotzdem noch um seinen Freund, den er schon seit der Mittelstufe kannte und der ein wichtiger Teil seines Lebens war.

„Er ist … ähm … ein Freund." Dass er außerdem der erste Mann gewesen war, mit dem er eine Beziehung geführt hatte, behielt er lieber für sich. Er hatte sich noch nie vor einem Mann wie Ivan outen müssen und wollte es sich mit seinem Mitbewohner nicht verderben. Ivan sollte ihn mögen und sich bei ihm wohlfühlen.

Nach kurzem Schweigen erkundigte sich Ivan: „Wie war dein Tag?"

„Ähm, meiner?"

Ivan lachte. „Wen sollte ich sonst meinen?"

Parker errötete. Er musste sich endlich zusammenreißen. Nur hatte er noch nie einen Mitbewohner gehabt, der dann auch noch so sexy war und für ihn kochte und ihn überraschend nach seinem Tag fragte.

„Gut. Ich hatte heute nur zwei Vorlesungen, aber ich war noch lange in der Bibliothek." Er aß noch einen Mundvoll Nudeln und unterdrückte ein Stöhnen. Warum schmeckte Essen immer besser, wenn es von jemand anderem gekocht worden war?

Parkers Blick folgte Ivans Zunge, als dieser sich Soße von den Lippen leckte.

„Was studierst du?"

„Zurzeit vor allem Soziologie."

„Vor allem? Hast du dich noch nicht für ein Hauptfach entschieden?"

Parker zeichnete mit der Gabel Muster in die Soße auf seinem Teller. Viel mehr sollte er besser nicht essen. „Ich muss einiges nachholen. Ich habe viel verpasst, als meine Mutter krank war. Und weil ich nicht wusste, ob ich gleich wieder mit einem vollen Stundenplan zurechtkommen würde, habe ich erst mal nur wenige Kurse belegt."

194

Was ein Fehler gewesen war. So hatte er viel zu viel Zeit gehabt, um das leere Haus zu bemerken, und musste sich ständig von Neil anhören, dass die Uni nur Zeitverschwendung war. Glücklicherweise wusste Neil nicht, wo Parker neuerdings einen großen Teil seiner Zeit verbrachte. Das hätte vermutlich zu einem Wutanfall geführt.

„Das kann ich verstehen. Laufen die Kurse denn gut?"

Parker grinste. „Ja, sogar sehr. Bisher nur glatte Einsen."

Ivan erwiderte das Grinsen. „Das freut mich. Oh, bevor ich's vergesse: Willst du ein Glas Wein?"

„Wir haben Wein?"

„Ich habe ein paar Flaschen mitgebracht." Ivan legte den Kopf schief. „Du bist doch alt genug, oder?"

„Ja, natürlich. Ich bin zweiundzwanzig."

„Oh, schon *zweiundzwanzig*", neckte Ivan sanft, während er aufstand, um eine Weinflasche aus dem Schrank zu holen. „Praktisch ein alter Mann."

„Wie alt bist du denn?" Eindeutig älter als Parker, aber ganz sicher auch nicht *alt*.

„Vierunddreißig." Mit geübter Hand entkorkte Ivan die Weinflasche. Parker kam sich daneben wie ein unerfahrener Junge vor.

Purpurrote Flüssigkeit ergoss sich in zwei Weingläser, von denen Parker nicht sicher war, ob sie ihm gehörten. Er verstand nicht, warum Ivan bei seiner Antwort das Gesicht verzog. Vierunddreißig war wirklich nicht alt, schon gar nicht, wenn man wie Ivan aussah.

„Was bist du übrigens von Beruf? Das hast du mir noch gar nicht erzählt." Er konnte sich auch nicht daran erinnern, dass Liz von der Wohnungsvermittlung es erwähnt hatte.

„Versicherungsvertreter."

Oh. Einerseits kam ihm Ivan für einen Versicherungsvertreter zu gut aussehend vor, andererseits ließ es ihn viel mehr wie einen gewöhnlichen Menschen wirken.

Parker nahm das Glas entgegen, das Ivan ihm mit einer eleganten Geste reichte, und roch daran. Er trank fast niemals Wein, doch dieser hier hatte einen angenehmen Geruch. „Was ist das für einer?"

„Ein weicher Merlot. Ich habe keine Ahnung von Wein, aber es gibt ein paar, die mir schmecken. Das ist einer davon."

Ivans unbekümmerte Antwort beruhigte Parker. Er probierte einen Schluck. Er schmeckte nichts von den vielen Dingen, mit denen Wein oft beschrieben wurde, doch er wusste, dass ihm der kräftige Geschmack und die leicht brennende Wärme in seiner Kehle gefielen.

„Er schmeckt gut."

Ivan hob sein Glas. „Auf unsere neue Wohngemeinschaft."

195

Die plötzliche Wärme in seinem Bauch hatte wenig mit dem Wein und viel mehr mit Ivans Aufmerksamkeit zu tun. Ihm war klar, dass es sich nicht um ein Date handelte, dass Ivan nicht schwul war. Trotzdem konnte er doch ein bisschen so tun als ob, oder?

„Auf unsere Wohngemeinschaft", flüsterte er und ließ sein Glas sanft gegen Ivans stoßen, bevor er einen weiteren Schluck trank. Auch wenn es Neil nicht passte, war ein Mitbewohner seine beste Idee seit langer Zeit gewesen.

„Welche Filme magst du? Wir können uns doch nach dem Essen einen ansehen."

Parker grinste. Nein, es war kein Date. Aber es war das perfekte Beispiel dafür, wie jedes Date sein sollte.

3

IVAN FAND einen Sitzplatz in der hintersten Ecke des Busses. Im Augenblick verspürte er das Bedürfnis, an möglichst vielen Seiten von einer Wand geschützt zu werden. Vier Stunden Fahrt mit öffentlichen Verkehrsmitteln zu einem Termin beim Psychiater waren anstrengend gewesen und Martellis Mission vor ihm zu verbergen hatte sich als erstaunlich mühsam erwiesen – Dr. Sanchez schien von seinen ausweichenden Antworten nicht besonders begeistert gewesen zu sein. Wenn es so weiterging, würde seine Beurlaubung noch lange andauern.

War es nicht schon schlimm genug, die Schießerei immer wieder in seinen Träumen durchleben zu müssen? Musste er das nun auch noch bei diesen Terminen tun? Eigentlich hatten die Ausflüchte bereits dabei begonnen: In diesen Träumen sah er nicht Dmitri, sondern Parker. Obwohl er ihn erst vor wenigen Tagen kennengelernt hatte, war es Parker, den er im Traum erschoss, Parkers Wunde, auf die er verzweifelt seine Hände presste, Parkers Herz, das er unbedingt wieder zum Schlagen bringen wollte. Wie hätte er das vor Sanchez zugeben können? Erstens hatte er Parker offiziell nie kennengelernt, zweitens verstand er selbst nicht, warum er in seinen Träumen auftauchte. Er durfte nicht vergessen, dass Parker für ihn nur ein Job war, ein Krimineller wie jeder andere.

Zu allem Überfluss hatte Sanchez seine Nase anschließend auch noch in Ivans Privatleben gesteckt. Glücklicherweise hatte er nicht negativ auf Ivans sexuelle Orientierung reagiert, sonst wäre Ivan nach all dem Stress in letzter Zeit vermutlich handgreiflich geworden. Jedenfalls sollten seine Neigungen und sein Singledasein ihn nicht daran hindern, das Trauma zu verarbeiten. Auch wenn er nicht abstreiten konnte, wie sehr er sich darauf freute, nach Hause zu kommen und vielleicht wieder einen gemütlichen Abend mit Parker auf der Couch zu verbringen. Andererseits war ihm an diesem Tag so ziemlich alles recht, solange er um Gottes willen nicht mehr über seine Gefühle reden musste.

Er kam sich danach so verletzlich vor, dass er sich beinahe wünschte, irgendjemand würde ihn provozieren – mit mehr als der üblichen Unfreundlichkeit in öffentlichen Verkehrsmitteln –, damit er sich ein bisschen aufspielen und seine Fäuste benutzen könnte. Vielleicht hätte das gegen die manchmal plötzlich aufsteigende Wut geholfen, mit der er in letzter Zeit kämpfte. Aber er befand sich bereits zu nah bei Parkers Haus. Die Aufmerksamkeit der Polizei auf sich zu lenken wäre dumm und gefährlich gewesen.

An der richtigen Haltestelle angekommen stand Ivan auf und bahnte sich seinen Weg durch die für einen Freitagabend typisch dichte Menschenmenge im Bus.

Ein untersetzter Mann mit Aknenarben warf ihm einen bösen Blick zu, den Ivan erwiderte.

„Pass auf, wo du hintrittst", knurrte er mit so starkem russischem Akzent, dass er kaum zu verstehen war.

Ivan schob sich an ihm vorbei und fragte sich, ob es sich bei dem harten Gegenstand in der Tasche des Mannes um eine Waffe handelte. Nachdem er ausgestiegen war, drehte er sich noch einmal um. Der Mann starrte ihn aus dem Fenster des Busses unbeirrt an, bis er nicht mehr zu sehen war.

Scheiße. War es Zufall? Oder war ihm jemand gefolgt?

Ivan ballte seine plötzlich kalten Hände zu Fäusten und sah sich auf der Straße um. Als er ein Café entdeckte, eilte er hinein und suchte sich einen Fensterplatz, wo er sich den größten Kaffee auf der Speisekarte bestellte. Während er davon trank, musterte er die Passanten, immer auf der Suche nach jemandem, der sich verdächtig verhielt. Er konnte es sich nicht leisten, jemanden zu Parkers Haus zu führen. Falls ein Mitglied von Razhins Organisation ihn mit der Polizei in Verbindung brachte oder Parker für gefährlich hielt, würden einer oder beide von ihnen sterben.

„Möchten Sie noch einen Kaffee, Sir?"

Ivan schaute auf. Eine Kellnerin betrachtete ihn mit besorgtem Gesichtsausdruck.

„Nein, ich habe gerade erst einen ..." Er runzelte die Stirn. Die fast volle Tasse in seiner Hand fühlte sich kalt an. „Wie spät ist es?"

„Halb acht."

Er hatte zwei Stunden im Café gesessen. Wie hatte ihm das nur passieren können?

„Danke." Er legte ein paar Dollarscheine auf den Tisch und machte sich hastig auf den Weg. Niemand schien ihn zu beachten, als er nervös den Rest des Wegs zu Parkers Haus zurücklegte.

NACHDEM ER das Haus betreten hatte, warf er die Tür zu und lehnte sich mit geschlossenen Augen dagegen. Dermaßen die Konzentration zu verlieren – beziehungsweise sich so auf etwas zu konzentrieren, dass er die Welt um sich herum vergaß – sah ihm überhaupt nicht ähnlich. Kein bisschen. War das am Ende die größte Gefahr? Dass sein Unterbewusstsein sich gegen seine falsche Identität wehrte und ihn dazu brachte, sich zu verraten?

„Du bist spät dran. Ein langer Tag im Büro?"

Ivan zuckte zusammen, beruhigte sich allerdings gleich wieder, als er die Augen öffnete und in Parkers freundlich lächelndes Gesicht blickte. So unsicher er im Augenblick auch war, gab es bei seiner Mission wenigstens in einer Hinsicht Fortschritte: Parker behandelte ihn bereits wie einen Freund.

„Ähm, ja. Viel zu tun. Und mit dem Bus dauert alles länger." Ivan atmete tief durch, um auch den letzten Rest seiner Nervosität abzuschütteln. Parker war nach wie vor ein Krimineller, den er nicht misstrauisch machen durfte.

„Das stimmt. Mich stört es nicht besonders, aber wenn man nicht daran gewöhnt ist, nervt es bestimmt ziemlich." Parker zuckte mit den Schultern. „Es sind noch Käsemakkaroni übrig, falls du Hunger hast. Auch wenn ich nicht der beste Koch bin, habe ich ein paar Gerichte gelernt."

Käsemakkaroni. Eigentlich hatte er ohne sein Auto wenig Lust zum Einkaufen, wollte allerdings auch nicht unbedingt schon wieder Nudeln essen. Vielleicht würde er noch etwas anderes finden.

„Hast du dein ganzes Leben hier gewohnt?", führte er das Gespräch fort, während er von Parker begleitet die Küche betrat.

„Ja, mit meiner Mutter. Das Haus hat meiner Großmutter gehört." Das erklärte, wieso es jetzt Parkers Haus war. Zumindest ein Rätsel hatte sich damit gelöst.

„Und du hast kein Auto?" Das würde es für ihn doch ziemlich schwierig machen, seine Kunden zu bedienen, wenn es sich nicht nur um eine Handvoll Studenten auf dem Campus handelte. Und in diesem Fall wäre diese Mission für einen kleinen Fisch wie Parker völlig übertrieben.

Parker lehnte sich an die Arbeitsplatte, was Ivan erneut an ein Model bei einem Fotoshooting erinnerte. Er sah elegant und lässig aus. Seine Haltung lenkte die Aufmerksamkeit auf seine Hüften, ohne zu offensichtlich zu wirken. Trotzdem konnte Ivan nicht ausschließen, dass es sich um volle Absicht handelte. Vielleicht hatte Parker seine falsche Heterosexualität durchschaut und versuchte jetzt, ihn zu verführen. Einerseits war das wortlose Angebot sehr verlockend, andererseits missfiel es Ivan, dass sich Parker so einfach einem fremden älteren Mann darbot.

„Ich fahre nicht gerne im Stadtverkehr, aber das Auto meiner Mutter habe ich noch."

Dann besaß er also doch eins. Ivan würde herausfinden müssen, wo es sich befand, damit er es sich näher ansehen konnte.

Nachdem Ivan im Kühlschrank alle notwendigen Zutaten für ein Omelett gefunden hatte, machte er sich ans Gemüseschneiden.

„Dann willst du die Makkaroni nicht?" Parkers leicht verletzter Tonfall ließ Ivan aufschauen und in Parkers traurige Augen blicken.

„Ich esse sie zu meinem Omelett." Keine besonders appetitliche Kombination, aber besser als das Gefühl, einen unschuldigen Welpen getreten zu haben. „Ich habe ziemlich viel Hunger, da hätten mir die Nudeln allein nicht gereicht."

Und schon war das strahlende Lächeln zurück. Ivan konnte nicht anders, als es zu erwidern.

„Oh, ach so. Tja, und wie war dein Tag – abgesehen von lang und anstrengend?"

Die Frage machte Ivan nachdenklich. Er erinnerte sich noch daran, wie Colin und er über ihren Tag geredet hatten, häufig beim gemeinsamen Kochen. Es war angenehm gewesen, auch wenn Ivan nicht zu viel über seine Fälle verraten durfte. Allerdings hatten sie damit schon eine ganze Weile vor der Trennung aufgehört. An den genauen Zeitpunkt konnte er sich nicht erinnern, doch im Nachhinein war ihm klar, dass es der Anfang vom Ende ihrer Beziehung gewesen sein musste, als sie sich nicht mehr füreinander interessierten. Vielleicht würde ihm diese Information helfen, wenn er sich das nächste Mal in eine Beziehung stürzte. Allerdings hatte er nicht damit gerechnet, diese Tradition einmal mit einem Verdächtigen fortzuführen.

„Oh, ich musste nur viel reden und mir jede Menge Gejammer von meinem Chef über schlechte Umsätze anhören. Bei der aktuellen Wirtschaftslage kann man Leute nur schwer davon überzeugen, in die Zukunft zu investieren." Na bitte. Das klang doch sehr überzeugend. Vielleicht sollte er sich auch eine Aktentasche kaufen. Würde das seltsam wirken, wenn er jetzt noch keine hatte? Dann würde er eben behaupten müssen, sie bisher in seinem Büro gelassen zu haben. Es war wirklich ärgerlich, dass er so wenig Zeit zum Planen gehabt hatte. Vielleicht sollte er …

„Musst du nicht mal umrühren?"

Ivan blinzelte und betrachtete die beinahe schwarzen Zwiebeln. „Oh. Natürlich. Entschuldige, ich habe nur nachgedacht." Es war riskant, sich so ablenken zu lassen – und zwar nicht nur wegen der Gefahr eines Küchenbrandes. Er musste sich endlich zusammenreißen.

„Und wie war dein Tag?" Sein Blick wanderte wieder zu Parker. Es war schwer, ihn lange von diesem traumhaften jungen Mann abzuwenden.

„Nichts Besonderes. Nur Uni und Lernen."

Nachdem Ivan aus den fast verbrannten Zwiebeln und den anderen Zutaten sein Omelett zubereitet hatte, ging er damit zum Tisch. Parker folgte ihm.

„Hast du Pläne fürs Wochenende?" Parker betrachtete Ivans Teller.

„Nein, bis jetzt noch nicht. Möchtest du probieren?" Der Junge aß nicht genug. Vielleicht befand er sich in finanziellen Schwierigkeiten – was die Suche nach dem Mitbewohner und den Einstieg in Razhins Organisation erklärt hätte. Als Drogendealer wandte man sich wohl nicht gerade wegen einer Hypothek an seine Bank.

Nach einem letzten sehnsüchtigen Blick schüttelte Parker den Kopf. „Nein, ich bin satt."

„Was ist mit dir? Hast du schon was vor?"

Parkers volle Lippen öffneten sich gerade zu einer Antwort, als er vom Geräusch der sich öffnenden Haustür unterbrochen wurde. Ivans Muskeln spannten sich, bereit, einen Eindringling zu überwältigen.

„Hallo?"

„In der Küche", rief Parker.

Ivan verzog das Gesicht. Hatte er sich nicht gerade vorgenommen, sich zusammenzureißen? Warum war er nur so schreckhaft? Er zwang sich, ruhig sitzen zu bleiben, da Parker den Fremden offensichtlich kannte.

Als ein kleiner, muskulöser Mann in die Küche stolzierte, vermutete Ivan gleich, dass er sowohl mit den Muskeln als auch mit dem übertrieben selbstbewussten Auftreten seine Körpergröße kompensieren wollte. Er erinnerte sich an seine eigene Jugend, als er so ziemlich alles dafür gegeben hätte, noch ein paar Zentimeter zu wachsen und die magische Ein-Meter-achtzig-Grenze zu erreichen. Es musste frustrierend sein, sich so weit davon entfernt zu befinden – zumindest hatte er viele Männer kennengelernt, die es sehr beeinflusst hatte. Trotz seiner Größe war der Neuankömmling gut aussehend und zog sicher einige Blicke auf sich, wirkte allerdings neben Parker unvollkommen, beinahe gewöhnlich. Wie ein Filmstar, den man überraschend am Strand erwischt hatte, neben einem anderen, der gerade für Werbeaufnahmen posierte.

„Was für ein netter Anblick. Wer ist das, Parker?" Ivan widerstand dem Drang, sich bei diesem arroganten Tonfall zu seiner vollen Größe aufzurichten. Er war ähnlich muskulös und hätte den Mann wie Parker überragt. Er begnügte sich jedoch damit, die Gabel abzulegen.

„Das ist mein Mitbewohner Ivan", sagte Parker voller Stolz und lächelte ihm zu. Ivan lächelte zurück. „Ivan, das ist ... ein Freund. Neil."

War das also Parkers Freund? Ivan streckte ihm eine Hand entgegen. Neil schüttelte sie und drückte wie erwartet fester zu als nötig, als könnte er ihn damit beeindrucken.

„Schön, dich kennenzulernen, Neil."

Neil gab als Antwort lediglich ein Brummen von sich. Ivan konnte praktisch spüren, wie Parker ein Augenrollen unterdrückte. Neils Verhalten schien für ihn nichts Neues zu sein.

„Tja, Ivan, bist du nicht ein bisschen zu alt für die Uni?"

Da sein provozierender Tonfall Parker nicht zu beunruhigen schien, ließ Ivan sich ebenfalls nicht davon stören.

„Ich bin kein Student." Obwohl der Gedanke durchaus verlockend war. Und wenn er ein paar Kurse belegte, hätte er einen Vorwand, um Parker im Auge zu behalten.

Neil runzelte voll übertriebener gespielter Verwunderung die Stirn. „Warum brauchst du dann einen Mitbewohner?"

„Weil es billiger ist. Meine Frau hat mir nach der Scheidung nicht viel übrig gelassen."

„Ach ja? Und wie kam das?", fragte Neil mit hochgezogenen Augenbrauen. „Hast du sie betrogen? Oder bist du ein bisschen zu grob geworden?"

Parker keuchte entsetzt und legte Neil eine Hand auf die Schulter. „So was fragt man nicht."

„Und warum nicht? Das solltest du nämlich fragen, bevor du einfach einen Fremden einziehen lässt. Es würde mich schon interessieren, wie ein kleines Frauchen seinen Mann heutzutage noch so ruinieren kann."

Ivan brauchte eine Sekunde, um die Wut zu zügeln, die Neils gehässige Worte in ihm auslösten. Aber er durfte sich nicht mit Neil anlegen. Es würde ihn bei Parker nicht besonders beliebt machen, wenn er sich mit seinem Freund stritt.

„Sie hatte einfach die besseren Anwälte", sagte er ruhig.

„Tut mir leid, Ivan. Du musst auf solche Fragen nicht antworten."

„Und du musst dich verdammt noch mal nicht für mich entschuldigen", sagte Neil mit vor Verärgerung geröteten Wangen. „Komm, wir sollten deinen Mitbewohner jetzt in Ruhe essen lassen."

„Aber ..."

„Ich muss mit dir reden."

Parker warf ihm einen bedauernden Blick zu, bevor er Neil aus der Küche folgte. Ivan konnte nicht anders, als den knackigsten Hintern der Welt anzustarren. Gott, Parker und diese Mission würden ihn noch in den Wahnsinn treiben.

Als hätte er seinen Blick gespürt, schlang Neil einen schützenden Arm um Parkers Taille. Ivan hörte das Quietschen der Stufen gefolgt vom Geräusch einer zufallenden Tür. Er senkte den Blick zu seinem Teller. Obwohl er eigentlich keinen Appetit mehr hatte, zwang er sich zu ein paar weiteren Bissen, bevor er aufgab und den Rest entsorgte.

NEIL LIEß sich auf Parkers Bett fallen, während Parker sich auf einen Stuhl setzte.

„War das nötig? Du hättest ruhig ein bisschen netter sein können."

„Warum? Ich verstehe immer noch nicht, wieso du einen Mitbewohner willst. Du brauchst doch keinen."

Parker zuckte mit den Schultern. Er hatte schon vor Wochen versucht, Neil zu erklären, wie unwohl er sich in diesem Haus fühlte, das ihm so leer und bedrückend vorkam. Er hatte natürlich auf einen netten Mitbewohner gehofft, hatte aber nicht damit gerechnet, dass er ihn gleich so sehr mögen würde. Davon abgesehen war er attraktiv genug, um Parker auf ziemlich unanständige Gedanken zu bringen.

„Ich brauchte einfach ein bisschen Gesellschaft", antwortete er schließlich.

Neil schnaubte. „Nette Gesellschaft. Ein alter Typ. Bestimmt ein Perversling."

„Das ist er nicht, jetzt hör schon auf. Und alt ist er auch nicht." Älter als er und Neil, aber nicht alt.

„Für so einen harmlosen Mann hat er dir aber ziemlich viel auf den Arsch gestarrt."

Parker errötete schockiert. „Er war verheiratet!"

„Und deswegen kann er nicht schwul sein? Dein strammes Hinterteil hat ihm jedenfalls gefallen. Wahrscheinlich wäre ihm jedes Frischfleisch recht."

Neil zog einen Joint hervor und zündete ihn an, ohne Parkers Reaktion auf seine Worte zu beachten. Parker krallte sich an den Armlehnen des Stuhls fest und holte tief Luft. Dass Männer wie Neil ihn so einfach mit Worten wie „Frischfleisch" bezeichneten, war einer der Gründe, aus denen er sich in der Schwulenszene nicht wohlfühlte. Er wollte sich unterhalten und jemanden kennenlernen, bevor er mit ihm schlief. Er wollte eine Beziehung, keinen One-Night-Stand. Wenn er mit Neil ausging, schien es den Männern nur um Sex zu gehen.

Doch jetzt machte er sich plötzlich Hoffnung. Hoffnung, dass Ivan vielleicht doch schwul sein könnte. Dass er Parker anziehend fand. Er hatte sich bereits daran gewöhnt, Ivan im Haus zu haben, und wollte nicht, dass dieser ihn jemals wieder verließ. Er wippte nervös mit dem Fuß – eine schlechte Angewohnheit, die er einfach nicht loswurde –, was den alten Stuhl beinahe so laut quietschen ließ wie die Treppe. Es war ein vertrautes, beruhigendes Geräusch.

Nach ein paar Zügen schaute Neil zu ihm herüber. „Oh, verdammt. Du magst ihn, oder?"

Da es bereits dämmerte und die Vorhänge zugezogen waren, wurde das Zimmer nur vom schwachen Licht einer Nachttischlampe erhellt, das hoffentlich verbarg, wie heftig er errötete. „Er ist mein Mitbewohner. Und bis jetzt ein ziemlich guter. Ich glaube, wir könnten Freunde werden."

„Freunde." Aus Neils Mund klang das Wort noch hässlicher und verächtlicher als „Frischfleisch". „Sei nicht so dumm. Selbst wenn er wirklich nur ein langweiliger Typ ist und kein verrückter Serienmörder, könntet ihr niemals Freunde sein. Du bist noch nie verreist. Hattest nie eine richtige Arbeit. Du bist nur ein Student. Ihr habt nichts gemeinsam."

Parkers Bein wippte schneller und das Quietschen verlieh seiner Unruhe Ausdruck. „Aber ..."

Neil gelang es, gleichzeitig an seinem Joint zu zeihen und die Augen zu rollen. Er behielt den Rauch kurz in seiner Lunge, bevor er ihn langsam ausströmen ließ, während Parker noch nach den richtigen Worten suchte.

„Nichts aber."

Zu spät.

„Bestimmt ist er so ein gruseliger Typ, der darauf aus ist, sich zu Hause von dir den Schwanz lutschen zu lassen, während er sich eigentlich nach einer neuen Frau umguckt. Wie hast du den Kerl überhaupt gefunden?"

„Über die Wohnungsvermittlerin der Uni. Sie hatte ein Gespräch mit ihm."

„Und selbst hast du nicht mit ihm gesprochen? Du bist ein Idiot."

Bei Neils demütigenden Worten zog sich sein Magen schmerzhaft zusammen. War es wirklich ein Fehler gewesen, Liz zu vertrauen? Sie machte einen freundlichen, kompetenten Eindruck. Ivan war bisher so nett gewesen und war ihm nicht ein einziges Mal zu nahe gekommen oder hatte ihn auf unangebrachte Weise berührt, wie es viele von Neils Freunden taten – auch wenn es nicht schwer war, ihre Annäherungsversuche abzuweisen, da er wusste, dass sie sich damit sowieso nur über ihn lustig machten.

„Ich mag ihn." Er warf Neil einen bösen Blick zu. Warum sorgte der Mensch, der ihn seine ganze Schulzeit hindurch beschützt hatte, der ihm bei der Sache mit seiner Mutter beigestanden und ihm später bei den Verträgen, Vorschriften und Formularen geholfen hatte, nur immer wieder dafür, dass er sich wie ein unattraktiver, inkompetenter Idiot fühlte? Nicht, dass er das Neil gegenüber jemals zugegeben hätte. „Sei kein Weichei" war einer seiner liebsten Sprüche und Parker hatte ihn sich im Laufe der Jahre viel zu oft anhören müssen.

Neil schüttelte den Kopf. „Du wirst noch bereuen, dass er jetzt hier wohnt."

„Tja, du wolltest ja nicht einziehen."

„Das geht einfach nicht. Ich brauche meine eigene Wohnung. So bin ich eben."

Parker zuckte mit den Schultern. „Ich weiß. Aber ich teile lieber." Seit er allein dort lebte, fühlte sich das Haus viel zu einsam an.

„Ich konnte es kaum erwarten, endlich alleine leben zu dürfen. Und du könntest hier eine nie endende Party feiern. Aber wenn der Alte jetzt hier wohnt, ist es vorbei mit dem Spaß. Jammer mir bloß nichts vor, wenn alles schiefgeht."

Es würde nicht schiefgehen. Neil hatte unrecht: Ivan war nicht schwul. Und selbst wenn, interessierte er sich sicher nicht für Parker. Das tat so gut wie niemand. Er und Neil hatten miteinander ihre ersten Erfahrungen gemacht, passten am Ende jedoch besser auf freundschaftlicher Basis zusammen. Seitdem war Neil mit bestimmt zehnmal so vielen Männern ins Bett gegangen, wie Parker überhaupt angesprochen hatten. Und selbst von denen hatte Parker nicht mit allen geschlafen. Sex war für ihn etwas so Intimes, dass er ihn nicht gern mit Fremden hatte, auch wenn ihn das vielleicht mädchenhaft machte – so bezeichnete ihn Neil zumindest oft: fett und mädchenhaft. Wie sollte sich da ein sexy Mann wie Ivan für ihn interessieren, selbst wenn er offenbar der netteste Mensch der Welt war?

„Keine Sorge, Neil, das werde ich nicht." Sein Bein wippte immer noch.

„Komm her und nimm einen Zug, bevor nichts mehr da ist. Du hast ein bisschen Entspannung eindeutig nötig." Neil deutete mit dem glühenden Joint auf Parkers Bein.

„Nein, lieber nicht."

Neil verdrehte die Augen. Allerdings würde der Rauch im Zimmer auf Parker schon genug Wirkung zeigen und mehr wäre für jemanden wie ihn wirklich gefährlich gewesen. Neil schien seine Vorsicht für übertrieben zu halten, doch Parker hatte seiner Mutter in seiner Highschoolzeit einige Male einen ziemlichen Schrecken eingejagt. Wäre er damals allein im Haus gewesen, wäre er jetzt vermutlich nicht mehr am Leben.

Neil nahm einen letzten Zug und drückte den Stummel im Aschenbecher aus, der extra für ihn in Parkers Schlafzimmer stand. „Willst du nachher nicht doch mitkommen?"

„Du weißt doch, wie sehr ich diese Clubs hasse." Parker fühlte sich unwohl, wenn alle nur nach einem Sexpartner Ausschau hielten. Er konnte nie glauben, dass die Männer, die ihn ansprachen, es ernst meinten. Er traute es Neil durchaus zu, dass er andere bezahlte, um Parker ein bisschen zu „helfen". Und diese Blicke. Alle starrten ihn an und jeder kleinste Makel schien sich unter den bunten, blinkenden Lichtern zu vervielfachen.

„Warum stellst du dich nur immer so an?"

„Warum bleiben wir nicht einfach hier? Wir könnten uns einen Film ansehen." Vor dem Tod seiner Mutter und in der Zeit danach hatten sie das oft getan und Parker war für Neils Gesellschaft sehr dankbar gewesen. Doch in den letzten Monaten hatte Neil viele neue Freunde gefunden, zu denen Parker einfach nicht passte. Er passte nie dazu.

„Das geht nicht. Wenn ich jemals meinen eigenen Club eröffnen will, muss ich mit den Leuten da reden."

Warum das während der Öffnungszeiten nötig war, wenn die laute Musik sich zum Tanzen, jedoch nicht zum Reden eignete, war Parker nicht ganz klar. Aber das musste Neil selbst wissen. Seit ihrem ersten Abend in einem Club wollte er unbedingt einen eigenen besitzen.

„Wenn du schon zu Hause bleibst, kümmer dich endlich mal um diese Kisten." Neil stieß mit der Faust gegen die am nächsten stehende. „Und träum nicht die ganze Zeit davon, dass dein Mitbewohner sich an dich ranmacht", fügte Neil hinzu und warf ihm ein Kissen ins Gesicht.

Neil lachte über Parkers entsetztes Keuchen. „Oh, Parker … ich will deinen Schwanz …" Parker unterbrach Neils gekünstelt gehauchte Worte, indem er erst das Kissen zurückwarf und sich dann auf Neil stürzte.

Neil lachte sein lustiges, zugedröhntes Lachen.

„Ich kann nicht glauben, dass du scharf auf deinen Mitbewohner bist. Das ist so klischeehaft."

„Klischeehaft? So schwierige Wörter kennst du jetzt schon?"

Neil strubbelte ihm kichernd durchs Haar und Parker ließ sich neben ihm aufs Bett fallen. So lagen sie dann da und starrten an die Decke.

„Kannst du Musik anmachen? Ich habe noch ein bisschen Zeit, bis ich los muss." Während Neil einen zweiten Joint anzündete, suchte Parker die Fernbedienung für die Dockingstation, an die er seinen MP3-Player angeschlossen hatte. Da er sich mit Ivan noch nicht über Grundregeln zu Dingen wie Besuch und Musiklautstärke unterhalten hatte, stellte er die Musik ziemlich leise.

„Du kannst später wiederkommen und hier übernachten." Auch wenn er sich für diese Bitte hasste, war Neil einfach ein so vertrauter Teil seines Lebens. Ivan war neu und verlockend, doch Neil stand für Stabilität, wenn Parker seine verloren hatte.

„Auf keinen Fall. Heute lege ich jemanden flach. Und ich kann hier sowieso nicht gut schlafen."

Parker legte einen Arm über seine Stirn und ließ sich vom süßlichen Duft des Rauches beruhigen. Er stellte sich vor, dass der warme Körper neben ihm jemand anderem als seinem besten Freund gehörte. Jemandem, der sein Leben mit ihm teilen wollte. Jemandem, der mit ihm schlafen wollte. Doch wenn er schon seinen besten Freund nicht davon überzeugen konnte, bei ihm zu bleiben, wie sollte es ihm dann bei jemand anderem gelingen?

IVAN LIEß sich aufs Sofa fallen und schaltete den Fernseher ein. Er schaltete sich durch die Kanäle, fand jedoch nichts, das ihn von der Erinnerung an den Anblick ablenkte, wie Neil Parker die Treppe hinaufgeführt hatte. Es war noch früh am Abend, da hatten sie doch bestimmt keinen Sex. Neil war zum Ausgehen gekleidet gewesen. Oder er wollte damit nur seinen superheißen Freund beeindrucken. Selbst einen gut aussehenden Mann wie Neil musste es viel Mühe kosten, auch nur annähernd mit Parker mitzuhalten.

Plötzlich hörte er über sich ein leises Quietschen und schaltete den Ton des Fernsehers aus. Scheiße. Parkers Schlafzimmer befand sich direkt über ihm. Eigentlich hätte er die Zeit nutzen sollen, um hier unten nach Beweisen zu suchen, doch im Augenblick war er zu verärgert. War Parker wirklich so unhöflich, dass er ihn hier einfach sitzen ließ, um mit seinem Freund zu schlafen? Na gut, er war kein Gast, aber er wohnte hier noch keine Woche. Da hätte Parker doch etwas mehr Rücksicht nehmen können.

Nachdem er halbherzig eine Schublade des Beistelltisches durchsucht hatte, gab er auf. Er musste hier raus. Ein bisschen Joggen würde ihm ohnehin guttun – er hatte seit dem folgenschweren Einsatz nicht mehr trainiert, was für seine Verhältnisse wirklich ungewöhnlich lange war. Kein Wunder, dass er sich unruhig fühlte.

Nur befand sich seine Sportkleidung in seinem Zimmer.

Er zögerte am Fuß der Treppe. Würden die beiden ihn hören? Und sollte es ihn überhaupt kümmern?

Das unablässige Quietschen lenkte seine Fantasie in Richtungen, die er unbedingt vermeiden wollte. Er riss sich zusammen und schlich so leise wie möglich die Treppe hinauf.

Als er sein Zimmer verließ, nachdem er sich in Rekordzeit umgezogen hatte, bemerkte er im Flur den unverwechselbaren Geruch von Marihuana. Unschlüssig machte er ein paar Schritte auf Parkers Zimmer zu. Eigentlich wollte er nicht hören, was die beiden dort drinnen trieben. Es ging ihn nichts an. Er konnte schließlich nicht die Tür eintreten und ihnen sagen, dass Drogen dumm waren und ihr Leben ruinieren würden. Das war nicht seine Aufgabe. Nach so kurzer Zeit hätte er noch nicht einmal Freundschaft als Ausrede benutzen können, so sehr er Parker auch mochte.

Das nicht nachlassende rhythmische Quietschen machte ihn gleichzeitig wütend, verlegen und scharf.

Andere verdeckte Ermittlungen hatten höchstens manchmal Verärgerung über die Opfer des Drogenhandels ausgelöst. Dieses schmerzhafte Gefühl der Kränkung, das in ihm das Bedürfnis weckte, ins Zimmer zu stürmen und Neil aus dem Fenster zu werfen, war neu. Die wenigen Minuten in seiner Gegenwart hatten ihn davon überzeugt, dass Neil es gewesen sein musste, der Parker mit Drogen in Kontakt gebracht hatte, falls tatsächlich eine Verbindung zu Razhin bestand.

Ein Poltern und Kichern riss ihn aus seinen Gedanken. Er floh die Treppe hinunter und zur Tür hinaus, bevor er herausfinden konnte, wie Parker klang, wenn er kam. Das hätte er dann sicher niemals vergessen können. Außerdem wollte er im Augenblick nur ungern einem von ihnen oder beiden begegnen, falls sie bald fertig sein sollten. Es wäre für alle Beteiligten peinlich gewesen.

Ivan wärmte sich auf dem Rasen vor dem Haus ein wenig auf, ohne zu Parkers Schlafzimmerfenster hochzuschauen. Es konnte nicht schaden, sich mit der Nachbarschaft vertraut zu machen und unauffällig herauszufinden, ob verdächtige Personen das Haus im Auge behielten.

Mit einem letzten tiefen Atemzug lief er in den warmen Abend hinaus.

4

NEIL WARF einen Blick auf seine Uhr und fluchte. „Scheiße, ich muss los. Willst du wirklich nicht mitkommen? Ich habe ein paar Freunde, die dich kennenlernen wollen."

Neils plötzliche Energie riss Parker aus der angenehmen Trägheit, in die er durch zwei Züge von Neils drittem Joint, zu denen er sich hatte überreden lassen, versetzt worden war.

„Nein, geh nur. Viel Spaß." Er und Neil hatten einfach nicht denselben Geschmack, weshalb ihm die Männer, die Neil ihm vorstellte, selten zusagten. Vielleicht würde Ivan sich wieder einen Film mit ihm ansehen.

Er folgte Neil nach unten und brachte ihn zur Tür, wo Neil seine Jacke anzog.

„Ich weiß, warum du nicht mitkommen willst. Du hoffst, dass dein Mitbewohner es auf deinen fetten Arsch abgesehen hat." Neil unterstrich seine Worte, indem er in besagten Körperteil kniff. Parker zuckte zusammen.

„Was soll das, Neil? Und damit hat es überhaupt nichts zu tun."

„Von wegen. Du kannst mich nicht belügen, Park. Dazu sind wir schon zu lange befreundet. Zum Glück ist er nicht hier. Nimm dich vor ihm in Acht."

„Wo ist er um diese Zeit hingegangen?" Ivans Schlafzimmertür war offen gewesen, im Keller war ebenfalls nichts zu hören und das Wohnzimmer lag im Dunkeln. Er war tatsächlich nicht im Haus.

Neil tätschelte ihm die Wange. „Die meisten Leute haben an einem Freitagabend Pläne. Vielleicht hat er ein heißes Date."

Parker schluckte schwer. Ivan war ihm natürlich keine Rechenschaft schuldig, doch aus seinem gemütlichen Abend zu zweit war plötzlich ein weiterer einsamer Abend in einem leeren Haus geworden. Trotzdem – um Neil in den Club zu begleiten, war er einfach nicht in der richtigen Stimmung. Er wusste aus Erfahrung, dass er dort nur noch deprimierter werden würde.

„Wenn du meinst. Sehen wir uns morgen?"

„Vielleicht. Kommt drauf an, wie es heute läuft."

Da Neil sowieso nicht immer die beste Gesellschaft darstellte und Parker sich noch ein bisschen benebelt fühlte, war die Aussicht auf einen Abend allein nicht ganz so schlimm wie sonst. Leider ließ das Fernsehprogramm stark zu wünschen übrig – an einem Freitagabend schien man nicht mit vielen Zuschauern zu rechnen. Während einer Werbepause warf er einen Blick in die Küchenschränke und den Kühlschrank, konnte jedoch nichts besonders Verlockendes entdecken. Bei jedem kleinen Geräusch schaute er zur Tür und hoffte, dass es Ivan war. Ziemlich erbärmlich.

208

Schließlich gab er das Fernsehen auf. Wenn er dabei sowieso keinen Spaß hatte, konnte er sich genauso gut mit seinem Laptop in sein Zimmer zurückziehen und lernen. Als er den Fernseher ausschaltete, bemerkte er Neils Pornofilm, den er am Tag von Ivans Einzug hinter den Fernseher geworfen hatte, und nahm ihn mit. Vielleicht hatte das Lernen doch noch etwas Zeit.

Als er die Treppe hinaufgegangen war, fiel sein Blick auf Ivans offene Zimmertür. Der dunkle Raum dahinter übte plötzlich eine beinahe unwiderstehliche Anziehungskraft auf ihn aus, die wahrscheinlich nicht unwesentlich mit dem Gras zusammenhing. Sofort waren alle anderen Pläne vergessen. Er warf den Laptop und die DVD auf sein Bett und steuerte auf Ivans Zimmer zu.

Selbst nach so kurzer Zeit roch der Raum bereits nach Ivan. Nicht schlecht, im Gegensatz zu dem trockenen, nichtssagenden Geruch eines unbenutzten Zimmers. Er schnupperte erneut. Wirklich nicht schlecht. Er schaltete das Licht an. Ivan hatte nicht gelogen: Er schien wirklich nicht viel zu besitzen. Seine Frau musste wirklich ein Biest sein.

Er setzte sich auf die Bettkante und las den Klappentext des Thrillers, den er auf dem Nachttisch fand. Klang nicht übel. Vielleicht würde er Ivan später bitten, ihm das Buch zu leihen. In dem kleinen Regal neben dem Schrank befanden sich weitere Bücher und andere Kleinigkeiten. Auf dem davon abgesehen leeren Schreibtisch lag eine Aktentasche. Parker biss sich auf die Lippe und strich mit dem Finger über den Messinggriff der Nachttischschublade. Die konnte er nun wirklich nicht öffnen, oder? Wollte er wirklich einen Beweis für Ivans Heterosexualität in Form von Bildern mit nackten Frauen oder Ähnlichem?

Stattdessen stand er auf und öffnete den Kleiderschrank. Auf dem Boden standen zwei Kartons und trotz des kleinen Schrankes füllten Ivans wenige Hemden und Anzüge nur einen Teil des Platzes.

Nach einem kurzen Blick auf die Größen – er wusste selbst nicht, warum – ging er weiter zur Kommode, auf der eine Flasche Aftershave stand. Er schnupperte daran. Nichts Besonderes, nichts Teures, jedoch eindeutig die Quelle des anziehenden Duftes. Es war sicher nicht leicht, mit vierunddreißig Jahren noch einmal von vorn anzufangen. Wenn Ivan sich als guter Mitbewohner erwies, konnte er ihm vielleicht einen Teil der Miete erlassen, um ihm wieder auf die Beine zu helfen. Wie Neil ihn ja selten vergessen ließ, brauchte er schließlich eigentlich keinen Mitbewohner. Was seine Mutter ihm hinterlassen hatte, war mehr als genug für Steuern, Energiekosten und sonstige Ausgaben. Und sowohl dieses hier als auch das Landhaus befanden sich seit Langem im Familienbesitz, weshalb sie vollständig abbezahlt waren. Dank seiner Mutter und ihrem Händchen für Finanzen war er mit seinen zweiundzwanzig Jahren wohlhabender als Ivan.

Während er auf den Schreibtisch zuging, lauschte er noch einmal. Außer den typischen Hintergrundgeräuschen der Stadt und des Universitätsgeländes war nichts zu hören. Die überwältigende Neugier besiegte das schlechte Gewissen und er öffnete die Aktentasche. Darin befand sich kein Laptop, sondern nur ein Gewirr von Akten, Vertragsvordrucken und Versicherungstabellen. Langweilig. Aber was hatte er auch erwartet? Das Interessanteste befand sich sicher im Nachttisch, dessen Sirenengesang ihn auch jetzt noch lockte, obwohl er wusste, dass ihn der Inhalt enttäuschen würde.

Er schob die Papiere zurück in die Aktentasche und betrachtete den Schrank, wurde jedoch vom Bellen des Nachbarhundes abgelenkt. Es war an der Zeit, das Zimmer zu verlassen, falls er sich bei seinem Mitbewohner nicht unbeliebt machen wollte. Das würde er bereits mit der Wahrheit über seine Homosexualität riskieren, wenn er es denn endlich wagte, Ivan davon zu erzählen.

Nachdem er sich in sein Zimmer geschlichen hatte, wartete er, hörte aber keine sich öffnende Tür. Plötzlich musste er gähnen. Zwar war es erst zehn Uhr, doch Gras machte ihn müde. Wenn Ivan wirklich eine Verabredung hatte, konnte es noch Stunden dauern, bis er zurückkam.

Seufzend zog er sich aus, ließ sich auf dem Bett nieder und öffnete die untere Schublade seines eigenen Nachttisches, in der sich Gleitgel und Kondome befanden. Sexheftchen hielt er nicht für nötig, da man online so viel Besseres finden konnte. Der einzige Hinweis auf seine Vorlieben war also sein Dildo und Buttplug. Sein Browserverlauf war da wesentlich verräterischer. Manchmal benutzte er seine Spielzeuge, allerdings war es meistens nur deprimierend. Er nahm die Schachtel Kondome heraus und betrachtete sie. Sie waren noch verschlossen und liefen nicht Gefahr, in nächster Zeit zu verfallen. Nur liefen sie ebenfalls nicht Gefahr, benutzt zu werden. Auch deprimierend.

Vielleicht hätte er Neils Angebot, ihn Freunden vorzustellen, annehmen sollen. Leider fand man einen Mann, wie Parker ihn sich wünschte – er unterdrückte den Gedanken an Ivan –, nicht in einem von Neils Clubs. Und er hatte keine Ahnung, wie er sonst jemanden kennenlernen sollte. Parker betrachtete den Inhalt der Schublade. Im Innern war Parker noch immer der langweilige, übergewichtige Junge, der nicht gut mit Menschen reden konnte. Ein paar Sexspielzeuge würde daran nichts ändern.

Mit einem Stirnrunzeln schob er die untere Schublade zu und öffnete die obere. Der Inhalt war weniger angenehm und nicht besonders interessant. Genau genommen handelte es sich um den Grund, aus dem er immer allein sein würde, aus dem er nie eine richtige Beziehung geführt hatte und aus dem sein bester Freund nicht bei ihm übernachten wollte.

Er hatte Abnehmen immer für die magische Lösung all seiner Probleme gehalten. Der mangelnde Appetit in den letzten Lebensmonaten seiner Mutter hatte einen Großteil der überflüssigen Pfunde verschwinden lassen, auch wenn er jetzt noch lange nicht dünn war. Obwohl er versuchte, wenig und gesund zu essen, wurde er seine Rettungsringe nie ganz los – und sie verhinderten, dass ihn jemand aus seiner Einsamkeit rettete. Selbst Neil machte sich über seinen fetten Hintern und seine Fettpölsterchen lustig.

Doch das Schlimmste war, dass er selbst nach dem Gewichtsverlust noch an Schlafapnoe litt. Auch jetzt benötigte er die verhasste CPAP-Maschine, die während der Nacht einen Atemstillstand verhinderte. Wie konnte er von einem anderen Mann erwarten, mit dem lauten Gerät zu leben? Ganz abgesehen davon, dass Parker damit wie ein Kampfpilot aussah. Nächtlichem Kuscheln, einem Blowjob oder auch nur gemeinsamem Schlafen war das nicht gerade zuträglich. Dabei wünschte er sich all das so sehr.

Seine Mutter hatte mit ihm allein immer glücklich gewirkt, doch Parker wollte eine Beziehung. Einen Menschen, mit dem er sein Leben teilen konnte. Leider würde ihm das dank seiner gesundheitlichen Probleme und seiner Ungeschicklichkeit im Umgang mit Menschen verwehrt bleiben. Sollte er doch noch einmal über One-Night-Stands nachdenken? Vielleicht waren sie nicht so schlimm, wie er sie in Erinnerung hatte.

Parker setzte die Maske auf, schaltete die Maschine ein und das Licht aus. Er wusste, dass sein Schnarchen manchmal auch mit dem Gerät unerträglich war, doch er wachte wenigstens nicht mit Kopfschmerzen auf, wie es ohne die Maschine passierte. Und nachdem er seiner Mutter mehrmals einen Schreck eingejagt hatte, bemühte er sich, daran zu denken – auch wenn sie jetzt nicht mehr hier war, um ihn daran zu erinnern. Besonders nach dem Joint war die Maschine wichtig, denn eigentlich hatten ihm die Ärzte ausdrücklich davon abgeraten.

Flach auf dem Rücken liegend betrachtete er die Lichtstreifen der Straßenlaterne an seiner Decke, bis er beim seit Jahren vertrauten Geräusch des Beatmungsgeräts einschlief.

IVAN STOLPERTE in das dunkle Haus und fröstelte, als sein schweißnasser Körper mit der kühlen Luft in Berührung kam. Er war verdammt viel weiter gelaufen als geplant, hatte jedoch keinen Hinweis auf irgendeine Art von Überwachung gefunden. Keine große Überraschung – auch wenn eine Verbrecherorganisation oft über größere Ressourcen verfügte als die Polizei, hatte sie keinen Grund, einen kleinen Drogendealer durchgängig zu beobachten, solange nichts verdächtig wirkte. Entweder war Ivans Begegnung im Bus also ein Zufall gewesen oder er hatte sich unauffällig genug verhalten, um jeden Verdacht zu zerstreuen.

Er entledigte sich seiner Laufschuhe und holte sich eine Flasche Wasser aus dem Kühlschrank, von der er die Hälfte in einem einzigen Schluck hinunterstürzte, bevor er sich keuchend über die Arbeitsplatte beugte. Seine Beine fühlten sich nach der langen Strecke wie Pudding an, doch wenigstens würde er so erschöpft gut schlafen können. Das hatte er dringend nötig.

Über das Hämmern seines Pulses hinweg lauschte er, konnte allerdings aus Parkers Schlafzimmer nichts mehr hören. Er war nicht sicher, ob das Paar eingeschlafen oder ausgegangen war. Er selbst verließ um diese Zeit nur noch selten das Haus, wenn er es nicht gerade auf Sex abgesehen hatte, doch Parker und

Neil waren jung genug, um den Abend jetzt erst richtig zu beginnen, anstatt bereits wieder nach Hause zu kommen.

Es war ein deprimierender Gedanke, obwohl es ihn eigentlich nicht interessieren sollte, dass ein kleiner Verbrecher sowohl ein besseres Durchhaltevermögen als auch ein besseres Sozialleben besaß. Vielleicht würde seine Laune besser sein, wenn er sich richtig ausgeschlafen hatte.

Die Aussicht auf eine Dusche und sein Bett war das Einzige, was ihn davon überzeugte, die knarzenden Stufen zu erklimmen, anstatt einfach unten auf dem Sofa zusammenzubrechen. Oben angekommen erstarrte er. Was war das für ein mechanisches Surren? Er schob sich dichter an Parkers Schlafzimmertür, durch die es zu kommen schien. Es klang wie … nein. Das konnte nicht sein. Ein Vibrator? Sie hatten doch nicht immer noch Sex, oder? Ivan zog sich hastig in sein Schlafzimmer zurück und schloss die Tür. Er würde damit leben müssen, den Schweiß mit einem Handtuch abzuwischen – sein Zimmer verlassen wollte er vor dem nächsten Morgen nicht mehr.

Der Mond erhellte das Zimmer, sodass er kein Licht einschalten musste. In wenigen Sekunden hatte er die durchnässte Kleidung in den Wäschekorb geworfen und sich mit einem Handtuch den gröbsten Schweiß vom Körper gerubbelt. Dann legte er sich mit hinter dem Kopf verschränkten Händen ins Bett und konnte sich endlich entspannen, da von Parkers Sexkapaden nichts mehr zu hören war. Den auf seiner Kopfhaut juckenden Schweiß ignorierte er. Er würde am nächsten Morgen duschen.

Doch wie er dort so lag, konnte er nicht anders, als an Parker zu denken. Was mochte Parker wohl beim Sex? Der kurze Ausschnitt des Pornofilms hatte nicht viele Hinweise geliefert und musste ohnehin nicht viel mit Parkers Vorlieben im wirklichen Leben zu tun haben. Parkers Haut war makellos und lud zum Darüberlecken ein. Bei diesem schüchternen Lächeln, das so gar nicht zu einem Drogendealer passen wollte, konnte Ivan sich gut vorstellen, dass ihm sanfte Küsse und leichtes Knabbern an seinem Ohr und seinem Hals gefielen. Dann würde Ivan sich langsam nach unten zu seinem Schlüsselbein vorarbeiten, das so einladend unter seinen T-Shirts hervorschaute. Waren seine Brustwarzen genauso rosig wie seine vollen Lippen oder musste man die Farbe mit Zunge und Zähnen zum Vorschein bringen?

Ivan legte eine Hand um seinen steif werdenden Schwanz und strich daran entlang. Wäre Parkers Griff dort entschlossen oder zögerlich? Würden sich seine langen Finger kühl oder glühend heiß anfühlen? Neil kam ihm nicht wie ein besonders rücksichtsvoller Mensch vor – ob er Parker wohl manches vorenthielt? Hatte er ihn zum Beispiel jemals mit der Zunge verwöhnt? Und den schlanken Körper hinauf in diese unschuldigen Augen geschaut, während er sie tief in ihn hineinschob? Konnte man Parker allein damit zum Orgasmus bringen? Könnte Ivan es?

Ivan spuckte sich auf die Hand, um seinen Schwanz noch intensiver streicheln zu können. Selbst in der Schublade direkt neben dem Bett war ihm das Gleitgel im Augenblick zu weit entfernt.

Würde er bei Parkers Höhepunkt die Zunge lieber in ihm lassen oder stattdessen Parkers Schwanz in den Mund nehmen, um ihn dort zucken zu fühlen? Nein. Er wollte sehen, wie Parker sich hilflos über seinen ganzen Körper ergoss, ohne auch nur eine Sekunde davon zu verpassen.

Ivan keuchte und bog den Rücken durch, als er ohne Vorwarnung explodierte, wie er es sich eben noch bei Parker vorgestellt hatte – wobei sein Fantasiebild von Parker weniger Brustbehaarung besaß. Nachdem er das verschwitzte Handtuch neben seinem Bett benutzt hatte, um sich zu säubern, lag er schwer atmend da. Am nächsten Morgen würde er sich sicher über seine Fantasien ärgern, doch im Augenblick war er dazu nach dem Sport und seinem Orgasmus zu angenehm erschöpft.

Als sich seine Augen schlossen und sein Blick ein letztes Mal durchs Zimmer wanderte, wurde er mit einem plötzlichen Adrenalinstoß plötzlich hellwach und setzte sich auf. Er schaltete die Nachttischlampe ein und sprang aus dem Bett. Seine Aktentasche war bewegt worden. Oder? Hatte Parker sich in sein Zimmer geschlichen und es durchsucht, während er gejoggt war? Er musterte sie in dem Versuch, sich zu erinnern, wie er sie zurückgelassen hatte. In seinem Zimmer waren keine Beweise zu finden – außer dafür, was für ein Loser sein falsches Ich war –, doch der Vorfall holte ihn auf ernüchternde Weise in die Realität zurück. Er durfte nicht unvorsichtig werden. Schon gar nicht, während er davon träumte, den Mann zu verführen, den er *über*führen sollte. Wie dumm und unprofessionell.

Er schaltete das Licht aus und legte sich ins Bett – wieder steif, aber nicht auf die angenehme Art. Sobald er die Augen schloss, glaubte er jedes Mal gleich, ein Geräusch zu hören. Wenn er sie dann öffnete, wanderte sein Blick unwillkürlich durchs Zimmer und verglich alles mit dem Zustand, in dem er es zurückgelassen hatte. Auch wenn Parkers Suche ihm eigentlich nur Ivans Unschuld bestätigt haben dürfte, konnte er sich doch nicht völlig von der Sorge befreien, etwas vergessen zu haben, das ihn mit seinem Beruf oder seiner wahren Identität in Verbindung brachte. Da keine Zeit zum Planen geblieben war, hatte er seine eigene Kleidung, seine eigene Reisetasche, ja sogar seine eigenen Bücher mitgenommen. Könnte irgendwo ein Hinweis hineingeraten sein, vielleicht eine Rechnung mit seinem Namen?

Sein Herz schlug schneller als vorher beim Laufen. An Schlaf war nicht mehr zu denken. Vielleicht war das besser so – es war ein Wunder, dass er Parker bisher nicht mit einem seiner Albträume geweckt hatte. Er stand auf, schlüpfte in eine Jogginghose und schaltete das Licht ein. Wenn er ohnehin nicht schlief, konnte er genauso gut sichergehen, dass ihn nichts verraten hatte. Er begann damit, jedes einzelne Buch durchzublättern und nach Zetteln oder Quittungen zu suchen. Vom nächsten Tag an würde er seine Mission ernster nehmen, vollständig in seine Rolle schlüpfen und seinen Mitbewohner besser kennenlernen.

PARKER LIEß sich mit einem Apfel in der Hand aufs Sofa fallen. Warum hatte er sich am Vorabend so früh von Neil in sein Schlafzimmer zerren lassen? Damit hatte er ihm die Gelegenheit genommen, mit Ivan über die Einkäufe zu reden. So hatte er den Morgen auf dem Markt verbracht und verschiedene Lebensmittel gekauft, von denen Ivan hoffentlich einige zusagten. Naiverweise war er davon ausgegangen, dass man mit einem Mitbewohner gemeinsam einkaufte oder sich zumindest beim Einkaufen abwechselte. In Wirklichkeit hatten sie überhaupt noch nicht darüber gesprochen. Parker wusste nicht, was normal war, aber Gesellschaft beim Einkaufen war vermutlich zu viel verlangt. Das machte man eher mit seinem Freund als mit seinem Mitbewohner, oder?

Und der leichte Unmut darüber, allein gehen zu müssen, war nichts im Vergleich zu dem Gefühl beim Gedanken daran, dass Ivan ausschlief, weil er letzte Nacht ein Date gehabt hatte. Andererseits traf das an einem Freitagabend so ziemlich auf jeden zu – nur er selbst hatte früh im Bett gelegen, und zwar ohne jede Gesellschaft abgesehen von seiner Höllenmaschine. Armselig.

Um diese Armseligkeit zu feiern, würde er sich jetzt *Serenity* ansehen – mal wieder. Wenigstens war Neil nicht da – vielleicht würde er ihn an diesem Wochenende überhaupt nicht mehr wiedersehen –, um sich über ihn lustig zu machen. Er erinnerte Parker gern daran, dass SciFi nicht besonders sexy war. Und Parker musste zugeben, dass Neil wesentlich mehr Sexpartner fand als ein Science-Fiction-Fan wie er selbst. Aber wie konnte man jemanden wie Mal nicht mögen? Selbst seine Mutter hatte sich den Film gern angesehen, obwohl sie eigentlich eher eine Vorliebe für Krimis gehabt hatte.

Bis zur nächsten Vorlesung am Montag musste er das Haus eigentlich nicht verlassen. Möglicherweise würde er das auch nicht. Er hatte genug Filme, um sich bis dahin zu beschäftigen. Vielleicht war ein *Firefly*-Marathon das Richtige.

Nach fünf Minuten des Films und drei Bissen seines Apfels knarzte plötzlich die Treppe. Parker starrte angespannt auf den Bildschirm, während seine gesamte Aufmerksamkeit der Person galt, die die Treppe herunterkam. Hatte Ivan letzte Nacht eine Frau mit nach Hause gebracht? Die Vorstellung war noch viel schlimmer als ein Date an einem anderen Ort. Sollte er sie begrüßen oder sie besser ignorieren? Würde man ihm abnehmen, dass er einfach so sehr in den Film versunken war? Wie verhielt sich ein Mitbewohner in einer solchen Situation?

„Guter Film?"

Parker zuckte zusammen. „Was? Oh. Ja." Er zwang sich, den Blick vom Bildschirm loszureißen. Ivan hatte keine Frau bei sich – Gott sei Dank –, aber dafür einen nackten Oberkörper. Seine Brust war atemberaubend. Muskulös und mit dichtem Haar bedeckt, das etwas dunkler aussah als das goldblonde auf seinem

Kopf. Eine abgetragene graue Jogginghose deutete an, was darunterlag, ohne Details zu zeigen.

Als Ivan sich räusperte, hob Parker mit roten Wangen den Blick. Wie lange hatte er Ivan zwischen die Beine geschaut? Das Gespräch über seine Sexualität würde er definitiv noch ein bisschen hinauszögern, nachdem er den armen Mann so gierig angestarrt hatte. Er wollte ihn nicht aus seinem neuen Zuhause vertreiben.

„Wie geht es dir?" Da er Ivan jetzt ins Gesicht schaute, sah er dunkle Augenringe, die auf eine wenig erholsame Nacht hinwiesen. „Es ist wohl spät geworden."

Ivan zuckte mit den Schultern. „Könnte man so sagen."

„Hattest du wenigstens Spaß?"

„Bestimmt lange nicht so viel wie du."

Parker unterdrückte ein bitteres Lachen. Sein Abend war scheiße gewesen, aber das gab er lieber nicht zu.

„Ich konnte nach dem Joggen einfach nicht einschlafen", fuhr Ivan fort. „Ich war noch wach, als es schon wieder hell wurde."

Parker blinzelte. „Du bist gestern Abend gejoggt?"

„Ja. Ich wollte nicht nur rumsitzen und du warst mit Neil ... äh ... beschäftigt."

Ivans Betonung des Wortes „beschäftigt" klang seltsam. Ob er Neils Joint gerochen hatte?

„Joggen. Und ich dachte, du hättest dich mit einer Frau getroffen."

Ivan verdrehte die Augen. „Weil ich ja auch so ein guter Fang bin."

„Hast du Hunger? Ich war heute Morgen auf dem Markt."

„Etwa auf dem St. Lawrence Market? Du hättest mich wecken sollen. Ich liebe den nämlich." Ivan kratzte sich lächelnd den Bauch.

„Nein, nur auf einem kleinen Bauernmarkt in der Nähe. Aber wir könnten nächste Woche hingehen."

„Sehr gerne."

Parker zügelte seine Freude über die Antwort ein wenig, da er wusste, dass es nicht allzu viel bedeutete.

Ivan betrachtete über Parkers Schulter hinweg den Bildschirm. „Hast du einen gemütlichen Tag vor dem Fernseher geplant?"

„Größtenteils. Ich muss noch ein paar Kleinigkeiten für die Uni erledigen, aber das meiste habe ich schon geschafft."

„Klingt gut. Hast du was dagegen, wenn ich dir nach meiner Dusche Gesellschaft leiste?"

Was für eine Frage. „Natürlich nicht. Du bist doch mein Mitbewohner." Er hielt ein glückliches Kichern zurück. Ivan musste nicht wissen, wie sehr er sich über seine Gesellschaft freute. Bisher hatte er seinen leeren Stundenplan bereut, weil er ihm zu viel Zeit zum Nachdenken in einem einsamen Haus gegeben hatte, doch jetzt war er froh, dass er Ivan dadurch häufiger um sich haben konnte.

Ein lautes Gähnen von Ivan ließ ihn die Stirn runzeln. „Willst du nicht lieber noch ein bisschen schlafen?"

„Was? Nein, mir geht's gut. Ich konnte schon lange nicht mehr einen gemütlichen Tag mit Filmen auf dem Sofa verbringen. Bin gleich wieder da." Ivan stampfte die Treppe hinauf und nicht lange danach hörte Parker die Wasserleitungen in den Wänden rauschen.

Er versuchte, sich wieder auf den Film zu konzentrieren, konnte aber selbst beim Anblick des sexy Captain Mal nicht die Vorstellung von Ivan in der Dusche verdrängen. Sonst funktionierte das immer.

Sollte er ein paar Snacks holen? Ivan Frühstück machen? Nein, das war eine dumme Idee. Da Ivan wusste, dass Parker bereits seit Stunden wach war, konnte er sich nicht mit „ich habe mir sowieso gerade welches gemacht …" herausreden. Und extra Frühstück für einen Mann zuzubereiten, war etwas ganz anderes, als eine Mahlzeit zu teilen. Intimer. Etwas, das man in einer Beziehung tat.

Parker grübelte noch, als Ivan wieder herunterkam und in der Küche verschwand, um im Kühlschrank zu wühlen.

„Oh, du hast viele gute Sachen gekauft. Daraus kann ich ein viel besseres Omelett machen. Willst du auch was?"

„Nein, ich habe meinen Apfel."

Ivan steckte den Kopf ins Wohnzimmer. „Einen Apfel? Der reicht doch nicht zum Mittagessen. Ein Omelett wäre da besser und ist für mich ein gutes Frühstück."

Parkers Magen knurrte. Obwohl der Apfel gleichzeitig Frühstück und Mittagessen sein sollte, wollte er mehr. Ivan war ein guter Koch und Parker war hungrig. Dass es diesmal tatsächlich ein Fall von „ich habe mir sowieso gerade welches gemacht …" war, konnte er verkraften. Neil bot höchstens hin und wieder an, ihm beim Chinesen eine zusätzliche Frühlingsrolle zu bestellen – und meistens bezahlte sowieso Parker. Außerdem besaß Neil nie die Geduld, auf der Couch zu sitzen und sich einen ganzen Film anzusehen – oder sogar den ganzen Tag damit zu verbringen.

„Na gut, danke", antwortete er also.

Ivan brachte in der Küche seine Kochkünste zum Einsatz und nicht ganz zwanzig Minuten später saß er auf dem Sessel neben dem Sofa, nachdem er vor jeden von ihnen einen Teller mit dem köstlich duftenden Eiergericht gestellt hatte.

Auch wenn er Ivan lieber neben sich auf der Couch gehabt hätte, war es wahrscheinlich besser, etwas Abstand zu diesem verlockenden Mann zu halten, bevor er sich dazu hinreißen ließ, sich an ihn zu kuscheln.

ALICIA WINKTE ihm von der anderen Seite des ziemlich leeren Hörsaals aus zu. Parker ging lächelnd zu ihr hinüber. Welcher grausame Mensch auch immer den Statistikkurs auf neun Uhr morgens gelegt hatte – und das gleich dreimal in der

Woche –, hatte damit zumindest dafür gesorgt, dass Alicia und er sich gleich am ersten Semestertag aus ihrem geteilten Leid heraus angefreundet hatten.

„Erzähl schon." Alicia packte seinen Ärmel und zog ihn auf den Platz neben sich.

„Was soll ich erzählen?", fragte er unschuldig grinsend.

„Das weißt du genau. Du hast mir nicht mal eine kurze Nachricht dazu geschrieben, wie es mit dem neuen Mitbewohner gelaufen ist."

„He, es ist doch nicht meine Schuld, wenn du eine ganze Woche schwänzt, um mit deinem Freund nach Mexiko zu verschwinden. Und ich kann mich nicht erinnern, darüber etwas von dir gehört zu haben."

Alicia verdrehte die Augen und errötete. „Wenn du endlich mal dein Landhaus auf Vordermann bringen würdest, hätten wir in der Nähe bleiben können."

„Klar, das ist ja auch fast dasselbe wie Mexiko." Außerdem fiel es ihm noch zu schwer, sich näher mit dem Haus zu beschäftigen.

„Sag ich doch."

Bevor Parker etwas erwidern konnte, betrat der stirnrunzelnde Professor den Hörsaal und begann die Vorlesung. Sein ständig finsterer Blick war für das eigentlich gut aussehende Gesicht nicht besonders schmeichelhaft und sein aufbrausendes Temperament machte die Sache nicht besser. Seine Studenten hatten früh gelernt, ihn niemals zu reizen, da es unangenehme Folgen haben konnte. Und ein Statistikkurs war schon unangenehm genug. Leider handelte es sich um einen Pflichtkurs und selbst die leichtere Version, die für Psychologie- und Soziologiestudenten vorgeschrieben war, hatte es in sich.

Zwei Stunden später war es endlich überstanden. Alicia hakte sich bei ihm ein. „Lust auf ein frühes Mittagessen? Dann kannst du mir endlich von deinem Mitbewohner erzählen."

„Gerne."

Nach der Statistikvorlesung legten sie häufig eine Pause ein. Parker war froh, dass er diesen Kurs jetzt belegt hatte und ihn nicht später mit einem volleren Stundenplan überstehen musste.

Nachdem sie sich mit Essen versorgt hatten, setzten sie sich an einen der um diese Uhrzeit noch leicht zu findenden freien Tische. Kurz darauf gesellte sich auch Alicias Freund Chris zu ihnen.

„Hi, Chris."

„Hallo, Parker", antwortete Chris und begrüßte Alicia mit einem leidenschaftlichen Kuss. Anfangs hatten ihre Zärtlichkeiten Parker verlegen gemacht, doch mittlerweile war er daran gewöhnt – und ein winziges bisschen neidisch.

„Also, erzähl mir von ihm", forderte Alicia Parker auf.

Chris grinste. „Du hast einen Mann kennengelernt? Den wird mein Schatz erst für dich überprüfen wollen."

„Oh, ähm, nicht direkt." Obwohl Ivan aus seiner Sicht der perfekte Mann gewesen wäre. Nur war er leider nicht schwul.

„Kannst du mir vielleicht mal zuhören, wenn ich dir etwas erzähle?" Sie schnipste Chris mit dem Finger gegen die Schulter, woraufhin er vorgab, schwer verletzt zu sein. Alicia quittierte das lediglich mit einem Augenrollen. „Parkers neuer Mitbewohner ist diese Woche eingezogen."

„Echt mies, dass du einen Mitbewohner brauchst. Die meisten sind richtig blöde Typen und der Rest ist noch viel schlimmer", erklärte Chris so laut, dass es sein gerade vorbeigehender Mitbewohner nicht überhören konnte. Thom zeigte ihm den Mittelfinger und nickte Parker und Alicia freundlich zu.

Parker erwiderte das Lächeln. Er kannte Thom nicht gut, aber er machte einen netten Eindruck. Trotz ihrer Sticheleien waren er und Chris gute Freunde.

Chris erwiderte Thoms Geste, bevor er sich wieder Parker zuwandte. „Aber ernsthaft, zu den meisten will man nach ein paar Tagen nur noch ‚leck mich' sagen." Dann wirkte er plötzlich nachdenklich und Alicia schnipste ihm erneut gegen die Schulter.

„Sag es nicht."

„Was denn?", fragte Chris gespielt unschuldig und gekränkt.

„Du wolltest anmerken, dass Parker das wahrscheinlich eher zu einem *netten* Mitbewohner sagen würde."

Parker musste lachen. In Ivans Fall hatte Chris nicht ganz unrecht.

„Stimmt doch." Chris zuckte mit den Schultern und wandte sich hilfesuchend Parker zu.

„Ein bisschen schon", gestand Parker.

Alicia keuchte, bevor sie ebenfalls lachte. „Es würde dir nicht schaden, mal wieder flachgelegt zu werden."

Schaden nicht. Aber wahrscheinlich wäre es verdammt peinlich. Nachdem ihn so lange niemand angefasst hatte, würde er vermutlich nur Sekunden durchhalten. Nur ein Blick auf Ivan und er wurde bereits steif.

„Aber ernsthaft", begann Chris erneut, klang diesmal jedoch wirklich ernsthaft. „Wenn jemand mitten im Semester einen neuen Mitbewohner sucht, wurde er bestimmt woanders rausgeworfen. Du hättest wenigstens bis zum nächsten Semester warten sollen."

Parker zuckte mit den Schultern. Sie hatten angenommen, dass er aus finanziellen Gründen einen Mitbewohner brauchte und er hatte nicht zugeben wollen, dass er sich eigentlich nur einsam fühlte. Hätte er es ihnen gesagt, hätten sie ihn sicher öfter eingeladen, wobei er sich allerdings häufig wie das fünfte Rad am Wagen vorkam. Das Wochenende mit Ivan zu verbringen war dagegen fantastisch gewesen.

„Und wie ist er sonst so?", verlangte Alicia zu wissen und wedelte mit einem Pommesstäbchen. Parker schnappte es sich und steckte es in den Mund. Es schmeckte wesentlich besser als sein kleiner Salat, den er bereits aufgegessen hatte. Anschließend erzählte er von seiner bisherigen Zeit mit Ivan.

„Verdammt, können wir unsere Mitbewohner tauschen?", fragte Chris. „Ich möchte auch einen, der gut kochen kann."

Nein. Thom war ein netter Kerl, aber Ivan würde er nicht so einfach abgeben.

„Du magst ihn, oder?", fragte Alicia. „Bitte ihn doch um ein Date."

Parker verschluckte sich an seinem Wasser. „Ein Date? Auf keinen Fall." Gegenüber Neil hätte er Ivans anziehende Wirkung abgestritten, aber Alicia würde ihn dafür nicht verurteilen.

„Warum nicht? Er ist doch Single."

„Er ist geschieden, ja. Aber er hatte eine Frau. Er ist hetero."

Alicia schnaubte. „Als würden Ehen nie daran zerbrechen, dass das eben *nicht* der Fall ist. Vielleicht hat seine Frau ihm deshalb alles abgeknöpft."

Hmm. Bisher hatte Ivan nicht so gewirkt. Würde er einen schwulen Mann erkennen? „Ich glaube nicht, dass er schwul ist. Und ich glaube auch nicht, dass er es bei mir vermutet. Ich hatte noch keine gute Gelegenheit, es ihm zu sagen." Obwohl Parker daraus normalerweise kein Geheimnis machte, fiel es ihm schwer, es einem Mann wie Ivan einfach mitzuteilen.

„Machst du dir Sorgen um seine Reaktion?", erkundigte sich Chris. „Wenn er ein Schwulenhasser wäre, hätte er bestimmt vor dem Einzug danach gefragt." Er stahl sich ein Pommesstäbchen von Alicias Teller.

Wäre das normal? Hätte Ivan sich wirklich danach erkundigt, wenn es ihn gestört hätte? „Hast du danach gefragt?"

„Nein, weil ich damit kein Problem hätte. Aber wenn du dir Sorgen machst, können Alicia und ich dabei sein, wenn du es ihm sagst."

Parker musste lächeln. Dass Chris ihm seinen Schutz anbot, bedeutete ihm viel – und Chris konnte ziemlich einschüchternd wirken. Trotzdem konnte Parker sich nicht vorstellen, dass der Mann, der ihn so sanft verarztet hatte, ihm gefährlich werden könnte, auch wenn Parkers Sexualität ihn überrascht hätte.

„Wenn du ihn einfach um ein Date bitten würdest, könntest du gleichzeitig herausfinden, ob er dich mag."

„Er mag mich nicht auf diese Art. Das würde ich doch merken. Und deshalb würde so eine Einladung nur zu einem unangenehmeren Zusammenleben führen. Er wohnt doch erst seit einer knappen Woche bei mir!"

„Klar. Als würdest *du* bemerken, dass dich jemand mag. Parker, du könntest selbst in diesem Moment einen Mann haben, wenn du nur mal die Augen aufmachen würdest."

Parker schaute sich verwirrt in der Mensa um, sah allerdings nur Thom, der mit einigen Freunden in ihrer Nähe saß. Thom winkte ihm zu und Parker erwiderte die Geste.

„Wovon redest du?"

„Wie kann man nur so blind sein." Chris schüttelte traurig den Kopf. Parker runzelte die Stirn, doch keiner der zwei erklärte es ihm.

Obwohl sich ihr Necken nicht so boshaft anfühlte wie bei Neil, wechselte er lieber das Thema. „Wie war es eigentlich in Mexiko?"

Alicia tätschelte ihm mit einem mitfühlenden Blick, den er nicht wirklich verstand, die Hand.

IVAN LIEß sich von der Menge durch die sich öffnende Aufzugtür hinausschieben. Durch die Glastür der Eingangshalle fiel ein Streifen Sonnenlicht, der das geometrische Muster des polierten Granitbodens erhellte. Er schwitzte, was allerdings wenig mit der Temperatur zu tun hatte.

Draußen in der Sonne fühlte er sich gleich besser, auch wenn es ihm etwas kühler lieber gewesen wäre. Die sanfte Brise half etwas, trotz der unangenehmen Stadtgerüche wie Abgase, Müll und Urin. Er lief die Straße entlang, da er sich für ein einengendes U-Bahn-Abteil noch nicht bereit fühlte – vor allem bei der langen, umständlichen Route, die er aus Sicherheitsgründen nahm.

Als er den Eingang eines winzigen Falafel-Imbisses erreichte, ging er hinein. Der Geruch von Fett, gewürztem Fleisch und Kichererbsen war beinahe zu viel, doch es gab einen Kühlschrank mit Erfrischungsgetränken, sodass er sich zwei eiskalte Dosen kaufen konnte – eine, um sie zu trinken, und eine, um sie an seine Stirn zu pressen.

Sollte man wirklich seinen Therapeuten belügen? Auch wenn es sich nur um einen vom Revier zugeteilten handelte? Die vielen Lügen, vor allem das Verschweigen der zunehmenden Albträume, machten die positive Wirkung der Therapie sicher zunichte. Falls es überhaupt eine positive Wirkung gab. Jedenfalls konnte er sich auf keinen Fall Schlaftabletten verschreiben lassen – im Haus eines Kriminellen durfte er nicht durch Medikamente behindert werden. Zwar war er ein liebenswerter, hinreißender, wunderschöner Krimineller, doch das machte ihn nur noch gefährlicher. Wenn Sünden nicht so verlockend gewesen wären, hätte es nicht so viel Kriminalität gegeben.

Es war das erste Mal, dass er als verdeckter Ermittler von Albträumen gequält wurde. Außerdem war es das erste Mal, dass er gleichzeitig mehrere Lügengeschichten aufrechterhalten musste. Vor seiner Familie tat er, als ginge es um eine offizielle Mission. Seine Kollegen und die Ermittler der SIU glaubten, er wäre beurlaubt. Parker hielt ihn für einen geschiedenen, heterosexuellen Versicherungsvertreter. Sein Seelenklempner dachte, er widersetzte sich der Therapie und blockte ihn ab. Dabei war Doc Sanchez nur eine von vielen Personen, denen er nicht die Wahrheit anvertrauen konnte.

Als Sanchez beschlossen hatte, ihn in Zukunft zweimal in der Woche herzuzitieren, war Ivan nicht klar gewesen, dass es für ihn zwei Verhöre an einem Tag zur Folge hatte. Ihm war es praktisch vorgekommen, die Therapie und die

220

Befragung der SIU auf denselben Termin zu legen. Diesen Fehler würde er nicht noch einmal machen, wenn es sich vermeiden ließ.

Verdammt, war er müde.

Er senkte den Kopf, um seinen schmerzenden Nacken etwas zu entlasten. Die Verspannungen darin befanden sich dort, seit er um das Leben des blutenden jungen Mannes gekämpft hatte und nichts – nicht einmal der Orgasmus letzte Nacht – hatte sie bisher vertreiben können. In Kombination mit Schlafmangel lösten sie ununterbrochene Kopfschmerzen aus.

Ivan warf einen Blick auf seine Armbanduhr. Er sollte sich auf den Weg machen, wenn er seine umständliche Rückfahrt nicht während der Hauptverkehrszeit antreten wollte. Das würde er heute wahrscheinlich nicht überstehen, ohne durchzudrehen.

IVAN ERREICHTE ohne Zwischenfälle Parkers Haus, blieb jedoch unentschlossen vor der Tür stehen. Sein Magen knurrte und er schaute die Straße hinunter. Was würde ihn weniger Energie kosten: Zum nächsten Restaurant zu laufen und etwas zu kaufen oder selbst etwas zu kochen?

Mit einem Seufzen wandte er den Blick wieder der Haustür zu und rieb sich den Nacken. Vielleicht sollte er sich einfach schlafen legen. Das erforderte am wenigsten Aufwand.

Als er das Haus betrat, schnupperte er. Es roch nach … Essen?

„Parker?"

Parker kam mit einem strahlenden Lächeln aus der Küche. „Ivan, hallo. So früh hatte ich gar nicht mit dir gerechnet."

Ivan erwiderte das Lächeln und schlüpfte in seine irgendwie beruhigende Rolle. Er mochte vielleicht Albträume haben, doch zu Parker nach Hause zu kommen war wesentlich besser, als sich in seiner einsamen Wohnung zu befinden oder sich in Bars nach One-Night-Stands umzusehen.

„Manche Tage sind besser als andere."

„Ich habe gekocht. Zumindest habe ich es versucht. Es ist nur eine Suppe, weil die nicht so schwer war und man sie gut aufwärmen kann."

Parker hatte gekocht. Was für ein wundervolles Gefühl. Wann war er das letzte Mal zu einem Abendessen nach Hause gekommen? Das musste schon vor Monaten gewesen sein. Lange vor Colins Auszug.

„Sie schmeckt bestimmt gut." Er machte ein paar Schritte auf Parker zu, nur um stehen zu bleiben, als ihm klar wurde, dass er ihn unbewusst für eine Umarmung und einen Kuss angesteuert hatte. Parker mochte ja schwul sein, aber Ivan *Baker* war es nicht – und würde seinen Mitbewohner sicher nicht auf diese Weise begrüßen.

„Kommt heute irgendetwas, das man sich auf deinem gigantischen Fernseher ansehen kann?" Es gab keine Serien, die Ivan regelmäßig schaute. Bei seinen Arbeitszeiten war das ein hoffnungsloses Unterfangen. Stattdessen sah er sich meistens einfach an, was gerade kam.

Parker zuckte nur mit den Schultern, während er in der Küche verschwand, um nach seiner Suppe zu sehen. Ivan folgte ihm und holte sich ein Glas Wein. „Willst du auch eins?"

Parker lächelte schüchtern. Er schien nicht an ein ganz alltägliches Maß an Freundlichkeit gewöhnt zu sein.

„Klar, danke."

Während Parker sich wieder dem Ofen zuwandte, griff Ivan erneut nach der Weinflasche.

„Gehst du heute wieder laufen?", fragte Parker.

Nach ihrem faulen Sofa-Samstag hatte Ivan ihn am Sonntag zum Joggen mitgenommen. Auch wenn sie nicht weit gelaufen waren, da Parker die Kondition fehlte, schien es ihm gutgetan zu haben.

„Dann hat es dir gefallen?"

Parker gab ein zustimmendes Brummen von sich. „Ich habe ein bisschen Muskelkater, aber es war gut."

„Der lässt nach, wenn man es regelmäßig macht." Ivan wippte auf den Zehenspitzen auf und ab, um seine eigenen Muskeln zu prüfen. Allerdings glaubte er nicht, dass er sich nach diesem Tag zu weiteren Anstrengungen durchringen konnte.

„Heute eher nicht. Ich bin total fertig", fügte er also hinzu.

Parker sah ihn an und runzelte die Stirn. „Ja, du siehst wirklich müde aus. Ich dachte, dein Tag war heute besser."

Mit einem bitteren Lachen holte Ivan ein zweites Weinglas aus dem oberen Regal. „Ich habe gesagt, dass es bessere Tage gibt, und nicht, dass der heutige Tag dazu zählt. Wenigstens war er nicht so lang."

Und jetzt wollte er nicht länger über diesen Tag nachdenken. Den Überblick über seine verschiedenen Leben zu behalten, war ihm im Augenblick zu anstrengend.

Während sich Parker wieder der blubbernden Suppe zuwandte, betrachtete Ivan den jungen Mann. Das Glücksgefühl, als Parker ihn mit einem fröhlichen Lächeln begrüßt hatte, wollte er lieber nicht näher analysieren. Genauso wenig wie die Frage, was so einen scheinbar anständigen jungen Mann vom rechten Weg abgebracht hatte.

Später. Über all das würde er später nachdenken. Bis er Gelegenheit fand, das Haus zu durchsuchen, bis sich ihm die Chance bot, Parker zu folgen und sich die Leute anzusehen, mit denen er sich traf, würde er der Versicherungsvertreter Ivan Baker bleiben. Sein Leben war wesentlich unkomplizierter. Irgendwie gefiel es Ivan.

Er näherte sich Parker und platzierte das Weinglas auf der Arbeitsplatte neben dem Herd.

„Hier, dein Wein."

„Oh, danke. Kannst du schon mal Schüsseln holen?"

„Klar." Ivan war nicht sicher, ob die Bitte dazu diente, ihn wieder auf Abstand zu bringen. Er trank einen Schluck Wein, bevor er sich umdrehte, um Parkers Aufforderung nachzukommen.

„Oh, Scheiße!"

Beim Lärm zersplitternden Glases duckte Ivan sich und griff nach einer nicht vorhandenen Waffe. Parker starrte auf das zerbrochene Glas und die rote Flüssigkeit, die sich wie Blut auf dem Boden ausbreitete. Ivan wurde klar, dass keine Gefahr bestand, und sein Puls verlangsamte sich.

Parker beugte sich vor, um eine der Scherben aufzuheben. Offenbar hatte Ivan sich geirrt: Ein bisschen Gefahr bestand doch. „Nicht!"

Parker erstarrte mit ausgestreckter Hand.

„Lass mich das machen." Ivan atmete tief durch, um sich zu beruhigen.

„Ich schaff das schon."

Ivan lächelte. „Findest du nicht, dass es reicht, wenn ich dich einmal im Monat verarzte?"

Parkers verwirrtes Stirnrunzeln wurde gleich darauf von einer verlegenen Röte ersetzt. Ivan überlegte bereits, ob er zu weit gegangen war, als Parker plötzlich loslachte.

„Na gut, von mir aus." Parker richtete sich auf und war im Begriff, sich mit seinen nackten Füßen von den Scherben zu entfernen. Ivan schüttelte nur den Kopf, schlang die Arme um Parkers Taille und trug ihn aus der Küche.

5

EINE HALBE Stunde später war die Küche sauber und Ivan saß mit dem Bauch voll ziemlich schmackhafter Suppe und sehr schmackhaftem Wein im Wohnzimmer und schaute sich mit Parker einen anspruchslosen, aber unterhaltsamen Actionfilm an. Hätte jetzt noch die Aussicht auf Sex bestanden, wäre es ein perfekter Abend gewesen.

Bis ihn ein Ziehen im Nacken daran erinnerte, dass nicht alles perfekt war. Er massierte ihn mit den Fingern und drehte den Kopf, um den Schmerz etwas zu lindern.

„Alles in Ordnung?"

„Ja, sicher. Ich bin nur ein bisschen verspannt. Oder ich habe falsch darauf geschlafen." Was sich ziemlich nah an der Wahrheit befand: An seinen Schlafgewohnheiten war zurzeit so ziemlich alles falsch.

„Ähm … soll ich ihn dir ein bisschen massieren?"

Ivans Augen weiteten sich. Das klang eindeutig nach einem Annäherungsversuch. Lust pulsierte in seinem Unterleib. Nur stand ihm ein gewaltiges Hindernis im Weg: Auch wenn ihm Neil nicht sympathisch war, gab es ihm nicht das Recht, ihn so zu hintergehen. Das wollte er ihm nicht antun. Nicht nach seinen eigenen Erfahrungen. Seine Moralvorstellungen, sein Pflichtgefühl als Polizist und seine überwältigende Sehnsucht nach Parker kämpften gegeneinander an.

Er musste sich zusammenreißen. Was Ivan Bekker wollte, spielte keine Rolle. Was würde Ivan Baker tun? Wenn Ivan Baker vielleicht nicht ganz so hetero war und sich deshalb hatte scheiden lassen … dann würde er vielleicht ja sagen.

„Na gut, warum nicht." Gut. Er hatte nicht zu begierig auf Parkers Finger geklungen.

Parker lächelte, als hätte Ivan ihm seinen größten Wunsch erfüllt. „Willst du dich vor mir auf den Boden setzen? Ich schiebe den Tisch zur Seite."

Das war eigentlich keine schlechte Idee. Es machte das Ganze unverfänglicher – zumindest konnte er sich das einreden.

Als er es sich zwischen Parkers Knien bequem machte, spürte er, wie Parkers Körper die Luft um ihn herum erwärmte. Bei der ersten Berührung durch Parkers Finger war der Film vergessen. Er unterdrückte mit großer Anstrengung ein Stöhnen, als sich kraftvolle Finger in seine steinharten Nackenmuskeln pressten.

Parker massierte unermüdlich weiter, bis die Verspannung kaum noch zu spüren war und seine Kopfschmerzen nachgelassen hatten. Wann hatte er sich das letzte Mal so wohlgefühlt? Als Parkers Finger ihn abwechselnd sanft streichelten und kräftigen Druck ausübten, musste er erneut ein Stöhnen zurückhalten, diesmal vor zunehmender Lust. Er senkte den Kopf noch weiter, um Parker mehr von seinem Rücken darzubieten. *Ivans* größter Wunsch war im Augenblick, sein T-Shirt auszuziehen, damit Parker seinen nackten Rücken berühren konnte. Doch er wagte es nicht. Es gab viele Gründe, sich nicht einfach umzudrehen und über Parker herzufallen, wobei Parkers Freund für ihn in diesem Moment im Vordergrund stand. Was Ivans Gehirn als Zärtlichkeit interpretierte, war lediglich die freundschaftliche Berührung eines Mitbewohners. Wieder etwas, das er nicht von einem Drogenhändler erwartet hätte, aber als Ivan Baker musste er sowieso vorgeben, dass er von nichts wusste. Was ihm gerade sehr recht war.

„He, du", flüsterte Parker. Ivan drehte den Kopf und fand Parkers Mund viel näher bei sich als erwartet. So nah, dass sein warmer Atem Ivans Oberlippe streifte. Als Ivan sich die Lippen leckte, folgte Parkers eindringlicher Blick seiner Zungenspitze. Während Ivan bereits den Kopf zu einem Kuss neigte, fragte er sich, ob er es noch irgendwie verhindern konnte.

EIN LAUTES Hämmern an der Tür riss Ivan aus seiner Benommenheit. Parker wich zurück, während Ivan aufsprang und erneut nach einer nicht vorhandenen Waffe griff. Verdammt. Parker blieb auf der Couch sitzen und sein Blick wanderte verwirrt von Ivan zur Tür und zurück.

Ob die durch die Tür gedämpfte Stimme männlich oder weiblich war, konnte Ivan nicht sagen, doch die Worte „mach die verdammte Tür auf" waren klar verständlich. Die Stimme klang wütend.

„Erwartest du jemanden?"

Parker schüttelte den Kopf, stand jedoch auf und ging auf die Tür zu. Ivan hielt ihn am Arm fest. „Warte. Da scheint jemand ziemlich verärgert zu sein."

„Aber ich muss trotzdem aufmachen. Ich kann Leute doch nicht einfach so ignorieren."

In was für einer Welt lebte der Junge eigentlich? Sobald man sich in den Drogensumpf hinauswagte, wurden wütende Menschen oft von Schusswaffen oder Messern begleitet. Und Parker wollte einfach die Tür öffnen, als handelte es sich um harmlose Zeugen Jehovas, obwohl weder er noch Parker eine Waffe hatten.

„Vielleicht gibt derjenige einfach auf." Und er kam hoffentlich nicht später zurück, um die Fenster einzuschießen.

Die Tür bebte erneut. „Ivan Bekker, du Arschloch. Komm sofort da raus."

Parker zog eine Augenbraue hoch. „Scheint für dich zu sein."

Ja. Aber für sein wahres Ich. Er hätte alles für das beruhigende Gewicht seiner Glock getan. „Warte hier." Mehr konnte er nicht tun, um Parker zu beschützen. Und Parker ignorierte seine Anweisung auch noch.

Ivan musste wie üblich etwas kräftiger ziehen, um die durch Feuchtigkeit aufgequollene Tür zu öffnen. Sie schwang weit auf und er stand schutzlos vor ... „Trish?"

Eigentlich hätte er ihre Stimme erkennen müssen, doch er hatte einfach nicht mit ihr gerechnet. Nicht hier.

„Was zum Teufel machst du hier, Ivan? Wo warst du? Und wer ist das?" Sie zeigte mit Schwung über Ivans Schulter.

„Beruhige dich." Seine Partnerin war verdammt sauer. Wie hatte sie ihn gefunden? Sie hatte doch hoffentlich nichts mit dem Verräter zu tun? Konnte er sich so in ihr geirrt haben?

„Sag mir nicht, was ich tun soll. Du kannst nicht einfach so abhauen, ohne ..."

Ivan schob sie nach draußen und schlug die Tür hinter sich zu. Falls es nicht bereits zu spät war, durfte sie ihn nicht auffliegen lassen. Außerdem sah er in ihrem Gesicht keinerlei Arglist oder Verschlagenheit. Sein Instinkt sagte ihm, dass er ihr nach wie vor vertrauen konnte – während ihn sein Verstand darauf hinwies, dass ihm ohnehin keine Wahl blieb.

„Dafür ist hier nicht der richtige Ort. Und ich rede nicht mit dir, bevor du dich beruhigst." Er wählte ebenfalls einen lauten, verärgerten Tonfall. Doch bevor Trish zu einer wütenden Antwort ansetzen konnte, legte er ihr einen Finger auf die Lippen – und hoffte, dass sie ihn nicht abbeißen oder vor Parker etwas noch Belastenderes sagen würde.

„Spiel mit", flüsterte er. „Ich bin Ivan Baker und du bist meine Exfrau."

Trish riss die Augen auf und warf einen Blick auf die Tür.

„Eine einvernehmliche Scheidung?", flüsterte sie.

Ivan schnaubte. „Klang das so? Nein, du hast mich fertiggemacht."

Sie grinste frech. „Das wundert mich nicht."

„Komm mit." Ivan packte sie am Arm und führte sie ein Stück den Gehweg hinunter. „Tu wütend und wedle mit den Armen und so, aber sprich leise, okay?"

Sie schlüpfte gleich in ihre Rolle und machte einen aggressiven Schritt auf ihn zu. „Ich *bin* wütend. Was fällt dir ein, einfach zu verschwinden, während die SIU gegen dich ermittelt? Du bist doch nicht etwa mit einem neuen Kerl zusammengezogen?"

Ivan wedelte mit dem Finger vor ihrem Gesicht herum, als er antwortete: „Ich bin nicht verschwunden. Sarge weiß, wo ich bin. Und das war nur mein Mitbewohner. Aber du darfst es auf keinen Fall weitererzählen. Ernsthaft."

„Dein Handy ist nicht zu erreichen und du bist umgezogen." Er hob beschwichtigend die Hand, als ihre Stimme wieder lauter wurde.

„Ich tue nur so. Als verdeckter Ermittler."

„Wie bitte? Bekker ... "

Er räusperte sich und sah sich um.

„Schon gut, entschuldige. Aber du bist beurlaubt. Warum hast du Ivan Baker auferstehen lassen?" Sie stemmte die Hände in die Hüften wie eine Mutter, die mit ihrem Kind schimpft.

Ivan zuckte mit den Schultern. „Ich musste. Es ist eine lange Geschichte, die ich dir jetzt nicht erzählen kann."

„Können wir uns wenigstens auf einen Kaffee treffen? Oder zum Essen? Ich mache mir Sorgen um dich. Das könnte dich deine Stelle kosten."

Er war nicht sicher, ob ihn das überhaupt stören würde. Aber im Augenblick musste er an seine und Parkers Sicherheit denken.

„Geh jetzt lieber. Ich melde mich, sobald ich kann."

„Das hoffe ich für dich. Sonst ist Trish *Baker* bald zurück und macht Ärger."

Sie presste sich an ihn und griff ihm zwischen die Beine. Er wich mit einem überraschten Ausruf zurück. „Was soll das?"

Das böse Grinsen war zurück. „Selbst nach einer Trennung sollte man den anderen daran erinnern, was er verpasst. Außerdem wird es auf deinen Jungen da drin ziemlich überzeugend wirken."

Ivan wagte einen Seitenblick auf das Haus und sah, dass sich die Gardine bewegte. Hoffentlich hatte das seine Geschichte wirklich glaubhafter gemacht.

„Wie hast du mich überhaupt gefunden?"

„Das verrate ich dir bei unserem nächsten Treffen."

Ivan starrte sie an. War sie wirklich so unbekümmert? Oder wollte sie ihn nur aus dem Gleichgewicht bringen?

„Na schön: Ich bin dir vom Therapeuten aus gefolgt. Und es war nicht leicht, du gerissener Kerl."

Wenn ihm irgendjemand folgen konnte, dann Trish. *Sie* war die Gerissene von ihnen. Er hatte sie nicht bemerkt. In Zukunft würde er wohl besser aufpassen müssen.

„Mach dich jetzt lieber auf den Weg, bevor dich jemand sieht und deine Nummernschilder überprüft."

„Schon gut. Aber im Ernst: Pass auf dich auf."

„Das werde ich. Weißt du, wie es Kurt geht?" Er hatte nicht den Versuch gewagt, ihn zu kontaktieren, da er Kurt nicht in diese Mission hineinziehen wollte. Aber Trish zu fragen, würde hoffentlich keine negativen Folgen haben.

„Ganz gut. Er ist stabil."

Er seufzte erleichtert.

Nachdem Trish ihm noch einmal unauffällig den Arm gedrückt hatte, stieg sie in ihren kleinen Mazda und fuhr davon. Dieser Einsatz hätte in einer Katastrophe enden können, wenn sie im Streifenwagen hergekommen wäre, um ihm Vorwürfe zu machen. Und es konnte immer noch passieren, falls einer von Razhins Leuten das Haus im Auge behielt und ihre Nummernschilder prüfte. Glücklicherweise hatte er bisher keinen Hinweis auf Überwachung gefunden.

Als er zum Haus zurückging, bemühte er sich um eine niedergeschlagene Haltung. Parker hatte sich ganz unauffällig aus dem Erdgeschoss verdrückt. Verdammt schade. Der Überraschungsbesuch hatte die entspannende Wirkung der Massage größtenteils zunichtegemacht und Ivan hätte nichts dagegen gehabt, wenn Parker sie wiederholt hätte. Andererseits war er froh über die Unterbrechung – zehn Sekunden später hätte er nämlich Bekanntschaft mit Parkers Lippen gemacht gehabt. Und ihn beschlich der Verdacht, dass sie sich so gut angefühlt hätten wie keine anderen je zuvor.

EIN UNGEWOHNTES elektronisches Zirpen schreckte Ivan auf. Er sprang mit klopfendem Herzen aus dem Bett und versuchte, sich zu orientieren. Als ihm klar wurde, dass er sich in Parkers Haus befand, atmete er tief durch und suchte die Quelle des Geräuschs. Schließlich identifizierte er sie als das Klingeln des Handys in seiner Hosentasche, doch der Anrufer hatte bereits aufgelegt, als er es herausholte. Auch wenn ihm die Nummer nicht bekannt war, sollte ihn eigentlich nur eine Person anrufen. Er drückte ein paar Tasten, um einen Klingelton zu suchen, den er erkannte und der nicht wie ein erkälteter Wecker klang.

Er rieb sich die Augen und warf einen Blick auf die Uhr. Wie hatte er bis elf Uhr schlafen können? Ausnahmsweise war er nicht von Albträumen geplagt worden. Er stand auf und streckte sich. Der Anruf war eine unerfreuliche Erinnerung daran gewesen, dass es sich hier um einen Einsatz handelte. Er war nicht hier, um sich mit Parker Filme anzusehen und sich massieren zu lassen – auch wenn ihn das glücklicher gemacht hatte, als er seit langer Zeit gewesen war.

Gedanklich ging er Parkers Stundenplan durch, den dieser ihm bereitwillig mitgeteilt hatte, und stellte fest, dass er bis etwa drei Uhr allein im Haus sein sollte. Das würde ihm nach einem Frühstück genug Zeit für eine gründliche Überprüfung von Parkers Zimmer geben – und vielleicht würde er noch andere Räume schaffen. Wenn er das erledigt hatte, würde er Parker vermutlich irgendwann folgen müssen, um herauszufinden, wann und wo er sich mit seinem Drogenlieferanten traf. Sein Studentenleben eignete sich sicher sehr gut, um in dieser Hinsicht flexibel zu sein. Obwohl es Ivan wunderte, dass Parker nicht häufiger von „Freunden" besucht wurde, die sich bei ihm Nachschub besorgten oder ihn vielleicht sogar ins Bett kriegen wollten. Es war erstaunlich, dass ein so attraktiver Mann so viel Zeit zu Hause mit Ivan verbracht hatte.

Nachdem er in seine Jeans geschlüpft war, ging er die Treppe hinunter. Das Knarzen der Stufen war mittlerweile ein beruhigend vertrautes Geräusch. Mit einem Apfel gegen den schlimmsten Hunger in der Hand betrachtete er den Inhalt des Kühlschranks. Sollte er sich ein richtiges Frühstück machen? Oder vielleicht schon ein frühes Mittagessen für sie beide zubereiten? Sie hatten genug Lebensmittel für eine Gemüsepfanne.

Dann verschluckte er sich beinahe an seinem Apfel und schlug hustend die Kühlschranktür zu. Er musste aufhören, die Situation wie ein sehr langes Date oder sogar eine Beziehung zu betrachten. Sie wohnten nicht tatsächlich zusammen. Parker hatte einen Freund – und die Aussicht auf einen längeren Besuch im Gefängnis.

Plötzlich war ihm schwindelig und er musste sich auf einen Küchenstuhl setzen. Einmal hatte er miterlebt, wie ein junger Mann – sogar noch jünger als Parker – in einen Bandenkrieg verwickelt worden und im Gefängnis gelandet war. Die anderen Insassen hatten ihn als willkommenen Leckerbissen betrachtet. Parker würde es ähnlich ergehen. Falls er nicht über geheime Kampfkünste verfügte, von denen Ivan nichts wusste, wahrscheinlich sogar noch schlechter.

Doch daran durfte er jetzt nicht denken. Erst musste er wissen, womit genau er es zu tun hatte. Was bedeutete, dass er möglichst viel über Parkers Geschäfte herausfinden würde, während er den Bericht an Martelli möglichst lange hinauszögerte. Wenn er schon auf eigene Faust arbeiten sollte, musste er das auch ausnutzen. Dass Martelli einen Hinweis erhalten und Parker mit Neil Gras geraucht hatte, war noch lange kein Beweis dafür, dass er mit Razhin zusammenarbeitete. Hinweise erwiesen sich manchmal als falsch.

Und selbst wenn Parker es tatsächlich auf einen Platz in Razhins Organisation abgesehen hatte, würde man den gutherzigen, rücksichtsvollen, noch trauernden jungen Mann doch sicher ohne eine Gefängnisstrafe vom falschen Weg abbringen können.

Nachdem er den Rest des Apfels in den Abfalleimer geworfen und sich die Hände gewaschen hatte, erklomm er die knarzende Treppe. Er klopfte vorsichtshalber an Parkers Tür, erhielt jedoch wie erwartet keine Antwort. Mit einem tiefen Atemzug öffnete er sie.

Die zwei Kastenfenster standen beide einen Spalt weit offen, was die Vorhänge im warmen Sommerwind flattern ließ. So angenehm die frische Luft auch war, schaute Ivan doch automatisch hinaus, um die Gefahr eines Einbruchs einschätzen zu können. Ein entschlossener Dieb ließ sich auch von einer einfachen Haustür nicht aufhalten, doch offene Fenster stellten eine große Verlockung dar, wo vorher keine bestanden hatte.

Das schräge Verandadach bot verhältnismäßig leichten Zugang zu den Fenstern. Glücklicherweise wirkte es nicht sehr stabil (war der Rest des Dachs in ähnlich schlechtem Zustand? Vielleicht sollte er Parker darauf hinweisen) und die Fenster waren trotz eines Baumes von der Straße aus gut zu sehen. Die Gefahr, beobachtet zu werden, schreckte Einbrecher hoffentlich ab. Er hätte Parker sowieso nicht gut darauf ansprechen können. *Oh, ich war übrigens einfach in deinem Zimmer und habe gesehen, dass die Fenster offen waren ...*

Das würde nicht gut ankommen, sondern ihm eher einen Preis für den schlechtesten Mitbewohner aller Zeiten einbringen – wenn nicht sogar den Rauswurf.

Ein weiterer Windstoß wehte in den Raum und brachte die ersten Vorzeichen der Mittagshitze mit sich. Ivan war froh, dass die alten Bäume auf der Gartenseite des Hauses seinem Zimmer Schatten spendeten. Parkers Zimmer wurde sicher ziemlich schnell aufgeheizt. Wenigstens lag es nur vormittags in der Sonne.

Er wandte sich seiner Aufgabe zu. Als Erstes fiel sein Blick auf das große Bett mit seinen zerwühlten Laken. Als er sich näherte und mit der Hand über das Kissen strich, glaubte er, Parkers Duft zu erkennen. Hätte Trish sie nicht im passenden – oder unpassenden – Moment unterbrochen, wäre er vielleicht in diesem Bett aufgewacht. Die Matratze wirkte teuer – fest mit einer weichen Polsterung darüber. Eine ähnliche hatten Colin und er sich vor ihrer Trennung kaufen wollen. Im Nachhinein war Ivan froh, am Ende doch nicht das Geld dafür ausgegeben zu haben. Für einen Studenten war sie jedenfalls sehr ungewöhnlich.

Da er nicht hier war, um Parkers Bettlaken zu streicheln, kniete er sich hin und schob eine Hand unter die Matratze. Auch wenn es sich nicht um ein besonders kreatives Versteck handelte, wurde es erstaunlich häufig genutzt. In Parkers Fall war dort allerdings nichts zu finden.

Ivan setzte seine Suche unter dem Bett fort, wo er auf zwei Paar Schuhe und einen Kapuzenpullover stieß – und auf genug Staubflocken, um ihn davon zu überzeugen, dass es sich bei Parker nicht um einen Sauberkeitsfanatiker handelte. Für Ordnung zu sorgen – besonders in Küche und Badezimmer –, war wahrscheinlich einfach nötig gewesen, während er seine Mutter gepflegt hatte, und dadurch zur Gewohnheit geworden. Ivan war erleichtert darüber, dass Parker nicht in einem solchen Schweinestall lebte, wie es seine eigene Studentenbude gewesen war. Im Laufe seiner Arbeit als verdeckter Ermittler hatte er teilweise in so elenden Verhältnissen leben müssen, dass er Parkers Haus zu schätzen wusste, denn hier war es schöner als in seiner eigenen Wohnung – abgesehen von der Tatsache, dass es sich bei seinem Mitbewohner vermutlich um einen Verbrecher handelte, den er bald verhaften musste.

Ivan schüttelte den Kopf. Daran hatte er doch nicht denken wollen. Bisher hatte er noch nichts gefunden, das weitere Ermittlungen oder einen Durchsuchungsbefehl rechtfertigte. An der Hoffnung, dass es so bleiben würde, war nichts Verwerfliches.

Er setzte sich auf die Bettkante, um über seinen nächsten Schritt nachzudenken. Die Pappkartons konnte er sich vermutlich sparen. Niemand versteckte etwas Wichtiges in einem Karton, wenn es andere Möglichkeiten gab.

Den Nachttisch mit seinem sehr persönlichen Inhalt verschob er auf später und nahm sich stattdessen die Kommode vor, immer auf der Suche nach Hinweisen auf Drogenhandel. Der eine oder andere Joint wäre nach der aktuellen Gesetzeslage überhaupt kein Problem gewesen, weshalb Ivan auch nicht eingeschritten war, als Parker mit Neil Gras geraucht hatte. Doch Martelli glaubte, dass wesentlich mehr vor sich ging. Nachdem er gewissenhaft jede Schublade durchsucht hatte, überprüfte er, ob etwas an ihre Unterseiten oder die Innenwände der Kommode geklebt worden war.

Abgesehen von Staub und ein paar knappen Tangas – ganz hinten in der Schublade und noch mit dem Etikett versehen – fand er absolut gar nichts. Die Tangas regten seine Fantasie heftiger an, als ihm lieb war – dabei mochte er diese eigentlich nicht besonders. Dass Parker sie offensichtlich nicht für Neil angezogen hatte, war beunruhigend beruhigend.

Er richtete sich auf und streckte sich, bis seine Wirbelsäule knackte. Ein Blick auf die Uhr verriet ihm, dass ihm noch mindestens zwei Stunden blieben. Er konnte also den Nachttisch hinter sich bringen und hatte noch genug Zeit für den Kleiderschrank.

Mit der unteren Schublade anzufangen war ein Fehler. Ivan schob sie gleich wieder zu, als er die Sexspielzeuge sah – obwohl es nicht gerade viele waren. Andererseits konnte sich in den Kartons natürlich noch eine ganze Sammlung verbergen. Er musste sich zusammenreißen, denn über Parker mit seinen Spielzeugen nachzudenken war noch wesentlich erregender, als ihn sich mit seinem Freund vorzustellen.

Vorbereitet auf weitere Überraschungen öffnete er die obere Schublade. Überraschend war der Inhalt allerdings. Mit Sex schien das Gerät mit Luftschläuchen und Netzstecker dagegen nicht viel zu tun zu haben – oder Ivan war naiver, als er dachte. Er hob vorsichtig den Schlauch an, um zu sehen, ob sich darunter etwas anderes verbarg, und stellte fest, dass sich am Ende eine Maske wie die eines Kampfpiloten befand. Jetzt wusste er wenigstens, für welchen Teil des Körpers das Gerät bestimmt war.

Das laute Quietschen der aufgequollenen Haustür riss ihn aus seinen Gedanken. Er sprang auf und schloss so leise wie möglich die Schublade. Seine Zeit konnte noch lange nicht abgelaufen sein; Parker war aus irgendeinem Grund früher nach Hause gekommen. Als Ivan aus dem Zimmer geschlüpft war und die Tür geschlossen hatte, hörte er bereits die erste Stufe knarzen. Eigentlich hätte er sich in seinem Zimmer verstecken sollen, sorgte sich aber um Parker. Vielleicht war dieser krank? Dann würde Ivan neue Pläne fürs Essen machen müssen.

Ivan schlich sich also hastig ins Badezimmer, drehte das Wasser auf und wusch sich lautstark die Hände. Nichts wirkte weniger verdächtig, als die Toilette zu benutzen.

Doch als er sich die Hände abgetrocknet hatte und den Flur betrat, wich er überrascht einen Schritt zurück.

„Neil?" Mit Neil hatte er absolut nicht gerechnet – dabei hätte er es vielleicht tun sollen. „Wo ist Parker?"

Neil starrte ihn an, als hätte er ihm eine völlig verrückte Frage gestellt. War sie das wirklich? Er hatte nicht den Eindruck gehabt, dass Neil hier wohnte oder auch nur einen Schlüssel besaß. War ihre Beziehung doch so ernst, dass Neil sich

231

auch in Parkers Abwesenheit in seinem Haus aufhielt? Ivan runzelte die Stirn. Der Gedanke hätte ihn nicht so sehr stören sollen.

„Wer weiß? Wahrscheinlich bei irgendeiner Vorlesung."

Er schob sich an Ivan vorbei und öffnete Parkers Zimmertür.

„Weiß Parker, dass du hier bist?"

Neil warf ihm einen finsteren Blick zu. „Keine Ahnung. Weiß er, dass du hier bist? Musst du nicht arbeiten? Vergiss nicht, dass du Miete zahlst."

Neils gehässiger Tonfall brachte ihn aus dem Gleichgewicht, sodass es einige Sekunden dauerte, bis ihm eine Antwort eingefallen war. Dämlicher erfundener Versicherungsjob. Er hätte sich lieber einen Beruf ausdenken sollen, bei dem er von zu Hause aus arbeiten konnte … Moment. „Heute konnte ich einiges von hier aus erledigen."

Neils Schnauben klang ungläubig. „Ach ja? Wenn ich rausfinde, dass du gar keine Arbeit hast und Parker nichts zahlen kannst, fliegst du hier schneller raus als bei deiner Frau. Eigentlich braucht er keinen Mitbewohner. Und ich habe ihn davor gewarnt."

„Keine Sorge, ich arbeite." Er konnte nur hoffen, dass Neil es nicht überprüfte und ihn auffliegen ließ.

„Jedenfalls ist es mein gutes Recht, hier zu sein." Neil machte einen Schritt vorwärts, doch Ivan hielt ihn automatisch am Arm fest.

„Wirklich? Dann musst du keine Rücksicht auf einen Mieter nehmen und kannst hier einfach so reinplatzen?"

„Wieso? Hast du was zu verbergen? Abgesehen davon, dass du scharf auf Parkers Arsch bist?" Neils spöttisches Lachen versetzte ihm einen Stich und Ivan errötete. Wie hatte Neil das so schnell bemerkt?

„Das bin ich nicht."

Neil fuhr fort, ohne Ivans Widerspruch zu beachten. „Hast du Angst, dass ich dich dabei überrasche, wie du dich an meinen Jungen ranmachst? Das kannst du sowieso vergessen. Du bist viel zu alt."

Ivan errötete noch heftiger. Neil hatte recht, was an seiner Sehnsucht nach Parker allerdings nichts änderte. Parkers Freund hatte allen Grund, wütend auf ihn zu sein.

„Ich weiß nicht, ob du hier eingezogen bist, weil du an einem naiven Jungen wie Parker deine geheimen Vorlieben ausleben willst, aber glaub mir, es wird nicht funktionieren. Du wirst dich woanders umsehen müssen."

Neil betrat Parkers Zimmer und schlug die Tür zu, bevor Ivan wirklich begriffen hatte, dass Neil als Grund für seinen Einzug die Jagd nach unschuldigen jungen Studenten vermutete. Ivan hörte noch, wie er abschloss, bevor alle anderen Geräusche von lauter Musik übertönt wurden, die vermutlich aus der Dockingstation stammte, die Ivan in Parkers Zimmer gesehen hatte.

Ivan zog sich in sein eigenes Zimmer zurück, wo er immer noch das Hämmern des Basses hören konnte, das ihn nur noch unruhiger machte. Neils überhebliches

Benehmen war überraschend gewesen, allerdings nicht so überraschend wie seine eigene verunsicherte Reaktion darauf. Im Augenblick wusste er nicht, was er denken oder tun sollte. Parkers Zimmertür einzutreten und Neil rauszuwerfen – sein erster Instinkt, wenn er an Neil dachte – wäre Ivans Verhältnis zu Parker nicht gerade zuträglich gewesen.

Im Grunde konnte er Neil seine Feindseligkeit nicht einmal vorwerfen – schließlich wollte Ivan tatsächlich mit Parker schlafen und Neil war mit ihm zusammen. Ivan stellte sich vor, einen Freund zu haben, dessen neuer Mitbewohner scharf auf ihn war. Er wäre nicht begeistert gewesen und hätte den Mann, der hinter seinem Freund her war, ganz sicher nicht besonders freundlich behandelt.

Nur fiel es ihm jeden Tag schwerer, sich von Parker fernzuhalten und sich bei diesem angenehmen Zusammenleben nicht in einer Fantasiebeziehung zu verlieren. Mit Parker fühlte er sich so wohl und sicher wie nie zuvor. Egal, was in der Welt dort draußen passierte, schien er hier einen geschützten Rückzugsort von seinem verrückten Leben gefunden zu haben. Er hatte eine Mission, die für Parker vermutlich im Gefängnis enden würde, doch Ivan wollte diese Tatsache so lange wie möglich ignorieren. Er war sicher, dass er einen Drogendealer am Ende nicht davonkommen lassen würde. Das konnte er nicht, so liebenswert Parker auch war. Doch obwohl es nicht das erste Mal war, dass er sich als verdeckter Ermittler gut mit einem Kriminellen verstand, war Parker der erste Verbrecher, den er sich als Teil seines Lebens vorstellen konnte – und zwar als Teil von Ivan *Bekkers* Leben.

Er hatte sich bereits ausgemalt, Parker seinen Eltern und seinen Schwestern vorzustellen. Rick war ihm bereits begegnet. Trish ebenfalls. Parker hätte trotz des Altersunterschieds gut hineingepasst.

Verdammt. Er musste hier raus. Joggen, Einkaufen, ganz egal. Es musste ihn nur davon ablenken, dass Neil sich wahrscheinlich gerade in Parkers gemütlichem Bett befand. Weil er dort hingehörte. Weil Parker ihn dort haben wollte.

Gott, Parker hatte ihn völlig aus dem Gleichgewicht gebracht. Es war beängstigend. Hätte er doch nur mit jemandem darüber reden können. Doch selbst seinem Therapeuten konnte er sich nicht öffnen. Seine Mission war bereits gefährlich genug.

PARKER GING schwungvollen Schrittes die Treppe hinauf und in sein Zimmer.

„Oh, Neil. Hallo." Sein Freund hatte es sich auf dem Bett bequem gemacht, als handelte es sich um sein eigenes. Ironischerweise hatte er nie die Nacht darin verbracht, obwohl sie dort einige Male Sex gehabt hatten. Seine Mutter hatte mehrere Monate vor ihrem Tod darauf bestanden, ihm das bequemste Bett zu kaufen, das zu finden war, um ihm seine vor Sorge schlaflosen Nächte wenigstens etwas angenehmer zu machen.

„Hi. Ich dachte, du hättest heute früher frei und wir könnten ein bisschen rumhängen."

„Nein, heute war einer der längeren Tage. Aber heute Abend habe ich Zeit." Es entsprach nicht ganz der Wahrheit, doch Neil von seinen zwanzig Stunden ehrenamtlicher Arbeit in der Rehabilitationsklinik zu erzählen, hätte ihm lediglich ein Augenrollen und sanften – oder auch weniger sanften – Spott eingebracht. Neil verstand einfach nicht, warum er so viel Wert auf seinen Hochschulabschluss und seine Karriere legte, und wollte ihn stattdessen davon überzeugen, das Geld seiner Mutter in Neils Pläne für seinen Club zu investieren. Auch wenn er nichts gegen Neils Traum hatte, konnte er auf das von seiner Mutter eingerichtete Treuhandkonto nur für bestimmte Zwecke zugreifen und um die Raten einer Hypothek zurückzahlen zu können, fehlte ihm das Einkommen. Eine Vermietung des Landhauses in Muskoka hätte das geändert, doch das brachte er einfach nicht übers Herz. Wie er Ivan bei einem ihrer Gespräche am Wochenende gestanden hatte, verband er zu viele schöne Erinnerung an seine Mutter und seine Großeltern mit diesem Haus, um Fremde darin wohnen zu lassen. Sogar es selbst zu besuchen, fiel ihm zurzeit noch zu schwer.

„Das geht nicht. Ich muss mich mit Leuten treffen. Mich ums Geschäft kümmern."

Wahrscheinlich hatte Neil diese Worte gewählt, um in Parker Schuldgefühle wegen seiner mangelnden finanziellen Unterstützung auszulösen, doch Parker beschloss, sie als Beweis dafür zu betrachten, dass Neil seine Träume auch allein verwirklichen konnte. Am Ende wäre das ohnehin besser – dann konnte er stolz darauf sein, sein Ziel, das er mit so bewundernswerter Leidenschaft verfolgte, aus eigener Kraft erreicht zu haben.

„Wo ist Ivan?" Wenn dieser nicht wieder einen ungewöhnlich langen Arbeitstag gehabt hatte, war er vermutlich schon hier.

„*Wo ist Ivan*? Woher soll ich das wissen?" Der spöttische Tonfall machte Parker klar, dass Ivan nicht zu Neils Lieblingsthemen gehörte.

Parker warf seinen Rucksack in eine Zimmerecke und öffnete den Kleiderschrank, um sich bequemere Kleidung zu suchen. „Ich dachte nur, er wäre schon zu Hause."

„Er war hier, als ich angekommen bin. Ziemlich komisch, weil es noch keine zwei war."

„Zwei?" So lange war Neil schon hier? „Was hast du die ganze Zeit gemacht?"

Neil deutete vage in Richtung Dockingstation. „Mir neue Musik für den Club angehört. Was geraucht. 'ne Weile geschlafen."

Das war beinahe erschreckend: Neil hatte in seinem Zimmer Gras geraucht und es war ihm nicht mal aufgefallen. Wie oft kam Neil vorbei und machte das? Anscheinend so oft, dass Parker den Geruch nicht mehr registrierte. Ziemlich traurig. Wahrscheinlich hielt Ivan ihn bereits für einen Dauerkiffer.

„Bleibst du noch ein bisschen? Hast du schon gegessen?"

„Wie gesagt, ich treffe mich gleich mit ein paar Leuten."

Aber er hatte genug Zeit, um alleine in Parkers Zimmer rumzuhängen? Er öffnete die Vorhänge, um Sonnenlicht hereinzulassen, und suchte das Bett nach Hinweisen auf eine zweite Person ab. Eigentlich hatte Parker nach dem letzten Mal sehr deutlich klargestellt, dass Sex in seinem Bett nicht infrage kam, aber vielleicht hatte Neil trotzdem jemanden mitgebracht. Glücklicherweise fand er dafür keine Anzeichen. Wenn Parker selbst keine Gesellschaft in seinem Bett hatte, musste Neil die auch nicht haben. Sollte er seine One-Night-Stands doch in seiner eigenen Wohnung vögeln.

Neil stand mit vom Schlafen zerknitterten Kleidern vom Bett auf. „Ich muss jetzt los. Aber sei vorsichtig. Ich traue diesem Ivan nicht."

Meine Güte. Was hatte er bloß für ein Problem mit ihm? „Warum nicht?"

Neil verzog die Lippen zu einem höhnischen kleinen Lächeln. „Weil er so früh hier war. Bist du sicher, dass er wirklich Geld verdient und die Miete bezahlen kann?"

„Du sagst doch selbst immer, dass ich das Geld nicht brauche." Wie oft hatte er sich das anhören müssen? Wären sie ein Paar gewesen, hätte er Neil für eifersüchtig gehalten. Aber das war dumm. Neil war sein bester und ältester Freund, der ihm in der schwersten Zeit seines Lebens beigestanden hatte. Er schuldete ihm eine Menge, und dazu gehörte wohl auch, dass er über einige seiner Macken hinwegsah. Das tat man als Freund eben.

Neils Schnauben klang entfernt spöttisch. „Brauchst du auch nicht. Aber wenn der alte Knacker schon hier wohnt, soll er auch dafür bezahlen."

Alter Knacker? War Neil blind? Ivan war älter als sie beide, aber dabei so heiß, dass es beinahe wehtat. Ivan war der Typ Mann, den Parker in Zeitschriften und Pornofilmen anschmachtete, den er sich allerdings niemals anzusprechen wagen würde.

„Vielleicht ist er krank geworden." Ivan schien schlecht zu schlafen. Manchmal hatte Parker ihn nachts in seinem Zimmer gehört. Er hatte sogar schon darüber nachgedacht, nach ihm zu sehen, so unangebracht es ihm auch erschien, doch es war jedes Mal wieder Ruhe eingekehrt, bevor er sich dazu entschließen konnte.

„Er hat gesagt, er arbeitet von zu Hause, aber ich weiß nicht. Ich traue dem Typen einfach nicht. Ich glaube, er hat es auf deinen Arsch abgesehen. Vielleicht hat er sich nur deshalb einen Studenten als Mitbewohner gesucht."

„Neil, das ist doch lächerlich. Er hat es nicht auf meinen Arsch abgesehen." Wäre es doch nur so gewesen. Parker hätte ihm diesen ohne das geringste Zögern angeboten. „Er ist nicht schwul. Ich habe sogar seine Frau kennengelernt."

„Und wenn du seinen Harem kennengelernt hättest: Der Mann ist schwul und scharf auf dich. Wahrscheinlich hat er den Vormittag damit verbracht, an deiner Unterwäsche zu schnuppern."

Zusammen mit der Röte in seinem Gesicht stieg Hoffnung in Parker auf. Es war irgendwie krank, dass ihm die Vorstellung gefiel. Konnte Ivan wirklich schwul sein? Hatte er sich deswegen scheiden lassen?

„Willst du wirklich nicht bleiben? Ich hätte einen Horrorfilm für uns." Den hatte er nicht, aber Neil hasste Horrorfilme. Ivan und Parker gleichzeitig im Haus zu haben, erschien ihm zu anstrengend. Er wollte nicht den Abend damit verbringen, verbale Klippen zu umschiffen und sich für Neils gehässige Kommentare zu entschuldigen.

„Gott, Parker. Kauf dir von dem Geld, das du mit dem alten Mann verdienst, ein bisschen Geschmack." Er rollte die Augen und hängte sich seine Tasche um. „Bis dann."

„Mach's gut, Neil."

Parker blieb am Fenster stehen und sah Neil schon bald die Einfahrt entlanggehen. Trotzdem bewegte er sich nicht vom Fenster weg und musste sich bald eingestehen, dass er auf die Rückkehr seines Mitbewohners wartete. Er hätte etwas anderes tun sollen, brauchte jedoch zurzeit nicht zu lernen und wollte sowieso nicht allein in seinem Zimmer sitzen und auf Ivan wie ein Eigenbrötler wirken. Also schlüpfte er in eine bequeme Jeans und ein abgetragenes, schon etwas löchriges T-Shirt und ging ins Wohnzimmer hinunter, um fernzusehen.

Als er gerade unten angekommen war, schwang die Tür geräuschvoll auf. Parker zuckte zusammen. Sein erster Gedanke – dass Neil etwas vergessen hatte – löste sich beim Anblick des verschwitzten blonden Mannes in der Tür in Luft auf.

„Ivan." Mehr brachte Parker nicht heraus. Das weiße T-Shirt war beinahe durchsichtig und spannte sich über stahlharte Muskeln. Die abgeschnittene alte Jogginghose war nicht nur extrem kurz, sondern auch fast so dünn und abgetragen wie Ivans T-Shirt. Sein schweißnasses Haar war golden wie Honig und zerzaust. Er wusste nicht, wo Ivan herkam, aber er sah zum Anbeißen aus. Nur an den dunklen Augenringen hatte sich nichts geändert.

„Oh, Parker. Hi. Ich bin ein bisschen gelaufen."

Ein bisschen? Entweder hatten die Hitze und Feuchtigkeit des Tages große Wirkung gezeigt oder er war durch die halbe Stadt gejoggt. Nachdem er mit Parker gelaufen war, hatte er nicht annähernd so erschöpft gewirkt. Andererseits hatte er vielleicht nur Parker schonen wollen.

„Ich wäre mitgekommen, wenn du gewartet hättest."

Irgendwie gelang es Ivan, mit einer Augenbraue ein Schulterzucken auszudrücken, während er um Parker herumging, um sich eine Wasserflasche aus dem Kühlschrank zu holen. Auch wenn sein abweisendes Verhalten vielleicht nur mit seiner Erschöpfung zusammenhing, versetzte es Parker einen Stich. Nach so einer Reaktion widerstrebte es ihm, Neils Behauptung über Ivan auf die Probe zu stellen. In seinem Leben war er so oft abgewiesen worden, dass er von seinem Mitbewohner nicht dasselbe erleben wollte.

Trotzdem folgte er Ivan in die Küche. „Soll ich uns was zu essen machen?"

Der finstere Blick, den Ivan ihm zuwarf, ließ ihn einen Schritt zurückweichen. Vielleicht verhielt er sich zu aufdringlich. War es normal, so viel Zeit mit seinem Mitbewohner zu verbringen? Chris und Thom waren zum Beispiel Freunde, doch Chris verbrachte fast seine gesamte Freizeit mit Alicia.

Parker hätte sich beinahe entschuldigt. Allerdings war er sich keiner Schuld bewusst und erinnerte sich außerdem an Neils Vorwurf, er täte es zu oft. Ihm war ohnehin der Appetit vergangen.

Also zog er sich feige ins Wohnzimmer vor den Fernseher zurück und ließ Ivan mit seiner Wasserflasche in der Küche stehen. Er hatte sich einfach zu sehr an die gemeinsamen Abende gewöhnt, obwohl es erst wenige Tage gewesen waren. Vielleicht hatte er deshalb keinen Freund: Er erwartete zu viel Aufmerksamkeit von ihnen.

Er schaltete den Fernseher ein und starrte auf den Bildschirm, ohne ihn wirklich wahrzunehmen.

„Wo ist Neil?" Ivan hatte sich an den Türrahmen gelehnt und sah etwas weniger rot, jedoch noch genauso verschwitzt und verführerisch aus.

„Der ist gegangen. Wieso?" Eigentlich wollte Parker den Altersunterschied zwischen ihnen nicht noch betonen, sondern wie ein erwachsener Mann wirken. Sein leicht beleidigter Tonfall war dabei allerdings nicht sehr hilfreich.

Trotzdem hellte sich Ivans Miene plötzlich auf und sein ganzer Körper schien sich zu entspannen. Erst da wurde Parker bewusst, wie verkrampft und unglücklich er seit seiner Ankunft vor einigen Minuten gewirkt hatte.

„Weil ich bei eurer gemeinsamen Zeit nicht stören wollte. Deswegen bin ich gegangen."

Gemeinsame Zeit? Das war etwas seltsam ausgedrückt, aber Ivan schien es gut gemeint zu haben. Auch wenn Parker viel lieber Zeit mit ihm als mit Neil verbracht hätte. Neil interessierte sich selten dafür, was Parker wollte.

„Er hat heute Abend zu tun. Hast du Lust auf einen Film?" Vermutlich sah Parker sich zu viele Filme an, doch es machte ihm wesentlich mehr Spaß, als Neil in einen Club zu begleiten – falls er ihn überhaupt einmal einlud. Vielleicht sollte er endlich eine Einladung von Alicia annehmen. Genau. Das würde er tun. Beim nächsten Mal würde er mitgehen. Sein plötzlicher Entschluss brachte ihn zum Lächeln. Ivan betrachtete ihn kurz mit einem Blick, den Parker nicht deuten konnte, bevor er das Lächeln erwiderte.

„Aber nur, wenn ich dich nicht von deinen Hausaufgaben abhalte."

„Keine Angst, alles erledigt."

„Hättest du auch Lust auf etwas anderes?"

Etwas anderes? Parker spürte ein nervöses Kribbeln in seinem Bauch, als er sich mögliche Aktivitäten vorstellte – besonders, wenn sie erneut mit einer Massage begannen. Er liebte es, Ivan zu berühren, auch wenn dieser sein Verlangen nicht erwiderte.

„Warum nicht? Woran hast du gedacht?" Hoffentlich ans Küssen. Oder an Sex. Oder …

„Spielst du Karten?"

Er starrte Ivan stirnrunzelnd an, bis die Worte zu ihm durchgedrungen waren und seine Fantasien verdrängt hatten.

„Früher habe ich mit meiner Mutter oft Cribbage gespielt. Und Neil hat versucht, mir Poker beizubringen, aber ich komme einfach nicht hinter die Strategien."

„Ich glaube, ich erinnere mich an die Regeln. Cribbage können wir also gerne spielen. Aber man muss sich nicht gut mit Strategien auskennen, um Spaß an Poker zu haben." Die letzten Worte wurden vom Stoff seines T-Shirts gedämpft, als Ivan es anhob, um sich damit übers Gesicht zu wischen. Die wohlgeformten Bauchmuskeln, zwischen denen ein goldener Pfad bis zu Ivans Hosenbund verlief, zogen Parker in ihren Bann.

Als das T-Shirt sich senkte, konnte Parker endlich wieder einigermaßen logisch denken. „Aber Neil hat gesagt …"

Ivan schnaubte und verdrehte die Augen. „Strategien sind nur wichtig, wenn man in einem Kasino um Geld spielt. Da sollte man keine Anfängerfehler machen. Ich meine die Art von Poker, die man mit Freunden spielt – wo es um Spaß geht, auch wenn man vielleicht mal ein paar Dollar setzt. Ich war sogar mal in einer Pokerrunde, in der sich ein Typ immer aufschreiben musste, welche Karten besser sind."

Das klang wesentlich angenehmer als Neils diktatorische Lehrmethoden, bei denen Parker sich vorkam, als ginge es um Leben und Tod. Außerdem konnte Parker sich immerhin merken, dass ein Full House besser war als ein Flush.

„Na gut, das klingt spaßig." Spaß. Die fehlende Zutat beim Kartenspielen mit Neil.

„Wir können mit Cribbage anfangen, wenn du möchtest."

„Was ist mit dem Abendessen?"

Diesmal erhellte Ivans Lächeln sein ganzes Gesicht. „An einem Pokerabend isst man kein richtiges Essen. Höchstens Chili, aber dafür ist es mir heute echt zu heiß. Wir haben Gemüse, Käse und Dips – das sollte doch reichen."

Das Lächeln war ansteckend und brachte das Kribbeln in Parkers Bauch zurück – begleitet von einem Hauch von Enttäuschung, da es bei einem Kartenspiel nicht viel Körperkontakt geben würde.

„Kannst du dich schon mal um die Snacks kümmern, während ich dusche?" Auf Parkers Nicken hin drehte Ivan sich um und stapfte die Treppe hinauf.

Kaum hatte Parker mit der Zubereitung angefangen, hörte er auch schon die alten Wasserleitungen rasseln. Er musste sich am Rand der Arbeitsplatte festklammern, als Fantasien auf ihn einstürmten: Ivan, der sich nass und seifig selbst berührte, seine Hände über seinen Körper rieb, während um ihn herum Dampf aufstieg und die Feuchtigkeit Spiegel und Fenster beschlagen ließ.

Parker hätte sich hineinschleichen können, um Ivans verschwommenen Umriss durch den transparenten Duschvorhang zu beobachten. Sicher legte er den Kopf in den Nacken und schloss die Augen, als er genüsslich das warme Wasser über sich hinwegspülen ließ. Dann stützte er sich mit einer Hand an der Wand ab, während die andere zu seinem steifen Schwanz hinunterwanderte …

Das Rauschen des Wassers brach ab und riss Parker aus seinen Tagträumen, bevor er noch erregter werden konnte.

Doch er spürte bereits ein lustvolles Pochen in seinem Unterleib, das er mit tiefen Atemzügen zu vertreiben versuchte. Er hatte nicht vor, Ivan mit einer ausgewachsenen Erektion zu begrüßen – er würde es vermutlich nicht als Kompliment betrachten.

Als er Ivans Schritte hörte, war er mit den Snacks beinahe fertig und seine Erektion hatte sich zumindest teilweise beruhigt. Er rückte sich noch ein letztes Mal zurecht und hoffte, Ivan würde nichts bemerken.

„Willst du ein Bier?"

„Wasser reicht mir heute. Meine Beine sind noch ganz zittrig vom Laufen und ich bin ziemlich dehydriert. Aber trink du ruhig eins ohne mich." Ivan legte einen Stapel Karten auf dem Küchentisch ab, bevor er Parker half, die Schüsseln ebenfalls dort zu platzieren.

„Wir benutzen deine Karten?", fragte Parker, als er die letzten Knabbereien auf den Tisch stellte.

„Stört es dich?"

Parker bemühte sich um einen möglichst ernsten Gesichtsausdruck. „Sie könnten gezinkt sein. Wie sollte ein Anfänger wie ich das erkennen?"

Ivan riss kurz die Augen auf, lachte dann jedoch. „Keine Angst, wir spielen doch nur zum Spaß. Die gezinkten Karten gibt es nur bei ernsten Angelegenheiten." Er zwinkerte Parker zu.

„Da ich allerdings nicht nur ehrlich, sondern auch ein Gentleman bin, darfst du als Erster geben."

Parker verdrehte die Augen, griff aber nach dem Kartenstapel, um zu mischen. „Ich warne dich: Ich bin Cribbage-Experte."

„Na und? Dafür mach ich dich beim Poker fertig."

Parker teilte grinsend die Karten aus.

6

„ICH MACHE mich jetzt auf den Weg zur Arbeit. Zum Essen müsste ich zu Hause sein." Ivan kämpfte gegen ein Gefühl von Déjà-vu an. Dasselbe hatte er häufig zu Colin gesagt, doch unter Mitbewohnern erschien es ihm nicht sehr passend. Irgendwie hatte sich zwischen ihm und Parker eine wesentlich engere Beziehung entwickelt als bei Mitbewohnern üblich. Dass Parker sich dieser Tatsache vermutlich nicht bewusst war, da er vorher nie einen Mitbewohner gehabt hatte, kümmerte Ivan nicht. Er war nicht bereit, dieses Leben mit Parker, das ihm so guttat, einfach aufzugeben. Zumindest noch nicht. Nicht, bevor er konkrete Beweise hatte. Solche Einsätze dauerten manchmal Monate, auch wenn Martelli ihn sicher nicht so lange decken konnte. Für Martelli musste er das Ganze möglichst schnell hinter sich bringen … während er es für Parker am liebsten möglichst lange hinausgezögert hätte.

Da er nicht riskieren wollte, ein zweites Mal von einem eifersüchtigen und misstrauischen Neil im Haus überrascht zu werden, setzte er heute einen anderen Teil seiner Pläne in die Tat um. Beim Joggen hatte er bereits einige versteckte Plätze gefunden, die bei Bedarf einen guten Blick auf das Haus boten. An einem davon legte er sich nun auf die Lauer, denn Parker würde bald das Haus verlassen. Da dieser immer zu Fuß ging, plante Ivan ihm zu folgen, um herauszufinden, ob sein Ziel wirklich der Campus war und mit wem er sich traf.

Zur Not konnte er mit seinem Handy ein paar Fotos machen und sie auf dem Weg zu seiner nächsten Therapiestunde oder Befragung der SIU zu Hause oder an einem anderen sicheren Ort speichern.

Während er an einem hölzernen Telefonmast lehnte und wartete, zupfte er gelangweilt rostige Heftklammern aus dem Holz, die sich über die Jahre von unzähligen dort angebrachten Zetteln angesammelt hatten.

Endlich tauchte Parker auf. Er lächelte nicht direkt, wirkte aber rundum glücklich. Seine Freude übertrug sich auf Ivan und ließ seine Anspannung verfliegen. Nur seine Finger zuckten, da er nur zu gern über Parkers blonde Haarspitzen gestreichelt hätte.

Als Parker weit genug entfernt war, schlüpfte Ivan aus seinem Versteck und folgte Parkers knackigem Hinterteil in sicherem Abstand. Nachdem er zum dritten Mal beinahe hingefallen wäre und mehrere Fußgänger angerempelt hatte, musste er einsehen, dass er sich vielleicht etwas zu sehr auf diesen verlockenden Körperteil konzentrierte.

Die Gehwege waren voller Studenten auf dem Weg zum Campus, die sich besonders vor dem Eingang zu U-Bahn-Haltestelle stauten, doch Parker blieb nicht stehen, um mit irgendjemandem zu reden. Er wand sich durch die Grüppchen, als hätte er ein Ziel. Martelli hielt Parkers Studium für eine Fassade, um auf dem Campus Kunden zu finden. Ivan war da weniger sicher. Um einen Campus zu betreten, brauchte man schließlich nicht gleich einen Studentenausweis. Parker hätte sich auch einfach so dort aufhalten und Studenten ansprechen können.

Außerdem hatte Ivan bereits miterlebt, wie Parker für mindestens einen Kurs Hausaufgaben erledigt hatte. Jetzt musste er nur herausfinden, ob der Rest seines Stundenplans ebenfalls der Wahrheit entsprach. Und nachdem er sich näher damit vertraut gemacht hatte, würde er auch besser einschätzen können, wann und wo sich Parker Gelegenheit zum Drogenhandel bot. Sein Haus schien er nicht für illegale Aktivitäten zu nutzen, wenn Neil nicht etwa für – oder mit ihm – arbeitete.

Viele Frauen und Männer warfen Parker anerkennende Blicke zu und einige davon wanderten wie Ivans auch zu seinem knackigen Hintern. Parker schien von all dem nichts zu bemerken. Ob es daran lag, dass er vergeben war, oder daran, dass er seine Attraktivität einfach nicht wahrnahm, musste Ivan noch herausfinden. *Nachdem* er herausgefunden hatte, woher Parker seinen Stoff bekam. Die Käufer würde er ebenfalls genauer unter die Lupe nehmen, doch im Vergleich waren sie nur kleine Fische – vor allem, wenn sie lediglich legale Mengen für den Eigenbedarf erwarben.

Parker überquerte den Weg und erklomm die Stufen zu einem nichtssagenden, gedrungenen Gebäude. Da im Eingangsbereich dichtes Gedränge herrschte, schob sich Ivan dichter an Parker heran, um ihn nicht aus den Augen zu verlieren.

Die warme, stickige Luft im Innern des Gebäudes brachte Ivan zum Schwitzen. Gab es hier keine Klimaanlage? Er keuchte ein wenig und sein Herz schlug schneller, während von allen Seiten Rucksäcke und Taschen gegen ihn stießen. Unwillkürlich stellte er sich vor, wie viele Waffen man darin verbergen konnte.

Trotz der Menge ermöglichten es Parkers Größe und seine blonden Haarspitzen, ihn im Auge zu behalten. Ivan kämpfte sich unermüdlich hinter ihm her durch die Menge, bis das Gedränge nach den ersten Abzweigungen endlich nachließ und er freier atmen konnte.

Parker ging eine Treppe hinauf und öffnete eine Tür. Ivan schaute kurz hinein, um den Raum zu überblicken, ging dann aber weiter. Ein so großer Hörsaal hatte grundsätzlich weitere Eingänge und Ivan plante, sich von hinten hineinzuschleichen. Sollte das nicht möglich sein, würde er warten müssen, bis Parker wieder herauskam.

Er folgte dem Flur bis zur nächsten Tür und wartete, bis eine Studentin sie öffnete. Da dahinter tatsächlich derselbe Hörsaal zu sehen war, zog er sich seine Baseballmütze tiefer ins Gesicht und schlüpfte hinter ihr hinein. Nachdem er Parkers unübersehbare Frisur in der Mitte des Raumes entdeckt hatte, suchte er sich einen Platz ganz hinten und beugte sich tief über den Tisch, falls Parker sich einmal umdrehen sollte.

Ivan hielt nach verdächtigen Personen Ausschau, was sich ziemlich schwierig gestaltete, da abgesehen von Parker kaum jemand besonders vertrauenerweckend wirkte – schon gar nicht, wenn sie Parker anstarrten. Ivan behielt genau im Auge, ob sich ihm jemand näherte oder ihn ansprach. Eine Gruppe aus vier Mädchen und zwei Jungen setzte sich in seine Nähe, wobei nicht ersichtlich war, ob sie irgendwelche Hintergedanken hatten oder einfach von Parkers hübschem Gesicht angezogen worden waren.

Da die ständigen Blicke Ivan allmählich nervten, konzentrierte er sich lieber auf Parker. Dieser schien die Aufmerksamkeit hier eher zu bemerken, sie aber nicht zu mögen: Er saß mit hochgezogenen Schultern und gesenktem Kopf da, als wollte er die Blicke abwehren. Nicht gerade das Verhalten eines Drogendealers auf Kundenfang.

Der Professor betrat den Hörsaal, dicht gefolgt von einer jungen Frau, die sich suchend umsah. Plötzlich veränderte sich Parkers Körpersprache und er winkte ihr einladend zu. Sie ging hinüber und setzte sich mit einem Kuss auf Parkers Wange auf den Platz neben ihm. Einzig die Tatsache, dass Parker schwul war, zügelte Ivans Wut. Die Eifersucht auf sie war albern. Einerseits war Parker sowieso mit Neil zusammen, andererseits hätte für Ivan auch sonst keine Chance auf eine Beziehung mit ihm bestanden. Es war lächerlich, daran bei einem mutmaßlichen Kriminellen, der sich wahrscheinlich auf dem Weg ins Gefängnis befand, auch nur zu denken – und seiner Karriere nicht gerade förderlich.

Wer war das Mädchen? Eine Freundin? Eine Kundin? In ihrem rosa T-Shirt wirkte sie furchtbar harmlos.

Ivan ließ den Blick noch einmal durch den Hörsaal wandern. Nahezu alle Studenten hatten ein Notebook oder Tablet auf dem Tisch vor sich platziert. Seit seiner eigenen Studienzeit hatte sich einiges verändert. Er selbst hatte dagegen nicht einmal Papier und Stift mitgebracht. Warum hatte er das hier nicht besser geplant? So machte er sich zur auffälligsten Person im Raum. Na gut, vielleicht abgesehen von dem Typen neben der Wand, der sich von einem ausgiebigen Besäufnis zu erholen schien.

Der Professor bat um Ruhe und begann mit der Vorlesung. Ivan ignorierte ihn, da er es vorzog, Parkers Profil zu betrachten. Dieser schien sich wirklich für das Thema zu interessieren und der konzentrierte Gesichtsausdruck stand ihm ausgesprochen gut. Das Mädchen in Rosa hörte ebenfalls aufmerksam zu, anstatt Parker anzusehen. Es machte sie Ivan etwas sympathischer.

Die zwei Stunden vergingen erstaunlich schnell. Parker anzusehen war wesentlich interessanter als die meisten anderen Aspekte seiner Arbeit. Obwohl der Professor noch redete, kündigten raschelnde Rucksäcke und sich schließende Laptops das Ende der Vorlesung an. Ivan verließ mit gesenktem Kopf unauffällig den Raum und positionierte sich ein Stück weit den Flur hinunter, wo Parker ihn hoffentlich nicht bemerken würde.

Schon bald kamen Parker und das Mädchen in Rosa aus dem Hörsaal, wobei sie sich lächelnd unterhielten. Er folgte ihnen erst, als sie beinahe den Ausgang erreicht hatten.

Er verlor die zwei beinahe, als er sich durch die Menge bis zur Tür kämpfte, und musste draußen erst wieder nach Parkers gefärbten Haarspitzen Ausschau halten. Als er ihn entdeckt hatte, beschleunigte er seinen Schritt, damit sie ihn nicht noch einmal abhängten.

Plötzlich blieben sie stehen. Ivan bremste ebenfalls, und zwar so abrupt, dass er beinahe stolperte. Hier im Freien konnte er sich nirgendwo verstecken und Parker hatte eigentlich keinen Grund, so unvermittelt stehen zu bleiben.

Parker und das Mädchen drehten sich gleichzeitig um, als hätten sie ihren Verfolger bemerkt und wollten ihn zur Rede stellen.

Ivan stockte der Atem, als Parkers Blick auf sein Gesicht fiel. Er errötete. Irgendwie war es diesem unerfahrenen Drogendealer gelungen, ihn bei der Arbeit zu überrumpeln. So etwas war ihm seit Jahren nicht mehr passiert.

„Ivan?"

„Du kennst den Kerl?" Das rosa Mädchen musterte ihn.

„Er ist mein Mitbewohner." Parkers Gesicht wurde ebenfalls rot, obwohl er eigentlich keinen Grund hatte, sich zu schämen.

„Das ist dein Mitbewohner?" Das Mädchen wirkte noch interessierter und machte einen Schritt auf ihn zu, um unter den Schirm seiner Baseballmütze zu spähen. „Hmm."

Aus irgendeinem Grund machte ihr nachdenklicher Gesichtsausdruck ihn nervöser als ein Dutzend Drogendealer mit Schnellfeuerwaffen. Er erinnerte ihn an seine Mutter, wenn sie eine seiner Lügen durchschaute.

„Ich bin Alicia." Sie streckte ihm die Hand entgegen, sodass er sie schütteln musste. Ihr Händedruck war kräftiger, als er es bei ihrer mädchenhaften Kleidung erwartet hatte.

„Ivan."

„Ja, das sagte er schon." Mit einem frechen Grinsen deutete sie in Parkers Richtung.

Ivan errötete noch heftiger. Er warf einen Blick auf Parker, der ihn skeptisch betrachtete.

„Was machst du hier?"

Gott. Eigentlich besaß Ivan ein Talent dazu, sich herauszureden. Nur fiel es ihm in letzter Zeit häufig schwer, einen klaren Gedanken zu fassen.

„Ich … ich habe doch erwähnt, dass ich mir als Gasthörer ein paar Vorlesungen ansehen will, oder?" Verdammt. Das hatte er doch hoffentlich getan. „Also schaue ich mich schon mal um, damit ich mir bald welche fürs nächste Semester aussuchen kann."

243

Er atmete auf. Das klang völlig einleuchtend.

„Als Gasthörer?", fragte Alicia nicht direkt ungläubig, allerdings auch nicht ganz überzeugt. Immerhin lächelte sie noch. Obwohl ihm Parkers Reaktion wesentlich wichtiger war. „Ein ziemlicher Zufall, dass wir uns hier über den Weg laufen."

„Das stimmt." Panik stieg in ihm auf. Er durfte jetzt keinen Fehler machen. „Ich habe mir den Campus angesehen und dann habe ich Parker bemerkt."

Parker schenkte ihm ein strahlendes Lächeln – ungefähr so wie beim Cribbage, als er Ivan vernichtend geschlagen hatte. Beim Poker war es für Ivan nicht viel besser gelaufen, allerdings hatte er beim Verlieren nie zuvor so viel Spaß gehabt.

„Wir wollten eine Kleinigkeit essen. Willst du mitkommen?"

Ivan musterte Parker. War die Einladung ernst gemeint? Er bemerkte kein Zögern und keine Zurückhaltung. Da er Parker nun ohnehin nicht weiter folgen konnte, war es eine gute Gelegenheit, um seine Bindung zu Parker zu festigen. Außerdem verbrachte er nicht nur gern Zeit mit Parker, sondern konnte so vielleicht Positives über ihn herausfinden, das eine spätere Strafe mildern würde.

IN DEM kleinen Restaurant gab es ziemlich gute Sandwiches und erstaunlich schmackhafte Pommes frites. Sie fanden einen Platz im Freien unter einem Sonnenschirm. Durch die Feuchtigkeit klebte ihnen die Kleidung am Körper, doch eine sanfte Brise machte die Temperatur gerade noch erträglich und der blaue Himmel war ein schöner Anblick. Ivan setzte sich neben Parker, woraufhin Alicia ihn mit einem wissenden Grinsen betrachtete. Da es jedoch noch auffälliger gewesen wäre, wenn er deshalb den Platz gewechselt hätte, blieb er dort.

Ivan verspannte sich, als zwei attraktive Männer auf ihren Tisch zusteuerten. Der dunkelhaarige wirkte unglücklich. Sie sahen völlig normal aus, doch falls sie dort waren, um Ärger zu machen, würde es nicht leicht werden, sowohl Parker als auch Alicia vor ihnen zu schützen. Bei seinen bisherigen Einsätzen als verdeckter Ermittler hatte es ihn bei weitem nicht so sehr beunruhigt, keine Verstärkung rufen zu können. Lag es daran, dass ihn die ganze Situation so verunsicherte? Einerseits erschien Parkers Leben auf den ersten Blick vollkommen normal und unschuldig, andererseits wusste Ivan, dass es sich nur um eine Fassade handelte. Oder zumindest teilweise. Nur war er nicht sicher, welche Teile davon. Diese Tatsache machte ihn verdammt nervös.

„Ivan, das sind mein Freund Chris und sein Mitbewohner Thom. Jungs, das ist Parkers Mitbewohner."

„Solltest du wirklich so fettig essen? In deinem Alter muss man auf seinen Cholesterinspiegel achten", merkte Thom mit finsterem Blick an. Ivan erwiderte den Blick genauso finster. Er war einer der besten Detectives des Drogendezernats und mehrfach für seine Arbeit ausgezeichnet worden. Er hatte es satt, von Parkers

Freunden als alt bezeichnet zu werden. Das war er nicht. Auch wenn es zwischen ihm und Parker einen zugegeben ziemlich großen Altersunterschied gab.

Er verkniff sich eine bissige Antwort, musste allerdings grinsen, als Chris seinem Mitbewohner unter dem Tisch einen Tritt versetzte. Thoms hungriger Blick in Parkers Richtung war Ivan nicht entgangen, Parker dagegen schon. Zumindest reagierte er nicht darauf, sondern blieb völlig entspannt.

Die beiden Neuankömmlinge tauschten böse Blicke und leises Gemurmel aus. Interessanterweise schien Parker die Spannung zwischen ihnen zu bemerken, ohne zu begreifen, dass er die Ursache war. Ivan hatte nicht vor, ihn darüber aufzuklären. Wenn Thom zu feige war, würde Ivan ihm ganz bestimmt nicht helfen.

„Von wegen", kommentierte Alicia Thoms Stichelei. „Hast du dir mal diesen Traumkörper angesehen? Ein bisschen Fett wird da nicht schaden."

Ivan zwinkerte ihr zu, bevor er Thom ansah und die Zähne zu einem Grinsen bleckte, mit dem er gern Verdächtige einschüchterte. Beeindruckenderweise ließ Thom sich nicht davon irritieren, sondern erwiderte das Grinsen. Trotzdem beschloss Ivan, einer Konfrontation mit ihm aus dem Weg zu gehen. Schließlich nahm Parker Thoms Interesse genauso wenig wahr wie das der anderen Menschen um ihn herum.

„Welche Kurse hast du eigentlich noch belegt, Parker?", fuhr Ivan mit der Unterhaltung fort, als wäre sie nie unterbrochen worden, und stupste dabei Parkers Bein mit seinem an.

Parkers Augen weiteten sich und er stotterte ein wenig, als er antwortete. Alicia lächelte nachsichtig, wovon Ivan sich unfreiwillig anstecken ließ. Eigentlich hatte er gehofft, etwas über Parkers Geschäfte und Kontakte herauszufinden, doch alles wirkte vollkommen harmlos.

Als Thom bemerkte, wie gut Ivan sich mit Parker unterhielt, beteiligte er sich ebenfalls am Gespräch und stellte ihm Fragen, was allerdings den gegenteiligen Effekt hatte. Die ungeteilte Aufmerksamkeit beider Männer wurde Parker zu viel und machte ihn so verlegen, dass Ivan Thom am liebsten ebenfalls einen Tritt versetzt hätte.

Parker schob seinen halb gegessenen Salat von sich und stand mit einem Blick auf sein Handy auf. „Oh, das hab ich ja ganz vergessen … ich muss jetzt los."

Er schnappte sich seine Tasche und verließ den Tisch, bevor einer von ihnen reagieren konnte.

„Ähm … hat er nachher nicht noch eine Vorlesung?" Hatte Parker eine Nachricht von seinem Lieferanten erhalten? Oder von einem Kunden? Jedenfalls hatte er es so eingerichtet, dass Ivan ihm nicht folgen konnte, ohne Misstrauen zu erregen.

„Die scheint er heute auszulassen." Alicia schüttelte den Kopf. „Wenn du dir trotzdem noch was ansehen willst, kannst du zu meinem Anthropologiekurs mitkommen."

Ivan sah Parker nach, bis er aus seinem Blickfeld verschwunden war, bevor er sich an Alicia wandte.

„Äh, danke, aber ich sollte mich jetzt sowieso mal im Büro sehen lassen." Ivan aß noch sein Sandwich auf, um nicht unhöflich zu wirken, wäre allerdings am liebsten gleich gegangen. Je länger er dort saß, desto mehr machte sich Ärger bemerkbar. Erst entdeckte Parker ihn, als er ihm folgte, und dann ließ er ihn allein mit seinen Freunden zurück. Verdammt.

„Es war schön, euch kennenzulernen", sagte Ivan schließlich und prägte sich ein letztes Mal ihre Namen und Gesichter ein, falls sich herausstellen sollte, dass sie ebenfalls in die Drogengeschäfte verwickelt waren. Obwohl absolut nichts verdächtig gewirkt hatte.

Mit einem Nicken verließ er den Tisch und machte sich auf den Weg nach Hause.

DAS HAUS war leer. Wo zum Teufel war Parker? Wann würde er zurückkommen? Ivan runzelte die Stirn und wischte sich den Schweiß aus dem Gesicht.

Vielleicht war Parker bereits misstrauisch und hatte sich deshalb so eilig abgesetzt. Ivan musste endlich Beweise finden.

Er betrat Parkers Zimmer, um seine Suche fortzuführen, ließ diesmal allerdings die Tür offen stehen, damit er nicht wieder überrascht wurde.

Weit oben im Schrank neben der Tür bemerkte Ivan eine Pappkiste, die seine Aufmerksamkeit erregte. Er hob sie – überrascht von ihrem Gewicht – herunter. Handelte es sich um Waffen? Drogen? Er stellte sie auf den Boden und entfernte den Deckel.

Scheiße. Neben Papieren befand sich darin Geld. Ein ganzer Berg von Geld. Das war beinahe noch schlimmer als Waffen oder Drogen. Menschen brachten einander für einen Bruchteil dieser Summe um. Ein Teil von ihm hatte vermutet – gehofft – dass ein Irrtum vorlag und Parker nicht in kriminelle Aktivitäten verwickelt war. Nur hatte ihn sein Beruf gelehrt, dass so viel Bargeld niemals harmlos war.

Vielleicht gab es eine Erklärung. Und wenn das Geld doch bedeutete, was Martelli vermutete, konnte Ivan vielleicht Parker davon überzeugen, die Kriminalität aufzugeben. Er war klug und gut aussehend. Sein Studium zu beenden und einen richtigen Beruf zu finden, würde ihm ein sicheres, glückliches Leben bescheren. Bei einem Verbrecher war das weniger wahrscheinlich.

Was dachte sich Parker nur dabei?

Verdammt. Kameras. Was dachte *Ivan* sich nur dabei. Er hatte keinen Gedanken daran verschwendet, dass Parker so viel Geld unter Umständen mit einer Kamera überwachte. So unvorsichtig war er sonst nie. Er spürte einen Adrenalinstoß. Hatte er sich soeben verraten?

Ivan sah sich um, fand jedoch glücklicherweise keinen Hinweis auf eine Kamera. Er stellte die Kiste zurück an ihren Platz und schloss die Schranktür.

246

Anschließend durchsuchte er jeden Winkel des Zimmers nach typischen Verstecken für eine Kamera, wurde aber auch dort nicht fündig. Kein elektronisches Auge, das ihn überwachte.

Er atmete erleichtert durch und bemühte sich, das Zittern seiner Finger zu stoppen und seinen Puls zu verlangsamen. Das Blut rauschte so heftig in seinen Ohren, dass er kaum hören konnte. Jetzt weiterzusuchen wäre ein Fehler gewesen. Er durfte Parker keinen weiteren Grund zum Misstrauen geben. Er verließ das Zimmer und wartete auf Parkers Rückkehr.

IVAN HÖRTE, wie sich in der Etage über ihm die aufgequollene Haustür öffnete und schloss. Er warf einen Blick auf die Treppe, fuhr jedoch mit dem Falten seiner frisch gewaschenen Wäsche fort. Auf eine weitere Auseinandersetzung mit Neil konnte er verzichten und Parker wollte er auch nicht unbedingt sehen, nachdem dieser ihn einfach sitzenlassen hatte – auch wenn er nicht ganz sicher war, was genau ihn so ärgerte. Dass Parker ihn bei seinem Beschattungsversuch entdeckt hatte? Das viele Geld in seinem Schrank? Dass Parker ohne ihn gegangen war?

Jedenfalls hatte er es nicht eilig. Leider besaß er nicht so viele Kleidungsstücke, dass er sich mit dem Falten lange aufhalten konnte, so sorgfältig er dabei auch vorging. Da es im Keller davon abgesehen nichts zu tun gab, wäre es feige gewesen, dort zu bleiben. Außerdem waren diese verrückten Stimmungsschwankungen vollkommen untypisch für ihn. Er musste sie überwinden. Er konnte sie überwinden.

Vielleicht hatte er Glück. Vielleicht hatte Parker sich in sein Zimmer zurückgezogen, um zu lernen. Er holte tief Luft und ging mit dem Wäschekorb unter dem Arm die Treppe hinauf.

Oben angekommen hörte er leises Schluchzen. Stirnrunzelnd stellte er den Wäschekorb ab und folgte dem Geräusch ins Wohnzimmer.

Parker hatte sich auf dem Sofa zusammengekauert und die Arme um seine langen Beine geschlungen. Seine schmalen Schultern bebten, während eine im Sonnenlicht des späten Nachmittags glitzernde Träne seine Wange hinabrollte und von seinem Kinn auf sein T-Shirt tropfte. Ivan würde die Person umbringen, die Parker zum Weinen gebracht hatte. Außer er hatte sich von Neil getrennt. Der kurze Anflug von Freude war im Angesicht von Parkers Kummer absolut unangebracht.

„Was ist passiert?"

Parker keuchte und seine Hände verkrallten sich vor Schreck in den Sofakissen. „Oh. Ich wusste nicht, dass du hier bist." Er wischte sich mit beiden Händen durchs Gesicht und schniefte laut, bevor er aufstand.

„Ich habe mich nur um die Wäsche gekümmert. Bist du verletzt?" Ivan konnte nichts Offensichtliches erkennen, war mit den handgreiflichen Methoden in Verbrecherkreisen aber nur allzu gut vertraut.

„Nein, mir geht's gut." Parkers Blick wanderte wild durch den Raum, als suchte er nach einem Fluchtweg, wie Ivan es oft bei Verhaftungen erlebte, wenn er jemandem Handschellen anlegte. „Ich gehe lieber hoch."

„Setz dich." Seit dem verunglückten Einsatz hatte Ivan seinen autoritären Diensttonfall nicht mehr benutzt, was seiner Wirkung offenbar nicht geschadet hatte: Parker ließ sich augenblicklich wieder auf die Couch fallen, von wo aus er ihn mit geröteten grünen Augen ansah. Der Schmerz in seinen Augen war herzerweichend und Ivan war Parker hilflos ausgeliefert.

Auch wenn es vielleicht ein Fehler war, musste er Parker einfach helfen. Er setzte sich neben ihn und zog ihn an sich. Dass er sich mit Parker an seiner Brust plötzlich fühlte, als befände sich sein Universum wieder im Gleichgewicht, schob er auf die Stimmungsschwankungen. Dass Parker dort hingehörte, bildete er sich nur ein.

„Soll ich Neil anrufen?" Falls Neil nicht der Verantwortliche war.

Parker atmete scharf ein. „Nein. Er würde mich für einen Idioten halten."

Um eine Trennung handelte es sich also nicht. „Was ist denn los? Ich halte dich ganz bestimmt nicht für einen Idioten." Nur für verführerisch, hinreißend und nahezu perfekt. Außer in Bezug auf seinen Männergeschmack.

„Ich … ich helfe ehrenamtlich in einer Rehaklinik."

Ivan blinzelte überrascht. Trotzdem erklärte diese neue Information noch nicht seine Trauer. Doch anstatt ihn zu drängen, streichelte er Parker den Rücken, als frische Tränen auf sein T-Shirt tropften.

„Ich habe dir doch erzählt, dass ich meinen Abschluss in Soziologie machen will, oder?"

Ivan brummte zustimmend, da Parker ihn mit seinem gesenkten Kopf nicht nicken sehen konnte.

„Wenn ich den habe, will ich Physiotherapeut werden. Und weil mein Stundenplan nicht besonders voll ist, blieb mir viel Zeit und ich habe mich einsam gefühlt. Das Haus kam mir so leer vor."

Und warum zum Teufel hatte Neil nichts dagegen unternommen? Abgesehen von den Plänen zu seinem Club, die Parker erwähnt hatte, wusste Ivan nicht, womit er seine Zeit verbrachte. Hätte Ivan einen netten, liebenswerten und humorvollen Freund wie Parker gehabt, hätte er jede freie Minute mit ihm verbracht.

„Was ist mit Neil?", fragte Ivan also.

Parker hob leicht eine Schulter. „Nach dem Tod meiner Mutter hat er mir sehr geholfen, aber ich kann nicht erwarten, dass er mir auch jetzt noch dauernd Gesellschaft leistet."

Ivan unterdrückte den Drang, Parker zu schütteln, denn eigentlich wollte er das mit Neil tun. Oder auch mehr als das. Es war doch selbstverständlich, Zeit mit seinem Partner zu verbringen und ihn in einer neuen Phase seines Lebens zu unterstützen. Plötzlich ergab Parkers Suche nach einem Mitbewohner zu einer so ungewöhnlichen Zeit einen Sinn. Das Haus war nicht riesig, aber für eine Person doch sehr groß. Besonders wenn man nicht häufig Freunde einlud und der Partner nicht bei einem einziehen wollte.

„Jedenfalls dachte ich, das mit der Klinik wäre gut für meinen Lebenslauf, und ich hatte ja schon Erfahrung damit, einen todkranken Menschen zu pflegen."

Ivan warf ihm einen schockierten Blick zu. „Du hast es für eine gute Idee gehalten, dich so kurz nach der Sache mit deiner Mutter um todkranke Patienten zu kümmern?"

Parker gab ein verschnupft klingendes Schnauben von sich. „Nein, ganz so dumm bin ich nicht – auch wenn ich es vielleicht eines Tages tun werde. Ich bin nämlich wirklich froh, dass ich ihr in ihren letzten Monaten helfen konnte. Aber im Moment unterstütze ich eine Physiotherapeutin, die hauptsächlich mit Unfallopfern arbeitet, deren Beweglichkeit eingeschränkt ist."

Das klang schon besser. Und lange nicht so deprimierend. „Aber heute … ist etwas Schlimmes passiert?"

Parker nickte und schmiegte sich dichter an ihn. „Steve. Er war zwei Jahre älter als ich und nach einem Motorradunfall gelähmt. Es ist ihm nicht immer leichtgefallen, damit umzugehen – die Therapie kann manchmal hart sein –, aber meistens war er gut gelaunt und optimistisch. Er … er hat Selbstmord begangen."

Parker zitterte und frische Tränen durchnässten Ivans T-Shirt. Ivan hatte in seinem Leben bereits schlimme Dinge gesehen, doch Parker schien wesentlich empathischer zu sein als er. Das Leid anderer setzte ihm offensichtlich sehr zu.

„Das tut mir leid, Parker. Es ist immer schwer, jemanden zu verlieren." War es leichter oder schwerer, als im Dienst einen jungen Mann zu erschießen? Ivan zog Parker noch fester an sich, um gleichzeitig zu trösten und getröstet zu werden.

„Ich wusste es nicht. Ich habe nicht bemerkt, wie schlecht es ihm ging."

Ivan legte auch den anderen Arm um Parker. „Manchmal kann man es nicht wissen. Manchmal verbergen Menschen es viel zu gut."

Parker schmiegte sich minutenlang an ihn, bis er endlich aufhörte zu weinen. Mittlerweile waren ihre T-Shirts ziemlich durchnässt, was sich nicht gerade angenehm anfühlte.

Als Parker sich aufrichtete, zwang Ivan sich, ihn loszulassen.

„Warum trinkst du nicht etwas?", schlug er vor. „Ich hole uns trockene T-Shirts."

Parker kam der Aufforderung mit hängendem Kopf nach.

Ivan nahm zwei saubere T-Shirts aus dem Wäschekorb, während sich Parker geräuschvoll die Nase putzte. Als Ivan die Küche betrat, hatte sich Parker das Gesicht getrocknet und eine Flasche Wasser aus dem Kühlschrank geholt. Ivan legte die T-Shirts auf der Arbeitsplatte ab und zog sein schmutziges aus, und nachdem Parker dasselbe getan hatte, warf er sie neben die Kellertür. Er würde sie später waschen.

Als er sich anschließend zu Parker umdrehte, wurde er sich plötzlich der Situation bewusst – genau wie sein Schwanz. Parker hatte zum Trinken den Kopf in den Nacken gelegt, was Ivans Aufmerksamkeit auf seinen langen Hals und die goldene Haut seiner Brust lenkte. Er stand mit nacktem Oberkörper nur einen Meter von einem ebenfalls halb nackten Parker entfernt. Parker, der sich so gutherzig um seine Mutter gekümmert und um einen fast Fremden geweint hatte. Dem sein Freund so wenig Aufmerksamkeit schenkte. Der der attraktivste, hinreißendste Mann war, den Ivan je kennengelernt hatte. Der Ivan gegen seinen Willen zum Lachen brachte.

Die Versuchung war einfach zu groß. Die Wärme in seinem Herzen zu überwältigend. Ivan streckte eine Hand aus und presste sie gegen die seidige Haut an Parkers Bauch.

Parker wich zwar nicht zurück, doch es schien ihn Überwindung zu kosten und seine Wangenknochen röteten sich.

„Ist dir das recht?", fragte Ivan.

„Ich denke, schon. Aber ich bin nicht … na ja, so durchtrainiert wie du." Er sprach leise und zögerte, bevor er vorsichtig eine Fingerspitze über Ivans Bauchmuskeln gleiten ließ. Ivan zischte, als die Berührung Lust in ihm aufwallen ließ.

„Aber ich liebe diesen Teil von dir." Ivan streichelte sanft darüber und hoffte, dass Parker nicht nur vor Verlegenheit erschauderte. Parker war vielleicht nicht durchtrainiert, jedoch weit entfernt von übergewichtig. Und Ivan sagte die Wahrheit: Er liebte es, wie verschieden sie in dieser Hinsicht waren.

„Warum?"

„Dadurch wirkst du nicht mehr so einschüchternd."

„Einschüchternd? Ich bin doch nicht einschüchternd."

Parker wirkte ernsthaft verwirrt. Ivan ließ seine Hand auf seinem Bauch liegen und schaute ihm in die Augen.

„Und ob. Das hier ist der einzige Teil von dir, der nicht ganz perfekt ist."

Parker keuchte überrascht und errötete noch heftiger.

„Jeder würde sich glücklich schätzen, dich zu haben. Du bist liebenswert, gutherzig und so umwerfend wie ein Model." Ivan ließ seinen Blick über diese perfekten Gesichtszüge wandern, die von Beginn an so anziehend auf ihn gewirkt hatten. Wenn die Chance bestand, Parker wieder auf den rechten Weg zu lenken, wollte er alles dafür tun. Das Gefängnis würde Parker nicht unversehrt überstehen. Und Ivan musste zugeben, dass er Parker nicht nur aus reiner Menschenliebe helfen wollte, sondern zusätzlich von seinen primitivsten Instinkten geleitet wurde. Er wollte Parker. Auch wenn er ihn wohl niemals ganz bekommen konnte, wollte er ihn. So sehr, dass er sowohl seine persönlichen als auch seine beruflichen Moralvorstellungen und Prinzipien über Bord warf. Außerdem war Parker ein viel zu guter Mensch, um ein Leben als Krimineller zu führen. Wenn er wirklich etwas Illegales getan hatte, musste es sich um einen Fehler gehandelt haben. Irgendwie würde er davon nicht nur Parker, sondern auch Martelli überzeugen.

„Aber ich ... ich bin nicht perfekt." Parker klang atemlos und heiser. Seine flussbettgrünen Augen waren weit aufgerissen und Ivan bildete sich ein, in der Luft die Wärme zu spüren, die von Parkers nackter Haut ausging. Er wollte ihn noch viel mehr berühren. Er wollte so nah bei ihm sein wie auf dem Sofa, nur ohne störende Kleidungsstücke zwischen ihnen. Es erschien ihm so wichtig wie sein nächster Atemzug.

Parkers Augen waren noch vom Weinen gerötet, kräftiger als seine roten Wangen. Wie gern er ihm doch seinen Schmerz abgenommen hätte.

Angesichts der Wärme in Parkers Blick biss er sich auf die Lippe. Wie konnte er Parker davon überzeugen, dass er doch perfekt war? Zumindest war er perfekt für Ivan. Eigentlich hätte Neil jetzt hier sein sollen, um Parker zu trösten. Ivan wollte etwas, das ihm nicht gehörte, und hätte sich dafür eigentlich schuldig fühlen müssen. War diese eine Berührung, die ihn von innen heraus zu verbrennen schien, das Einzige, was er je von Parker bekommen würde? Konnte Parker aus seinem Gesicht lesen, dass er viel mehr wollte, als er zu sagen wagte?

Während Ivan ihn noch so ansah, schienen Parkers Augen plötzlich aufzuleuchten. Er machte einen Schritt auf Ivan zu, wodurch er Ivans Hand zwischen ihren warmen Körpern gefangen hielt, und legte seine Hände an Ivans Wangen. Dann beugte er sich hinunter, um seine weichen, vollen Lippen auf Ivans zu legen. Es war so wundervoll, wie Ivan es sich vorgestellt hatte. Er zögerte nur für den Bruchteil einer Sekunde, bevor er den Kuss erwiderte, woraufhin Parker noch wilder und leidenschaftlicher reagierte. Er schlang seine Arme um Parkers Taille und genoss das Gefühl seiner seidigen Haut. Parker schob seine Hüften vorwärts, was Ivan ein Stöhnen entlockte.

Als er spürte, dass Parker genauso steif war wie er, war es um ihn geschehen. Er würde nehmen, was Parker ihm gab. Er würde versuchen, ihm im Gegenzug Trost zu spenden. Sich dafür zu hassen, dass er Parker zur Untreue verleitet hatte, verschob er auf den nächsten Morgen.

PARKER WAR nie zuvor so geküsst worden, gleichzeitig gierig und liebevoll. Ein Zusammenspiel weicher Lippen, einer warmen Zunge, eifriger Hände und eines muskulösen Körpers. Ivans Haut war unter Parkers Händen warm, glatt und mit drahtigen Härchen bedeckt. Die wenigen Männer, mit denen er bisher geschlafen hatte, waren völlig enthaart gewesen. Ivans Körperbehaarung ließ ihn erbeben. Er wurde von einem Mann umarmt. Von einem Mann geküsst. Von einem Mann, der ihn für perfekt hielt. Er hätte dahinter eine Sehschwäche vermutet, wäre da nicht Ivans unübersehbares Verlangen gewesen. Sein spürbar steifer Schwanz.

Ivan küsste ihn noch leidenschaftlicher, glühend heiß und elektrisierend, während Parker sich bemühte, ihre Körper noch dichter aneinanderzupressen. Auch wenn es schwer zu glauben war, dass Ivan ihn für perfekt hielt, fühlte er nichts von der Unsicherheit, die er bei anderen Männern empfunden hatte. Stattdessen wollte er mehr.

„He", murmelte Ivan und entfernte sich ein oder zwei Zentimeter. Das Blau seiner Augen war aus der Nähe betrachtet atemberaubend. Seine Lippen waren gerötet und sahen so verführerisch aus, wie sie geschmeckt hatten.

„Ja?" Ivan wollte doch hoffentlich nicht aufhören. Andererseits wusste er nach wie vor nicht, ob Ivan überhaupt schwul war. Auch wenn er es nach diesem Kuss hoffte.

„Ist das hier in Ordnung für dich?" Er konnte Ivans Blick nicht genau deuten.

„Ja." Das war alles, was er herausbrachte. Dann bemerkte er, wie weich und verführerisch die Haut direkt unter Ivans Kiefer wirkte, wo seine Bartstoppeln aufhörten. Obwohl er bisher nie bei irgendjemandem die Initiative ergriffen hatte, leckte er an der Stelle und kratzte sanft mit den Zähnen darüber, bevor er daran saugte.

Ivan stöhnte und klammerte sich an ihn. Wärme durchflutete Parker bei dieser Reaktion. Wäre sein Mund nicht beschäftigt gewesen, hätte er gelächelt.

Er konnte nicht genug von Ivans weicher, salziger Haut bekommen und ließ seine Lippen weiter nach oben wandern, um sie vorsichtig an Ivans Bartstoppeln zu reiben, bis sie kribbelten. Als Ivan plötzlich eine Hand in Parkers Jeans schob und sie an seinen Hintern legte, war Parker derjenige, der stöhnend den Kopf in den Nacken warf.

Als er sich wieder vorbeugte, um weiterzumachen, wo er aufgehört hatte, stoppte Ivan ihn mit einer Hand an seinem Kinn. Gefiel es Ivan etwa nicht, wenn er …

Bevor er den Gedanken zu Ende führen konnte, lagen Ivans Lippen bereits auf seinen. Das war ihm recht. Mehr als recht. Er hätte Ivan noch ewig so küssen können. Nur hieße das, sie würden nie zum aufregenderen Teil kommen.

Ivans Hand wanderte von seinem Kinn über seinen Oberkörper bis zu seinem Hosenknopf hinunter, um ihn geschickt zu öffnen. Parker hielt die Luft an, während er Ivans Kuss erwiderte. Er selbst hätte noch viel mehr Übung gebraucht, um gleichzeitig beide Hände und seine Zunge so gezielt einzusetzen.

Ivan schob die Hand in seine Jeans und strich über seinen Schwanz, während die andere seinen Hintern streichelte.

Parker war damit überfordert, zur selben Zeit zu küssen, zu atmen, zu fühlen und zu berühren, und löste sich keuchend von Ivans Lippen. Ivans wilder Blick folgte ihm und raubte ihm den Atem. Niemand hatte ihn je so angesehen, nicht einmal beim Sex. Sein Unterleib zog sich zusammen und er schob Ivan hastig von sich.

Ivan schien sich zu fangen. Sein feuriger Blick kühlte ab und er runzelte die Stirn. „Ist alles in Ordnung? Entschuldige. Ich hätte nicht einfach …"

Parker unterbrach ihn, indem er ihm einen Finger auf die Lippen legte. Mit einem zittrigen Grinsen sagte er: „Alles in Ordnung. Ich stand nur kurz davor, dass es mir ein bisschen äh … *zu* gut ging. Dank deiner Hand."

Nach einem kurzen verwirrten Blick verschwand das Stirnrunzeln und wurde durch ein selbstzufriedenes Grinsen ersetzt. Die blauen Augen fingen wieder Feuer und brachten Parker zum Schwitzen. Wie sollte er da bloß widerstehen? Er musste sich zusammenreißen, damit das Ganze nicht zu schnell vorbei war.

Allerdings hatte Ivan ganz andere Pläne. Er zog Parkers Jeans herunter, schob ihn gegen die Arbeitsplatte und sank vor ihm auf die Knie, bevor er Parkers Schwanz ohne das kleinste Zögern tief in den Mund nahm. Jetzt besaß Parker wenigstens Gewissheit darüber, was der Grund für Ivans Scheidung gewesen war. Es bestand nämlich kein Zweifel daran, dass er das nicht zum ersten Mal tat.

Dann verflogen alle Gedanken und Zweifel, als sein Körper von blendender Lust durchflutet wurde. Er bog den Rücken durch und ergoss sich in Ivans einladenden Mund, während er sich in seinem blonden Haar verkrallte, um nicht das Gleichgewicht zu verlieren.

Schließlich lehnte er sich keuchend an den Küchenschrank und bemühte sich, wieder zu Atem zu kommen. Ivan leckte ihn sauber, doch Parker war zu verlegen, um hinzusehen. Sekunden. Bei Ivans Talent und Enthusiasmus hatte er nur Sekunden durchgehalten. Und jetzt würde er sich revanchieren müssen. Auch wenn er das natürlich wollte – am liebsten hätte er Ivan von Kopf bis Fuß abgeleckt –, würde er dann nicht mehr vor Ivan verbergen können, dass er bei weitem nicht so geübt war.

Trotzdem war er es Ivan schuldig. Er biss sich auf die Lippe und senkte den Kopf, um Ivan anzusehen. Ivan schien es zu spüren und hob den Blick. Parker keuchte leise. Ivans gerötete und leicht geschwollene Lippen befanden sich nur wenige Zentimeter von seinem noch feuchten Schwanz entfernt, auf dem er Ivans warmen Atem spürte. Nach dieser Blamage war die Wahrscheinlichkeit, dass Ivan das jemals wieder für ihn tun würde, nicht sehr hoch, und Parker bereute jetzt, die Gelegenheit versäumt zu haben, ihm dabei zuzusehen.

Warum hatte er nicht einige Angebote von Neils Freunden angenommen? Die meisten von ihnen waren ihm zwar schrecklich unsympathisch, aber Übung machte bekanntlich den Meister. Und von meisterhaft war er beim Sex eindeutig weit entfernt. Kein Wunder, dass niemand an einer Beziehung mit ihm interessiert war.

„Tut mir leid." Er brachte die Worte vor lauter Scham nur in ersticktem Tonfall heraus.

„Was tut dir leid?" Ivan stand auf und streichelte ihm dabei über den Bauch. Eine beeindruckende Erektion presste sich gegen seinen Reißverschluss, während Parkers Jeans noch auf seinen Füßen lag.

Was für eine Frage. Er hatte es doch aus nächster Nähe miterlebt. Parker deutete auf seinen halb steifen Schwanz. „Dass es so schnell ging."

Ivan schaute unsicher an ihm vorbei. „Ich wollte es so. Ich wollte dir einen Ausweg verschaffen."

„Einen Ausweg?" Offenbar hatte Ivans Mund Parkers Denkvermögen beeinträchtigt.

Ivan wich noch immer seinem Blick aus, streichelte aber so sanft über Parkers Schlüsselbein, dass er eine Gänsehaut bekam. „Ich wollte dir eine Gelegenheit geben, es dir anders zu überlegen. Falls du es dabei belassen willst."

Ohne darüber nachzudenken, sagte er das Erste, was ihm in den Sinn kam. „Ich habe es mir nicht anders überlegt. Ich will dich." Am liebsten hätte er die Worte gleich zurückgenommen. So direkt war er sonst niemals.

Doch dann bemerkte er, dass es genau das Richtige gewesen war: Ivan begegnete endlich wieder seinem Blick und das brennende Verlangen in seinen Augen übertrug sich auf Parker und weckte seinen Schwanz gleich wieder auf.

Ivan wackelte mit den Augenbrauen. „Außerdem hast du dabei so unglaublich heiß ausgesehen."

Parker, der sich seiner Nacktheit unangenehm bewusst war, lachte nervös. „Du hast mich angesehen?"

„Und ob", antwortete Ivan mit tiefer, heiserer Stimme, die bis in Parkers Inneres vorzudringen schien. Mit dieser Stimme hätte Ivan ihn zu so ziemlich allem bringen können.

„Oh."

„Und ich habe bemerkt, wie empfindlich diese Stelle ist." Ivan leckte über sein Schlüsselbein, brachte ihn zum Zittern. Ihm selbst war es bisher nie aufgefallen. Niemand hatte sich je bemüht herauszufinden, was ihm gefiel. Oder es lag an Ivan, der ihn ansah, als wollte er ihn mit Haut und Haar verschlingen.

Nachdem er wieder zu Parkers Mund hinaufgewandert war, küsste er ihn, sodass Parker sich selbst auf seiner Zunge schmecken konnte. Parker stöhnte und presste sich an Ivans muskulösen Körper.

„Dann willst du also nicht aufhören?", fragte Ivan in den Kuss hinein.

Als ob. Es wunderte ihn eher, dass der ehemalige Hetero es bisher nicht getan hatte.

„Nein." Sein Atem vermischte sich mit Ivans. Plötzlich begriff er, warum manche Männer nicht gern küssten. In gewisser Hinsicht war es intimer als Sex. „Wäre es dir etwa lieber?"

„Gott, nein. Auf keinen Fall."

Na dann. „Willst du mich gleich hier ficken?" Wo kam nur wieder diese Direktheit her? Neil wäre stolz auf ihn gewesen.

Parker musste grinsen, als Ivan stöhnte und ihm seine Hüften entgegenschob.

„Lass uns lieber hochgehen." Ivan löste sich von ihm und machte einen Schritt zurück. Als Parker ihm folgen wollte, stolperte er über seine Jeans, die er völlig vergessen hatte.

Ivan fing ihn auf, bevor er hinfiel, was Parker allerdings nicht daran hinderte, erneut heftig zu erröten.

„Also wirklich, ich habe dich doch gefragt, ob du es dir anders überlegt hast. Du musst keinen Unfall vortäuschen, um aus der Sache rauszukommen."

Parker musste lachen und ging auf die Treppe zu. Ivan folgte ihm mit einem sanften Klaps auf Parkers Hintern.

OBEN ANGEKOMMEN zögerte Parker. Sein Bett war größer und bequemer, aber ... Die Erinnerung daran, wie er darin jede Nacht mit dieser dämlichen, lauten Maschine schlafen musste, lenkte seine Schritte stattdessen zu Ivans Zimmer. Auch wenn es sich bei der Maschine um ein notwendiges Übel handelte, da sie verhinderte, dass er im Schlaf aufhörte zu atmen, wollte er nach all den dummen Witzen von Neil auf keinen Fall, dass Ivan davon erfuhr. Und Ivans Bett zu verlassen, um in sein eigenes zurückzukehren, stellte er sich leichter und unauffälliger vor, als Ivan davon zu überzeugen, Parkers zu verlassen – falls Ivan nach dem Sex überhaupt mit ihm in einem Bett schlafen wollte.

„Bist du sicher?", fragte Ivan. „Das Bett ist ziemlich klein."

„Hast du etwa Angst, mir zu nahe zu kommen?" Ernsthaft: Was war nur mit ihm passiert?

Und schon verwandelte Ivan sich wieder in die wilde Bestie und kam auf ihn zu. „Kein bisschen."

Kaum hatte Parker die Tür geöffnet, umarmte Ivan ihn von hinten und streichelte seinen Oberkörper.

Parker zuckte zusammen, als Ivans raue Fingerspitzen dabei seine Brustwarzen liebkosten. Ivan konnte einfach nichts falsch machen. Parker liebte jede Sekunde. Selbst als Ivan ihn mit dem Hintern in der Luft auf das Bett schob und er ihm hilflos ausgeliefert war.

Auch wenn es Parker eigentlich lieber war, das Gesicht seines Sexpartners zu sehen, hatte Ivan ihm bereits einen fantastischen Orgasmus verschafft. Da wollte Parker beim zweiten nicht wählerisch sein, solange er ihn von Ivan bekam.

Doch er hatte sich geirrt. Nachdem Ivan einige Sekunden lang seinen Hintern liebkost und massiert hatte, drehte er Parker sanft um, sodass er auf dem Rücken lag. Anschließend entledigte er sich hastig seiner verbliebenen Kleidung und schob sich mit dem Blick eines hungrigen Löwen an Parkers Körper hinauf auf das Bett. Dass er kein bisschen zögerte, als sich jeder Teil ihrer nackten Körper berührte, bestärkte Parker in seiner Überzeugung, dass Ivan mit Männern Erfahrung hatte.

Parker dankte der Gottheit, die für schüchterne schwule Jungen zuständig war. Wären sie beide zurückhaltend gewesen, hätte es nämlich Monate dauern können, bis etwas passiert wäre. Auch wenn er am nächsten Morgen vielleicht bereuen würde, mit einem beinahe Fremden geschlafen zu haben, der außerdem sein Mitbewohner war, erwies sich sein Verlangen im Augenblick als zu stark. Er wollte Ivan so sehr in sich spüren, dass er unwillkürlich die Beine spreizte und die Knie an seine Brust zog.

Ivans Blick wanderte über seinen ganzen Körper, was ihn zugleich verlegen machte und erregte. Er hatte noch nie so dagelegen, während ihn ein Mann genüsslich betrachtete. Dann presste Ivan langsam und vorsichtig ihre Schwänze zusammen, was ihnen beiden ein Zischen entlockte. So heiß. So hart. Parker konnte nicht verhindern, dass seine Hüften sich hoben. Gott, er würde doch nicht noch einmal so schnell kommen, oder?

Doch Ivan schien es nicht eilig damit zu haben, das Gleitgel oder die Kondome aus dem Nachttisch zu holen, obwohl Parker natürlich wusste, dass sich beides dort befand.

Viel länger dachte Parker allerdings nicht darüber nach, denn Ivan begann seinen Hals zu küssen, seine Ohren, seine Brust – und vor allem die neu entdeckte erogene Zone an seinem Schlüsselbein –, und allein das fühlte sich besser an, als es ernsthafter Sex je getan hatte. Parker hätte nichts dagegen gehabt, ewig so weiterzumachen. Während Ivan sich dabei langsam an ihm rieb, kribbelte Parkers ganzer Körper und er kam dem Höhepunkt immer näher.

Er streichelte über Ivans haarige Arme, bevor er seine eigenen um Ivans Rücken schlang und seine Finger darin vergrub, damit er sich an ihn klammern und seinen Stößen entgegenschieben konnte.

Beim nächsten Mal würde er sich die Zeit nehmen, sich jeden Zentimeter von Ivans Körper genau anzusehen. Diese stählernen Muskeln schrien geradezu danach, bewundert, geküsst und abgeleckt zu werden.

Ivan schob eine Hand unter Parkers Körper und legte sie an seinen Hintern, um ihn noch fester an sich zu ziehen. Parker hielt das für eine fantastische Idee und ließ seine Hände tiefer wandern, um dasselbe zu tun.

Parker wusste, dass er so nicht mehr lange durchhalten würde. Verdammt. „Ivan, ich …"

Ivan küsste ihn hastig, schlang seine Zunge um Parkers und schluckte das heisere Stöhnen hinunter, mit dem Parker zum Höhepunkt kam.

Bald lag er völlig erschöpft da und konnte kaum einen klaren Gedanken fassen, während Ivan ihm noch immer die Zunge in den Mund stieß und sich an Parkers jetzt feuchtem Schwanz rieb, wobei sich sein Hintern unter Parkers Händen rhythmisch hob und senkte. Es dauerte nicht lange, bis auch Ivan den Kopf in den Nacken warf und sein ganzer Körper sich versteifte.

Parker spürte seinen zuckenden Schwanz und die warme Flüssigkeit, die seinen eigenen traf, bis Ivan schließlich keuchend auf ihm zusammensank. Parker betrachtete lächelnd die Zimmerdecke. Bald würde es ziemlich klebrig werden, wenn sie noch lange so liegen blieben, doch Parker wollte sich keinen Zentimeter bewegen.

Natürlich musste Parker vorsichtig sein: Zwar hatte sich Ivan als weniger heterosexuell erwiesen als gedacht, was jedoch nichts daran änderte, dass er gerade eine schlimme Scheidung hinter sich hatte. Die Wahrscheinlichkeit, dass er sich auf eine Beziehung einlassen würde, war gleich null. Doch während sie noch erschöpft und verschwitzt dort lagen, gestattete sich Parker, zumindest davon zu träumen. Zu träumen, dass dies ihr ganz normales Leben war. Wenn Ivan von einem langen Tag im Versicherungsbüro nach Hause kam – und Parker hatte sich diesen Beruf nie so anstrengend vorgestellt –, wartete Parker auf ihn, kochte für ihn und nahm ihn mit ins Bett. Hmm. Der Traum unterschied sich nicht sehr von dem, was Ivan für ihn getan hatte. Vielleicht war er doch nicht so weit hergeholt.

Als Ivan Atem geschöpft hatte, küsste er Parkers Hals, bevor er sich hinunterbeugte, um sein T-Shirt vom Boden aufzuheben und ihre Körper damit abzuwischen.

„Igitt", sagte Parker gespielt vorwurfsvoll.

Ivan zog eine Augenbraue hoch. „Ich hätte auch deins nehmen können."

„Hättest du nicht, das ist noch unten."

„Egal, ich zeig dir jetzt mal was richtig Ekelhaftes." Ivan setzte sich auf ihn und hielt bedrohlich das schmutzige T-Shirt über sein Gesicht. Parker zappelte und versuchte auszuweichen, musste aber lachen.

Als sie von dem spielerischen Kampf außer Atem waren, warf Ivan das T-Shirt auf den Boden, zog Parker an seine Brust und streifte Parkers Nacken mit seinen Lippen.

Parkers Augenlider wurden immer schwerer, als er sich in Ivans warmen Armen entspannte. Bis ihn ein tiefer Atemzug, der erschreckend wie ein Schnarchen klang, aufschreckte. Er durfte hier nicht einschlafen. Das ging nicht.

Vorsichtig schlüpfte er aus Ivans Umarmung. Seine Kleider lagen alle im Erdgeschoss, wo er sie am nächsten Morgen einsammeln konnte.

„Wo gehst du hin?", bremste ihn Ivans schläfrige Stimme.

„In mein Zimmer."

„Bleib doch hier. Ich hätte nichts dagegen."

Parker warf ihm über seine Schulter hinweg einen Blick zu. Er wäre nur zu gern geblieben. Nur war es nicht ratsam, ohne sein dämliches, hässliches Gerät zu schlafen. Und wenn seine Unerfahrenheit Ivan noch nicht in die Flucht geschlagen hatte, würde die Maschine es ganz sicher tun. Wie sollte ein Partner auch darüber hinwegsehen, wenn schon Parker selbst den Anblick kaum ertragen konnte?

„Ich kann nicht. Ich … ich kann einfach nicht." Parker wandte sich ab und floh aus dem Zimmer. Mit einem Mann die Nacht zu verbringen, neben ihm zu schlafen, hätte wahrscheinlich ohnehin zu Missverständnissen geführt. Parker war ziemlich sicher, dass Ivan nach seiner Scheidung nicht mehr von ihm wollte als unkomplizierten Sex. Vielleicht würde sich das ändern, wenn er darüber hinweg war, aber bis dahin durfte Parker nichts überstürzen.

In seinem Zimmer angekommen betrachtete er sein großes Bett. Heute wirkte es bei weitem nicht so bequem wie sonst.

Seufzend ließ er sich auf der Bettkante nieder und öffnete die Schublade mit der Maschine, um sie anzulegen. Als er dann mit der Maske über dem Gesicht auf den kühlen Laken lag, wünschte er sich, Ivan hielte ihn noch in den Armen, während er den Geruch von Schweiß und Sperma einatmete.

7

PARKERS BRUST war blutüberströmt und einige Spritzer bedeckten auch die kalkweiße Haut seines Gesichts. Ivan bemühte sich verzweifelt, die Blutung zu stoppen und ihn zum Atmen zu bringen, sein Herz zum Schlagen zu bringen. Doch als die flussbettgrünen Augen glasig wurden, wusste er, dass er versagt hatte. Erneut. Mit einem lauten Keuchen, als hätte ihn sein Albtraum beinahe erstickt, setzte sich Ivan im Bett auf.

Während er noch heftig nach Luft schnappte, wischte er sich mit einem Stück seiner Decke den Schweiß aus dem Gesicht und von der Brust. Parker war nicht die einzige Person, die er in seinen Träumen nicht retten konnte, tauchte aber am häufigsten darin auf. Und bei ihm war es am erschreckendsten. Innerhalb weniger Tage war er Ivan unglaublich wichtig geworden, was wenig mit seiner Mission zu tun haben schien.

Dass Parker letzte Nacht nicht bei ihm geblieben war, hatte ihn geradezu lächerlich stark verletzt. Vielleicht hatten sich am Ende doch Schuldgefühle wegen seiner Untreue bemerkbar gemacht. Selbst Ivan hatte Schuldgefühle. Am Abend hatte er noch gehofft, diese würden sich am Morgen in Grenzen halten, weil sie nicht noch weiter gegangen waren. Dabei wusste er genau, wie albern es war, nur Analsex als „richtigen" Sex zu betrachten. Sie hatten sich geküsst und berührt. Nackte Haut gestreichelt. Ivan hatte Parker einen geblasen. Sie waren beide gekommen. Es konnte kein Zweifel daran bestehen, dass sie Sex gehabt hatten.

Ivan hatte Parker bewusst dazu gebracht, Neil zu betrügen. Dass er Neil nicht mochte, machte das nicht besser. Wie er Colin damals gesagt hatte, gab es für so ein Verhalten keine Rechtfertigung, weshalb Ivan sich neben seinen anderen Problemen jetzt zusätzlich mit Schuldgefühlen herumplagen musste. Das schlimmste dieser Probleme war, dass er sich mit einem Verdächtigen eingelassen hatte. Auch wenn es in schnulzigen Liebesromanen oft anders dargestellt wurde, handelte es sich dabei für einen Polizisten um ein absolutes Tabu.

Trotzdem bereute er, dass er diese Nacht nicht mit Parker in seinen Armen verbracht hatte. Vielleicht hätte das den Albtraum verhindert. Er war überrascht gewesen, als Parker gegangen war, da sich das schmale Bett mit zwei Personen erstaunlich bequem angefühlt hatte. Es hatte ihn ebenfalls überrascht, dass Parker Ivans Zimmer ausgesucht hatte. Im Nachhinein, wenn er genauer darüber nachdachte, war es allerdings überhaupt nicht mehr überraschend. Parker musste klar gewesen sein, dass ihn das Bett an seine Untreue erinnern würde, wie es bei Ivans in seiner Wohnung der Fall gewesen war, bis er ein neues gekauft hatte.

Er stand auf und ignorierte so gut es ging die getrockneten Spermareste an seinem Bauch, als er in eine Jogginghose schlüpfte. Er brauchte dringend eine Dusche und dann musste er hier raus, bevor Parker aufwachte. Ein Blick auf die Uhr zeigte ihm, dass ihn seine Albträume früh geweckt hatten. Parker würde, wie die meisten Studenten, hoffentlich noch einige Stunden schlafen.

NACH SEINER Dusche zog Ivan sich an. Parker schien er damit glücklicherweise nicht geweckt zu haben. Mit seiner Kleidung vom Vortag und den Bettlaken machte er sich auf den Weg in den Keller, um alles zu waschen. Es wäre ihm zu schwergefallen, eine weitere Nacht auf diesen Bettlaken zu verbringen.

Während er die Waschmaschine einschaltete, wurde er plötzlich von einer unangenehmen Mischung aus Verlangen und Reue übermannt. Ursprünglich hatte er vorgehabt, Parker zu weiteren Vorlesungen zu begleiten, doch was letzte Nacht passiert war, konnte er unmöglich einfach ignorieren. Schon gar nicht, falls sie Neil über den Weg liefen. Er musste bereits zu viele Geheimnisse für sich behalten, um noch ein weiteres bewältigen zu können, ohne das Gefühl zu haben, sein Kopf würde bald platzen. Er wollte nicht, dass alles in einem Desaster endete.

Also plante er stattdessen, Parker erneut heimlich zu folgen. Er wollte ohnehin nicht den Tag in diesem Haus verbringen und sich ständig an die gemeinsame Nacht erinnern. Er hatte in seinem Leben viel Sex gehabt – vor Colin, mit Colin und nach Colin. Doch selbst zu Beginn ihrer Beziehung hatte es ihn niemals so aus der Bahn geworfen, wie es Sex mit Parker getan hatte. Er durfte nicht vergessen, in welcher Situation er sich hier befand.

Ivan schleppte sich die Treppe hinauf, um schnell zu frühstücken, bevor er sich in seinem Versteck positionierte und auf Parker wartete, stolperte jedoch in der Küche über Parkers Jeans. Diesmal war die Reue stärker als das Verlangen und steigerte sich bis zur Wut, die sich in ihm ausbreitete, bis er kaum noch atmen konnte. Es machte ihn wütend, dass Parker ihn zu seinem Seitensprung gemacht hatte. Es machte ihn wütend, wie sehr er Parker wollte. Mit einem Knurren rammte er seine Faust gegen die Wand.

Schmerz explodierte in seinen Fingerknöcheln und schoss seinen Arm hinauf. Er presste die Hand an seine Brust und umschloss sie mit seiner anderen. Die Wand hatte eine kleine Delle und die Farbe war leicht abgeblättert. Am wütendsten machte ihn, dass Parker ein Krimineller war. Wäre er das nicht gewesen, hätte Ivan ihn nie kennengelernt und bei weitem nicht so viele Probleme gehabt.

Seine Fingerknöchel pochten im Rhythmus seines durch die Wut beschleunigten Pulses, während einige Kratzer darauf zu bluten begannen. Das war alles Parkers Schuld. Er hatte das Bedürfnis, ihn zu schütteln und anzuschreien, Neil eine zu verpassen. Als er bemerkte, dass er auf die Treppe zugegangen war, hielt er inne und holte zittrig Luft, um sich wieder in den Griff zu bekommen. Dann hörte er, wie sich im Obergeschoss eine Tür öffnete. Er wusste, dass er schnell dort raus musste.

Seine Hand zitterte so heftig, dass er sie kaum um den Türgriff schließen konnte, doch nach der trockenen Nacht ließ sich die Tür wenigstens einigermaßen problemlos öffnen. Sein Herz schlug schneller, als er Wasser rauschen hörte.

Schnell raus, schnell raus.

Er schlug die Tür hinter sich zu und lief los. Auch wenn er nicht sicher war, wohin, lief er, als ginge es um sein Leben.

PARKER STOLPERTE aus dem Badezimmer. Er hatte nicht so gut geschlafen, wie er es nach zwei fantastischen Orgasmen erwartet hatte, was natürlich vor allem mit seiner Krankheit zusammenhing. Eigentlich hatte er gehofft, sie durch seinen Gewichtsverlust überwinden zu können, war jedoch enttäuscht worden. Selbst wenn er das gesundheitliche Risiko eingegangen wäre, ohne das Gerät bei Ivan zu schlafen, hätte er Ivan niemals sein unglaublich lautes Schnarchen antun können. So sehr er sich auch wünschte, eines Tages in den Armen eines anderen Mannes aufzuwachen, war es unter diesen Voraussetzungen einfach nicht möglich.

Andererseits hatte er es bisher ebenfalls für unmöglich gehalten, dass ein attraktiver, liebevoller Mann wie Ivan sich je für ihn interessieren würde. Vielleicht musste er die Sache nur langsam angehen.

Als er an Ivans offener Zimmertür vorbeikam, musste er einfach einen Blick hineinwerfen. Der leere Raum und die blanke Matratze waren beinahe schockierend. Ivan musste im Morgengrauen aufgestanden sein, um jeden Hinweis auf ihren gemeinsamen Abend zu beseitigen. Dabei hatte Parker darauf gehofft, einen Blick auf seinen schlafenden Mitbewohner zu erhaschen und sich dabei an das wunderschöne Erlebnis zu erinnern.

Na ja, er konnte es Ivan nicht verübeln, in einem sauberen Bett schlafen zu wollen. Er erinnerte sich nur zu gut an ein katastrophales Date vor einigen Monaten: Die Laken des Mannes waren derart verschmutzt gewesen, dass Parker geflohen war und seine Lust auf Dates noch nachgelassen hatte.

„Ivan?" Da ihm niemand antwortete, ging er die Treppe hinunter und rief erneut. „Ivan?" Nichts. Wo war er nur? Eigentlich hatte er Parker zum Campus begleiten wollen. Er hatte sich bereits darauf gefreut. Es hatte ihm Spaß gemacht, Ivan seinen Freunden vorzustellen. Er hatte es genossen, in der Öffentlichkeit Zeit mit ihm zu verbringen. Es gab ihm das Gefühl, dass sie mehr als eine Wohngemeinschaft waren. Er lachte. Nach der letzten Nacht war das wohl wirklich der Fall. Aber wie konnte er ihr Verhältnis bezeichnen, ohne Ivan Angst zu machen? Sexfreunde – oder eher eine Sex-WG? Vielleicht würde es Parker nach und nach gelingen, sogar noch mehr daraus zu machen. Er würde alles dafür geben.

Das Erdgeschoss war leer. Nur seine Jeans und Boxershorts lagen auf dem Küchenboden – eine angenehme Erinnerung an den letzten Abend. Würde Ivan sich darauf einlassen, ihn wieder so zu verwöhnen? Beim nächsten Mal wollte Parker ihm zusehen und würde hoffentlich länger durchhalten.

Das Geräusch der Waschmaschine lenkte seine Aufmerksamkeit auf den Keller.

„Ivan?", rief er in den Keller hinunter, erhielt allerdings auch diesmal keine Antwort. Trotzdem ging er die Treppe hinab, um sich davon zu überzeugen, dass wirklich niemand im Raum war. Mit einem Stirnrunzeln und langsameren Schritten begab er sich wieder ins Erdgeschoss.

Wohin war Ivan nur verschwunden? War er früh aufgestanden, um zu joggen? Doch wenn er nicht bald zurückkam, würde er nicht mehr duschen können, bevor Parker sich auf den Weg machen musste. So kurz vor den Prüfungen wollte Parker nichts verpassen. Parker verstaute einen Apfel und einen Müsliriegel in seiner Tasche und schaltete den Toaster ein, bevor er hastig seine Jeans und Unterwäsche in sein Zimmer brachte. Als er zurückkam, war seine Scheibe Toast fertig und er holte sich einen Teller aus dem Küchenschrank. Plötzlich bemerkte er einen Schatten an der Wand und sah genauer hin. War da eine Delle? Als er mit den Fingern darüberstrich, blätterte Farbe ab. Er kannte jeden Zentimeter dieses Hauses in- und auswendig. Die Delle war neu. Sehr seltsam.

Nachdem er seinen Toast mit Erdnussbutter und einem winzigen Klecks Marmelade bestrichen und sich am Küchentisch niedergelassen hatte, betrachtete er weiter die ovale Vertiefung. Wie konnte das passiert sein? Und wann?

Er verbrachte noch einige Minuten damit, das Geschirr zu spülen und die Küche aufzuräumen, konnte schließlich aber nicht mehr länger warten. Er musste ohne Ivan gehen. Auch wenn Ivan es vielleicht nur vergessen hatte oder in seinem Büro gebraucht wurde, ließ Parkers gute Laune plötzlich stark nach.

Er berührte noch ein letztes Mal die Stelle der Arbeitsplatte, die der Ausgangspunkt für alles gewesen war, da Ivan ihm dort den Schwanz gelutscht und den Verstand geraubt hatte, bevor er sich die Tasche umhängte und das Haus verließ.

IVAN KLOPFTE an die Tür und hoffte, dass es sich um die richtige Adresse handelte. Während er wartete, ging er unruhig auf der kleinen Veranda auf und ab, da er damit rechnete, dass es etwas dauern würde, bis ihm jemand öffnete. Dabei hatte er es wirklich eilig, was nicht nur an der zunehmenden Hitze lag.

Obwohl ihm ein Blick auf seine Armbanduhr verriet, dass kaum Zeit vergangen war, klopfte er erneut – mit seiner linken Hand. Die rechte war geschwollen und aufgeschürft, was sich in den überfüllten Verkehrsmitteln der frühen Morgenstunden als verdammt unangenehm erwiesen hatte. Er hatte mehrmals Schmerzensschreie unterdrücken müssen, als er angerempelt oder von Taschen und Rucksäcken getroffen worden war.

Ivan wurde aus seinen Gedanken gerissen, als er hinter sich ein Auto näherkommen hörte. Er war ziemlich sicher, von niemandem verfolgt worden zu sein, presste sich aber vorsichtshalber an die Hauswand, sodass ihn der Busch am Rand der Veranda verdeckte. Durch die Zweige hindurch erkannte er einen weißen Ford Crown Victoria. Er musste entweder einem Polizisten oder einem Rentner gehören – niemand anders fuhr so ein Auto.

Er bemühte sich, den Fahrer zu erkennen, der selbst für eine Wohnsiedlung sehr langsam unterwegs war. Er hatte gerade eine Brille und weißes Haar ausgemacht, als hinter ihm plötzlich die Tür auflog. Er hechtete von der Veranda und wandte sich der neuen Gefahr zu.

Mit klopfendem Herzen starrte er den Mann in der Tür an, bis ihm klar wurde, wer da vor ihm stand.

„Ivan? Bist du das?"

Ivan richtete sich aus seiner zusammengekauerten Abwehrhaltung auf und betrat die Veranda, während er gegen die Verlegenheit ankämpfte, die seine übertriebene Reaktion in ihm ausgelöst hatte – was ihn allerdings nicht daran hinderte, sich noch einmal misstrauisch umzusehen, bevor er antwortete.

„Kurt. Ich muss mit dir reden."

„Kein Problem, komm rein."

„Ist dein Junge da?"

„Mein Junge?" Kurt verdrehte die Augen, führte ihn aber ins Haus und schloss die Tür. „Davy arbeitet noch."

Nach der heißen Sonne war die kühle Luft im Haus ausgesprochen angenehm. Ihm war egal, ob Kurt seine Wortwahl gefiel, solange sie ungestört waren. Außerdem war ihm Davys Name entfallen gewesen.

Er folgte Kurt, als dieser langsam zum Wohnzimmer vorging und sich dann vorsichtig auf der Couch niederließ. Offenbar litt er noch unter ziemlich großen Schmerzen. Außerdem schien er durch seine Verletzung weiter an Gewicht verloren zu haben, nachdem er bereits wegen der Sorge um sein Coming-out einige Kilo abgenommen hatte. Hoffentlich aß er jetzt genug.

Kurt schaltete den Fernseher aus und bot Ivan einen Sessel an. Ivan ließ sich, immer noch nervös, auf dem Rand nieder und atmete tief durch.

„Ich muss mich entschuldigen. Im Moment bin ich ein schlechter Freund. Ich freue mich, dass es mit Davy doch noch geklappt hat. Irgendwann musst du mir erzählen, wie es dazu gekommen ist."

„Und wie sieht es bei dir aus? Simon hat mir erzählt, was passiert ist. Er hat gesagt, dass du vorläufig beurlaubt bist." Kurt runzelte die Stirn. „Die SIU gibt dir doch nicht etwa die Schuld am Tod des Jungen?"

Ivan unterdrückte ein Keuchen. Über Dmitri wollte er nicht reden. Schon gar nicht, wenn der Albtraum mit Parker an seiner Stelle noch so frisch in seiner Erinnerung war. Also ignorierte er die Frage.

„Kurt", sagte er stattdessen. „Ich brauche Hilfe, aber ich weiß nicht, wem ich trauen kann."

„Ich helfe gerne. Aber was ist los?"

Ivan ballte seine Hände zu Fäusten und zischte, als er dafür mit stechenden Schmerzen bestraft wurde.

„Scheiße, Ivan. Wen hast du geschlagen? Und warum?"

„Lange Geschichte. Aber es war ein Etwas und kein Jemand."

„Das sieht schmerzhaft aus. Lass mich etwas zum Verbinden holen, bevor du mir von deinem Problem erzählst."

Kurt erhob sich steif und vorsichtig von seinem Platz. Vielleicht waren seine Nähte noch nicht gezogen worden. Wie lange war er überhaupt schon wieder zu Hause? Ivan ärgerte sich erneut darüber, dass seine Mission ihn bisher von einem Besuch abgehalten hatte.

„Ich weiß nicht." So unruhig, als hätte er ein paar Espresso zu viel gehabt, sprang Ivan auf, um aus dem Fenster zu schauen.

„Wir haben doch beide keinen dringenden Termin, oder?" Kurt verließ mit langsamen Schritten das Wohnzimmer.

Das stimmte nicht ganz. Eigentlich war Ivan verabredet gewesen. Er bereute, für Parker keinen Zettel zurückgelassen zu haben, um ihm mitzuteilen, dass er ihn nicht zum Campus begleiten konnte. Nur war ihm das, während er noch gegen Erinnerungen der letzten Nacht angekämpft hatte, die er noch wesentlich mehr bereute, in diesem Moment unwichtig vorgekommen. Außerdem wäre ein mit seiner linken Hand geschriebener Zettel sowieso kaum zu entziffern gewesen.

Nachdem er einige Mal im Zimmer auf und ab gegangen war, warf er einen weiteren Blick aus dem Fenster. Er konnte nichts Beunruhigendes entdecken. Zumindest *noch* nicht.

„Was ist los?" Kurts Frage ließ ihn zusammenzucken, da er seine Rückkehr nicht bemerkt hatte. Wenigstens hatte er sich jetzt besser im Griff als eben vor dem Haus.

„Nichts." Zumindest *noch* nicht.

„Komm her. Wenn du dich auf den Couchtisch setzt, muss ich mich nicht so weit runterbeugen."

Da er Kurt keine Schmerzen verursachen wollte – das hatte er in letzter Zeit bei viel zu vielen Menschen getan –, kam er der Aufforderung nach.

Kurt betrachtete ihn mit besorgten blauen Augen. „Du siehst echt fertig aus. Verrätst du mir, wo das Problem liegt, oder muss ich es erst aus dir rausprügeln?"

Der Scherz entlockte ihm ein Brummen – so nah er einem Lachen an diesem Tag eben kam. Kurt konnte ziemlich Furcht einflößend sein, aber heute wäre wahrscheinlich selbst ein einarmiges Äffchen mit Ivan fertiggeworden.

„Aber ernsthaft, Ivan: Wobei brauchst du Hilfe?" Kurt nahm seine Hand und begann, sie zu säubern und zu verbinden.

Während Kurt ihn verarztete, erzählte Ivan, wie er zu Parkers Mitbewohner geworden war. Obwohl die Mission erst vor wenigen Tagen begonnen hatte, kam es ihm vor, als wären es bereits Jahre.

„Das ist doch verrückt, Ivan. Was hat Sarge sich nur dabei gedacht?" Kurt strich sich aufgebracht die Haare aus dem Gesicht, sodass es ganz zerzaust war, bevor er sich wieder Ivans Hand widmete. „Es verstößt gegen jede Vorschrift und könnte dich deine Karriere kosten. Und wenn du tatsächlich Beweise findest, werden sie vielleicht sogar als unzulässig betrachtet."

Ivan zuckte mit den Schultern und strich über die Knöpfe der Fernbedienung auf dem Tisch. Darüber hatte er ebenfalls nachgedacht, das Risiko allerdings wegen des Maulwurfs auf sich genommen. Und was die Beweise gegen Parker anging, war er nicht mehr so sicher, ob er überhaupt welche finden wollte.

„Es gibt da ... noch andere Probleme."

Kurt verzog das Gesicht und stieß zischend die Luft aus. „Scheiße. Ich muss besser aufpassen."

„Alles in Ordnung?"

„Ja. Oder zumindest wird es das bald wieder sein. Wenn alles verheilt ist."

Ivan atmete erleichtert auf. Seine dummen Probleme und seine dämliche Hand waren nichts im Vergleich zu dem, was Kurt durchgemacht hatte. Er stand auf.

„Ich sollte jetzt gehen. Du hast schon genug Probleme."

„Setz dich gefälligst hin, Ivan." Kurt stand ebenfalls auf – mit leicht schmerzverzerrtem Gesicht – und straffte die Schultern. Trotz des Gewichtsverlusts wirkte er nach wie vor verdammt imposant.

„Kurt, ich ..."

„Muss ich dich erst dazu zwingen?"

Kurt schien es ernst zu meinen und Ivan wollte nicht dafür verantwortlich sein, dass sich seine Verletzungen verschlimmerten.

„Nein." Er ließ sich wieder auf den Sessel fallen, woraufhin sich Kurt vorsichtig auf die Couch setzte.

„Und jetzt rede, Ivan."

„Wenn wirklich ein Spitzel Informationen an die Russenmafia weitergibt, bist du der Einzige, dem ich vertrauen kann. Deswegen bin ich hier. Ich ... ich weiß einfach nicht mehr, wie es weitergehen soll." Er stützte den Kopf auf seine gesunde Hand.

„Du musst das Ganze beenden. Wenn der Junge wirklich so eine große Rolle im Drogenhandel spielen würde, hättest du schon lange etwas gefunden."

„Du hast den Rest noch nicht gehört." Ivan berichtete ihm, was er in Parkers Zimmer gefunden hatte. Kurt hörte aufmerksam zu.

„Na gut, das gibt einem wirklich zu denken. Selbst wenn er viel von seiner Mutter geerbt haben sollte, hätte er keinen Grund, so große Mengen Bargeld in seinem Schrank aufzubewahren."

Ivan schaute sich nervös im Raum um. Es widerstrebte ihm, das Schlimmste zuzugeben. Das, was ihn seinen Job kosten und diese Mission sinnlos machen würde.

„Ja, ich weiß. Aber das ist noch nicht alles. Ich … ich habe Mist gebaut. Dieser Junge …" Nein. Er hatte einen Namen. „Parker … Er ist … Ich bin … Wir haben …"

Kurts Augen weiteten sich und er richtete sich auf. „Du hast mit ihm geschlafen?"

Ivan seufzte. „Ja. Und so jung ist er übrigens nicht mehr." Das wollte er unbedingt klarstellen. Er fühlte sich bereits schuldig genug – da wollte er sich nicht noch fälschlich vorwerfen lassen, sich an Kindern zu vergreifen.

„Aber nicht wegen der Mission, oder? Spielst du nicht den geschiedenen Mann?"

Nein. Mit der Mission hatte es nun wirklich nichts zu tun. Er hatte einfach nicht widerstehen können. Doch er konnte sich nicht dazu überwinden, es auszusprechen. „Es wird nicht noch einmal passieren. Das habe ich mir geschworen."

Kurt betrachtete ihn beinahe mitleidig. „Oh, verdammt."

„Allerdings." Ivan war froh, dass er es nicht hatte aussprechen müssen, um von Kurt verstanden zu werden. Er hatte Parker einfach ein einziges Mal haben müssen.

„Was hast du jetzt vor?"

Ivan bemühte sich um ein Lächeln. Auch wenn Kurt jetzt offenbar sein Glück gefunden hatte, war der Weg dahin ziemlich kompliziert gewesen. Er würde Ivan seinen Ausrutscher nicht vorwerfen. Er war wirklich dankbar für diese Freundschaft und gönnte Kurt seine Beziehung mit Davy. Nach einer schweren Zeit schien es ihm – zumindest auf emotionaler Ebene – endlich wieder gut zu gehen. Beneidenswert.

„Ich weiß es nicht."

„Rede mit Sarge. Sag ihm, es hat keinen Sinn mehr. Es wird zu gefährlich."

„Aber wenn ich gehe, könnte es für Parker gefährlich werden."

„Für Parker? Warum?"

„Vergiss nicht den Maulwurf. Wenn Razhin herausfindet, dass wir Parker beschattet haben … Ich glaube nicht, dass Parker versteht, wie skrupellos diese Leute sind."

„Aber du kannst da nicht bleiben. Und wenn du versuchst, Parker die Drogen auszureden, weiß er, dass du Polizist bist. Und dann könnte es für dich verdammt unangenehm werden. Du musst da raus."

„Aber ich glaube, es könnte funktionieren. Du weißt nicht, wie nett er ist. Wie naiv. Ihm ist sicher nicht klar, wie heimtückisch es in der Welt der Drogen zugeht. Und sein …" Er unterbrach sich. Über Neil wollte er jetzt nicht reden. „Egal. Jedenfalls glaube ich nicht, dass er schon zu tief drinsteckt."

„Tief genug, um Sarge auf sich aufmerksam zu machen."

266

„Mir egal. Da muss ein Irrtum vorliegen. Das Gefängnis würde Parker umbringen. Er denkt einfach nicht wie ein Krimineller."

Es war erschreckend, wie heftig er Parker verteidigte. Wegen Drogenvergehen Verurteilte wurden häufig rückfällig. Das wusste Ivan. Trotzdem glaubte Ivan daran, dass Parker anders war. Er musste es einfach sein. Ihm durfte einfach nichts passieren.

Kurt betrachtete ihn mit zusammengepressten Lippen und sein wissender Blick war Ivan zu viel. Er wich ihm aus und schaute sich stattdessen im Zimmer um. In dem schockierend weißen Zimmer, wie er plötzlich feststellte.

„Ivan, jetzt hör mir mal zu."

„Hast du schon mal was von Farbe gehört? Es gibt viele verschiedene."

„Ivan, komm schon."

Mit einem Seufzen richtete Ivan den Blick auf Kurt.

„Das geht so nicht weiter. Ich weiß nicht, warum du zugestimmt hast. Ich weiß nicht, warum Sarge dich darum gebeten hat. Aber es war von Anfang an ein Fehler."

„Ja, ich weiß." Ivans Lachen grenzte an hysterisch. „Ich dachte immer, Sarge kann mich nicht besonders gut leiden. Hat mich verdammt überrascht, dass er mir damit vertraut hat. Aber manchmal … manchmal spüre ich Blicke auf mir. Als würde man mich genau beobachten. Ich glaube beinahe, er hat damit gerechnet, dass ich versage. Oder er wollte mich irgendwie reinlegen. Aber das ist verrückt, oder?"

Ivan biss sich auf die Lippe, bis sie blutete, um weiteres hysterisches Gelächter zu unterdrücken. Er musste sich zusammenreißen. Zumindest äußerlich.

„Ivan, du bist einer der besten Detectives. Ich kann mir nicht vorstellen, dass Sarge böse Absichten hat. Dafür sehe ich einfach keinen Grund. Aber wenn es wirklich einen Maulwurf gibt, hat ihn das vielleicht so erschreckt, dass er Mist gebaut hat. Und das hat er. Er hätte dich nie auf diese Mission schicken sollen und mir wäre es am liebsten, wenn du sie sofort aufgeben würdest. Aber wenn du unbedingt weitermachen willst, kann ich Simon darüber informieren. Ich selbst bin dir in meinem Zustand keine große Hilfe. Wenn du also welche brauchst, kannst du dich an ihn wenden, in Ordnung?"

Simon. Bei einem ziemlich neuen Mitarbeiter wie ihm war es unwahrscheinlich, dass er etwas mit der undichten Stelle zu tun hatte. Außerdem arbeitete er nicht für das Drogendezernat, sondern für die Mordkommission.

Ivan nickte. „Danke."

„Und was die Farbe angeht: In zwei Wochen haben wir eine Art Anstreichparty geplant. Ich würde mich freuen, wenn du kommen könntest."

„Das wäre schön. Ich versuche es, okay?" Auch wenn er es wahrscheinlich nicht schaffen würde. Kurt schien das, seinem Gesichtsausdruck nach zu urteilen, ebenfalls klar zu sein. Entweder würde Ivan noch mit seiner Mission beschäftigt sein oder, wenn er sich in Parker irrte, vielleicht sogar tot.

Er stand auf. Kurt brauchte Ruhe und Ivan musste sich auf den Weg nach Hause machen – auf den Weg zu Parkers Haus. Wenn er sich beeilte, blieb ihm noch etwas Zeit, um die anderen Kisten in Parkers Schrank zu durchsuchen, bevor Parker von der Klinik zurückkam. Parkers ehrenamtliche Arbeit war ein weiterer Grund, aus dem Ivan ihn noch lange nicht aufgegeben hatte.

„Wo ist denn heute dein sexy Mitbewohner?" Alicia stupste Parkers Schulter an, woraufhin er sich um ein Grinsen bemühte.

„Keine Ahnung. Er war nicht da, als ich aufgestanden bin."

„Tja, vielleicht musste er früh zur Arbeit. Leider kann er sein Geld nicht damit verdienen, deinen Knackarsch anzustarren."

Parker wandte sich ab. Ivan schien nach der letzten Nacht mit seinem Arsch nichts mehr zu tun haben zu wollen. Wann würde Parker es endlich begreifen? Sex war Sex. Mehr hatte es nicht zu bedeuten und er sollte in der Lage sein, es zu vergessen – was ihm bisher eigentlich nie besonders schwergefallen war. Doch diesmal tat es überraschend weh. Er hatte wirklich geglaubt, Ivan wäre an ihm persönlich interessiert und nicht nur an einer schnellen Nummer.

„Mein Arsch interessiert ihn nicht." Jetzt nicht mehr, nachdem er ihn einmal gehabt hatte.

Alicia zog lachend die Augenbrauen hoch. „So blind kannst du doch nicht sein."

Offensichtlich doch. Er kämpfte gegen Tränen an. „Wovon redest du überhaupt?"

Alicia beugte sich vor, um ihr Tablet aus ihrer Tasche zu holen. „Hast du das echt nicht gemerkt? Ich dachte gestern, Chris müsste sich jeden Moment zwischen Ivan und Thom werfen."

„Thom? Was hat der damit zu tun?" Wenigstens half ihm die Verwirrung, seine Tränen zu unterdrücken.

„Verdammte Scheiße, du bist wirklich blind." Sie schüttelte den Kopf. „Thom ist total scharf auf dich. Chris sagt, er musste gestern einen sehr deprimierenden Abend mit ihm verbringen. Es war jedenfalls nicht schwer, die Funken zu sehen, die zwischen dir und Ivan sprühen. Wir hätten damit ein Steak grillen können."

Parker presste eine Hand gegen seine Wange, um sicherzugehen, dass sie nicht tatsächlich brannte. „Ich hatte keine Ahnung, dass Thom an mir interessiert ist. Ich dachte …" Eigentlich hatte er überhaupt nicht viel über ihn gedacht. Höchstens, dass Thom ihn nicht besonders mochte. Wie hatte er es nicht bemerken können? Andererseits hätte er wahrscheinlich selbst jetzt, nachdem er von ihm versetzt worden war, Ivan Thom vorgezogen. Keine sehr kluge Entscheidung – Thom machte einen verdammt netten Eindruck und war ziemlich süß. Aber Ivan ging ihm einfach nicht mehr aus dem Kopf.

„Ach, ich weiß nicht. Es ging wohl nur um Sex."

Alicia starrte ihn mit offenem Mund an. Seine Wangen glühten weiter. Das hatte er eigentlich niemandem verraten wollen.

„Du hattest Sex mit Ivan? Ich bin gleichzeitig schockiert und kein bisschen überrascht. Erzähl mir alles!"

Alles? Als wäre er nicht bereits verlegen und verletzt genug gewesen. „Er ist nicht hier. Er ist gegangen, ohne mir eine Nachricht zu hinterlassen. Was soll ich sonst noch erzählen?"

„Oh." Alicia lächelte ihm traurig zu und tätschelte seinen Unterarm. „Dafür gab es bestimmt einen guten Grund. Mach dir keine Sorgen. So heftige Gefühle verschwinden nicht einfach, so sehr Thom es auch hofft."

Glücklicherweise betrat der Professor den Raum und bewahrte ihn davor, antworten zu müssen. Ob Alicia recht hatte? Trotzdem würde er heute das gemeinsame Mittagessen auslassen und früher in der Klinik anfangen, um sich auf andere Gedanken zu bringen.

IVAN LIEß sich schweißüberströmt gegen die Tür fallen. Es war ein verdammt heißer Tag und in der U-Bahn hatte die Klimaanlage nicht funktioniert. Außerdem hatte er das Gefühl gehabt, verfolgt zu werden, weshalb er früher ausgestiegen und ein ganzes Stück gelaufen war – auf komplizierten Umwegen. Einen Verfolger hatte er dabei allerdings nicht entdecken können.

Er holte mehrmals keuchend Luft. Sein regelmäßiges Joggen hatte ihn nicht darauf vorbereitet, wie anstrengend diese ständige Vorsicht und Paranoia war. Ein ganzer Marathon wäre ihm lieber gewesen, als durchgängig unsichtbare Blicke zu spüren.

Nachdem er im Keller seine Wäsche in den Trockner gesteckt hatte, ging er einmal durchs ganze Haus. Wie vermutet war niemand dort. Falls Neil nicht wieder unangemeldet auftauchte, müsste ihm ungefähr eine Stunde bleiben, um sich Parkers Schrank zu widmen.

Vorher trocknete er allerdings den Schweiß und wechselte sein T-Shirt – er wollte nicht, dass Parkers Zimmer nach Schweiß roch und ihn misstrauisch machte.

Einigermaßen sauber und trocken betrat er Parkers Zimmer und bemühte sich, das große Bett zu ignorieren. Es war albern, zu bereuen, dass Parker ihn nicht eingeladen hatte, es mit ihm zu teilen. Und falls es Ivan nicht gelingen sollte, Parker vom falschen Weg abzubringen, sollte er wenigstens noch einige Nächte in seinem bequemen Bett verbringen. Gefängnisbetten hatten lange nicht so weiche Matratzen.

Also wandte er sich stattdessen dem Schrank zu und hob die Kiste mit dem Geld herunter, um einen Blick hineinzuwerfen. Das Geld war noch da. Woher es stammte, blieb weiterhin ein Rätsel. Ivan nahm einen Aktenordner und blätterte ihn durch. Die Papiere waren nicht gerade gut sortiert. Urkunden, Verträge und Rechnungen für zwei verschiedene Immobilien waren miteinander vermischt und nicht nach Datum sortiert worden. Zu dem Studenten, der immer gleich seine Hausaufgaben erledigte, passte das eigentlich nicht. Andererseits war er noch nicht lange für die Unterlagen verantwortlich.

Außerdem fand Ivan Dokumente zu einem Treuhandkonto, das für die laufenden Kosten in Parkers Leben aufkam, was einiges erklärte – allerdings nicht, warum so hohe Ausgaben für das Haus vermerkt waren, bei dem es sich um das Landhaus in Muskoka handeln musste, das Parker erwähnt hatte. Er überflog die Rechnungen und spürte Verzweiflung in sich aufsteigen. Die Anschaffungen passten genau zum Anbau von Marihuana, wenn man ihn im großen Rahmen plante. Und zum Landhaus schien ein ausgedehntes Grundstück zu gehören. Verdammt. Vermutlich kam das Geld von Razhin, der das Projekt finanzierte. In diesem Fall blieb ihm nicht mehr viel Zeit, um Parker da rauszuholen. Bei dieser Summe würde Razhin ihn sicher nicht einfach gehen lassen.

Er platzierte alles wieder in der Kiste und stellte sie ins Regal. Scheiße, Scheiße, Scheiße. Auf dem Regalbrett befand sich eine weitere Kiste, die einem kleinen Schrankkoffer ähnelte. Er beschloss hineinzusehen – viel schlimmer konnte es ohnehin nicht kommen.

Die Scharniere des Deckels ließen sich nur schwer bewegen, was darauf hindeutete, dass sie nicht häufig geöffnet wurde. Im Innern fand Ivan ein Durcheinander von Fotos vor. Obwohl sich darunter wahrscheinlich kein Foto von Parker mit einer Hanfpflanze verbarg, konnte Ivan nicht widerstehen und sah sich einige an. Er erkannte Parkers Mutter wieder, die auf einigen von Parker aufgestellten Fotos im Erdgeschoss zu sehen war.

Er suchte nach Fotos von Parker, bis er eines von seiner Mutter fand, die den Arm um einen jungen Teenager gelegt hatte, und ihm klar wurde, dass er sich bereits mehrere angesehen und ihn nur nicht erkannte hatte.

Er nahm einige Fotos und entfernte sich ein paar Schritte vom Schrank, bis er sie im Sonnenlicht betrachten konnte. Als Junge war Parker wirklich niedlich gewesen. Man sah bereits einige Hinweise auf seine jetzige Schönheit, doch er war ziemlich pummelig und die attraktiven Wangenknochen versteckten sich noch unter Babyspeck. Auf einigen Bildern war auch Neil zu sehen, der sich kaum verändert hatte. Aus den letzten Jahren schien es keine Fotos zu geben, was vermutlich mit der schweren Krankheit von Parkers Mutter zusammenhing. Während dieser Jahre hatte Parker irgendwie fünfundzwanzig Kilo verloren, bis er wie ein Model aussah. Nur das Lächeln war dasselbe geblieben. Ivan berührte eines der Fotos sanft mit seiner Fingerspitze. Parkers Unsicherheit und Bescheidenheit ergaben plötzlich einen Sinn. Er war offensichtlich nicht daran gewöhnt, von allen Seiten bewundert zu werden.

Plötzlich sah er aus dem Augenwinkel, dass sich vor dem Haus etwas bewegte. Er schaute auf und stellte fest, dass es sich um Parker handelte, der auf das Haus zukam. Scheiße. Beim Betrachten der Fotos hatte er die Zeit vergessen. Hastig legte er die Fotos in die Kiste, stellte diese in den Schrank und schlüpfte aus

Parkers Zimmer, als sich gerade die Haustür öffnete. Leise schloss er die Zimmertür und schlich sich in sein eigenes.

Dort saß er dann und lauschte, bis er das vertraute Knarzen der Stufen hörte. Hoffentlich würde Parker vorbeigehen und sich in sein Zimmer zurückziehen. Ivan brauchte nämlich dringend Zeit zum Nachdenken.

8

PARKER BLIEB vor Ivans Tür stehen. Sie war verschlossen. Ivan musste also vor ihm nach Hause gekommen sein, was ungewöhnlich war. Hatte er vielleicht doch Probleme mit seiner Arbeit? Wenn er als Versicherungsvertreter auf Provisionsbasis arbeitete, verkaufte er vielleicht nicht genug Policen. Das hätte auch sein etwas launisches Verhalten erklärt.

Parker hatte bereits eine Hand gehoben, um zu klopfen, als er sich daran erinnerte, wie Ivan am Morgen einfach ohne ihn verschwunden war. Es verunsicherte ihn. Falls Ivan ihn als Freund betrachtete – oder zumindest nicht nur als eine schnelle Nummer –, würde er auf ihn zukommen. Dann würde Parker wissen, wie es zwischen ihnen aussah.

Obwohl sein eigenes Zimmer sowohl gemütlich als auch beruhigend war, hätte er sich jetzt viel lieber mit Ivan auf seiner schmalen Matratze zusammengekuschelt. Sex war dabei nicht unbedingt nötig. Erst in Ivans Armen war ihm klar geworden, wie sehr er sich nach menschlicher Wärme gesehnt hatte.

Mit einem Seufzer, der eher zu seiner Zeit als deprimierter Teenager gepasst hätte, warf er seine Zimmertür hinter sich zu und ließ sich auf sein Bett fallen. Sein Blick fiel auf die offene Schranktür und zwei T-Shirts, die samt Kleiderbügel auf den Boden gefallen waren. Er runzelte die Stirn.

Normalerweise waren seine Schranktüren immer geschlossen – eine Angewohnheit aus seiner Kindheit. Damals waren ihm die Kleider und Schuhe darin nachts unheimlich vorgekommen, hatten ihm gefährliche Monster vorgegaukelt. Seitdem ließ er ihn niemals offen. Natürlich hatte er am Morgen etwas neben sich gestanden, als Ivan ihn versetzt hatte. Trotzdem war es schwer zu glauben, dass dadurch eine jahrelange Angewohnheit unterbrochen worden war.

Davon abgesehen war er sicher, diese T-Shirts seit Wochen nicht mehr angefasst zu haben, da er sie nur trug, wenn er mit Neil einen Club besuchte. Und davon hatte er zurzeit die Nase voll. Da Neil der Meinung war, Parker brauche dringend mal wieder Sex, hatte er ihn jemandem vorgestellt, der es auf nichts anderes abgesehen hatte und ihn sich mit allen Mitteln holen wollte. Der Typ war ziemlich grob geworden und Parker konnte von Glück reden, dass er mit ein paar blauen Flecken davongekommen war – und mit einem vorwurfsvollen Vortrag von Neil, weil er vor dem Typen geflüchtet war, anstatt mit ihm zu schlafen. Da Clubs ohnehin nicht sein Ding waren – entweder wurde er angestarrt wie ein Freak oder völlig ignoriert –, hatte er seitdem jede Einladung von Neil abgelehnt. Seit Neil so oft geschäftliche Verabredungen hatte, hielten diese sich glücklicherweise in Grenzen.

Parker erhob sich vom Bett, um die T-Shirts aufzuhängen, wobei sein Blick auf die Kiste mit seinen Akten fiel. Er hatte viel über Alicias Bemerkung zu seinem Landhaus nachgedacht. Hätte er es für dieses Jahr vielleicht doch öffnen sollen? Es war noch nicht zu spät. Mit dem Haus verband er viele Erinnerungen an seine Mutter – glückliche Erinnerungen, im Gegensatz zu den deprimierenden dieses Hauses. Deshalb hatte er auch das Erdgeschoss neu möbliert und das Hauptschlafzimmer umgeräumt. Er wollte nicht ständig an diese schlimme Zeit erinnert werden.

Als es seiner Mutter schlechter ging, hatten sie das Landhaus nicht mehr besucht. Was wäre es für ein Gefühl, jetzt ohne seine Mutter das Haus zu betreten? Vielleicht war es leichter, wenn er Freunde einlud. Er hatte Neil gesagt, dass er das Haus zwar nie verkaufen, es jedoch wahrscheinlich auch nicht mehr besuchen wolle – etwas voreilig, allerdings hatte Neil ihn schließlich bereits zwei Wochen nach dem Tod seiner Mutter danach gefragt.

Wenn er sich nicht irrte, befanden sich unter seinen Papieren Informationen zu einer Firma, die Ferienhäuser auf die Sommersaison vorbereitete. Es konnte nicht schaden, dort zumindest einmal anzurufen und nach Ablauf und Preisen zu fragen.

Er holte die Kiste mit den Unterlagen vom Regalbrett und stellte sie auf sein Bett. Als er den Deckel öffnete, dauerte es einen Moment, bis er begriff, was er vor sich sah: unzählige Geldscheinbündel. Schockiert nahm er einige heraus und warf sie auf die Matratze.

Dann stupste er eines vorsichtig mit dem Finger an, als könnte es ihn beißen. Was zum Teufel hatte das zu bedeuten? Er konnte nicht einmal einschätzen, um wie viel es sich handelte. Ein Bündel wurde von einem Papierstreifen mit dem Logo einer Bank zusammengehalten, doch die anderen schienen aus wahllos zusammengewürfelten großen Scheinen zu bestehen.

Wo kam es bloß her? Hätte Neil davon gewusst, hätte er sicher schon um Geld für seinen verdammten Club gebettelt. Damit hätte man das Projekt wahrscheinlich vollständig finanzieren können.

Ein lautes Kinderlachen, das sogar durch das geschlossene Fenster drang, riss Parker aus seinen Gedanken. Während er das Geld hastig wieder in die Kiste stopfte, hörte er, wie sich Ivans Zimmertür öffnete und schloss. Er stellte die Kiste wieder an ihren Platz. Dort konnte sie bleiben, bis er sich überlegt hatte, was er tun sollte. Die Polizei zu alarmieren, weil er Geld in seinem Schrank gefunden hatte, klang ziemlich absurd, war aber womöglich die beste Vorgehensweise. Er musste erst darüber nachdenken. Auch wenn es vielleicht feige war, kam er manchmal nur zurecht, indem er Probleme fürs Erste ignorierte.

Nachdem er einige Male tief durchgeatmet hatte, warf er einen Blick in den Spiegel. Nein, er sah nicht wie jemand aus, der gerade mehrere Tausend Dollar in seinem Schrank gefunden hatte.

IVAN SCHAUTE gerade in den Kühlschrank, als Parker die Küche betrat. Vielleicht konnten sie zusammen kochen, wenn Ivan überhaupt noch etwas mit ihm zu tun haben wollte.

„Hallo, Ivan. Du bist aber früh zurück."

Ivan fuhr so hastig herum, dass er sich beinahe den Kopf am Griff des Gefrierfachs stieß. „Äh, oh, Parker. Hi, ich habe dich gar nicht gehört."

Parker unterdrückte ein Augenrollen. Das war nun wirklich nicht zu übersehen gewesen.

„Wie war die Arbeit?" Er hätte ihn eigentlich fragen sollen, wo er gewesen war, anstatt ihm eine leichte Ausrede zu liefern.

„Die Arbeit? Oh, natürlich. Gut. Ich hatte viel zu tun."

Viel zu tun. Klar. Deswegen war er auch vor Parker nach Hause gekommen. Und seine Verwirrung über die Frage war beinahe schmerzhaft offensichtlich. Glaubte Ivan wirklich, Parker würde seine Lügen nicht bemerken? Eigentlich hatte er die Frage nicht stellen wollen, doch Ivans Verhalten schrie geradezu danach.

„Ähm, kann ich dich was fragen?"

Ivan hob übertrieben gleichgültig die Schulter.

„Ähm ... na ja ... warst du in meinem Schlafzimmer?" Die Worte klangen schrecklich vorwurfsvoll und er hätte sie am liebsten gleich wieder zurückgenommen. Er hoffte nur so sehr, irgendwie ausschließen zu können, dass Ivan etwas mit dem Geld zu tun hatte.

Ivan wirkte plötzlich absolut nicht mehr gleichgültig, sondern richtete sich auf und musterte ihn finster. „Damit hätte ich deine Privatsphäre verletzt. Außerdem hast du ja deutlich gemacht, dass ich in deinem Zimmer nicht willkommen bin."

War das der Grund für Ivans Verhalten? Dass Parker in seinem eigenen Bett geschlafen hatte? Warum sollte das Ivan dermaßen stören? Doch wenn eine Erklärung vielleicht diese beginnende Freundschaft – hoffentlich mit Aussicht auf mehr – retten konnte, würde Parker das Risiko eingehen, ihm von seinem Problem zu erzählen.

„Hör zu, wegen gestern Abend ..."

Ivan winkte ab. „Nein, du musst nichts erklären. Es war ein Fehler. Es hätte nicht passieren dürfen und wird nicht wieder passieren. Kein Problem."

Parker blinzelte. Bevor er auch nur über eine Antwort nachdenken konnte, hatte Ivan sich bereits einen Apfel geschnappt und war aus der Küche gestürmt, als wäre er auf der Flucht.

Ein Fehler. Parker war immer nur ein verdammter Fehler. Die beste Nacht seines Lebens hätte nicht passieren dürfen und würde nie wieder passieren. Er

274

hatte nicht einmal die Chance gehabt, Ivan zu fragen, ob er ihn zu weiteren Kursen begleiten wollte. Offenbar war das Ganze nur ein Trick gewesen, um Parkers Vertrauen zu gewinnen. Das einzig Tröstende – falls man es überhaupt als tröstend bezeichnen konnte – waren zwei fantastische Orgasmen, während Ivan nur einen gehabt hatte. Vielleicht war es auch gerade diese Unerfahrenheit gewesen, die Ivan in die Flucht geschlagen hatte. Wenigstens war er von Ivan unterbrochen worden, bevor er ihm seine gesundheitlichen Probleme anvertraut hatte – denn damit hätte er sich offensichtlich völlig umsonst blamiert.

Mit zitternden Fingern holte er sein Handy aus der Tasche und wählte Alicias Nummer.

„Hi, ähm, hast du vielleicht Lust, heute Abend was zu unternehmen?" Er hatte nämlich nicht vor, den Abend mit einem abweisenden Ivan zu verbringen.

„Ich wollte mit Chris und Thom ins Kino gehen. Komm doch mit."

„Meinst du? Was ist mit Thom?" Er wollte ihn nicht verletzen, hatte aber ganz sicher nicht vor, mit ihm ins Bett zu springen.

„Der kommt schon klar. Und er ist ein netter Kerl. Auch wenn er vielleicht versuchen wird, dir das mit Ivan auszureden."

Das würde leider nicht funktionieren. Er würde Zeit brauchen, um über diese alberne Vernarrtheit hinwegzukommen. Eine Nacht mit einem „netten Kerl" würde da nicht helfen. Trotzdem war ein Abend unter Leuten eine gute Gelegenheit, um sich von Ivans verletzendem Verhalten abzulenken. Zumindest hoffte er das.

„Wann wollt ihr los?"

„Sollen wir uns in einer Stunde im Lettie's treffen? Dann können wir vorher noch was essen."

„Gerne."

Parker legte auf und trommelte mit den Fingern auf die Arbeitsplatte. In einer Stunde. Bis dahin konnte er noch etwas Zeit in einer Buchhandlung oder einem Café verbringen – im Haus wollte er nämlich auf keinen Fall bleiben. Er dachte kurz darüber nach, Ivan einen Zettel zu hinterlassen, verwarf den Gedanken jedoch sofort. Der Mann schien sich nicht im Geringsten für Parker zu interessieren.

Mit seinem Handy und seinem Portemonnaie in der Tasche verließ er das Haus.

IVAN WAR ein Arschloch. Anders konnte man es nicht sagen. Bereits wenige Minuten später hatte er seine unfreundlichen Worte bereut und war hinuntergegangen, um sich zu entschuldigen. Allerdings war Parker nicht aufzufinden gewesen. Nachdem er stundenlang gewartet hatte – auch auf die Gefahr hin, dass Parker mit Neil nach Hause kommen und vor Ivans Augen mit ihm in seinem Zimmer verschwinden würde –, war er wegen der vielen schlaflosen Nächte irgendwann so erschöpft gewesen, dass er hatte aufgeben müssen. Allerdings hatten seine Träume in dieser Nacht zur Abwechslung aus vielen erotischen Szenen mit Parker und ihm in den Hauptrollen bestanden.

Wesentlich erholter hatte er sich am Morgen trotzdem nicht gefühlt, nur war sein Schlafanzug diesmal feucht vor Sperma anstelle von schweißdurchtränkt. Als er sich nach einer Dusche die Treppe hinuntergeschleppt hatte, war Parker bereits fort gewesen. Oder er war erst gar nicht nach Hause gekommen. Dieser quälende Gedanke hatte ihn den ganzen Tag über wie Zahnschmerzen verfolgt, selbst wenn er nicht aktiv darüber nachgedacht hatte.

Als wäre der Tag ohne die verschiedenen Schuldgefühle in Bezug auf Parker nicht schon schlimm genug gewesen. Er hatte eine weitere Befragung der SIU und eine sinnlose Therapiesitzung voller Lügen über sich ergehen lassen müssen, bevor sein Bus auf dem Heimweg durch einen Verkehrsunfall aufgehalten worden war. Nachdem er den heißen, überfüllten Bus nicht länger hatte ertragen können, da er durch die drängelnden Fahrgäste immer aggressiver geworden war, hatte er erneut den Bus verlassen, um den Rest des Weges zu Fuß zurückzulegen. Draußen war die Hitze wenigsten etwas erträglicher gewesen.

Allerdings stellte er jetzt fest, dass ihn sein verworrener Weg ganz unbewusst nicht etwa zu Parkers Haus, sondern zum Campus geführt hatte und er gerade auf das Gebäude zusteuerte, in dem Parkers Vorlesung stattgefunden hatte. Mit einem Knurren zwang er sich, daran vorbeizugehen, genau wie am Stadion und am Bata Shoe Museum, das seine Schwestern liebten, und betrat stattdessen die erstbeste Kneipe.

Im Innern war es kühl und dunkel, was seinen angespannten Nerven guttat. Ein Bier würde den Rest erledigen. Wenn er sich ausreichend beruhigt hatte, würde er zum Haus zurückkehren und die Entschuldigung nachholen. Er konnte verstehen, warum Parker seine Untreue augenblicklich bereut hatte und aus seinem Bett geflohen war. Ivan hätte niemals damit gerechnet, einmal der „andere Mann" zu sein. Dabei fürchtete er, dass er einer weiteren Nacht mit Parker augenblicklich zugestimmt hätte.

PARKER SAß mit verschränkten Armen auf dem Sofa und war bereits bei der vierten Folge seines *Doctor-Who*-Marathons angekommen. Während er normalerweise in der Lage war, sich völlig in seinen SciFi-Serien zu verlieren, schaute er heute allerdings ständig auf die Uhr. Er hatte beinahe schon damit gerechnet, bei seiner Rückkehr ein richtiges Zuhause zu betreten. Seit Ivan das erste Mal für ihn gekocht hatte, war dieses Zusammenleben zur Gewohnheit geworden. Nur schien sich nach der gemeinsamen Nacht alles verändert zu haben. Er war immer noch nicht sicher, ob es an ihm lag oder ob Ivan einfach nur ein Arschloch war, das ihn ausgenutzt hatte. Parker hatte sich nach der Uni noch eine ganze Weile in einem Café aufgehalten und gehofft, Ivan würde dann sicher zu Hause sein. Am besten bereits beim Kochen. Doch das Haus war bei seiner Rückkehr leer gewesen. Verlassen. Wenn sie das nicht endlich klärten, wie sollten sie dann weiterhin ein Haus teilen?

Um seinen Freund zurückzubekommen, hätte Parker sogar bereitwillig so getan, als hätten sie niemals Sex gehabt. So sehr vermisste er Ivan.

Mittlerweile war er so verunsichert, dass er sich sogar mit einem kurzen Blick in Ivans Zimmer davon überzeugt hatte, dass sich alles noch an seinem Platz befand, dass Ivan nicht heimlich ausgezogen war – auch wenn ihm sein gesunder Menschenverstand sagte, wie extrem solch eine Reaktion gewesen wäre. Ivan war ihm einfach so wichtig.

Als die Zeit voranschritt und die Schatten immer länger wurden, musste er sich damit abfinden, dass Ivan an diesem Tag vielleicht nicht mehr nach Hause kommen würde. Vielleicht hatte er diesmal wirklich eine Verabredung. Träfe er sich mit einem Mann oder waren ihm seine Neigungen so zuwider, dass er es erneut mit einer Frau versuchen würde? Parker schlang so gut es ging seine Arme um seinen Bauch und beugte sich vornüber, um gegen den Schmerz anzukämpfen, den diese Vorstellung auslöste.

Er hätte Thoms Einladung annehmen sollen. Thom hatte ihn nach dem Kinobesuch – der sich erschreckend wie ein gemeinsames Date angefühlt hatte – angesprochen und ihn um ein richtiges Date gebeten. Parker hatte sich zum ersten Mal in seinem Leben mit den Worten „das ist kompliziert" herausreden müssen. Normalerweise war sein Liebesleben einfach nicht vorhanden, aber ganz bestimmt nicht kompliziert. Andererseits war es das jetzt, da er hier allein in einem leeren Haus saß, vielleicht genauso wenig. Vielleicht wollte ihn Ivan einfach nicht, nachdem er ihn einmal benutzt hatte, um sich Erleichterung zu verschaffen.

Thom hatte wirklich verständnisvoll auf die Zurückweisung reagiert. Hätten Alicia oder Chris ihn eher auf Thoms Gefühle hingewiesen, hätte er sich jetzt vielleicht sogar in einer Beziehung mit ihm befunden. Dann hätte er nicht nach einem Mitbewohner gesucht … und Ivan niemals kennengelernt.

Sein Herz zog sich bei dieser unerträglichen Vorstellung schmerzhaft zusammen. Er hatte unmerklich tiefe Gefühle für Ivan entwickelt, sodass er jetzt mit seiner eigenen Zurückweisung kämpfen musste. Vielleicht sollte er Thom doch anrufen und sich wenigstens auf unkomplizierten Sex mit ihm einlassen. Dann gelänge es Parker unter Umständen, Ivan wieder nur als Mitbewohner zu betrachten.

Und eines Tages würde er vielleicht mit einem anderen Mann zusammenwohnen und den Mut aufbringen, mit ihm in einem Bett zu schlafen – sogar mit seiner hässlichen Kampfpilotenmaske.

Plötzlich öffnete sich geräuschvoll die Haustür und Parker sprang erleichtert auf.

„Ivan?"

„Verdammt, nein." Neil stürmte mit Lebensmitteln beladen in die Küche. „Wie kannst du mich nur mit dem alten Sack verwechseln?"

Parker ignorierte die eindeutig rhetorische Frage. „Was machst du hier?"

Neil verdrehte die Augen. „Ich freue mich auch, dich zu sehen."

„Was soll das alles?" Parker sah zu, wie Neil Berge von Snacks, verschiedenen Bierspezialitäten und anderen teuren alkoholischen Getränken auspackte.

„Ich habe ein paar Leute hierher eingeladen. Zu einer Party."

Parker schloss die Augen und zählte bis zehn. Dann bis zwanzig. „Eine Party? Hier?"

„Ich möchte einen guten Eindruck machen, um Investoren für mein Projekt zu gewinnen. Meine Wohnung ist zu klein."

Parker verkniff sich die Bemerkung, dass Neil mehr Geld für eine größere Wohnung geblieben wäre, wenn er weniger für Kleidung, Schuhe und Gras ausgegeben hätte.

„Ich habe keine Lust auf Gäste."

„Komm schon, Parker. Du bist ja noch schlimmer als der langweilige alte Sack."

So sah er Ivan absolut nicht. „Du übertreibst."

„Ernsthaft, wenn du so weitermachst, sitzt du bald nur noch alleine in deinem Haus und schimpfst über ‚die Jugend von heute'. Du musst dich dringend mal wieder flachlegen lassen und ich brauche dringend Investoren. Gute Kandidaten für beides kommen in …" Neil warf einen Blick auf ein weiteres seiner teuren Spielzeuge an seinem Handgelenk. „… einer knappen halben Stunde. Also hilf mir bei den Vorbereitungen, ja?"

Parker zögerte. Er hatte Neil bisher nie etwas abgeschlagen, da er ihm so dankbar für seine Freundschaft war. Außerdem schadete es vielleicht nicht, wenn er sich ein bisschen ablenkte und sich die von Neil eingeladenen potenziellen Sexpartner wenigstens ansah. Schließlich schien er selbst bei der Auswahl kein glückliches Händchen zu haben. Er hätte ohnehin den ganzen Abend schlecht gelaunt vor dem Fernseher verbracht. Ziemlich traurig.

„Na gut. Gib mir die Chips." Er füllte sie in Schüsseln um und brachte sie ins Wohnzimmer. Neil folgte ihm mit Erdnüssen.

„Und mach diesen peinlichen Scheiß aus." Ohne auf eine Reaktion von Parker zu warten, schnappte sich Neil die Fernbedienung und schaltete auf einen Musiksender um – allerdings nicht den, der Ivan gefiel. Und schon wieder dachte er an Ivan. „Nur fette Versager gucken sich so was an. Das hast du nicht nötig."

Parker biss sich auf die Lippe. Vor nicht allzu langer Zeit hatte er selbst zu diesen „fetten Versagern" gehört, über die Neil so abwertend sprach. Was allerdings nicht das Geringste mit seiner Vorliebe für Science-Fiction zu tun hatte. Mittlerweile zweifelte er daran, dass Neils Männer seinem Geschmack entsprachen. Egal: Er würde sie sich ansehen und am nächsten Tag Thom anrufen, um ihn um ein Date zu bitten.

Aus einem Bier waren fünf geworden. Oder sechs? Vielleicht sogar sieben – kombiniert mit einem Teller Nachos, um den Alkohol aufzusaugen. Normalerweise bevorzugte Ivan gesundes Essen, doch heute hatte er den fettigen, käsebedeckten Chips nicht widerstehen können. Vielleicht war es so ähnlich, wie seine Trauer mit Schokolade zu bekämpfen. Als es dunkel wurde, hatte er sich bereits ein komplettes Baseballspiel angesehen. Obwohl er sich weder die Teams noch das Ergebnis gemerkt hatte, kannte der Barkeeper seinen Namen und er war angenehm angeheitert. Bereit, Parker – und Neil – gegenüberzutreten.

Als er auf Parkers Haus zuging, nahm er die Musik einer in der Nähe stattfindenden Party wahr. Es erschien ihm ziemlich früh dafür, doch ein Blick auf seine Uhr überraschte ihn: Es war schon beinahe elf. Er hatte sich länger in der Kneipe aufgehalten als gedacht.

Beim Einbiegen in Parkers Zufahrt wurde ihm klar, dass die Musik aus Parkers Haus kam. Was sollte das? Hatte man als Mitbewohner nicht wenigstens eine Warnung verdient? Oder eine Einladung?

Bevor er das Haus betreten konnte, lenkte ihn eine Bewegung auf dem schmalen Weg zwischen diesem und dem Nachbarhaus ab. Vorsichtig schlich er sich bis zur Hausecke und spähte darum herum. Neil kniete auf dem Boden und lutschte einen Schwanz, der nicht zu Parker gehörte. Der Anblick schockierte ihn im ersten Moment. Dann wurde er erst von Freude übermannt, da Parker sich jetzt vielleicht von Neil trennen würde, aber gleich darauf von Wut darüber, dass Neil ihm so etwas antat. Und zu guter Letzt folgte Verwirrung, da Parker im Grunde genau dasselbe getan hatte. Verdammt, der Alkohol macht ihn ganz durcheinander. Nachdem er mit seinem Handy ein Foto gemacht hatte – ziemlich fies, aber vielleicht brauchte er einen Beweis –, entfernte er sich leise und betrat hastig das Haus.

Im Innern musste er sich an einigen Männern vorbeischieben, die von leicht bekleideten, stark geschminkten Frauen mit Zehn-Zentimeter-Absätzen begleitet wurden. So hatte er sich Parkers Freunde eigentlich nicht vorgestellt. Vielleicht handelte es sich nur um Kunden.

Mit diesem ernüchternden Gedanken setzte er seine Suche nach Parker fort, bis er ihn schließlich im Wohnzimmer fand. Parker wurde von einem muskulösen, dunkelhaarigen Mann ähnlicher Größe an die Wand gepresst. Sie küssten sich und Parker wand sich unter ihm. Blind vor Wut packte Ivan den Mann und riss ihn von Parker fort.

„Was soll die Scheiße?" Obwohl Ivan nicht sicher war, wen er damit überhaupt gemeint hatte, antwortete der fremde Typ.

„Ich hab ihn zuerst gesehen."

„Und?"

„Also hau ab, bevor ich dir die Nase breche."

Von wegen. Wahrscheinlich hatte der Typ ein paar kleine Prügeleien für sich entschieden und hielt sich jetzt für einen richtigen Kämpfer. Doch seine Haltung, die einen Anfänger eingeschüchtert haben mochte, erkannte Ivan als völlig falsch.

„Es interessiert mich nicht, ob du ihn zuerst gesehen hast, du Arschloch."

Eine Ader pochte in der Schläfe des Mannes. Er ließ seine Fingerknöchel knacken. Aus welcher Wrestling-Show er das wohl hatte?

„Wie hast du mich genannt?"

„Als wäre ich der Erste. Jammerlappen."

Ivan richtete seinen Blick für den Bruchteil einer Sekunde auf Parker, was der fremde Mann ausnutzte, um sich auf ihn zu stürzen. Ivan wich der Faust problemlos aus und stieß ihn gegen die Wand. Der Mann sackte stöhnend auf dem Boden zusammen und hielt sich den Kopf.

Ivan ignorierte ihn – das würde er sich nicht noch einmal trauen. Dass die anderen Gäste ihn anstarrten, kümmerte ihn ebenfalls nicht. Ihn interessierte im Augenblick nur Parker. Parker, der dieses Arschloch geküsst hatte, während sein Freund einem anderen Mann einen blies. „Wer zum Teufel ist das? Und was ist hier los?"

Parker betrachtete kurz den Mann auf dem Boden, bevor er mit einem großen Schritt über ihn hinwegstieg, um sich Ivan zu nähern. „Ich glaube, er heißt Bran. Oder Brad? Ich weiß es nicht genau."

Er wusste es nicht. Er küsste einen Mann, dessen Namen er nicht einmal kannte. Ivans Wut nahm noch zu und er ballte seine Hände zu Fäusten. Durch den Einfluss des Alkohols konnte er die Schmerzen seiner verletzten Hand kaum noch spüren. Trotzdem hätte es alles nur noch schlimmer gemacht, wenn er jemanden geschlagen hätte – selbst Brad. Als Parker eine Hand ausstreckte, um seinen Arm zu berühren, wich er zurück. Das konnte er jetzt einfach nicht ertragen. Es ging nicht.

„Neil hat ein paar Leute eingeladen."

„Ach ja? Und weiß er, was du hier mit Brad gemacht hast?" Ivan schüttelte den Kopf. Er war jetzt nicht in der Verfassung, ein Gespräch mit Parker zu führen. Nicht bei Parkers vom Küssen feuchten und roten Lippen. „Vergiss es. Aber beim nächsten Mal will ich das vorher wissen. Ich wohne hier schließlich auch."

Plötzlich tauchte Neil neben Parker auf und legte einen Arm um seine Taille. „Das ist Parkers Haus. Er kann hier machen, was er will, und zwar ohne deine Erlaubnis."

So standen sie mit ihren geröteten Lippen vor ihm – Parkers vom Küssen und Neils von seinem kleinen Abstecher in den Garten mit einem anderen Mann. Ivan zitterte vor Wut. Als Neil ihn frech angrinste und Parkers Wange mit diesen Lippen küsste, die sich vor Minuten noch um einen fremden Schwanz gelegt hatten, zuckte Ivans Hand zu seiner Hüfte.

Sein Ärger verflog, als ihm plötzlich klar wurde, was er da gerade tat. In Parkers Gegenwart schien er in ein Gefühlschaos zu geraten, durch das er völlig die Kontrolle über sich verlor. Hätte er seine Dienstwaffe gehabt, hätte er sie wahrscheinlich gerade auf Neil gerichtet. Ein erschreckender Gedanke, der ihn augenblicklich auf den Boden der Tatsachen zurückholte.

Er starrte die beiden an. So gern er in diesem Augenblick das Haus verlassen hätte, musste er doch an seine Mission denken. Also nickte er nur steif und zog sich in sein Zimmer zurück.

Auf dem Weg die Treppe hinauf hörte er Neil noch sagen: „Alles in Ordnung, Brad? Alte Leute können echt nerven."

Jetzt war er also der seltsame, alte Mitbewohner. Und gefährlich, wie er gerade festgestellt hatte. Dieser Einsatz lief wirklich großartig.

PARKER WISCHTE sich mit dem Ärmel die Lippen ab, während er zusah, wie Neil Brad auf die Beine half. Brad war wie alle anderen Männer, die Neil ihm vorgestellt hatte: Arrogant und aufdringlich war er davon ausgegangen, dass Parker bei seinen Geschichten über seinen riesigen Schwanz nur so dahinschmelzen würde. Der einzige Unterschied war, dass Brad gern küsste. Doch im Gegensatz zu seinen Küssen mit Ivan war dieser hier furchtbar gewesen. Viel zu feucht. Und der Typ roch nicht besonders gut. Warum hielten Männer mit Geld es nie für nötig, auch nur das kleinste bisschen Wert auf rücksichtsvolles Verhalten oder Körperhygiene zu legen?

Er war so darin versunken, Ivan hinterherzuschauen, dass Neil ihm einen Ellbogen in die Rippen stieß, um ihn auf sich aufmerksam zu machen.

„Was ist?"

Neil sah ihn finster an. „Ernsthaft? Du stehst auf den alten Sack?"

Parker zuckte mit den Schultern. Er und Neil hatten schon immer einen sehr unterschiedlichen Geschmack gehabt, weswegen er sich häufig herablassende Kommentare von ihm anhören musste. Doch selbst nach Ivans abweisendem Verhalten und seinem überraschenden Wutausbruch mochte er ihn noch wesentlich lieber als Brad. Die gemeinsamen Abende, das Essen und die Filme hatten ihm viel bedeutet. Und der unglaubliche Sex. So stellte Parker sich eine Beziehung vor. So hatte er sich seine Beziehung mit Ivan erhofft.

„Pass auf, dass alles ganz bleibt, okay? Ich gehe jetzt ins Bett."

„Ins Bett? Aber nicht alleine, oder?"

Auch wenn Ivans letzter wütender, verächtlicher Blick ihm nicht gerade viel Hoffnung machte, wollte Parker wenigstens versuchen, mit ihm zu reden. Also ging er, ohne Neil zu antworten, die Treppe hinauf. Da er außer Neil sowieso keinen der Gäste kannte, war es ihm egal, ob sie ihn für unhöflich hielten.

Oben angekommen blieb er unentschlossen zwischen Ivans und seiner Tür stehen. Das Haus war solide gebaut, sodass die Musik im Erdgeschoss sie nicht am Schlafen hindern sollte. Das Vernünftigste wäre gewesen, mit dem Gespräch bis zum nächsten Morgen zu warten. Nur war er weder müde noch wollte er die Spannungen zwischen ihnen noch länger bestehen lassen. Sie hatten sich anfangs so gut verstanden. Auch wenn ihm das nicht zum ersten Mal passierte, wollte er bei Ivan nicht zulassen, dass es so endete. Außerdem würde er wegen der

Auseinandersetzung mit Ivan sicher lange wach liegen und am Ende wieder über das mysteriöse Geld nachgrübeln. Das wollte er unbedingt verhindern.

Parker leckte sich über seine plötzlich trockenen Lippen und klopfte mit einem tiefen Atemzug an Ivans Tür. Dann wartete er. Atmete aus. Wartete weiter. Hatte er laut genug geklopft? Hatte Ivan ihn gehört? In der kurzen Zeit konnte er doch eigentlich nicht eingeschlafen sein.

Da sich niemand im Flur befand, der ihn bei seinem albernen Verhalten beobachten konnte, presste er ein Ohr an die Tür. Stille. Er hörte nicht einmal den Fernseher.

Als er gerade erneut die Hand gehoben hatte, um zu klopfen, brüllte Ivan plötzlich: „Was?" Parker zuckte zusammen.

„Kann ich reinkommen?"

Parker beschloss, das gedämpfte Brummen als ein Ja zu betrachten, und öffnete die Tür.

Ivan saß auf dem Bett. Er hatte ein Handtuch um eine Faust gewickelt und auf dem Nachttisch lag Verbandsmaterial.

„Ich wusste nicht, dass du dich verletzt hast." Obwohl er sich jetzt, da er darüber nachdachte, bei Ivans Auseinandersetzung mit Brad an etwas Weißes an seiner Hand erinnerte.

„Das, äh, war ich schon vorher. Es hat nur nicht gerade geholfen." Ivan bemühte sich sehr, Parkers Blick auszuweichen.

Parker setzte sich neben ihn und hob Ivans Hand in seinen Schoß. Unter dem feuchten Handtuch kam ein sich lösender Verband zum Vorschein, den Parker vorsichtig ganz entfernte. Darunter befand sich ein dunkler Bluterguss, doch die Haut war kaum aufgeschürft.

„Wie hast du das geschafft?" Sich mit Leuten zu prügeln gehörte sicher nicht zum Alltag eines Versicherungsvertreters. Er musste an seine Vermutung denken, dass es mit Ivans Arbeit nicht besonders gut lief. Ob er ihm anbieten sollte, die Miete etwas zu senken?

„Ich, ähm, schulde dir die Reparaturkosten für deine Küchenwand."

Parkers Finger schlossen sich vor Verblüffung fester um Ivans Hand, was diesem ein Keuchen entlockte. „Oh, tut mir leid."

Ivan hatte seinen Frust an der Wand ausgelassen? Wann? Warum?

„Solltest du dich nicht lieber um deine Gäste kümmern?" Plötzlich klang Ivan beinahe bockig.

Parker wickelte den Verband ein letztes Mal um Ivans Hand und befestigte ihn. „Es sind Neils Gäste. Ich kenne da niemanden. Außerdem bin ich lieber hier bei dir." Na bitte. Ausnahmsweise hatte er es gewagt, seine Gefühle auszusprechen. Jetzt wartete er mit wild klopfendem Herzen auf Ivans Antwort.

„Du kennst Brad. Sah zumindest so aus."

Parker runzelte die Stirn. Ivan sah ihn auch jetzt nicht an. Offenbar interessierte ihn nicht besonders, was Parker gerade gesagt hatte. „Neil versucht immer, mich mit irgendwelchen Typen zu verkuppeln. Brad war nur noch ein bisschen aufdringlicher als die meisten anderen."

Ivan richtete sich auf und sprang vom Bett. „Neil versucht, dich zu verkuppeln? Verdammt, Parker, warum lässt du dich so behandeln? Und er betrügt dich. Du hast etwas viel Besseres verdient."

Ihm fehlten die Worte. Ivan schien sowohl auf ihn als auch um seinetwillen wütend zu sein, doch Parker brauchte einige Sekunden, um das Gesagte zu begreifen.

„Neil kann mich nicht betrügen. Wir sind nur Freunde."

Ivan erstarrte. „Ihr seid nicht zusammen?"

Jetzt spürte Parker selbst Verärgerung in sich aufsteigen. Offenbar hatte Ivan ihn für untreu gehalten. „Andere sehen das vielleicht nicht so, aber ich würde nie jemanden betrügen." Es verletzte ihn, dass Ivan ihm das zutraute.

Ivan berührte mit der Hand Parkers Wange. „Tut mir leid."

„Ach ja?"

„Ich ... Mein ..." Ivan schüttelte den Kopf, als müsste er seine Gedanken ordnen. „Tut mir leid. Ich habe mit solchen Sachen schon schlechte Erfahrungen gemacht."

Seine Frau konnte es nicht gewesen sein – sonst wäre sie nicht so leicht damit durchgekommen, ihm alles wegzunehmen. „Hast du ... hast du jemanden mit mir betrogen, als wir ...?" Es war nicht unmöglich, dass Ivan sich bereits mit jemand anderem traf. Oder hatte er vielleicht sogar seine Frau mit einem Mann betrogen?

„Nein. Das würde ich nie tun. Ich meine ..." Ivan ließ sich seufzend wieder auf das Bett sinken. „Ich wollte dich von der ersten Sekunde an. Und als ich dich besser kennengelernt habe, mochte ich dich auch noch. Aber ich habe mich dafür gehasst, dass ich mich auf die Nacht mit dir eingelassen habe, weil ich dachte, du wärst vergeben."

Parkers Wut und Verwirrung lösten sich mit einem Schlag in Luft auf. „Deshalb hast du es also als Fehler bezeichnet und wolltest nicht, dass es wieder passiert?"

Was bedeutete, dass er vielleicht doch eine Chance hatte, seinen Mitbewohner zu seinem Freund zu machen – ein bisschen klischeehaft und eventuell auch etwas zu früh, aber damit konnte er leben. Schließlich ging es um Ivan, der Parker bereits so schrecklich wichtig war.

„Genau. Es schien für uns beide keine gute Idee zu sein. Aber ich konnte dir einfach nicht widerstehen."

Als er diesmal eine Hand an Parkers Wange legte, schmiegte Parker sich an sie. Ivan streichelte ihn sanft und Parker hörte das Knistern seiner Stoppeln – in der Eile war er an diesem Morgen nicht dazu gekommen, sich zu rasieren.

„Du konntest nicht widerstehen?" Obwohl Ivan nicht der erste Mann war, der das sagte, hatte Parker es bisher nie geglaubt. Er hatte es für einen billigen

Anmachspruch gehalten. Nur klang Ivan dabei so furchtbar aufrichtig. Ivans Lippen verzogen sich zu einem kleinen, wissenden Lächeln, während er seine Finger an Parkers Hals hinuntergleiten ließ. Die erste Berührung seines Schlüsselbeins brachte Parker zum Keuchen und sein Schwanz erwachte zum Leben.

Es dauerte nur Sekunden, bis sie nackt waren und Ivans warmes Gewicht ihn auf die Matratze presste. Ivan lächelte ihm zu, bevor er seine Lippen auf Parkers senkte.

Das Aneinanderreiben ihrer Erektionen entlockte Parker ein Stöhnen, das Ivan nutzte, um mit seiner Zunge tiefer in Parkers Mund einzutauchen. Parker saugte an ihr.

So bewegten sie sich zusammen, während Ivans Lust Parkers eigene noch steigerte, bis sie den gesamten Raum zu erfüllen schien. Das erste Mal war offenbar kein Zufall gewesen: So stellte Parker sich guten Sex vor. Das hatte er bei den letzten Männern vermisst. Und es lag nicht nur daran, dass Ivan so verdammt heiß war, sondern vor allem an seiner Persönlichkeit. Er war ein guter Mensch. Er war so liebevoll. Es machte ihn zum attraktivsten Mann, dem Parker je begegnet war.

Ivan löste sich von Parkers Mund, um Lippen und Zunge an Parkers Hals hinunterwandern zu lassen. Als er sich an Parkers Körper hinunterschob, wurde Parkers Erektion gegen diese fantastischen Bauchmuskeln gepresst. Ivan hob den Kopf, um ihn mit einem frechen, beinahe teuflischen Grinsen zu betrachten. Dann senkte er den Kopf und leckte über Parkers Schlüsselbein.

„Ivan. Verdammt." Parkers Hüften hoben sich, sodass die Haare an Ivans Bauch über seinen Schwanz strichen und die empfindliche Haut kitzelten.

Ivans Lippen wanderten weiter nach unten, bis er Parker ohne das geringste Zögern in den Mund nahm. Parker verkrallte seine Finger in den Laken und spreizte stöhnend die Beine. Wenn Ivan ihn weiter so herrlich quälte, würde er auch diesmal nicht lange durchhalten. Abgesehen von seinen Spielzeugen hatte er schon lange nichts mehr in sich gehabt, doch er wollte – musste – Ivans Aufmerksamkeit würdig sein.

„Stopp. Bitte."

Ivan hob den Kopf und seine goldenen Augenbrauen. Die Luft auf seiner feuchten, warmen Haut brachte Parker zum Zittern.

„Alles in Ordnung?"

„Ja", antwortete Parker verlegen. „Aber ich halte nicht mehr lange durch und …" Konnte er es aussprechen? Wagte er es? Doch offenbar war das überhaupt nicht nötig. Ivans Augen schienen sich zu verdunkeln und seine Hüften zuckten. Er verstand ihn ohne Worte.

Ivan streichelte Parkers Schwanz, während er die andere Hand zum Nachttisch ausstreckte. Kondome landeten auf der Matratze, dann eine Flasche Gleitgel, die gegen Parker rollte und sich an seiner warmen Haut sehr kühl anfühlte.

Während Ivan sich ein Kondom überstreifte, leckte er die ersten Tropfen Flüssigkeit von Parkers Schwanz, bevor er nach der Flasche griff und sie öffnete.

284

„Wie oft benutzt du den Dildo in deiner Schublade?"

So sehr Parker bereits schwitzte, errötete er jetzt doch noch ein bisschen heftiger. Ivan war von der Größe seines Spielzeugs nicht weit entfernt. „Oft genug."

Ivan schloss kurz die Augen und seine Hüften zuckten erneut. Er schien Parker so sehr zu wollen wie Parker ihn.

„Bitte beeil dich." Er konnte das Warten kaum noch ertragen.

Mit einem heiseren Knurren schob Ivan sich an seinem Körper hinauf. Nachdem er Gleitgel über das Kondom gestrichen hatte, verteilte er etwas davon an Parkers Eingang und brachte sich in Position. Sein Lächeln war auch jetzt noch voller Lust, jedoch gleichzeitig liebevoll und zärtlich.

„Entspann dich einfach", flüsterte Ivan und küsste ihn. Er schob sich in Parkers Körper, während er seine Zunge in Parkers Mund schob.

Schon nach kurzer Zeit trieben Ivans rhythmische Stöße ihn beinahe in den Wahnsinn. Während er anfangs noch versuchte, sich mit Ivan zu bewegen, verlor er zwischen leidenschaftlichen Küssen und dem perfekten Druck auf seine Prostata bald völlig die Kontrolle.

Irgendwann löste Ivan sich von seinen Lippen und richtete sich ein wenig auf, wodurch er den Winkel seiner Stöße veränderte, die Parker jetzt jedes Mal ein heiseres Stöhnen entlockten, das tief aus seinem Innern hervorbrach.

„Du bist so unglaublich heiß." Ivan lächelte auf ihn herab und legte eine Hand um seine Erektion.

Parker bäumte sich auf, als sich sein ganzer Körper versteifte und er mit Ivans Namen auf den Lippen explodierte, sich zuckend in Ivans Hand ergoss. Nur wenige Sekunden später schloss Ivan die Augen und kam ebenfalls bebend zum Höhepunkt.

Parker lag erschöpft und glücklich da, während Ivan das Kondom entsorgte und ihn sanft säuberte. Zwar hatte Parker niemals besseren Sex gehabt, doch was ihn wirklich Hoffnung auf eine Zukunft mit Ivan schöpfen ließ, waren der liebevolle Kuss und die geflüsterten Worte der Dankbarkeit.

9

IVAN HATTE ein ernstes Problem.

Er zog Parkers warmen Körper näher an sich, während er den kleinen Fernseher auf der Kommode anschaltete. Er hatte mit einem Verdächtigen geschlafen. Schon wieder. Für mehrere Stunden hatte er völlig vergessen, dass er nicht wirklich Ivan Baker der Versicherungsvertreter war, der sich nach einem Streit mit einem potenziellen Partner versöhnte. Das Hauptargument gegen Sex mit Parker hatte er dabei völlig außer Acht gelassen. Als er herausgefunden hatte, dass Parker keine Beziehung mit Neil führte, war es wie Sonnenschein gewesen, der durch eine dichte Wolkendecke gebrochen war und nichts als Licht und Regenbögen zurückgelassen hatte. Doch so sehr er Parker auch wollte, gab es Hinweise auf ein Verbrechen, die er Martelli nicht mehr lange vorenthalten durfte.

Andererseits konnte er Parker nur helfen, wenn dieser ihm vertraute, weshalb er ihn nicht vor den Kopf stoßen durfte und möglichst viel Zeit mit ihm verbringen musste. Auch wenn ihm eine Stimme in seinem Hinterkopf – die ziemlich wie Trish klang – vorwarf, dass er sich das nur einredete, um sich zu holen, was er wollte. Er ignorierte sie. Diese Mission war bisher so furchtbar gewesen, dass er Parker beinahe als eine Art Belohnung betrachtete.

Er streichelte Parker abwesend, während dieser immer ruhiger atmete und langsam einzuschlafen schien. Hoffentlich würde Parkers Anwesenheit die Albträume heute vertreiben. Zumindest würde er beim Aufwachen gleich sehen, dass Parker lebendig und unverletzt neben ihm atmete.

Da er noch nicht schläfrig war, hörte er mit halbem Ohr dem Fernseher zu, während er Parker in dem Bemühen betrachtete, sich diesen Augenblick genau einzuprägen, damit er später allein in seiner Wohnung an ihn zurückdenken konnte.

Als Parkers Atemzüge in Schnarchen übergingen, musste Ivan lächeln. Für einen so zierlichen, ruhigen Mann war es überraschend laut. Zum Glück konnte Ivan bei so ziemlich allem gut schlafen – abgesehen von seinen Albträumen. Aber bei dieser Nacht hatte er ein gutes Gefühl. Und wenn er einmal richtig durchschlafen konnte, war er hoffentlich bald wieder der Alte.

Als ihm allmählich die Augen zufielen, schaltete er den Fernseher aus, machte es sich auf seinem Kissen bequem und schmiegte sich dichter an Parkers Körper, der perfekt in seine Arme passte.

Doch noch bevor er einschlief, brach Parkers Schnarchen unvermittelt ab und er setzte sich auf.

Die plötzliche Bewegung riss Ivan aus dem Halbschlaf. Er sprang aus dem Bett und schaltete das Licht ein, um sich nach Gefahren und Möglichkeiten zur Verteidigung umzusehen, da er keine Waffe hatte.

„Was ist? Was ist passiert?" Alles schien ganz normal zu sein. Selbst der gedämpfte Bass der Musik hatte sich nicht verändert.

„Ich … ich kann hier nicht schlafen. Ich muss jetzt in mein Zimmer."

Ivan biss die Zähne zusammen, um eine sarkastische Bemerkung zu verhindern. Eigentlich hätte es ihm sogar lieber sein sollen, damit er nach einer gemeinsamen Nacht nicht noch mehr an Parker hing. Doch wann hatte er sich das letzte Mal so wohlgefühlt?

Parker stand mit schamrotem Gesicht auf und wich Ivans Blick aus, als er seine Kleider einsammelte – eine Reaktion, die Ivan beim letzten Mal auf Parkers Untreue geschoben hatte. Nur wusste er jetzt, dass es damit nichts zu tun hatte. Wo lag also das Problem?

Er holte tief Luft und bemühte sich um einen ruhigen Tonfall. „Warum kannst du nicht hier schlafen?"

„Es geht einfach nicht." Parker errötete noch heftiger. Der letzte Rest von Ivans Verärgerung verflog.

„Warte. Mir kannst du es doch verraten." Ivan schlang die Arme um Parker, ohne die Kleidungsstücke zu beachten, die Parker noch umklammerte, und sah ihm ins Gesicht.

Als Parker endlich den Blick hob, zog Ivan ihn angesichts der Verunsicherung darin noch etwas fester an sich. Er würde Parker nicht vor allem beschützen können, aber hierbei wollte er ihm helfen.

„Woran liegt es?", fragte er noch einmal sanft.

Parker stieß ihn von sich und musterte ihn finster. „Also gut. Wenn du es unbedingt wissen willst, komm mit."

Nachdem Ivan in seine Unterwäsche geschlüpft war, folgte er Parker zu seinem Zimmer. Im Flur war es laut – die Party schien noch in vollem Gange zu sein.

In Parkers Zimmer schloss Ivan die Tür ab, während Parker seine Kleider auf einen Stuhl warf und zum Nachttisch ging.

Ivan musste ein Lachen unterdrücken. Das Problem hatte doch sicher nichts mit Parkers begrenzter Auswahl an Sexspielzeugen zu tun?

Als Parker allerdings die Pilotenmaske mit den schwarzen Schläuchen hervorholte, verging ihm das Lachen. Das seltsame Gerät? Was sollte das …?

„Was ist das?"

„Ein Beatmungsgerät. Es sorgt dafür, dass ich im Schlaf weiteratme."

„Dass du weiteratmest?" Ivan verstand nicht, warum Parker so wütend klang. Er selbst fand den Gedanken, dass sich Parker ohne diese Maschine in Lebensgefahr befand, eher Furcht einflößend.

Parker zuckte mit den Schultern. „Na gut, ganz so dramatisch ist es nicht." Er ließ sich resigniert auf das Bett fallen.

287

„Kannst du es mir erklären?"

„Ich leide unter sogenannter Schlafapnoe. Dadurch schnarche ich und höre jede Nacht mehrmals für einige Sekunden auf zu atmen. Wenn ich das Gerät nicht benutze, bekomme ich schlimme Kopfschmerzen und Blutdruckprobleme."

„Aber du hörst nicht einfach … ganz auf zu atmen, oder?"

Parker wickelte den Schlauch um seine Hand. „Es ist nicht sehr wahrscheinlich. Zumindest ist es bis jetzt noch nicht passiert."

„Okay, du brauchst also dieses Gerät. Und wo liegt das Problem?"

Parker starrte ihn an, als wäre er ein Außerirdischer, und schwieg. Da verstand Ivan endlich. Was ihm in seinem Alter nicht weiter schlimm erschien, war für einen so unsicheren jungen Mann sicher wesentlich belastender. Vermutlich hatte Parker hier bisher nie einen Mann übernachten lassen.

Allerdings war er im Augenblick viel zu erschöpft, um diese Erkenntnis mit Parker zu teilen – nach einem langen Gespräch wäre auch der letzte Rest seiner durch den Sex verursachten Entspannung verloren gewesen.

„Komm, setz die Maske auf und lass uns schlafen." Schlafen. Mit Parker in seinen Armen würde es ihm vielleicht wirklich gelingen.

„Das geht nicht!"

„Warum sollte das bitte nicht gehen?" Ivan entledigte sich seiner Unterwäsche und kletterte zu Parker ins Bett.

„Es ist zu laut. Neil hat sich immer geweigert, hier zu übernachten."

Ivan setzte sich auf und jeder einzelne Muskel in seinem Körper spannte sich an. „Ich dachte, ihr seid kein Paar."

Parker verdrehte die Augen. „Das sind wir auch nicht. Meine Güte. Er ist nun mal seit meiner Kindheit mein bester Freund. Man kann übrigens auch bei jemandem übernachten, ohne Sex zu haben."

Ivan ließ sich wieder auf sein Kissen sinken und deutete auf die Maschine. „Aber man kann auch bei jemandem übernachten, der gesundheitliche Probleme hat. Du wirst schon sehen."

Bevor Ivan sicher war, ob er sich das feuchte Glitzern in Parkers Augen nur einbildete, senkte dieser den Blick, um die Maske in seiner Hand zu betrachten. Dann legte er sie mit zitternden Fingern, jedoch eindeutig geübten Handgriffen an.

„Komm her." Ivan klopfte neben sich auf die Matratze, woraufhin Parker in seine Richtung rutschte. „Lass uns ein bisschen schlafen, Darth."

Parker riss entsetzt die Augen auf und hob eine Hand, als wollte er die Maske entfernen.

„Beruhige dich, das war doch nur ein Scherz." Er schlang einen Arm um Parkers Taille und zog ihn an sich. Auch wenn ihm Parkers verspannter Körper das Gefühl gab, mit einem Surfbrett zu kuscheln, ließ er sich nicht beirren, sondern presste seine Nase gegen Parkers Hals und küsste ihn ganz sanft. Mit einem Mal wich die Anspannung aus Parkers Körper und er schmiegte sich an Ivan. Ivan

288

entspannte sich ebenfalls und atmete Parkers verschwitzen Duft ein, zu dem er am liebsten für den Rest seines Lebens eingeschlafen wäre.

PARKER TANZTE durch die Küche. Er hatte die Musik so leise gestellt, dass sie Ivan nicht wecken würde, jedoch laut genug, um dazu singen zu können. Neben Ivan zu schlafen hatte seine kühnsten Vorstellungen übertroffen, da er es in seiner Fantasie niemals gewagt hatte, seine Maske zu tragen. Irgendwie hatte er einen Mann gefunden, der nicht nur gut im Bett war und kein Problem mit Parkers Unerfahrenheit hatte, sondern auch mit seinen gesundheitlichen Problemen zurechtkam.

Ivan war einige Male aufgewacht – offenbar aus einem Albtraum –, hatte sich allerdings schnell wieder beruhigt, als er Parker gesehen und ihn kurz getätschelt hatte.

Parker sang gut gelaunt vor sich hin, während er Schüsseln für den Pfannkuchenteig aus dem Schrank holte. Es handelte sich um ein etwas älteres Lied – das ihn ein bisschen an Ivan erinnerte, wie es zurzeit so ziemlich alles tat –, aber er kannte den Text. Auch wenn er kein besonders guter Koch war, konnte man bei Pfannkuchen nicht viel falsch machen und Ivan hatte sich ein Frühstück verdient. Parker fragte sich, ob Ivan heute mit ihm zum Markt gehen würde. War das etwas, das nur Paare unternahmen? Er wollte Ivan nicht unter Druck setzten, nachdem er gerade erst eine Scheidung hinter sich hatte. Trotzdem konnte er es kaum erwarten, Neil zu erzählen, dass er recht gehabt hatte. Und er war so glücklich, dass er ihm vielleicht sogar das nach der Party hinterlassene Chaos verzeihen würde. Seine gute Laune war an diesem Morgen grenzenlos.

Als sich plötzlich warme Arme um ihn legten, lehnte er sich seufzend an Ivans Brust. So musste es sein. Das hatte er sich gewünscht und vermisst.

„Guten Morgen." Ivans Stimme war noch heiser vom Schlafen. Seine Lippen an Parkers Nacken gaben ihm das Gefühl, nach Hause gekommen zu sein. Solange er nichts überstürzte, indem er Ivan in eine neue Beziehung drängte, war alles großartig. „Was kochst du da?"

„Pfannkuchen."

„Tatsächlich? Ich muss dich ab jetzt jede Nacht dazu bringen, mit mir zu schlafen."

Parker schloss die Augen und unterdrückte tapfer eine weinerliche Bitte, genau das zu tun. Ivan hatte sich bisher durch nichts abschrecken lassen und so sollte es bleiben.

„Sollen wir essen?" Na bitte, das war doch eine ganz normale Frage.

„Gerne."

Parker verteilte die fertigen Pfannkuchen. Vermutlich nicht genug für sie beide, aber dann würde er einfach mehr machen.

Nachdem er sich gegenüber von Ivan an den Küchentisch gesetzt hatte, lächelte er ihm schüchtern zu. Es war das erste Mal, dass er nach einer Nacht mit einem Mann auch mit ihm frühstückte. Es war verdammt großartig. War es zu früh, um vorzuschlagen, immer in einem Bett zu schlafen? Vielleicht hatte Ivan nur gescherzt. Vielleicht wollte Ivan sich nicht einschränken und auch mit anderen Männern schlafen. Bisher hatten sie noch keine Regeln aufgestellt. Trotzdem war Parker froh, dass er sich am Vorabend dagegen entschieden hatte, Thom anzurufen. Er wusste einfach, dass er nach einer Nacht mit Thom nicht dasselbe Glücksgefühl empfunden hätte. Bei Ivan passte alles.

„Neils Gäste haben ziemlich viel Unordnung hinterlassen", bemerkte Ivan zwischen zwei Bissen.

„Ja, ich weiß. Ich räume nach dem Frühstück auf. Hast du Lust, danach zum St. Lawrence Market zu gehen?" Er wartete mit angehaltenem Atem auf eine Antwort. Möglicherweise war Ivan nur auf Sex aus und wollte sonst nichts mit ihm zu tun haben. Er schien jedenfalls nicht als offen schwuler Mann zu leben. Ob er sich dann mit Parker in der Öffentlichkeit zeigen würde?

„Warum lässt du dir das von ihm gefallen? Er nutzt dich aus."

Parker verzog das Gesicht. Ganz so naiv war er nun auch wieder nicht. „Als wir nach dem Tod meiner Großmutter hier eingezogen sind, habe ich auch die Schule gewechselt. Niemand wollte etwas mit mir zu tun haben – ich war nicht nur der neue Junge, sondern auch ..." Er schluckte schwer. So verständnisvoll Ivan bisher auch gewesen war, hatte er die Einstellung der meisten schwulen Männer zu Übergewicht oft genug erleben müssen. Zurzeit war er einigermaßen schlank, aber das musste nicht für immer so bleiben. Und Ivan war so durchtrainiert ...

Ivan betrachtete ihn fragend mit seinen blauen Augen. „Sondern auch ...?"

„Sondern auch dick", flüsterte Parker. Ivans Blick wurde weicher. Hoffentlich handelte es sich nicht um Mitleid.

„Gibt es hier deshalb keine Fotos von dir? Du solltest ein paar von dir und deiner Mutter aufhängen." Ivan hustete, als hätte er sich verschluckt. „Ich meine ... du hast doch bestimmt welche, oder?"

Parker nickte.

„Als Kind warst du bestimmt niedlich", sagte Ivan überzeugt. Parker musste lächeln. „Dann bist du Neil also dankbar, weil er sich mit dir angefreundet hat?", kam Ivan zum Thema zurück. „Und deshalb lässt du dir so viel von ihm gefallen?"

„Ja. Er hat mir immer beigestanden. Er hat mir sehr geholfen, als meine Mutter gestorben ist. Auch wenn er manchmal egoistisch sein kann, hat er mich nie im Stich gelassen. Er war fast mein ganzes Leben lang bei mir. Außerdem war er mein Erster."

„Wie meinst du das?"

Musste er das wirklich erklären? Vielleicht hätte er es lieber nicht erwähnen sollen. Über Sex zu reden fiel ihm nicht leicht. „Du weißt schon. Mein erster ... Mann."

Seine Antwort war ein finsterer Gesichtsausdruck.

„Jetzt hasse ich ihn erst recht."

Was? „Warum? Oh." Parker begriff und musste erneut lächeln. Plötzlich ergab einiges einen Sinn. Er hatte noch nie erlebt, dass jemand seinetwegen eifersüchtig war, und musste zugeben, dass er es mochte. Sogar sehr.

„Ja, oh." Ivan erwiderte das Lächeln. „Anscheinend gefällt dir das auch noch. Irgendwelche anderen Exfreunde, von denen ich wissen sollte? Sonstige Geheimnisse?"

Parker verstand nicht, warum Ivans Lächeln plötzlich fast ein bisschen ängstlich wirkte. Er hatte nichts zu befürchten.

„Keine Exfreunde. Zumindest keine, mit denen es ernst war. Aber erinnerst du dich an Thom? Er wollte mit mir ausgehen."

„Natürlich wollte er das. Er hat die ganze Zeit deinen Arsch angestarrt."

Unglaublich. Außer ihm hatte es wirklich jeder bemerkt. Er war wohl noch zu sehr daran gewöhnt, dass man ihn wegen seines Übergewichts anstarrte. Wer ihn attraktiv fand, musste es schon aussprechen – und das passierte selten.

„Normalerweise interessieren sich Männer eher für Neil. Ich bin nicht daran gewöhnt, dass sie mich wollen."

„Neil? Machst du Witze?"

„Nein." Obwohl er nicht wusste, warum Ivan so verärgert war, gefiel ihm, dass er ihn für attraktiver als Neil hielt.

„Und übrigens hasse ich Thom ebenfalls, nur nicht so … Warte mal, du hast nicht mit ihm geschlafen, oder?"

„Nein."

„Gut. Dann hasse ich ihn nicht ganz so sehr wie Neil."

Parker gab ein Geräusch von sich, das beinahe wie ein Kichern klang. Daran hätte er sich gewöhnen können. Trotzdem …

„Du hast was von Geheimnissen gesagt." Neil würde ihm sicher nicht helfen können, das Richtige zu tun, und er wusste nicht, wen er sonst fragen konnte. Ivan vertraute er.

„Ähm, ja. Worum geht es?"

„Weißt du noch, wie ich dich gefragt habe, ob du in meinem Zimmer warst?"

Ivan wurde etwas blass und wirkte noch unglücklicher, als wenn er von Neil sprach. „Ja."

„Tut mir leid, wenn es geklungen hat, als würde ich dir nicht vertrauen. Das tue ich nämlich." Das tat er wirklich. In vielerlei Hinsicht sogar mehr als Neil – bei Ivan konnte er sich zum Beispiel darauf verlassen, dass dieser sich nicht über ihn lustig machte.

„Okay. Das ist gut." Ivan schien noch etwas hinzufügen zu wollen, verstummte dann aber und schob seinen Teller von sich, obwohl darauf noch etwas von seinem sirupdurchtränkten Pfannkuchen lag.

„Also, irgendjemand war in meinem Zimmer." Parker streckte eine Hand aus, um eine von Ivans zu drücken. „Nicht du. Das glaube ich dir. Du hattest ja auch gar keinen Grund. Aber ich habe Geld in meinem Schrank gefunden. Viel Geld."

Ivan runzelte die Stirn. „Geld?"

„Ja. Ganze Geldscheinbündel, wie man sie aus Filmen kennt. In der Kiste mit meinen Unterlagen. Um die kümmere ich mich leider viel zu selten." Parker warf einen verlegenen Blick auf die vielen Briefe, die sich in einem Korb in der Ecke des Raumes angesammelt hatten. „Ich weiß nicht, wer es dort versteckt hat, und auch nicht, was ich jetzt unternehmen soll."

„Du weißt wirklich nicht, woher es kommt?"

Was war nur mit Ivan los? Hatte er das nicht gerade gesagt?

„Verrückt, nicht wahr? Was soll ich jetzt machen? Die Polizei anrufen? Aber die lacht mich bestimmt nur aus."

„Wie viel Geld?", fragte Ivan mit leicht erstickter Stimme.

„Ich weiß es nicht genau. Ich glaube, ein paar Tausend Dollar. Ich habe es mir nicht lange angesehen."

Ivan sprang auf und rieb sich das Gesicht, während er in der Küche auf und ab ging. Parker wurde kalt. Er hatte Ivan bisher nie so verstört gesehen und es machte ihm ein bisschen Angst.

Als Ivan vor ihm stehen blieb und ihn ansah, verwandelte sich der Anflug von Angst in Übelkeit. Der Sirupgeruch war plötzlich unerträglich. „Was ist los? Es ist doch nicht etwa dein Geld?"

„Können wir im Wohnzimmer reden?"

Diese Worte konnten nichts Gutes bedeuten. Trotz mangelnder Erfahrung mit Beziehungen war Parker da ganz sicher.

„Natürlich." Er stand widerstrebend auf und folgte Ivan ins Wohnzimmer, wo er sich auf seinen üblichen Platz auf der Couch setzte. Ivan überraschte ihn, indem er sich neben ihm niederließ.

„Hör zu, ich …" Ivan betrachtete die Zimmerdecke. Wäre er nicht bereits so aufgebracht gewesen, hätte Parker ihn aufgefordert, es gefälligst endlich auszuspucken.

„Verdammt, Parker. Ich kann nicht … Ich musste noch nie …" Ivan wippte unruhig mit einem Bein, woraufhin Parker ein nervöses Kichern unterdrücken musste – in der Highschool hatte einer seiner Mitschüler behauptet, es handle sich um ein Zeichen sexueller Frustration. Nach der letzten Nacht war das bei Ivan allerdings ziemlich unwahrscheinlich. Und trotzdem klang es, als wollte er die Sache mit Parker beenden, was nach dem fantastischen Sex einfach nur verrückt war. Außerdem verstand er nicht ganz, was das alles mit dem magischen Geldhaufen zu tun hatte.

„Ich bin Polizist. Ich arbeite als verdeckter Ermittler."

Parker blinzelte. Das erklärte einiges. „Oh, okay. Das erzählt man wohl nicht einfach jedem." Er durfte sich nicht verletzt fühlen, weil Ivan es ihm nicht eher anvertraut hatte. Sie kannten sich schließlich noch keinen Monat.

Ivan ließ lautstark die Fingerknöchel seiner gesunden Hand knacken. „Damit meinte ich, dass ich gegen *dich* ermittle."

„Gegen mich?" Parker fehlten die Worte. Jetzt war er derjenige, der im Raum auf und ab ging. „Aber warum?"

„Drogenhandel. Bei dir werden Verbindungen zu Viktor Razhin, dem Oberhaupt der Russenmafia vermutet."

„Drogenhandel?" Parkers Stimme klang heiser und hysterisch, was er allerdings nicht verhindern konnte. „Ich bin kein Drogenhändler! Und ich kenne keinen Viktor Razhin und auch keine anderen Kriminellen."

Er blieb neben dem Bücherregal stehen und musste die Hände zu Fäusten ballen, um nicht mit einem Buch nach Ivan zu werfen. Eigentlich war er absolut nicht gewalttätig, aber das hier war unerträglich schmerzhaft. Ivan hielt ihn für einen Drogendealer.

„Das weiß ich. Natürlich bist du das nicht." Ivan warf ihm einen flehenden Blick aus seinen blauen Augen zu. Parker wollte ihm glauben.

Der Schmerz ließ etwas nach, bis ihm ein anderer Gedanke kam. „Aber du weißt es erst jetzt, weil ich dir das mit dem Geld erzählt habe. Vorher warst du dir nicht sicher."

Ivans schuldbewusster Blick sprach Bände. Der Schmerz schnürte Parkers Herz ein wie eine Boa ihre nächste Mahlzeit. Parker schluckte schwer, kämpfte gegen die Übelkeit an.

„Parker, es tut mir leid. Falls es dich beruhigt: Nachdem ich dich kennengelernt hatte, wollte ich nicht mehr glauben, was mein Vorgesetzter mir über dich erzählt hat."

„Du hast mit mir geschlafen, obwohl du dachtest, ich wäre ein Dealer." Und nicht nur das. Er hatte Parker akzeptiert, wie er war, hatte ihn liebevoll behandelt, hatte ihn sich eine Zukunft mit Ivan ausmalen lassen. Und jetzt hatte es sich als Lüge entpuppt. Alles war nur gespielt gewesen. Nur warum? Damit Parker etwas ausplauderte? Er wandte sich mit brennenden Augen ab. Ivan hatte ihm mit dieser Enthüllung so viel genommen, dass er ihm nicht zeigen wollte, wie sehr es ihn verletzte.

Das Sofa knarzte. Dann spürte er Ivans Wärme an seinem Rücken. So gern er sich auch an ihn gelehnt hätte, konnte er es jetzt nicht mehr.

„Dass ich mit dir geschlafen habe, hat nichts mit meinem Auftrag zu tun. Das schwöre ich. Ich konnte dir nur nicht widerstehen." Ivan legte ihm eine Hand auf die Schulter, doch er entzog sich ihr.

Vor einer Stunde hätte er diese Worte noch liebend gern gehört, denn niemand hatte sie je so voller Leidenschaft ausgesprochen. Allerdings hatte er vor einer Stunde nicht gewusst, dass Ivan ein verdammter Lügner und ein verdammt guter Schauspieler war.

„Das hättest du aber tun sollen." Parker war stolz darauf, wie fest seine Stimme klang. Er biss sich in die Wange, um die Tränen zu unterdrücken. Dann entfernte er sich einen Schritt von Ivan und drehte sich um.

Ivans flehendem Blick zu widerstehen erforderte seine ganze Kraft.

„Ich weiß, dass es dafür keine Entschuldigung gibt. Aber ich muss trotzdem meine Arbeit erledigen."

„Toll, dann weißt du ja jetzt, dass ich kein Drogenhändler bin, und kannst zu deinem alten Leben zurückkehren, Ivan Baker. Oh, warte. Heißt du überhaupt so?"

Er verzog das Gesicht. Er hatte Ivans Namen gerufen, als er gekommen war. Beinahe hatte er hinzugefügt, dass er ihn liebte, obwohl es zu früh gewesen wäre. Und vielleicht war jetzt selbst dieser Name eine Lüge … Plötzlich bekam er keine Luft mehr und alles drehte sich.

„Parker, beruhig dich! Setzt dich hin und atme. Langsam und gleichmäßig."

Glühend heiße Hände legten sich auf seine Schultern und schoben ihn auf das Sofa. Parker bemühte sich, nicht wie ein totaler Versager in Ohnmacht zu fallen.

Nachdem er einige Sekunden tief durchgeatmet hatte, nahm er Ivan wahr, der vor ihm auf dem Boden kniete.

„Geht's wieder? Du hast hyperventiliert."

Parker nickte. Körperlich ging es ihm wieder gut.

Ivan streichelte ihm einmal zögerlich übers Knie, bevor er sich zu ihm auf die Couch setzte.

„Mein Name ist Ivan Bekker."

Wenigstens hatte der Vorname gestimmt. Aber Bekker? „Warte, so hat dich doch deine Exfrau genannt. Es ist so ähnlich, dass ich dachte, ich hätte mich verhört. Wie hat sie dich gefunden?"

Ivan ließ den Kopf gegen die Rückenlehne fallen. „Sie ist nicht meine Exfrau. Sie ist meine Partnerin."

„Partnerin? Meinst du im Dienst?"

„Genau."

Wärme stieg in ihm auf, als er hörte, dass die Exfrau nicht existierte. Bis ihm einfiel, dass alles andere nicht viel echter gewesen war. Ivan *Bekker* war ein hinterhältiger Lügner, der ihn für einen Drogendealer gehalten hatte.

„Warum ist sie dann hier aufgetaucht? Steht sie als Verstärkung bereit?" Denn sie hatte die betrogene Exfrau wirklich perfekt dargestellt. Sie und Ivan hätten Schauspieler werden können.

„Nein, bei dieser Mission bin ich auf mich allein gestellt." Die Erschöpfung in Ivans Stimme deprimierte ihn schon beim Zuhören. „Mein Chef, Sarge, vermutet bei uns eine undichte Stelle – bei einem Einsatz vor Kurzem ist einfach alles schiefgegangen. Also wollte er Razhin das Handwerk legen, ohne es bekannt werden zu lassen."

„Ich enttäusche dich ja nur ungern, aber ich kenne diesen Razhin nicht."

„Das spielt keine Rolle. In deinen Unterlagen oben befinden sich genug Hinweise, um dich mit einer Marihuanaplantage in Verbindung zu bringen und dich für lange Zeit hinter Gitter zu bringen."

Er wurde von Panik ergriffen. „Marihuana? Welches Marihuana?" Verdammte Scheiße, Ivan wollte ihn einsperren? Es musste sich um einen Irrtum handeln.

„Wie viel Land gehört zu deinem Sommerhaus?"

Die seltsame Frage unterbrach seine panischen Gedankengänge. „Ein paar Morgen. Ein Teil davon grenzt an den See. Warum?"

„Aus den Rechnungen in deinen Unterlagen lässt sich schließen, dass sich auf dem größten Teil davon Cannabispflanzen befinden."

„Rechnungen? Wovon redest du überhaupt?" Wie konnte er ein Dealer sein, ohne davon zu wissen?

„Die Rechnungen. In der Kiste mit dem Geld."

Wut überdeckte die zittrige Panik. „Du warst doch in meinem Zimmer. Du wusstest von dem Geld und du weißt von Rechnungen, die ich überhaupt nie gesehen habe. Willst du mir etwa eine Falle stellen?"

„Nein. Das schwöre ich. Aber wir müssen etwas unternehmen. Die Beweise an meine Kollegen übergeben."

„Aber wird man mir dann nicht alles anhängen?" Vielleicht hatte er das sogar verdient, wenn sein Landhaus ohne sein Wissen zum Anbau von Gras benutzt wurde. Er hätte sich besser darum kümmern sollen, anstatt vor seinen Erinnerungen davonzulaufen.

„Ich werde versuchen, das zu verhindern. Wir müssen herausfinden, was hier los ist."

Ihm stiegen erneut Tränen in die Augen und er wünschte, Ivan würde ihn in den Arm nehmen und ihm beruhigende Worte zuflüstern. Obwohl er Parker belogen und betrogen hatte, wirkte seine Gegenwart tröstend. Er stand kurz davor, Ivan anzuflehen, ihn zu beschützen.

„Was können wir tun?", fragte er stattdessen wie ein Erwachsener. „Wie bin ich da reingeraten?"

„Wir müssen offiziell die Polizei einschalten. Aber wenn das Ganze wirklich mit Razhin zu tun hat und er davon hört, könnte er dich für eine Bedrohung halten. Zurzeit vertraue ich nur meinem Kollegen von der Mordkommission."

Wunderbar. Ein Drogenbaron könnte ihn, Parker Wakefield, für eine Bedrohung halten. Eine Bedrohung, die beseitigt werden musste. Er hätte jetzt wirklich gern einen von Neils Joints gehabt. Hoffentlich konnte er sich auf Ivan verlassen. Für seine Lügen konnte er ihm später noch böse sein.

„Dann los." In diesem Haus gab es viele Fenster. Und bei der Party waren viele Fremde gewesen. Ob es sich bei einem von ihnen um Razhin gehandelt hatte – oder zumindest einen seiner ... Schergen? Bezeichnete man das so?

Ob das Haus verwanzt war? Neil hing manchmal mit ziemlich miesen Typen rum, denen er das durchaus zugetraut hätte. Vielleicht waren die auch für den mysteriösen Inhalt der Kiste verantwortlich. Er schaute viel zu selten hinein.

Ivan legte eine Hand auf sein Knie. „Ganz ruhig. Schön tief atmen. Ich muss kurz telefonieren."

Parker machte eine zustimmende Handbewegung. „Ganz ruhig", hatte der Mann gesagt. Kein Problem. Je schneller er das hier hinter sich hatte, desto besser. Dann konnte er zu seinem einsamen Leben zurückkehren, sich auf sein Studium und seine wenigen Freunde konzentrieren. Für sein Herz war das in vielerlei Hinsicht gesünder.

IVAN WARF einen letzten Blick auf Parker, bevor er sich mit seinem Handy auf die Veranda zurückzog. Gott. Er hatte ihn beinahe zum Weinen gebracht. Er war ein solches Arschloch. Nach dieser fantastischen Nacht hatte er alles ruiniert. Die Freude über Parkers Unschuld war von sehr kurzer Dauer gewesen, da er ihm gleich darauf seine Lügen hatte gestehen müssen. Und dem wahren Täter war er keinen Schritt näher gekommen.

Er wählte Kurts Nummer und musste nicht lange auf eine Antwort warten.

„Kurt, hier ist Ivan. Ich muss das Ganze beenden." Statt Martelli Kurt anzurufen, bevor er Parker zum Revier brachte, konnte seiner Karriere schaden, die ihm allerdings nicht so wichtig war wie Parkers Sicherheit. Martelli schien so versessen darauf zu sein, Razhin das Handwerk zu legen, dass Ivan fürchtete, er könnte dafür Parker opfern.

„Jetzt schon? Ist was passiert? Geht es dir gut?"

„Ich habe Parker alles gesagt."

„Alles? Ivan, was soll das?"

„Ich bin sicher, dass er unschuldig ist. Ich konnte einfach nicht anders." Ivan trommelte mit den Fingern gegen die Hauswand. Seine Kiefermuskeln zuckten.

„Okay, na gut. Wir kriegen das schon hin. Aber können wir bis morgen warten? Simon ist nicht in der Stadt und ich habe noch Urlaub."

Seine Finger bewegten sich heftiger gegen den rauen Stein, bis sie wehtaten. „Sonntag?" Einen Tag lang würden sie es noch schaffen. Auch wenn er dabei Parkers abwechselnd verletzte und vorwurfsvolle Blicke ertragen musste.

„Du musst mir helfen, Kurt. Ich habe Hinweise auf Marihuana-Anbau auf dem Grundstück um Parkers Landhaus gefunden, aber er hat nichts damit zu tun. Da bin ich sicher. Ich kann nicht zulassen, dass er im Gefängnis landet." Seine Stimme versagte und er versuchte, es mit einem Husten zu überdecken. Kurts Keuchen zeigte ihm, dass es nicht funktioniert hatte.

„Mach dir keine Sorgen, wir schaffen das. Versprochen."

Ivan musste ein bitteres Lachen unterdrücken. So etwas konnte ihm niemand versprechen. Das wusste er aus Erfahrung. Aber es war nett gemeint. „Tut mir leid, dass ich dich da mit reinziehe."

„Du musst dich nicht entschuldigen. Dafür sind Freunde da."

Ivan atmete zittrig aus und lehnte sich mit der Stirn gegen die Wand. Einen so guten Freund hatte er eigentlich nicht verdient.

„Danke."

„Halt durch. Ich sage Simon Bescheid."

Ivan legte auf und betrat das Haus. „Alles in Ordnung?", rief Parker aus der Küche, wo er dabei war, die Reste ihres Frühstücks zu beseitigen. Wie traurig, dass ihnen von diesem anfangs wunderbaren Morgen nur schlechte Erinnerungen bleiben würden.

„Ja. Ich nehme dich morgen zum Revier mit." Allerdings war ihre Lage bis dahin nicht ungefährlich. Zumindest kam es ihm so vor. Als hinge vor dem Haus ein Schild, das auf einen unbewaffneten verdeckten Ermittler und eine Menge Geld hinwies. Allerdings wären sie in einem Hotel nicht unbedingt sicherer vor Razhins Leuten gewesen und hätten zusätzlich noch andere Menschen in Gefahr gebracht.

„An einem Sonntag?"

„Ja. Meine … Kontaktperson ist dann dort und normalerweise ist es sonntags etwas ruhiger, sodass wir das Ganze entspannter und sicherer regeln können." Und wenn sich herumsprach, dass Parker von nichts wusste, stellte der Maulwurf hoffentlich keine große Bedrohung mehr für ihn dar.

„Und was machen wir dann bis morgen? Die Idee mit dem Markt können wir ja jetzt vergessen." Parker hob den Blick zur Decke und schniefte.

Gott. Was für eine schöne Vorstellung. Noch ein letztes Mal ungezwungen Zeit mit Parker zu verbringen war so verlockend.

„Ich weiß nicht, vielleicht könnten wir trotzdem gehen." So könnten sie ein bisschen Zeit totschlagen und dabei in der Menge untergehen.

„Nein, können wir nicht", widersprach Parker hitzig. „Ich bin nämlich kein so guter Schauspieler wie du. Woher soll ich eigentlich wissen, dass du wirklich Polizist bist? Du hast dich nicht ausgewiesen. Vielleicht bist du selbst kriminell und willst mir was anhängen. Oder du bist ein verrückter Stalker."

Sowohl die Worte als auch der Tonfall waren wie ein Faustschlag in den Magen. Er hatte mit Wut und Hass von Parkers Seite gerechnet, allerdings nicht so schnell und heftig. „Wenn du wirklich mal in eine Situation mit einem verrückten Stalker gerätst, bleib um Gottes willen nicht mit ihm alleine und stell ihn nicht zur Rede. Falls du jetzt wirklich Angst vor mir hast, bringe ich dich zu einem Kollegen. Als verdeckter Ermittler trage ich keine Beweise für meine Identität bei mir, aber er kann für mich bürgen."

Parker sah ihn mit großen Augen an, machte jedoch keine Anstalten, vor ihm zu fliehen. Gut. Er schien ihm trotz allem zu glauben.

„Außerdem hast du doch gesagt, in deinem Zimmer wären ein paar Tausend Dollar, oder?"

Nachdem Parker genickt hatte, fuhr er fort: „Wenn ich dir also wirklich was anhängen wollte, hätte ich keinen Grund, dir jetzt zu verraten, dass es wesentlich mehr ist."

Parker runzelte die Stirn. „Wie viel denn?"

„Ungefähr eine viertel Million."

„Eine viertel Million? Das ist unmöglich. Das glaube ich nicht."

„Aber es stimmt. Du hast eine gefährliche Menge Geld in deinem Zimmer."

„Nein. Das ist doch verrückt." Parker sprang auf und rannte die Treppe hinauf. Ivan folgte ihm.

In seinem Schlafzimmer zerrte Parker die Kiste aus dem Schrank und warf sie aufs Bett. Als er ein Bündel Geldscheine hinauszog, schlug Ivan es ihm aus der Hand.

„Ich zeige dir, wie viel es ist, aber du solltest es nicht anfassen. Deine Unschuld ist leichter zu beweisen, wenn du nicht auf allen Scheinen deine Fingerabdrücke verteilst."

Ivan zählte vor Parkers Augen ein Bündel Scheine, bis ein ersticktes Geräusch ihn aufschauen ließ. Parker starrte leichenblass die Hundertdollarscheine an, die Ivan von den Zwanzigern an den Enden gelöst hatte.

„Ich dachte, es wären nur Zwanziger."

„Das solltest du vermutlich auch." Jeder der Geldscheinstapel war von Zwanzigdollarscheinen umschlossen. „Aber selbst dann wären es bestimmt noch um die vierzigtausend Dollar. Hast du nicht bemerkt, wie schwer die Kiste ist?"

„Ähm … nein. Ich habe nicht viel darüber nachgedacht. Es hat mir Angst gemacht."

„Gut. Das sollte es auch. Morde passieren für wesentlich weniger. Bei so viel Geld steigt die Gefahr enorm."

„Scheiße, Ivan, ich …"

Parker wurde vom Vibrieren seines Handys unterbrochen. Er schaute auf das Display, bevor er mit verlegenem Blick den Anruf annahm.

„Hallo?" Parker runzelte die Stirn. „Neil?"

Parker lauschte mit immer angespannterem Gesichtsausdruck und ließ plötzlich das Handy fallen, als hätte es ihn gebissen. Es landete auf dem Boden und rutschte unters Bett. Als Ivan sich bückte und es hervorholte, war die Verbindung bereits getrennt.

„Was ist? Was ist los?"

„Er wusste es." Parker taumelte gegen die Kommode und hielt sich mit einer zitternden Hand die Augen zu.

„Was wusste er?" Parkers Angst erschreckte ihn. „Parker?"

Parker rieb sich das Gesicht und warf ihm einen flehenden Blick aus seinen flussbettgrünen Augen zu, als könnte Ivan alles in Ordnung bringen. Was er natürlich tun würde, falls es möglich war.

„Neil hat angerufen, aber er muss versehentlich auf den Knopf gedrückt haben. Er hat mit jemandem über das Geld geredet. Es klang, als wäre es seins und als hätte er davon gewusst, bevor ich es ihm erzählt habe."

„Neil. Das klingt eigentlich logisch. Er hält sich oft hier im Haus auf und ... Warte mal. Du hast es ihm erzählt? Wann?"

Parker wich seinem Blick aus und seine hohen, scharfen Wangenknochen färbten sich rot. „Als du zum Telefonieren rausgegangen bist."

„Aber warum?"

„Warum? Warum wohl, du Arschloch. Weil ich Angst hatte. Und wütend auf dich war. Neil ist mein bester Freund und hat mir durch schwere Zeiten geholfen. Ich hatte gehofft, er würde mir auch hierbei helfen." Parkers Augen wurden feucht. Ivan hasste sich dafür.

Dieser Morgen war wirklich nicht nach Wunsch verlaufen. Allerdings konnte er Parker nicht vorwerfen, dass er seinen ältesten Freund um Rat gefragt hatte – vor allem, da Ivan selbst nicht auf die naheliegende Idee gekommen war, Neil zu verdächtigen. Ob es am Schlafmangel oder an seiner Eifersucht lag, er hatte sich bei dieser Mission so ungeschickt angestellt wie nie zuvor. Und Parker war so wütend, dass er nach der ganzen Sache vermutlich nichts mehr mit ihm zu tun haben wollte. Auch wenn er es verstehen konnte, war allein der Gedanke daran unerträglicher als die schmerzhafte Trennung von Colin.

„Hast du ihm auch gesagt, dass ich Polizist bin?" Ein Polizist, der die ganze Zeit gegen den Falschen ermittelt hatte.

Parker presste die Lippen zusammen und nickte.

Ivan ignorierte die Angst und Sorge, die diese eine kleine Geste in ihm auslöste. Jetzt gab es Wichtigeres zu tun. „Hast du eine Reisetasche oder einen Rucksack? Wir müssen das hier an einen sicheren Ort bringen." Während er noch sprach, durchsuchte er bereits den Schrank nach einem geeigneten Behältnis. Sie konnten nicht in diesem Haus bleiben und die Beweise erst recht nicht.

„Wo willst du damit hin?"

„Das weiß ich noch nicht, aber nur damit können wir beweisen, dass dir jemand etwas anhängen will. Neil darf es nicht in die Finger bekommen."

„Tut mir leid, aber ich kann nicht ... Ich weiß nicht, wie ich damit umgehen soll. Ihr habt mich beide belogen. Ich möchte dir so sehr vertrauen, aber Neil kenne ich seit Jahren ..."

Nein, Parker durfte jetzt keinen Rückzieher machen. Das Gefängnis würde ihn umbringen. Und wenn Neil etwas mit dem Geld und den Rechnungen zu tun hatte, hätte er sicher keine Hemmungen, es auf Parker zu schieben. „Hör zu, komm mit zu Kurt und Simon. Sie sind Polizisten und können sich ausweisen. Bitte glaub mir."

Parker hob eine Schulter. „Denkst du … Neil kommt her, um es sich zu holen?" Er deutete auf die Kiste.

„Ja, das denke ich." Er sagte Parker nicht, dass er gedanklich bereits hochrechnete, wie viel Zeit ihnen bis dahin noch blieb. Da er seinen Job so schlecht gemacht hatte, dass er nicht einmal Neils Wohnort kannte, konnte er natürlich nur schätzen. Sobald er Parker und das Geld an einen sicheren Ort gebracht hatte, würde er Näheres herausfinden. Hoffentlich konnte er das Geld irgendwie mit Neil in Verbindung bringen und das Arschloch verhaften. Oder das Arschloch von jemandem verhaften lassen, der nicht gerade beurlaubt war.

„Hier muss irgendwo ein ziemlich großer Rucksack sein", sagte Parker.

„Wo ist dein Auto? Steht es in der Nähe?"

„Nein, ich habe eine Garage gemietet, aber bis dahin muss man zwei Bahnhaltestellen fahren."

Verdammt. Zur Not hätte er die Kiste so mitgenommen, aber mit einer Tasche wäre der Transport bei einer Fahrt mit öffentlichen Verkehrsmitteln praktischer gewesen.

„Was machen die denn hier?" Parkers Frage ließ Ivan aufschauen. Parker stand am Fenster und sah hinaus. Ivan unterbrach seine Suche und ging hinüber. Auf dem Gehweg vor dem Nachbarhaus sah er den Mann, dem Neil bei der Party einen geblasen hatte. Er wurde von einem zweiten Mann begleitet und sie standen neben einem schwarzen Geländewagen, als warteten sie auf jemanden. Sie wirkten ausgesprochen wachsam.

„Kennst du die zwei?"

„Sie sind Neils Freunde. Gestern Abend waren sie auch hier, aber ich kenne sie nicht gut."

Als einer der Männer sich dem Haus zuwandte, sodass man sein Gesicht jetzt direkt von vorn sah, wurde Ivan klar, dass ihm das Gesicht nicht nur wegen des Blowjobs bei der Party bekannt vorkam. Es handelte sich um Razhins Sohn.

„Wir müssen hier weg." Ivan leerte hastig alle Kartons im Schrank aus, bis er endlich den erwähnten Rucksack fand.

„Ja, das sagtest du schon."

Ivan nahm die Kiste mit dem Geld und den Papieren und drehte sie über dem Rucksack um, woraufhin Parker ein entsetztes Geräusch von sich gab.

„Aber wir müssen sofort hier weg."

„Warum? Und was soll das? Es hat Stunden gedauert, das alles zu ordnen."

„Die Typen da draußen … Tja, einer von ihnen ist Leo, Razhins Sohn. Und beide haben Waffen." Die an einer Stelle leicht ausgebeulten, für das Sommerwetter zu warmen Jacken waren Ivan gleich aufgefallen.

„Waffen? Bist du sicher?" Parker näherte sich dem Fenster, bis Ivan ihn packte und davon fortzog.

„Willst du unbedingt eine Kugel abkriegen?"

300

„Es fällt mir nur schwer, das Ganze zu glauben. Vielleicht bist du kein Polizist, sondern nur ein Verrückter."

„Parker, das Geld existiert. Und Neil hat davon gewusst. Außerdem ist es viel zu warm für diese Jacken."

Das letzte bisschen von Parkers Trotz schien sich in Luft aufzulösen, was Ivan fast ein bisschen traurig machte. Verrat. Er hatte Parker auf andere Art betrogen als Colin ihn, aber es musste sich ähnlich anfühlen.

„Da." Ivan schob Parkers Kopf vorsichtig an den Rand des Fensters, als Leo seine Jacke zurechtrückte, womit er für einen kurzen Moment den schwarzen Griff einer Waffe sichtbar machte. „Hast du das gesehen?"

„Mein Gott." Parker keuchte ein wenig und musste merklich darum kämpfen, ruhig weiterzusprechen. „Hast du denn keine Waffe?"

„Nein, die habe ich nicht. Das hier ist kein Film. Ich bin beurlaubt und im Einsatz als verdeckter Ermittler. Selbst wenn ich eine hätte, könnte ich es in einem Wohngebiet nicht zu einer Schießerei kommen lassen." Sein Herz raste und seine Atmung beschleunigte sich, als er die Bilder der letzten Schießerei so deutlich vor sich sah wie sonst nur in seinen Albträumen. Ein Blick aus dem Fenster bestätigte ihm, dass die Männer sich näherten. Langsam und unauffällig, aber zielbewusst. Ivan ballte seine Hände zu Fäusten, um das leichte Zittern zu verbergen.

„Was machen wir jetzt?"

Ivan lief ins Badezimmer, schaltete das Wasser in der Dusche ein und verschloss die Tür von außen. Zurück im Schlafzimmer setzte er sich den Rucksack auf und presste Parker gegen die Wand. Er wollte nicht, dass die Männer sie durch das Fenster entdeckten. Um eine Kugel im Rücken zu vermeiden, waren Geschicklichkeit und gutes Timing gefragt. Hoffentlich würde er Parkers Unerfahrenheit irgendwie ausgleichen können.

„Beweg dich erst, wenn ich es sage, verstanden?"

Parker wirkte verwirrt, nickte aber.

„Wir klettern aus dem Fenster."

„Aus dem Fenster?" Parker wand sich unter ihm. „Das schaffe ich nicht."

Ivan hob den Kopf, um ihm in die Augen zu schauen. „Das musst du aber. Anders geht es nicht." Sie waren hier oben gefangen. Eines der Gartenfenster wäre Ivan lieber gewesen, doch hier hatten sie das Verandadach.

Parker schluckte schwer, bevor er erneut nickte. Ivan legte eine Hand auf die Fensterbank und wartete. Die Männer verzichteten auf Klingeln oder Klopfen und versuchten stattdessen gleich, die Tür aufzubrechen. Ivan nutzte die lauten Geräusche, um das Fenster zu öffnen, ohne gehört zu werden.

„Raus", flüsterte er. Parker gehorchte blass. Ivan folgte ihm nach draußen, was ihm der Rucksack nicht unbedingt leichter machte. Er schlich mit Parker zu einer Ecke des Verandadachs, da sich an dieser Seite keine Fenster befanden und der dichte Bewuchs zusätzlichen Schutz bot. Parker wurde noch blasser, als er über den Rand des Dachs auf den Boden hinabblickte. Ivan lauschte. Die beiden Männer durchsuchten lautstark das Haus und kamen immer näher. Sie hatten nicht mehr viel Zeit. Ivan warf den Rucksack in die Büsche und rutschte am Verandapfosten hinunter.

„Komm schon. Ich fange dich auf, wenn du fällst." Ivan sprach so laut, wie er es unter diesen Umständen wagte, und hoffte, dass er dafür nicht mit einer Kugel in seiner Brust belohnt werden würde.

Er musste nicht so lange warten wie befürchtet: Schon bald schob sich Parkers langer Körper beeindruckend leise den Pfosten hinunter. Parker blieb erstaunlich ruhig – beinahe ruhiger als Ivan. Allerdings hatte Parker auch nie erlebt, welchen Schaden eine Kugel anrichten konnte. Wie verletzlich ein Körper war. Wie viel Blut sich darin befand.

Als Parker vor ihm auf dem Boden landete, wurde Ivan aus seinen Gedanken gerissen.

„Wohin jetzt?"

„Mir nach. Beeil dich." Ivan schnappte sich den Rucksack und rannte dicht an den Häusern den Gehweg entlang. Sie mussten es nur bis zu seinem Beobachtungsposten schaffen, wo sie nicht mehr gesehen werden konnten. Der Rest war leichter. Doch wenn Razhins Männer ihre Flucht zu früh bemerkten und sie auf der Straße sahen, war alles vorbei.

10

Eine halbe Stunde später stand Parker verschwitzt und keuchend vor einem idyllischen eingeschossigen Haus. War das wirklich ein sicherer Ort? Es lag näher bei seinem eigenen, als er erwartet hatte. Ivan hatte sie auf einem komplizierten Weg hergeführt, obwohl Parker keine Verfolger aufgefallen waren. Während er einem schweigenden Ivan gefolgt war, hatte er immer wieder gegen Zweifel ankämpfen müssen. Wenigstens machte das Haus einen relativ harmlosen Eindruck. Und obwohl er auch jetzt nicht sicher sein konnte, dass es sich bei Ivan nicht nur um einen Verrückten handelte, wollte er ihm instinktiv vertrauen.

Parker berührte das Handy in seiner Tasche. Konnte ihn jemand dadurch aufspüren? Oder galt das nur für Fälle, in denen man von der Regierung verfolgt wurde?

Ivan drückte den Klingelknopf und nahm den Finger nicht wieder weg. Normalerweise hätte er das als unhöflich empfunden, doch da sich Ivans Anspannung auf ihn übertragen hatte, war er viel zu nervös, um sich darüber Gedanken zu machen. Da Ivan ohnehin nicht mit ihm redete, dachte er an die Männer vor dem Haus zurück. Bewaffnete Männer waren zu seinem Haus geschickt worden, vermutlich von Neil. Vielleicht nicht wegen Parker, aber definitiv wegen der Beweise in seinem Haus. Beweise, die ihn als Dealer oder sogar Drogenbaron hinstellten. Nannte man das so? Er wünschte sich so sehr, dass Ivan sich irrte. Er wünschte sich, zu dem Leben zurückkehren zu können, in dem er sich gerade in einen frisch geschiedenen Versicherungsvertreter verliebte. Es hatte ihm besser gefallen, als mit einem paranoiden Polizisten durch die Stadt zu hetzen, der sich trotz der zwei Wochen unter einem Dach als völlig Fremder entpuppt hatte.

Endlich riss ein Mann mit zerzaustem rotbraunem Haar, der noch muskulöser als Ivan war, mit finsterem Blick die Tür auf. „Was ist?", fragte er verärgert. Dann schien er Ivan zu erkennen, denn er wirkte plötzlich besorgt.

„Ivan? Was machst du hier?" Sein Blick fiel auf ihn. „Ist das Parker?" Sein ungläubiger Tonfall war Parker unangenehm. Wer war dieser Mann und woher wusste er seinen Namen?

„Alles ist schiefgegangen, Kurt." Ivan sah sich zum tausendsten Mal um. „Wir können nicht hier draußen bleiben."

Kurt, bei dem es sich laut Ivan um einen befreundeten Polizisten handelte, wirkte nicht begeistert.

„Dann kommt rein. Ich dachte, wir hatten uns auf morgen geeinigt."

Als Kurt ihnen den Weg frei machte, schob Ivan Parker vor sich her ins Haus. Er folgte Kurt in ein schlichtes weißes Wohnzimmer. Schöne Möbel waren mit einigen farbigen Kissen und Decken dekoriert worden, doch insgesamt wirkte es etwas kühl. Parker hätte ein Zimmer niemals ganz in Weiß gestaltet – es wäre ihm zu anstrengend gewesen, es sauber und fleckenfrei zu halten.

„Setzt euch." Auch wenn Kurt offensichtlich nicht erfreut über ihre Anwesenheit war, schien sich sein Ärger wenigstens nicht gegen sie zu richten.

Parker setzte sich auf einen der Sessel. Kurt ließ sich mit einem leisen Schmerzenslaut auf dem Sofa nieder.

„Alles in Ordnung?", erkundigte sich Parker.

Kurt schenkte ihm ein attraktives Lächeln. Auch wenn er auf Parker nicht ganz so anziehend wirkte wie Ivan, war er ein wirklich gut aussehender Mann. Parker erwiderte das Lächeln zögernd und hoffte, dass seine roten Wangen nicht zu offensichtlich waren.

Parker zuckte zusammen, als Ivan geräuschvoll den Rucksack auf dem Boden abstellte, bevor er sich mit finsterem Blick auf den zweiten Sessel fallen ließ.

„Es geht ihm gut."

„Es geht mir wirklich gut", bestätigte Kurt mit einem kleinen Grinsen. „Ich erhole mich nur von einer Operation." Dann wurde er ernst. „Also, was ist passiert?"

Ivan deutete mit dem Daumen auf Parker. „Anscheinend hätte ich mich lieber auf Parkers Freund Neil konzentrieren sollen. Er versucht, Parker etwas anzuhängen. Ich bin nur noch nicht ganz sicher, wie."

„Oh. Aber warum die Eile?" Kurt hatte Ivans Worte nicht angezweifelt. Parker musste zugeben, dass er ihm selbst immer mehr glaubte.

„Neil hat herausgefunden, dass wir von seinen Geschäften wissen und dass ich Polizist bin. Leo Razhin und ein anderer Mann sind bewaffnet vor dem Haus aufgetaucht."

Es war nett von Ivan, zu verschweigen, dass Parker ihn verraten hatte. Andererseits hatte Ivan ihn belogen – und ihn mit Lügen in sein Bett gelockt. Wie alle anderen Männer, mit denen Parker geschlafen hatte.

Kurt musterte Ivan. „Und ihr seid gleich hergekommen? Du hast niemanden angerufen?"

Ivan nickte.

Kurt schloss die Augen und ließ den Kopf nach hinten gegen die Sofalehne fallen. Parker war nicht sicher, warum er so frustriert wirkte – er schien doch eigentlich nicht viel mit der Sache zu tun haben.

„Hast du noch das neue Handy?"

Ivan zog es wortlos hervor und legte es auf den Couchtisch.

„Dann ruf die Polizei an und melde anonym einen Einbruch."

Diese Worte wirkten wie ein Schlag ins Gesicht. Parker sprang auf. „Ich dachte, ihr wärt die Polizei. Warum solltet ihr die dann anrufen?" Das hätten sie nämlich schon viel eher von seinem Haus aus tun können, anstatt wie Einbrecher aus dem Fenster zu klettern. Dann wäre dieser schreckliche Vorfall vielleicht schon vorbei gewesen.

Ivan stand ebenfalls auf und sah in finster an. „Glaubst du mir immer noch nicht? Ich bin einer von den Guten."

„Bist du das? Das Ganze hat angefangen, als du bei mir eingezogen bist. Wie kann ich da sicher sein, dass es sich nicht um einen cleveren Plan handelt, bei dem ihr alle unter einer Decke steckt?"

Als Ivan die Augen verdrehte, hätte er ihm am liebsten eine verpasst. Aber er schien bereits genug durchgemacht zu haben, auch wenn er ziemlich verrückt wirkte. Sich in seinen Ärger zu flüchten fiel Parker nur leichter, als sich dem Schmerz zu stellen, den Ivans Enthüllung ausgelöst hatte. Ihm war erst klar geworden, wie stark seine Gefühle für Ivan waren, als er herausgefunden hatte, dass dieser Ivan überhaupt nicht existierte und eine gemeinsame Zukunft unmöglich war. Mit Wut kam er besser zurecht.

„Was für ein Plan? Was hätten wir davon?"

Als Parker mit den Schultern zuckte, war Ivan es, der wütend wurde. Richtig wütend. Wenn er so aussah, konnte er Verdächtigen vermutlich leicht Geständnisse entlocken. Dann hob er die Fäuste und Parker wich einen Schritt zurück.

Plötzlich schien Ivan entsetzt statt wütend. „Ich wollte dich nicht schlagen."

„Ich weiß." Was vielleicht nicht die ganze Wahrheit war. Ivan bemerkte seine Unsicherheit, denn er keuchte und seine Augen wurden feucht.

„Niemals. Das schwöre ich. Ich würde dir niemals wehtun."

Aber das hatte er bereits. Nur nicht körperlich.

Ivan drehte sich um, stürmte in den Flur und durch eine Tür – die vermutlich ins Badezimmer führte – und schlug sie hinter sich zu. Parker wandte sich verwirrt Kurt zu, der Ivan mit offenem Mund hinterherstarrte.

„Scheiße. Ich wusste nicht, dass es so schlimm ist."

„Wovon redest du?" Parker begriff nicht, was gerade passiert war. Er ließ sich wieder auf seinen Sessel fallen.

„Ich erkläre es dir gleich. Aber sag mir erst deine Adresse."

Parker war zu erschöpft zum Widersprechen. Im Augenblick schien er sich nicht in unmittelbarer Gefahr zu befinden und das war das Einzige, was zählte. Nachdem er Kurt seine Adresse mitgeteilt hatte, nahm dieser Ivans Handy vom Tisch und wählte.

„Hallo? Ja, ich möchte einen Einbruch auf meiner Straße melden. Zwei unbekannte bewaffnete Männer."

Nach einer kurzen Pause nannte er Parkers Adresse und beschrieb die beiden Männer. Den einen traf er ziemlich genau, während er bei seinem Begleiter danebenlag. „Mein Name? Den möchte ich lieber nicht sagen. Aber bitte beeilen Sie sich, sie haben sehr wütend ausgesehen."

Kurt legte auf und warf das Handy auf den Tisch.

„Was zum Teufel ist hier los? Warum hast du das gemacht?"

„Falls sie noch da sind, was ich nicht glaube, hält sie das vielleicht eine Weile auf. Vor allem, wenn sie verhaftet werden. Oder es hält sie zumindest davon ab, das ganze Haus zu verwüsten – auch wenn sie dazu jetzt schon ziemlich viel Zeit hatten."

„Das Haus zu verwüsten?"

„Das Geld werden sie da schließlich nicht mehr finden, oder?" Kurt deutete auf den Rucksack. Das hatte Parker beinahe vergessen. Eigentlich hatte er sogar versucht, es zu vergessen. Er legte den Kopf schief und musterte Kurt. Ging es etwa darum? Vielleicht hatten Ivan und Kurt es auf Neils Geld abgesehen und Neil wollte Parker nichts anhängen, sondern hatte nur das Geld vor ihnen versteckt.

Kurt sah ihn an, bevor er schnaubend den Kopf schüttelte. „Warte hier. Ich bin gleich zurück." Kurts langsame, vorsichtige Bewegungen erinnerten Parker an die verletzten Patienten in der Klinik. Parker konnte eine ganze Weile über Ivans Verschwinden nachgrübeln, bis Kurt endlich zurückkam.

„Hier. Meine Dienstmarke und mein Ausweis."

Parker betrachtete die Gegenstände, die Kurt ihm gereicht hatte. Sie sahen wirklich überzeugend aus.

„Dann erklär mir bitte auch den Rest."

Kurt drückte ihm tröstend die Schulter, bevor er zu seinem Platz auf der Couch zurückkehrte.

„Du hast nach dem Anruf gefragt. Er war anonym, damit Ivan nicht damit in Verbindung gebracht wird und damit niemand weiß, dass du bei uns bist, und auf die Idee kommt, Fragen zu stellen. Die Fragen wollen wir so lange wie möglich hinauszögern."

„Und was ist mit Ivan los?" Eigentlich hatte er jetzt andere Sorgen und hatte Ivan noch lange nicht seine Lügen verziehen, doch Ivans plötzlicher Ausbruch hatte ihn erschreckt. Obwohl er eigentlich wusste, dass Ivan ihm nichts tun würde, hatte er ihn noch nie so wütend gesehen.

Nach einem Blick zum Flur, aus dessen Richtung man gedämpft Wasser rauschen hörte, wandte sich Kurt wieder an Parker. „Was hat er dir über sein wahres Leben erzählt? Über den Grund für seine Ermittlungen gegen dich?"

Ermittlungen gegen ihn. Unter seine Verwirrung mischte sich erneut Verärgerung. „Nicht viel." Parker wiederholte, was Ivan ihm gesagt hatte. Obwohl es sich offenbar um die Wahrheit handelte, war Parker im Nachhinein erstaunt, dass er nicht noch mehr an dieser abwegig klingenden Geschichte gezweifelt hatte. Ivan schien eine Menge Überzeugungskraft zu besitzen. Was Parkers Entscheidung, mit ihm zu schlafen, in ein anderes Licht rückte. Hatte Ivan ihn von Anfang an manipuliert? Hatte er auf diese Weise versucht, Parker ein Geständnis zu entlocken?

Kurt beugte sich vor und sagte mit gesenkter Stimme: „So etwas hatte ich befürchtet. Ich mache mir Sorgen um ihn. Das ist alles so …" Er hielt inne und musterte Parker.

„Was ist?"

„Hör zu, ich kenne dich kaum. Falls du Ivan irgendwie Ärger machen willst, werde ich abstreiten, jemals etwas gesagt zu haben."

Ihm Ärger machen? Parker würde ihn nach dieser Geschichte nie wiedersehen. Eigentlich hätten ihn Ivans Probleme aus diesem Grund auch überhaupt nicht interessieren sollen. Trotzdem musste er einfach wissen, was los war.

„Das will ich nicht. Versprochen."

„Ivans Mission hat gegen alle Vorschriften verstoßen. So sehr, dass es ihn seinen Job kosten könnte, obwohl es nicht seine Schuld ist. Aber es kommt noch schlimmer."

Seinen Job kosten? Und das war noch nicht das Schlimmste? Parker bedeutete ihm mit einer Handbewegung, fortzufahren. Er wollte den Rest hören, bevor Ivans Rückkehr sie unterbrechen konnte.

„Hast du vor ein paar Wochen die Sache mit der verunglückten Drogenrazzia mitbekommen, die mit einer Schießerei geendet hat? Die Presse hat die Polizei in der Luft zerrissen."

„Ja, natürlich." Auch wenn er sich die Nachrichten nicht immer ansah, hatte man diesen Vorfall nicht übersehen können. Es war am Tag vor Ivans Einzug passiert.

Kurt tätschelte ihm die Schulter. „Bei diesem Einsatz wurde ich angeschossen. Und bei diesem Einsatz hat Ivan zum ersten Mal jemanden getötet."

Parker keuchte. „Getötet?"

„Ja, ein junges Mitglied der Organisation. Ich glaube, noch ein bisschen jünger als du. Ivan hatte keine Wahl und konnte den Jungen anschließend nicht mehr retten. Und bevor er sich noch das Blut von den Händen gewaschen hatte, wurde er von seinem Chef auf diese Mission geschickt – inoffiziell, da er eigentlich beurlaubt war."

„Aber ... gibt es bei solchen Angelegenheiten keine Ermittlungen? Musste Ivan keine Fragen beantworten?"

„Ja, die Special Investigations Unit hat ihn befragt und die Beurlaubung ziemlich schnell wieder aufgehoben."

„Aber dann ... warte, sind nicht auch Therapiestunden vorgeschrieben?"

Kurt nickte. „Ja. Und sein Vorgesetzter hat Ivans Therapie als Vorwand benutzt, um seine Beurlaubung zu verlängern. Aber Ivan durfte sich natürlich nicht verraten und musste seinen Therapeuten belügen, weshalb die Therapie bisher nicht gerade hilfreich war."

Ivan hatte einen Mann erschießen müssen. Parker ließ sich gegen die Sessellehne fallen. Kein Wunder, dass Ivan häufig so schreckhaft war. Es erklärte wirklich einiges. Parker richtete sich auf. „Mein Gott, er befindet sich auf dem besten Weg zu einer posttraumatischen Belastungsstörung."

„Ja, das glaube ich auch." Kurt sah sich erneut zum Flur um. „Und diese Stresssituation macht alles noch schlimmer."

Parker hätte es erkennen sollen. Er war vielleicht kein Therapeut, hatte in der Klinik jedoch häufig die Folgen eines psychischen Traumas miterlebt. Ein Teil seiner Wut verflog. Nicht alles, aber er glaubte jetzt nicht mehr, dass Ivan ihn absichtlich dazu gebracht hatte, sich in ihn zu verlieben. Das war Parkers Schuld.

„Was können wir tun?" Wäre da nicht das Geld gewesen, hätte er die ganze Sache vielleicht sogar auf Ivans psychischen Zustand und dadurch hervorgerufene Paranoia schieben können. Nur lag das Geld leider neben ihm auf dem Boden.

„Erst finden wir heraus, was los ist, und sorgen dann dafür, dass Ivan geholfen wird. Er ist ein hervorragender Detective und ein guter Mann, der das Beste aus einer schwierigen Situation macht. Ich möchte verhindern, dass er dauerhafte psychische Schäden davonträgt."

Parker streckte spontan eine Hand aus, um Kurt das Knie zu tätscheln. „Du bist ein guter Freund. Nicht viele würden für andere ein so großes Risiko eingehen." Neil hätte ganz sicher keine großen Opfer für ihn gebracht.

Kurt schenkte ihm ein trauriges Lächeln, das auf eine lange Geschichte dahinter hindeutete. „Ich war vor ziemlich kurzer Zeit auch am Boden und meine Familie und meine Freunde haben mir darüber hinweggeholfen. Wie könnte ich da nicht dasselbe tun?"

„Was ist mit Ivans Familie?"

„Die steht ihm eigentlich ziemlich nahe, aber wegen seiner Mission hatte er kaum Kontakt zu ihr und deshalb hat wohl niemand gemerkt, wie schlecht es ihm geht."

Existierten seine zwei Schwestern wirklich oder gehörten sie zu Ivans Tarnung? Als Parker gerade fragen wollte, wurde ihr Gespräch durch das Geräusch einer sich öffnenden Tür beendet und Ivan betrat das Zimmer. Er wirkte gefasst, wich jedoch Parkers Blick aus.

„Was hast du jetzt vor?", fragte Kurt, während Ivan sein Handy in die Tasche steckte.

„Wir müssen uns die Papiere im Rucksack genauer ansehen und rausfinden, was vor sich geht. Wenn Neil in Panik gerät und alle Beweise für seine Operation auf Parkers Besitz verschwinden lässt, sind sie vielleicht das Einzige, was wir haben." Als Parker Ivan mit seinem neuen Wissen genauer betrachtete, war offensichtlich, wie sehr er um Selbstbeherrschung kämpfen musste. Ivan brauchte wirklich dringend Hilfe.

„Du redest von der Marihuanaplantage, die du vermutest?"

„Ja. Ich denke darüber nach, hinzufahren und es mir anzusehen."

„Verdammt, nein. Ivan, ich gehöre vielleicht nicht zum Drogendezernat, aber ich weiß ganz genau, mit wie viel Feuerkraft solche Operationen beschützt werden. Du kannst da nicht hinfahren. Wenn du mir die Adresse gibst, rufe ich Simon an. Er hat noch Kontakte zur berittenen Polizei. Die Mounties sind auf einen Einsatz dieser Art sicher besser vorbereitet."

Parker erschauderte. Seine Erfahrung mit Drogenbanden beschränkte sich auf Filme, doch wenn diese auch nur im Entferntesten der Realität entsprachen, wollte er ebenfalls nicht, dass Ivan hinfuhr. Hoffentlich hatte sich bisher kein unschuldiger Wanderer auf sein Land verirrt. Verdammt. Warum hatte er sich nicht eher damit beschäftigt? Warum hatte er alles Neil überlassen? Es war seine Schuld.

„Wer ist Simon?"

„Mein Partner im Dienst. Bevor er hergezogen ist, war er bei der Royal Canadian Mounted Police."

Obwohl es sich bei der RCMP um die Bundespolizei handelte, stellte Parker sich albernerweise vor, wie ein Haufen Männer in traditioneller roter Uniform möglichst unauffällig durch ein Cannabisfeld ritt.

Schade, dass es sich bei Simon nur um Kurts Partner im Dienst handelte. Parker vermutete, dass Kurt schwul war, und da Ivan und er viel gemeinsam zu haben schienen und etwa gleich alt waren, hätte es Parker besser gefallen, wenn der attraktive Mann vergeben gewesen wäre.

„Das ist eigentlich keine schlechte Idee", kommentierte Ivan Kurts Vorschlag und entspannte sich ein wenig. „Fühlst du dich so gut, dass du helfen kannst, die Unterlagen durchzusehen?"

„Klar. Lass uns alles auf dem Küchentisch ausbreiten, da haben wir mehr Platz."

Parker war nicht sicher, ob es Kurt wirklich gut genug ging. Er bewegte sich steif und war noch blasser als bei ihrer Ankunft. Parker hätte gern geholfen, vermutete jedoch, dass er nicht viel beitragen konnte. Er hatte zu wenig Erfahrung mit derartigen Angelegenheiten.

Nachdem Kurt Simon angerufen hatte, streiften die zwei Detectives Latexhandschuhe über und breiteten die Papiere auf dem Tisch aus. Das Geld blieb im Rucksack zurück.

Schon nach wenigen Sekunden schienen sie Parker vergessen zu haben – abgesehen von der einen oder anderen beunruhigenden Frage zu Neil und seinen Freunden. Parker lehnte sich zurück und sah zu, wie die beiden sich durch das Chaos wühlten, zu dem sein Leben geworden war. Einige Papiere wurden nach einem kurzen Blick zu Seite geschoben, andere genauestens überprüft.

Parker schaute auf, als ein schlanker, dunkelhaariger Mann die Küche betrat, der etwa in Kurts und Ivans Alter zu sein schien. Er war umwerfend. „Oh, hallo. Kurt, ich wusste nicht, dass du Gäste hast. Geht es dir dafür wirklich schon gut genug?"

Kurt hob den Blick, der so voller Freude war, dass Parker das Gefühl hatte, in einen ganz privaten Moment zwischen den beiden eingedrungen zu sein. Wunderschön, aber privat. Er musste gegen einen Anflug von Neid ankämpfen.

„Mir geht's gut. Ich bin topfit", antwortete Kurt mit einem Zwinkern. Der umwerfende Mann verdrehte die Augen. „Davy, das ist Ivan. Ich habe dir ja von ihm erzählt."

Davy schüttelte Ivan lächelnd die Hand, bevor er sich für einen Kuss zu Kurt hinunterbeugte. Aus dem kleinen Anflug wurde ausgewachsener Neid. Das hätte er ebenfalls so gern gehabt. Allerdings musste er sich jetzt wenigstens keine Sorgen mehr wegen Ivan und Kurt machen. Davy sah Kurt nämlich ganz anders an – als bedeutete der dunkelhaarige Mann ihm einfach alles.

„Kurt hat mir wirklich schon viel von dir erzählt. Es ist schön, dich endlich kennenzulernen." Davy wandte sich lächelnd Parker zu. „Aber das ist keiner deiner Polizistenkollegen, oder?"

Parker schüttelte den Kopf, während Kurt und Ivan verneinten.

Davy kam auf ihn zu. „Alles in Ordnung? Du wirkst etwas gestresst."

„Das ist eine lange Geschichte, Davy. Im Moment versuchen wir zu vermeiden, dass Parker wegen eines Verbrechens verhaftet wird, das er nicht begangen hat."

„Oh je." Davy tätschelte ihm den Kopf. „Die zwei kriegen das schon wieder hin. Aber du musst nicht hier sitzen und dir Sorgen machen. Sollen wir nicht lieber ins Wohnzimmer gehen und uns einen Film ansehen? Das bringt dich auf andere Gedanken. Ich hole uns nur noch etwas zu trinken."

Auf dem Weg zum Kühlschrank stolperte Davy über den Rucksack. „Ähm, Kurt, ist der etwa ganz voll Geld?"

„Ja. So um die zweihunderttausend." Kurt reichte Ivan einen weiteren Papierstapel.

Davy gab ein ersticktes Geräusch von sich. „Oooookay. Parker?"

Parker stand auf. Er hatte absolut nichts dagegen, dieser bizarren Situation zu entkommen.

„He, das wird schon wieder." Davy umarmte ihn kurz und Parker war dankbar für die tröstliche Berührung – auch wenn sie von einem Fremden kam und er sich viel lieber in Ivans Armen befunden hätte.

Parker nickte. „Danke."

Doch bevor sie ihr Vorhaben in die Tat umsetzen konnten, klopfte es energisch an der Haustür. Während er und Davy erstarrten, senkten Kurt und Ivan automatisch die Hand zu ihrer Hüfte, um nach einer nicht vorhandenen Waffe zu greifen. Erst jetzt wurde Parker klar, was die Geste bedeutete, die er bei Ivan bereits mehrmals bemerkt hatte. Mit trockenem Mund machte er ängstlich einen Schritt nach hinten, sodass er gegen die Arbeitsplatte stolperte.

„Ivan Bekker. Wenn du da drin bist, mach verdammt noch mal die Tür auf."
Ivan entspannte sich. „Es ist nur Trish."

„Deine Partnerin?", fragten er und Kurt wie aus einem Munde.

„Genau." Er stand auf, doch Kurt streckte einen Arm aus, um ihn zu bremsen. „Kannst du ihr wirklich vertrauen? Was ist mit dem Maulwurf?"

„Kurt, ich weiß nicht. Vielleicht existiert er überhaupt nicht. Bei Parker hat sich Sarge schließlich auch geirrt. Außerdem kann ich mir nicht vorstellen, dass Trish mich hintergehen würde."

Kurt betrachtete ihn ernst. „Ich bin das beste Beispiel dafür, dass einem sein Partner so manches verheimlichen kann. Aber wenn du wirklich glaubst, wir können ihr vertrauen, verlasse ich mich darauf."

Das Klopfen und Rufen ließ nicht nach.

Schließlich lachte Ivan. „Wenn wir sie nicht reinlassen, tritt sie sowieso gleich die Tür ein."

Kurt nickte. „Na gut, dann geh hin."

Allerdings folgte Kurt ihm zur Tür, genau wie Parker und Davy. Alle schienen die Luft anzuhalten, bis Ivan die Tür geöffnet hatte und dahinter Trish ohne irgendwelche Waffen oder zwielichtige Begleiter zum Vorschein kam.

„Was ist hier eigentlich los?" Trish schob Ivan mit beiden Händen gegen die Wand.

„Trish, hör auf, ich erklär dir ja alles."

Trish betrachtete sie finster, ließ sich aber von Ivan ins Wohnzimmer ziehen.

„Dann rede, Bekker. Und wenn du mir nicht die Wahrheit sagst, lasse ich mir einen neuen Partner zuteilen."

„Sag mir erst, wie du mich gefunden hast."

Das fragte sich Parker ebenfalls.

„Ich habe von dem Einbruch in dein Haus – sein Haus – gehört." Trish zeigte auf Parker. „Ich habe es mir angesehen und es war richtig schlimm. Leo Razhin und einer seiner Leute haben ihren ganzen Frust an dem Haus ausgelassen. Wenigstens wurden sie verhaftet, aber über euch konnte mir niemand etwas sagen."

Parker wurde schwindelig. Sein Haus. Und was hätten sie erst mit Ivan und ihm gemacht, wenn sie dort geblieben wären? Er schwankte leicht, woraufhin Ivan einen Arm um ihn legte.

Parker ließ es einen Moment lang zu, schüttelte ihn dann aber ab. So sehr er sich Ivans Trost wünschte, konnte er ihn im Augenblick nicht akzeptieren.

„Also bin ich zu deiner Wohnung und dann zu deinen Eltern gefahren. Als ich dich da nicht gefunden habe, ist mir Kurt eingefallen." Sie nickte Kurt zu. „Es freut mich übrigens, dass es dir besser geht."

„Danke."

„Und wer ist das?" Sie deutete mit dem Kinn auf Davy.

„Das ist Davy. Wir leben zusammen."

Ihr Gesichtsausdruck wurde freundlicher. „Schön, dich kennenzulernen. Tut mir leid, dass ich so reinplatze."

Davy winkte ab. „Kein Problem."

Sie wandte sich wieder Ivan zu. „Und jetzt erzähl endlich. Geht es dir gut? Was zur Hölle ist eigentlich los?"

Parker konnte Ivans Gesicht nicht sehen, doch Trish riss plötzlich die Augen auf, schlang die Arme um Ivan und zog ihn an sich. Als Ivan die Umarmung erwiderte, meldete sich bei Parker die unangebrachte Eifersucht zurück. Trish war ein Teil von Ivans Leben – seinem wahren Leben. Das würde Parker niemals sein.

Bald hatten sie Trish alles erklärt. Sie boxte Ivan gegen die Schulter, weil er auch nur einen Moment in Erwägung gezogen hatte, dass sie der Maulwurf war. „Und was habt ihr jetzt vor?" Nachdem sich Trish auf dem neuesten Stand befand, war sie voller Unternehmungslust. Parker stellte sich die Arbeit mit ihr anstrengend vor – vielleicht war Ivan deshalb eher ruhig. Falls das nicht auch nur gespielt gewesen war. Parker hasste es, nicht zu wissen, welche Teile von Ivan echt waren.

Ivan führte sie zurück in die Küche und deutete auf die Papierstapel.

„Simon wird für uns herausfinden, was mit Parkers Sommerhaus passiert ist. Da er nicht beurlaubt ist, wollte er gleich nach seiner Rückkehr die Dokumente als Beweise einreichen und überprüfen, was Parker überhaupt vorgeworfen wird."

„Tja, dann kann ich das jetzt übernehmen – so geht es schneller. Wir sollten ausnutzen, dass Leo verhaftet wurde."

„Hiermit können wir hoffentlich irgendwie beweisen, dass Neil in Parkers Namen den Anbau organisiert hat. Nur haben wir trotz Leos Verhaftung keinen Nachweis für Neils Verbindung zu ihm und Razhin." Kurt legte einen Arm um Davy und lehnte sich an ihn. Seine Augenringe waren noch dunkler geworden. Er schien Schmerzen zu haben oder erschöpft zu sein – vielleicht beides. Sie mussten ihm dringend Ruhe gönnen.

„Moment, ich habe doch etwas." Ivan holte sein Handy aus der Tasche und durchsuchte die Fotos.

Über Ivans Schulter spähte er wie die anderen auf das Display und sah ein Foto von Neil, der Leo einen blies. Vor seinem Haus.

„Wann hast du das Foto gemacht? Und warum?" Alle drehten sich zu ihm um. Scheiße. Die Fragen waren ihm einfach herausgerutscht. Aber es ärgerte ihn, dass Ivan Neil auf diese Weise nachspioniert hatte.

Ivan errötete und wich seinem Blick aus. Eigentlich hatte er ihn schon seit seinem Wutausbruch nicht mehr richtig angesehen. Es war kein gutes Gefühl.

„Ich habe es gemacht, als ich dachte, er würde dich betrügen", murmelte Ivan.

Trish musterte ihn genau, wandte sich dann jedoch ohne ein Wort den Papierstapeln auf dem Küchentisch zu.

„Es ist nicht viel, aber es könnte reichen. Was ist das hier?" Sie nahm ein kleines, abgegriffenes Blatt Papier von einem Stapel. Parkers Geburtsurkunde.

„Das sind ältere Dokumente, die für diese Angelegenheit nicht wichtig sind", antwortete Ivan.

„Bist du da ganz sicher?" Ihr eindringlicher Blick machte Parker nervös. Was war an seiner Geburtsurkunde so interessant?

Sie wedelte mit dem Dokument. „Weißt du, wer sein Vater ist?"

„Nein. Parker hat gesagt, er hätte nie mit ihm zu tun gehabt."

„Stimmt das, Kleiner?" Trish sah ihn mit ihren braunen Augen an.

Parker zuckte mit den Schultern. „Ja. Er hat damals seine Frau betrogen. Als meine Mutter schwanger wurde, hat er sie dafür bezahlt, sich von ihm fernzuhalten.

Zusammen mit dem Erbe ihrer Eltern hat sie das Geld so gut angelegt, dass wir nicht auf ihn angewiesen waren."

„Hast du nie versucht, ihn zu finden?"

Damit hatte Parker vor langer Zeit abgeschlossen. „Nein. Er wollte uns nicht, also kann er mir gestohlen bleiben. Warum ist das wichtig?" Ihm kam ein erschreckender Gedanke. „Moment, er arbeitet doch nicht für Razhin, oder?" Vielleicht war er der Sohn eines Kriminellen und wurde deshalb verdächtigt.

Ivan nahm Trish die Geburtsurkunde aus der Hand, warf einen Blick darauf und wurde rot. Rot vor Wut.

„Verdammt, das ist doch unglaublich", stieß er zwischen zusammengebissenen Zähnen hervor. „Das ist doch ein Scherz."

„He, beruhige dich." Trish legte ihm eine Hand auf den Arm, doch er schüttelte sie ab und steckte die Urkunde in seine Hemdtasche.

Während er eine Nummer wählte, ging er auf die Haustür zu. „Sarge? Hier ist Bekker", knurrte er in sein Handy. „Wir müssen uns auf dem Revier treffen. Sofort." Dann schnappte er sich einen Schlüssel von einem Haken neben der Tür, stürmte aus dem Haus und stieg in eines der davor geparkten Autos. Mit quietschenden Reifen fuhr er davon.

„Hat er gerade mein Auto gestohlen?", erkundigte sich Davy.

„Was soll das?", verlangte Kurt zu wissen. „Wessen Name steht auf der Urkunde?"

„Sergio Martelli." Trish zückte ihre Autoschlüssel. „Ich folge ihm lieber. Parker, du kommst mit. Ich lasse dich nicht aus den Augen."

„Nimm alles mit. Je eher wir es offiziell als Beweis vorlegen, desto besser." Kurt beugte sich zu dem Rucksack hinunter, wurde jedoch von Davy gestoppt, der den Kopf schüttelte.

„Du sollst doch noch nichts Schweres heben. Ich kümmere mich schon darum." Davy zog ebenfalls Handschuhe an und verstaute die Papiere im Rucksack.

Parker verstand immer noch nichts. „Wer ist Sergio Martelli?" Abgesehen von einem miesen Typen, der seine Mutter im Stich gelassen hatte, als sie schwanger geworden war.

„Sarge. Ivans Vorgesetzter." Kurt seufzte.

„Oh." Parker überlegte. Vielleicht verstand er die Folgen dieser Enthüllung nicht in allen Einzelheiten, doch er würde Trish begleiten und herausfinden, was zum Teufel hier vor sich ging. Sein Leben war vollkommen auf den Kopf gestellt worden – von einem Mann, den er zu lieben geglaubt hatte, und einem Mann, der ihn nie auch nur im Geringsten geliebt hatte.

WÄHREND IVAN wartete, wurde er von Minute zu Minute wütender. Er hatte sich hinter Martellis Schreibtisch gesetzt, um seinem Chef ins Gesicht sehen zu können, wenn er eintrat. Unruhig schob er Papiere und den Tacker auf dem Tisch herum.

Am liebsten hätte er ein zweites Mal angerufen, sah jedoch trotz seiner Verärgerung ein, dass der miese Typ an einem Wochenende vielleicht einige Minuten brauchte, um sich von Familienverpflichtungen oder Vorbereitungen für seinen Wahlkampf loszueisen.

Am Ende traf Martelli früher ein als erwartet. Ivan stand auf, blieb allerdings hinter dem Schreibtisch.

„Ivan. Was ist so dringend? Haben Sie etwas?"

„Ja, ein Arschloch als Chef."

Martelli riss die Augen auf. „Was zum Teufel soll das?"

„Was das soll?" Ivan fegte mit einer schwungvollen Bewegung die Papiere vom Schreibtisch und ging darum herum. „Warum haben Sie es mir nicht gesagt?"

„Was gesagt?" Martelli schob den Stuhl, der zwischen ihnen stand, zur Seite.

Ivan gab ein frustriertes Knurren von sich und fragte nicht gerade leise: „Warum haben Sie mir nicht gesagt, dass Parker Ihr Sohn ist?"

Martelli wurde blass und machte einen bedrohlichen Schritt auf ihn zu. „Halten Sie verdammt noch mal den Mund, Bekker. Das hat nichts mit der Ermittlung zu tun."

„Ach nein? Und was verheimlichen Sie mir sonst noch? Existiert der Maulwurf überhaupt?"

„Möglich, aber unwahrscheinlich. Der missglückte Einsatz war vermutlich nur ein Zufall. Das kommt vor."

Am liebsten hätte Ivan ihn gepackt und geschüttelt. Er hatte Ivan grundlos in einen paranoiden Idioten verwandelt, der sich vor seinem eigenen Schatten fürchtete.

„Warum haben Sie mich überhaupt zu Ihrem Sohn geschickt?", stieß Ivan mit Mühe hervor. Er bebte vor Wut.

„Nicht so laut, verdammt. Ich brauchte eben Ihre Hilfe. Es ist bedauerlich, dass es nur auf diese Weise ging, aber es gab Gerüchte, dass der Junge sich mit Razhin eingelassen hat. Hätte man ihn verhaftet, wäre meine Affäre mit seiner Mutter bekannt geworden. Wenn meine Frau sich von mir scheiden lässt, kann ich meine Karriere als Politiker vergessen."

Plötzlich verstand er. In einem Bett mit Parker zu schlafen hatte ihm seine erste erholsame Nacht seit langer Zeit verschafft, sodass er einigermaßen klar denken konnte. Zumindest klar genug, um zu begreifen, was die Worte seines Vorgesetzten bedeuteten.

„Sie haben mich benutzt." Sein Chef hatte in Ivans Schockzustand nach der Schießerei die Chance gesehen, ihn zu einer Mission zu überreden, der er niemals hätte zustimmen sollen. „Was hätten Sie getan, wenn ich Ihnen Beweise für Parkers Schuld geliefert hätte? Sie verschwinden lassen?"

„Haben Sie etwa welche?"

„Er ist Ihr Sohn. Stört es Sie überhaupt nicht, dass er heute in Lebensgefahr geschwebt hat? Dass er seit dem Tod seiner Mutter allein zurechtkommen musste und jetzt von seinem besten Freund verraten wurde?"

Martelli zuckte mit den Schultern. „Ich habe den Jungen nie kennengelernt. Meine Frau hätte mich verlassen, wenn ich die Affäre nicht beendet hätte. Außerdem habe ich bereits vier Kinder. Noch eins brauche ich nicht."

„Arschloch." Ivan holte aus und ignorierte die Schmerzen, als seine verletzten Fingerknöchel gegen einen harten Kiefer prallten. Zufrieden sah er zu, wie Martelli zur Seite stolperte. Als der Mann sich wieder gefangen hatte, rammte er ihm seine andere Faust in den Bauch und stieß ihn gegen die Wand.

Die Wand erzitterte. Bilder und Auszeichnungen landeten auf dem Boden und übersäten ihn mit Scherben. Blut tropfte von Martellis aufgesprungener Lippe, als er die Arme um seinen Bauch schlang.

Plötzlich stürmten zwei uniformierte Polizisten ins Büro, gefolgt von Inspector Nadar, dem Leiter der Mordkommission. Hinter ihm waren Kurt, Davy, Trish und Parker zu sehen. Parkers Gesicht hatte noch denselben fassungslosen, ungläubigen Ausdruck, der kaum daraus gewichen war, seit Ivan ihm gestanden hatte, ein Polizist zu sein. Er hasste ihn. Er hasste, dass Parker ihm nicht mehr vertraute. Leider hatte er es verdient – er hatte Parker beinahe so fürchterlich betrogen, wie sein Vater es bei ihnen beiden getan hatte.

„Das reicht", rief Nadar mit dröhnender Stimme.

„Verhaftet ihn", keuchte Martelli in seiner zusammengekauerten Position. „Er ist gefeuert."

Nadar zog eine Augenbraue hoch. „Das sehe ich anders. Erst will ich wissen, was hier los ist. Begleitet die beiden in getrennte Vernehmungsräume."

Ivan verließ das Büro und ignorierte Martelli, der hinter ihm noch protestierte.

„Tut mir leid, Ivan." Kurts Gesicht war kreidebleich. „Aber irgendwen musste ich anrufen."

„Schon gut." Er war sicher, dass Kurt die besten Absichten gehabt hatte. Seit Beginn dieses Einsatzes hatte er sich ohnehin an den Gedanken gewöhnt, dass er unter Umständen das Ende seiner Karriere bedeuten könnte. Nur hatte er nicht damit gerechnet, dass sie am Egoismus seines Vorgesetzten scheitern würde.

Trotzdem wollte er das Ganze vor Parkers Augen möglichst würdevoll beenden. Ohne ihn noch einmal anzusehen, da er den verletzten Blick nicht länger ertragen konnte, folgte er also einem der Polizisten in einen Verhörraum. Dort ließ er sich auf den unbequemen Plastikstuhl fallen und legte seine schmerzenden Finger auf den kühlen Metalltisch. Nach Eis wollte er seine bald ehemaligen Arbeitskollegen nicht fragen – er hatte bereits zu viel Schwäche gezeigt.

11

PARKER GING im Verhörraum auf und ab wie ein Tiger im Käfig. Er wartete hier bereits seit Stunden. Kurt – nicht Ivan, verdammt – hatte ihm versichert, dass man ihm nichts vorwerfe und kein Anwalt nötig sei, doch Kurts Vorgesetzter war wirklich gnadenlos gewesen. Er hatte jedes winzige Detail aus ihm herausgequetscht – am Ende sogar, was zwischen Ivan und ihm passiert war. Allerdings erst, als klar geworden war, dass Ivan ihm die Sache mit dem Sex bereits gestanden haben musste. Obwohl Parker vorgehabt hatte, Ivan so gut wie möglich zu schützen, schien Ivan an seinem Schutz nicht interessiert zu sein.

Nadar hatte schließlich mit finsterem Gesicht den Raum verlassen. Etwas später war Trish gekommen, um ihm etwas zu trinken zu bringen. Im Gegensatz zu ihrem bisher ungestümen Verhalten war sie beinahe mütterlich gewesen.

Allerdings hatte Parker jetzt allmählich genug. Er wollte nach Hause. Oder mit Ivan reden, damit dieser ihm erklären konnte, was zwischen ihnen echt und was nur gespielt gewesen war.

Als sich die Tür öffnete, drehte Parker sich um, um sich der nächsten Befragung zu stellen, doch es war nur Kurt. Kurt, der müde und erschöpft aussah.

„Setz dich. Warst du die ganze Zeit hier?" Parker hatte nicht vergessen, dass Kurt sich von einer Schussverletzung erholte.

„Ja." Kurt zuckte mit den Schultern, zuckte dann zusammen und rieb sich die Schulter.

„Kann ich jetzt gehen? Oder sagt mir wenigstens mal jemand, was hier los ist?"

Kurts erste Antwort war ein langer, lauter Seufzer. „Tut mir leid. Nadar hat sich wirklich angestrengt, um alles möglichst schnell zu klären." Er sank auf einen der schrecklich unbequemen Plastikstühle und bedeutete Parker, sich ebenfalls zu setzen.

Das war also schnell? Mit einem ohrenbetäubenden Quietschen der Metallbeine auf dem Linoleumboden rückte Parker sich einen Stuhl zurecht und kam der Aufforderung nach. Dann wartete er. Kurts Gesicht versprach nichts Gutes.

„Nadar beschleunigt das Ganze, weil es um einen von uns geht. Du müsstest eigentlich bald gehen dürfen."

„Gut. Aber was ist passiert?" Das wollte er jetzt endlich wissen.

„Neil wurde wegen verschiedener Vergehen im Zusammenhang mit Drogen verhaftet."

Oh. Okay. Damit hätte er wohl rechnen sollen. Schließlich waren die Verbrechen, derer man Parker verdächtigt hatte, von Neil tatsächlich begangen

316

worden. „Aber wie kam es dazu, dass gegen mich ermittelt wurde und nicht von Anfang an gegen Neil?"

Kurt senkte den Blick. Parker wurde übel.

„Es tut mir so leid, Parker. Neil wird außerdem Betrug vorgeworfen. Wir haben endlich herausgefunden, woher das Geld kommt. Er hat unter deinem Namen eine Hypothek auf das Haus in Muskoka aufgenommen. Mit dem Geld hat er den Marihuana-Anbau finanziert und vermutlich Spielschulden bei den Russen beglichen."

Es klang logisch, nur nicht sehr realistisch, wenn er an sein sonst so langweiliges Leben dachte. Sogar die Spielschulden – Neil hatte Poker immer furchtbar ernst genommen. Parker leckte sich seine trockenen Lippen und schluckte.

„Wie hoch war die Hypothek?"

„Fünfhunderttausend."

„Eine halbe Million Dollar?" Ihm wurde schwarz vor Augen und er vergaß, wie man atmete.

„He, ganz ruhig. Atme. Ein und aus." Kurt ergriff seine Hände, schien seine plötzlich eisigen Finger beinahe zu verbrennen. Parker konzentrierte sich aufs Atmen, bis er nicht mehr davorstand, wie ein Idiot in Ohnmacht zu fallen.

Warum war er so dumm? Wie hatte er übersehen können, was Neil ihm antat? „Was soll ich jetzt machen? Wie … wie kann ich das in Ordnung bringen?"

„Es gibt eine Selbsthilfegruppe für solche Fälle." Kurt schob eine Visitenkarte über den Tisch. „Und besorg dir einen Anwalt, wenn du es dir leisten kannst."

„Ich habe einen Anwalt." Gott sei Dank.

„Gut. Da wir Neil verhaften konnten, stehen deine Chancen nicht schlecht. Nur deine Kreditwürdigkeit könnte ein Problem sein, bis alles aufgeklärt ist. Du kannst froh sein, dass er nicht auch eine Hypothek auf dein anderes Haus aufgenommen hat."

Froh. Mit diesem Wort hätte er seine momentane Stimmung nicht gerade beschrieben. In weniger als vierundzwanzig Stunden war sein Leben aus den Fugen geraten. Sein bester Freund befand sich im Gefängnis, weil er sich seine Identität angeeignet hatte, der Mann, in den er verliebt war, hatte sich als völlig Fremder entpuppt und sein Vater …

„Was ist mit Martelli?" Der würde doch hoffentlich bestraft werden.

Kurt musterte ihn mit gerunzelter Stirn. „Du wusstest also wirklich nicht, wer er war? Du hast nie versucht, deinen Vater zu finden?"

„Warum hätte ich das tun sollen? Wir sind ohne ihn zurechtgekommen und er wollte mich nicht." Im Nachhinein war er froh, dass dieser Mann seine Mutter verlassen hatte. Sein Egoismus hatte Kurt vielleicht seine Karriere gekostet und seiner geistigen Gesundheit geschadet.

„Er zieht sich aus dem Polizeidienst zurück." Kurt schnaubte abfällig. „Nadar hat sich damit zufriedengegeben, weil Ivan auf diese Weise seine Stelle behalten kann."

Kurt erzählte ihm auch den Rest: Als sein Vater eine Verbindung zwischen ihm und Razhin vermutete hatte, war ihm Kurts verwirrter Zustand nach einem misslungenen Einsatz gerade recht gekommen, um ihn für heimliche Nachforschungen zu benutzen. Niemand wusste, was Martelli getan hätte, wenn Parker tatsächlich in Drogengeschäfte verwickelt gewesen wäre. Fest stand nur, dass er große Angst davor gehabt hatte, seine Verwandtschaft zu Parker bekannt werden zu lassen. Es hätte ihn seine reiche Ehefrau gekostet, wegen der er Parkers Mutter überhaupt erst verlassen hatte, und damit seine Chance, gewählt zu werden. Ironischerweise würde ihm genau das jetzt vielleicht noch passieren. Parkers Mitleid hielt sich in Grenzen.

„Und was ist mit … ähm … Bin ich sicher? Sie wissen jetzt, wo ich wohne."

„Du solltest nichts zu befürchten haben. Leo kennt dich zwar, aber Neil hat seine Spielschulden bezahlt und gehörte auch noch nicht zu Razhins Organisation. Mit der Marihuanaplantage wollte er sich seinen Platz darin sichern. Ich bezweifle, dass es sie kümmert, wenn du gegen Neil aussagst. Allerdings verfügt das Drogendezernat über ein paar nützliche Informanten, die verbreiten können, dass du mit Neils Geschäften nichts zu tun hattest. Außerdem werden wir in nächster Zeit regelmäßig einen Streifenwagen vorbeifahren lassen. Ich gebe dir meine Nummer und werde ab und zu nach dir sehen."

Das beruhigte ihn ein bisschen. Aber weshalb war es Kurt, der nach ihm sehen wollte?

„Wo ist Ivan?"

Kurt wich seinem Blick aus. „Er wollte es so. Ein kurzer und schmerzloser Abschied."

„Mehr hat er nicht gesagt?"

Kurt tätschelte ihm die Hand, als könnte ihm das irgendwie helfen. „Er hat gesagt, dass so etwas eben zu seiner Arbeit gehört."

Parker lehnte sich zurück, als hätte Kurt ihn geschlagen. Der Schmerz in seinem Herzen war unerträglich. Auch wenn er damit gerechnet hatte, Ivan zu verlieren, fühlte es sich beinahe so schrecklich an wie der Tod seiner Mutter. Und der Mistkerl sagte es ihm nicht einmal persönlich.

„Vielleicht tröstet es dich nicht besonders, aber ihr dürftet euch sowieso nicht sehen, bis der Fall geklärt ist."

„Das ist ja sehr praktisch für ihn." Ein schönes Gefühl, dass Ivan ihn über einen Kollegen abservierte, nachdem sein ganzes Leben im Chaos versunken war. Selbst als unbeliebter dicker Junge war er kein so großer Versager gewesen.

„Ernsthaft: Ihr seid beide Zeugen. Für den Strafverteidiger wäre eure … äh, Beziehung ein gefundenes Fressen."

Parker kämpfte um einen neutralen Gesichtsausdruck. Hatte Ivan seinen Kollegen jedes kleinste Detail erzählt? Scham mischte sich mit seinem Schmerz.

„Mir tut das alles wirklich leid, Kleiner. Kann ich … kann ich irgendetwas für dich tun?"

Parker schüttelte den Kopf. Hätte er jetzt versucht zu sprechen, hätte er die Tränen nicht mehr zurückhalten können.

„Soll ich ein Taxi rufen, das dich nach Hause bringt?"

Er nickte so heftig, dass ihm der Nacken wehtat. Er wollte unbedingt hier weg. Er wollte den Albtraum endlich hinter sich lassen und sich um die Scherben seines Lebens kümmern.

IVAN STAND am Fenster und sah zu, wie Parker auf ein Taxi zuging. Das Licht der Straßenlaternen glitzerte auf dem regennassen Gehweg, den der junge Student wie ein müder alter Mann überquerte. Schuldgefühle stiegen in Ivan auf, obwohl er nicht allein verantwortlich war. Von den Menschen, die Parker betrogen hatten, war er vermutlich der Einzige, der es bereute.

Im nassen Glas tauchte Kurts Spiegelbild neben seinem auf.

„Er kommt doch zurecht, oder?" Der Gedanke, Parker in Gefahr gebracht zu haben, war unerträglich.

„Bestimmt. Razhin dürfte eigentlich nicht viel Interesse an ihm haben."

Kurt würde ihn nicht anlügen. Im Augenblick vertraute er ihm mehr als seinem eigenen Urteilsvermögen.

„Ich war …" Ivan räusperte sich verlegen. Wie erklärte man seinem Freund, dass man beinahe den Verstand verloren hatte? „Es gab keinen Maulwurf. Ich wurde nicht verfolgt. Und es hat auch niemand das Haus beobachtet, oder?"

„Nein. Neil hat sich um Razhins Aufmerksamkeit bemüht, hatte damit aber noch keinen großen Erfolg."

Parker stieg mit einem letzten verstohlenen Blick auf das Gebäude ins Taxi.

„Du hättest mit ihm reden sollen", sagte Kurt und legte ihm eine warme Hand auf die Schulter.

„Das konnte ich nicht." Ivan berührte mit einem Finger das kalte Glas.

„Vielleicht hätte er auf dich gewartet."

„Das spielt keine Rolle. Ich bin einfach viel zu fertig. Das hat er nicht verdient. Außerdem könnte sich der Prozess Jahre hinziehen. Wieso sollte er so lange auf jemanden warten, den er erst seit ein paar Wochen kennt? Er wird's überleben."

Kurt drückte ihm sanft die Schulter, bevor er sie losließ. „Aber wirst du das auch?"

Gott. Das war eine gute Frage. Es war verrückt, so schnell so heftige Gefühle zu entwickeln. Vielleicht war es der beste Beweis dafür, wie fertig er wirklich war. Er presste seine Stirn gegen das kühle Glas und sah mit brennenden Augen dem Taxi nach, bis es aus seinem Blickfeld verschwunden war. Er vermisste Parker jetzt schon so heftig, dass es wehtat. Aber je eher er sich daran gewöhnte, desto besser – schließlich würde er von nun an für immer damit leben müssen.

„Wo ist Nadar?", erkundigte er sich, anstatt auf Kurts ohnehin rhetorische Frage einzugehen.

„In seinem Büro."

Ivan nickte. Er hatte mehrere Stunden über seinen nächsten Schritt nachdenken können und ihn in wenigen Minuten an seinem Schreibtisch in die Tat umgesetzt.

„Danke." Er wandte sich Kurt zu und sah ihm in die Augen. Er dankte ihm für mehr als nur seine Antwort. Hätte Kurt ihm nicht geholfen, wäre er verhaftet und entlassen worden. Jetzt hatte er selbst Kontrolle über seine Kündigung.

„Gern geschehen, Ivan."

IVAN KLOPFTE an Nadars Bürotür.

„Herein." Nadars Tonfall war energisch, jedoch nicht unfreundlich – obwohl es sein gutes Recht gewesen wäre, wütend auf Ivan zu sein. Wegen ihm hatte er am Wochenende herkommen und sich um eine verdammt unangenehme Angelegenheit kümmern müssen.

Ivan zögerte neben dem Stuhl, bleib dann aber stehen. Er hatte nicht vor, sich hier lange aufzuhalten.

„Würden Sie das bitte an die zuständige Stelle weiterleiten?" Ivan legte einen unverschlossenen Umschlag auf den Schreibtisch.

Nadar zeigte mit einem Stirnrunzeln auf den Stuhl. „Setzen Sie sich." Dann nahm er das Schriftstück aus dem Umschlag und las es, wobei sein Blick zunehmend finsterer wurde.

Ivan setzte sich widerstrebend auf den Stuhl. Er schuldete es Nadar, nachdem er sich so sehr für ihn und Parker eingesetzt hatte. Außerdem war er für den Augenblick sein Vorgesetzter.

„Nein", sagte Nadar schließlich.

„Wie bitte?" Damit hatte er nicht gerechnet.

„Ich sagte nein." Nadar schob den Umschlag in eine Schreibtischschublade. „Sie befinden sich nicht in der Verfassung, eine solche Entscheidung zu treffen. Sie haben unter enormem Druck gestanden und konnten aufgrund Ihrer Situation die Therapie nicht wie vorgesehen nutzen. Wenn Sie jetzt kündigen, verlieren wir einen wertvollen Mitarbeiter. Ich möchte, dass Sie die Situation und Ihre Möglichkeiten besser einschätzen können. Versuchen Sie es noch einmal mit den Therapiestunden. Ruhen Sie sich aus – und diesmal wirklich. Dann sehen wir weiter."

Ivan schüttelte den Kopf. „Sie verstehen das falsch. Ich habe schon vorher darüber nachgedacht. Die Einsätze als verdeckter Ermittler sind mir einfach zu viel. Ich kann das nicht mehr machen. Außerdem wird sich bald herumgesprochen haben, dass ich an der Sache mit Martelli schuld bin."

Trotz seiner egozentrischen Art war Martelli auf dem Revier ziemlich beliebt gewesen.

„Das sind Sie nicht. Kein bisschen. Aber ich verstehe Ihre Zweifel. Sie, und auch ihre Partnerin, wenn sie möchte, sind jederzeit in der Mordkommission willkommen. Der Wechsel würde Ihnen guttun und verdeckte Ermittlungen sind äußert selten. Nehmen Sie sich einen Monat Zeit. Dann werden wir sehen, ob Sie uns immer noch verlassen wollen."

War das hilfreich oder zögerte er damit nur das Unvermeidliche hinaus? Jedenfalls klang Nadars Vorschlag vernünftig. Er musste etwas gegen die Stimmungsschwankungen, sein aggressives Verhalten und seine Albträume unternehmen. Er hatte absolut nichts dagegen, währenddessen noch über seinen Arbeitgeber versichert zu sein.

„Einen Monat." Auch wenn er bezweifelte, dass er es sich anders überlegen würde, war er es Nadar schuldig.

IVAN LAG in seinem Bett und starrte an die Decke. Er war nicht ganz sicher, wann er das letzte Mal geduscht oder gegessen oder überhaupt irgendetwas getan hatte. Der Vortag war in seiner Erinnerung zu einer undeutlichen Mischung aus Fragen und Schmerz geworden. Obwohl er sich erst gestern von Parker verabschiedet hatte, fühlte er sich bereits unfassbar einsam. Ihm fiel ein, dass er seine letzte Dusche bei Parker genommen hatte. Schien Jahre her zu sein.

Wenn er an Parker dachte, krampfte sich jedes Mal sein Magen zusammen. An Essen war nicht zu denken. Er konnte nur an die weiße Zimmerdecke starren und versuchen, alle Gedanken an Parker zu verbannen. Das half ein bisschen. Leider musste er damit bald aufhören. Sanchez erwartete ihn am Nachmittag für eine Notfallsitzung.

Nach einem Blick auf die Uhr setze er sich auf. Aus irgendeinem Grund schmerzte jeder Muskel in seinem Körper, als hätte er die Grippe. Trotzdem musste er allmählich aufstehen, damit er vor seiner Therapiestunde sein Handy bei Rick abholen konnte. Nach der Sitzung würde er dazu sicher keine Lust haben und sein Handy war wichtig.

Nachdem er seine schmerzenden Glieder gestreckt hatte, zog er sich an und schlurfte zu seinem Auto hinaus.

„IVAN, WAS machst du denn hier?" Ricks hellblondes Haar war zerzaust und er schien nur hastig in eine Jeans geschlüpft zu sein.

„Entschuldige, komme ich ungelegen?" Zwar war es ein Montagnachmittag, doch Ricks Arbeitszeiten waren sehr flexibel – was es Ivan in der Vergangenheit leichter gemacht hatte, sich einige Male für Sex mit ihm zu treffen. Ivans eigene Arbeitszeiten waren normalerweise nämlich eine Katastrophe.

„Nein, kein Problem. Komm doch rein." Er folgte Rick, der ihn skeptisch musterte.

„Ich brauche nur mein Handy." Einen Preis für Small Talk würde er heute nicht gewinnen.

„Natürlich, Süßer. Du hast viele Anrufe bekommen, aber sonst ist mir nichts Ungewöhnliches aufgefallen. Soll ich immer noch vorsichtig sein? Was ist passiert?"

Rick führte Ivan in die Küche, wo sein Handy und das Ladegerät lagen.

„Eine lange Geschichte." Über die er im Augenblick nicht reden wollte. „Jetzt ist alles wieder in Ordnung."

„In Ordnung? Süßer, so siehst du aber überhaupt nicht aus. Wo ist der hübsche Junge, bei dem du eingezogen bist? Kümmert er sich nicht gut um dich?"

Ivan musste ein Keuchen unterdrücken. Der Gedanke an Parker versetzte ihm jedes Mal aufs Neue einen heftigen Stich, der dann zu einem allgegenwärtigen dumpfen Schmerz abebbte.

Rick warf ihm einen mitleidigen Blick zu. Eigentlich schien der blonde Mann auf emotionaler Ebene grundsätzlich auf Abstand bedacht zu sein, konnte allerdings manchmal nicht verbergen, wie sehr er sich tatsächlich um andere sorgte. „Ach, Großer. Ich hätte es nicht erwähnen sollen. Was hast du jetzt vor?"

„Ich habe einen Arzttermin."

Rick zog eine blonde Augenbraue hoch. „Das ist gut. Du siehst nämlich schlimm aus."

Ivan gab ein heiseres Lachen von sich. Obwohl die Worte nicht gerade freundlich klangen, hörte Ivan das Mitgefühl darin. Nach den letzten Wochen fragte er sich, ob es einen Grund dafür gab, dass Rick beinahe Angst davor zu haben schien, sich an andere Menschen zu binden, und Beziehungen nie über das Körperliche hinausgehen ließ. Hatte er ebenfalls etwas Schlimmes erlebt?

„Das wird schon wieder." Das musste er sich nur immer wieder sagen.

„Na gut, ich glaube es dir erst mal." Rick näherte sich ihm mit verführerischen Bewegungen. Das Flirten schien bei ihm bereits automatisch zu sein. „Und wenn ich dich irgendwie aufheitern kann, lass es mich wissen. Jederzeit."

Ivan bemühte sich um ein Lächeln, das vermutlich eher wie eine Grimasse aussah. „Danke, Rick, aber …"

Rick umarmte ihn. „Sag einfach Bescheid. Man kommt am besten über jemanden hinweg, indem man in jemand anderem kommt. Oder so ähnlich." Als der Spruch Kurt ein weiteres raues Lachen entlockte, lächelte Rick.

„Danke, Rick." Ivan steckte das Handy und das Ladegerät in die Tasche.

Zeit, sich seinem Seelenklempner zu stellen. Diesmal würde Sanchez sich sicher nicht einreden lassen, dass es ihm gut ging. Nicht nach einem Anruf von Nadar. Er hätte Rick beinahe um einen Schluck Tequila gebeten – allerdings hätte der Alkohol vermutlich alles noch schlimmer gemacht. Also verabschiedete er sich seufzend und ging. Normalerweise hätte er Ricks Angebot ohne das geringste Zögern angenommen. Aber das war vor Parker.

Sowohl sein Verstand als auch seine Triebe hatten beschlossen, dass er, wenn er Parker nicht bekommen konnte, auch keinen anderen haben wollte. Ganz anders als seine Reaktion nach der Trennung von Colin. Es war ein mieses Gefühl.

PARKER SAß zwischen den Überresten seines Wohnzimmers auf dem Boden. Wirklich beeindruckend, wie viel man in einer knappen Stunde zerstören konnte. Sein Anwalt und der Mann von der Versicherung hatten ihm versichert, er könne sich noch glücklich schätzen. Immerhin war das Haus nicht angezündet oder vorsätzlich beschädigt worden. Leo und sein Kumpan waren bei ihrer Suche nach dem Geld lediglich sehr rücksichtslos vorgegangen. Zum Glück – und dafür würde er Ivan ewig dankbar sein – war ihnen keine Zeit mehr geblieben, ihre Wut nach erfolgloser Suche gegen das Haus zu richten. Wände, Türen und Fenster waren daher unversehrt. Allerdings hatten sie alle Matratzen, Kissen und Polster aufgeschlitzt, viele Elektrogeräte beschädigt und den Inhalt jeder Schublade und jedes Schrankes achtlos auf den Boden geworfen. Während das seiner Kleidung nicht viel ausgemacht hatte, war von seinem Geschirr nur ein Scherbenhaufen zurückgeblieben.

Nachdem er Neil über die Jahre viel verziehen hatte, war es bei diesem Anblick, für den Neil im Grunde verantwortlich war, plötzlich ziemlich leicht, keinerlei Mitleid für ihn zu empfinden. Hätte er Parker wegen der Spielschulden um Hilfe gebeten, hätte er sie ihm nicht abgeschlagen. Doch stattdessen hatte er versucht, Parker ein Verbrechen anzuhängen.

Um Parkers Kreditwürdigkeit stand es nicht gut und wenn er Pech hatte, würde er von seinem Geld nichts wiedersehen, obwohl Neil festgenommen worden war. Ohne Ivans Hilfe säße er jetzt wahrscheinlich sogar an Neils Stelle im Gefängnis.

Nur ein Grund dafür, dass er Ivan nicht hassen konnte, obwohl er es eigentlich wollte, nachdem er von ihm so verletzt worden war. Doch wenn er Ivans Verhalten mit Neils Niedertracht verglich, brachte er es einfach nicht über sich. Ivan hatte ihm gegenüber niemals böse Absichten gehabt. Und Parker konnte nicht abstreiten, wie sehr er ihm fehlte. Er wünschte sich ihn zurück. Nur wollte Ivan ihn nicht mehr. Mit ihrer Beziehung – wenn man das so nennen konnte – war es vorbei. Sein Anwalt hatte Ivans Entscheidung sogar gelobt – was ihn Parker etwas unsympathischer machte, aber dafür ein besseres Licht auf Ivan warf.

Die Türklingel riss Parker aus seinen deprimierenden Gedanken. Vermutlich handelte es sich um den Schadensachverständigen seiner Versicherung. Er hievte sich vom Boden hoch.

Auf der anderen Seite der schwergängigen Tür erwartete ihn allerdings eine Überraschung: Alicia.

„Parker!" Sie umarmte ihn. „Ich wollte dich um einen Gefallen bitten, aber du warst bei keiner Vorlesung und hast nicht auf meine Nachrichten geantwortet."

Oh. Hatte er sein Handy ausgeschaltet? „Tut mir leid. Ich hatte ein verrücktes Wochenende."

„Ach ja?" Alicia wackelte mit den Augenbrauen und Parker musste unfreiwillig prusten.

„Leider nicht die Art von verrückt." Zumindest nicht am Samstag und Sonntag. Er machte einen Schritt zurück, damit sie eintreten konnte.

„Scheiße, Parker, was ist denn hier passiert?"

„Das ist eine lange Geschichte." Und er war noch nicht bereit, sie mit jemandem zu teilen – auch wenn sie sich dann vielleicht nicht mehr so unwirklich angefühlt hätte. Er würde es nachholen, sobald die Wunden ein wenig verheilt waren und er seinen Verlust besser verkraftet hatte. „Die Kurzversion ist: Hier wurde eingebrochen."

„Oh nein! Geht es dir gut? Wurden die Einbrecher gefasst?"

„Ja, mir geht es gut." Einigermaßen. „Und sie wurden erwischt."

Normalerweise hätte er sie gebeten, sich zu setzen, doch dazu waren die Möbel nicht mehr geeignet. Alicia machte ein paar Schritte in das Chaos hinein, um es sich genauer anzusehen.

„Was war der Gefallen?"

Alicia hob den Blick. „Oh, ach so. Chris und ich wollen zusammenziehen. Mein Mietvertrag läuft demnächst aus, aber seiner erst in ein paar Monaten. Deshalb wollte ich dich eigentlich fragen, ob ich bis dahin dein Gästezimmer mieten kann. In diese winzige Wohnung zu Chris und Thom zu ziehen wäre die Hölle – vor allem, weil sich im Badezimmer eine völlig neue Lebensform zu entwickeln scheint. Aber dann suche ich mir eben etwas anderes."

Parkers Welt, die vor wenigen Momenten noch so trostlos gewirkt hatte, wurde etwas wärmer und freundlicher.

„Warum denn? Du kannst gerne hier wohnen. Anstatt Miete zu zahlen, könntest du mir helfen, alles wieder herzurichten."

„Wirklich?" Alicia schaute sich um, als suchte sie etwas. „Sag mal, wo ist denn Ivan?"

Sein Lächeln verschwand gleich wieder. „Das ist Teil der langen Geschichte. Ivan ist ausgezogen."

Plötzlich brach ein Schluchzen aus ihm hervor. Die Tränen, die er stundenlang zurückgehalten hatte, ließen sich nicht mehr unterdrücken. Alicia schloss ihn mit einem überraschten Laut in die Arme.

„Sag mir bitte, dass Ivan das hier nicht getan hat."

„Hat er nicht." Die Worte klangen zittriger, als ihm lieb war. Die Rolle des gefühllosen Machos hatte er noch nie gut gespielt.

„Oh, gut." Alicia seufzte. „Ich mochte ihn nämlich."

„Ich auch. Aber das ist vorbei." Parkers Wut war noch nicht ganz verflogen. Ivan hatte ihn dazu gebracht, sich in ihn zu verlieben – so schnell, dass er es kaum hatte glauben können. Und dann war er aus seinem Leben verschwunden. In gewisser Hinsicht war Parker beinahe froh, dass er sich mit den Aufräumarbeiten ablenken konnte. „Willst du einziehen?", fragte er. „Und mir helfen?"

„Natürlich. Und Chris und Thom werden ganz bestimmt auch helfen."

Was bedeutete, dass er mit Thom reden musste, um ihm zu erklären, dass er nicht für Verabredungen oder gar eine Beziehung bereit war. Wenigstens war er bei Thom sicher, dass er – im Gegensatz zu Neils Freunden – kein großes Problem daraus machen würde.

Alicia küsste seine Schläfe und löste sich von ihm, um ihm mit den Fingern die Tränen aus dem Gesicht zu wischen, wie seine Mutter es früher getan hatte. „Lass uns gleich anfangen. Was ist am dringendsten?"

Der einzige lebenswichtige Gegenstand in seinem Besitz, das CPAP-Gerät, hatte es glücklicherweise heil überstanden. „Geschirr", sagte er also. „Ich brauche neues Geschirr."

„Dann wasch dir das Gesicht und lass uns zu Honest Ed's fahren. Da müssten wir doch etwas finden, das nicht so teuer ist."

Ein weiterer Sonnenstrahl erhellte seine traurige Existenz. Irgendwie würde es weitergehen.

12

IVAN BETRACHTETE mit klopfendem Herzen die Tür. Er hatte sich bisher absichtlich weit von Parkers Haus ferngehalten, da er sich nicht für willensstark genug hielt. Er wäre sofort hingegangen und hätte Parker um Vergebung angefleht. Es war die richtige Entscheidung gewesen: Nur auf diese Weise hatte er so lange standhaft bleiben können.

Er arbeitete noch nicht wieder, doch das Ende des von Nadar vorgeschlagenen Monats rückte näher. Da er sich bei der Therapie nicht mehr davor hüten musste, etwas Falsches zu sagen, hatte sich sein psychischer Zustand rapide verbessert. Mittlerweile fühlte er sich beinahe bereit für die Arbeit – und seine Versetzung in die Mordkommission. Auch wenn er zusammenzuckte, als auf der Straße hinter ihm jemand hupte, rechnete er nicht mehr bei jedem lauten Geräusch mit Schüssen.

Nur eins musste er noch tun, denn Kurt hatte recht gehabt: Dass er sich nicht von Parker verabschiedet hatte, ließ ihm keine Ruhe. Er konnte nicht mit der ganzen Sache abschließen, bevor er ihn ein letztes Mal gesehen und auch den letzten unlogischen Rest der Hoffnung auf eine Zukunft mit ihm ausgelöscht hatte.

Obwohl er noch Parkers Schlüssel besaß – er bewahrte ihn in der Nachttischschublade seiner trostlosen Wohnung auf –, kam es ihm falsch vor, ihn einfach zu benutzen. Was er bei Parker zurückgelassen hatte, war einige Tage nach dem katastrophalen Ende seiner Mission zu Kurts Haus geliefert worden – unerwartet rücksichtsvoll von Parkers Seite.

Nachdem er ein letztes Mal tief durchgeatmet hatte, klopfte er an die Tür. Er hörte eilige Schritte. Was sollte er tun, wenn Parker einen neuen Freund hatte und dieser ihm aufmachte? Er konnte nicht lange darüber nachdenken, denn schon öffnete sich die Tür.

Vor ihm stand Parker, groß und umwerfend und verblüfft. Dann runzelte er die Stirn.

„Ivan. Was machst du hier?"

„Hallo, Parker." Vielleicht hätte er sich ein paar Worte zurechtlegen sollen. Nur hatte er nicht damit gerechnet, überhaupt den Mut zum Anklopfen aufzubringen.

„Ich habe deine Sachen zu Kurt geschickt. Von dir hatte ich keine Adresse." Der Vorwurf in Parkers ruhigem Tonfall war beinahe schmerzhaft.

„Ich weiß. Danke." Er erwähnte nicht, dass er die Kartons ungeöffnet in einen Schrank geschoben hatte, damit sie ihn nicht an Parker erinnerten.

Parker wartete mit verschränkten Armen auf eine Erklärung.

Er räusperte sich. „Kann ich reinkommen?"

Parker machte einen Schritt zur Seite und winkte ihn durch die Tür. Was würde er tun müssen, um ihn zum Lächeln zu bringen? War er dazu überhaupt noch fähig? Es war sein größter Wunsch. Als er Parker ins Haus folgte, blieb er überrascht stehen.

„Du hast alles neu eingerichtet."

„Es ging nicht anders. Das meiste war zerstört."

Ivan schloss die Augen. Gott. Daran hatte er überhaupt nicht gedacht. „Es tut mir leid, Parker. So sehr." Er hätte hier sein sollen, um zu helfen.

„Warum bist du hier, Ivan?"

Ivan öffnete die Augen und sah sich kurz um. Obwohl sich alles etwas verändert hatte, wurde ihm warm ums Herz. Trotz allem war er hier für kurze Zeit sehr glücklich gewesen. Mit Parker.

Er wandte sich Parker zu. Parker sah ihn nicht direkt kühl an – dazu wäre Parker vermutlich überhaupt nicht in der Lage gewesen –, doch er schien auf Abstand bedacht zu sein.

„Es ist vieles passiert. Neil hat sich in einigen Punkten schuldig bekannt und will gegen Leo aussagen. Ob wir damit Razhin bekommen, muss sich noch zeigen, aber wenigstens können wir so ein langwieriges Gerichtsverfahren vermeiden." Und er musste sich nicht mehr von Parker fernhalten. Aber ob das jetzt noch half?

„Deshalb bist du hergekommen?"

Ivan holte tief Luft. „Nein." Er machte einen Schritt auf Parker zu und legte ihm die Hände auf die Schultern, wobei er sich sehr beherrschen musste, um ihn nicht einfach zu küssen. „Ich bin hier, weil ich dich vermisse. Ich war ein absolutes Arschloch, aber ich habe dich nur über meine Arbeit belogen. Alles andere war echt. Das schwöre ich dir. Ich glaube … ich glaube, aus uns könnte etwas werden. Ich lie…"

Parker riss die Augen auf. Lag es daran, dass er ihm beinahe seine Liebe gestanden hatte, oder an etwas anderem? Er hatte nie zuvor so viel für jemanden empfunden. Nicht einmal für Colin. Es war beinahe unmöglich gewesen, sich ohne Parker jedem neuen Tag zu stellen. Er liebte Parker. Trotzdem war es für dieses Geständnis noch zu früh, denn es war gut möglich, dass Parker ihn hasste.

„Was ist mit, ähm … arbeitest du wieder?"

Ivan löste seine Hände von Parkers Schultern. Es war wohl zu viel verlangt, dass Parker sich in seine Arme warf. Eigentlich konnte er froh sein, dass Parker ihn nicht hinausgeworfen hatte.

Er ging zögernd weiter ins Wohnzimmer, war aber nicht sicher, ob er sich setzen sollte.

„Ich denke, ich kann bald wieder anfangen. Nadar hat mir angeboten, mich in die Mordkommission zu versetzen. Im Augenblick arbeite ich an meiner PTBS."

„Wirklich? Ich bin so froh." Parker streichelte ihm flüchtig über den Rücken. Die zarte Berührung verursachte ihm Gänsehaut. „Und es geht dir besser?"

327

Ivan drehte sich um. Parker stand so dicht vor ihm, dass er seinen Atem auf der Haut spürte.

„Ja, es geht mir besser, aber … du fehlst mir so. Können wir … können wir es nicht noch mal versuchen? Vielleicht ein Date?"

„Ein Date?" Parkers Tonfall war deprimierend ungläubig. „Nein."

Wie konnte ein kleines Wort so verdammt wehtun? Er bekam keine Luft.

„Ich will, dass du wieder hier einziehst."

Ließ der Schock ihn halluzinieren? „Dass ich einziehe?"

Parker leckte sich die Lippen und Ivan musste sich sehr bemühen, sich nicht davon ablenken zu lassen.

„Über Verabredungen sind wir doch längst hinaus, findest du nicht?"

„Aber wir kennen uns noch keine zwei Monate. Und ich war ein Mistkerl. Willst du wirklich, dass ich einziehe? Es liegt nicht nur daran, dass du dich einsam fühlst?"

Diese Worte waren ein Fehler. Parker machte einen Schritt zurück und sah ihn wütend an. „Ich bin zwar jünger und habe weniger Erfahrung, aber ich bin nicht so verzweifelt, dass ich um Gesellschaft betteln muss. Alicia ist gleich nach dir hier eingezogen und es ist schön mit ihr. Daran liegt es also nicht. Ich vermisse dich einfach. Und wenn das mit uns wirklich keine Lüge war, möchte ich es wiederhaben. Ich hätte bemerken sollen, dass etwas nicht stimmt – dass du unter einer PTBS leidest. Wenn du jetzt etwas dagegen unternimmst, bin ich gerne bereit, es noch einmal zu versuchen. Aber dann … direkt als Paar."

Er konnte kaum glauben, was Parker da sagte. Wie konnte er sich so schnell so sicher sein?

„Wie …? Warum …?" Er entfernte sich einen Schritt. Parkers Nähe machte es ihm unmöglich, einen klaren Gedanken zu fassen.

„Ich hatte einen ganzen Monat, um darüber nachzudenken. Wärst du nicht hergekommen, hätte ich Kurt überredet, mir deine Adresse zu geben."

„Du … hast noch Kontakt mit Kurt?"

Parker hob eine Schulter. „Ich wollte wissen, wie es dir ging."

Konnte es wirklich so leicht sein? Er ballte seine Hände zu Fäusten, um das Zittern zu stoppen. „Und wenn es zu einem Verfahren gekommen wäre? Das hätte Jahre dauern können."

„Dann hätte ich gewartet. Ich weiß einfach, dass du der Richtige bist." Parker näherte sich wieder. Also, was sagst du? Oder ist es dir zu früh?"

Ivan keuchte. Sollte er es wirklich tun? War es zu überstürzt? Dann schaute er Parker in die Augen und wusste, dass er diese Chance nutzen musste. Er wollte jeden Morgen beim Aufwachen als Erstes diese Augen sehen. Parker hatte recht: Verabredungen waren albern, wenn hier sein Zuhause auf ihn wartete.

Seine Augen brannten, sein Mund war zu trocken, doch er nickte. „Ich will einziehen."

Parker legte den Kopf schief und musterte ihn eingehend. Dann stürzte er sich auf ihn und nahm mit seinen Lippen Ivans Mund in Besitz, als gehörten sie ihm. Was sie auch taten.

Einer von ihnen stöhnte – vielleicht er selbst –, als ihre Zungen aufeinandertrafen und der Kuss zunehmend wilder und leidenschaftlicher wurde. Ivan schob seine Hände unter Parkers T-Shirt, um ihn näher an sich zu ziehen. Parker klammerte sich mindestens genauso kräftig an ihn, was ihre erregten Körper fest zusammenpresste.

„Oh, ähm. Wow." Eine Frauenstimme unterbrach sie. Eine Minute später und mindestens einer von ihnen wäre nackt gewesen.

Ivan hob den Kopf. Parkers lusterfüllte Flussbettaugen verleiteten ihn beinahe dazu, einfach weiterzumachen. Allerdings wandte sich Parker leicht benebelt der Sprecherin zu. „Hi, Alicia. Ivan ist wieder zu Hause."

Zu Hause. Er drückte Parker kurz an sich.

„Das ist nicht zu übersehen."

„Hallo, Alicia." Ivan lächelte zaghaft und bemühte sich, ihren Gesichtsausdruck zu ergründen. Dass Parker ihm verziehen hatte, hieß nicht, dass es auch seine Freunde taten.

„Hallo, Ivan. Ziehst du wieder ein?"

Er nickte. „Du hast doch nichts dagegen?"

„Wenn Parker nichts dagegen hat."

„Nicht das Geringste." Parkers heiseres Flüstern ließ Ivan erröten. Am liebsten hätte er ihn gleich ins Schlafzimmer gezerrt.

„Also stört es dich nicht, hier mit uns zu leben?" Er selbst würde sich erst wieder an Mitbewohner gewöhnen müssen.

„Oh, ich wohne nur vorübergehend hier, bis ich mit Chris zusammenziehen kann."

Ivan war erleichtert. Er mochte Alicia, träumte aber von einem gemeinsamen Heim mit Parker.

„Dann … hol deine Sachen. Sofort." Parker pikte ihn in die Seite. Ivan lachte. Ihm wurde bewusst, dass er das letzte Mal in diesem Haus mit diesem Mann gelacht hatte. Dieses Gefühl würde er nie vergessen.

Alicia lächelte ihnen aufmunternd zu. Gut.

„Worauf wartest du?" Parker pikte ihn ein zweites Mal.

„Es wird ein bisschen dauern, bis ich alles zusammengepackt habe. Und du bist dir wirklich sicher?"

Parkers Lächeln verschwand. „Du dir etwa nicht?"

Schnell. Alles ging so schnell. Doch warum sollte ihn das stören? Hatte er nicht beschlossen, dass er so viel Zeit wie möglich mit Parker verbringen wollte? Das Leben war kurz und unberechenbar – er durfte sich diese Chance nicht entgehen lassen. Dazu bedeutete ihm Parker zu viel.

„Doch, ich bin mir sicher." Er warf einen Blick auf Alicia.

„Nein", sagte diese plötzlich mit Nachdruck.

„Was?", fragte Parker verwirrt.

„Ihr werdet es nicht mit Sex feiern, bevor ich mich ein ganzes Stück vom Haus entfernt habe."

Parker wurde knallrot, während Ivan lachte. Parker war so unschuldig.

„Na gut, aber für die Nacht kaufst du dir lieber Ohrenstöpsel", sagte Ivan und kniff Parker in den Hintern. Obwohl Ivan es nicht für möglich gehalten hätte, errötete Parker daraufhin noch heftiger.

„Tja, wenn wir sowieso keinen Sex haben, kannst du ja abhauen und mit dem Packen anfangen", sagte Parker mit finsterem Blick, ließ ihn allerdings nicht los.

„Ich gehe hoch, um zu lernen", beschloss Alicia. „Aber haltet euch zurück. Besonders auf dem Sofa – da will ich auch noch mal sitzen."

Ivan zog seinen Freund – wie schön, ihn endlich so nennen zu können – mit sich auf die neue Couch. Nachdem Alicia ausgezogen war, würde er darauf mit Parker einiges ausprobieren. Aber erst gab es da noch ein paar Dinge zu besprechen.

„Hast du keine Fragen mehr dazu, was jetzt aus Neil wird?"

„Nein. Kurt hat mich auf dem Laufenden gehalten."

Oh, dieser hinterhältige Fiesling. Er hatte Ivan nichts davon gesagt, dass er Parker informiert hatte, sondern ihn nur dazu gedrängt, mit Parker zu reden.

„Das ist gut."

Parker kuschelte sich an ihn und schmiegte sein Gesicht an Ivans Hals. Seine Haare kitzelten ein wenig. „Mein Landhaus hat wohl auch einiges abbekommen. Sobald alle Pflanzen und die zur Weiterverarbeitung verwendeten Gerätschaften entfernt wurden, muss ich mir den Schaden ansehen, um die Reparaturkosten einschätzen zu können."

„Entschuldige. Mir hätte klar sein sollen, wie viele Nachwirkungen die Sache noch für dich hat. Vielleicht kann ich helfen – ich habe ein bisschen Geld gespart." Die Wohnung, die er davon hatte kaufen wollen, brauchte er jetzt nicht mehr.

„Nein, das kann ich nicht annehmen. Einen normalen Kredit gibt mir die Bank im Augenblick nicht, bis alles geklärt ist, aber ich kann mein Treuhandkonto beleihen. Das habe ich auch getan, um hier alles wiederherzurichten."

Ivan entfernte sich ein Stück, um die Hände an Parkers Wangen zu legen und ihm in die Augen sehen zu können. „Meintest du das vorhin ernst? Dass du mit mir als richtiges Paar zusammenleben möchtest?"

Parker nickte, so gut es zwischen Ivans Händen möglich war. „Ich möchte alles mit dir teilen. Das hier ist jetzt auch dein Haus."

„Dann möchte ich auch alles mit dir teilen und die Reparaturen bezahlen."

Parkers Lippen verzogen sich zu einem kleinen Lächeln. „Danke."

Ivan küsste diese unwiderstehlichen Lippen flüchtig, bevor er fragte: „Kurt hat dir also alles über den Fall erzählt?"

Ein zartes Rosa legte sich auf Parkers Wangenknochen. „Nicht nur das. Er hat mich über den Fall informiert … und über dich."

„Über mich? Er ist wirklich verdammt hinterhältig." Trotzdem musste er grinsen. Dass Parker sich nach ihm erkundigt hatte, wärmte ihm das Herz. „Du bist mir doch nicht böse?"

Diese Frage beantwortete Ivan mit einem diesmal etwas längeren Kuss.

„Wenn ihr in Kontakt geblieben seid, hat Kurt dich dann auch zu seiner und Davys Einweihungsfeier morgen eingeladen?"

„Ja, aber ich wollte nicht hingehen. Ich dachte, du kämst vielleicht auch und wolltest mich nicht sehen."

„Wenn du noch nichts vorhast, lass uns doch zusammen gehen." Kurts Anstreichparty hatte er verpasst, weil ihm vor zwei Wochen einfach noch nicht nach Gesellschaft zumute gewesen war. Bis zu diesem Augenblick hatte er darüber nachgedacht, dieser Party ebenfalls fernzubleiben, um nicht den ganzen Abend Fröhlichkeit heucheln zu müssen. Doch jetzt, da die Fröhlichkeit echt war, hätte er nichts dagegen gehabt, dort ein bisschen mit Parker anzugeben.

„Ja, warum nicht." Parker rutschte auf dem Sofa hin und her, um sich so dicht wie möglich an ihn zu kuscheln. Als Parkers Lippen seinen Hals berührten, rutschte Ivan aus anderen Gründen ebenfalls ein wenig herum.

„Schaffst du es, leise zu sein, wenn wir hochgehen?"

Parker grinste. „Vielleicht."

Da schnappte Ivan sich Parkers Hand und zog ihn von der Couch hoch. „Sie hat doch sowieso nicht ernsthaft damit gerechnet, dass wir uns an ihr Sexverbot halten, oder? Sie kann froh sein, dass wir uns ins Schlafzimmer zurückziehen."

Parker nickte lachend, bevor er Ivan mit lustvollem Blick musterte.

So viel Zurückhaltung konnte Alicia wirklich nicht von einem Mann erwarten, der sich nach einem Monat endlich wieder lebendig fühlte.

„IVAN! UND Parker. Wie schön, dass ihr kommen konntet." Davy umarmte sie und führte sie ins Haus.

Im Wohnzimmer standen Kurt und einige Gäste, von denen Ivan nur wenige kannte. Parker kannte sicher noch weniger. Aber das machte nichts. Sie waren noch keine achtundvierzig Stunden wieder zusammen – da hielt er es sowieso nicht für nötig, dass sein schnuckeliger Freund allein in einem Haus voller schwuler Männer herumlief. Na ja, nicht alle waren schwul, aber ein großer Teil. Jedenfalls würde er kein Missverständnis darüber aufkommen lassen, mit wem Parker zusammen war.

„Ihr kennt nicht alle, oder? Kommt ihr zurecht?", fragte Davy.

Ivan nickte. „Klar. Kein Problem."

Als Parker sich dichter neben ihn stellte, verflocht er ihre Finger miteinander. Obwohl Parker es ihm nie gesagt hatte, vermutete er, dass dieser sich zwischen fremden Menschen unwohl fühlte.

Kurt sah sie und löste sich aus dem Grüppchen von Männern und Frauen, mit denen er sich unterhalten hatte. Als er sich näherte, bemerkte er ihre Hände und lächelte. „Dann ist zwischen euch wohl alles geklärt."

Parker entspannte sich ein wenig. „Er zieht wieder ein."

„Wirklich? Tja, ihr habt ja schon ein bisschen Übung. Ivan kennt Simon, meinen Partner, aber seine Frau und meine Brüder habt ihr beide noch nicht kennengelernt, oder?"

Kurt führte sie zu dem Grüppchen, wo er ihnen Simon, dessen Frau Jen und zwei von Kurts Brüdern vorstellte. Da sie Parker wie selbstverständlich an Ivans Seite akzeptierten, wurde er noch entspannter. Bald konzentrierte sich das Gespräch der Gruppe wieder auf das ursprüngliche Thema, sodass er und Parker in ihrer eigenen kleinen Welt zurückblieben. „Wusstest du, dass Kurt sechs Geschwister hat?"

Parker riss die Augen auf. „Aber die sind nicht alle hier, oder?"

„Ich glaube nicht, dass sie alle kommen. Bei Geburtstagen und Hochzeiten ist es laut Kurt Tradition, aber das gilt bestimmt nicht für jede kleine Party." Ivan lächelte. „Bei meiner Familie ist es übrigens Tradition, dass wir uns sonntags zum Essen treffen."

Parker erbleichte. „Deine Familie?"

Ivan drückte ihm lächelnd den Arm. „Mach dir keine Sorgen, sie werden dich lieben. Wenn du möchtest, stelle ich dich ihnen morgen vor."

„Morgen?"

„Glaub mir, sie wissen, wie schlecht es mir ohne dich ging. Meine Schwestern werden dich anhimmeln."

Parker presste die Lippen aufeinander, nickte aber.

„Ivan! Ich wusste nicht, dass du auch hier bist."

Ivan wandte sich dem Neuankömmling zu.

„Rick! Wie geht es dir?" Der zierliche Blonde umarmte ihn stürmisch. Als er sich ein Stück von ihm löste, hielt er seine Arme weiter um Ivans Nacken gelegt. Parker sah nicht begeistert aus, äußerte sich jedoch nicht dazu. Noch nicht. Ivan entfernte sich noch ein paar Zentimeter, ohne Rick dabei ganz abschütteln zu können.

„Dann bist du wohl über die Arbeit mit Kurt befreundet?"

„Ja. Wenn ich wieder anfange, arbeiten wir sogar in derselben Abteilung." Rick hatte gewusst, dass Ivan eigentlich für das Drogendezernat arbeitete und beurlaubt war, ihn allerdings glücklicherweise nicht zu einer Erklärung gedrängt, was Ivans seltsames und launisches Verhalten in letzter Zeit anging. „Und woher kennst du Kurt?"

„Davy ist einer meiner besten Freunde."

Die Welt war wirklich verdammt klein.

„Dir scheint es ja besser zu gehen, mein großer, starker Polizist."

Parker runzelte die Stirn und ging einen Schritt auf Ivan zu. „Er ist *mein* großer, starker Polizist."

„Oh, dein Junge kann ja böse werden."

„Rick, hör auf." Er wusste, dass Rick ihn nicht für sich beanspruchte, sondern nur Parker auf die Probe stellte, aber manchmal übertrieb er mit seinen Provokationen. Und da es sich bei ihm um einen seiner wenigen guten Freunde handelte, wollte er nicht, dass er und Parker sich stritten.

„Ich bin kein Junge und er gehört nun mal mir." Andererseits gefiel ihm Parkers besitzergreifende Seite.

„Ernsthaft, Rick? Bist du nicht ein bisschen zu alt, um dich auf einen Zickenkrieg mit einem Twink einzulassen?"

Sie wandten sich der neuen Stimme zu.

„Ian?" Ivan hüstelte verlegen. Jetzt war er bereits von drei Männern umgeben, mit denen er geschlafen hatte – auch wenn Ian nur ein One-Night-Stand gewesen war. Oder eher ein anonymer Quickie in einem Club.

Ricks Arme legten sich fester um seinen Nacken. Parker bedachte sie alle mit einem finsteren Blick.

„Ivan." Parker war nicht dumm und wurde allmählich wütend. „Hast du mit beiden geschlafen?"

Der Gedanke schien weder Rick noch Ian zu gefallen. Jetzt schob Ivan Rick endgültig von sich und schloss stattdessen Parker in die Arme. „Ich habe dir doch von meiner schlimmen Trennung erzählt, oder?"

Parker nickte steif, doch seine Augen glänzten feucht. Er musste das sofort in Ordnung bringen. „Danach habe ich ein bisschen über die Stränge geschlagen und mit ziemlich vielen Männern Sex gehabt. Aber Rick und ich sind Freunde geworden."

Das genervte Schnauben hinter sich ignorierte er. Im Augenblick zählte nur Parker.

„Aber nicht mehr, seit … Warte." Parker schloss die Augen und holte tief Luft. „Das geht mich nichts an. Aber von jetzt an nicht mehr, versprochen?"

Ivan küsste ihn flüchtig. „Seit ich dich kenne, bist du der Einzige. Einen anderen wollte ich nicht."

Beim Anblick von Parkers strahlendem Lächeln dachte Ivan darüber nach, wie lange sie höflicherweise bleiben mussten. Als er sich, den Arm um Parkers Taille geschlungen, wieder Rick und Ian zuwandte, sah er, dass die zwei sich gegenüberstanden und einander wütend anfunkelten. Glücklicherweise stieß in diesem Moment Kurt zu ihrer kleinen Gruppe und schien die angespannte Atmosphäre nicht zu bemerken.

„Hi, wie ich sehe, habt ihr schon meinen Bruder Ian kennengelernt."

„Ian ist dein Bruder?", fragte Parker schockiert.

Kurt zog eine Augenbraue hoch. „Oh, ich verstehe. Wer von euch war eine seiner Club-Eroberungen?"

333

Parker zeigte auf Ivan, der nicht verhindern konnte, dass er rot wurde. Vielleicht bemerkte Kurt die Spannungen doch, war aber bereits an sie gewöhnt. Und anscheinend hatte sich Ian seit ihrer Begegnung geoutet. Schön für ihn.

„Und mit Rick hat Ivan auch geschlafen." Toll. Musste Parker das wirklich jedem erzählen?

Kurt nickte. „Ah, das erklärt die bösen Blicke."

„Und … das mit deinem Bruder stört dich nicht?" Ivan hatte sich nie in der Situation befunden, Geschwister in dieser Hinsicht beschützen zu wollen, da seine Schwestern bereits ihre Partner fürs Leben gefunden hatten, als Ivan noch ein Teenager gewesen war. Bei Kurt war es vielleicht anders.

„Nein, warum sollte es? Ich wusste schließlich, dass er sich in ziemlich vielen Betten rumtreibt. Neu ist für mich nur, dass er es mit Männern tut." Kurt drehte sich mit neckendem Gesichtsausdruck um, doch Rick und Ian waren unbemerkt verschwunden.

Kurt schüttelte den Kopf. „Wenn sie schon wieder gegangen sind, ohne sich zu verabschieden, wird Davy sie umbringen."

Schon wieder? Das erklärte Ians gereizte Bemerkung.

„Wenn wir schon vom Gehen sprechen: Wir wollten uns auch so langsam auf den Weg machen. Grüß Davy von uns, in Ordnung?"

Kurt lachte und klopfte Ivan kräftig auf die Schulter. „Ja, kein Problem."

Auf dem Weg nach draußen winkten sie einigen Leuten zu, blieben allerdings nicht stehen. Erst vor dem Haus auf der Veranda hielt Parker ihn am Arm fest.

„Wirklich? Kein anderer, seit du mich kennst?"

„Wirklich. Kein anderer. Ich ..." Für dieses Wort war es vermutlich auch jetzt noch zu früh, so sicher er sich bei Parker auch war.

Doch Parker betrachtete ihn mit liebevollem Blick, als wüsste er, was Ivan hatte sagen wollen.

„Ich weiß. Ich hatte auch keinen anderen. Und das möchte ich auch nie wieder."

„Mir geht es genauso. Ich will nur noch dich. Für immer."

Parker streichelte ihm mit einem Finger über die Lippen. „Für immer."

AUSGESTOßEN

Wie gewöhnlich muss ich mich bei meinen Unterstützern bedanken: Alex, Dottie und Chudney. Ohne euch wäre ich niemals so weit gekommen. Außerdem danke ich dem Mantastic Book Club, der sich mitfühlend mein Gejammer angehört hat – Mädels, ihr seid fantastisch. Und Dolorianne: Vielen Dank für das zusätzliche Brainstorming.

1

Rick Haviland strich sich stirnrunzelnd mit einer Hand über seine Bauchmuskeln. Zwar war das rosa T-Shirt so eng wie seine Club-Klamotten, allerdings auch schon ziemlich verwaschen und abgenutzt – kurz vor dem Auseinanderfallen. Obwohl es eigentlich genau das Richtige war, da er seinem Freund Davy und dessen neuem Partner Kurt beim Anstreichen helfen und sich dabei ganz bestimmt keine neueren Kleidungsstücke ruinieren wollte, widerstrebte es ihm, nicht perfekt auszusehen.

Einerseits wegen seiner Freunde, die mittlerweile bereits den „ewigen Discoboy" erwarteten, andererseits – auch wenn es dumm war – wegen Kurt.

Kurt, der umwerfende Polizist, der leider – mit Lippen, Schwanz und Hintern – Davy gehörte. Doch obwohl Rick vor Beginn ihrer Beziehung heftig mit Kurt geflirtet hatte, hätte er niemals mit dem sexy Detective geschlafen, so oft er auch von ihm träumte. Er hatte nämlich gleich erkannt, dass es sich bei Kurt um einen Beziehungsmenschen handelte. Und mit Beziehungsmenschen schlief Rick nicht. Er konnte ihnen nicht trauen – genauso wenig wie sie ihm. Er hatte miterlebt, wie sehr Beziehungen Menschen fertigmachen konnten, und hatte auch ohne ein gebrochenes Herz genug Probleme.

Trotzdem konnte er nicht abstreiten, dass er gegen den einen oder anderen anerkennenden Blick von Kurt nichts einzuwenden gehabt hätte. Ob er sich wohl einen kleinen Grapscher leisten konnte? Damit würde Davy doch sicher leben können. Kurt war vor Kurzem im Dienst angeschossen worden und die Rolle des leidenden Helden stand ihm verdammt gut, zumindest jetzt, da er aus dem Krankenhaus entlassen worden war. Vorher war Rick viel zu besorgt gewesen, um auf so etwas zu achten. Er verstand nicht, wie Davy sich auf ein Leben mit einem Mann einlassen konnte, der einem so gefährlichen Beruf nachging. Als wären Beziehungen nicht auch so riskant genug gewesen.

Die Türklingel riss ihn aus seinen Gedanken. Er eilte die Treppe hinunter, auch wenn ihn vermutlich nur eine Theologiedebatte mit einem dieser süßen Jungs erwartete, die von den Mormonen geschickt wurden, um ihre „frohe Botschaft" zu verkünden. Trotzdem konnte er nie widerstehen und öffnete ihnen jedes Mal die Tür. Es war einfach zu unterhaltsam, mit jungen Männern zu diskutieren, denen irgendwann die Argumente ausgingen, und er beendete das Ganze meistens erst, wenn beide Seiten vollkommen frustriert waren. Aber mit einem so engen T-Shirt, dass es vermutlich zerrissen wäre, falls seine Brustwarzen sich aufgerichtet hätten, ließ sich vielleicht sogar einer von ihnen anlocken.

Mit leicht vorgeschobener Hüfte, um die Aufmerksamkeit auf das Wichtigste zu lenken, riss er die Tür auf.

„Rick", hauchte Oscar, während sein Blick genau zur beabsichtigten Stelle wanderte, obwohl Oscar nicht das beabsichtigte Ziel gewesen war.

„Oscar. Was für eine Überraschung." Rick blinzelte. Sie hatten am Vorabend Sex gehabt und Rick war kurz nach Mitternacht gegangen. Dass Oscar keine zwölf Stunden später vor seiner Tür stand, war unerwartet – auch wenn er als Assistenzarzt manchmal seltsame Arbeitszeiten hatte.

Oscar kam einen Schritt auf ihn zu, um seine Hände nähere Bekanntschaft mit Ricks Hintern machen zu lassen und kräftig zuzufassen.

„Hat dir gestern Abend etwa nicht gereicht?", erkundigte sich Rick.

Der steife Schwanz an seinem Bauch und die Lippen an seinem Hals beantworteten die Frage mit einem klaren „Nein".

Als sich Oscar an ihm rieb, keuchte Rick.

„Du hättest letzte Nacht bleiben sollen", flüsterte Oscar. Sein warmer Atem verursachte ihm Gänsehaut, während ihm bei Oscars Worten ein kalter Schauer über den Rücken lief. Er übernachtete nie bei einem Mann und ließ keinen seiner Fickfreunde bei sich übernachten, auch wenn sie vom Sex noch so erschöpft waren.

Allerdings machten es ihm Oscars Lippen und seine talentierte Zunge schwer, länger darüber nachzudenken. Außerdem wusste Oscar, worauf er sich eingelassen hatte. Rick hatte von Anfang an klargestellt, dass ihre Beziehung nie über Sex hinausgehen würde.

Oscar schob eine Hand in Ricks Jeans und legte sie auf seine wachsende Erektion, während er mit den Fingern seine Hoden streichelte.

Rick klammerte sich an Oscars knackigen Hintern, als seine guten Vorsätze von einer Welle der Lust hinweggespült wurden. Zwar würde er zu spät zu Davys und Kurts Anstreichparty kommen, allerdings aus dem besten aller Gründe: von einem Mann flachgelegt zu werden, der wusste, was er tat.

„Oder ich hätte mitkommen und hier schlafen können." Oscar beendete den Satz, indem er an Ricks Ohrläppchen knabberte.

Rick erstarrte. Das war doch hoffentlich nur ein armseliger Versuch, sexy zu klingen, und nicht etwa die Verwandlung in einen der gefürchteten Beziehungsmenschen.

Oscar streichelte ihn weiter und Rick ließ es zu, obwohl ihm allmählich Zweifel kamen.

„Ähm, Oscar …" Er drückte halbherzig mit einer Hand gegen Oscars Schulter.

Oscar hob den Kopf, um ihm tief in die Augen zu schauen. „Ich finde, wir sollten zusammenziehen."

Das gab Rick endlich die Entschlossenheit, Oscar von sich zu stoßen.

Verdammt! Normalerweise hatte Rick mehrere sorgfältig ausgewählte Sexfreunde, die gut im Bett waren, Wert darauf legten, sich gegen Geschlechtskrankheiten zu schützen, und nicht das geringste Interesse an einer ernsten Beziehung zeigten. Doch seit er Ivan von seiner Liste gestrichen hatte, war

Oscar zurzeit der Einzige. Ivan hatte wenigstens eingesehen, dass Rick ihm nicht mit einer emotionalen Bindung dienen konnte, auch wenn sie, im Gegensatz zu Ricks anderen ehemaligen Bettgeschichten, Freunde geblieben waren. Bei Oscar kam das nicht infrage. Schon gar nicht nach dieser überraschenden Enthüllung.

„Oscar, ich ziehe nicht mit dir zusammen. Ich führe keine Beziehungen, schon vergessen?"

Er hatte Regeln aufgestellt, damit so etwas nicht passierte. Obwohl er seine Fickfreunde häufig verlor, weil diese sich zu festen Beziehungen entschlossen, kam es nur selten vor, dass sie *ihn* um eine solche baten. Schließlich hielt er grundsätzlich Abstand, ließ sich niemals Familienmitgliedern vorstellen und sorgte bei Verabredungen dafür, dass er den Ort des Treffens jederzeit mit seinem Auto verlassen konnte.

Oscar streckte die Arme nach ihm aus und Rick wich zurück, als handelte es sich um Tentakel.

„Komm schon, Rick. Ich weiß, dass du dich momentan nur mit mir triffst. Eigentlich führen wir doch schon eine Beziehung."

Rick zog die Augenbrauen so hoch, dass sie beinahe seinen Haaransatz erreichten. Er mochte nicht viel von Beziehungen verstehen, aber so definierte man sie ganz sicher nicht. Es war unglaublich frustrierend: Je älter er wurde, desto schwieriger war es, genug für ihn geeignete Männer zu finden, die er abwechselnd treffen konnte. Und da es jetzt mit Oscar ebenfalls vorbei war, würde er sich nach neuen Kandidaten umsehen müssen. Im Augenblick fiel es ihm schwer, sich dafür zu begeistern. Er war einfach noch zu verärgert über Oscar, der sich nicht nur plötzlich in einen Beziehungsmenschen verwandelt hatte, sondern auch noch eine Beziehung mit *Rick* eingehen wollte.

„Bist du verrückt? Ein paar Ficks und ein Mangel an Konkurrenz haben nichts mit einer Beziehung zu tun. Du solltest jetzt gehen."

Oscar sah ihn mit flehentlichem Blick an, der wahrscheinlich süß wirken sollte. Aber Rick hatte genug.

„Rick, Baby. Aus uns beiden könnte etwas so Tolles werden. Und die Ficks waren der absolute *Wahnsinn*."

Wie hatte ein Typ, der wie ein bekiffter Surfer klang, es überhaupt durch ein Medizinstudium geschafft?

„Nein. Raus. Und nenn mich nicht so. Keine Beziehungen. Nichts Festes. Du musst jetzt gehen." Rick straffte seine Schultern und verschränkte die Arme, um seine Worte durch eine abweisende Haltung zu unterstreichen.

Oscar riss die Augen auf und seine Wangen röteten sich. „Aber ich glaube, ich bin in dich verliebt."

Rick verdrehte die Augen. „Lächerlich. Wenn du einen Freund willst, geh und such dir einen. Du bist ein guter Fang, also solltest du dabei keine Probleme haben. Aber *ich* werde es nicht sein."

In ihn verliebt? Wie albern. Er schob Oscar aus der Tür, schlug sie zu und verriegelte sie. Dann lehnte er sich dagegen und wartete auf das unvermeidliche Klopfen – so schnell würde Oscar nicht aufgeben. Obwohl er damit gerechnet hatte, erschrak er ein wenig und sein Herz begann ebenfalls, heftig zu klopfen.

Oscar hämmerte gegen die Tür, rief seinen Namen, schmeichelte und bettelte. Ricks Handy klingelte ununterbrochen. Er stöhnte. Würde er wegen Oscar jetzt auch noch seine Nummer ändern lassen müssen? Als Erstes würde er seine Anrufe blockieren.

Nachdem auf diese Weise zehn Minuten vergangen waren und Rick bereits darüber nachdachte, die Polizei zu verständigen, hörte er endlich das Quietschen von Oscars Reifen, als dieser davonfuhr. Jetzt musste er sich schnell beruhigen, damit er sich bald auf den Weg zu Davy und Kurt machen konnte. Er rutschte an der Tür hinab auf den Boden und wartete darauf, dass sein Puls sich verlangsamte.

Er musste sich beeilen, um nicht zu spät zu kommen, denn dann würde man ihm Fragen stellen. Sich aufgrund von gutem Sex zu verspäten war eine Sache, aber das Fiasko mit Oscar wollte er seinen Freunden nicht erklären. Vermutlich wären sie der Meinung, er hätte ihm eine Chance geben sollen – was absolut nicht infrage kam.

IN DEM kleinen, gepflegt wirkenden Haus spukte es nicht. In seinem Innern warteten weder Serienmörder, noch war es von Kakerlaken befallen. Trotzdem verspürte Ian O'Donnell Übelkeit und bekam feuchte Hände, wenn er auch nur daran dachte, auf den Klingelknopf zu drücken. Dabei war das einzig Erschreckende in diesem Haus sein jüngerer Bruder Kurt, der sich in einen Mann namens Davy verliebt und die Familie mit seinem Coming-out bei seiner eigenen Geburtstagsparty schockiert hatte.

Allerdings hatte niemand wütend, verstört oder hasserfüllt reagiert. Niemand bis auf Ian. Er hatte die Feier fluchtartig verlassen und sowohl Kurt als auch den Rest der Familie monatelang gemieden. Er hatte damals nicht zum ersten Mal das Gefühl gehabt, dass dem Nesthäkchen der Familie alles leichter gemacht wurde, hatte jedoch zum ersten Mal zugelassen, dass diese heimtückischen Gefühle sein Verhältnis zu seinem Bruder beeinflussten. Dann war es seinem dummen Bruder irgendwie gelungen, sich im Dienst schwer zu verletzen, woraufhin alles andere unwichtig geworden war. Jetzt wollte er sich nur noch wieder mit Kurt vertragen. Hätte er doch bloß gewusst, wie.

Während er unentschlossen auf dem Bürgersteig auf und ab ging, warf er einen Blick auf die Autos in der Einfahrt. Er war nicht sicher, ob ihm sein Geständnis in Gegenwart anderer Leute schwerer oder leichter fallen würde. So verlockend die Vorstellung auch war, ins Auto zu steigen und das Gespräch aufzuschieben, war er seit Kurts Krankenhausaufenthalt dutzende Male an diesem Haus vorbeigefahren und hatte sich heute endlich dazu durchringen können, auszusteigen.

Kurt musste ihm einfach verzeihen, auch wenn Ian sich wie ein egoistischer, egozentrischer Idiot verhalten hatte. Falls die Beziehung zu seinem Bruder unwiederbringlich verloren sein sollte, würde sie eine große Lücke in seinem Leben hinterlassen – und das konnte er nur sich selbst vorwerfen.

Mit einem letzten tiefen Atemzug ging er auf die Tür zu und klingelte.

Ein schlanker, etwas zerzaust wirkender Mann führte ihn ins Haus, führte ihn zu Kurt.

Im Raum befanden sich andere Männer und er war vom Geruch frischer Farbe erfüllt, was Ian allerdings kaum wahrnahm.

„Was willst du hier?" Sein kleiner Bruder stand auf, woraufhin sich ein dunkelhaariger und ein blonder Mann schützend neben ihn stellten. Einer von ihnen musste Davy sein.

Ian war nicht sicher, wie er die beinahe wütende Frage beantworten sollte. Am liebsten hätte er Kurt umarmt, wusste allerdings nicht, ob Kurt ihn abweisen oder ob die Geste ihm sogar Schmerzen bereiten würde. Zwar hatte er Kurt im Krankenhaus besucht, das Zimmer allerdings nie betreten, während Kurt wach gewesen war. Er hatte sich einfach zu sehr geschämt. Kurts angespanntes Gesicht verriet, dass er auch jetzt noch Schmerzen hatte, was für Ian ein unerträglicher Gedanke war.

Wenigstens sah er etwas besser aus als im Krankenhaus. Trotzdem wirkte der eigentlich große, muskulöse Mann durch den Gewichtsverlust nach seiner Verletzung beinahe zerbrechlich. Erneut musste Ian gegen das Verlangen ankämpfen, sich einfach umzudrehen und wegzulaufen.

„Oh mein Gott, Kurt! Das ist einer deiner Brüder?" Der ungläubige Tonfall lenkte Ians Aufmerksamkeit kurz auf den kleinen blonden Mann, der neben seinem Bruder stand. Er musste tief Luft holen: Der Mann war verdammt niedlich. Ein abgetragenes rosa T-Shirt bedeckte eine wohlgeformte Brust und einen flachen Bauch. Er war nicht übertrieben muskulös, wirkte jedoch auf elegante Art kraftvoll – wie ein Balletttänzer. Am Halsausschnitt seines T-Shirts befand sich ein kleines Loch, in das Ian am liebsten einen Finger gesteckt hätte, um ihm das Kleidungsstück vom Körper zu reißen und mehr von seiner goldenen Haut zu entblößen. Die etwas lockerer sitzende, mit Farbe bespritzte Jeans sah nach einer größeren Herausforderung aus, hatte an einem Oberschenkel allerdings ebenfalls einen Riss, der Ian auf interessante Ideen brachte.

„Bitte sag mir, dass er auch schwul ist." Das Interesse in Stimme und Blick war unverkennbar. Trotz seines eigentlichen Vorhabens konnte Ian nicht anders, als den Blick kurz zu erwidern. Wäre das hier ein Club gewesen, hätten sie sich bereits wenige Minuten später in einer Toilettenkabine, einem Hinterzimmer oder einer dunklen Gasse befunden – vorausgesetzt dass es sich bei dem Blonden nicht um Davy handelte, mit dem sein Bruder jetzt zusammenlebte. In diesem Fall konnte Ian nur hoffen, dass der Mann sich auf Blicke beschränkte.

„Er ist hetero", antwortete Kurt beinahe tonlos.

Da war er bereits. Der Moment der Wahrheit. Ian wurde übel.

Nur war die Wahrheit eben alles, was er hatte. Das Einzige, was die Kluft zwischen ihnen überbrücken konnte. Die Wahrheit, die er nie jemandem verraten hatte, der seinen vollen Namen kannte – und schon gar nicht jemandem, der wusste, als welcher Superheld er sich als Kind verkleidet hatte.

„Das bin ich nicht."

Der Blonde gab ein etwas übertrieben begeistertes Quietschen von sich, das Ians Schwanz als sehr vielversprechend interpretierte. Allerdings musste dieser sich noch gedulden, denn die Sache mit seinem Bruder hatte Vorrang. Und besagter Bruder starrte ihn gerade an, als hätte Ian sich einen grausamen Scherz erlaubt. Mit zusammengepressten Lippen und seinem strengen Polizistengesicht packte er Ian beim Arm und schob ihn auf die Kellertür zu, wo er ihn losließ und auf die Treppe deutete.

Ian stieg die knarzenden Stufen in die Dunkelheit hinab, als ginge er seinem Ende entgegen.

„He, du gehst aber nicht mit mir da runter, um mich umzubringen, oder?"

Kurt schnaubte. „Eigentlich sollte ich das, du Idiot."

„Ist der Boden geeignet, um eine Leiche zu vergraben?" Ian konnte sich die Frage nicht verkneifen.

„Ganz bestimmt nicht. Es ist unser Fitnessraum."

Sein Bruder schaltete das Licht an und erhellte einen mit vielen Geräten ausgestatteten Raum, der Ian kurz ablenkte. Er ging nicht unbedingt gern ins Fitnessstudio – ganz im Gegensatz zu Kurt –, konnte sich aber gut vorstellen, in diesem Raum mit seinem fantastischen Equipment zu trainieren.

„Oh mein Gott, Kurt. Das ist ja unglaublich." Trainierte Davy genauso gern wie Kurt oder war das hier allein für seinen Bruder bestimmt?

„Lenk nicht ab. Was ist los?"

Gott, hatte er das nicht bereits gesagt? Musste er es Kurt auch noch ausführlich erklären oder ein Diagramm zeichnen?

„Ernsthaft, Ian, was hast du vorhin gemeint?" Kurt sah so wütend aus, als wollte er ihn schlagen. Falls er das wirklich vorhatte, würde er vermutlich trotz seiner Verletzung ziemlichen Schaden anrichten. Ian kam wohl nicht um Erklärungen und Diagramme herum. Er begann, auf und ab zu gehen, und überlegte, wie er anfangen sollte.

„Ich … ich bin auch schwul."

Kurt warf ihm einen finsteren Blick zu. „Und was ist dann mit den ganzen Mädchen? Mit den Stripperinnen?"

Seine Familie hielt ihn für einen totalen Aufreißer, der jedem Rock hinterherlief – was er in ihrer Gegenwart allerdings auch tat. Wenn sie ihn nicht sahen, war er ebenfalls ein totaler Aufreißer, der sich allerdings nur für Schwänze interessierte.

„Ich könnte dich dasselbe fragen. Du hattest doch auch Freundinnen."
Allerdings hatte Kurt auch getan, was Ian nie gewagt hatte – und dafür hatte Ian ihn ein kleines bisschen gehasst.

„Heißt das, du hast es jetzt erst gemerkt?" Kurts zweifelnder Tonfall zeigte Ian, dass er nicht völlig überzeugt war. Er schien noch nicht sicher zu sein, ob es sich nicht doch um einen üblen Scherz handelte – wie er sie als Kind oft von seinen Brüdern erlebt hatte. Sie hatten fünf andere Geschwister, doch nur die drei jüngsten – er, Kurt und Dylan – hatten so viel Zeit damit verbracht, einander zu ärgern. Allerdings war das kein Thema, das man sich für dumme Witze aussuchte. Das hätte er Kurt niemals angetan und es versetzte ihm einen Stich, dass Kurt es ihm zuzutrauen schien.

„Nein. Ich weiß es schon länger. Seit Jahren. Mit den Frauen wollte ich es nur verheimlichen."

Er hatte dieses dunkle Geheimnis aus Angst beinahe zwanzig Jahre bewahrt, selbst vor den Menschen, denen er nahestand. Als Kurt sich der Familie gegenüber geoutet hatte, und zwar ohne negative Reaktionen, hatte es Ian tief im Innern verletzt. Plötzlich wusste er, dass er sich völlig umsonst so lange mit seinem Geheimnis gequält hatte, und konnte nicht anders, als es Kurt übelzunehmen. Nach anfänglicher Wut und Eifersucht waren jetzt allerdings lediglich Scham und Schuldgefühle zurückgeblieben.

„Seit Jahren? Meinst du das ernst? Das soll ich dir alles glauben?"

„Ich hatte Angst. Ich dachte, ich würde euch alle verlieren. Also habe ich es verschwiegen. Und als du mir das von dir erzählt hast, so selbstbewusst und offen, dachte ich, du hättest es irgendwie rausgefunden und wolltest dich über mich lustig machen. Als dann klar wurde, dass du es ernst meintest und alle es problemlos hinnahmen … war ich wütend." Ian starrte auf den Boden, da er sich vor der Ablehnung in Kurts Gesicht fürchtete. Sein kleiner Bruder war mutig gewesen, hatte ihm den Weg bereitet – und trotzdem war er zu feige gewesen, ihn zu beschreiten.

„Komm her." Plötzlich spürte er, wie Kurt ihn in die Arme schloss. Auch wenn er Kurts Vergebung nicht verdient hatte, nahm er sie an. Mit feuchten Augen klammerte er sich an Kurts breite Schultern und vergrub das Gesicht mit einem unterdrückten Schluchzen in seinem T-Shirt. Ohne seine Familie hatte er sich einsam gefühlt, doch nicht mit Dylan und Kurt reden zu können war beinahe unerträglich gewesen.

Sein Bruder schob ihn zu einer PVC-bezogenen Bank, wo sie eine Weile saßen, bis Ian seine Fassung wiedergefunden hatte.

„Wirst du es allen sagen?"

„Ja. Das viele Lügen hat mich echt fertiggemacht. Ich kann immer noch nicht glauben, dass du dich getraut hast, es bei deiner eigenen Geburtstagsfeier zu sagen." Da er sich jetzt endlich zusammengerissen hatte, war Kurt nur der Anfang gewesen. Ihre Mutter lud jeden Sonntag die ganze Familie zum Essen ein. Obwohl nicht immer alle Geschwister dort waren, konnte er dann zumindest seine Eltern von der Liste streichen. Die übrigen Geschwister würden danach kein Problem mehr darstellen.

„Na ja, ich hatte den richtigen Anreiz: Hast du meinen Freund gesehen?" Kurt grinste.

Ian lächelte und wischte sich über die feuchten Augen. „Der niedliche Blonde?" Der blonde Mann mit dem rosa T-Shirt war der heißeste Typ in einem Raum voller heißer Typen gewesen. Wenn Kurt sich ihn bereits geschnappt hätte, wäre es nicht verwunderlich gewesen.

„Hast du einen Freund?"

„Nein, ich hatte nur viele One-Night-Stands." Sehr viele. Von Beziehungen hatte er keine Ahnung.

„Dann komm mit hoch und ich stelle dir Rick vor."

„Rick?" Wer von den Männern war Rick? Jedenfalls war es ein Name, den man gut beim Sex herausschreien konnte.

„Der niedliche Blonde", erklärte Kurt. „Mein Davy ist der große mit den dunklen Haaren."

„Okay. Und ich würde gern bleiben und helfen, wenn du nichts dagegen hast."

RICK KLATSCHTE eine Farbrolle gegen die Wand, was für einige Spritzer sorgte. Mist, er war so ein Idiot. Er bewegte die Rolle über die Wand, bis die Farbe darin verbraucht war, und legte sie in der Farbwanne ab, um sich den zitronengelben Spritzern auf seinen Armen zu widmen. Leider gelang es ihm nur, sie zu verschmieren.

Er war immer noch nicht sicher, warum er auf Ians Coming-out so verdammt albern reagiert hatte. Eigentlich wusste er doch besser als jeder andere, wie schwer so etwas sein konnte. Obwohl Ian damit gerechnet haben musste, dass ein schwuler Bruder, der gerade mit seinem Freund zusammengezogen war, nicht allzu negativ reagieren würde. Von Davy wusste er, dass Kurt und sein Bruder sich in den letzten Monaten aus dem Weg gegangen waren und dass es mit Kurts Coming-out zusammenzuhängen schien. Mehr hatte Rick nicht über die Sache gehört, da Kurt Privates meist für sich behielt und Rick sich nicht in Familienangelegenheiten einmischte – auch wenn er bei Ian vielleicht eine Ausnahme machen würde.

Falls Ian ihn nicht hasste, weil er sich wie ein oberflächlicher Idiot benommen hatte. Rick hatte sich in seine Rolle als sexbesessener Discoboy versetzt, sobald sein Blick auf Ian gefallen war, und er hatte reagiert, bevor ihm klar geworden war, dass Ians Worte in anderer Hinsicht als auf Ricks Schwanz wesentlich größere Bedeutung hatten.

Rick hatte immer ein wenig für Kurt mit seiner respekteinflößenden Art als Polizist und seinen beeindruckenden Muskeln geschwärmt. Jedoch war Ian wie eine noch geschliffenere, verbesserte und attraktivere Version von Kurt. Sein

Haar war dunkler, seine blauen Augen etwas heller und er wirkte ausgesprochen durchtrainiert.

„He, Rick." Beim Klang von Kurts tiefer Stimme drehte er sich um und sah neben Kurt Ian stehen, als hätten seine Gedanken ihn heraufbeschworen.

„Ähm, ja?" Mit dieser brillanten Antwort hatte er den schlechten ersten Eindruck nicht gerade verbessert.

„Rick, das ist mein Bruder Ian. Ian, mein Freund Rick."

Ians gerötete Augen und die schüchterne Verletzlichkeit in seinem Blick berührten ihn. Selbst wenn es sich bei Ian um einen Beziehungsmenschen wie Kurt handeln sollte, brachte er es nicht übers Herz, sich abweisend zu verhalten. Schon gar nicht nach seiner vorhergegangenen Rücksichtslosigkeit.

Er streckte die Hand aus. „Schön, dich kennenzulernen, Ian."

Ian ergriff sie. „Ganz meinerseits." Die Hitze war zurück – die Hitze, die ihm ganz zu Beginn in Ians Blick aufgefallen war, als dieser Rick von oben bis unten gemustert hatte, besonders eine bestimmte Stelle in der Mitte. Ian hielt seine Hand länger fest, als es üblich war, und streichelte einmal über die Innenseite von Ricks Handgelenk, bevor er ihn losließ. Die unauffällige, jedoch vielsagende Berührung verursachte Rick Gänsehaut.

Ian wandte sich an seinen Bruder. „Ich glaube, ich bleibe hier und helfe Rick."

Kurt verdrehte die Augen und ging. Ricks Herz schlug schneller, als ihm klar wurde, dass sie allein waren.

„Also, ich bin ziemlich sicher, dass die Farbe eigentlich an die Wand gehört." Ians Grinsen wirkte plötzlich überhaupt nicht mehr schüchtern, als er einen Finger ausstreckte und ihn über Ricks Wange, an seinem Hals hinunter und bis zu seinem Schlüsselbein gleiten ließ.

Wärme stieg in ihm auf und Blut stieg in seinen Schwanz. Die Kombination aus Verlegenheit und plötzlicher heftiger Lust war ein verwirrendes, aber nicht unbedingt unangenehmes Gefühl.

„Vielleicht musst du mir erst vormachen, wie es geht", erwiderte Rick mit tiefer Stimme. Ians geweitete Pupillen, die das umwerfende Blau seiner Iris zu einem schmalen Ring werden ließen, zeigten ihm, dass sie beide kein großes Interesse am Anstreichen hatten. Glücklicherweise hatte Ricks Verärgerung über seine erste Reaktion auf Ian ihn dazu gebracht, schnell zu arbeiten, weshalb es in der Küche nicht mehr viel zu tun gab.

Plötzlich schob Ian einen Finger durch das Loch in Ricks T-Shirt und der unerwartete Kontakt mit seiner Haut brachte seine Erektion vor Lust zum Pochen.

„Vielleicht muss ich das wirklich, denn du scheinst dabei dein T-Shirt ruiniert zu haben." Ians Worte wurden von einem scharfen Geräusch begleitet, als er seinen Finger nach unten zog. Obwohl er nicht besonders kräftig gezogen hatte, weshalb der Riss nicht viel größer geworden war, kam es Rick beinahe so vor, als wäre er nackt. Ein Blick zwischen Ians Beine bestätigte ihm, dass er da nicht der Einzige war. Am liebsten hätte er Ians Jeans geöffnet und ihn gleich hier in Davys

Küche in den Mund genommen. Aber wenn Davy sie dann nicht dafür umbrachte, würde Kurt ihm sicher sein bestes Stück abschießen. Für einen heißen schwulen Polizistenhengst konnte Kurt erschreckend prüde sein.

Würde Ian das T-Shirt einfach ganz zerreißen, sobald sie allein wären? Im wirklichen Leben war das nicht so leicht, wie es in Pornofilmen aussah, aber die Vorstellung ließ Rick erzittern.

Ian kam noch näher und legte eine Hand auf seinen Schwanz. Rick stöhnte und drängte sich dem warmen, angenehmen Druck entgegen.

„Sollen wir abhauen?" Rick berührte Ian auf die gleiche Weise und wurde ebenfalls mit einem Stöhnen belohnt.

„Eigentlich gerne, aber ich habe versprochen zu helfen." Ian machte stirnrunzelnd einen Schritt zurück, trennte sie voneinander.

Rick passte das kein bisschen. Ians Schwanz hatte sich wie ein Kunstwerk angefühlt und Rick war bereit gewesen, ihn angemessen zu verehren.

„Hier fehlt nur noch eine Wand. Außer Davy sind noch mindestens vier Jungs da, die sich um den Rest des Hauses kümmern können."

Ians Lippen verzogen sich zu einem gefährlichen Grinsen, das Rick den Atem raubte. „Dann lass uns eine Rolle für mich finden, damit wir hier fertig werden."

IN REKORDZEIT strichen sie die letzte Küchenwand und reinigten die Rollen, obwohl sie nicht durchgängig die Finger voneinander lassen konnten. Am Ende war Rick kaum noch in der Lage, sich zu beherrschen. Er vermutete, dass er den ersten Orgasmus verdammt schnell hinter sich haben würde, sobald sie allein waren. Da er ohnehin plante, mit diesem Mann mehrere zu haben, störte es ihn allerdings nicht besonders.

„Sieht gut aus", sagte Ian, sah dabei allerdings nicht die Wand an. Rick sonnte sich ein wenig in der Aufmerksamkeit und genoss den bewundernden Blick.

„Können wir dann los?"

„Ja", antwortete Ian mit großem Nachdruck. Rick konnte sich nicht daran erinnern, jemals so verzweifelt scharf auf einen Mann gewesen zu sein. Oscar hatte ihn noch vor der Fahrt hierher ziemlich angemacht, doch er hatte ihn niemals so sehr gewollt wie jetzt Ian. Diese Lust war allein für Ian und Rick wollte sie stundenlang stillen.

„Wohin?" Rick hatte nicht vor, ihn zu sich einzuladen. Hoffentlich hatte Ian keinen Mitbewohner.

„Zu mir."

Gut.

Sie schlichen sich durch die Hintertür hinaus und umrundeten das Haus, ohne jemandem zu begegnen. Vor dem Haus erlebte Rick allerdings eine unangenehme Überraschung: Sein Auto war von den anderen Helfern zugeparkt worden, was ihre

346

Pläne mit dem unbemerkten Verschwinden durchkreuzte. Keiner von ihnen wollte sich die dummen Sprüche ihrer Freunde anhören, die sicher gleich wüssten, was sie vorhatten – ihre Erektionen waren unübersehbar.

„Schickst du mir deine Adresse? Dann komme ich nach, sobald ich mein Auto befreit habe."

Ian schob ihn gegen eines der Autos. Rick war zu sehr auf Ian konzentriert, um darüber nachzudenken, wem es gehörte und um welches Modell es sich handelte. „Fahr doch einfach bei mir mit. Ich bringe dich später zurück."

Dann bewegte Ian seine Hüften, was Ricks Schwanz zum Zucken brachte. Das tat er nie. Er ließ nie zu, dass er irgendwo ohne sein Auto strandete. Nur handelte es sich hier um Kurts Bruder. Er warf einen Blick in die fesselnden blauen Augen und verspürte den unbegreiflichen Wunsch, diesen Mann zu küssen. Vielleicht konnte er eine Ausnahme machen. Zumindest was das Auto anging – Küssen kam trotzdem nicht infrage. Küssen war etwas so Intimes, dass es aus Männern Beziehungsmenschen machte.

„Na gut, in Ordnung. Dann lass uns fahren." Seltsamerweise störte es ihn nicht, die Regel mit seinem Auto gebrochen zu haben. Trotzdem wollte er sich lieber auf den Weg machen, bevor er weitere Regeln brach.

DIE HÄNDE fest um Ricks Hintern gelegt, führte Ian ihn – oder schob ihn vielmehr – in seine Wohnung. Er wollte ihn so schnell wie möglich nackt in seinem Bett haben.

„Hier sieht's nett aus." Ricks Stimme war atemlos und er log eindeutig, denn Ian hatte nicht das Licht eingeschaltet.

„Danke", antwortete er trotzdem und zwickte Rick mit den Zähnen in den Hals, wofür er mit einem Stöhnen belohnt wurde.

„Zeig mir dein Schlafzimmer."

Als hätte er etwas anderes vorgehabt. Die Couch wäre zwar ebenfalls geeignet gewesen, doch vor dem heutigen Tag hatte er es nie gewagt, einen Mann in seine Wohnung zu bringen, da er immer befürchtet hatte, seine Geschwister oder Arbeitskollegen könnten es herausfinden. Daher ließ ihn der Gedanke, Rick jetzt nackt in seinem eigenen Bett, auf seinen eigenen Laken liegen zu sehen, beinahe den Reißverschluss seiner Jeans sprengen.

Er legte von hinten die Arme um Rick und ließ eine Hand zu seiner jeansstoffbedeckten Erektion wandern, während er die andere unter sein T-Shirt schob und auf die warme, mit weichen Härchen bedeckte Haut von Ricks Bauch legte. Rick stieß einen wilden, lustvollen Laut aus, der Ian beinahe seine kaum noch vorhandene Kontrolle verlieren ließ. Ohne Rick loszulassen, manövrierte er sie ins Schlafzimmer.

Als sie bei Ians Bett angekommen waren, löste sich Rick aus seiner Umarmung und zog sich hastig das T-Shirt über den Kopf.

„Zieh dich endlich aus, Ian. Du machst mich schon seit Stunden wahnsinnig."

„Du mich auch."

Viele Stunden waren es zwar nicht gewesen, doch ihr Vorspiel beim Anstreichen hatte länger gedauert als jedes, das Ian bisher erlebt hatte. Ian entledigte sich seines T-Shirts – so eilig, dass er glaubte, eine Naht reißen zu hören – und zog Rick am Hosenbund seiner Jeans zu sich, bevor dieser sie ausziehen konnte. Dann schob er seine Hände hinein, um das selbst zu übernehmen. Als er Ricks Finger an seinem eigenen Reißverschluss spürte, wurden seine Hände etwas zittrig und er musste sich konzentrieren, um Ricks Jeans hinunterzuschieben und einen ansehnlichen Schwanz zu befreien.

Ian legte seine Hand darum und streichelte einmal darüber, bevor er seine Finger weiter nach unten zu haarlosen Hoden wandern ließ. Am liebsten hätte er Rick mit seinen Händen und Lippen überall gleichzeitig berührt und Ricks Beine gespreizt, um sich tief in seinem Körper zu versenken. Er wollte Rick vor Lust zum Schreien bringen. Er wollte es so heftig mit ihm treiben, dass die Wände erzitterten und die Laken Feuer fingen.

Dass Rick ein bisschen albern wirkte, während er sich bemühte, aus Jeans und Schuhen zu schlüpfen und gleichzeitig Ians Hose herunterzuziehen, war das Einzige, was Ian davor bewahrte, augenblicklich zu kommen, als Ricks kräftige Finger zum ersten Mal seinen nackten Schwanz berührten.

„Komm schon, komm schon." Rick schob Ians Jeans und Boxershorts nur so weit hinunter, wie es nötig war, bevor er beide Hände um seine Erektion legte.

Während Ian sein ersticktes Wimmern unter anderen Umständen vielleicht peinlich gewesen wäre, war er im Moment zu sehr auf das Ziel konzentriert, sich endlich in Rick zu schieben und sie beide zum Höhepunkt zu bringen. Mehr Zeit zum Erkunden würde er sich dann bei der zweiten Runde lassen können.

„Aufs Bett." Hätte Rick nicht seinen Schwanz festgehalten, hätte er ihn wahrscheinlich einfach wie ein Neandertaler daraufgeworfen.

Rick kam der Aufforderung widerspruchslos nach und machte es sich in der Mitte der Matratze bequem, während Ian Gleitgel und Kondome aus seiner Kommode holte. Beides warf er Rick zu, der die Gleitgelflasche öffnete.

„Zieh dir was über, Süßer. Ich kümmer mich um den Rest."

Ian war verwirrt, bis Rick sich das Gleitgel auf die Hand träufelte und zwei Finger in sich schob. Rick wand sich stöhnend auf dem Bett, während er sich bereit machte, und Ian streifte sich mit zitternden Fingern hastig ein Kondom über, da sonst alles ziemlich schnell vorbei gewesen wäre.

Als er seine Hände auf Ricks Schenkel legte, war es wie ein Signal: Rick löste seine Finger, spreizte einladend die Beine und zog die Knie in Richtung Brust.

Ian zögerte nicht, sondern schob sich umgehend in Ricks willigen Körper. Als er sich ganz in ihm befand, hielt er zitternd inne. Rick war so verdammt eng und heiß.

„Mach schon, verdammt, mach schon!", verlangte Rick und schob sich ihm energisch entgegen. Ian konnte nicht länger an sich halten.

Mit schnellen, heftigen Stößen rammte er sich in ihn, wobei ihn das erotische Geräusch aufeinandertreffender nackter Haut nur noch weiter anspornte.

„Fuck, fuck, fuck", wimmerte Rick leise. Er legte eine Hand um seinen Schwanz und musste nur zweimal daran entlangstreichen, bevor es vorbei war. Der Anblick von Ricks Sperma und das Gefühl seiner sich zusammenziehenden Muskeln brachte Ian ebenfalls in Rekordzeit zum Höhepunkt. Sein Körper versteifte sich, seine Hüften zuckten und er sah Sterne, während er sich in das Kondom ergoss.

Als er kraftlos auf Rick zusammensank, genoss er die viele nackte Haut unter ihm und das Sperma eines anderen Mannes, das er an seinem Bauch spürte. Es wäre beinahe genug gewesen, um ihn wieder in Fahrt zu bringen. Noch nie hatte er all das in Ruhe erleben können, sondern war immer gehetzt gewesen und hatte gefürchtet, entdeckt zu werden. Er konnte es kaum erwarten, das zu wiederholen.

Ricks Hand streichelte ihm den Rücken und über das Hämmern seines Herzens hinweg hörte Ian Ricks heftige Atemzüge, die bei ihm auf einen ähnlich intensiven Orgasmus hindeuteten.

Nach einiger Zeit gehorchten ihm seine Muskeln endlich wieder ein wenig. Er löste sich etwas widerstrebend aus Ricks Körper, warf das Kondom in Richtung Abfalleimer und schnappte sich sein T-Shirt, um sie beide zu säubern.

Seine Augenlider wurden immer schwerer, als er sich wieder zu Rick legte, ihn an sich zog und seine Lippen gegen Ricks Nacken presste. Nach diesem umwerfenden Orgasmus und einem emotional aufreibenden Tag konnte er sich nicht länger gegen die Erschöpfung wehren. Er dachte noch ein letztes Mal reuevoll daran, dass er nicht mehr zu einer zweiten Runde im Stande gewesen war, bevor er vom Schlaf übermannt wurde.

2

RICK PRESSTE seine Sneaker an seine Brust und lehnte sich gegen die geschlossene Tür. Glücklicherweise war von Ians Nachbarn zu dieser frühen Stunde nichts zu sehen. Das hier tat Rick normalerweise nicht. Er ging nicht mit fremden Männern nach Hause. Dennoch war es Ian irgendwie gelungen, ihm näherzukommen. So nah, dass er, als er neben ihm aufgewacht war – und neben einem anderen Mann einzuschlafen kam eigentlich auch nicht infrage –, darüber nachgedacht hatte, ihn aufzuwecken und noch ein bisschen Spaß mit ihm zu haben. Obwohl seine Freunde ihn für eine ziemliche Schlampe hielten, ging er mit Männern, die er gerade erst kennengelernt hatte, normalerweise nie so weit. Eine helfende Hand oder manchmal ein Blowjob in einem Club waren das mindeste.

Er bereute ein bisschen, dass er auf Morgensex verzichtet hatte. Er hatte viel Gutes darüber gehört und sich jetzt beinahe dazu hinreißen lassen. Ian hatte eine ungewöhnliche Wirkung auf ihn.

Leider war er unsicher, wie er ihn einordnen sollte. Konnte er ihn auf seine Liste mit Sexfreunden setzen? Oder war er zu sehr wie Kurt?

Mit einem letzten Blick auf Ians Tür schlüpfte er in seine Sneaker und stieg in den Aufzug.

Draußen war der Morgenhimmel dunstig und durch die Feuchtigkeit klebte ihm die Kleidung am Körper. Rick verfluchte seinen Schwanz. Nichts anderes konnte dafür verantwortlich sein, dass er nicht in seinem eigenen Auto hergekommen war. Ians hübsche blaue Äuglein hatten seinen dämlichen Schwanz dazu gebracht, eine seiner Regeln zu brechen. Es machte Ian gefährlich.

Rick ging ein Stück die Straße entlang, bis er auf eine Bushaltestelle mit einer Bank stieß. Dort förderte er aus einer sehr engen Hosentasche sein Handy zutage und rief ein Taxi. Er war froh, dass ihn das Haltestellenhäuschen vor der grellen Sonne schützte. Als er sich auf der Aluminiumbank niederließ, erinnerte ihn sein Hinterteil auf unangenehme Weise daran, wie weit er mit einem praktisch Unbekannten gegangen war. Allerdings konnte er nicht abstreiten, dass Ian im Bett wusste, was er tat.

Als Rick am Vortag begriffen hatte, dass Ian sich gerade outete, war ihm die schüchterne Verletzlichkeit des Mannes zu Herzen gegangen – und ein anderer Körperteil war ebenfalls sehr interessiert gewesen. Allerdings hatte es nicht lange gedauert, bis Ians Schüchternheit verschwunden gewesen war und diese Widersprüchlichkeit hatte es Rick schwer gemacht, ihn richtig einzuschätzen. War er ein Beziehungsmensch? Hoffentlich nicht. Ian hätte nämlich einen fantastischen Fickfreund abgegeben.

Ob er sich Hoffnung machen konnte, dass Ian einem ähnlichen Beruf nachging wie Kurt? Rick liebte nämlich Uniformen – obwohl er nach Kurts Verletzung nicht sicher war, ob er sich um eine weitere Person mit einem gefährlichen Beruf sorgen wollte. Ian und er hatten sich nicht viel voneinander erzählt. Falls er ihn wiedersehen sollte, würde er in Erfahrung bringen, womit der Mann sein Geld verdiente.

Als endlich das Taxi eintraf, verfluchte Rick erneut seine gestrige Schwäche, die ihn dazu gebracht hatte, seine Regeln zu brechen. Mit seinem eigenen Auto wäre er bereits lange zu Hause gewesen. Er überprüfte mit der Hand den Inhalt seiner Hosentasche und stöhnte.

Verdammt.

Er klopfte mit den Fingern an die Autoscheibe. „Einen Moment."

Nachdem der Taxifahrer mit einem wortlosen Brummen geantwortet hatte, schloss Rick die Augen, um nachzudenken. Wenigstens hatte sich der Alkohol bei der Anstreichparty in Grenzen gehalten, sodass seine Erinnerung an den Vortag nicht dadurch getrübt wurde. Daher wusste er, dass er sein Handy und sein Portemonnaie in die Taschen seiner engen Hose gezwängt hatte, was ihm mit seinem Schlüsselbund allerdings nicht gelungen war. Also hatte er es in der Hand gehalten, als er Davys und Kurts Haus betreten hatte, und es anschließend auf einem Regal abgelegt ... wo es liegen geblieben war, als er sich mit Ian heimlich davongemacht hatte.

Leider war es viel zu früh, um vor Davys Tür aufzutauchen und er hatte nicht vor, bei Ian zu klingeln, damit der ihn wieder hineinließ. Zum Glück war da der lockere Riegel an seinem Kellerfenster. Er hatte es nicht allzu eilig gehabt, ihn zu reparieren, da er in einer relativ sicheren Gegend wohnte. Jetzt war er froh, dass er es noch nicht getan hatte. Selbst ein schlanker Mann wie er würde sich ziemlich hindurchquetschen müssen, doch so musste er sich wenigstens nicht zu so früher Stunde vor seinen Freunden blamieren.

„Okay, also los." Rick stieg ins Taxi und gab dem Fahrer seine Adresse. Wenigstens hatte er sein Portemonnaie – sonst hätte er den Morgen in irgendeinem durchgängig geöffneten Diner mit noch vom Vorabend betrunkenen Jugendlichen verbringen müssen. Auch wenn er immer noch wie der Partyboy aussah, befand er sich am falschen Ende von dreißig, hatte einen anständigen Beruf und besaß ein Haus. Leider war der Partyboy eben, woran seine Freunde gewöhnt waren und was ihm die Art von Männern verschaffte, die er wollte. Wenn er sich zu erwachsen gegeben hätte, wären ihm noch mehr „Beziehungsmenschen" nachgelaufen.

RICK BEZAHLTE den Fahrer, bevor er aus dem Taxi stieg. Obwohl er sich auch jetzt noch darüber ärgerte, sein Auto zurückgelassen zu haben und bei Ian eingeschlafen zu sein, konnte er den Abend doch nicht bereuen. Zumindest nicht alles daran. Sich Ian hinzugeben war leicht gewesen und sie hatten zusammengepasst, wie er es nie zuvor erlebt hatte. Trotzdem war es nicht klug gewesen, seine Regeln zu brechen. Die Wärme in seinem Innern, wenn er an Ians eindringliche blaue Augen und seine überwältigende Lust zurückdachte … Die Regeln waren nicht nur da, um Beziehungsmenschen von ihm fernzuhalten, sondern sollten auch verhindern, dass Rick zu starke Gefühle entwickelte. Gefühle führten zu Beziehungen und Beziehungen waren für ihn absolut unmöglich.

Er riss sich von seinen Grübeleien los und hob den Blick vom Gehweg zu seiner Haustür, erstarrte allerdings sofort. Auf der Stufe vor dem Hauseingang saß Oscar – er schien zu schlafen – mit einem riesigen Strauß weißer Blumen neben sich.

Offenbar hatte der heutige Tag vor, genauso seltsam zu werden wie der vorherige. Verdammt. Als wäre es nicht schon schwer genug gewesen, die letzte Nacht mit ihren gebrochenen Regeln und dem ungewöhnlich fantastischen – wenn auch kurzen – Sex zu verarbeiten. Eigentlich war das Ganze sowieso Oscars Schuld. Er hatte Rick vor der Anstreichparty so aus dem Gleichgewicht gebracht, dass er sich nicht gegen Ians Attraktivität hatte wehren können.

Bei diesem Gedanken wurde seine Verwirrung von Wut verdrängt. Er stapfte zu seiner Veranda und schnippte mit dem Finger gegen Oscars Schulter. „Wach auf. Was willst du hier?"

Oscar blinzelte verschlafen zu ihm hinauf und lächelte. Versuchte er gerade, süß auszusehen? Rick wollte einfach nur durch sein Kellerfenster klettern – und zwar ohne sich dabei vor einem Zuschauer blamieren zu müssen – und sich unter die Dusche stellen. Ohne seinen Hausschlüssel würde es nicht leicht werden, Oscar zu entkommen – was auch immer dieser sich bei der ganzen Sache dachte. Und er musste nicht erst auf sein Handy schauen, um zu wissen, dass es noch verdammt früh war.

Zu früh für Besucher.

„Rick, Baby."

Rick zuckte zusammen. „Gott, nenn mich gefälligst nicht so. Noch einmal: Was willst du hier?"

Oscar ignorierte Ricks Unmut und hielt ihm lächelnd den Blumenstrauß entgegen, der so groß war, dass man sich dahinter hätte verstecken können. Obwohl Oscars angenehmes Wesen einer der Gründe gewesen war, aus denen Rick ihn auf seine Männerliste gesetzt hatte, wirkte er im Augenblick einfach nur schwer von Begriff – oder er stellte sich absichtlich dumm, was die Sache nicht besser machte.

„Ich weiß nicht, was gestern Abend schiefgelaufen ist, aber so konnte ich es einfach nicht enden lassen. Es tut mir leid."

Rick unterdrückte ein Augenrollen. Er hatte ziemlich deutlich klargemacht, wo das Problem lag. Trotzdem waren die Blumen eine nette Geste.

„Danke, Oscar", sagte er also und streckte eine Hand nach den Blumen aus. Auch wenn er nicht sicher war, ob es ihm gefiel, mit Blumen besänftigt zu werden, musste er zugeben, dass sie wirklich hübsch waren.

Da zog Oscar ihm plötzlich völlig unerwartet die Blumen weg und beugte sich stattdessen zu einem Kuss vor. Rick wich ihm aus, wodurch er beinahe rückwärts von der Veranda gefallen wäre. Die Wut kehrte zurück.

„Spinnst du, Oscar? Das ist jetzt endgültig vorbei. Kein Zusammenziehen, kein Sex, keine Anrufe. Nichts. Verstanden?"

Oscars Gesicht verfinsterte sich etwas. „Ich habe mich doch entschuldigt. Wir müssen nicht zusammenziehen. Wir können einfach weitermachen wie bisher. Bitte."

So plötzlich sie aufgetaucht war, verflüchtigte sich Ricks Wut wieder. Zurück blieb nur ein trauriges Gefühl. „Oscar, es tut mir leid, aber wir können uns nicht mehr treffen. Du weißt, dass Beziehungen für mich nicht infrage kommen. Und wenn du jetzt etwas für mich empfindest, können wir auf keinen Fall wie vorher weitermachen. Das wäre uns beiden gegenüber nicht fair."

„Bitte, Rick. Gib mir noch eine Chance. Wir machen alles genau so, wie du es willst."

„Bei mir gibt es keine zweiten Chancen. Ich habe dir doch gesagt, was ich will."

Plötzlich runzelte Oscar die Stirn. „Hattest du gestern nicht genau dasselbe an? Hattest du etwa eine Verabredung mit einem anderen Mann?"

Trotz Oscars offensichtlicher Verärgerung musste Rick ein Lachen unterdrücken. Eine Verabredung konnte man die Sache mit Ian nun wirklich nicht nennen. Obwohl das Ganze – trotz der Missachtung seiner Regeln – ziemlich viel Spaß gemacht hatte, woran ihn sein Hintern auch jetzt noch erinnerte.

„Das geht dich absolut nichts an." Allein der Gedanke an den fantastischen Sex ließ seine Stimme weicher werden, woraufhin sich Oscars Gesicht noch weiter verfinsterte. Vielleicht war jetzt nicht der richtige Zeitpunkt, um an Ian zu denken. „Du solltest jetzt gehen. Schlaf dich aus."

Ob Oscar vielleicht sogar betrunken war? Vielleicht hatte er sich deshalb zu dieser verrückten Idee hinreißen lassen.

„Bist du mit dem Auto hier? Sonst kann ich dir ein Taxi bestellen."

Mit einem Knurren warf Oscar die Blumen auf den Boden. „Leck mich."

Dann drehte er sich ohne ein weiteres Wort um, stürmte zu seinem Auto und raste davon.

Rick verzog das Gesicht. Das war nicht besonders gut gelaufen. Hoffentlich waren seine Worte dieses Mal wenigstens zu Oscar durchgedrungen. Er legte die Blumen neben die Tür, um sie später mit seinem Biomüll zu entsorgen. Jetzt hatte er erst einmal eine Verabredung mit seinem Kellerfenster und seiner Dusche. Hätte er nicht seine Schlüssel und sein Auto wiederbeschaffen müssen, hätte er am liebsten sein Handy ausgeschaltet und sich für den Rest des Wochenendes mit einem Buch in seinem Haus eingeschlossen. Er musste in Ruhe darüber nachdenken, ob Ian sich als Sexfreund eignete oder ob er ihn zu sehr aus dem Gleichgewicht brachte. Aber das hatte Zeit.

SONNENLICHT TRAF auf Ians Augenlider und ließ sie von innen in leuchtendem Rot erscheinen, obwohl er um diese Uhrzeit eigentlich Dunkelheit bevorzugte. Er wandte sich von den warmen Strahlen ab und öffnete ein Auge einen Spalt weit, um einen Blick auf seinen Wecker zu werfen.

Gott. Dank dieser grellen Lichtexplosion konnte er nicht einmal die verdammten Ziffern darauf erkennen. Wie hatte er nur vergessen können, die Vorhänge zu schließen, obwohl er sowohl die nächtlichen Straßenlaternen als auch die Morgensonne verabscheute?

Ach ja: Sex. Unglaublicher Sex. Dieser umwerfend hübsche Männerkörper war ihm wichtiger gewesen als seine Vorhänge. Wenigstens war sein Schlafzimmerfenster nicht gut einsehbar – sonst hätten sie noch jemandem unfreiwillig eine ziemlich heiße Show geliefert. Doch jetzt befand er sich allein in seinem Bett. Er setzte sich auf, um das Zimmer nach dem Mann abzusuchen, der eigentlich noch hätte dort sein sollen, und versuchte es, da sich seine Augen mittlerweile an das Licht gewöhnt hatten, erneut mit einem Blick auf den Wecker. Dann stöhnte er. Es gab keinen Grund, an einem Sonntagmorgen um sechs Uhr wach zu sein.

Von seinem One-Night-Stand war keine Spur zurückgeblieben – bis auf das Kondom, das wie eine abgestreifte Schlangenhaut über dem Rand des Mülleimers hing.

Obwohl er jetzt endgültig wach war, ließ er sich wieder auf sein Kissen sinken. Von seinem Bettzeug ging ein Geruch aus, der ihn und seine Morgenlatte an den außergewöhnlichen letzten Abend erinnerte. Er hätte die abendlichen Aktivitäten an diesem Morgen sehr gern wiederholt, wäre er nicht allein aufgewacht.

Er streckte sich, bevor er sich wieder in sein Bett kuschelte. Bis zum Essen mit der Familie am frühen Nachmittag hatte er keine Termine und ein bisschen mehr Schlaf würde ihm vielleicht helfen, über seine Enttäuschung hinwegzukommen.

Leider musste er dieses Vorhaben schon bald wieder aufgeben: Nachdem er einmal an das Familienessen und seine Pläne dafür gedacht hatte, konnte er nicht mehr schlafen. Obwohl seine Angst vermutlich unbegründet war, fielen ihm die Männer in den roten Uniformen ein, die immer Captain Kirk begleitet hatten. Oder der arme Kerl, der vor Theseus gegen den Minotaurus gekämpft hatte. All diejenigen, die sich bemüht hatten, aber trotzdem dran glauben mussten. Und es machte ihn nervös.

Er brauchte dringend Verstärkung. Ian hatte sich immer am besten mit Kurt und Dylan verstanden, weil sie ihm im Alter am nächsten waren. In ihrer Schulzeit waren sie unzertrennlich gewesen und standen einander auch jetzt noch sehr nahe. Umso schlimmer war es, dass er ihnen nicht sein Geheimnis anvertraut hatte. Kurt wusste jetzt Bescheid und Dylan sollte es heute ebenfalls erfahren. Außerdem erhoffte er sich von den beiden Brüdern Unterstützung.

Er drehte sich auf die Seite, um sein Handy vom Nachttisch zu nehmen, und verbrachte einige Sekunden damit, seine Kontaktliste zu durchsuchen, da er hoffte, Rick hätte vielleicht seine Nummer gespeichert. Leider war das nicht der Fall. Aber egal, er würde einen Weg finden, mit ihm Kontakt aufzunehmen, wenn ihm danach sein sollte.

Seufzend wählte er Dylans Nummer.

„Oh, deine Hände sind ja doch nicht gebrochen."

Ian verdrehte die Augen. „Hat dir Mom beigebracht, wie man jemandem Schuldgefühle einredet?"

„Du hast es absolut verdient." Dylans Stimme klang leicht gereizt, was Ian ihm nicht übelnehmen konnte. Obwohl er sehr mit Hochzeitsvorbereitungen beschäftigt war, hatte er sich trotzdem die Mühe gemacht, Ian anzurufen, der seine Anrufe allerdings jedes Mal ignoriert oder ihn mit wenigen Worten abgewimmelt hatte. Und von sich aus hatte Ian seit Kurts Coming-out so gut wie nie eines seiner Familienmitglieder angerufen.

„Hör zu, es … es tut mir leid. Ich kann es erklären, aber … kannst du dazu nachher zum Essen bei Mom und Dad kommen?"

„Kommst *du* denn?"

Dylan klang nach wie vor skeptisch.

„Ja, Dyl, versprochen." Er war nicht sicher, wie er seinen Bruder von der Wichtigkeit der Angelegenheit überzeugen konnte, ohne bereits etwas zu verraten. Und diesmal wollte er es allen gut vorbereitet und in Ruhe erklären.

Glücklicherweise schien Dylan es zu spüren. „Dann werde ich da sein. Ich freu mich drauf, dich mal wiederzusehen."

„Ja, ich freue mich auch." Ians Augen brannten. Glücklicherweise hatte er in letzter Zeit genug Übung gehabt, um das Gespräch zu beenden, bevor er losheulen konnte. Das hätte ihm jetzt gerade noch gefehlt.

Er hatte darüber nachgedacht, auch Kurt anzurufen, fühlte sich jedoch im Augenblick zu aufgewühlt. Stattdessen schickte er Kurt eine Nachricht, in der er ihn bat, ebenfalls zum Essen zu kommen. Anschließend lehnte er sich wieder in sein Kissen zurück. Nach diesem ersten kleinen Schritt war er bereits etwa entspannter.

Als er es sich bequem machte, stieg ihm erneut Ricks Geruch in die Nase. Er kratzte sich lächelnd den Bauch. Der letzte Abend war ein Meilenstein gewesen, und zwar nicht nur, weil er spektakulären Sex gehabt hatte. Er hatte außerdem zum ersten Mal einen Mann in seine Wohnung mitgenommen. Nachdem er seine Vorlieben so viele Jahre verborgen hatte, war er ganz wild darauf gewesen, endlich einen Mann in seinem Bett zu haben und der feurige, extrovertierte Blonde hatte ihn voller Begeisterung begleitet.

Es mit dem schlanken, geschmeidigen Mann in seinem Bett zu tun, war einfach nur umwerfend gewesen. Ian streckte sich erneut, wobei er einige Muskeln spürte, die dabei kräftig zum Einsatz gekommen waren. Leider hatte er bisher nie die Gelegenheit gehabt, einen anderen Mann bei Tageslicht in aller Ruhe zu erkunden.

Das an diesem Morgen mit Rick zu tun, hätte einen noch besseren Beginn seines neuen Lebens in Freiheit bedeutet.

Trotzdem konnte er zumindest davon träumen. Er gab sich seinen Fantasien hin und ließ eine Hand zwischen seine Beine wandern – bis er sich auf das Familienessen vorbereiten musste, blieben ihm schließlich noch mehrere Stunden. Rick verpasste gerade einen weiteren fantastischen Orgasmus, weil er sich einfach bei Nacht und Nebel davongeschlichen hatte. Mistkerl.

Andererseits verpasste Ian auch etwas, denn Rick war im Bett ein Traum gewesen. Es würde nicht leicht werden, jemanden zu finden, der mit ihm konkurrieren konnte.

„IAN! Es wurde auch wirklich Zeit, dass du mal wieder zum Essen auftauchst."

Ian rollte mit den Augen. „Komm schon, Caitlyn. Als wärst du jede Woche hier."

Deirdre und Sean O'Donnell waren aus Irland eingewandert und hatten Finn's Frolic eröffnet, ein Pub in der Innenstadt von Toronto. Alle Kinder hatten in ihrer Jugend dort mitgeholfen und waren an harte Arbeit gewöhnt. Obwohl das Pub gut lief und es eigentlich nicht nötig war, halfen sie hin und wieder trotzdem noch aus. Mittlerweile gab es Personal, das sich an Sonntagen um das Lokal kümmerte, sodass Deirdre ihren wilden Haufen – der jedes Jahr etwas größer wurde – bei einem Familienessen bewirten konnte. Allerdings kam es nur selten vor, dass wirklich alle auftauchten. Seit die meisten seiner Geschwister Ehepartner und Kinder hatten, war eigentlich nur noch bei Geburtstagsfeiern die vollständige Familie anwesend. Die waren seinen Eltern sogar wichtiger als Weihnachten. Wenn man eine Geburtstagsfeier verpasste, musste man schon beweisen, dass man mindestens halb tot war.

„Woher willst du das denn wissen?" Caitlyn klatschte ihm ein Geschirrtuch vor den Hinterkopf. „Du hast dich doch seit Wochen nicht mehr sehen lassen."

Eigentlich fanden sich die Geschwister einigermaßen regelmäßig zu den Treffen ein – wenn sie nicht gerade mit einem Kater vom Vorabend kämpften. Schließlich verstanden sich nicht viele so große Familien dermaßen gut. Natürlich gab es hin und wieder Streit, Diskussionen und Geschrei, doch im Grunde liebten sie einander und genossen die Gesellschaft ihrer Familie.

Andererseits war er bei so vielen Familienmitgliedern nicht leicht, seine Privatsphäre zu bewahren. Irgendjemand wusste immer, wo man war und was man tat, auch wenn man es lieber für sich behalten hätte. Deshalb hatte er sein Geheimnis auch so gut verbergen müssen. Selbst nach dem Auszug aus dem Haus seiner Eltern war er von der ständigen Angst begleitet worden, ein Familienmitglied könnte ihn mit einem Mann sehen. Daher war Ian nie eine Beziehung eingegangen. Hatte sich nie mit einem Mann zu einem Kinofilm oder zum Essen verabredet. Stattdessen nutzte er die vielen Clubs in der Stadt, um Sex mit Männern zu haben, während seine Familie dachte, er träfe sich mit Frauen.

Die Paranoia hatte sein ganzes Leben bestimmt und obwohl er sich darauf freute, sie endlich loszuwerden, war er unerklärlicherweise auch ein wenig traurig. Sein Leben veränderte sich. Nachdem Scham und Angst ihn knapp zwei Jahrzehnte durchgängig begleitet hatten, würde er sich erst daran gewöhnen müssen, ohne sie auszukommen. Mindestens ein paar Minuten lang.

Als Ian den Tisch deckte, stellte er überrascht fest, dass seine Finger zitterten. So viel Angst hätte ihm das Ganze nicht machen sollen. Kurt hatte es auch geschafft – hatte es einfach gesagt, als wäre es kein Problem gewesen. Seine Familie hatte es nicht gestört. Ian war der Einzige, dessen Reaktion negativ gewesen war, was vor allem mit seiner Selbstsucht zu tun hatte. Kurts Mut und das Verständnis ihrer Familienmitglieder hatten ihn eifersüchtig gemacht. Trotzdem hatte er Angst, es ihnen zu sagen. Schreckliche Angst, wie er sie nie zuvor erlebt hatte. Sie drang bis in seine Seele, erschütterte ihn bis ins Mark, schlug ihm auf den Magen.

„Also, warum bist du hier?" Caitlyn folgte ihm watschelnd ins Wohnzimmer, wobei sie ihren Babybauch und einen Brotkorb vor sich hertrug.

„Tja, es ist Sonntag und beinahe Essenszeit, also bin ich natürlich hier, um mir Dads Tipps für das Footballspiel anzuhören. Was zum T… was denkst du denn bitte, warum ich hier bin?" Ian konnte zwar im Augenblick keins der Kinder hören, wollte jedoch nicht riskieren, vor einem von ihnen zu fluchen. Seine Mutter hätte ihn umgebracht.

„Keine Ahnung. Du warst es nur schon so lange nicht." Caitlyn platzierte den Brotkorb auf dem Tisch.

Ian sah sich im Wohnzimmer nach Caitlyns Zwillingsschwester Colleen um. Zwar hatte er niemand anderen ankommen hören, wusste aber, wie selten die Zwillinge einzeln auftauchten.

Seit die zwei geheiratet hatten, waren sie nicht mehr ganz so unzertrennlich wie in ihrer Kindheit, verbrachten allerdings immer noch sehr viel Zeit miteinander. Beide waren von Natur aus sehr gesellig.

Dann beschloss er, nicht länger darüber nachzudenken. Er hatte jetzt ganz andere Probleme. Zum Beispiel wann er seine große Ansprache halten sollte. Gleich vor dem Essen? Beim Nachtisch? Beim Essen ging es meist ziemlich locker zu, allerdings befanden sich dann alle Anwesenden, seine Geschwister ihre Partner und seine Eltern, am Tisch. Nur die Kinder aßen normalerweise am Kindertisch in der Küche.

„Und?"

„Nichts und. Mom hasst es nur, wenn du ein eingeschnapptes kleines Mädchen bist."

„Das bin ich nicht." Warum verglich Caitlyn ihn mit einem Mädchen? War es Zufall oder ahnte sie etwas?

„Und ob."

357

„Nein." Ian biss sich auf die Innenseite seiner Wange. Sicher waren es nur ihre Hormone. Oder einfach die typischen Hänseleien einer Schwester – darauf waren sie genetisch programmiert. Einerseits hätte ihn ein alberner Streit abgelenkt, andererseits war er nicht mehr sechs Jahre alt und versuchte, zumindest an den meisten Tagen, sich dementsprechend zu verhalten.

„Okay." Caitlyn schüttelte den Kopf. „Warum hast du den Tisch ausgezogen? Jetzt ist er viel zu groß. Komm, das musst du ändern."

Ian kämpfte gegen Frustration an und hätte seine schwangere Schwester am liebsten angeschrien. Seine schwangere Schwester, die nach ihren Augenringen zu urteilen nicht genug schlief. „Wollen denn nicht alle kommen?", fragte er also nur.

Caitlyn verdrehte die Augen. „Denk doch mal nach, Idiot. Kannst du nicht zählen?"

Ian schluckte, als sich die Schmetterlinge in seinem Bauch in Flugsaurier verwandelten. Mit scharfen Krallen. Aus irgendeinem Grund hatte er gehofft, die ganze Familie würde anwesend sein. Erstens hätte er das Ganze dann nur einmal tun müssen und zweitens hätte vor den Kindern vielleicht niemand eine Szene gemacht. Andererseits würde er, wenn es wirklich nur ein ruhiges Essen mit wenigen von ihnen war, auf jeden Fall eine Gelegenheit für seine Bekanntmachung finden. Jetzt, wo das Geständnis so kurz bevorstand, hätte er sich am liebsten übergeben. Trotzdem konnte er nicht länger warten. Erstens konnte er dieses Geheimnis nicht noch weiter mit sich herumtragen und zweitens wusste Kurt bereits Bescheid.

Er musste sich einfach einreden, dass es mit einem kleinen Publikum ganz leicht war.

Also kümmerte er sich um den Tisch und versuchte, sich nicht länger verrückt zu machen.

„Kannst du helfen?"

Caitlyn schnaubte. „Seh ich etwa so aus?" Sie deutete auf ihren Bauch.

„Dann hau ab. Du bist mir im Weg."

Seine Schwester warf ihm zwar einen verdammt bösen Blick zu, ließ ihn dann aber mit seinen Gedanken allein.

Rick betrachtete nachdenklich Davys Haustür. Vielleicht hätte er lieber vorher anrufen sollen – es wäre verdammt peinlich gewesen, Davy bei gewissen Aktivitäten zu unterbrechen. Doch da er jetzt einmal hier war, drückte er den Klingelknopf und wartete.

Zu seiner Erleichterung öffnete Davy nach kurzer Zeit lächelnd die Tür. Wäre Davy beim Sex gestört worden, hätte es wesentlich länger gedauert und er wäre schlecht gelaunt gewesen.

„Rick, was machst du denn hier?"

Rick holte tief Luft. „Hi, Süßer. Ich habe gestern meine Schlüssel vergessen." Er küsste Davy auf die Wange, bevor er ihm ins Haus folgte.

„Dann ist das da vorne also doch dein Auto. Warte, du warst doch nicht etwa die ganze Zeit bei Ian, oder?"

Im Wohnzimmer angekommen schnappte Rick sich seine Schlüssel und steckte sie in die Tasche.

„Nein, natürlich nicht."

„Es wundert mich, dass du dein Auto hiergelassen hast. Vielleicht bin ich ja nicht auf dem neuesten Stand, aber bestehst du nicht eigentlich immer darauf, selbst zu fahren?"

Das Thema gebrochene Regeln wollte Rick unbedingt vermeiden.

„Ist dein großer, starker Polizist im Haus?", lenkte er also ab, musste aber sofort ein Stöhnen unterdrücken. Warum hatte er das auf diese Weise fragen müssen? Vermutlich dachte Davy bereits, er wäre von Kurt besessen. Andererseits … Hatte er vielleicht wirklich nur mit Ian geschlafen, weil er Kurt so ähnlich sah?

„Nein. Warum, willst du ihn über Ian ausfragen?", erkundigte sich Davy in neckendem Tonfall. Rick betrachtete ihn nachdenklich. Davy hatte es nicht leicht gehabt und es freute Rick sehr, ihn jetzt so glücklich zu sehen.

„Nein, natürlich nicht. Wie kommst du darauf?"

„Na ja, Ian ist ziemlich heiß. Und du bist mit ihm nach Hause gegangen."

„Interpretier da nicht zu viel rein", antwortete Rick möglichst unbekümmert. Er hatte nicht vor, nach Ian zu fragen wie ein verliebter Teenager. „Es war nur Sex."

„Na gut. Aber falls du darüber reden möchtest, musst du es nur sagen."

Davy wusste nicht, warum Rick seine Regeln hatte. Das wusste niemand. Dennoch beschützten sie alle Beteiligten, auch ihn selbst.

„Keine Sorge, Schatz. Nur weil du mit seinem Bruder einen auf glückliche Familie machst, ist er nicht gleich mein Seelenverwandter."

Leider klang er verbitterter als beabsichtigt, woraufhin Davy die Stirn runzelte. Verdammt, er musste sich zusammenreißen.

„Aber ernsthaft, Kurt ist zum Essen bei seinen Eltern. Willst du bleiben? Ich habe einen guten Chardonnay im Kühlschrank und wir könnten uns chinesisches Essen bestellen."

Rick überlegte, ob er nach Hause fahren sollte. Oder ausgehen. Doch seltsamerweise wollte er die Erinnerungen an Ian noch nicht mit einem anderen Mann trüben. Zum ersten Mal seit langer Zeit hatte Sex ihm ein so starkes Gefühl der Befriedigung verschafft, dass er es noch eine Weile genießen wollte. Wäre er allerdings nach Hause gefahren, hätte er sicher den Rest des Tages damit verbracht, über seine seltsame Reaktion auf Ian und sein ungewöhnliches Verhalten nachzugrübeln.

„Gerne", sagte er also.

Nachdem Davy etwas zu essen bestellt hatte, machten sie es sich mit dem Weißwein auf dem Sofa bequem.

Rick zog seine Füße unter sich und wandte sich Davy zu.

„Also, wie kommt es, dass du den Schwerverletzten alleine aus dem Haus gelassen hast?"

Davy grinste. „Es geht ihm schon viel besser. Und so sehr ich seine Familie auch liebe, ist sie doch so erschreckend riesig! Kurt rechnet heute auch noch mit einem Familiendrama, also verzichte ich dieses Mal lieber. Seine Mutter passt ganz sicher auf, dass er sich nicht überanstrengt."

„Oooh, ein Drama? Was für eins?" Tratschen war manchmal nett, wenn es nicht gerade um ihn ging. Und er konnte gut verstehen, warum Davy nicht dabei sein wollte. Er selbst reagierte auf Familienangelegenheiten ziemlich allergisch.

„Kurt glaubt, Ian will sich heute outen."

Rick verschluckte sich an seinem Wein. „Willst du damit sagen, dass wir gestern die Ersten waren, die es erfahren haben?"

„Scheint so."

„Oh. Er ist ziemlich mutig." Abgesehen von der kurz durchscheinenden Verletzlichkeit hatte Rick keinerlei Anzeichen bemerkt, dass Ian für den nächsten Tag etwas dermaßen Aufwühlendes geplant hatte. Rick war vor seinem Coming-out mit den Nerven am Ende gewesen und hätte sich am Abend davor auf keinen Fall in der Lage befunden, jemandem einen so fantastischen Orgasmus zu verschaffen. Andererseits war er damals ein noch jungfräulicher Teenager gewesen und seine Nervosität hatte sich als gerechtfertigt herausgestellt – es war ziemlich schlecht gelaufen.

„Allerdings. Selbst wenn man mit Verständnis rechnet, ist es ein beängstigender Gedanke."

„Ja." Rick leerte sein Glas. Sie wussten beide, dass Davys Coming-out gut gelaufen war und sein eigenes nicht. Das mussten sie nicht noch einmal durchkauen. So furchtbar es auch gewesen war, hatte er in seiner Jugend noch Schlimmeres erlebt.

Davy schenkte ihnen wortlos nach und Rick trank einen Schluck.

„Dieser Wein ist übrigens gar nicht übel." Obwohl er eigentlich Margaritas bevorzugte, schlug ihm der Tequila in letzter Zeit immer öfter auf den Magen. Er wurde nicht jünger. Da Wein – vor allem Weißwein – allerdings nicht denselben Effekt hatte, sollte er vielleicht etwas mehr darüber lernen.

„Ich weiß. Es ist einer von Wayne Gretzky."

Rick zog eine Augenbraue hoch. „Ein Hockeyspieler produziert Wein?" Er war kein so großer Hockeyfan wie Davy und Kurt, sah sich aber hin und wieder gerne ein Spiel an und kannte die großen Namen. „Du hast ihn nur seinetwegen gekauft, oder?"

„Und ob!" Davy stieß grinsend mit seinem Glas gegen Ricks. „Zum Glück schmeckt er. Würde er doch bloß für Toronto spielen."

Rick schnaubte, hatte jedoch absolut nichts dagegen, sich über Hockey zu unterhalten. Je weniger persönlich, desto besser – und nach Hause fahren wollte er noch nicht. Sein Haus war gleichzeitig Zuhause, Arbeitsplatz und Rückzugsort.

Da er in der folgenden Woche einen neuen Patienten erwartete, hätte er den Sonntagnachmittag normalerweise damit verbracht, sich entspannt auf die nächsten Arbeitstage vorzubereiten. Leider hatte ihn die Situation mit Ian zu nervös gemacht, um sich darauf zu konzentrieren. Glücklicherweise hatte Davy für angenehme Ablenkung gesorgt. Solange er das Gespräch nicht auf Ricks Privatleben lenkte, war also alles in Ordnung.

IAN RUTSCHTE unruhig auf seinem Stuhl herum. Da außer ihm lediglich seine Eltern, drei Geschwister und zwei ihrer Partner am Tisch saßen, war es erstaunlich, dass sich im Gespräch noch keine passende Lücke für seine Mitteilung gefunden hatte. Ausnahmsweise waren nicht einmal Kinder da, um die Unterhaltung zu unterbrechen.

Er war nicht mehr sicher, was er gegessen hatte, denn er hatte keinen Geschmack wahrgenommen. Auch dem Gesprächsthema konnte er kaum folgen.

Er hörte nur, dass jemand Casa Loma erwähnte. Mit dem malerischen Schloss in der Innenstadt verband Ian gute Erinnerungen. Vor ein paar Jahren hatte dort die Weihnachtsfeier seines Büros stattgefunden und er hatte sich im angetrunkenen Zustand auf ein gewagtes kleines Abenteuer mit einem der Kellner eingelassen.

Plante Dylan nicht immer noch seine Hochzeit? Vielleicht konnte er doch etwas zum Gespräch beitragen.

„Casa Loma? Wäre das nicht ein guter Ort für den Hochzeitsempfang? Dort gibt es einen wunderschönen Wintergarten, der auch gut für Fotos geeignet wäre." Ian verstummte, als ihn plötzlich alle anstarrten.

„Schatz, das habe ich dir doch bestimmt schon erzählt." Seine Mutter musterte ihn besorgt. „Dylan und Stephanie haben sich schon vor Wochen das Schloss dafür ausgesucht. Deshalb reden wir ja gerade darüber."

Hitze stieg ihm in die Wangen. War er wirklich so auf sich selbst fixiert gewesen?

„Entschuldige, Dylan. Entschuldige, Steph."

„Macht nichts." Dylan vollführte mit seiner Gabel eine Geste, die an obszön grenzte. „Du hattest sicher sehr viel zu tun."

Stephanie warf ihrem Verlobten einen halbherzig strengen Blick zu und stupste ihn mit der Schulter an. Wären die Brüder allein gewesen, hätte Dylan sich ganz bestimmt noch direkter ausgedrückt.

Ian war nicht mit dem beschäftigt gewesen, was sein Bruder vermutete. Abgesehen vom Abend zuvor mit Rick. Die Erinnerung daran ließ seine Wangen noch heftiger glühen.

„Aber an das Datum erinnerst du dich wenigstens noch, oder? Du hast doch Zeit?" Dylans neckende Worte klangen etwas freundlicher als Caitlyns, versetzten ihm aber trotzdem einen Stich. Er hatte seine Familie viel zu lange gemieden.

„Natürlich erinnere ich mich an das Datum. Und daran, dass ich einen Smoking tragen soll." Er erinnerte sich nicht an das Datum. Kein bisschen. Hoffentlich hatte er es im Kalender seines Handys gespeichert. Er warf einen finsteren Seitenblick auf Kurt. Hätte er ihn nicht etwas unterstützen und die Aufmerksamkeit von ihm ablenken können? Kurt schnaubte allerdings nur leise und bemühte sich, nicht aufzufallen. Seit seiner Verletzung hatte er wohl öfter im Mittelpunkt gestanden, als ihm lieb war.

„Dann weißt du doch sicher auch noch, dass er senfgelb sein muss, oder? Die Farbe hat eine besondere Bedeutung für Stephs Familie." Dylan schenkte seiner Verlobten ein liebevolles Lächeln, während Ian ihr einen entsetzten Blick zuwarf.

Hatte er wirklich einem senfgelben Smoking zugestimmt? Wo sollte er so eine Geschmacksverirrung überhaupt auftreiben? Würde er etwa einen *kaufen* müssen? „Ähm … muss ich mir den selbst besorgen?"

Bis auf seine Eltern lachte der ganze Tisch schallend los. Sein Vater verbarg hinter einer Gabel voll Kartoffeln größtenteils ein Grinsen.

Seine Mutter hielt sich zurück, doch er sah das Lachen in ihren Augen. „Schatz, du solltest wirklich wieder öfter zum Essen kommen."

„Das will ich ja, Mom. Aber der Smoking ist wirklich nur ein Witz, oder?" Da wollte er sichergehen.

„Natürlich, du Idiot." Dylan sagte es mit so viel Zuneigung, dass er es ihm nicht übelnahm – auch wenn Stephanie ihrem Verlobten einen bösen Blick zuwarf und seine Mutter sich warnend räusperte. Er war innerhalb einer Stunde von zwei Geschwistern als Idiot bezeichnet worden. Ob es sich dabei um einen neuen Rekord handelte?

Sein Vater, der mittlerweile seine Kartoffeln heruntergeschluckt hatte, fügte hinzu: „Auch wenn es mir lieber wäre, wenn sich meine Kinder nicht beschimpfen würden …" Dylan besaß den Anstand, ein wenig beschämt auszusehen. „Junge, du kennst doch unsere Stephanie. Obwohl ich keine Ahnung von Mode habe, weiß selbst ich, dass sie sich nie so etwas Geschmackloses aussuchen würde."

Das konnte Ian nicht abstreiten. Dylan hatte sich eine Frau ausgesucht, die nicht nur gutaussehend und humorvoll war, sondern auch Stil hatte.

Das Gespräch ging zum Thema Hochzeitskleid und Brautjungfern über und er hatte immer noch keine Gelegenheit für sein Geständnis gefunden. Wenn er die Unterhaltung von jetzt an aufmerksamer verfolgte, bemerkte er vielleicht einen passenden Moment.

Von der Sitzordnung kamen sie auf seine älteste Schwester Erin und ihre bald anstehende Geburtstagsfeier. Der Tag war ganz sicher in seinem Kalender vermerkt. Wer einen Geburtstag verpasste, musste schließlich um sein Leben fürchten. Bei den Partnern der Geschwister bestanden seine Eltern nicht auf eine große Party, obwohl Ian ziemlich sicher war, dass die Enkel ab ihrem sechzehnten Geburtstag ebenfalls eine Feier im Pub bekommen würden.

„Bringst du eine Frau mit zur Party?" Seine Mutter hoffte sehr, dass ihre jüngsten Söhne bald ebenfalls eine Familie gründen würden.

Ian verschluckte sich beinahe. Seit Kurt und Dylan vergeben waren, konzentrierte seine Mutter sich noch intensiver auf Ians Liebesleben.

„Eine Frau? Nein." Er stotterte ein bisschen. Eine Frau ganz bestimmt nicht. Und Erins Geburtstag war viel zu bald, um eine andere Möglichkeit in Erwägung zu ziehen. Zwar hatte er vor, es nach seinem Geständnis mit Verabredungen zu versuchen, wollte es allerdings langsam angehen lassen.

„Ich sag's ja immer, Mom: Er ist so ein Aufreißer."

„Das bin ich nicht."

„Tja, jedenfalls machst du irgendetwas falsch, sonst würden deine Frauen nicht nach der ersten Nacht abhauen." Caitlyns Stichelei – wesentlich direkter und rücksichtsloser als Dylans – machte ihn in seinem ohnehin frustrierten Zustand plötzlich wütend.

„Ärgerst du mich, um davon abzulenken, dass du viel fetter bist als Colleen?" Seine Schwestern waren beide gleichzeitig schwanger – schon wieder. Anscheinend mussten die Zwillinge wirklich alles zusammen machen.

Allerdings war die Bemerkung zu Caitlyns Umfang nur eine völlig unbegründete Beleidigung gewesen – er hatte Colleen so lange nicht mehr gesehen, dass er keine Vergleiche anstellen konnte –, weshalb er nicht damit gerechnet hatte, dass Caitlyn in Tränen ausbrechen würde. Ihr Mann Mark murmelte ihr beruhigende Worte zu, während der Rest der Familie Ian mit bösen Blicken bedachte. Glücklicherweise versiegten die Tränen bald, woraufhin Caitlyn ihn allerdings mit ihren geröteten Augen ebenfalls mit einem so wütenden Blick anstarrte, dass er sich darüber wunderte, noch zu leben.

Sie warf ihm ein Brötchen an den Kopf, das mit einem Klappern auf seinem leeren Teller landete. „Selbst wenn du kein Aufreißer bist, bist du ein Arschloch."

„Was habe ich denn Schlimmes gesagt?"

Kurt wich seinem Blick aus, Dylan lachte ihn leise aus und seine Eltern sahen ihn streng und vorwurfsvoll an.

Schließlich beantwortete sein Vater endlich seine Frage. „Wenn du uns nicht aus geheimnisvollen Gründen gemieden hättest, Junge, wüsstest du es schon."

Er wurde von Schuldgefühlen übermannt, in die sich Panik mischte. War mit seiner Schwester irgendetwas nicht in Ordnung? Hätte er seiner Familie doch mehr Zeit gewidmet.

„Was denn? Stimmt was nicht?"

„Caitlyn bekommt Zwillinge und Colleen nicht", erklärte sein Vater.

Ian wartete auf den schlimmen Teil. Bis ihm klar wurde, dass es keinen gab. „Das ist alles? Macht ihr Witze?"

„Du weißt genau, wie gerne deine Schwestern alles gemeinsam machen", sagte seine Mutter, als wäre es selbstverständlich.

363

„Aber so etwas kann man nicht kontrollieren. Ich verstehe nicht, warum du dich darüber so aufregst."

„Warte ab, Junge, bis du selbst eine schwangere Frau hast. Dann wird dir einiges klar werden." Toll. Jetzt wollte sein Vater ihn bereits ebenfalls dazu bringen, eine Familie zu gründen.

„Tja, wahrscheinlich hat er schon die halbe Stadt geschwängert. Und trotzdem kann er keine Frau dazu bringen, bei ihm zu bleiben." Caitlyns Ton war so spöttisch, dass seine Wut mit doppelter Stärke zurückkehrte.

Er sprang auf und warf das Brötchen zurück. „Ich habe niemanden geschwängert und ich will nicht, dass Frauen bei mir bleiben. Ich bin nämlich verdammt noch mal schwul!"

Kaum hatte er die Worte ausgesprochen, hätte er sie am liebsten zurückgenommen. Aus Kurts Richtung hörte er ersticktes Gelächter. Super. Kurt fand diesen furchtbaren Augenblick auch noch komisch. Kein Wunder – sein kleiner Bruder hatte sein Coming-out wesentlich würdevoller hinter sich gebracht.

„Ian Seamus O'Donnell." Scheiße. Seine Mutter war ernsthaft verärgert, wenn sie seinen vollen Namen benutzte.

Er drehte sich um und floh in den Garten. Am liebsten wäre er gleich gefahren, war aber sicher, dass ihm die Autos der nach ihm eingetroffenen Geschwister im Weg standen. Und er bezweifelte, dass sie es nach seinem Auftritt eilig hatten, ihm Platz zu machen.

Er hätte es nicht sagen sollen. Nicht so. Anstelle seiner sorgfältig eingeübten Erklärung war ihm sein Geheimnis herausgerutscht, als er seine stichelnde schwangere Schwester angeschrien hatte. Ian trat gegen ein Grasbüschel und bohrte seine Schuhspitze in die Erde, während er den Garten betrachtete. In den Büschen und Bäumen, die allerdings mittlerweile wesentlich größer und dichter waren, hatten vor allem Kurt, Dylan und er in ihrer Kindheit miteinander gespielt. Mike war ein guter älterer Bruder gewesen, hatte ihnen aber wegen seines introvertierteren Wesens und wegen des großen Altersunterschieds weniger nahegestanden, und mit Erin, der Ältesten, hatten sie noch weniger Zeit verbracht. Die Zwillinge, die vom Alter her zwischen Dylan und Mike lagen, hatten eine so enge Beziehung zueinander gehabt, dass sie auf die Gesellschaft ihrer anderen Geschwister nur sehr selten angewiesen gewesen waren. Und dennoch liebte Ian sie alle. Nur hatte er ihnen offenbar trotzdem nicht genug vertraut, um ihnen sein wichtigstes Geheimnis zu verraten. Nicht einmal den zwei Brüdern, die in seiner Kindheit seine engsten Freunde gewesen waren.

Um zu verhindern, dass sie Verdacht schöpften, hatte er sich häufig von ihnen distanziert. Genau wie von seinen anderen Freunden, die ebenfalls nicht Bescheid wussten.

Ian hob einen abgebrochenen Ast auf, um ihn in den dichter bewachsenen hinteren Teil des Gartens zu werfen, wo er mit einem zufriedenstellenden dumpfen Knall auf einen efeubedeckten Baumstamm traf.

Seine Familie hatte Kurts Coming-out überraschend problemlos akzeptiert, ohne zu bemerken, wie sehr es Ian aufwühlte.

Nachdem er sein Schweigen seinem Bruder gegenüber gebrochen hatte, schien sich auch der Rest seiner angestauten Gefühle einen Weg nach außen gesucht zu haben. Anstelle sich seiner Familie ruhig mitzuteilen, war er von jahrelang unterdrückter Angst und Wut überrascht worden, die einfach aus ihm herausexplodiert war.

Plötzlich hörte er, wie sich hinter ihm die Haustür öffnete, und ließ die Schultern hängen. Ob seine Eltern ihm in den Garten gefolgt waren, um ihm Vorwürfe zu machen? Sie legten großen Wert darauf, dass man Fehler eingestand – denn in einer Familie mit sieben Kindern bekam sowieso immer irgendjemand mit, wenn man etwas ausgefressen hatte und man konnte es genauso gut zugeben. Ob Mike noch Ärger von ihren Eltern bekam? Eigentlich hatte er sich schon in ihrer Jugend so erwachsen und vorbildlich verhalten, dass er sich vermutlich schon damals nicht mehr wie ein dummes Kind gefühlt hatte. Ian dagegen war dreiunddreißig und fürchtete sich auch jetzt noch vor einer Standpauke seiner Eltern.

Eigentlich wunderte es ihn, dass seine Eltern nicht schon lange von seinem Geheimnis gewusst hatten. Obwohl sie beide keinen Hochschulabschluss hatten, waren sie intelligente und geschäftstüchtige Menschen.

Er drehte sich um, um sich seinem Schicksal zu stellen. Nur standen anstelle seiner Eltern plötzlich Kurt und Dylan vor ihm, die ihn voller Liebe und Sorge ansahen. Seine Augen brannten.

„Komm, setz dich hin." Dylan deutete auf die Holzbank im Schatten des mächtigen Ahornbaums, der die südwestlichste Ecke des Grundstücks markierte.

Nachdem Ian sich mit dem Rücken zum Haus niedergelassen hatte, nahm Dylan an seiner linken Seite und Kurt zu seiner Rechten Platz.

So saßen sie dort eine Weile und hörten zu, wie das Laub des Baumes in der warmen Brise raschelte. Hin und wieder richtete sich einer seiner Brüder auf, als wollte er etwas sagen, doch ihnen schienen die Worte zu fehlen. Da es Ian ähnlich ging, genoss er einfach das beruhigende Gefühl, seine besten Freunde bei sich zu haben.

Irgendwann schnaubte Dylan genervt, was ihn nicht überraschte – er war schon immer der Ungeduldigste von ihnen gewesen.

„Mann, Ian, du hättest etwas sagen sollen. Wir hätten es verstanden." Er sagte es nicht vorwurfsvoll, sondern klang beinahe ein bisschen traurig. „Wie lange weißt du es schon?"

Es handelte sich um eine berechtigte Frage – schließlich hatte Kurt es bei sich selbst erst vor Kurzem begriffen. Ian hatte seinen Bruder immer für einen etwas prüden Mann mit geringem Verlangen nach Sex gehalten. Und Kurt hatte sich vor Davy vielleicht ebenfalls so gesehen.

„Seit ich fünfzehn war."

„Fünfzehn? Ian, warum?" Ian wusste, was Dylan meinte. Warum hatte er es so lange geheim gehalten?

Ian rieb sich das Gesicht. „Erinnerst du dich noch an den Campingausflug in Wasaga Beach?"

„Ja, natürlich." Dylan lachte. „Wir haben so viel angestellt."

Kurt brummte. Es war einer der wenigen Anlässe, bei dem sie ohne Kurt unterwegs gewesen waren. Sie hatten nämlich eingesehen, dass man den Jüngsten selbst mit einem gefälschten Ausweis nicht für volljährig halten würde, was nicht in ihren Plan gepasst hatte, sich mit einigen von Dylans Freunden ein ganzes Wochenende lang zu besaufen.

„Dafür bin ich euch immer noch böse", verkündete Kurt schmollend.

„Stell dich nicht an." Dylan streckte einen Arm aus, um Kurt hinter Ians Rücken gegen die Schulter zu boxen. „Du hast dich ja schließlich gerächt, indem du uns verpetzt hast."

„Au!", brummte Kurt.

„Waschlappen", entgegnete Dylan.

„Ich wurde angeschossen!"

Plötzlich wirkte Dylan schuldbewusst. „Tut mir leid. Daran hatte ich nicht gedacht."

Das ging Ian ähnlich. Es war einfach so leicht, sich in Kindheitserinnerungen zu verlieren. Trotzdem gab es einen Grund dafür, dass er den Ausflug zur Sprache gebracht hatte.

„Jedenfalls … war da auch dein Freund aus dem Schwimmteam."

„Ja, stimmt. Verdammt, zu dem habe ich schon ewig keinen Kontakt mehr. Wie hieß er noch mal?"

„Niels."

„Genau, Niels. Oh mein Gott, du warst in meinen Freund verknallt, stimmt's? Kein Wunder, dass du plötzlich zu allen Schwimmwettbewerben kommen wolltest, obwohl du eigentlich kein Frühaufsteher warst."

„Tja, bei unserem Campingausflug habe ich ihn in der Gemeinschaftsdusche nackt gesehen und es war wie eine Offenbarung."

„Aber den Rest des Jahres warst du doch wie verrückt hinter den Cheerleadern her!" Dylan klang halb schockiert und halb ungläubig.

Ian stieß ein bitteres Lachen aus. „Weil du es auch warst. Erinnerst du dich auch noch an Paul Jenkins? Ob er jemals körperlich angegriffen wurde, weiß ich nicht, aber die beliebteren Jungs haben ihn ziemlich fertiggemacht. Dabei bin ich gar nicht sicher, ob er wirklich schwul war. Er war nur klein, unsportlich, verdammt klug und hübsch wie ein Mädchen. Und da ich nicht behandelt werden wollte wie er, habe ich alles getan, um nicht als ‚anders' gesehen zu werden."

„Meine Güte, Ian." Dylan tätschelte ihm die Schulter. „Ich hätte dich doch beschützt."

„Und ich auch." Ironischerweise war Kurt bereits in der Highschool größer und kräftiger als seine beiden Brüder gewesen. Obwohl er der Jüngste war, hatte er nie wie das typische Nesthäkchen ausgesehen.

„Für euch war alles so leicht", fuhr Ian fort, ohne auf den schwachen Protest seiner Brüder einzugehen. „Dylan war ein verdammter Weiberheld, der allem nachgelaufen ist, was Titten hatte. Und alle haben es auch noch bewundert – abgesehen von unseren Schwestern. Also habe ich es nachgeahmt."

„Und was ist mit Kurt? Der hat sich nicht so verhalten."

Ian zuckte mit den Schultern. „Ich habe ihn immer für ein bisschen prüde gehalten und dachte, er wollte es sich für die Ehe aufsparen oder so. Jedenfalls hat sich niemand getraut, sich deshalb mit ihm anzulegen, weil er so groß war. Dieser Vorteil fehlte mir, also konnte ich Kurt nicht nachahmen."

„Interessant. Ich habe immer gedacht, er hätte einfach etwas schwächere Triebe." Dylan beugte sich vor, um Kurt zuzuzwinkern, woraufhin der jüngste Bruder im Licht der Abendsonne merklich errötete.

„Halt die Klappe! Und Ian, du hättest mit mir reden sollen."

„Kurt, du warst noch so jung. Als ich Niels zum ersten Mal gesehen habe, warst du noch keine vierzehn. Ich habe nicht geglaubt, dass du es verstehen würdest. Denkst du wirklich, das hättest du?"

Sein verletzter Bruder tätschelte ihm das Knie. „Wahrscheinlich nicht. Ich habe es mir selbst ja erst so spät eingestanden. Ich habe mir eingeredet, dass ich einfach nicht so sehr an Sex interessiert war wie ihr zwei. Es war für mich nie ein wichtiges Thema. Bis ich Davy kennengelernt habe, wäre ich nie darauf gekommen, Männer in Erwägung zu ziehen."

„Mein kleiner Bruder ist so schwer von Begriff", neckte Dylan.

Auch Ian musste zum ersten Mal seit Stunden grinsen. „Kein besonders heller Kopf", stimmte er zu. „Wolltest du uns damit jetzt sagen, dass deine Triebe doch nicht so schwach sind?"

Sie lachten, als Kurt noch heftiger errötete. Ian musste Davy dringend besser kennenlernen, denn er schien seinem Bruder wirklich gutzutun. Allerdings hatte Kurt ihm jetzt bestätigt, dass er als Einziger über so viele Jahre sein wahres Ich unterdrückt hatte. Anstatt jedoch weiter darüber nachzugrübeln, konzentrierte er sich darauf, seine Geschichte zu beenden.

„Am Ende der Highschool war ich bereits als Aufreißer bekannt und diese Rolle schien in Stein gemeißelt zu sein. Und als ich an der Uni angefangen habe, bin ich dazu auch wirklich geworden. Ich war ständig in Clubs, um Männer zu finden, die nichts von Namen, Verpflichtungen oder Gefühlen wissen wollten. So konnte ich es am besten verbergen."

Kurt atmete scharf ein. „Du … du warst doch vorsichtig?"

Ian presste die Lippen zusammen und nickte. Nicht lange nach seinem zwanzigsten Geburtstag hatte es einen Schreckmoment gegeben – und er hatte mit niemandem darüber reden können außer dem Typen in der Klinik. Er war sich so einsam vorgekommen wie noch nie und hatte nicht einmal den richtigen Namen des Mannes gekannt, mit dem er geschlafen hatte. Nach dem Vorfall war er zum König der Kondome geworden.

„Mann, Brüderchen, das klingt echt deprimierend. Ich wünschte ..." Dylan hielt inne. „Ich wünschte, du hättest jemanden wie Davy kennengelernt."

„Aber das wirst du noch." Kurt legte ihm einen Arm um die Schultern. „Du bist ein verdammt guter Fang."

Bis zu diesem Augenblick hatte Ian sich nie gestattet zu hoffen, dass irgendwo da draußen der Richtige für ihn sein könnte. Würde es ihm gelingen, von seinen langjährigen Gewohnheiten loszukommen? Vor seinem geistigen Auge blitzte Rick auf, wie er sich schlank und blond in Ians Bett wand. Auch wenn Rick nicht der Richtige für ihn sein konnte, war es ein fantastisches Erlebnis gewesen. Allerdings war ein Gespräch mit seinen Brüdern nicht der passende Zeitpunkt für solche Gedanken, weshalb er sich zwang, Rick für den Moment zu vergessen.

Für eine Weile kehrte wieder Schweigen ein. Sie saßen einfach da und genossen den Wind auf ihrer Haut und die stille Anwesenheit ihrer Brüder.

Er war nicht allein. Nach Kurts Coming-out hätte ihm klar sein müssen, dass niemand ein Problem mit seinen Vorlieben hatte. Leider war es nach den vielen Jahren der Angst und Heimlichtuerei nicht immer leicht, das Ganze logisch zu betrachten. Kurt hatte niemandem etwas vorspielen müssen, bis er Davy kennengelernt hatte.

Schließlich holte Ian tief Luft und richtete sich auf. „Wie sauer sind sie?" Damit meinte er seine Eltern, denn mit denen würde er sich, wie sie alle wussten, als Erstes auseinandersetzen müssen.

„Keine Ahnung", antwortete Dylan. „Aber sie waren ruhig genug, darauf zu warten, dass du von selbst wieder reingehst."

„Dann sollte ich das jetzt vielleicht lieber tun."

„Caitlyn und Mark sind schon gefahren. Außer Stephanie und den Eltern ist also keiner mehr da", beruhigte ihn Kurt.

Ian stand auf. Sein Wutausbruch machte diese Information nicht weniger peinlich, aber wenigstens entging er vorerst der spitzen Zunge seiner Schwester.

SEAN UND Deirdre erwarteten ihn am Küchentisch. Als er eintrat, verstummte ihr leises Gespräch und er kam sich vor wie ein Kind bei der Verkündung einer Strafe.

Er ließ sich auf einen Stuhl sinken und wartete. Nachdem seine Eltern Blicke getauscht hatten, legte ihm seine Mutter sanft eine Hand auf den Arm.

„Schatz, können wir in Ruhe darüber reden?"

„Tut mir leid, ich ..." Ian wusste nicht, was er sagen sollte. Obwohl es nicht auf diese Weise geplant gewesen war, hatte er das Wichtigste doch bereits ausgesprochen. Musste er das jetzt wirklich noch mit seinen Eltern zu Tode diskutieren? Er war dreiunddreißig Jahre alt, nicht dreizehn. Als er bemerkte, dass sich seine Lippen zu einem Schmollmund verzogen, ließ er es nicht zu – da er eben nicht mehr dreizehn war. Schmollen war sinnlos.

„Rede mit uns. Alles ist gut. Wir lieben dich, egal was passiert."

Die Worte beruhigten ihn, auch wenn sie seine Augen zum Brennen brachten.

„Ich weiß es schon sehr lange. Seit ich ein Teenager war. Aber ich hatte nie den Mut, es jemandem zu sagen. Und dann ist Kurt einfach bei seiner Geburtstagsparty damit rausgeplatzt und … und alles war gut. Für ihn. Es hat niemanden gestört. Was natürlich schön war, aber …"

Seine Mutter lächelte. „Aber du hast dich auf gewisse Weise betrogen gefühlt, oder? Du hattest dir im Geiste dieses dunkle, fürchterliche Geheimnis aufgebaut, dabei war es gar nicht so … ich will nicht weltbewegend sagen, weil es das natürlich für dich ist. Eines Tages in der Zukunft wird es vielleicht niemanden mehr kümmern, ob jemand schwul ist, aber bis dahin kann man es wohl nie wissen, hmm? Jedenfalls hast du dir so lange Sorgen darum gemacht, wie wir reagieren würden und dann hat dein kleiner Bruder es dir einfach vorweggenommen, und zwar ohne negative Konsequenzen. Du konntest es noch nie leiden, wenn dir jemand zuvorgekommen ist."

Ian blinzelte. Also hielt sie ihn statt einer beleidigten Leberwurst für eine Dramaqueen? Na toll.

Doch seine Mutter war noch nicht ganz fertig. „Ich wünschte, du hättest es uns eher anvertraut. Es ist ein schrecklicher Gedanke, dass du dich so lange darum gesorgt hast, unsere Liebe zu verlieren. Dabei ist das unmöglich."

„Komm her." Sein Vater stand auf und umarmte ihn so fest, dass er kaum noch Luft bekam. „Deine Mutter hat natürlich recht."

Gleich darauf folgte seine Mutter mit ihrer eigenen Umarmung. Seine Augen wurden erneut feucht und diesmal konnte er nicht verhindern, dass ihm einige Tränen über die Wangen liefen.

Als seine Mutter sich von ihm löste, schniefte sie und wischte ihm die Wangen trocken, wie sie es schon immer getan hatte, als er noch ein Kind gewesen war.

„Du weißt aber, dass Caitlyn trotzdem eine Entschuldigung verdient?" Trotz seines strengen Tonfalls zeigte der Gesichtsausdruck seines Vaters weder Ablehnung noch Abneigung. Nichts hatte sich geändert. Ian seufzte erleichtert.

„Ich weiß."

„Und Kurt auch."

Ian runzelte die Stirn. „Ich habe gestern Abend mit ihm geredet und mich dafür entschuldigt, dass ich ihn gemieden habe. Wir haben uns wieder vertragen."

„Nein, Ian, das meine ich nicht. Auch wenn es ihm erst vor Kurzem klar geworden ist, war die Sache absolut nicht leicht für ihn. Du irrst dich, wenn du das glaubst. Vielleicht hast du es nicht gesehen, weil du so sehr damit beschäftigt warst, dich selbst zu schützen, was ich ja auch verstehen kann. Aber rede mit ihm. Du solltest erfahren, was er durchgemacht hat. Ich glaube, du wirst überrascht sein, wie ähnlich ihr euch seid."

„Gut, ich rede mit ihm."

„Übrigens hast du Spüldienst." Seine Mutter stellte sich auf die Zehenspitzen, um seine Wange zu küssen. „Aber damit hast du bestimmt gerechnet."

„Ja, habe ich", antwortete er mit einem noch etwas zittrigen Lachen.

Während seine Eltern die Küche verließen, drehte Ian den Wasserhahn auf. Auch wenn seine Eltern glücklicherweise eine Spülmaschine besaßen, war es seiner Mutter lieber, wenn Töpfe, Schüsseln und Gläser von Hand gespült wurden.

Einige Minuten später tauchten Dylan und Kurt in der Küche auf. Dylan holte sich lediglich ein Bier aus dem Kühlschrank, bevor er den Raum wieder verließ. Kurt dagegen machte es sich am Küchentisch bequem.

Ian musterte ihn verstohlen. Was genau hatte sein Vater gemeint? Und hatte er jetzt noch genug Energie, um sich in ein weiteres ernstes Gespräch zu stürzen?

Nein. Das musste er verschieben. Wären da nicht noch die Nachwirkungen des Glücksgefühls von der Sache mit Rick gewesen, hätte er sich jetzt sicher noch mieser gefühlt. Auch so hatte er vor, möglichst früh nach Hause zu verschwinden. Emotional aufgewühlt zu sein war wirklich anstrengend. Wäre er nicht so erschöpft gewesen, hätte er sich in einem seiner üblichen Jagdreviere nach einem Kandidaten für einen entspannenden Blowjob umgesehen. Da ihm dazu die Energie fehlte, würde er sich beim Einschlafen mit der Erinnerung an Rick trösten müssen.

Seltsam: Die Erinnerungen daran, sich in seinem Bett an einen warmen Männerkörper zu kuscheln, war ihm im Augenblick eigentlich sogar lieber. Das sah ihm überhaupt nicht ähnlich. Oder zumindest sah es dem Aufreißer nicht ähnlich, der er bisher gewesen war. Wurde er jetzt etwa zu jemandem, der gern kuschelte? Rick hatte sich in seinen Armen genau richtig angefühlt. Lag das an ihm oder würde es bei anderen Männern ähnlich sein, wenn sie in seinem Bett schliefen?

„Hast du jetzt eigentlich vor, dich mit Männern richtig zu verabreden?" Konnte sein Bruder jetzt schon Gedanken lesen? Hoffentlich nicht.

Ian zuckte mit den Schultern, obwohl seine Arme bis zu den Ellbogen im Spülwasser steckten. „Vielleicht. Ich … ich weiß gar nicht, wie man so was macht."

Kurt lachte. „Das weiß ich auch nicht. Ich meine, ich habe mich zwar vorher mit Mädchen getroffen, aber der Erfolg hielt sich natürlich in Grenzen. Und mit Davy gab es gar keine offizielle Kennenlernphase mit richtigen Verabredungen. Wie wäre es denn mit Rick?"

„Oh, das ist also sein richtiger Name?" Bei seinen One-Night-Stands nannte Ian eigentlich niemals seinen echten Namen und rechnete genauso wenig damit, den seines Partners zu erfahren. Im Nachhinein klang das nach einem verdammt einsamen Lebensstil.

Kurt verdrehte die Augen. „Du hast ihn in *meinem Haus* kennengelernt, und zwar beim *Anstreichen* mit meinen *Freunden*. Nicht bei einer Schaumparty im Anaconda."

Ian zeigte ihm schwungvoll den Mittelfinger, wobei etwas Spülschaum auf Kurts Stirn landete. Nicht ganz beabsichtigt, aber eine sehr passende Antwort auf

Kurts Bemerkung. „Was weißt du schon über das Anaconda? Du bist seit ungefähr dreißig Sekunden schwul und, wenn wir mal ehrlich sind, ein bisschen prüde."

Obwohl Kurt den nicht gerade unauffälligen Themenwechsel sicher bemerkt hatte, ging er darauf ein.

„Das hier ist auch keine Schaumparty." Kurt wischte sich das Gesicht trocken. „Und ich bin lieber prüde als eine kleine Schlampe wie du." Damit sprang Kurt auf und bewarf Ian mit einem nassen Geschirrtuch.

Auch wenn er sich durch Kurts Worte nicht so verletzt fühlte, wie es vorher bei Caitlyn der Fall gewesen war, konnte er sich das von seinem kleinen Bruder nicht einfach gefallen lassen.

„Tja, ich hatte tatsächlich mehr Männer, als du zählen kannst, Kleiner." Er bespritzte Kurts T-Shirt mit Spülwasser.

„Qualität geht über Quantität." Kurts Blick fiel auf eine Schüssel mit Rosenkohl und er schnappte sich eine Handvoll, um sie auf Ian zu werfen.

Ian fluchte und sah sich nach geeigneter Munition um. Schließlich entschied er sich für die restlichen Kartoffeln und hatte gerade seine Hände in der Schüssel versenkt, als er hinter sich eine Stimme hörte.

„Und was habt ihr damit vor?", fragte ihr Vater. Beide erstarrten. Er hatte sie auf frischer Tat ertappt.

„Ähm …" Kurts Antwort war nicht besonders hilfreich.

„Das dachte ich mir. Ihr einigt euch jetzt lieber auf einen Waffenstillstand. Eure Mutter stört es nicht, dass ihr schwul seid, aber wenn ihr ihre Küche schmutzig macht, lässt sie euch mit einer Zahnbürste jede einzelne Fuge sauberschrubben. Andererseits bleibt das ziemlich sicher an dir hängen, Ian: Kurt lässt sie mit seiner Verletzung bestimmt nicht arbeiten."

Kurt holte mit einem schadenfrohen Grinsen erneut zum Wurf aus.

„Halt, das ist unfair", rief Ian, musste aber laut loslachen, als ihm bewusst wurde, in was für einer albernen Situation sie sich befanden. Kurt und sein Vater stimmten mit ein.

Sein Vater klopfte ihm auf den Rücken. „Ich dachte kurz, wir hätten eine Zeitreise in die Vergangenheit gemacht. Aber eure Mutter könnte jeden Moment reinkommen, also beeil dich lieber ein bisschen. Und vergiss keinen davon." Er zog eine graue Augenbraue hoch und deutete auf die grünen Röschen zu ihren Füßen. Dann holte er sich ein Bier aus dem Kühlschrank und verließ die Küche.

„Ich sammle den Rosenkohl auf", bot Kurt an.

„Das wirst du nicht. Setz dich hin. Sonst bringen Mom und Dad mich noch um, weil ich zugelassen habe, dass du dich überanstrengst."

Kurt schien wirklich die Nachwirkungen seiner Verletzung zu spüren, denn er gehorchte ohne Widerspruch. „Die Schweinerei tut mir leid."

„Es gibt Schlimmeres." Ian wusch sich die Kartoffelreste von den Fingern, bevor er sich hinhockte, um jedes einzelne glitschige Röschen des Rosenkohls aufzuheben und in den Biomülleimer zu werfen. Er wurde gerade noch rechtzeitig fertig, denn kaum hatte er das hinter sich gebracht und seine Hände wieder ins Spülwasser getaucht, betrat ihre Mutter die Küche, um ihr Weinglas aufzufüllen. Nachdem sie Kurt gemustert hatte – wohl um sicherzugehen, dass er sich wirklich ausruhte – betrachtete sie Ians Arbeit.

„Aus der Übung, mein Junge? Du brauchst ganz schön lange."

„Ich will nur, dass alles perfekt ist, Mom", antwortete er mit seinem unschuldigsten Lächeln.

„Als würde ich diesem Gesicht trauen, du kleiner Racker", sagte sie grinsend, ließ sie aber wieder allein.

Eine Zeit lang war nur das Klappern des Geschirrs zu hören.

„Also, was hast du jetzt vor?"

Ian wusste, was Kurt meinte. „Keine Ahnung. Das hier war ein so großer Schritt. Auch wenn ich im tiefsten Innern wusste, dass es euch nicht stören würde, konnte ich noch nicht darüber hinausdenken. Und ich habe nicht übertrieben: Ich hatte bisher wirklich nie eine Verabredung. Wo ich hingehe, findet man keine Männer für Dates, selbst wenn ich es vorgehabt hätte. Ich komme mir vor wie ein Mann, der zu jung geheiratet hat, nach vielen Jahren geschieden wird und sich jetzt ahnungslos in die Datingwelt stürzen muss."

Wie sein Arbeitskollege, der seine Highschoolfreundin geheiratet hatte, die nach zwanzig Jahren plötzlich „eine Veränderung" wollte. Der arme Mann wirkte bei der Suche nach einer neuen Partnerin wie ein Nichtschwimmer, den man ohne Rettungsring in ein Haifischbecken geworfen hatte. Und in dieses Becken würde Ian sich jetzt ebenfalls stürzen müssen, wenn er eine Chance auf die glückliche Beziehung haben wollte, die der Rest seiner Familie gefunden hatte.

„Ich könnte Davy fragen, vielleicht hat der ein paar Tipps für dich."

„Ja, vielleicht. Aber gib mir erst ein bisschen Zeit. Ich muss mich noch daran gewöhnen, ich selbst zu sein." Erst musste er herausfinden, wer er überhaupt war.

Kurt lächelte. „Ich bin für dich da, falls du reden willst. Auch wenn ich ein so nagelneuer Schwuler bin, dass noch Verpackungsreste an mir kleben."

„Ich weiß, kleiner Bruder, ich weiß."

Und plötzlich kamen die Schuldgefühle zurück. Er durfte dieses Gespräch nicht länger hinauszögern, auch wenn es ihm lieber gewesen wäre. Er war in Bezug auf Kurt bereits viel zu selbstsüchtig gewesen.

Nachdem er den letzten nassen Teller auf dem Abtropfgitter platziert hatte, setzte er sich Kurt gegenüber an den Tisch. Der kleine Tisch reichte höchstens für vier Personen, weshalb sie den großen im Wohnzimmer benutzten, wenn viele von ihnen hier waren. Der in der Küche war eher eine Durchgangsstation, falls jemand kurz einen Tisch brauchte. So befand sich Kurts fragender Blick dichter vor ihm, als ihm bei einem so unangenehmen Gespräch lieb war.

„Ich weiß …" Ians Stimme war heiser. Er schluckte. „Ich weiß auch, dass *ich* nicht für *dich* da war. Und es tut mir leid."

Kurt zuckte mit den Schultern. „Das haben wir doch gestern schon geklärt. Alles gut."

Ian widerstand der Versuchung, es sich so leicht zu machen. Da musste er jetzt durch. Außerdem würden seine Eltern es sonst sicher irgendwie erfahren.

„Nein, ich meine ..." Was genau meinte er? „Ich war nicht für dich da. Ich war egoistisch und das weiß ich. Außerdem habe ich die ganze Zeit gedacht, die Sache wäre für dich total leicht gewesen. Und jetzt ist mir klar geworden, dass es nicht so war. Es kann nicht leicht gewesen sein." Wahrscheinlich war es sogar traumatisch gewesen, und das viel mehr als bei ihm. Kurt hatte nicht gewusst, dass er schwul war. Vermutlich hatte er nie besonders darauf geachtet, wie seine Familienmitglieder oder Arbeitskollegen auf Schwule reagierten oder wie negativ die Welt um ihn herum sie oft betrachtete.

Ian dagegen hatte Jahre damit verbracht, jede kleinste Reaktion zu analysieren. Er hatte einen Beruf gewählt, in dem ihm seine sexuelle Orientierung nicht zu sehr schaden würde, da er in seinem tiefsten Innern immer damit gerechnet hatte, dass sie eines Tages, ob nun beabsichtigt oder nicht, ans Licht käme. Kurt hatte nie sichergestellt, dass sich seine Sexualität mit seinem Beruf vertrug.

Auch wenn die Menschen in Toronto verhältnismäßig tolerant waren und die Polizei offiziell nicht diskriminierte, musste man sich in so einem Beruf definitiv darum sorgen, dass die Beziehung zu den Arbeitskollegen unter einer solchen Enthüllung litt. Damit hatte Kurt umgehen müssen, ohne darauf vorbereitet zu sein, da er im Gegensatz zu Ian nicht jahrelang Zeit gehabt hatte, um sich sein Coming-out und die möglichen Reaktionen vorzustellen.

Eigentlich war Kurt ein unkomplizierter, fröhlicher Mensch, der selten in ein dramatisches Gefühlschaos geriet. Doch jetzt, da Ian ihn an sein Coming-out erinnerte, wurde sein Gesicht blass und sein Blick trostlos. Es war schmerzhaft, ihn so zu sehen. Bei der Aufgabe, seinen jüngeren Bruder zu beschützen, hatte Ian kläglich versagt.

„Nein. Es war nicht leicht." Kurt klang so zaghaft, wie Ian ihn nie zuvor gehört hatte. Dann senkte er den Blick zur Tischplatte und zupfte an der Ecke eines Platzdeckchens herum.

„Erzähl es mir. Ich höre dir zu." Auch wenn es vielleicht wehtun würde, musste er es erfahren. Sein Vater hatte recht gehabt.

„Ian, ich war so verwirrt."

Kurt erzählte ihm alles, was er bisher nicht gewusst hatte.

„Ich habe angefangen zu trinken und hatte schlimme Stimmungsschwankungen. Hätte Simon nicht ständig meine Fehler ausgebügelt, hätte ich wahrscheinlich meinen Job verloren. Und wenn es noch länger so weitergegangen wäre, hätte ich vielleicht in eine Entzugsklinik gemusst."

Ian verspürte heftige Schuldgefühle. Er war zu sehr damit beschäftigt gewesen, beleidigt zu sein, um seinem Bruder durch diese schwere Zeit zu helfen. Seine Eltern hatten recht: Kurt hatte eine Entschuldigung von ihm verdient.

Eigentlich war er ihm mehr schuldig, konnte die Zeit jedoch nicht zurückdrehen. Und Kurt hatte seine Probleme mittlerweile hinter sich … oder?

„Eine Entzugsklinik? Und hast du es jetzt überwunden? Oder machst du bei den Anonymen Alkoholikern oder so mit?"

Kurt hob eine Schulter und zuckte zusammen. „Ich wäre nicht der erste Polizist mit einem Alkoholproblem, aber ich glaube nicht, dass ich rückfällig werde. Davy möchte trotzdem, dass ich mit jemandem darüber rede. Vorsichtshalber."

„Und machst du es?"

„Für Davy? Auf jeden Fall."

Ian atmete auf. Glücklicherweise hatte er nie auf die Unterstützung von Alkohol oder Drogen zurückgegriffen, um seine Situation erträglicher zu machen. Vielleicht war ihm unterbewusst klar gewesen, dass seine Familie ihn keinesfalls verstoßen würde. Trotzdem war Drogenmissbrauch in Schwulenkreisen kein seltenes Problem und er hatte nicht vor, seinen Bruder in so etwas hineingeraten zu lassen.

„Ich bin froh, dass du einen guten Mann gefunden hast." Und er war auch nur ein winziges bisschen eifersüchtig darauf, dass dieser Mann Kurt offenbar einfach in den Schoß gefallen war.

Kurt hob lächelnd den Kopf. „Er ist wirklich ein guter Mann. Ich liebe ihn."

Bei Kurts glücklichem Gesichtsausdruck meldete sich die Eifersucht etwas heftiger, doch Ian ignorierte sie. Er hatte Kurt noch etwas zu sagen.

„Es tut mir so leid, dass ich nicht für dich da war. Ich wünschte … ich wünschte, wir hätten mehr Vertrauen zueinander gehabt und uns unsere Geheimnisse früher erzählt, wie wir es als Kinder getan haben. Das Ganze ist zu einem großen Teil meine Schuld – hätte ich mich in meiner Schulzeit oder als Student dazu bekannt, wäre es bei dir vielleicht gar nicht erst so schlimm geworden. Aber für die Zukunft: Wenn du irgendetwas brauchst – auch wenn du das Gefühl hast, du könntest es niemandem erzählen –, komm bitte zu mir. Mach dich nie wieder so fertig. Versprochen?"

„Versprochen. Aber eigentlich bin ich froh, dass alles so gekommen ist."

Hatte Ian sich verhört? „Froh? Bist du bei der Schießerei etwa auch auf den Kopf gefallen?"

Kurt lachte, wobei sich um seine Augen kleine Fältchen bildeten und die Farbe in sein Gesicht zurückkehrte. „Nö, meinem Kopf geht's gut. Aber verstehst du nicht? Wenn alles anders verlaufen wäre, hätte ich vielleicht niemals Davy kennengelernt. Er entschädigt mich für alles, was ich durchgemacht habe."

Bei Kurts liebevollen Worten bekam Ian feuchte Augen, auch wenn sich seine innere Dramaqueen erneut mit ihrer Eifersucht meldete. Obwohl er jetzt offen schwul war, hatte er keine Ahnung, wie man eine Beziehung führte. Nachdem er sein Leben lang der Aufreißer gewesen war, würde es ihn Zeit und Mühe kosten, zu etwas anderem zu werden.

3

IAN SETZTE sich an den letzten freien Tisch des Cafés im Erdgeschoss seines Bürogebäudes. Nachdem er sich vor nicht ganz einer Woche seiner Familie gegenüber geoutet hatte, war er auf große Veränderungen in seinem Leben eingestellt gewesen. Er hatte erwartet, dass anderen auffallen würde, wie stolz und selbstbewusst er sich jetzt fühlte. Wie damals, als er seine Jungfräulichkeit verloren hatte und enttäuscht gewesen war, dass offenbar kein blinkendes Schild über seinem Kopf auf das bedeutende Ereignis hinwies. Insgesamt war sein Coming-out beinahe unspektakulär verlaufen, und wenn er sich darüber nicht freuen konnte, wurde er wirklich zu einer Dramaqueen.

Er schob seufzend mit der Gabel die Nudeln auf seinem Teller herum und schlug schließlich sein Buch auf. Es war nicht besonders interessant, doch er hatte Dylan versprochen, es zu lesen.

Dabei hätte er im Augenblick viel lieber mit jemandem darüber geredet, was in ihm vorging. Nur mit wem? Seine Freunde wären sicher verständnisvoll gewesen, hätten ihm allerdings nicht viel über das Leben eines offen schwulen Mannes erzählen können. Dasselbe galt für Dylan, der sowieso mit Hochzeitsvorbereitungen beschäftigt war, ganz zu schweigen von ihren Erzeugern – Ian hatte völlig vergessen gehabt, wie sehr sie sich in die Hochzeiten ihrer Kinder hineinsteigerten. Und Kurt war zwar schwul, hatte sich jedoch aus einem Leben der Unwissenheit ohne Sex mit Männern direkt in eine feste Beziehung gestürzt. Die Phase mit der Suche nach einem Partner hatte der Glückliche einfach übersprungen. Zwar hatte Kurt ihm Davys Hilfe angeboten, nur waren dessen Erfahrungen mit dem schwulen Singledasein ein Jahrzehnt her.

Im Grunde war er wieder auf sich allein gestellt – wie vor seinem Coming-out, nur dass er jetzt auch einen Mann mit nach Hause bringen und seiner Familie vorstellen konnte, wenn er einen fand. Was ihm im Augenblick kein bisschen weiterhalf.

„Hallo, es gibt keine freien Tische mehr. Darf ich mich vielleicht setzen?"

Ian schaute zu einem schlanken Mann mit zerzaustem braunem Haar auf, der ein schwarzes T-Shirt und eine khakifarbene Cargohose trug. Er schätzte ihn auf Mitte zwanzig.

„Klar. Der Platz ist frei."

Jede Ablenkung von seinem langweiligen Buch und seinen beunruhigenden Gedanken war ihm willkommen.

„Ich bin Leon Barlow." Nachdem er sein Tablett auf dem Tisch abgestellt hatte, reichte er Ian die Hand.

„Ian O'Donnell." Er runzelte die Stirn. „Haben wir uns nicht schon mal in der zwölften Etage gesehen?"

„Ja, das kann gut sein. Ich arbeite ab jetzt als Grafikdesigner für den *Errant*."

Das einzige Promi-Skandalmagazin, das Klatsch mit den Skurrilitäten der mittlerweile eingestellten *Weekly World News* verband, war seit fünf Jahren Ians Arbeitsplatz.

„Ernsthaft? Ich bin da für die Kundenbetreuung verantwortlich."

Leon reagierte mit einem Lächeln, bei dem Ian seine erste Einschätzung zurücknahm. Der Mann sah nicht viel älter aus als zwanzig. Kein Wunder, schließlich konnte man Angestellten am wenigsten zahlen, wenn man sie gleich nach ihrem Abschluss und ohne Berufserfahrung einstellte. Hector Ramos, dem der *Errant* gehörte, behielt die Finanzen immer genau im Auge. Ian kam mit seinem beachtlichen Gehalt nur davon, weil er Ramos ein Vielfaches davon an Werbeeinkünften einbrachte.

„Oh. Heißt das, wir werden zusammenarbeiten?"

„Bei manchen Projekten bestimmt. Einige unserer Werbekunden entwerfen ihre Anzeigen nicht selbst, sondern lassen sie von mir bei deiner Abteilung in Auftrag geben."

„Dann ist es ein glücklicher Zufall, dass ich mich an diesen Tisch gesetzt habe." Leon schob sich eine Gabel voll Salat in den Mund.

Ian legte sein Buch auf den Tisch. Wäre Leon ein völlig Fremder gewesen, hätte er in seiner momentanen Stimmung vielleicht lieber weitergelesen. Da es sich jedoch um einen neuen Arbeitskollegen handelte, wäre das extrem unhöflich gewesen.

„Wie ist das Buch?" Leon deutete mit seiner Gabel darauf.

„Lässt sich noch nicht sagen." Sehr vielversprechend hatte es nicht angefangen, aber er war noch nicht sehr weit gekommen.

Obwohl sich ihr Gespräch danach hauptsächlich um ihren Arbeitsplatz drehte, verging die Zeit wie im Fluge.

„Wir sollten uns so langsam auf den Weg nach oben machen."

Leon widersprach nicht, sondern sammelte die Überreste seines Essens ein. „Ian, du bist bestimmt von hier, oder?"

„Ähm." Diese Frage konnte Verschiedenes bedeuten. Seine Wohnung, nicht weit vom Büro entfernt, befand sich an der Grenze zum als Boystown bekannten Schwulenviertel. Erstaunlicherweise war in seinem Umfeld nie jemandem klar geworden, dass Ian diese Entscheidung bewusst getroffen hatte. Wollte Leon jetzt mit dieser Frage herausfinden, ob er schwul war? Ian war nämlich ziemlich sicher, dass das auf Leon zutraf.

Plötzlich war Ian angespannt. Nachdem er sich vor den wichtigsten Menschen in seinem Leben geoutet hatte, hätte er nicht vermutet, dass es ihm immer noch so schwerfallen würde, es zuzugeben.

376

„Aus Toronto, meine ich. Ich bin gerade erst aus Winnipeg hergezogen und kenne noch nicht viele Leute. Vielleicht könnten wir mal was unternehmen."

Als Ian erleichtert aufatmete, wurde ihm klar, dass er gefürchtet hatte, Leon würde ihn um ein Date bitten. Der Mann war viel zu jung für eine Beziehung mit ihm und auf einen One-Night-Stand hätte er sich mit einem Mitarbeiter ebenfalls nicht eingelassen. Gegen eine Freundschaft hatte er allerdings nichts einzuwenden – einen unkomplizierten Freund konnte er gut gebrauchen.

„Ja, von mir aus gerne."

RICK FÜHLTE den hämmernden Bass durch seinen Körper pulsieren, während er die Hüften zu einem Lied schwang, das ihm entfernt bekannt vorkam. Um ihn herum wanden sich andere Körper und ihm stieg der Geruch von Schweiß und Bier in die Nase. Viele Männer hatten sich bereits ihrer verschwitzten T-Shirts entledigt und Sex lag in der Luft.

Rick atmete tief ein, gab sich eine Sekunde lang der Nostalgie hin. Mit seinen fünfunddreißig Jahren hatte er bereits viele Abende in Clubs hinter sich. So sehr sich der Ort, die Kleidung und die gerade angesagten Drinks auch verändern mochten, blieb der Geruch tanzender, erregter Männer immer gleich.

Er schloss die Augen und ließ sich von seinen anderen Sinnen leiten – was unter Umständen damit zu tun hatte, dass er seinen langsam alternden Körper nicht mit den kraftvollen jungen um sich herum vergleichen wollte. Nicht, dass er total fertig aussah, aber es kostete ihn eindeutig mehr Mühe, schlank und fit zu bleiben, als noch vor zehn Jahren. Selbst vor zwei Jahren hatte er mit seinem guten Stoffwechsel noch seine Freunde neidisch machen können.

Er öffnete die Augen wieder, denn schließlich war er auch hier, um das Ambiente zu genießen. Deshalb und wegen des Tanzens. Einen Mann für ein bisschen Spaß zu finden hätte natürlich auch nicht geschadet, doch er war diesmal nicht mit einem seiner Fickfreunde hier, der ihm Sex garantiert hätte. Und er hatte schon den einen oder anderen mitleidigen Blick von der Kundschaft des Anaconda bemerkt, die im Durchschnitt definitiv wesentlich jünger war als er.

So unfair es auch war, wurde man als ehemals hübscher Twink im fortgeschrittenen Alter nicht mehr so bereitwillig akzeptiert wie jemand, der eher der bärtige Biker-Typ war. Leider hatte er da nicht unbedingt die Wahl: Er war 1,76 Meter groß, schlank und blond. Als er zwanzig gewesen war, hatten ihn die Männer in den Clubs umschwärmt. Mit fünfunddreißig genoss er immer noch die sinnliche Clubatmosphäre, hielt sich allerdings meistens an die, die von Leuten in seiner Altersgruppe gesucht wurden. Wäre er auf der Suche nach einem Partner oder Ehemann gewesen, anstatt ein paar Minuten Spaß auf den Toiletten oder dem Parkplatz, hätte es für ihn wohl noch wesentlich schlimmer ausgesehen.

Andererseits wäre da Oscar gewesen, falls er wirklich etwas Ernstes gewollt hätte. Rick verzog das Gesicht. Es war wirklich ärgerlich, dass er die

Sache mit ihm hatte aufgeben müssen. Auch wenn ihn Oscars Entschluss, mit ihm zusammenziehen zu wollen, im ersten Moment überrascht hatte, war es nicht zum ersten Mal passiert. Doch Verpflichtungen, Gefühle und Offenheit würden für Rick absolut niemals infrage kommen.

Nur leider war die Zahl seiner Fickfreunde dank dem Verschleiß und durch feste Beziehungen auf null gesunken, da Ivan, sein Polizistenfreund, ebenfalls jemanden gefunden zu haben schien.

Jedenfalls hatte Rick nicht vor, heute aktiv nach jemandem zu suchen, würde aber nicht nein sagen, wenn sich in diesem Meer aus muskulösen Männerkörpern ein Sexpartner anböte.

Die Musik ging zu einem langsameren Lied über. Hätte er mit jemandem getanzt, hätte er die Gelegenheit genutzt, sich gegen einen Schritt oder einen knackigen Hintern zu pressen, seine Hände über eine durchtrainierte Brust oder einen schweißnassen Rücken gleiten zu lassen und vielleicht auch einen Finger in einen Hosenbund zwischen feste Hinterbacken zu schieben.

Stattdessen beschloss er, ein anderes Bedürfnis zu befriedigen, und machte sich auf den Weg zur Bar.

Der Barkeeper tauchte erfreulich schnell vor ihm auf.

„Was darf's denn sein?" Der Mann lächelte anerkennend, doch Rick hatte vor langer Zeit gelernt, die schmeichelnden Blicke von Barkeepern oder Strippern nicht zu ernst zu nehmen. Zumindest nicht, während sie arbeiteten.

Was sollte er nur nehmen? Bier, Bier oder Bier? Rick deutete auf die goldbraune Flasche, aus der ein Mann neben ihm gerade trank.

„So was hätte ich auch gern."

„Wer nicht." Der Barkeeper zwinkerte ihm zu. „Oooh, ach so: das Bier."

Ein Komiker. Kein besonders guter. Rick unterdrückte ein Augenrollen, während er das Geld auf den Tresen legte. Anschließend nahm er seine Flasche entgegen und suchte sich einen Platz an der Wand.

Beim ersten Schluck verzog er das Gesicht. Eigentlich war Bier nicht gerade sein Lieblingsgetränk. Wenn man allerdings das Durchschnittsalter der Anwesenden bedachte, hielt sich die Weinauswahl wahrscheinlich in Grenzen und war nicht unbedingt dazu geeignet, in dieser Hinsicht wie geplant seinen Horizont zu erweitern.

Vermutlich hätte er am besten ein Glas Wasser genommen.

„Rick!"

Als er sich umdrehte, sah er Jon auf sich zukommen, der ganz in Leder gekleidet war. Um sich die hautenge Lederhose leisten zu können, hätten die meisten Anwesenden vermutlich ein paar Monate nur von Nudeln leben müssen. Das Ganze stellte einen deutlichen Kontrast zu den maßgeschneiderten Anzügen dar, die Jon bei der Arbeit trug, stand ihm allerdings mindestens genauso gut.

„Lecker." Rick ließ einen Finger über Jons Bauch gleiten. „Du siehst umwerfend aus. Noch so gut wie bei unserer ersten Begegnung."

Jon wirkte verdammt zufrieden, was Rick ihm nicht vorwerfen konnte. Er war ein Jahr älter als Rick und sie hatten sich in einem Club kennengelernt, in dem Jon als Stripper gearbeitet hatte und Rick an der Bar. Keiner von beiden war die dünne, zarte Art von Twink, sondern sie waren eher wie Schwimmer gebaut. Bei ähnlicher Figur, Größe, Haarfarbe und Frisur sahen sie einander so ähnlich, dass der Besitzer des Clubs sie dazu gedrängt hatte, in einer gemeinsamen Show aufzutreten, weil Zwillinge ein beliebtes Tabu darstellten. Obwohl Rick nicht zugestimmt hatte, weil Strippen nichts für ihn war, hatten sie sich ihre Ähnlichkeit außerhalb der Shows zunutze gemacht, um Blicke auf sich zu ziehen. Das Trinkgeld war beachtlich gewesen.

Seltsamerweise war es ihre große Ähnlichkeit gewesen, die zu der langjährigen Freundschaft geführt hatte, denn keiner von ihnen hatte das Bedürfnis, mit seinem „Zwilling" zu schlafen. Da ihnen also keine Lust in die Quere kam, wurde Jon Ricks erster richtiger Freund, seit er zu Hause ausgezogen war.

„Warum trinkst du Bier? Ich habe extra veranlasst, dass die Zutaten für deine Mangoritas bestellt wurden."

Er seufzte. Mangos waren großartig, vor allem in Margaritas. „Im Moment vertrage ich Tequila nicht so gut. Aber das war wirklich lieb von dir, Süßer." Er küsste Jon auf die Wange, woraufhin ihn der halbnackte Mann umarmte.

Beide taten, als hätten sie das plötzliche Interesse der Männer um sie herum nicht bemerkt. Rick grinste Jon zu, bevor er seine Zunge langsam von Jons Schulter bis zu seinem Ohrläppchen hinaufgleiten ließ. Als Jon erzitterte, hörte man mehrere Männer stöhnen. Die Lust im Raum wuchs immer mehr an und einige ihrer Zuschauer griffen sich in den Schritt, da andere Dinge ebenfalls anwuchsen. Typisch Männer. Alle gleich.

„Du schlimmer Junge", flüsterte Jon ihm zu, was für die Umstehenden vermutlich aussah, als knabberte er an Ricks Ohr. Jons warmer Atem sorgte dafür, dass Rick ebenfalls ein Schauer über den Rücken lief und seine Brustwarzen sich aufstellten.

„Aber du hast mich nicht nur dafür eingeladen, oder?" Trotz seines Aufzugs befand sich Jon nicht im Anaconda, um auf Männerfang zu gehen. Seit Kurzem war er finanziell am Club beteiligt und hatte ihn und ein paar andere Freunde gebeten herzukommen und sich alles anzusehen. Davy und Kurt hatte er bei der Anstreichparty ebenfalls eingeladen, aber Kurt erholte sich noch von seiner Verletzung. Soweit Rick wusste, war Kurt noch nie in solch einem Club gewesen und er wollte sein erstes Mal definitiv miterleben.

„Na ja, schaden kann es nicht." Jon zwinkerte ihm zu.

Rick lachte. Er hatte nichts dagegen, Jon ein bisschen beim Kundenfang zu unterstützen.

„Bist du alleine hier? Und was ist mit Davy und Kurt?" Jon sah sich um, als könnten sie plötzlich auftauchen.

379

„Du hast doch nicht etwa geglaubt, ich würde ein Date mitbringen, oder? Du weißt doch, dass das nichts für mich ist. Und die zwei Turteltauben sind zu Hause mit irgendeinem neuen Videospiel beschäftigt."

Kurt war sowieso nicht der Typ für Discos und Davy hatte anscheinend nichts dagegen, bei ihm zu bleiben und ihm den Schwanz zu lutschen, während Kurt *Call of Duty* spielte – oder was auch immer bei den Gamern gerade angesagt war. Rick war zwar auch eine Art von Gamer, begeisterte sich aber nicht unbedingt für *Video*spiele.

„Na ja, das macht nichts. Du bist der Wichtigste."

War er das? „Bin ich das?"

„Ja, du Idiot. Niemand kennt so viele Clubs wie du. Deshalb kannst du mir am besten sagen, was du hiervon hältst und was du ändern würdest."

Rick lachte. Normalerweise war er in Clubs eher wegen seiner geschickten Hände beliebt. „Was kriege ich dafür?"

„Was hast du gesagt? Die Musik ist so laut." Jon tat, als lauschte er angestrengt.

„Blödmann." Er lachte erneut. Die Frage war ohnehin nicht ernst gemeint gewesen.

In diesem Moment kam einer der Barkeeper mit einem gestressten Gesichtsausdruck auf sie zu, der auf mehr hindeutete als nur einen Mangel an Cocktailkirschen. „Das sieht nach Arbeit für dich aus. Ich schaue mich noch ein bisschen um. Wir sehen uns später."

Er verpasste Jon einen Klaps auf den Hintern, der durch das Leder ein zufriedenstellend lautes Klatschen verursachte. Jon quietschte und warf ihm einen finsteren Blick zu, bevor er sein ernstes Chef-Gesicht aufsetzte und sich einen Weg durch die Schaulustigen bahnte.

„Die Show ist vorbei, Jungs. Kommt um Mitternacht zurück." Rick scheuchte sie davon – selbst diejenigen, die mit lüsternem Blick einen Schritt auf ihn zumachten. Auch wenn einige von ihnen sehr hübsch waren, musste er noch viel zu oft an Ian denken. Der Mann kannte sich im Bett aus. Er hatte mehrmals darüber nachgedacht, Davy nach seiner Nummer zu fragen. Selbst wenn es sich bei Ian nicht um einen Beziehungsmenschen handeln sollte, war es für seinen Freundeskreis allerdings nicht unbedingt gut, wenn er sich mit Kurts Bruder einließ. Er wollte nicht Kurts Freundschaft verlieren, falls da etwas schiefging, denn Kurt passte gut zu ihnen, obwohl er ein ganz anderer Typ war. Ricks Freunde waren ihm wichtig. Er hatte keine Familie und plante nicht, eine Beziehung einzugehen. Seine Freunde waren alles, was er hatte.

Rick entfernte sich von den Männern, die offenbar gehofft hatten, dass Jon und er sich ausziehen und es gleich dort auf dem Boden treiben würden. Er war nicht scharf auf Sex mit jemandem, der sich ihn dabei mit Jon vorstellte.

Nachdem er sich einen Platz an der Wand auf der anderen Seite der Tanzfläche gesucht hatte, trank er von seinem Bier. Die Aussicht war von dieser Seite ebenfalls gut, allerdings ertappte er sich dabei, wie er nach dunklem Haar und hellen Augen Ausschau hielt. Er musste mit diesen Albernheiten aufhören.

Rick machte einem Paar Platz, das in die schattige Ecke neben ihm schlüpfte. Aus dem Augenwinkel sah er einen der Männer auf die Knie sinken und schon bald war selbst über die ohrenbetäubende Musik und die lauten Unterhaltungen hinweg leidenschaftliches Stöhnen zu hören. Mit ein bisschen Fantasie konnte Rick sich sogar die dazu passenden feuchten Sauggeräusche vorstellen, was seine enge Hose noch enger werden ließ. Schluss mit dem Selbstmitleid. Er hatte noch nie ein Problem damit gehabt, einen Mann zu finden. Das würde er sich jetzt beweisen.

Nachdem er seine Bierflasche mit einem letzten Schluck geleert hatte, stellte er sie auf einem Sims an der Wand ab, zog sein T-Shirt aus und stürzte sich zurück in die wogende Menge.

RICK LÄCHELTE zu einem großen, rothaarigen Mann auf. Muskulös, sexy und, dem steifen Schwanz nach zu urteilen, der sich gegen seinen Bauch presste, ziemlich gut bestückt. Manche Männer mochten rote Haare nicht, was Rick absolut nicht verstehen konnte. Er tanzte ein wenig mit ihm, hatte aber nicht das Bedürfnis, sich mit ihm in eine dunkle Ecke zu stehlen.

Er ließ sich von der Musik davontragen und fand sich bald einem weiteren sexy Mann gegenüber, einem schlanken Asiaten mit blond gefärbten Haaren. Wieder genoss er es, zu tanzen zu flirten und zu berühren, ließ sich allerdings auch diesmal nicht von der Tanzfläche führen. Der Mann zuckte nur mit den Schultern und machte sich woanders auf die Suche. Offenbar wurde Rick wirklich alt, denn beide hatten auf ihn zu jung gewirkt, um überhaupt schon trinken zu dürfen. So süß sie auch gewesen waren, wollte er nicht zu einem alten Perversling werden, der viel zu junge Männer verführte. Am Ende würde er vielleicht einen seiner Ex-Fickfeunde anrufen müssen, um zu fragen, ob einer von ihnen Zeit für eine unkomplizierte Nacht mit ihm hatte.

Während er mit geschlossenen Augen tanzte, dachte er sogar kurz darüber nach, sich bei Oscar zu melden, beschloss allerdings sofort, dass es ein großer Fehler gewesen wäre. Wahrscheinlich noch schlimmer, als Davy nach Ians Nummer zu fragen. Vielleicht sollte er sich an diesem Abend einfach auf seinen Gefallen für Jon konzentrieren und dann nach Hause fahren und sich mit seiner rechten Hand trösten.

Bevor er die Tanzfläche verlassen konnte, schoben sich jedoch plötzlich zwei kräftige Hände um seine Taille und zogen ihn mit dem Rücken gegen eine warme, nackte Brust. Der Mann hinter ihm war etwas größer, allerdings war der Unterschied zu Rick geringer als bei den meisten anderen, die an diesem Abend Interesse gezeigt hatten. Die breiten Schultern gaben Rick ein seltsam sicheres Gefühl, während er sein Hinterteil gegen einen steifen Schwanz presste. Es fühlte sich perfekt an.

Er hob die Hände, um über die Unterarme des Mannes zu streicheln, und spürte die Härchen darauf und die leicht hervortretenden Adern. Er legte seine Hände über die des Fremden, um sie fester um sich zu ziehen.

So wiegten sie sich zur Musik, während der Mann sein Kinn in Ricks Halsbeuge ruhen ließ, sodass sein Atem, wie zuvor bei Jon, auf die empfindliche Haut unter Ricks Ohr traf. Anders als bei Jon regte sich augenblicklich sein Schwanz und drückte gegen seinen Reißverschluss. Der gesichtslose Mann befreite eine seiner Hände und ließ sie an Ricks verschwitztem Bauch hinuntergleiten, streichelte über den Glückspfad, den man bei Ricks Haarfarbe mehr fühlte als sah.

Als sich ein Zeigefinger in Ricks Hosenbund schob, um gerade so die empfindliche Spitze seines Penis zu berühren, stöhnte Rick und ließ seinen Kopf nach hinten gegen eine kräftige Schulter fallen. Das war genau, wonach er den ganzen Abend gesucht hatte.

„Ich bin Steve und ich liebe deinen Arsch", flüsterte der Mann, bevor er seine Lippen an Ricks Hals legte und daran saugte. Ricks Herz schlug schneller und er wand sich in den starken Armen, um möglichst viel von seiner Erektion gegen die Hand in seinem Schritt zu pressen.

„Hallo, Steve." Er versuchte, verführerisch zu klingen, war allerdings bereits so erregt, dass es eher wie eine verzweifelte Aufforderung klang, ihn gleich hier zu nehmen. Er stand kurz davor, dem Mann einen Fick auf der Toilette anzubieten, obwohl er in einem Club schon seit Jahren nicht mehr so weit gegangen war.

Rick drehte sich in Steves Armen herum, um ihn sich wenigstens anzusehen, bevor sie in einer dunklen Ecke landeten. Außerdem wollte er die kräftigen Hände nicht nur an seinem Schwanz, sondern auch auf seinem Arsch spüren.

Er schob eine Hand in Steves dunkles Haar und zog ein wenig, damit dieser den Kopf hob.

Verträumte blaue Augen weiteten sich plötzlich und Rick zog versehentlich ruckartig an den Haaren, die sich noch zwischen seinen Fingern befanden. Der überraschte Blick zeigte Rick, dass Ian ebenfalls nicht klar gewesen war, mit wem er es zu tun hatte. Doch Ricks Erektion hatte sich von dem Schreck nicht beirren lassen. Er stand nach wie vor kurz vor dem Explodieren. Hatte er etwa unbewusst Ians Berührung und Ians Duft wiedererkannt?

Schnell hatte er sich wieder gefangen und hielt Ians Kopf weiterhin dort fest, wo er ihn haben wollte, während er neckend sagte:

„Steve, mein Hübscher. Ich bin … Kurt." Dann neigte er Ians Kopf zur Seite, um wie bei Jon von der Schulter bis zum Ohr hinaufzulecken. Und wieder war die Berührung wesentlich wirkungsvoller. Ein Stöhnen entwich Ian und Rick lief ein heftiger Schauer über den Rücken.

„Kleiner Mistkerl", zischte Ian. Rick musste kichern.

„Heißt das, du willst nicht meinen Namen rufen, wenn du kommst?" Da sie sich nicht voneinander gelöst hatten, presste Rick seine Hüften gegen Ians.

382

Auch bei Ian schienen weder der Schock noch Ricks Scherzname seiner Erektion entgegengewirkt zu haben.

Ian schob ihn gegen eine der Säulen, die die Tanzfläche einrahmten. Obwohl er rechts und links von sich warme, verschwitzte Haut spürte, konnte er den Blick nicht von Ian abwenden. Jedoch gelang es ihm, eine Hand aus Ians Haar zu lösen, um damit über eine von Ians Brustwarzen zu streicheln.

„Warum willst du ihn denn nicht sagen, *Steve*? Es ist so ein kurzer, leicht zu merkender Name."

„Vergiss es."

Ernsthaft verärgert klang er allerdings nicht und sein Schwanz drückte sich weiterhin gegen Ricks Bauch. Rick fand ihre Begegnung ebenfalls alles andere als ärgerlich: Wenn Ian unter falschem Namen in Clubs auf Männerfang ging, war er mit ziemlicher Sicherheit kein Beziehungsmensch und Rick konnte ihn wahrscheinlich auf seine Liste setzen, wie er es sich erhofft hatte.

„Wirklich nicht? Bitte, Steve, oh, bitte ...", bettelte Rick, als bäte er um etwas ganz anderes, und fand Ians finsteres Gesicht ziemlich unterhaltsam.

„Verdammt, Rick", brummte Ian, bevor er die Hände an Ricks Kopf legte und ihn heftig küsste.

Rick war für einen Moment völlig erstarrt. So etwas tat er nicht. Er küsste nicht. Selbst bei der fantastischen ersten Nacht mit Ian hatte er sich nicht dazu hinreißen lassen.

Und dennoch ließ er zu, dass Ian sich mit Lippen und Zunge Zugang zu seinem Mund verschaffte, und belohnte ihn sogar mit einem Stöhnen. Dann konnte er sich wieder bewegen, doch seine Muskeln gehorchten ihm nicht. Stattdessen erwiderte er den Kuss leidenschaftlich – was er absolut nicht vorgehabt hatte, aber in diesem Augenblick mehr als alles andere wollte.

Bis der perfekte Rhythmus von Ians Hüften und seiner Zunge, die gründlich seinen Mund erkundete, ihn beinahe an den Rand des Orgasmus brachte.

Er riss sich los und drückte mit den Händen gegen Ians Schultern. „Warte, warte."

„Was ist?" Ians von seinem Angriff auf Ricks Mund gerötete Lippen sahen noch einladender aus als zuvor.

„Ich will nicht in meiner Hose kommen wie ..." Er hatte Teenager sagen wollen, was ihm allerdings erneut bewusst machte, dass die meisten Anwesenden mindestens ein Jahrzehnt jünger waren als sie beide. „Wie ... Ich will es einfach nicht." Wenn Ian allerdings nicht bald aufhörte, so verdammt sexy auszusehen, würde er sich vielleicht doch gleich hier auf der Tanzfläche Erleichterung verschaffen müssen.

„Dann komm mit zu mir." Ians blaue Augen flehten ihn auf eine Weise an, die ihn nervös machte. Trotzdem verspürte er das heftige Verlangen, ja zu sagen.

Da er nur ein Bier gehabt hatte, musste es die Lust sein, die da prickelnd durch seinen Körper jagte und sein Urteilsvermögen beeinträchtigte.

„Okay."

Ian küsste ihn noch einmal flüchtig, bevor er sich seine Hand schnappte und ihn aus dem Club führte.

Rɪᴄᴋ ʜᴀᴛᴛᴇ während der Fahrt kaum Zeit, seine Entscheidung zu bereuen. Ians Wohnung lag überraschend nah am Anaconda. An der Grenze zu Boystown zu wohnen hatte es Ian sicher leichter gemacht, Männer zu finden, ohne sich zu outen. Rick blieb allerdings ebenfalls keine Zeit, um Ian zu fragen, wie sein Coming-out gegenüber seiner Familie gelaufen war, oder sonst irgendetwas über ihn herauszufinden. Vielleicht war das besser so, denn eigentlich hätte ihn das überhaupt nicht interessieren sollen.

Und als sie angekommen waren und Ian ihn gegen die Wand seiner Wohnung schob, war die Befriedigung ihrer Lust, die sich wie beim letzten Mal immer weiter gesteigert hatte, wichtiger als Worte. Nach der pheromongeladenen Atmosphäre im Club konnte Rick kaum noch an sich halten und Ian schien ebenfalls bereit zu sein, sich wie bei ihrer letzten Begegnung dem Sexrausch hinzugeben.

Dann tat er jedoch etwas völlig Unerwartetes: Er entfernte sich einige Zentimeter von Rick und schaute ihm tief in die Augen. Waren sie nicht zum Ficken hier?

Ian grinste, als hätte er die Frage gehört, senkte den Kopf und nahm Ricks Mund so aggressiv und fachmännisch in Besitz wie zuvor im Club. Ians Lippen und Zunge dämpften das Stöhnen, das sich aus Ricks Brust löste.

Rick war nicht sicher, wie er reagieren sollte. Er küsste keine Männer. Nicht auf den Mund. Und ganz bestimmt nicht wie Ian, als wäre er ein Verdurstender in der Wüste und Ricks Mund die einzige Oase.

Trotz seines Herzklopfens presste Rick seine Hüften gegen Ian, um das Ganze etwas voranzutreiben, und löste seinen Mund von Ians. „Macht es dir Spaß, mich zu quälen? Fass mich endlich an. Oder fick mich. Das wäre mir auch recht."

Ian antwortete mit einem wilden Grinsen und legte seine Hände an Ricks Gesicht. „Aber ich fasse dich doch an. Genieß es einfach."

Rick, der auf eine Antwort im Sinne von „frecher kleiner Twink" eingestellt gewesen war, verschlug es die Sprache. Und schon lagen Ians Lippen erneut auf seinen. Ians Finger, die während des Küssens sanft seine Wangen streichelten, machten das Ganze so intim und erotisch, wie Rick es nie zuvor erlebt hatte. Er spürte – ihm war nicht klar, wie genau –, dass Ian nicht vorhatte, den hastigen Sex vom letzten Mal zu wiederholen, auch wenn Rick bettelte und drängte. Bei jedem anderen Mann hätte Rick dahinter eine Taktik vermutet, um ihn verrückt vor Lust zu machen. Bei Ian fühlte es sich anders an.

Obwohl er so steif war, dass es wehtat, und sich am liebsten einfach an Ian gerieben hätte, bis er kam, ließ er sich von Ians Stimmung anstecken und hielt sich an dessen Schultern fest, anstatt ihm die Kleider vom Leib zu reißen.

384

Rick hatte in seinem Leben viele Schwänze gelutscht und hoffte, dass sich sein Talent dafür auch beim Küssen auszahlen würde. Er hatte es nämlich satt, passiv dazustehen und sich von Ian küssen zu lassen. Und tatsächlich hatte er Ian bereits nach kürzester Zeit zum Keuchen und Stöhnen gebracht, was er insgeheim mehr genoss als jeden Blowjob.

Langsam, furchtbar langsam, arbeiteten sie sich zum Schlafzimmer vor, ohne ihre Münder voneinander zu trennen. Als Ian sich dort von ihm löste, um ihn zum Bett zu führen, musste er ein klägliches Wimmern unterdrücken. Sie hatten sich so lange geküsst, dass seine Lippen heftig kribbelten. Ians Lippen waren rot und geschwollen, und als er darüberleckte, konnte Rick nicht widerstehen.

Er legte die Hände an Ians Kopf und zog ihn zu sich herunter, um den Kuss fortzusetzen. Ian leistete keinerlei Widerstand, ließ seine Hände allerdings zu Ricks Hosenbund wandern. Diesmal konnte Rick das Wimmern nicht unterdrücken. Gott, er wollte endlich kommen.

Als Ian endlich seinen Reißverschluss geöffnet hatte, war Ricks knapp sitzende Unterwäsche bereits feucht. Ian zog sie ihm zusammen mit der Hose herunter, sodass er nackt war – sein T-Shirt war ihm schon auf dem Weg hierher abhandengekommen.

„Du auch." Diesmal gehorchte Ian und zog sich ebenfalls eilig aus. Rick krabbelte auf das Bett und wollte gerade nach dem Gleitgel fragen, als Ian seine geröteten Lippen um eine von Ricks Brustwarzen legte und saugte. Kräftig. Rick bog stöhnend den Rücken durch, um seinen Schwanz irgendwie in Kontakt mit Ians Körper zu bringen. Seine Hand legte er nicht darum, da er ziemlich sicher war, dass Ian etwas anderes vorhatte.

Ian widmete sich der anderen Brustwarze und ließ Rick diesmal sanft seine Zähne spüren. Gott, konnte man vor Lust sterben? Sein Herz hämmerte wie verrückt.

Als Rick gerade drauf und dran war, erneut zu betteln, wanderten Ians Lippen endlich weiter nach unten und legten sich um seine Eichel. Ihm stockte der Atem.

Dann nahm Ian ihn mit einer fließenden Bewegung ganz in den Mund und presste seine Zunge gegen die Ader auf der Unterseite. Rick schrie auf, als er in Ians Mund explodierte. Eigentlich hätte Rick sich gern revanchiert, konnte nach seinem heftigen Orgasmus allerdings für den Moment nur daliegen, während Ian an seinem Körper hinaufrutschte, um sich an ihm zu reiben. Ein letzter Kuss – in dem Rick sein eigenes Sperma schmeckte – und Ian ergoss sich zwischen sie.

Rick musste kurz eingenickt sein, denn plötzlich fand er sich mit saubergewischtem Bauch an Ian gekuschelt wieder und der Fernseher lief. Hätte er bemerkt, wie Ian sie in diese gemütliche Position gebracht hatte, hätte er sich vielleicht dazu durchringen können, zu protestieren oder sich sogar seine Kleidung zu schnappen und zu gehen. Im Augenblick fühlte er sich allerdings viel zu wohl dabei, nackt neben Ian zu liegen und sich Wiederholungen alter Serien anzusehen.

385

RICK RUTSCHTE an der Wand des Flurs vor Ians Wohnung hinunter, damit er sich auf dem Boden die Schuhe anziehen konnte. Das schien allmählich zur Gewohnheit zu werden – und es war eine ziemlich unschöne.

Für seine Regeln gab es verdammt gute Gründe. Jetzt hatte er erneut die mit der Übernachtung und die mit seinem Auto gebrochen. Und natürlich seine Regel zum Küssen. Und wie.

Glücklicherweise war er auch diesmal so früh aufgewacht, dass er sich unbemerkt aus der Wohnung schleichen konnte. Warum machte Ian ihn nur so verdammt schwach?

Zitternd trat er in die kühle Morgenluft hinaus und nahm wieder auf der Bank des Haltestellenhäuschens Platz. Wenigstens hatte er diesmal seinen Schlüssel bei sich und konnte sich vom Taxi direkt zu seinem Auto bringen lassen. Er hatte nicht vor, in hautenger Hose und mit nacktem Oberkörper herumzulaufen – man würde ihn bemitleiden oder für einen Exhibitionisten halten. Beides würde seinem eigentlich guten Ruf als Logopäde nicht gerade helfen. Wenigstens musste er diesmal nicht in sein eigenes Haus einbrechen.

Er fuhr sich mit den Fingern über die Lippen. Obwohl er keine Zeit gehabt hatte, sie sich im Spiegel anzusehen, fühlten sie sich an, wie Ians nach dem Kussmarathon ausgesehen hatten. Die vielen Küsse hatten ihn vollkommen verrückt vor Lust gemacht, sodass er beinahe in Ohnmacht fiel, als Ian ihn endlich zum Höhepunkt brachte.

Was lediglich bedeutete, dass Küssen so intim und gefährlich war, wie er beim Aufstellen seiner Regeln vermutet hatte. Und trotzdem war er nicht sicher, ob er sich von Ian nicht wieder dazu überreden lassen würde.

Noch viel verrückter war allerdings, dass er danach mit Ian im Bett gelegen und sich Wiederholungen von *Friends* und *Robot Chicken* angesehen hatte. Zu seiner Verwunderung hatte er festgestellt, dass sie in Bezug auf Humor absolut auf einer Wellenlänge lagen. Irgendwann hatte Ian einen Arm um Rick gelegt und so waren sie dann eingeschlafen – und in derselben Position war Rick am nächsten Morgen aufgewacht. Es war nicht leicht gewesen, sich von Ian zu lösen, ohne ihn zu wecken.

Scheiße.

Er rieb sich mit den Händen übers Gesicht. Während einer Werbepause hatte Ian vorgeschlagen, Nummern auszutauschen, doch am Ende waren sie eingeschlafen, bevor Rick entscheiden musste, ob er das wirklich wollte. Selbst jetzt verspürte er bei dem Gedanken daran einen Anflug von Panik, so sehr er diese Nacht auch wiederholen wollte.

Allerdings würde er jetzt sowieso nicht mehr zurückgehen, um sich die Nummer zu besorgen. Und Davy würde er ebenfalls nicht danach fragen. Dass er vorher eingeschlafen war, musste damit zu tun haben, dass sein Unterbewusstsein ihn vor einem Mann mit Tendenzen zum Beziehungsmenschen schützen wollte. Die unglaubliche Nacht nicht zu wiederholen war einfach sicherer. Er durfte sich nicht von einem Beziehungsmenschen blenden lassen, der sich als Aufreißer tarnte. Endlich traf sein Taxi ein, und zwar mit demselben Fahrer wie am Wochenende zuvor. Auf den mitleidigen Blick hätte er gut verzichten können.

Das durfte nicht noch einmal passieren. Ian durfte nicht noch einmal passieren.

DASS ER wegen der ungewöhnlich langen Schlange im Café wahrscheinlich zu spät zur Arbeit kommen würde, störte Ian nicht. Fantastischer Sex wirkte, was seine Laune anging, Wunder. Obwohl Rick sich erneut heimlich davongeschlichen hatte, war es die beste Nacht seines Lebens gewesen. Die allerbeste – und es konnte nicht nur daran liegen, dass ein neuer Mann aufregender war. Rick hatte einfach etwas. Sie passten zusammen. Und trotzdem hatte er Ian immer noch nicht seine Nummer gegeben. Aber das würde er. Natürlich würde er das. Ian musste nur Geduld haben.

Sein Handy vibrierte und er warf einen Blick auf die Schlange. Noch lang genug, um das Gespräch wahrscheinlich vor seiner Bestellung beenden zu können, sodass er nicht unhöflich wirkte. Das wollte er natürlich sowieso nicht, wurde darin aber noch dadurch bestärkt, dass heute der süße Twink an der Kasse stand. Ein Blick auf das Display verriet ihm, dass es sich bei dem Anrufer um Kurt handelte. Stirnrunzelnd nahm er das Gespräch entgegen.

„Hallo, Kurt. Ist alles in Ordnung?"

„Ja, warum nicht?" Er klang verwirrt.

„Du rufst nur selten so früh an." In neckendem Tonfall fügte er hinzu: „So faule Leute wie du stehen doch eigentlich erst mittags auf."

„Ja, natürlich, ich habe mich auch nur anschießen lassen, weil ich ein bisschen Urlaub wollte. Aber ernsthaft: Ich hoffe, dass ich bald wieder arbeiten kann, und versuche deshalb schon mal, mich wieder an einen besseren Schlafrhythmus zu gewöhnen."

„Klingt logisch, aber dass du mich so früh anrufst, ist trotzdem ungewöhnlich."

„Ich musste mir einiges von Davy anhören, weil ich dich am Wochenende nicht mehr angerufen habe. Also wollte ich dich vor der Arbeit erwischen."

„Oooh, mein Bruder hört auf jemanden. Davy scheint dich ja gut im Griff ..."

„Halt die Klappe", unterbrach ihn Kurt, klang allerdings nicht ernsthaft verärgert. Es war schön, die Freundschaft zu seinem Bruder wiederzuhaben, und zwar so eng wie noch nie, da sie sich jetzt ihre wichtigsten Geheimnisse anvertraut hatten. „Kommst du oder nicht?"

Hätte er sich nicht in der Öffentlichkeit befunden, wäre ihm dazu bestimmt ein schmutziger Witz eingefallen. „Wohin?"

„Zu unserer Einweihungsfeier am Samstag."

„Einweihungsfeier?"

„Ja, wir haben doch bei der Anstreichparty alle dazu … Oh, stimmt. Da hattest du dich ja schon mit Rick weggeschlichen. Du lässt wohl nichts anbrennen, Brüderchen."

Verdammt. Das würde er sich sicher noch lange anhören müssen. Aber er hatte nicht vor, zuzugeben, wie häufig er seitdem an Rick dachte. Das ging Kurt nichts an. Zumindest noch nicht. Also lenkte er lieber ab.

„Ich bin eben Profi, Kleiner. Willst du Details hören?"

Sein Bruder gab ein Würgegeräusch von sich. „Wag es ja nicht. Komm einfach Samstag vorbei, okay?"

„Klar doch." Ian zögerte kurz, fragte dann aber nicht nach Rick. Er musste wohl einfach hingehen und hoffen, dass er ebenfalls dort war. Und selbst wenn er nicht kam, würde er ihn als Teil von Kurts Freundeskreis früher oder später bei irgendeiner Gelegenheit wiedertreffen.

„Gut." Nachdem Kurt aufgelegt hatte, dachte Ian darüber nach, was er dagegen unternehmen konnte, dass Rick so sehr die Nähe zu ihm scheute. Dieses Problem hatte er bisher nie gehabt.

Plötzlich wurde sein Gedankengang, der sich gerade in nicht sehr jugendfreie Gefilde bewegte, davon unterbrochen, dass jemand seinen Ellbogen anstupste. Sein Gesicht verfinsterte sich.

„Hi, Ian."

„Oh, Leon. Hi." Ian bemühte sich, seine Gereiztheit zu unterdrücken. Hier war sowieso nicht der richtige Ort, um von einem nackten Rick zu träumen. Er wollte seinen Arbeitstag nicht mit einem Steifen beginnen. Außerdem hätte der süße Typ an der Kasse das vielleicht falsch verstanden. „Wie geht's?"

„Gut, danke. Darf ich mich zu dir stellen? Die Schlange ist …" Leon deutete auf die Menschenmassen in der Reihe hinter ihm.

Ian grinste und machte Platz für seinen neuen Freund. „Wie war dein Wochenende?"

„Wahrscheinlich nicht so gut wie deins", antwortete Leon mit hochgezogener Augenbraue.

Was sollte das denn bitte heißen? „Ähm …"

„Ich hab dich im Anaconda gesehen. Ich hätte nicht gedacht, dass du der Typ für die Art von Club bist, aber du schienst ja keine Probleme zu haben, einen Kerl zu finden."

Oh, verdammter Mist. Da er wusste, dass auch andere schwule Männer hier arbeiteten, hatte er sich vor dem Tag gefürchtet, an dem er einem von ihnen in einer Disco begegnen würde. Wenigstens war es nicht vor seinem Coming-out passiert – auch wenn er eigentlich nicht vorgehabt hatte, es an seinem Arbeitsplatz an die große Glocke zu hängen.

„Tja, na ja." Der Kunde vor ihnen machte Platz und Leon gab seine Bestellung auf. Als Ian an der Reihe war, hatte er immer noch leicht gerötete Wangen und das

Lächeln des süßen jungen Mannes, das diesmal noch etwas einladender wirkte, machte die Sache nicht besser.

„Tut mir leid, Mann", sagte Leon anschließend. „Ich wollte dich nicht in Verlegenheit bringen. Aber wenn du mal Gesellschaft beim Ausgehen suchst, ruf mich an."

Ian hatte keine Ahnung, wie er darauf antworten sollte. Bisher war er ausschließlich allein in Clubs unterwegs gewesen. Wie lief das mit einem Freund ab? Außerdem war er ohnehin nicht sicher, wie oft er noch im Anaconda zu finden sein würde. Einen Mann, der sich für eine feste Beziehung interessierte, fand man dort vermutlich ungefähr so leicht wie einen heterosexuellen. Und allmählich war er davon überzeugt, dass er die Phase mit den anonymen One-Night-Stands wirklich hinter sich hatte. Bevor er all das in Worte fassen konnte, wechselte Leon jedoch bereits das Thema.

„Diese Woche soll ich für eine der Redakteurinnen arbeiten. Avery. Kennst du sie? Hast du vielleicht einen Tipp für mich?"

Ian atmete erleichtert auf. Über die Arbeit unterhielt er sich wesentlich lieber. Auch wenn er sich einen schwulen Freund wünschte, war es nach einem Leben der Heimlichtuerei nicht leicht, offen mit dem Thema umzugehen.

„Avery ist super. Sie kann streng sein, aber sie hat einen guten Instinkt für die richtigen Artikel. Wenn du ihr zuhörst, kannst du eine Menge lernen."

Als Leon das Gesicht verzog, musste Ian lachen. „Keine Sorge, sie hat auch Humor. Und wenn du dein Bestes für sie gibst, wird sie dich gut behandeln."

Die Aufzugtür öffnete sich, da sie auf der richtigen Etage angekommen waren.

„Danke, ich werd's mir merken." Leon hob zum Abschied seinen Kaffeebecher und ging den Flur entlang davon.

Ian lächelte. Auch wenn er nicht sicher war, ob Leon eher zu seinem Freund oder zu seinem Schützling werden würde, hatte er bei der Sache ein gutes Gefühl.

4

RICK TROCKNETE sich ab und warf einen Blick in den Spiegel. Er sah nicht schlecht aus. Immer noch ziemlich sexy. Aber was sollte er heute Abend anziehen? Es musste etwas Gutes sein.

Gott. Diese neu entdeckte Unsicherheit wurde er hoffentlich schnell wieder los. Und die Schmetterlinge in seinem Bauch gingen ihm ebenfalls auf die Nerven. Sollte er hoffen, dass Ian auch bei der Einweihungsfeier war, oder lieber, dass er ihm nicht begegnete? Eigentlich gab es für seine Nervosität keinen Grund. Ian war nicht der erste Mann, mit dem er Sex gehabt hatte, und es war albern, sich davor zu fürchten, dass Ian es nicht wiederholen wollte. Es war doch nur Sex. Guter, großartiger, überwältigender Sex, aber mehr auch nicht. Wenn Ian nicht an weiteren Treffen dafür interessiert war, gab es viele andere Männer. Auch wenn sie in letzter Zeit nicht leicht zu finden waren.

Vielleicht war er Oscar gegenüber nicht fair gewesen, denn in den letzten Monaten hatte er im Grunde nur mit ihm geschlafen. Vielleicht war bei Oscar deshalb der Eindruck entstanden, sie befänden sich in einer Beziehung. Nach ihrem Gespräch – und vor allem nach einer guten Portion Schlaf – hatte er seinen Fehler hoffentlich eingesehen. Rick war nicht sicher, wie es überhaupt irgendjemand schaffte, Arzt zu werden, wenn man auf dem Weg dahin Monate oder sogar Jahre extremen Schlafmangels überstehen musste.

Bei dem Gedanken fiel ihm ein, dass er nach wie vor nichts über Ians Beruf herausgefunden hatte. Auch wenn er immer noch auf etwas mit Uniformen hoffte. Die waren verdammt sexy – obwohl Ian in dieser Hinsicht eigentlich kaum Unterstützung brauchte. Aber Ians Arbeitszeiten interessierten ihn. Zumindest schien es sich nicht um Schichtarbeit zu handeln, denn an den Wochenenden hatte er offensichtlich frei, was Rick sehr entgegenkam. Er musste heute wirklich so gut aussehen wie nur möglich. Wenn Ian ihm nicht widerstehen konnte, würde er sich vielleicht darauf einlassen, Ricks dauerhafter Sexfreund zu werden.

Ein gedämpftes Poltern riss ihn aus seinen Gedanken. War das aus dem Keller gekommen? Ihm lief ein Schauer über den Rücken. Vielleicht sollte er sich eine Katze kaufen – seltsame Geräusche konnte er dann einfach auf diese schieben. Leider besaß er keine Katze und durch das beschädigte Kellerfenster konnte sich theoretisch ein schlanker Einbrecher zwängen.

Nachdem er sich das Handtuch fest um die Hüften geschlungen hatte, machte er einen kurzen Abstecher zum Wandschrank, um sich mit einem Baseballschläger auszurüsten. Kurz dachte er wegen des kalten Kellerbodens über Flip-Flops nach, entschied sich jedoch dagegen. Man konnte sich schlecht anschleichen, wenn es dabei klang, als würde einem in einem Lederclub der Hintern versohlt.

Angestrengt lauschend ging er leise die Kellertreppe hinunter. Da es draußen noch hell war, war er nicht gerade verängstigt, wollte aber lieber vorsichtig sein. Er hatte keine Lust, später nach Hause zu kommen – angeheitert und vielleicht sogar mit Ian im Schlepptau –, nur um dann festzustellen, dass man ihn ausgeraubt hatte. In diesem Zustand wollte er wirklich keinen Einbruch melden.

Obwohl er nichts Ungewöhnliches feststellen konnte, bekam er eine Gänsehaut, als er unten angekommen war.

Nachdem er die wenigen als Versteck geeigneten Plätze abgesucht hatte, ging er auf das defekte Fenster zu. Darunter lag etwas auf dem Boden.

Er beugte sich vor und stupste es mit dem Baseballschläger an, wich dann quietschend zurück. Ein Eichhörnchen. Ein totes Eichhörnchen. Aus der Gänsehaut wurde ein ausgewachsenes Schaudern. Wenigstens war es schon ganz starr, was hoffentlich bedeutete, dass eines der Nachbarskinder es am Straßenrand gefunden und sich einen verdammt schlechten Scherz erlaubt hatte. *So* verärgert konnte Oscar doch wirklich nicht gewesen sein.

Jedenfalls musste er es jetzt loswerden. Und zwar sofort.

Mit Besen und Schaufel bewaffnet überlegte er, wo er das Tierchen entsorgen sollte. Seine eigene Mülltonne wurde erst dienstags geleert, was eindeutig zu lange war. Es ging nicht anders: Er würde sich anziehen und das Eichhörnchen zu einem öffentlichen Mülleimer bringen oder es in den Büschen hinter dem Haus vergraben müssen. Anschließend war das Desinfizieren des Bodens und eine weitere Dusche nötig.

In der nächsten Woche würde er ganz sicher das Fenster reparieren.

RICK ZÖGERTE mit dem Finger auf dem Klingelknopf. Dann riss er sich zusammen. Ian sollte keinen so großen Einfluss auf ihn haben. Er war sogar früher hier als geplant, obwohl er nicht sicher war, ob er auf diese Weise Ian meiden oder ihn auf keinen Fall verpassen wollte. Vielleicht hatte es auch nur mit seiner Verwirrung durch den Eichhörncheneinbruch zu tun.

Egal. Das hier war eine Party, und wenn er von einer Sache Ahnung hatte, dann davon.

Er schnappte sich die Klinke, schob die Tür auf und stolzierte in Davys Haus.

Im Wohnzimmer fand er einige Leute vor, die er allerdings alle nicht kannte. Bei dem seltsamen Gefühl in seinem Bauch musste es sich um Erleichterung handeln. Ganz bestimmt.

Er ging weiter in die Küche, denn dort war normalerweise Davy zu finden. Er hatte Spaß daran, sich um Snacks zu kümmern und Drinks zu mixen. Als er den Raum betrat, stellte Rick fest, dass sich die Plackerei bei der Anstreichparty definitiv gelohnt hatte. Mit ihren frischen Gelbtönen wirkte die Küche sonnig und einladend, obwohl es draußen bereits dunkel wurde.

„Schatz, du siehst fantastisch aus."

Bei Ricks Begrüßung drehte Davy sich um und lächelte. „Hi, Rick. So früh hatte ich überhaupt nicht mit dir gerechnet. Du hast wohl später noch Pläne, was?"

Rick musste gegen ein Stirnrunzeln ankämpfen und behielt sein Lächeln nur mit Mühe bei. Dachten seine Freunde wirklich so von ihm? Davy war zehn Jahre mit einem Polizisten zusammen gewesen, der seine Sexualität so verbissen verborgen hatte, dass Davy fast wie ein Gefangener von allen isoliert worden war. In den letzten Jahren hatte er selbst zu seinen engsten Freunden keinerlei Kontakt gehabt. Nach dem Tod des Mannes hatten sie sich wiedergefunden und es hatte sich angefühlt, als wären sie nie getrennt gewesen. Rick hatte sich sehr darüber gefreut, dass Davy nicht nur eine neue Liebe gefunden hatte, sondern auch darauf bestand, von jetzt an offen und ohne Heimlichtuerei zu leben. Bei dieser Einweihungsfeier ging es also nicht allein um Kurts Einzug. Hielten sie ihn für zu oberflächlich, um das zu verstehen?

„Nein, Süßer. Ich habe nichts anderes geplant. Ich möchte nur nicht die Blätterteigkrabben verpassen." Er schnappte sich eines der kunstvoll angeordneten Häppchen vom Tablett in Davys Hand und schob es sich in den Mund.

Er sollte wohl besser aufhören, so etwas zu sagen – sonst durfte er sich nicht beschweren, wenn man ihn für einen oberflächlichen Discoboy hielt.

Er nahm Davy das Tablett aus der Hand und stellte es auf der Arbeitsplatte ab. „Hör zu, Schatz. Ernste Gespräche sind meistens nicht mein Ding, aber ich muss dir jetzt einfach sagen, wie stolz ich auf dich bin. Wir feiern hier nicht nur Kurts Einzug, sondern auch, wie stark ihr beide seid. Du hast dafür gekämpft, die Beziehung zu bekommen, die du dir wünschst und die du verdienst. Kurt hat am Ende das Richtige getan und sich trotz seiner Angst geoutet, obwohl er dich schon verloren geglaubt hatte."

Davys Augen wurden plötzlich feucht und er blinzelte. Rick stellte fest, dass er selbst einige Male zwinkern musste, bis seine Sicht nicht mehr verschwommen war.

„Du hast recht." Davy zog ihn an sich und umarmte ihn kräftig. Rick war dankbar. Er hatte nicht viele Freunde und Davy zu verlieren, hatte eine große Leere in seinem Leben hinterlassen.

Rick war so freundlich, Davys Schniefen zu ignorieren, und wischte sich unauffällig über die Augen, bevor er sich von Davy löste. „Vielleicht hätte ich Psychologe werden sollen. Dann könnte ich besser über solche Dinge reden."

Er hatte tatsächlich darüber nachgedacht. Doch als er damals Hilfe gebraucht hatte, war eine Logopädin – oder genauer gesagt eine Logopädiestudentin – als einzige Person bereit und in der Lage gewesen, ihm zu helfen. Aus Dankbarkeit hatte er den gleichen Berufsweg gewählt, auch wenn Psychologie im Nachhinein betrachtet vielleicht sinnvoller gewesen wäre. Trotzdem war er mit seinem Beruf nicht unzufrieden. Es gefiel ihm, Menschen zu helfen.

Davy öffnete den Mund, um etwas zu sagen, wurde allerdings von Schritten unterbrochen, die auf die Küche zukamen. Es war ein Wunder, dass sie nicht schon eher gestört worden waren. Andererseits war es noch früh und der Großteil der Gäste kam sicher erst später.

„Hi, Rick."

Rick wandte sich Kurt zu, um ihn zu begrüßen, brachte bei seinem Anblick allerdings kein Wort heraus. Plötzlich fiel ihm auf, wie ähnlich Kurt Ian sah – nur mit hellerem Haar und dunkleren Augen – und er erinnerte sich plötzlich an alles, was er mit Ian getan hatte. Zwar wurde ihm dabei auch klar, dass er sich von Kurt bei Weitem nicht so angezogen fühlte wie von Ian, doch durch ihn an die Nächte mit seinem Bruder erinnert zu werden, war ein verwirrendes Gefühl.

Wie konnten andere Leute es mit Geschwistern treiben? Selbst nacheinander musste das verdammt seltsam sein.

Kurts und Davys besorgte Blicke erinnerten ihn daran, dass er immer noch nichts gesagt hatte. „Ähm … Hi, Kurt."

Kurts Stirnrunzeln nach zu urteilen war sein ungewöhnliches Verhalten nicht zu übersehen.

Leider ließ Ricks Fantasie ihm keine Ruhe und er errötete heftig, als er sich plötzlich fragte, ob Kurts Schwanz ebenfalls dem seines Bruders ähnelte. Dann errötete er noch heftiger, weil ihm Sex eigentlich niemals peinlich war. Niemals. Bis vor Kurzem hatte er sich Kurt manchmal nackt vorgestellt und von Sex mit ihm geträumt, obwohl so etwas in Wirklichkeit natürlich nicht infrage kam – das hätte er Davy auf keinen Fall angetan. Selbst wenn sie sich eines Tages trennen sollten. Freundschaften waren wichtiger als Sex. Doch nachdem er mit Ian geschlafen hatte, machten ihn diese Fantasien plötzlich furchtbar verlegen.

Davy stupste ihn mit der Schulter an. „Alles in Ordnung?"

Irgendwie nicht. „Nur ein langer Tag. Ein bisschen Alkohol wirkt bestimmt Wunder." Das mit dem langen Tag war keine Lüge. Heute war der eine Samstag im Monat, an dem er die Praxis öffnete, was jedes Mal zu einem Ansturm von Patienten führte, der ihm kaum Zeit für Notwendigkeiten wie Essen oder Toilettengänge ließ und ihn vollkommen auslaugte. Das Eichhörnchen hatte sein Übriges getan. Wäre die Einladung von jemand anderem gekommen – außer vielleicht Jon – hätte er vermutlich abgesagt.

Kurt nickte. „Kein Problem. Wir haben noch was von dem Wein, den du letztens mit Davy getrunken hast. Davy meinte, von Tequila hältst du dich im Moment fern."

Die Röte hatte nachgelassen, nahm jetzt aber wieder zu, denn er musste daran denken, dass er am betreffenden Tag wegen Ian hier gelandet war und sich mit Davy betrunken hatte.

„Toll. Ist er im Kühlschrank? Dann hole ich ihn." Nur hatte sich Kurt bereits an ihm vorbeigeschoben und sich zum Kühlschrank hinuntergebeugt – und Rick konnte nicht anders, als auf seinen Hintern zu starren und Vergleiche anzustellen.

„Hast du schon ein Glas?"

Rick zuckte zusammen. Ihm war überhaupt nicht aufgefallen, dass Kurt sich bereits wieder aufgerichtet und zu ihm umgedreht hatte. Oder dass Davy sich nicht mehr in der Küche befand.

Kurt machte einen Schritt auf ihn zu und beugte sich vor. Rick presste sich mit dem Rücken an die Arbeitsplatte und warf hektische Blicke über Kurts Schulter, während er gleichzeitig hoffte und fürchtete, jemand würde die Küche betreten. Er wollte die Flucht ergreifen, konnte seinen Körper jedoch nicht dazu bringen, ihm zu gehorchen. Kurt hatte doch nicht wirklich vor …? Davy würde ihm niemals verzeihen, nie wieder mit ihm reden.

Rick starrte verwirrt, ängstlich und verdammt verlegen in Kurts Gesicht, das sich seinem immer weiter näherte … als Kurt sich plötzlich grinsend aufrichtete und ihm das Weinglas hinhielt, das er vom Regal über Ricks Kopf geholt hatte.

Rick wurde von solch heftiger Erleichterung durchflutet, dass er weiche Knie bekam. Er musste sich mit einer Hand an der Arbeitsplatte festklammern, während er mit der anderen das Glas entgegennahm.

Glücklicherweise gelang es ihm, das Zittern seiner Hand größtenteils zu unterdrücken, als Kurt ihm Wein eingoss.

Als hätte er gewusst, dass Rick das Glas in einem Zug leeren würde, sobald er ihm den Rücken zudrehte, stellte Kurt die offene Weinflasche lächelnd neben Ricks an die Arbeitsplatte geklammerte linke Hand. Dann deutete er auf die Schüssel mit Hummus und die Chips auf dem Küchentisch. „Kannst du das gleich mitbringen? Ich muss schon das Bier tragen."

Mit diesen Worten beugte Kurt sich erneut zum Kühlschrank hinunter, holte einige Flaschen Bier heraus und verließ damit die Küche.

Nachdem Rick den Wein hinuntergestürzt hatte, als befände er sich bei einem Wetttrinken, atmete er tief durch und ließ den Alkohol seine beruhigende Wirkung entfalten. Das war alles Ians Schuld. Seit wann beeinflusste guter Sex seinen Kopf mehr als alle anderen Körperteile? Rick wusste, dass Ians und Kurts andere Brüder nicht schwul waren, und hoffte, sie heute kennenzulernen. So konnte er nämlich herausfinden, ob er auf sie ähnlich reagierte. Vielleicht war es einfach nur der Rest einer kleinen Schwärmerei für Kurt in Kombination mit dem fantastischen Sex mit seinem Bruder, der ihm so ähnlich sah. Daran musste es liegen. Davon abgesehen war Ian O'Donnell nichts Besonderes.

Dieser Entschluss hielt ihn allerdings nicht davon ab, sein Weinglas ein weiteres Mal bis zum Rand zu füllen, womit er die Flasche geleert hatte.

Er hatte es gerade an den Mund gehoben, sodass der fruchtige Duft des Chardonnays seine Nase kitzelte, als eine ältere Frau die Küche betrat. Sie war ein bisschen mollig und hatte ein fröhliches, heiteres Gesicht. Rick stellte sich unwillkürlich vor, dass so die Frau des Weihnachtsmannes ausgesehen hätte, wenn er echt gewesen wäre. Sie hatte genug Ähnlichkeit mit Ian und Kurt, dass kein Zweifel daran bestand, wen er hier vor sich hatte.

„Hallo, mein Hübscher." Sie musterte ihn von Kopf bis Fuß und Rick wäre am liebsten im Erdboden versunken. Das hier lief langsam aber sicher auf den schrecklichsten Abend aller Zeiten hinaus. „Du musst Rick sein."

Woher wusste sie das? Rick öffnete den Mund, brachte jedoch kein Wort heraus. Er fühlte sich wie ein kleiner Junge. Sein Puls raste und ihm brach der Schweiß aus.

„Ich bin Deirdre O'Donnell." Trotz des lieblichen Lächelns, das sie ihm schenkte, wusste Rick genau, wie leicht Mütter einen hinter dem falschen süßlichen Lächeln, das sie der Welt zeigten, heimlich mit ihren Worten vergiften konnten.

Er brachte ein Nicken zustande, da seine Stimmbänder nach wie vor wie gelähmt waren.

„Mein Sohn hat dich perfekt beschrieben: blond, heiß und extravagant." Ihr Lächeln wurde zu einem frechen Grinsen. „Dein Hemd gefällt mir."

Rick schaute an sich hinab und war froh, dass er heute nicht allzu viel Haut zeigte. Obwohl der weinrote Stoff seines maßgeschneiderten Hemdes ziemlich durchsichtig war. Und die Hose, in der es steckte, war so eng, dass man praktisch die einzelnen Adern an seinem Schwanz erkennen konnte. Außerdem hatte er sich heute sogar die Mühe gemacht, seine Augen mit schwarzem und rot glitzerndem Lidschatten zu betonen. Seiner schrecklichen Verunsicherung in Gegenwart von „Mutter O'Donnell" wirkte das nicht gerade entgegen. Er schwitzte immer heftiger.

„Oh, da ist ja der Hummus." Die lebhafte Mrs. O'Donnell schnappte sich die Schüssel, die Rick hatte mitbringen sollen. „Mein Sean hat danach gefragt", erklärte sie. „Er liebt das Zeug."

Bevor sie den Raum verließ, kniff sie ihn in die Wange. „Wir unterhalten uns später."

Rick blieb zitternd in der Küche zurück. Diesmal war es so schlimm, dass er sogar etwas von seinem Wein verschüttete.

Mist, Mist, verdammter Mist. Er atmete mehrmals tief durch. Bei seiner Arbeit mit überfürsorglichen Müttern umzugehen, war erträglich. Er konnte sich darauf vorbereiten. Leider war ihm aus irgendeinem Grund nicht klar gewesen, dass bei Kurts Einweihungsfeier natürlich auch seine Eltern auftauchen würden. Völlig überrascht hatte er sich in diese furchtbare Zeit in der Highschool zurückversetzt gefühlt, während der er überhaupt nicht in der Lage gewesen war zu sprechen.

Er trank einen Schluck Wein, bevor er das Glas vorsichtig auf der Arbeitsplatte abstellte. Dann summte er leise den Anfang eines Kinderliedes, das man ihm damals zur Übung beigebracht hatte, als seine Stimme langsam zurückgekehrt war. Der Klang seiner Stimme beruhigte ihn etwas, sodass er sich endlich dazu durchringen konnte, mit einem Papiertuch die Weinspritzer vom Boden zu wischen.

Erst als er auf dem Boden hockte, um ihn zu säubern, fiel ihm wieder ein, was Mrs. O'Donnell über ihn gesagt hatte.

Welcher ihrer Söhne hatte Rick wohl als „heiß" beschrieben?

RICK STRICH sein Hemd glatt und holte einmal tief Luft. Dann ein zweites Mal. Er konnte sich nicht den ganzen Abend in der Küche verstecken.

Er würde Kurts Eltern einfach aus dem Weg gehen. Sie waren nicht mehr die Jüngsten, also würden sie sicher nicht lange bleiben.

Er nahm sein Weinglas in die Hand, setzte ein strahlendes Lächeln auf und betrat das Wohnzimmer, als hielte er sich für absolut umwerfend.

Niemand warf ihm verwunderte Blicke zu. Niemand lachte ihn aus. Alles war so schrecklich normal, dass seine Anspannung augenblicklich nachließ. Er sah sich nach Mrs. O'Donnell um und fand sie im Gespräch mit einer jungen Frau, die Kurt so ähnlich sah, dass es sich vermutlich um eine der Schwestern handelte. Dann bewegte er sich betont unbekümmert zur entgegengesetzten Ecke des Raumes, als hätte er da von Anfang an hingewollt.

Auf dem Weg dorthin blieb er jedoch überrascht stehen. Nur wenige Meter entfernt hatte er ein bekanntes Gesicht entdeckt, mit dem er hier nicht gerechnet hatte. Der Mann hatte den Arm um die Taille eines hübschen Twinks geschlungen, das gut in das Meer junger Männer im Anaconda gepasst hätte.

„Ivan!", quietschte Rick voller Freude. „Ich wusste nicht, dass du auch hier bist."

Ivan löste seinen Blick vom Gesicht des Twinks an seiner Seite und wirkte ebenfalls erfreut, als er Rick erkannte.

Er umarmte den Mann, der sich immer noch auf seiner Liste befunden hätte, wenn er nicht ein absoluter Beziehungsmensch gewesen wäre. Rick betrachtete Ivans Freund und versuchte, sich an seinen Namen zu erinnern. Parker? Sie waren einander nie offiziell vorgestellt worden. War dieser Junge erwachsen genug, um für Ivan der Partner zu sein, den dieser sich wünschte? Rick hoffte es sehr.

„Dann bist du wohl über die Arbeit mit Kurt befreundet?", vermutete Rick.

Ivan war gutaussehend, muskulös und warm. Es war schön, von jemandem in den Armen gehalten zu werden, der einen mochte, aber keine Gegenleistung erwartete. Und Parkers eifersüchtige Blicke verschafftem ihm, wie er zu seiner Schande gestehen musste, ebenfalls eine gewisse Genugtuung: Es war gut zu wissen, dass sich ein süßer Kerl wie Parker noch von einem alten Mann wie ihm verunsichern ließ.

„Ja. Wenn ich wieder anfange, arbeiten wir sogar in derselben Abteilung. Und woher kennst du Kurt?"

Es wunderte ihn nicht, dass Kurt und Ivan sich bei der Arbeit angefreundet hatten. Schließlich gab es wahrscheinlich nicht viele offen schwule Detectives. Aber wenn es noch weitere gab, hätte Rick sie zu gern kennengelernt. Uniformen –

egal ob an Polizisten, Feuerwehrmännern oder Soldaten – zogen ihn einfach magisch an.

„Davy ist einer meiner besten Freunde. Dir scheint es ja besser zu gehen, mein großer, starker Polizist."

Bei ihrer letzten Begegnung hatte Ivan sehr unter einem Problem mit seiner Arbeit gelitten. Rick hatte ihn nicht zu weiteren Informationen gedrängt, doch es schien etwas mit Parker zu tun gehabt zu haben. Vielleicht war das auch ein Irrtum, wenn sie jetzt so glücklich hier standen. Jedenfalls bestand kein Zweifel daran, dass Ivan einiges durchgemacht hatte.

Parker kam mit wütendem Blick einen Schritt auf ihn zu. „Er ist *mein* großer, starker Polizist."

„Oh, dein Junge kann ja böse werden." Und er war ziemlich besitzergreifend. Da es Ivan zu gefallen schien, hatte Rick allerdings nichts dagegen.

„Rick, hör auf." Es war süß, wie sie einander beschützten. Rick hoffte, dass sie zusammenbleiben würden.

„Ich bin kein Junge und er gehört nun mal mir."

Rick musste ein Lachen unterdrücken. Parker war so niedlich. Er konnte verstehen, warum Ivan ihm verfallen war. Eigentlich hätte er Ivan jetzt loslassen sollen, war aber neugierig, wie weit sich Parker noch provozieren ließ.

„Ernsthaft, Rick? Bist du nicht ein bisschen zu alt, um dich auf einen Zickenkrieg mit einem Twink einzulassen?"

Alle wandten den Kopf zum Neuankömmling um. Rick hatte die Stimme gleich erkannt, doch der wütende, verbitterte Tonfall erschreckte ihn.

„Ian?"

„Ivan?"

Oh, *ernsthaft*? Er schlang die Arme fester um Ivans Hals – auch wenn er nicht sicher war, ob er damit Ian eifersüchtig machen wollte oder ob er einfach das Bedürfnis hatte, mindestens einen von ihnen zu erwürgen.

Jetzt klang Parker ernsthaft verstört. „Ivan. Hast du mit beiden geschlafen?"

Rick hatte Parker ein wenig aus der Reserve locken wollen, aber Ians Auftritt schien ihn richtig wütend gemacht zu haben.

Ivan richtete sich auf und löste sich von Rick, woraufhin Rick sich unauffällig ein Stück zurückzog. Zwischen zwei streitenden Personen zu stehen machte ihn furchtbar nervös.

Ian dagegen ignorierte den Streit einfach – er konzentrierte sich mit finsterem Blick auf Rick.

„Mit dir scheint er heute nicht nach Hause zu gehen. Ob du das überlebst?", fragte Ian höhnisch.

Er musste sich eine patzige Bemerkung verkneifen, bei der er wie ein trotziger Teenager geklungen hätte.

„Ich denke schon. Aber was ist mit dir?" Leider immer noch ziemlich patzig. Glücklicherweise schien ihnen wenigstens niemand zuzuhören.

„Tja, ich würde mich wenigstens nicht wie eine billige Hure nach dem Sex davonschleichen."

Rick stieß ein verärgertes Knurren aus. Die gehässige Bemerkung schmerzte wie tausend Messer und die ganze Angst und Verwirrung, die er wegen Ian in letzter Zeit durchgemacht hatte, wandelte sich in geballte Wut um.

„Ich bin nicht derjenige, der in Clubs mit viel zu jungen Männern unter falschem Namen nach One-Night-Stands sucht, Schatz", flötete er herausfordernd.

Ihm war nicht entgangen, dass Ivan Ians echten Namen sehr wohl kannte, was noch Salz in Ricks Wunden streute. Hoffentlich hatte seine Antwort genauso wehgetan.

„Du kleiner Mistkerl. Wofür hältst du dich eigentlich?"

Wäre er nicht so verdammt wütend gewesen, hätte er „für einen ziemlich guten Fick" geantwortet. Im Augenblick war ihm allerdings nicht nach Humor zumute.

Fröhliches Gelächter lenkte ihn kurz von ihrem Streit ab. Rick sah sich im Raum um und erinnerte sich daran, dass hier gerade eine Party stattfand.

„So mache ich hier nicht weiter." Und auch sonst nirgendwo. Nachdem er überprüft hatte, ob sich sein Schlüssel und sein Portemonnaie in seiner Tasche befanden, schob er sich an Ian vorbei und verließ das Haus. Er würde sich später bei Davy und Kurt für sein vorzeitiges Verschwinden entschuldigen, hielt es aber definitiv für besser, als die Feier der beiden durch seine Schreierei mit Ian zu ruinieren. Auch wenn Ian ihm großartige Orgasmen beschert hatte, war er ihm das nicht wert.

Als er draußen ankam, verlangsamte er seine Schritte und musste gegen ein überraschend starkes Gefühl von Déjà-vu ankämpfen. Hatte er Ian nach ihren beiden fantastischen Nächten nicht auf ganz ähnliche Weise verlassen? Plötzlich kroch Verzweiflung wie schwarze, schleimige Schlangen durch seine Brust und raubte ihm den Atem. Lag das am Wein? Hatte er ihn zu schnell getrunken? Er konnte doch nicht nur deshalb so aufgebracht sein, weil er nie wieder mit Ian schlafen würde.

„Was soll das?"

Rick zuckte zusammen. Er hätte sich hier nicht so lange aufhalten sollen, hatte aber ernsthaft nicht damit gerechnet, dass Ian ihm folgen würde. Seine plötzliche Erleichterung war fast noch erschreckender als die Verzweiflung. Seine Sexfreunde wühlten ihn einfach nicht so auf. Es war nicht klug und nicht sicher und einfach nicht möglich, dass er so viele Gefühle für jemanden zuließ. Damit musste jetzt Schluss sein.

„Rick." Die Verärgerung in Ians Tonfall hatte nachgelassen, doch es war zu spät. Rick ging die Zufahrt hinunter und überquerte die Straße, ohne sich ein einziges Mal umzusehen. Auch wenn Ian verdammt sexy war, hatte Rick so ein Theater einfach nicht nötig. Er wünschte sich sehnlichst eine Zigarette, obwohl er seit über zehn Jahren nicht mehr rauchte.

Bei seinem Auto angekommen kämpfte er gerade mit den Schlüsseln in seiner engen Hosentasche, als er hinter sich Ians Schritte hörte. Warum war er so hartnäckig? Sie bedeuteten einander nichts. Sie waren nicht einmal Freunde. Es gab keinen Grund für diese Beharrlichkeit, auch wenn sie irgendwie beeindruckend war.

Er drehte sich zu Ian um und lehnte sich an sein Auto.

„Für wen hast du das angezogen? Für ihn?", fragte Ian leise, jedoch mit einem beinahe bedrohlichen Unterton.

„Wie bitte?"

Eigentlich hatte Ian nicht betrunken gewirkt, aber Rick fiel keine andere Erklärung für dieses Verhalten ein.

„Das hier." Ian näherte sich und streichelte von Ricks Bauch zu seiner Brust hinauf, um ihn am Ende durch das dünne Hemd in die Brustwarzen zu zwicken. „Hast du das für Ivan ausgesucht?"

„Nein", antwortete er von der offenkundigen Eifersucht überrascht. „Obwohl es dich eigentlich nichts angeht."

Ian fletschte die Zähne. „Für wen dann? Kurt? Davy? Alle?"

Rick zog die Augenbrauen hoch. Damit hatte er nicht gerechnet. Offenbar war Ian viel zu emotional und unberechenbar für seine Liste. Aus der Sache mit Oscar hatte er einiges gelernt. Dennoch konnte er den dummen Wunsch, die Sache mit Ian fortzuführen, einfach nicht ganz abschütteln. Dabei hätte er es eigentlich schon lange beenden sollen. Stattdessen stand er immer noch hier und warf Ian finstere Blicke zu.

„Kannst du vielleicht mal deine Hände da wegnehmen?", verlangte er so nachdrücklich wie möglich. Obwohl Ian genau wusste, wie gern er dort berührt wurde, hatte er nicht vor, sich durch Lust von seiner Verärgerung ablenken zu lassen.

Unter anderen Umständen wäre er bei dem zusätzlichen Druck, den Ians Fingerspitzen daraufhin ausübten, mit für einen Schwanz geöffnetem Mund auf die Knie gesunken. Nach Ians Verhalten an diesem Abend war er allerdings kein bisschen in der Stimmung dafür und von einer Erektion war er weit entfernt.

„Was zum Teufel ist bloß mit dir los?" Rick stieß ihn heftig von sich.

Ian stolperte ein Stück zurück. Da sein Gesicht nun im Schatten lag, konnte Rick nicht beurteilen, wie wütend er war. Egal: Rick hatte vor langer Zeit gelernt sich zu verteidigen wenn er musste.

Er wartete auf eine Reaktion von Ian, der plötzlich unsicher auf seiner Unterlippe kaute. „Ich wollte nur … ich dachte …"

„Was dachtest du? Dass du dich wie ein eifersüchtiges Arschloch aufführen kannst und ich dir dann vor deiner Familie den Schwanz lutsche? Dass ich es mir auf meiner Kühlerhaube von dir besorgen lasse, nur weil du dich ein bisschen aufspielst? Oder bist du nur sauer, weil Ivan jemanden gefunden hat?"

„Nein, nein …" Ian fehlten die Worte, aber Rick hatte ohnehin nicht mit einer Antwort gerechnet. „Ich wusste nur nicht, dass du mit Ivan geschlafen hast."

399

„Und die richtige Reaktion auf diese Information ist deiner Meinung nach, dich wie ein Arschloch zu verhalten? Gut zu wissen. Ich merk's mir fürs nächste Mal, wenn du einen meiner Fickfreunde kennenlernst."

Ian presste die Lippen aufeinander.

Gut. Denn Ian hatte heute nicht gerade ein Talent dazu, das Richtige zu sagen. Rick konnte selbst kaum glauben, dass er immer noch hier stand und sich das alles angehört hatte.

„Süßer, keiner von uns war noch Jungfrau, bevor wir Sex hatten, und es war wirklich nur Sex, keine Beziehung. Und nach diesem … Theater wird es nicht wieder passieren. Wir haben eindeutig zu unterschiedliche Vorstellungen von der ganzen Sache."

Ian entwich ein Laut, als hätte Rick ihm einen Faustschlag in den Magen verpasst. Seltsamerweise fühlte Rick sich ganz ähnlich. Er bekam kaum Luft.

„Also, mach's gut." Rick wandte sich wieder dem Auto zu und fischte seine Schlüssel aus der Hosentasche.

Er wurde durch eine Hand gebremst, die sich fest, aber nicht schmerzhaft auf seine Schulter legte. „Bitte warte. Es tut mir leid."

Rick senkte kurz den Kopf und überlegte, ob er eine weitere Regel brechen sollte. Schließlich atmete er tief durch und drehte sich wieder um.

Diesmal sagte er nichts. Er wartete nur. Und redetet sich ein, dass er Ian nur eine zweite Chance gab, weil es sich um Kurts Bruder handelte und er keine Spannungen in seiner Freundschaft zu Davy verursachen wollte.

Ian ließ ihn los und rieb sich den Nacken. Er schien mit sich zu kämpfen.

„Entschuldige, Rick. Du hast recht. Ich war ein Arschloch. Und ich weiß, dass es dazu keinen Grund gibt. Wir sind nicht zusammen. Nicht einmal Freunde. Wir sind gar nichts. Ich war noch nie so eifersüchtig. Nie."

Was gleichzeitig beängstigend und irgendwie befriedigend war. Auch wenn das jetzt nichts mehr änderte.

„In letzter Zeit war alles ziemlich kompliziert. Du weißt doch, dass ich mich gerade geoutet habe? Tja, und du warst der erste Mann, den ich mit nach Hause gebracht habe."

Rick schnaubte. Wollte Ian jetzt behaupten, er wäre *wirklich* noch Jungfrau gewesen? Niemand war so ein Naturtalent. Was Ian mit seinem Körper angestellt hatte, deutete auf jahrelange Übung hin. „Hör auf zu lügen. Du warst ganz sicher keine Jungfrau."

Ian stieß ein überraschtes Lachen aus. „Ähm, nein. Das bin ich schon sehr lange nicht mehr." Er seufzte. „Können wir woanders reden? Du verdienst eine vernünftige Entschuldigung und eine Erklärung, aber mitten auf der Straße ist vielleicht nicht der allerbeste Ort dafür."

Darauf würde er nicht hereinfallen – nicht schon wieder. „Aber nicht bei dir. Wir können irgendwo einen Kaffee trinken." Obwohl er so spät lieber einen koffeinfreien nehmen würde.

„Klar. Natürlich." Ian schaute sich um, als hoffte er, ein Starbucks könnte aus dem Nichts auftauchen. Vielleicht kannte er sich hier einfach nicht besonders gut aus – Davys Haus lag ein ganzes Stück von Boystown entfernt.

„Nicht weit von hier ist ein Café. Fahr mir einfach nach." Rick seufzte, als Ian kurz zögerte. Heute war sein Verstand nicht so sehr von Lust vernebelt, dass er die Regel mit seinem Auto erneut brechen würde.

„Ja, okay", antwortete Ian schließlich. „Mein Auto steht gleich um die Ecke. Warte kurz." Ian verließ ihn mit einem letzten langen Blick, als fürchtete er, Rick könnte einfach davonfahren, sobald er sich umdrehte. Was Rick ihm, obwohl er es verdient hatte und es das Beste für alle Beteiligten gewesen wäre, einfach nicht antun konnte. Auf seine alten Tage wurde er offenbar zu weichherzig. Das durfte er nicht zur Gewohnheit werden lassen.

IAN FOLGTE Rick voller Bedauern und mit schlechtem Gewissen in das Café. Nachdem er für zwei koffeinfreie Caffè Latte bezahlt hatte, zogen sie sich in eine Ecke mit weichen Sesseln zurück.

Während Rick seinem Kaffee eine beachtliche Menge Süßstoff hinzufügte, betrachtete Ian ihn eingehend. In dem etwas zu grellen Licht hätte Ricks schwule Gothicvariation albern und übertrieben wirken sollen. Stattdessen war er noch genauso sexy wie in Kurts Haus und draußen in der Dunkelheit des Sommerabends.

Das weinrote Hemd ließ ihn mit seiner blassen Haut und seinem hellen Haar einfach umwerfend wirken. Auch wenn man durch den Stoff sowieso fast alles sehen konnte, hätte Ian es ihm am liebsten vom Leib gerissen. Außerdem war da noch die hautenge Hose. Sie ihm auszuziehen wäre eine willkommene Herausforderung gewesen.

Schließlich hob er den Blick zu Ricks Augen. Das Make-up war so auffällig, dass sogar ihre Nachtschichtbedienung gestarrt hatte, obwohl sie sicher vieles gewohnt war. Ian dagegen war bereits bei seinem Anblick schmerzhaft steif geworden. Dabei hatte er schon mit einigen Männern geschlafen, die geschminkt gewesen waren. Gefallen hatte es ihm bei ihnen auch, allerdings bei weitem nicht so sehr wie bei Rick, der durch den dramatischen Kontrast unglaublich sinnlich wirkte.

Dass seine Hormone verrücktspielten, war natürlich keine Entschuldigung für sein mieses Verhalten. Trotzdem hoffte er, Rick würde ihm verzeihen.

Er senkte den Blick zu seiner eigenen Tasse und stellte fest, dass er noch keinen Zucker hineingetan hatte. Als er damit fertig war, hob er den Kopf und sah, dass Rick ihn anstarrte wie einen Außerirdischen.

Nachdem er einen Schluck von seinem zu heißen Kaffee getrunken hatte – er vermied es heldenhaft, zusammenzuzucken –, lehnte er sich seufzend in seinem Sessel zurück.

„Also." *Super Anfang, Ian.* Wie konnte Rick ihm bei dieser Brillanz widerstehen?

„Also", ahmte Rick ihn nach, klang dabei allerdings eher belustigt als boshaft.

„Ich habe nicht gelogen. Du warst der erste Mann, den ich in meine Wohnung mitgenommen habe. Du warst der erste Mann in meinem Bett."

Ricks blaue Augen wurden geradezu lächerlich groß, bevor er sie misstrauisch zusammenkniff.

„Aber ich war natürlich keine Jungfrau", kam er Ricks Frage zuvor.

„Nein. Das wäre auch unmöglich. Wie hätte es dann so gut sein können?" Auch wenn Rick im Augenblick nicht begeistert klang, errötete Ian. Bisher hatte sich nie ein Mann über ihn beschwert, doch dass es für Rick gut gewesen war, machte ihn besonders zufrieden. Und brachte seine Hormone erneut in Wallung.

„Wie gesagt, ich habe Erfahrung. Schließlich hast du mich im Anaconda getroffen."

Ricks Augen verengten sich erneut. „Allerdings, *Steve.*"

Gott. Eigentlich bevorzugte er Orte, an denen er leichter Männer in seinem Alter fand. Allerdings hatte er an diesem Abend versucht, Rick zu vergessen und angenommen, dass das Anaconda ein Club war, in dem er ihm nicht begegnen würde.

Niemand hatte ihm zugesagt, bis ihm auf der Tanzfläche ein schlanker Mann mit blondem Haar aufgefallen war, dessen Rückenmuskeln vor Schweiß glänzten. Dass Ian keinen bestimmten Typ bevorzugte, schien sich durch seine Nacht mit Rick geändert zu haben. Er hatte gehandelt, nur um festzustellen, dass er an den Mann geraten war, den er eigentlich hatte vergessen wollen.

Kaum hatte er ihn wieder in den Armen gehalten, war der Ärger über Ricks heimliches Verschwinden verflogen gewesen. Er hatte geplant, Rick bei diesem Mal richtig müde zu machen oder zumindest so aufmerksam zu bleiben, dass er ihn am Morgen von seinen Fluchtplänen würde ablenken können. Beides war ihm nicht gelungen und er hatte nichts weiter dagegen unternommen, als sich seiner schlechten Laune hinzugeben.

„Ich bin kein Mönch. Ich hatte mit vielen Typen Sex." Es waren so viele, dass er es nur ungern zugab. „Aber ich habe mich erst vor kurzem geoutet. Ich habe es nie gewagt, jemanden nach Hause zu begleiten oder in meine Wohnung zu bringen. Ich habe Männer in dunklen Ecken und Toiletten gefickt, ohne es je richtig genießen zu können. Nie konnte ich mir die Zeit nehmen, ihre Körper kennenzulernen oder sie meinen erkunden zu lassen. Ich weiß, dass wir kein Paar sind. Ich weiß, dass es nur Sex war." Obwohl er nicht hundertprozentig sicher war, dass es sich für ihn tatsächlich nur um Sex gehandelt hatte, wollte er Rick nicht noch mehr verschrecken. Und das würde er, wenn er ernsthaftes Interesse bekundete. Irgendetwas an dieser Angst vor einer festen Bindung faszinierte ihn. Er spürte, dass es nicht an Emotionslosigkeit oder einer unstillbaren Gier nach Sex mit Fremden lag. Etwas anderes steckte dahinter und Ian wollte das Geheimnis ergründen.

„Und warum dann der Eifersuchtsanfall?"

„Es war nicht direkt Eifersucht." Doch, und ob. Nur durfte er das bei ihrer kurzen Bekanntschaft nicht zugeben. Es war zu aufdringlich und verrückt. „Ich war eher … verletzt. Als du dich so davongeschlichen hast, habe ich mich gedemütigt gefühlt. Als hättest du dich geschämt, mit jemandem wie mir geschlafen zu haben."

„Süßer, das war nicht meine Absicht. Ich habe es absolut nicht bereut." Ricks sarkastische Distanziertheit war plötzlich wie weggeblasen und er tätschelte Ian den Arm. Selbst diese kurze Berührung löste ein Prickeln aus. Er wusste nicht, ob er sich so sehr von Rick angezogen fühlte, weil er sein erster Mann nach dem Coming-out gewesen war. Er wusste nur, dass er ihn unbedingt wiedersehen musste.

„Das beruhigt mich. Ich hatte nämlich noch nie besseren Sex."

Das hätte er vermutlich ebenfalls nicht zugeben sollen. Leider konnte er es jetzt nicht mehr zurücknehmen. Vielleicht wollte er das auch überhaupt nicht, denn jetzt breitete sich eine leichte Röte auf Ricks Wangen aus und von seiner üblichen Gefasstheit war nicht mehr viel zu sehen.

„Oh, Süßer, das ist, ähm …" Rick sah sich verlegen im Café um, als könnte ihm jemand anders eine gute Antwort auf die Bemerkung verraten.

Ian war grenzenlos entzückt.

Rick hob seine Tasse an die Lippen, um seine Fassung zurückzugewinnen. Ian konnte genau erkennen, wann er seine Fassade wieder aufgebaut hatte, denn plötzlich legte sich ein verführerisches Lächeln auf seine Lippen und er stellte die Tasse ab.

„Also gut. Wenn das mit uns weitergehen soll, müssen wir ein paar Regeln aufstellen."

„Schieß los." Er war nicht sicher, ob die Regeln ihm gefallen würden, doch im Augenblick ging es vor allem darum, dass Rick sich wohlfühlte. Auch wenn er selbst vielleicht eine Beziehung in Erwägung zog, kannte er sich damit nicht im Geringsten aus und Rick vermutlich erst recht nicht. Das Wichtigste war jetzt erst einmal, dass sie weiter miteinander redeten. Reden lag ihm normalerweise – er verbrachte jede Woche vierzig Stunden damit, über die vernünftigste und beste Lösung für alle Beteiligten zu verhandeln, also warum sollte ihm das nicht auch in seinem Privatleben gelingen?

„Ich führe keine Beziehungen. Bei mir gibt es keine persönlichen Bindungen und keine Erwartungen."

Das ließ sich Ian kurz durch den Kopf gehen, denn zum ersten Mal in seinem Leben *wollte* er all das. So unerwartet es auch gekommen war, ließ sich dieses Bedürfnis jetzt nicht mehr abschütteln. Und vielleicht war das auch überhaupt nicht nötig.

„Das verstehe ich ja, aber du darfst nicht vergessen, dass unsere Situation etwas komplizierter ist. Bei uns gibt es nämlich bereits persönliche Bindungen."

„Wie meinst du das?" Da war sie wieder, die Angst in Ricks Augen, und Ian bemühte sich um einen beruhigenden Tonfall. Auch wenn er niemals geritten war, erinnerte Rick ihn an ein scheues junges Pferd, das man behutsam an den Sattel gewöhnen musste.

„Du bist mit Davy befreundet. Kurt ist mein Bruder und bester Freund. Selbst wenn wir uns irgendwann hassen sollten, werden wir uns doch regelmäßig wiedersehen. So meine ich das."

Rick atmete etwas ruhiger. „Ja, das stimmt. Und ich bin nicht unbedingt wild darauf, dass sich so ein Drama wie heute vor allen Leuten wiederholt."

So nah dran. Jetzt hatte er es fast geschafft. „Ich auch nicht. Und ich glaube, deshalb sollten wir Freunde werden."

„Freunde?" Damit hatte Rick offensichtlich nicht gerechnet.

„Freunde. Die miteinander schlafen. Keine Erwartungen. Und jeder kann mit anderen schlafen." Es fiel ihm nicht leicht, den letzten Satz über die Lippen zu bringen. Aber es war noch zu früh. Selbst für Ian war es noch zu früh für etwas Festes. Vorerst. Im Gegensatz zu Rick schloss er es jedoch für die Zukunft nicht aus. Ganz und gar nicht. Nur durfte er das Rick noch nicht merken lassen. „Wir könnten als Freunde Zeit miteinander verbringen, und wenn wir beide Lust haben, landen wir im Bett."

Anstelle von ängstlich wirkte Rick jetzt nachdenklich. „Freunde, die miteinander schlafen. Ist das nicht dasselbe wie ein Sexfreund?"

„Aber mit denen hängst du doch nicht rum, ohne Sex zu haben."

„Nein, eigentlich nicht. Außer mit Ivan."

Ian biss die Zähne zusammen. Er durfte keinen weiteren Eifersuchtsanfall zulassen. „Okay, und was macht ihn zu einer Ausnahme?"

Für seinen ruhigen Tonfall hätte man ihm einen Orden verleihen sollen.

„Ich bin nicht sicher. Als ich ihn kennengelernt habe, hatte er gerade eine lange Beziehung hinter sich und hat sich richtig ausgelebt. Wir hatten ein paar Mal Sex, aber bald war klar, dass er irgendwann wieder eine Beziehung wollte. Wenn Männer das einsehen, schlafen sie meistens nicht mehr mit mir, aber Ivan wollte sich noch ein bisschen Zeit lassen. Und irgendwie hat das dazu geführt, dass wir uns manchmal auch ohne Sex getroffen haben. Und es war ziemlich nett."

Gott, er hasste es, über Ivan zu reden. So sehr er sie auch leugnete, konnte er die Eifersucht nicht vermeiden. Trotzdem fiel ihm eine weitere Frage ein. „Was ist mit anderen Freunden, wie Davy oder Jon? Hast du mit denen geschlafen?" Das waren die Namen, an die er sich von der Anstreichparty erinnerte.

Rick warf ihm einen misstrauischen Blick zu. „Warum willst du das wissen?"

Ian hob beschwichtigend die Hände. „Nur um rauszufinden, wie wir das mit uns am besten hinkriegen."

Rick runzelte die Stirn, antwortete jedoch: „Nein, nie. Auch wenn wir ab und zu nah dran waren, ist es nie dazu gekommen."

Hätte Ians Schwanz sprechen können, hätte er jetzt vermutlich laut gejammert. Es schien nämlich genau so zu sein, wie er befürchtet hatte: dass man Rick einfach nicht näherkommen konnte, wenn man Sex mit ihm hatte. Wenn er ihn besser kennenlernen wollte, musste er wohl vorerst darauf verzichten und sich auf den Teil mit der Freundschaft konzentrieren.

„Na gut, dann lass uns doch gleich daran arbeiten, Freunde zu werden. Ein kleines Kino in meiner Nähe zeigt um Mitternacht *Jäger des verlorenen Schatzes*. Hättest du Lust?"

„Harrison Ford in seinen besten Jahren? Da ist Lust das richtige Wort."

Das konnte Ian nicht abstreiten. Es war aus mehreren Gründen einer seiner Lieblingsfilme.

„Aber wie beschäftigen wir uns bloß bis dahin?" Rick schien sich der Antwort sicher zu sein.

Doch Ian zwang sich, mit den Schultern zu zucken und zu sagen: „Ich weiß nicht. Hast du Hunger? Wir könnten was essen gehen und uns ein bisschen unterhalten."

„Das klingt verdächtig nach einem Date, Schatz."

Hoffentlich würde Rick ihn eines Tages ganz ernsthaft so nennen. Eines Tages.

„Isst du nie was mit Davy? Oder gehst mit Ivan was trinken? Oder siehst dir mit Jon einen Film an?"

Rick antwortete mit einem widerstrebenden Schulterzucken.

„Und was wird aus dem Sex?"

„Lass uns doch erst mal was als Freunde unternehmen. Wenn das gut klappt, können wir uns um den Rest später kümmern." Auch wenn sein Schwanz ihn jetzt schon dafür hasste. Ricks zufriedener Gesichtsausdruck zeigte ihm, dass es die richtige Entscheidung war. Er musste dieses wilde Pferd erst an sich gewöhnen.

„Klingt gut, Süßer." Rick stand auf und hielt ihm den Arm hin. „Lass uns Freunde sein."

AM DIENSTAG nach der Einweihungsfeier, die zu einem Kinobesuch geworden war, folgte Rick Ian mit seinem Auto zu einer kleinen Bar. Ian führte sie am Tresen und mehreren Tischen vorbei zu einer schmalen Treppe. In der oberen Etage gingen sie zwischen weiteren Gästen her, bis Ian einen Vorhang zur Seite schob und sie eine hölzerne Terrasse betraten. Sie wurde von einem Holzzaun eingerahmt, bei dem Rick an Garten-Swimmingpools und bellende Hunde denken musste. Seltsamerweise war die Terrasse um mehrere Bäume herumgebaut worden, in deren Zweigen sich Lichterketten mit winzigen weißen Lämpchen befanden.

Sie nahmen an einem Tisch in der Ecke Platz und Ian bestellte ihnen Bier.

„Hier ist es wirklich schön", sagte Rick, nachdem der Kellner ihre Getränke gebracht hatte.

„Ja. Hier draußen wird sogar ein Teil einer Fernsehserie gedreht. Die spielt zwar in Washington DC, aber eine Bar ist eine Bar. Ich komme gerne hierher."

Das konnte Rick verstehen. Die Atmosphäre erinnerte ein bisschen an eine gemütliche Grillparty im Garten, obwohl die Tagesgerichte auf einer in der Nähe hängenden Tafel aus Gourmetburgern und Fusionsküche bestanden. Er trank einen Schluck von seinem Bier und warf einen Blick auf die anderen Gäste. Sie sahen wie ganz normale Leute aus.

Eine Zeit lang saßen sie stumm da und tranken.

Bald machte das lange Schweigen ihn unruhig. Waren diese … Treffen nicht dazu gedacht, sich besser kennenzulernen? Er weigerte sich, es als Date zu bezeichnen, so sehr es sich auch danach anfühlte. Schließlich hatte Ian darum gebeten, an einer *Freundschaft* zu arbeiten. Zwar konnte er sich nicht erinnern, dass eine Freundschaft ihn jemals Arbeit gekostet hatte, allerdings, wie Ian angemerkt hatte, schlief er mit seinen anderen Freunden ja auch nicht. Dennoch vermutete er bei Ian auch jetzt noch einen Hintergedanken.

Ein Bier an einem Dienstagabend war jedoch so harmlos, dass Rick ohne jegliches Zögern zugestimmt hatte. Schließlich hatte der Kinobesuch viel Spaß gemacht. Dass Rick an den folgenden Tagen nervös darüber nachgedacht hatte, ob Ian diese Sache mit der Freundschaft wirklich ernst war, musste außer ihm niemand erfahren.

Nachdem Ian ein zweites Bier für sie bestellt hatte, konnte Rick sich nicht länger zurückhalten. „Willst du nicht reden?"

„Wir haben doch keinen Grund zur Eile. Oder hast du heute noch eine andere Verabredung?"

„Nein. Ich dachte nur, du hättest Fragen."

„Die habe ich auch, aber das hier ist kein Verhör. Lass uns doch einfach den Abend genießen."

Rick musste seine ganze Beherrschung aufbringen, um ein Augenrollen zu unterdrücken. „Natürlich, Süßer. Das können wir gerne tun." Zehn Minuten würde er das vielleicht noch durchhalten, bevor die Langeweile ihn umbrachte.

Ian lachte. „Wenn du so gern reden möchtest, frag du mich doch was."

Rick musterte ihn prüfend. Was wollte er über diesen Mann wissen? Über die Familie wusste Rick schon ziemlich viel von Kurt. Für seinen Geschmack eigentlich zu viel. Und er konnte sich nur schwer vorstellen, dass sie wirklich so großartig war, wie Kurt sie darstellte.

Jon dagegen genoss die Geschichten. Allerdings vermisste er auch noch die dämliche Familie, die ihn wegen seiner Sexualität vor die Tür gesetzt hatte. Rick vermisste seine kein bisschen. Gute Kindheitserinnerungen gab es für ihn höchstens in Bezug auf die Popkultur dieser Zeit.

„Was bist du von Beruf? Wo arbeitest du?" Kurt hatte sicher irgendwann erzählt, womit seine Geschwister ihren Lebensunterhalt verdienten. Nur merkte er sich solche Details nicht.

„Ich arbeite für den *Errant*.“

„Nein, ernsthaft? Du nimmst mich nicht auf den Arm? Ich dachte, da arbeiten nur seltsame Gothic-Kinder und intrigante alte Schwuchteln!“ Der *Errant* berichtete die üblichen Promi-Gerüchte, kombinierte sie allerdings mit den seltsamsten Geschichten, zum Beispiel darüber, wie man herausfand, ob sein Nachbar ein Alien, ein Vampir oder vielleicht ein Chupacabra war. Die besten mischten einen Promiskandal mit einer Prise des geradezu lächerlich Paranormalen, wie etwa mit einem Fluch belegtem Schmuck oder einem Drehort, an dem es spukte. Und irgendwie war das Ganze dann auch noch typisch kanadisch. Rick las die Seite oft heimlich.

Ian lachte. „Ich glaube, wir haben von beidem ein paar. Und der Besitzer bezeichnet sich tatsächlich manchmal als alte Schwuchtel. Aber ich kenne diesen Blick: Du bist ein Fan, oder?“

„Natürlich nicht, Schatz, das ist doch lächerlich. Als könnte es an so vielen Drehorten spuken.“

„Klar. Das klingt sehr überzeugend.“

„Na gut, okay, ich lese ihn. Aber nur, um mich darüber lustig zu machen.“

„Genau das beabsichtigen wir damit.“

„Schon komisch. Eigentlich sollte diese Kombination nicht so gut funktionieren. Die Idee, den letzten großen Stromausfall einer Invasion von Außerirdischen in die Schuhe zu schieben ... so verrückt, dass es schon wieder gut ist.“

Ian unterbrach die Unterhaltung, um sich einen Teller Pommes frites mit verschiedenen Mayonnaise- und Aiolivarianten zu bestellen. Der gemeine Kerl war wahrscheinlich genau wie Kurt, der sich bei seinem guten Stoffwechsel nie Gedanken über zu viele Kalorien machen musste.

„Ich weiß“, fuhr Ian schließlich fort. „Aber der Besitzer konnte sich nicht für eins der beiden Themen entscheiden und hat am Ende einfach beide gewählt. Weil hier so viele Serien und Filme gedreht werden und außerdem das Toronto-Film-Festival stattfindet, gibt es Massen von Prominenten. Und diese albernen übernatürlichen Elemente einzubauen, macht die Geschichten einmalig und kommt ziemlich gut an.“

„Dann erzähl mal, Schatz: Machst du die Fotos von halb nackten B-Promis oder recherchierst du das Paarungsverhalten kanadischer Werwölfe?“

„Ha, ha. Nein, ich bin nicht für die Artikel zuständig. Ich bin derjenige, der mit der Werbung Geld reinbringt. Na ja, nicht der Einzige, aber ich habe die Werbeeinnahmen in den letzten drei Jahren um zweihundert Prozent gesteigert.“

„Oh, dann darfst du die Rechnung übernehmen.“

„Über meine Arbeit habe ich übrigens auch von dieser Bar erfahren. Viele Bars und Restaurants machen bei uns Werbung und die interessanten sehe ich mir manchmal an.“

„Kluger Junge.“

407

Ian grinste und hob ihm seine Bierflasche entgegen.

Die Pommes frites kamen an und rochen warm, fettig und salzig. Rick lief das Wasser im Mund zusammen und er hasste Ian eine Sekunde lang, als er sich unbekümmert vier auf einmal in den Mund schob.

„Nimm dir welche."

Rick schüttelte den Kopf, obwohl die Versuchung mit jedem Atemzug größer wurde. Stattdessen bereitete er sich gedanklich auf die Frage zu seinem Beruf vor, die sicher gleich folgen würde. Auch wenn es bei seiner Arbeit nichts gab, wofür er sich schämen musste, wurde er meistens auch gefragt, warum er sich dafür entschieden hatte. Und das wollte er nicht erzählen.

„Was ist mit dir?", fragte Ian wie vermutet. „Womit verdienst du dein Geld?"

„Ich bin Logopäde."

„Oh. Und was machst du da genau? Ich habe natürlich eine grobe Vorstellung, aber viel Ahnung habe ich nicht davon."

Er fuhr mit dem Fingernagel durch einen Riss in der Tischplatte. „Ich helfe hauptsächlich Erwachsenen. Bei Sprachfehlern, Dyslexie, bei Sprachproblemen, die zum Beispiel durch Schlaganfälle verursacht wurden. Manchmal sind es auch Kinder, aber die werden meist von Sprachtherapeuten an ihrer Schule behandelt. Ich werde nur gebraucht, wenn ein schwerwiegenderes Problem vorliegt."

„Das ist großartig. Viel selbstloser als das, was ich tue. Wie bist du darauf gekommen?"

So endete es eigentlich immer. „Ich möchte nicht darüber reden."

Ian schluckte und leckte sich Salz von den Lippen. Auch wenn es ganz unbewusst ausgesehen hatte, wurde Rick warm. Ian war ein sehr, sehr attraktiver Mann und Rick erinnerte sich gut daran, was er mit diesen Lippen und dieser Zunge anstellen konnte. Jetzt betrachtete Ian ihn nachdenklich, als müsste er ein Experiment auswerten. Da ihm der eindringliche Blick unangenehm war, trank Rick sein Bier aus und knallte die leere Flasche auf den Tisch. Dann winkte er dem Kellner, während er sich immer noch bemühte, Ians Blick zu ignorieren.

„Na gut. Erzählst du mir dann, wie du Davy und die anderen kennengelernt hast?"

Erleichterung durchflutete ihn angesichts dieses Themenwechsels. Diese Frage konnte er beantworten – zumindest größtenteils.

„Jon und ich haben uns während des Studiums kennengelernt. Wir haben im selben Club gearbeitet und uns angefreundet." Er musste ja nicht erwähnen, dass sie sich angefreundet hatten, weil der Besitzer sie zu einem gemeinsamen Strip überreden wollte. Oder überhaupt erst, dass es sich um einen Club dieser Art gehandelt hatte. „Er und Davy waren schon seit der Highschool Freunde und so haben mich die zwei irgendwie in ihren Freundeskreis aufgenommen."

Er war unglaublich dankbar gewesen, sie gefunden zu haben. Am Ende hatten sie viel gemeinsam gehabt und Freunde hatten das Leben erträglicher gemacht. Manchmal sogar gut, trotz der vielen Arbeit neben dem Studium. Obwohl er ihnen nie verraten hatte, warum er von Zuhause fortgegangen und nach Toronto gezogen war, hatten sie ihn akzeptiert.

„Wir hatten einiges gemeinsam, und wenn wir nicht im Wohnheim rumhingen, haben wir die Clubs unsicher gemacht. Leider ist Davy dann mit seinem Freund zusammengezogen – dem vor Kurt – und wir haben ihn kaum noch gesehen, bis der Freund gestorben ist."

Wollte Ian ebenfalls zu ihrem Grüppchen gehören? Und hatte das mit Rick zu tun oder suchte er nur ein paar schwule Freunde und wollte mehr Zeit mit seinem Bruder verbringen? Rick war nicht sicher, ob die Brüder viel miteinander unternahmen, erinnerte sich aber noch gut daran, dass selbst ihm aufgefallen war, wie sehr Kurt unter dem Streit mit Ian gelitten hatte.

So saßen sie dort und redeten, bis sich irgendwann etwas veränderte. Vielleicht lag es am Alkohol und daran, dass Ian ihn nicht unter Druck setzte. Oder er war einfach zu erschöpft, um ihn weiter auf Distanz zu halten. Jedenfalls wurde ihre Unterhaltung plötzlich zu einem entspannten Gespräch, das sich ganz natürlich entwickelte. Rick gestattete sich sogar, ein paar Pommes zu essen.

RICK SCHAUTE zu den blinkenden Lichtern des Vordachs hinauf. Dass Ian ihn so bald nach ihrem Abend in der Bar angerufen hatte, war überraschend, jedoch nicht unerwünscht gewesen. Schließlich ging er gern ins Kino.

„Abgesehen vom letzten Samstag habe ich mir schon lange keinen Film angesehen. Worauf hast du Lust?"

Allein ins Kino zu gehen wäre zu deprimierend gewesen. Bei Clubs war das kein Problem – vor allem, wenn man einen Mann suchte. Aber im Kino oder im Restaurant hatte man das Gefühl, dass einen jeder für einsam hielt. Je älter sie wurden, desto mehr Abende verbrachten er und seine Freunde zu Hause. Obwohl Rick im Grunde nichts dagegen hatte, erschien ihm sein Haus manchmal einfach zu groß für sich allein.

„Das ist mir eigentlich egal. Lass und doch einfach den nächsten Film nehmen." Ian stellte sich in die Schlange vor der Kasse.

Rick folgte ihm, wenn auch nicht unbedingt seinem Gedankengang. „Den nächsten?"

Ian warf einen Blick auf seine Armbanduhr. „Es ist gleich acht. Hast du Hunger?"

Rick zuckte mit den Schultern. „Nicht direkt Hunger, aber ich hätte nichts gegen ein bisschen Popcorn."

„Okay. Dann kaufen wir Popcorn und nehmen den Film, der als nächstes anfängt."

Hatte er irgendetwas verpasst? „Hast du denn vorher keinen Film ausgesucht?"

„Nein, das mache ich selten. Meine Eltern hatten früher meistens nicht genug Geld, um mit der ganzen Familie ins Kino zu gehen. Und wenn es mal ging, konnten wir uns mit sieben Kindern fast nie auf etwas einigen. Also haben meine Eltern einfach beschlossen, sich mit uns den Film anzusehen, der gerade lief – außer es gab Probleme mit der Altersbegrenzung. Über die Jahre haben wir uns alle daran gewöhnt."

„Aber, aber ..." Rick war verwirrt. Jemand mit einer so entspannten Einstellung war ihm bisher nicht begegnet. „Und wenn der Film ganz schrecklich ist? Oder du das Genre nicht magst?"

Ian breitete die Arme zu einer deutlichen Wen-kümmert's-Geste aus. „Zum Ausgleich habe ich viele gute Filme gesehen, die ich sonst verpasst hätte." Dann grinste er ein bezaubernd jungenhaftes Grinsen. „Und die richtig miesen sorgen für Gesprächsstoff."

„Aber über den Indy-Film am Samstag wusstest du doch vorher Bescheid."

„Ja, das stimmt. Ich hatte zufällig gehört, dass er in dem kleinen Kino gezeigt wird, und es ist einer meiner Lieblingsfilme. Manchmal muss man sich eben auch einen Klassiker gönnen."

„Also gut, dann los." Rick deutete auf den Schalter, an dem sie jetzt angekommen waren. Es dauerte einige Sekunden, bis Ian die junge Frau an der Kasse dazu gebracht hatte, ihnen einfach Karten für den nächsten Film zu geben, welcher auch immer das war, allerdings nicht so lange, wie Rick erwartet hatte. Andererseits konnte Ian ziemlich überzeugend sein – Rick hatte schließlich mehrere seiner Regeln für ihn gebrochen.

Es schien sich bei ihm um einen echten Überredungskünstler zu handeln. Vermutlich hätte er einer Katze einreden können, Vegetarier zu werden, oder einem Ägypter, einen Eimer Sand zu kaufen. Er war einfach viel zu charmant.

Ian wedelte mit zwei Kinokarten vor seiner Nase herum. „Komm, wir müssen uns beeilen. Wir haben eine Viertelstunde, um uns was zu knabbern zu holen."

Rick schnappte sich die Karten. „Der Todesknoten? Was soll das denn bitte sein?"

Ian zuckte mit den Schultern. „Keine Ahnung. Wir werden's gleich rausfinden."

Dieser Mann war verrückt. Wenn es sich um einen schrecklichen Film handelte, würde er dafür sorgen, dass Ian es wiedergutmachte.

RICK TAUMELTE kichernd gegen ihn, als sie das Kino verließen. Am liebsten hätte Ian wie bei einem Date einen Arm um ihn gelegt, wagte es aber nicht. Rick war in seiner Gegenwart viel entspannter geworden, seit sie die Sache mit der Freundschaft versuchten. Wenn er jetzt zu schnell vorging und das Ganze in Richtung Sex lenkte, würde Rick sich vermutlich wieder hinter seine Fassade zurückziehen.

Er musste ein Schnauben unterdrücken. Für den unbeteiligten Beobachter wirkte es sicher niemals, als zöge Rick sich zurück. Man nahm ihn als selbstbewusst und extrovertiert wahr. Dagegen sah Ian immer häufiger den echten Rick hinter der Maske aufblitzen, die er in der Öffentlichkeit trug. Und das war der Rick, den er näher kennenlernen wollte.

„Das war zum Schreien. Verdammt mies, aber *so* komisch", keuchte Rick.

„Allerdings. Ich muss zugeben, dass ich bei dem Titel mit mehr Entführungen und Explosionen gerechnet hätte."

Rick kicherte erneut. „Ich auch. Wahrscheinlich haben die Produzenten gedacht, dass man nach diesem Film mit dem Typen, der sich den eigenen Arm abgeknabbert hat, mit dem Thema Bergsteigen auf jeden Fall Erfolg hätte."

Draußen in der sternklaren Nacht war es unerwartet kühl. Rick blieb dicht an seiner Seite und Ian konnte seine Wärme spüren.

„Hat er den Arm nicht abgeschnitten?"

„Ist doch egal, den Arm war er jedenfalls los."

Ian lachte. Er mochte es, wenn Rick nicht ständig darauf achtete, was er sagte und wie er sich verhielt. Mit dieser fröhlichen, sarkastischen Version des Mannes hätte er am liebsten jede freie Minute verbracht.

„Ich muss sagen, als plötzlich alle mit Begriffen wie Fingerloch, Sackstich, Reibungstechnik und Spreizen um sich geworfen haben, dachte ich kurz, wir wären in einem Schwulenporno gelandet", merkte Ian an.

„Aber echt. Wahrscheinlich war das alles Absicht."

„Ach ja?"

„Schatz, diese Kletterbegriffe hat sich ganz sicher ein hinterhältiger schwuler Mann ausgedacht. Jetzt müssen nichtsahnende Heteros sie ständig benutzen und der Erfinder hat sich bestimmt schon totgelacht."

„Vielleicht sollten wir mal klettern gehen." Ian hatte schon öfter darüber nachgedacht, es aber nie in die Tat umgesetzt. Wenn sie dabei jetzt auch noch etwas zu lachen hatten, machte es vielleicht Spaß. Sportlich genug sah Rick mit seinem durchtrainierten kleinen Körper jedenfalls aus.

Rick stieß ihm den Ellbogen in die Rippen. „Spinnst du? Willst du etwa, dass ich vor Lachen von einer Felswand falle? Das ist echt gemein, Schatz."

Hätte Rick nicht fast jeden so genannt, hätte ihm der Kosename gefallen. Doch so machte Rick ihn nur zu einem von Vielen. Vielleicht war es eine weitere seiner Methoden, um Menschen auf Distanz zu halten. Aber er durfte nicht ungeduldig werden. An Liebe auf den ersten Blick glaubte er zwar nicht, konnte jedoch nicht abstreiten, dass ihre erste Begegnung etwas in ihm verändert hatte. Er wollte ihm um jeden Preis näherkommen, auch wenn er sich vorerst damit begnügen musste, einer von Ricks vielen „Schätzen" zu sein.

„Ich wäre doch niemals gemein zu dir." Er widerstand der Versuchung, ebenfalls ein „Schatz" hinzuzufügen. Er hätte es niemals so leichthin sagen können wie Rick, sondern hätte sarkastisch oder verbittert geklungen. „Also kein Klettern.

411

Aber was hältst du von einem Kaffee? Dabei können wir auch andere Möglichkeiten für ein neues Hobby besprechen."

Rick fischte sein Handy aus der Tasche und warf einen Blick darauf. „Aber es ist schon ziemlich spät. Ich meine, wir müssen morgen beide arbeiten."

Wie ein kleines Kind, das noch nicht ins Bett wollte, war Ian durchaus bereit zu betteln. „Wenn du jetzt in einem Club wärst, wäre es dir nicht zu spät, oder? Dann würdest du doch nicht jetzt schon gehen?"

Ein anzügliches Grinsen legte sich auf Ricks Gesicht. Wäre Rick jetzt in einem Club gewesen, hätte er wahrscheinlich gerade einen Blowjob in einer Toilettenkabine bekommen. Ian, der gerade sein Auto aufschloss, wandte seinen Körper ein Stück von Rick ab, um die Reaktion zu verbergen, die dieses Grinsen bei ihm auslöste. Er hatte Rick eine Freundschaft versprochen, also hatte eine Erektion in Ricks Nähe nichts zu suchen. Noch nicht.

„Das dachte ich mir. Ein Kaffee sollte dann doch noch drin sein."

„Na gut. Obwohl ich in der Woche eigentlich nur noch selten tanzen gehe."

Ian seufzte. „Ich auch." Selbst die Aussicht auf Sex war oft nicht motivierend genug, um sich an einem Wochentag schick anzuziehen und auszugehen. Besonders, wenn er am nächsten Morgen ein frühes Meeting hatte. In Ricks Gegenwart sprühte er dagegen nur so vor Energie, als wäre er wieder ein Teenager.

Rick erwiderte sein Seufzen. „Und wenn ich so spät noch etwas mit Koffein trinke, kann ich nicht schlafen."

„Geht mir ähnlich." Früher hatte er damit kein Problem gehabt. Die Zeiten änderten sich. „Aber dann nehmen wir einfach wieder etwas Koffeinfreies."

„Das hoffe ich doch."

Er konnte einfach nicht anders: „Oder du kommst noch ein bisschen mit zu mir und wir trinken was."

Scheiße, Scheiße, Scheiße. Ein großer Fehler. Ricks entspannte Einstellung war plötzlich wie weggeblasen und er warf Ian einen so finsteren Blick zu, als hätte er ihn sexuell belästigt.

„He, es war doch nur ein Vorschlag. Mehr nicht, ehrlich." Genau. Er hatte bereits begriffen, dass Ricks Haus nicht infrage kam. Jetzt wusste er, dass das auch auf seine Wohnung zutraf. Gut zu wissen. Er setzte sein unschuldigstes Gesicht auf, das Rick hoffentlich überzeugen würde. Denn er hatte es tatsächlich vor allem vorgeschlagen, weil es ihm praktisch erschien. Er meinte das mit der Freundschaft absolut ernst. Wenn sie nicht erst Vertrauen zueinander aufbauten, konnte daraus niemals mehr werden.

„Wir gehen nur einen Kaffee trinken. Mehr nicht. Oder zumindest die koffeinfreie Alternative davon."

Ian atmete erleichtert auf. „Okay."

Plötzlich sah er aus dem Augenwinkel einen dunkelhaarigen Mann und drehte sich um.

„Was ist los?" Rick wandte sich ebenfalls um, doch der Mann war bereits aus ihrem Blickfeld verschwunden.

„Nichts. Ich dachte nur, ich hätte einen Arbeitskollegen gesehen. Leon – ich habe dir doch von ihm erzählt. Aber vielleicht habe ich es mir auch nur eingebildet."

„Jetzt siehst du schon Gespenster. Vielleicht brauchst du anstelle einer Tasse Kaffee eher etwas Schlaf." Rick zwinkerte ihm zu. Auf keinen Fall. Auf einen Kaffee mit Rick wollte er nicht verzichten.

„Lass uns gehen. Um die Ecke ist ein ganz nettes Café, da können wir die Autos eigentlich hier lassen."

Auf dem gesamten Weg zum Café zuckten Ians Finger. Er hätte zu gern Ricks Hand gehalten, wie es Paare taten.

5

OBWOHL RICK nicht genau wusste, wie es dazu gekommen war, hatten Ian und er in den letzten Wochen eine Art Rhythmus gefunden. An Dienstagen besuchten sie ausgefallene Bars oder aßen in angesagten Restaurants – Ian hatte durch die Arbeit immer wieder neue Ideen und dienstags ließ sich fast überall ein Tisch finden, auch wenn das Wochenende bereits völlig ausgebucht war. An Donnerstagen war Kinoabend. Samstage waren für alles andere vorgesehen.

Leider hatte es in den letzten Wochen auch einige unangenehme Vorfälle gegeben. Seit dem toten Eichhörnchen hatte er drei platte Reifen gehabt, sein Auto war zerkratzt worden, in seiner Mülltonne hatte es gebrannt und nach einigen unschönen Überraschungen in seinem Briefkasten hatte er eine Tüte mit brennendem Hundekot vor seinem Kellerfenster gefunden, das inzwischen glücklicherweise repariert war. Hoffentlich war es richtig, das Ganze zu ignorieren. Während es Ian lieber gewesen wäre, wenn er die Polizei – oder zumindest Kurt – eingeschaltet hätte, hoffte Rick, dass der Übeltäter das Interesse verlor, wenn er sich nicht provozieren ließ. Falls er die kleinen Mistkerle nicht vorher erwischte. Bisher war alles einigermaßen harmlos gewesen und konnte seine gute Laune nicht trüben. Zeit mit Ian zu verbringen tat ihm wirklich gut.

Dank Ian hatte er viele Orte in und um Toronto besucht, an denen er noch nie oder höchstens bei einem Schulausflug gewesen war: Fort York, Casa Loma, den CN Tower, Toronto Island ... Und das Bierfest war zwar nicht gerade bildend gewesen, hatte aber viel Spaß gemacht. Genau wie das Minigolfspiel und das Schwarzlicht-Bowling mit leuchtenden Kugeln. Dabei war ihnen kein einziges Mal der Gesprächsstoff ausgegangen und Rick hatte sogar ein paar Geschichten aus seiner Kindheit erzählt. Zwar ganz harmlose, aber selbst diese bekam eigentlich niemand zu hören.

Freitags traf er sich weiterhin mit Jon und den anderen, hatte aber niemandem – nicht einmal Kurt – von seinen Treffen mit Ian erzählt. Wahrscheinlich vermuteten alle, dass sie nach zwei gemeinsamen Nächten genug voneinander gehabt hatten. Tatsächlich war das Gegenteil der Fall: Rick fühlte sich nach jedem ihrer „Freundschafts-Dates" nur noch heftiger zu Ian hingezogen. Mittlerweile träumte er von Sex mit Ian. Immer und immer wieder.

Normalerweise hätte er sich jemanden gesucht, um sich Erleichterung zu verschaffen. Jetzt wartete er zu gespannt darauf, dass Ian ihre Freundschaft für fortgeschritten genug hielt, um zu dem Teil mit dem Sex überzugehen.

Zum ersten Mal seit langer Zeit hatte er seit sieben Wochen mit niemandem geschlafen. Er genoss seine Verabredungen mit Ian einfach viel zu sehr. Jeder

„Freundschaftsabend" endete bei ihm mit einer Erektion, auch wenn es lediglich zu kurzen, völlig unschuldigen Berührungen kam. Trotzdem konnte er sich nicht dazu überwinden, das Thema Sex von sich aus anzusprechen. Da war immer noch die Angst, dass Ian ebenfalls zu einem Beziehungsmenschen wurde, wenn sie wieder miteinander schliefen. Und beim Gedanken daran, ihn nie wiederzusehen, wurde ihm übel.

Allerdings hatte Rick bemerkt, dass ihre „Dates" bisher immer von Ian geplant worden waren – und zwar sehr gut. So hatte er beschlossen, sich endlich zu revanchieren. Die Freude in Ians Stimme, als Rick ihn angerufen und für den Mittwochabend eingeladen hatte, zeigte ihm, dass es die richtige Entscheidung gewesen war. Vor allem, da Ian den Samstagabend bereits für den Geburtstag seiner Schwester verplant hatte.

Er hatte sich mit Ian an einem Ort verabredet, zu dem er nur seine engsten Freunde mitnahm. An diesem Abend würde Ian endlich erfahren, was für ein Spielefreak Rick war – falls er das nicht bereits vermutete. Er, Jon und Davy hatten bereits vor langer Zeit beschlossen, dass dieses Hobby sie für die meisten Männer nicht sehr sexy machte, weshalb sie es normalerweise für sich behielten.

„Hi, Rick." Als er Ians Stimme hörte, drehte er sich um.

Das strahlende Lächeln auf Ians attraktivem Gesicht hatte ihn mittlerweile beinahe süchtig gemacht.

Ian beugte sich vor, als wollte er Rick küssen, bremste sich aber im letzten Augenblick. Das Lächeln ließ jedoch nicht nach.

„Hier war ich noch nie."

„Das glaube ich gern. Werbung im *Errant* wäre hierfür zu teuer. Aber Gäste gibt es trotzdem genug."

„Dann mal los. Ich bin für alles offen."

Nachdem sie hineingegangen waren, schaute Rick sich nach einem freien Tisch um fragte sich, wie wohl Ians erster Eindruck war.

Zu ihrer Linken erhob sich ein Paar von seinen Plätzen, sodass ein Tisch mit Bänken frei wurde. „Da, lass uns den nehmen."

Ian folgte ihm und ließ ihn eine Seite aussuchen, bevor er sich auf der Bank gegenüber niederließ.

„Hmmm." Ian sah sich um. „Spielbretter und Spielfiguren auf jedem Tisch … lass mich raten: Das hier ist dein Lieblings-Stripclub."

Rick gab ein überraschtes Lachen von sich, das ein bisschen wie ein Grunzen klang. Mit Ian war es niemals langweilig. Beinahe hätte er vorgeschlagen, der Verlierer ihres Spiels könne ja für den Gewinner strippen, aber er hielt sich zurück. Er wollte sich genauso sehr um diese Freundschaft bemühen, wie Ian es tat.

„Bei deinen frechen Sprüchen hast du Glück, dass du so hübsch bist, Schatz", flötete er, während er mit einem Fingernagel sanft an Ians Unterarm entlangkratzte. Die dadurch verursachte Gänsehaut verschaffte ihm große Befriedigung. Er war eindeutig nicht der Einzige, der die Anziehungskraft zwischen ihnen spürte.

Ian wackelte mit den Augenbrauen. „Dann erzähl mir doch etwas mehr über die ganze Sache."

„Spiele. Man sucht sich eins aus und spielt es. Das ist alles. Das Essen ist manchmal etwas seltsam, aber das Bier ist schön kalt."

Rick wartete mit angehaltenem Atem auf Ians Reaktion. Zumindest lief er nicht gleich schreiend davon. Dann legte sich plötzlich dieses liebevolle kleine Lächeln auf Ians Lippen, das er Rick manchmal zeigte, auch wenn er nie ganz sicher war, womit er es ausgelöst hatte.

„Ich wusste es doch: Insgeheim bist du ein kleiner Nerd."

Das konnte er nicht abstreiten. „Ja. Ein bisschen." Obwohl er nicht wusste, wieso Ian es vermutet hatte.

„Am besten suchst du eins aus – du hast mehr Ahnung davon. Gibt es hier Kellner oder bedient man sich selbst an der Bar?"

„Man muss sich leider selbst etwas holen."

„Dann kümmer du dich um das Spiel." Ian betrachtete die umstehenden Tische. „Die sehen ein bisschen komplizierter aus als Cluedo, also vielleicht baust du es schon mal auf, während ich uns was zu trinken hole."

Oh. Das war überraschend leicht gewesen. Rick stand auf und achtete auf dem Weg zu den Spielen auf ein bisschen Hüftschwung, falls Ian hinsah.

Während er die Spiele betrachtete, schaute er unauffällig zu ihrem Tisch hinüber und stellte fest, dass Ians Blick tatsächlich zu seinem Hinterteil gewandert war. Es war gut zu wissen, dass Ian sich davon immer noch so angezogen fühlte, wie er bei ihrer letzten Nacht, als sie am Ende völlig verschwitzt und verausgabt gewesen waren, behauptet hatte.

Dann riss er sich von den Gedanken an den sexy Mann los und konzentrierte sich auf die Spielauswahl. Er liebte *Die Siedler von Catan* und es eignete sich gut für einen Anfänger, konnte aber leider nur mit mindestens drei Spielern gespielt werden. Das Gleiche galt für *Betrayal at House on the Hill*. *Arkham Horror* war für einen Neueinsteiger zu kompliziert. Oh, Augenblick: *Pandemie*. Das war perfekt. Nicht zu viele Regeln und man konnte zusammenarbeiten, anstatt gegeneinander zu spielen.

Er wusste nicht, ob Ian ein schlechter Verlierer war, kannte dafür aber seinen eigenen Hang zur Schadenfreude, wenn er gewann. Er war nicht sicher, ob ihre Freundschaft das überstehen würde – vor allem, wenn sie die einzigen Spieler waren. In einer Gruppe kam man damit eher durch, ohne jemanden zu erzürnen. Bei *Pandemie* würden sie entweder beide gewinnen oder beide verlieren, womit Rick sehr gut leben konnte.

Als Ian mit den Getränken zurückkehrte, hatte Rick alles vorbereitet. Es dauerte nicht lange, die Regeln zu erklären, denn Ian war klug und aufmerksam.

„Ist das eins der Spiele, die du mit Davy und den anderen Jungs spielst?" Ian bewegte eine Holzfigur über das Brett.

„Ja, stimmt. Woher weißt du das?" Hatte er den Spieleabend an Freitagen etwa doch erwähnt? Er konnte sich nicht daran erinnern. Normalerweise vermied er das Thema so mühelos wie das seiner Kindheit.

„Kurt hat mich schon mehrmals dazu eingeladen."

Rick verschluckte sich an seinem Bier und musste husten. „Ach ja?", keuchte er. Was sollte er mit dieser Information anfangen? Hieß das, Ian hatte eigentlich kein Interesse an Spielen und tat heute nur ihm zu Gefallen so?

„Alles in Ordnung?" Ian hatte sich bereits halb von seiner Bank erhoben, als plante er, das Heimlich-Manöver anzuwenden oder ihm auf ähnliche Weise zu helfen. Rick winkte ab.

„Ja, ich hab mich nur ein bisschen verschluckt." Ein Satz, den er bei seiner vielen Erfahrung eigentlich selten sagen musste.

„Soll ich dir ein Glas Wasser holen?"

„Alles bestens, mach nur weiter." Das sagte er schon häufiger. Er trank noch einen Schluck Bier, um Ian davon zu überzeugen, dass es ihm gut ging.

„Also, wenn Kurt dich eingeladen hat, warum bist du dann nie gekommen?" Verdammt. So früh im Spiel waren bereits Seuchen in Miami und Sydney ausgebrochen. Er war nicht sicher, ob sie die Pandemie würden verhindern können.

Rick zuckte mit den Schultern, während er weitere Ausbruchsmarker auf dem Brett platzierte. „Du willst nicht, dass uns jemand für ein Paar hält, und ich wollte nicht, dass du dich wegen meiner Anwesenheit unwohl fühlst. Also habe ich abgelehnt. Natürlich denkt Kurt jetzt, ich habe ein Problem mit Spielefans … aber eigentlich mag ich sie wirklich gern."

Ians verführerischer Blick löste ein Kribbeln zwischen seinen Beinen aus. Fiesling. Wenigstens verbarg der Tisch, welche Reaktion Ian bei ihm hervorgerufen hatte – die ihn allerdings nicht ganz von seinen Schuldgefühlen ablenken konnte. Soweit er wusste, hatte Ian keine schwulen Freunde und jetzt hinderten ihn Ricks Probleme daran, Zeit mit seinem Bruder und dessen Lebensgefährten zu verbringen oder sich in ihren Freundeskreis zu integrieren, obwohl er doch erst seit kurzem zu seiner Sexualität stand.

„Tut mir leid."

„Dass ich Nerds mag?"

„Nein, Schatz. Dass du wegen mir nicht …" Er war nicht sicher, wie er den Satz beenden konnte, ohne wie ein egoistisches Arschloch zu klingen.

Plötzlich hinderte Ians warme Hand auf seiner ihn daran, den nächsten Spielzug zu machen. „He, das macht mir nichts aus. Unsere Freundschaft ist mir im Moment wichtiger. Versprochen."

Rick nickte.

„Aber das hier macht wirklich Spaß. Also wenn du bereit bist, lass es mich wissen – dann begleite ich dich gerne zu eurem Spieleabend."

Eigentlich war das zu schön, um wahr zu sein. Allerdings hatte er das bei Ian schon mehrmals gedacht und war bisher dennoch nie wirklich von ihm enttäuscht worden.

„HAST DU Lust, irgendwo etwas zu essen?" Rick brauchte dringend etwas, um das Bier aufzusaugen – sonst würde er Ian am Ende noch in sein Haus einladen. Obwohl sie *Pandemie* zweimal hintereinander verloren hatten, war es bisher ein schöner Abend gewesen. Ian hatte überraschend viel Spaß an ihrem Spiel gehabt. Weshalb er erst recht ein schlechtes Gewissen hatte, weil Ian seinetwegen dem Spieleabend fernblieb. Trotzdem: Beim Gedanken daran, seinen Freunden von der Sache mit Ian zu erzählen, bekam er feuchte Hände und sein Puls beschleunigte sich.

„Das Essen hier geht wirklich gar nicht?"

„Nein, Schatz. Gar nicht." Während ihrer Studienzeit hatten sie mit den versalzenen, nicht sehr frischen Snacks vorliebgenommen. Seit er sich etwas anderes leisten konnte, hatte Rick sie allerdings gemieden.

„Also wohin?" Ian folgte ihm, als er das Spiel ins Regal stellte.

„Lettie's?"

„Lettie's? Da war ich schon seit Jahren nicht mehr. Früher sind wir immer hingegangen, wenn wir betrunken waren. Schmeckt das Essen auch im nüchternen Zustand?"

Auch wenn Rick im Augenblick nicht hundertprozentig nüchtern war, hatte er dort schon oft genug mit seinen Freunden in diesem Zustand gegessen. Zwar war das Diner durchgängig geöffnet, weshalb Leute, die ein bisschen zu viel getrunken hatten, gern noch einen Abstecher dorthin machten, doch da es noch nicht einmal zehn Uhr dreißig war, konnte man mit relativ normalen Gästen rechnen.

„Ja, lass uns gehen."

„Na gut, ich vertraue dir."

„Schatz, du wirst es da lieben. Es gibt richtige Hausmannskost wie …" Rick hielt inne. „Na gut, du hattest dein ganzes Leben lang eine sehr engagierte Mutter, also bist du vielleicht sogar an Besseres gewöhnt. Aber mir schmeckt es."

„Das klingt doch gut."

Eine Dreiviertelstunde später saßen sie an einem anderen Tisch in dem freundlichen, im Stil der 50er-Jahre eingerichteten Diner und aßen die letzten Reste eines Hackbratens und einer Hühnerpastete. Ian war nicht gut für seine Figur. Der Mangel an Sex führte bei ihm zu Frustessen.

„Ich muss zugeben: Das war verdammt lecker."

„Aber nicht besser als das, was deine Mutter kocht, oder?"

„Komm einfach mal zu einem Familienessen mit. Dann findest du's raus."

Beim Gedanken an eine weitere Begegnung mit Mrs. O'Donnell verspürte er einen Adrenalinstoß. „Ähm, nein. Du weißt doch, dass ich diesen Familienkram nicht mag."

Ian hatte ihn bereits mehrmals zu einem Familientreffen eingeladen, sein Ablehnen allerdings jeweils widerspruchslos hingenommen. Trotzdem war er nicht sicher, wie lange er sich noch weigern konnte. Aber selbst wenn Ian ihn nur als Freund vorstellte, würden andere nicht mehr dahinter vermuten? Er hatte sich immer geweigert, mit verheirateten Männern zu schlafen, weil ihm Lügen und Heimlichtuerei zuwider waren. Und jetzt war er plötzlich selbst zu solch einem Geheimnis geworden, weil er Ian verboten hatte, jemandem von ihnen zu erzählen.

„Ich weiß. Aber vielleicht sagst du irgendwann ja."

Verdammt unwahrscheinlich.

Ian streichelt ihm lächelnd über den Handrücken. „Ich höre ja schon auf. Kein Familienkram mehr. Sollen wir los?"

„Gleich, gib mir fünf Minuten."

Rick stand auf und schlängelte sich zwischen den Tischen hindurch zu den Toiletten. Bevor er allerdings dort ankam, packte ihn jemand beim Arm und drehte ihn um.

„Du verlogenes Arschloch!" Bier spritzte auf seinen Arm, als ein offensichtlich sehr betrunkener und wütender Oscar mit seinem Glas gestikulierte. Seine andere Hand war zu einer Faust geballt, als wollte er gleich zum Schlag ausholen.

„Was zum …?"

„Du behauptest, du bist nur an Sex interessiert und dann sehe ich dich hier bei einem Date."

Darauf hatte er jetzt wirklich keine Lust. Absolut nicht. Außerdem musste er dringend pinkeln. „Was willst du überhaupt von mir? Ich bin dir keine Rechenschaft schuldig."

Oscar hob einen Zeigefinger und stach ihm damit beinahe ins Auge. „Der Typ soll gefälligst die Finger von dir lassen. Ich hab dich zuerst gesehen. Also gehörst du mir."

„Wie bitte? Oscar, wie viel hast du getrunken?"

Oscar schwankte ein wenig.

„Versteh doch endlich, dass ich dir *nicht* gehöre."

„Aber diesem Arschloch auch nicht." Oscar warf sein Glas auf den Boden, wo es in einem Regen aus Bier und Scherben zersprang.

Rick fletschte die Zähne. „Hör gefälligst auf. Das geht dich nichts an." Er würde nicht zulassen, dass Oscar die Sache zwischen ihm und Ian ruinierte. Auf keinen Fall.

„Du weißt doch überhaupt nicht, was du willst, Rick. Du weißt nicht, was gut für dich ist. Dieser Typ ist es garantiert nicht."

„Werd erst mal wieder nüchtern, Oscar. Hau ab, bevor jemand die Polizei ruft." Zwar hatte Rick keine Angst – er hatte genug Kampfsport- und Selbstverteidigungskurse hinter sich –, allerdings würde der laute Streit nicht lange unbemerkt bleiben.

„Ha, ich trinke doch nur wegen dir. Ich kann nachts nicht schlafen, weil ich immer an dich denken muss", antwortete Oscar lallend. Auch wenn Rick sich hierfür nicht verantwortlich fühlen wollte, hätte er eher bemerken sollen, dass es sich bei Oscar um einen Beziehungsmenschen handelte. Einen, der klammerte. Und zu einem Arschloch mutierte, wenn er trank.

„Du musst jetzt gehen, Oscar. Sonst nimmt es für dich kein gutes Ende." Obwohl er sich um einen ruhigen, gefassten Tonfall bemühte, schien Oscar nur noch wütender zu werden.

Rick schaute sich um. Bisher hatte niemand den Streit bemerkt. Plötzlich packte Oscar ihn und schob ihn gegen die Wand. Seine Finger bohrten sich tief in Ricks Schultern. Verdammt, er musste immer noch pinkeln. Bevor Oscar in seinem betrunkenen Zustand reagieren konnte, hatte er Oscars Hände von seinen Schultern gelöst und ihn von sich gestoßen.

Glücklicherweise boten ihm sich nähernde Sirenen einen leichten Ausweg, auch wenn sie sich mit ziemlicher Sicherheit nicht auf dem Weg hierher befanden. „Du gehst jetzt lieber, wenn du nicht verhaftet werden willst. Hörst du nicht die Polizei?"

In seinem alkoholisierten Zustand nahm Oscar ihm das Täuschungsmanöver ab. Er riss die Augen auf und stolperte hastig davon.

Während Rick sich noch die Schultern rieb, tauchte Ian auf.

„Alles in Ordnung? Du warst so lange weg."

„Ja. Aber Oscar war hier. Ich habe ihn nicht mehr gesehen, seit er mir Blumen gebracht hat und wütend abgehauen ist. Er war ziemlich betrunken und … streitlustig."

„Geht es dir gut? Soll ich die Polizei verständigen? Oder ihn für dich zusammenschlagen?"

Rick musste lachen. „Ich will dich ja nicht kränken, aber Oscar ist ein ziemlich großer Kerl."

„Na ja, aber ich habe drei Brüder, von denen einer Polizist ist. Da lernt man einiges."

Ian baute sich vor ihm auf und Rick konnte nicht verhindern, dass er kurz darüber fantasierte, wie Ian und Kurt miteinander rangen. Zum ersten Mal verstand er, warum Männer ihn sich so gern mit Jon vorstellten.

Es war wirklich gut, dass er noch nicht bereit war, Ian zu Familientreffen zu begleiten. Wenn er das nächste Mal Kurt und Ian in einem Raum sah, würde es sicher dauern, bis er nicht mehr knallrot war.

„Aber mir geht es wirklich gut."

„Bist du sicher?" Ian berührte sanft die Stelle an seiner Schulter, die er sich gerieben hatte.

„Ja, er hat nur ziemlich kräftig zugepackt."

„Er hat dir wehgetan?" Ian wirkte finster und bedrohlich. Und so verdammt sexy.

„He, es ist nicht so schlimm. Er ist sauer, weil ich ihn abserviert habe und er war betrunken. Ich glaube nicht, dass er wieder auftaucht." Zumindest hoffte er das. „Wenn du dir sicher bist ... dann lass uns gehen."

Ein stechender Schmerz in seiner Blase erinnerte Rick daran, wobei Oscar ihn unterbrochen hatte. „Ähm, ja. Eine Minute." Rick drehte sich um und verschwand eilig in der Herrentoilette.

„DAS GEHT nicht. Und jetzt hör auf, mich damit zu nerven." Rick stibitzte ein Pommesstäbchen von Jons Teller. Selbst bestellte er sich nie welche, weil er auf seine Figur achten musste. „Und wie viel Zeit verbringst du eigentlich im Fitnessstudio, um ständig fettige Sandwiches und Pommes essen zu können?"

Jon zog ihm seinen Teller weg. „Hör auf abzulenken oder du kriegst nichts mehr. Und du kommst gefälligst zu Erins Geburtstagsparty."

Rick wandte sich wieder seinem gegrillten Lachs zu. „Nein, vergiss es. Ich gehe nicht zu Familienfeiern."

Kurts Einweihungsfeier war schlimm genug gewesen. Auf mehr von der Sorte konnte er verzichten.

„Kurt ist unser Freund und hat uns eingeladen. Es ist ihm wichtig. Außerdem möchte Davy, dass wir kommen. Willst du nicht auch sichergehen, dass Kurts Familie ihn gut behandelt?"

„Wow, Süßer. Wenn du mir Schuldgefühle einredest, habe ich gleich viel mehr Lust auf eine Party!" Rick verdrehte die Augen, bevor er sich ein weiteres Pommesstäbchen schnappte.

„Du weißt genau, dass ich auch nicht gerne zu Familienfeiern gehe."

Das stimmte. Dass ihre Familien sie beide wegen ihrer Sexualität verstoßen hatten, war einer der Gründe gewesen, aus denen sie sich angefreundet hatten. Auch wenn Rick ihm, obwohl es sich bei Jon um seinen engsten Freund handelte, nie gestanden hatte, wie schlimm es bei ihm wirklich gewesen war. Jedenfalls führten sie beide ein Leben ohne Familie und Rick war mit seinen Freunden – und Sexfreunden – sehr gut zurechtgekommen. Er war davon ausgegangen, dass es immer so bleiben würde.

Dann hatte Davy, einer seiner besten Freunde, sich einen Mann mit sechs Geschwistern und liebenden Eltern gesucht, die jetzt aus irgendeinem Grund auch ständig in Ricks Leben verwickelt waren. Und davon war er nicht immer begeistert.

„Warum gehst du dann? Ich meine, ich kenne Erin überhaupt nicht – warum sollte ich also zu ihrer Party kommen? Ich finde das ziemlich komisch." Ein weiteres Kartoffelstäbchen fand den Weg in seinen Mund.

Jon seufzte. „Soll ich noch eine Portion bestellen?"

„Nur wenn du möchtest, Schatz." Auch wenn sie es beide wussten, konnte er doch nicht einfach offen zugeben, dass er sie wollte.

421

Jon winkte kopfschüttelnd dem Kellner. Offenbar kannte er Rick ein bisschen zu gut.

Nachdem der Kellner gegangen war, kam Jon aufs Thema zurück. „Hast du Kurt nicht zugehört? Es ist keine kleine, nette Familienfeier, sondern eine große Party im Familienlokal. Laut Kurt sind immer sehr viele Leute da und er möchte uns dabeihaben. Also sollten wir hingehen. Es wird bestimmt lustig."

Lustig. Rick stellte sich das Ganze ungefähr so lustig vor wie eine Wurzelbehandlung ohne Betäubung. Aber wenn er keine gute Entschuldigung vorbrachte – es musste schon mindestens eine Beerdigung oder ein Krankenhausaufenthalt sein –, würden ihm Jon und die anderen vermutlich keine Ruhe lassen.

„Dass du dich weigerst, hat doch wohl nicht mit einem bestimmten O'Donnell-Bruder zu tun, oder?"

Rick musterte Jon. Sein Freund wusste, dass er zweimal mit Ian Kurts Haus verlassen hatte. Allerdings hatte Rick ihm nichts von der „Freundschaft" mit Ian gesagt und ihm deshalb auch den Vorfall mit Oscar verschwiegen. Auch wenn Jon normalerweise als Erster von seinen Problemen erfuhr, war Rick aus irgendeinem Grund noch nicht bereit, ihm von der Sache mit Ian zu erzählen.

„Nein. Kein bisschen."

Jon zog eine seiner blonden Augenbrauen hoch. „Ganz sicher?"

„Natürlich bin ich sicher." Da sie sich jetzt so häufig sahen, hatte er kein Problem damit, Ian bei einer Party über den Weg zu laufen. Er hatte höchstens ein bisschen Angst, dass er sich bald nicht mehr zurückhalten könnte. Seltsamerweise waren sie immer noch nicht zum Teil mit dem Sex übergegangen, was ihm zunehmend schwererfiel. Und auf einen neuen Fickfreund hatte er keine Lust gehabt. Er war einfach nicht interessiert.

Stattdessen bemühte er sich um eine engere Bindung zu Ian – denn ihm war mittlerweile klar, dass sie erst wieder im Bett landen würden, wenn Ian sie für wirklich gute Freunde hielt. Und er war dankbar, dass Ian ihm zuliebe auf gemeinsame Aktivitäten mit anderen Freunden und der Familie verzichtete – was wahrscheinlich auch der Grund war, aus dem Ian ihn nicht zu dieser Party eingeladen hatte. Nur widerstrebte ihm die Party nicht, weil er wegen der heimlichen Freundschaft mit Ian mit einer seltsamen Atmosphäre rechnete. Das hatte andere Gründe.

„Ich weiß nicht. Was ist bei euch beiden schiefgelaufen? Ian hat einen netten Eindruck gemacht. Und heiß war er auch."

Das war kein Thema, über das er mit Jon reden wollte. Vor allem, da er selbst schon so lange auf diesen heißen Körper hatte verzichten müssen.

„Na gut, ich gehe."

„Zu der Party?"

„Ja, zu der Party. Über die wir uns die ganze Zeit unterhalten, falls du dich noch erinnerst. Du hast ja auch bald schon wieder Geburtstag, alter Mann." Rick vertauschte ihre Teller. „Iss meinen Lachs auf, Süßer. Omega-3-Fettsäuren sollen gut fürs Gedächtnis sein."

„Idiot", brummte Jon, machte sich aber trotzdem über Ricks Lachs her. Rick nahm sich stattdessen die Pommes frites vor. Wenn man sie so geschickt stahl, hatten sie doch hoffentlich weniger Kalorien.

RICK LIEß sich ein Stück zurückfallen und folgte seinen Freunden über den Parkplatz zum Finn's Frolic. Es wirkte größer, als er erwartet hatte. Andererseits gab es laut Kurt neben dem öffentlichen Hauptraum ein geräumiges Hinterzimmer, in dem fünfzig oder sechzig Menschen Platz fanden. Den vielen Autos nach zu urteilen war das Pub gut gefüllt.

Er hatte lange darüber nachgegrübelt, was er tragen sollte. Obwohl er wusste, dass die O'Donnells Ians und Kurts Sexualität akzeptierten, war er nicht ganz sicher, wie sie reagieren würden, wenn ein Fremder seine Orientierung so offensichtlich machte. Denn er wusste, dass man es ihm bei seiner üblichen Clubaufmachung gleich ansah. Und er wollte Ians Familie dazu bringen, ihn zu mögen. Er hatte vor, einen guten Eindruck zu machen. Auch wollte er herausfinden, ob sie ihn anders behandelten, wenn sie mehr als Freundschaft zwischen Ian und ihm vermuteten. Und zu guter Letzt hatte er in letzter Zeit Gefallen daran gefunden, Ian in Versuchung zu führen. Nicht zu offensichtlich, aber genug, um ihm die vorübergehende Sexpause schwer zu machen.

Da Jon ihm die Tür aufhielt, konnte er es nicht länger hinauszögern.

Er betrat das laute, mit vielen Leuten gefüllte Pub. Soweit er das beurteilen konnte, sah es wie ein ganz normales Lokal aus, nur eben irisch angehaucht. Die Gäste setzten sich aus Menschen unterschiedlicher Altersgruppen und vielfältiger Kleidungsstile zusammen. Nichts wies darauf hin, dass jemand ein Problem mit einem offen schwulen Mann gehabt hätte. An der Tür zum Hinterzimmer angekommen nannte Jon ihre Namen, woraufhin sie gleich hineingelassen wurden.

Im Innern ging es so lebhaft zu wie im Hauptraum. Auf der rechten Seite des Zimmers befanden sich Billardtische und Dartscheiben. Zwischen der Eingangstür und einem Podest, das etwas zu klein war, um es wirklich Bühne zu nennen, befand sich eine Tanzfläche, auf der zurzeit mehrere besetzte Tische standen. Ein kleiner Teil war zum Tanzen freigelassen worden, was im Augenblick allerdings noch niemand ausnutzte. Die meisten Gäste befanden sich nämlich auf der linken Seite des Raums, wo eine altmodische Bar sich fast die gesamte Wand entlangzog. Mindestens die Hälfte aller Anwesenden scharte sich in kleinen Grüppchen darum.

Kaum hatten sie den Raum betreten, kamen von den Billardtischen her Kurt und Davy auf sie zu, um sie lächelnd zu begrüßen.

„Ich freue mich so, dass ihr kommen konntet. Soll ich euch alle vorstellen?"

„Alle? Ich dachte, wir hätten bei der Einweihungsfeier schon alle kennengelernt." Jon klang so verstört, wie Rick sich fühlte. Kurt lachte.

„Nein, da haben noch ein paar gefehlt. Aber bei Geburtstagspartys ist wirklich jeder da. Kommt mit."

Anstatt ihnen zu folgen, setzte Rick sich unauffällig in Richtung Bar ab. Er fand eine kleine Lücke neben zwei schwangeren Frauen, die sich sehr ähnlich sahen. Vermutlich die schwangeren Zwillingsschwestern, die Ian erwähnt hatte. Allerdings verspürte er nicht gerade den Drang, sich ihnen vorzustellen. Vielleicht nach dem einen oder anderen Gläschen Wein.

Rick bestellte einen Weißwein und wartete.

„Hast du den Typen gesehen, den Ian mitgebracht hat?"

Diese Worte reichten, um Ricks gesamte Aufmerksamkeit auf das Gespräch der Zwillinge zu lenken.

„So süß. Ob sich da eine Romanze anbahnt?"

„Ich weiß nicht. Er mag ja süß sein, aber er ist verdammt jung. Und Ian sagt, er ist nur ein Freund."

„Ein Freund, klar. Das kann Ian gerne sagen, aber dieser Leon will ihn eindeutig vernaschen."

Leon? Ian hatte Leon mitgebracht? Rick erinnerte sich daran, dass er einen Arbeitskollegen mit diesem Namen erwähnt hatte. Der, soweit er sich erinnerte, ebenfalls schwul war.

Ungewohnte Eifersucht bohrte sich wie ein Dolch in sein Herz. Es war kein schönes Gefühl.

Als Ricks Wein kam, nahm er das Glas und überlegte, was er tun sollte. Am liebsten wäre er einfach hinausgestürmt oder hätte das Glas direkt in Ians Gesicht geleert, woran ihn jedoch der logische Teil seines Verstandes hinderte. Schließlich war es Rick, der eine feste Bindung vehement abgelehnt hatte. Auch wenn Ian wahrscheinlich ebenfalls nicht der Typ Mann war, der es auf eine ernste Beziehung abgesehen hatte. Also war alles in Ordnung. So war es am besten.

So schaute er sich nach seinen Freunden um und machte sich mit dem Weinglas in der Hand auf den Weg zu ihnen. Der dunkle Haarschopf, den er dabei aus dem Augenwinkel sah, gehörte vermutlich Ian. Allerdings war Rick ziemlich klein, also würde Ian ihn vielleicht nicht in der Menschenmenge entdecken.

Die warme, vertraute Hand, die wenige Sekunden später auf seiner Schulter landete, machte diese Hoffnung zunichte. „Rick! Du bist gekommen."

Er konnte es schaffen. Er setzte sein fröhliches, oberflächliches Lächeln auf und drehte sich zu Ian um. „Hallo, Schatz."

Nach einem kurzen Stirnrunzeln erwiderte Ian das Lächeln.

„Wie geht es dir?"

Wie es ihm ging? Er war verwirrt. Wütend. Und im Moment ziemlich scharf auf Ian. Rick betrachtete das hellblaue Hemd, das Ians Augen strahlen ließ, kombiniert mit einer dunkelblauen Krawatte und einer schwarzen Hose. Hätte er dazu noch die passende Anzugjacke getragen, hätte Rick sich ihm wahrscheinlich gleich hier hingegeben. Was Ian allerdings nicht wissen musste. „Gut. Und dir?"

424

Ian grinste. „Mir auch. Du siehst toll aus. Obwohl ich auf das weinrote Hemd gehofft hatte."

Rick stieß ein halbherziges Lachen aus und posierte mit einer Hand auf der Hüfte. „Tja, wie bei einer Hochzeit wäre es heute ziemlich unfair, wenn ich allen die Show stehlen würde."

Ian ergriff lachend seine Hand. „Komm mit."

„Die Familie habe ich größtenteils schon kennengelernt." Er hörte den Anflug von Panik in seiner Stimme.

„Ich weiß, ich wollte dir auch nur Leon vorstellen. Ein Freund von der Arbeit – ich glaube, ich habe ihn erwähnt."

Leon. Oh, okay. Auf den war Rick neugierig. Er folgte Ian zu einem Grüppchen von Männern bei den Dartscheiben. Dort angekommen ließ Ian seine Schulter los und ein junger Mann mit zerzaustem Haar stellte sich an Ians Seite, als gehörten sie zusammen.

„Leon." Ian legte ihm einen Arm um die Schultern, die breiter als Ricks waren. Größer war er ebenfalls. „Das ist Rick, einer meiner Freunde."

„Schön, dich kennenzulernen, Süßer." Rick reichte ihm die Hand und hoffte, dass man ihm sein Unbehagen nicht ansah.

„Rick. Ich freue mich auch." Hörte er da einen Hauch Spott in seiner Stimme? Und Rick kannte sich mit Menschen gut genug aus, um die Verachtung hinter dem Lächeln zu sehen.

Fuck. Und er war wirklich niedlich. So niedlich wie die Jungs im Anaconda.

„Ian, willst du noch ein Bier?"

Ian nickte. „Gerne." Den Geldschein, den ihm Ian reichen wollte, lehnte Leon ab. Kurz wirkte es, als wollte er Ian küssen, doch dann drehte er sich um und ging auf die Bar zu.

Da das Dartspiel beendet war, beteiligten sich jetzt auch die anderen drei Männer am Gespräch, zu dem Rick allerdings nicht viel mehr beitrug als ein erzwungenes Lächeln, während er seinen Wein trank und sich seine Gedanken überschlugen. Anaconda. Er hatte Ian im Anaconda getroffen. Was bedeutete, dass er auf der Suche nach einem wesentlich jüngeren Mann gewesen sein musste. So jung wie Leon. Offenbar war das genau Ians Typ.

Etwas, das Rick niemals sein konnte, so schmerzhaft es auch war. Ihm wurde klar, dass Ian ihn vielleicht aus Höflichkeit belogen hatte. Rick war unter Umständen nur ein praktischer One-Night-Stand gewesen und Ian war in Wirklichkeit nur an einer Freundschaft mit ihm interessiert, ohne tatsächlich vorzuhaben, jemals wieder mit ihm zu schlafen. Zumindest nicht, solange er jemanden wie Leon hatte. Rick hatte einen Fehler gemacht. Einen riesigen Fehler. Und er hatte Ian vertraut und ihm so viel erzählt. Sogar manches, das nicht einmal Jon wusste. Er war ein Idiot.

Rick schaute sich in der Bar um. Zum Hintereingang war es nicht weit. Er konnte unauffällig verschwinden und ein Taxi nehmen.

„Entschuldigt mich einen Moment." Niemand schien ihn zu hören oder zu registrieren, dass er sich entfernte.

Nachdem er sein Weinglas auf einem Tisch in der Nähe abgestellt hatte, arbeitete er sich zur Rückseite des Raums vor. Sollte es jemand bemerken, sähe es aus, als befände er sich lediglich auf dem Weg zu den Toiletten.

IAN KONNTE kaum den Blick von Rick abwenden. Es war unerträglich, ihn nicht anzufassen, zu küssen oder am besten gleich mit in seine Wohnung zu nehmen. Bis zu diesem Abend war er sicher gewesen, dass er richtig vorging. Ihre wöchentlichen Treffen, die Ian als Dates betrachtete, auch wenn er es nicht laut aussprach, um Rick nicht zu verschrecken, waren bereits zu einer angenehmen Gewohnheit geworden.

Je mehr Zeit er mit ihm verbrachte, desto heftiger fühlte er sich von dem mysteriösen blonden Mann angezogen und er hatte geglaubt, Rick ginge es ähnlich.

Bis jetzt.

Plötzlich hatte Rick sich wieder hinter seine Maske zurückgezogen und war selbst Ian mit diesem oberflächlichen Gesichtsausdruck gegenübergetreten. Obwohl er bezweifelte, dass andere bemerkten, wie unecht dieses Lachen und Lächeln war. Sogar wenn er mit Ian sprach. Und er konnte kaum glauben, dass es nur mit der Familienfeier zusammenhing. Natürlich war diese Party größer als die Einweihungsfeier. Trotzdem war Rick auch dort von allem ziemlich überwältigt gewesen, hatte sich Ian gegenüber allerdings dennoch nicht so emotionslos gezeigt.

„Hey, Kumpel." Dylan unterbrach seine Grübeleien, indem er ihm auf die Schulter klopfte. Ian entfernte sich einen Schritt von der Unterhaltung, um mit ihm reden zu können. „Es ist Zeit für den Kuchen und die Fotos."

Oh, die Kuchenfotos. Sie waren fester Bestandteil einer jeden Geburtstagsfeier. Zu dem traditionellen Foto mit seinen Eltern und Geschwistern mit dem Kuchen war mittlerweile auch eines mit Partner und Kindern des Geburtstagskindes und eines mit der ganzen Sippe hinzugekommen. Ian lächelte.

„Ich komme sofort." Wenn sein nächster Geburtstag kam, hatte er vielleicht ebenfalls einen Partner für das Foto. Als er sich wieder dem Grüppchen zuwandte, um sich für einige Minuten zu entschuldigen, stellte er fest, dass Rick nicht mehr zu sehen war.

„Wo ist Rick?"

Leon wedelte mit der Hand. „Keine Ahnung. Er ist in die Richtung gegangen. Vielleicht zur Toilette?"

Ian schaute mit zusammengepressten Lippen in die von Leon angegebene Richtung, konnte Ricks blonden Haarschopf allerdings nicht entdecken. Dort hinten waren nicht nur die Toiletten, sondern auch ein Notausgang. Und Ricks erste Reaktion auf Stress war normalerweise die Flucht.

„Bin gleich wieder da."

Ian betrat den Gang und ging direkt an den Toiletten vorbei. Falls Rick wirklich das Gebäude verlassen hatte, musste er sich beeilen. Der Mann war raffiniert und schnell.

Aus jahrelanger Gewohnheit heraus klemmte Ian eine Münze zwischen Tür und Rahmen, damit sie nicht hinter ihm zufiel, und trat in die Dunkelheit hinaus.

„Rick!"

Obwohl der blonde Mann bereits den von Bäumen eingerahmten Hinterhof durchquert hatte und beinahe beim Parkplatz angekommen war, drehte er sich beim Klang von Ians Stimme um.

„Was ist?"

„Wo willst du hin?"

Rick schloss kurz die Augen und als er sie wieder öffnete, entdeckte Ian darin die spöttische Geringschätzung, die er seit ihrem Streit bei der Einweihungsfeier nicht mehr gesehen hatte.

„Schatz, ich gehe. Das sieht man doch. Hier ist mir für einen Samstag nicht genug los, also suche ich mir lieber einen Club."

Ian knirschte mit den Zähnen. Zufällig wusste er, dass Rick seine Samstagabende seit Wochen nicht mehr in Clubs verbracht hatte – sie verbrachten sie nämlich gemeinsam. „Was ist passiert?"

Wie zwei Magneten gingen sie immer dichter aufeinander zu.

„Nichts ist passiert." Unter dem höhnischen Tonfall klang Rick verletzt. Vor einigen Wochen, als er Rick noch nicht so gut gekannt hatte, wäre ihm das nicht aufgefallen.

„He, wo auch immer das Problem liegt, wir können es lösen." Er näherte sich Rick, denn er konnte kaum mit ansehen, wie verunsichert dieser wirkte. Als wollte er weglaufen oder sich auf dem Boden zusammenkauern, ohne sich auch nur eines davon zu wagen. Er legte eine Hand unter Ricks Kinn und tat, was er sich seit Wochen gewünscht hatte.

Der erste Kontakt ihrer Lippen war sanft, zart und lieblich. Ian war kurz erleichtert, dass Rick ihm nicht auswich, sich nicht mit seinen Regeln herausredete und nicht die Flucht ergriff. Dann dachte er nur noch an Ricks Mund, seine Lippen und seine Zunge – und daran, wohin das Küssen führen konnte. Küssen war ihm nie zuvor so lebenswichtig vorgekommen wie in diesem Augenblick.

Als sich Ricks Mund unter seinem öffnete, zögerte er nicht, sondern ließ seine Zunge hineingleiten und mit Ricks spielen. Die säuerliche Note des Weins war nach kurzer Zeit verschwunden und zurück blieb nur Ricks ganz eigener Geschmack. Würden sie heute endlich zum Teil mit dem Sex übergehen? War er Rick mittlerweile nah genug gekommen, um ihn davon überzeugen zu können, sich auf etwas Ernstes einzulassen? Ricks Verhalten überzeugte ihn mehr und mehr davon, dass sich seine Angst vor einer festen Bindung gelegt hatte.

Während er Rick küsste, ließ er seine Hände von Ricks Gesicht zu seiner Taille hinuntergleiten, um ihn an sich zu ziehen. Seine Hüften pressten sich

427

instinktiv gegen Ricks wie damals im Club, als sie getanzt hatten. Rick fühlte sich in seinen Armen so gut an. Besser als jeder andere.

Plötzlich stieß Rick ihn heftig von sich und Ian stolperte überrascht ein Stück zurück. Der primitive, von Lust vernebelte Teil seines Gehirns brachte ihn dazu, sich wieder zu nähern, bis ihm klar wurde, wie wütend Rick war. Wütender als Ian ihn je gesehen hatte.

„Nein. Hör auf."

„Warum?" Er konnte kaum klar denken.

„Solltest du das nicht mit deinem Date tun?" Diesmal war der Hohn in Ricks Stimme nicht zu überhören.

„Mit meinem Date? Ich habe keins."

„Ach nein? Und was ist mit Leon?"

„Leon? Du bist doch nicht etwa eifersüchtig auf ihn, oder?" Das hatte er eigentlich nicht laut aussprechen wollen – auch wenn ihm der Gedanke ein wenig Hoffnung spendete. Leon war zwar süß, aber fast noch ein Kind. Außerdem war er einfach nicht Rick. Leider hatte die Frage Rick noch wütender gemacht.

„Natürlich nicht", fauchte er. „Warum sollte ich eifersüchtig sein?"

Wie sollte Ian jetzt reagieren? Obwohl er davon überzeugt gewesen war, alles unter Kontrolle zu haben, wusste er eben doch nicht genug über Beziehungen. Ihn mit einem Scherz von seiner Verärgerung abzulenken, wie er es bei seinen Brüdern versucht hätte, war bei Rick ganz bestimmt keine gute Idee.

„Leon ist nur ein Freund", sagte er ruhig.

„Klar. Und deswegen hast du ihn eingeladen."

„Ja." Rick bemühte sich, nicht ebenfalls wütend zu werden. „Ich wusste, dass Kurt dich einladen würde, also habe ich es nicht getan. War dir das nicht lieber?"

„Wie rücksichtsvoll von dir."

Ian breitete frustriert die Arme aus. „Ich dachte, du freust dich, wenn ich es dir leichter mache."

„Komm schon. Wenn du dich mit Leon triffst, hättest du es mir einfach sagen können."

„Aber das tue ich nicht. Er ist wirklich nur ein Freund."

„Ein *Freund*? So wie ich? Von wegen. Deshalb warst du an diesem Abend im Anaconda. Du hast jemanden wie ihn gesucht."

Das konnte er nicht abstreiten. Er hatte sich mit etwas ganz anderem von Rick ablenken wollen – wobei ihm das Schicksal allerdings einen Strich durch die Rechnung gemacht hatte. „Aber nach Hause gegangen bin ich mit dir."

„Du musst wegen mir auf nichts verzichten. Wenn dich der Geruch von Clearasil anmacht, dann keine falsche Zurückhaltung. Keine Verpflichtungen, keine persönlichen Bindungen – so war es abgemacht."

Der beißende Sarkasmus war zu viel. Ian konnte seine Wut nicht länger unterdrücken. „Keine Verpflichtungen und Bindungen? Hör endlich auf, dir

428

was vorzumachen. Verstehst du es nicht? All das gehört doch schon zu einer Freundschaft. Und du musst endlich einsehen, dass wir bereits mehr sind als Freunde. Auch ohne Sex."

Beim Anblick von Ricks weit aufgerissenen Augen hätte Ian seine schlecht durchdachten Worte am liebsten zurückgenommen.

„Tja, dann sollte ich diese ‚Freundschaft' jetzt lieber beenden. Das war's, Ian. Wofür auch immer du die Sache zwischen uns gehalten hast, sie ist jetzt vorbei. Ruf mich nicht wieder an", sagte Rick voller Entschlossenheit.

„Wie bitte? Rick, warte, ich …"

Plötzlich flog hinter Ian die Tür auf und traf mit einem metallischen Geräusch die Hauswand. Er drehte sich hastig um.

Sein Vater lehnte sich aus der Tür. „Da bist du ja, Junge. Wir haben dich schon überall gesucht. Komm rein, Erin ist schon fast so launisch wie unsere zwei Schwangeren, weil sie wegen dir die ganze Zeit auf ihren Kuchen warten muss. Wir wollen endlich das Foto machen."

Ian nickte und drehte sich noch einmal um – er wollte Rick hereinbitten, ihn um eine Chance anflehen, alles wiedergutzumachen … doch er war bereits fort.

„Komm. Was machst du hier überhaupt?" Sein Vater sah sich im Hinterhof um. „Hmm. Hier ist es ziemlich zugewachsen. Darum müssen wir uns kümmern. Und vielleicht sollten wir auch noch ein paar Lampen anbringen. Sonst kommt hier noch jemand auf … unanständige Gedanken."

Dachte sein Vater etwa, er wäre wegen etwas „Unanständigem" hier draußen? Aber egal. Rick war gegangen und sein Vater würde ihn umbringen, wenn er sich jetzt davonmachte, um ihn einzuholen. Er folgte ihm resigniert ins Haus. Obwohl sein Vater noch redete, hörte er im Geiste immer wieder Ricks Worte. Vorbei. Es durfte einfach nicht vorbei sein. Gerade eben hatten sie sich noch geküsst – und wie. Er war sich seiner Sache so sicher gewesen. Es *konnte* nicht vorbei sein.

Er schluckte mühsam, als seine Augen zu brennen begannen. Er hatte absolut nicht das Bedürfnis, den anderen von der Sache zu erzählen. Er würde sich zusammenreißen, bis der Kuchen angeschnitten war, und sich für das Foto ein Lächeln abringen, auch wenn ihm niemals weniger nach Lächeln zumute gewesen war.

DAS LAUTE Lachen war unerträglich. Eigentlich hatten ihm der Lärm und die Geschäftigkeit der Bar immer gefallen. Sie verliehen ihm neue Energie. Doch obwohl sich im Partyraum nicht so viele Personen befanden, wie hineingepasst hätten, trafen ihn die lauten Geräusche heute wie Schläge. Auch wenn sie bei weitem nicht so schmerzhaft waren wie der Todesstoß, den Rick ihm versetzt hatte. Er befand sich noch in einer Art Schockzustand.

Zum ersten Mal hatte er sich an so etwas wie eine Beziehung gewagt und eigentlich hätte sein Herz zu diesem frühen Zeitpunkt nicht so sehr daran beteiligt sein sollen. Aber das war es. Dieses leere Gefühl in seiner Brust musste mehr sein als nur verletzter Stolz. Wie sich der anfühlte, wusste er bei sechs Geschwistern, die manchmal ziemlich gnadenlos sein konnten, nämlich ganz genau. Das hier schmerzte so viel heftiger, dass er sich fragte, wieso Menschen überhaupt das Risiko einer Beziehung eingingen. Es war beinahe schlimm genug, um ihn wieder in sein Leben der heimlichen One-Night-Stands zurückzutreiben.

„Komm her, Ian, wir haben schon gewartet." Erin winkte ihn mit einem strahlenden Lächeln zu sich hinüber. Während sich andere Frauen selten über ihren fünfundvierzigsten Geburtstag freuten, hatte das Älterwerden seiner ältesten Schwester, genau wie seiner Mutter, nie etwas ausgemacht. Allerdigs beschritten sie ihren Lebensweg nicht allein. Ian hatte zwar seine Familie, doch der Mann, mit dem er sein Leben zu teilen gehofft hatte, schien verloren zu sein.

Ian näherte sich dem Tisch mit der riesigen Geburtstagstorte und ließ sich widerspruchslos von seiner Schwester zwischen Kurt und Dylan platzieren.

„Alles in Ordnung?", flüsterte Kurt, während sie darauf warteten, dass das Foto gemacht wurde.

Ian konnte ihn nicht ansehen. Da es ihm weniger wie eine Lüge vorkam, nickte er nur, bevor er ein strahlendes Lächeln aufsetzte, als der Barkeeper, der die Fotos machte, „Cheese!" rief.

Nach zwei blendenden Blitzen klatschte seine Mutter in die Hände. „Jetzt der Rest der Familie."

Partner und Kinder, die an das Ritual gewöhnt waren, schoben sich ins Gedränge, um ihre Plätze einzunehmen. Als eine Hand Ians Seite streifte, schaute er hinunter und wurde von Trauer gepackt. Es handelte sich um Davys Hand, der sich neben Kurt stellte und seinen Arm um ihn gelegt hatte.

Ian hatte es gewusst. Er hatte gewusst, dass er heute als Einziger allein für das Foto posieren würde. Nur hatte er nicht damit gerechnet, wie schmerzhaft es war.

Wäre er nicht in Rick verliebt gewesen, hätte er sich nicht gewünscht, Rick stünde neben ihm, hätte er sich vielleicht nur etwas einsam gefühlt und sich vorgenommen, sich bald nach einer Verabredung umzusehen. Nur wollte er jetzt keinen anderen Mann. Er wollte nicht einmal einen seiner üblichen One-Night-Stands. Er wollte den Mann, der *ihn* nie wiedersehen wollte. Was sollte er nur tun?

Als er sich im Raum umschaute, fiel sein Blick auf Leon, der bei Parker und Ivan stand. Obwohl Leon ein netter Kerl war und sich zwischen ihnen eine Freundschaft entwickelte, konnte er einfach nicht verstehen, dass Rick etwas zwischen ihnen sah.

Endlich waren die Geburtstagsfotos geschossen, woraufhin alle Paare das unkontrollierbare Bedürfnis zu verspüren schienen, sich zu küssen. Er betrachtete die jubelnde Menge.

Obwohl er von Freunden und Familie umgeben war, fühlte er sich so einsam wie noch nie. Hatte er sich nicht extra geoutet, um das zu ändern? Hätte er nicht glücklicher sein sollen, nachdem er sich nicht mehr versteckte? Die anfängliche

Erleichterung konnte er nicht abstreiten. Leider hatte seine Sehnsucht nach Rick kurz darauf zerstört, was ein Wendepunkt in seinem Leben hätte sein sollen.

Als seine Schwester ihm einen Pappteller mit einem Stück Kuchen reichte, probierte er automatisch davon, konnte den zuckersüßen Geschmack im Augenblick allerdings nicht ertragen. Er stellte den Teller ab, denn in seinem Magen herrschte so viel Aufruhr wie in seinem Kopf.

Der Lärm und das Gelächter kamen ihm immer lauter vor. Er musste hier raus.

Er ging auf den Hinterausgang zu, um auf demselben Weg wie Rick zu entkommen – Leon würde er eine Nachricht schicken, damit dieser Bescheid wusste.

„Schatz, was ist los?"

Verdammt. Wenn man es am wenigsten gebrauchen konnte, war der sechste Sinn seiner Mutter am stärksten.

Ian holte tief Luft. Trotz seiner brennenden Augen und seiner zitternden Unterlippe sagte er nachdrücklich und mit fester Stimme: „Nichts."

„Erzähl keine Scheiße."

Ian blinzelte überrascht. Seine Mutter fluchte so gut wie nie. Es musste ihr sehr ernst sein.

„Als wüsste ich nicht, wenn eines meiner Kinder ein Problem hat." Der Blick ihrer blauen Augen wanderte kurz zu Kurt, bevor er zu Ian zurückkehrte. „Selbst als er uns aus dem Weg gegangen ist, habe ich es gespürt. Und wenn du hier direkt vor mir stehst, ist es nicht zu übersehen. Ich bin deine Mutter und ich liebe dich."

Ian spürte, wie er rote Ohren bekam. Er fühlte sich in seine Kindheit zurückversetzt, als die unverhohlene Liebe ihrer Mutter ihnen manchmal peinlich gewesen war. Glücklicherweise hatten alle ihre Aufmerksamkeit auf das Geburtstagskind gerichtet, das begonnen hatte, Geschenke zu öffnen.

Er fürchtete sich davor, den Mund zu öffnen. Er fürchtete, all die angestauten Emotionen könnten einfach herausprudeln. Nur würde ihm seine Mutter keine Ruhe lassen, bis sie eine Antwort hatte.

„Ich glaube, ich wurde gerade absorviert", brachte er in einem heiseren Flüstern heraus.

Seine Mutter sah ihn an und schenkte ihm ein trauriges Lächeln. „Ach, Schatz. Für diesen Jungen ist das alles so neu wie für dich. Und er hat Angst."

„Ich habe auch Angst."

Plötzlich lachte sie. „Bei Weitem nicht so viel wie er, glaub mir. Er ist bezaubernd, aber als ich bei Kurts Feier mit ihm geredet habe, dachte ich, er würde jeden Moment die Flucht ergreifen."

Ian runzelte die Stirn und warf einen Blick auf Leon, der niemals bei Kurt gewesen war und auch noch nicht seine Mutter kennengelernt hatte. Hatte seine Mutter etwa nicht gedacht, er spräche von Leon? Rick hatte er seiner Familie gegenüber doch niemals erwähnt. Nur Kurt wusste, dass sie miteinander geschlafen hatten.

Seine Mutter beantwortete seine stumme Frage mit einem Klaps gegen seine Schulter. „Ich bin übrigens nicht dämlich. Das Jungchen könnte mein Enkel sein. Außerdem wusste ich es sofort, als ich diesen süßen Rick und eure Blicke gesehen habe."

Wie hatte er je an den übersinnlichen Kräften seiner Mutter zweifeln können?

„Er hat gesagt, er will mich nie wiedersehen. Ich ... ich ..." Er verstummte, da er fürchtete, seine Tränen sonst nicht mehr zurückhalten zu können.

„Hast du irgendetwas Dummes gemacht? Wie zum Beispiel dieses Jungchen einzuladen?" Seine Mutter zog eine Augenbraue hoch.

„Leon ist nur ein Freund. Und Rick war immer nervös bei dem Gedanken, dass uns jemand für ... mehr als Freunde halten könnte." Gott, er fühlte sich wieder wie ein Teenager – ungeschickt und unsicher. Es war zum Kotzen.

Seine Mutter ergriff kopfschüttelnd seine Hand, was ihn ein wenig tröstete. „Mein Junge, du scheinst diesen Rick wirklich gern zu haben. Und das musst du ihm zeigen, auch wenn er damit noch schlecht umgehen kann. Also lass ihn nicht denken, du würdest ihn einfach gegen ein attraktives junges Ding eintauschen, nur weil es leichter wäre. Du musst dich um ihn bemühen. Du musst kämpfen. Bring das in Ordnung. Mach ihm klar, dass Leon keine Chance hat – der würde sie nämlich sofort nutzen, wenn er eine hätte."

Anscheinend war seine Mutter doch nicht unfehlbar – Leon war eindeutig nicht an ihm interessiert. Aber was den Rest ihres Rates anging ... Wenn er sich nicht um Rick bemühte, war es wirklich vorbei. Er musste etwas unternehmen. Sofort.

„Geh ruhig, Schatz. Ich entschuldige dich bei den anderen."

Ian lächelte, während seine Mutter ihm die einzelne Träne von der Wange wischte, die entkommen war. „Danke, Mom."

„Ich möchte nur, dass ihr glücklich seid. Ihr alle. Rick wird es dir nicht leicht machen, aber wenn er der Richtige für dich ist, dann ist das eben so."

Nachdem Ian seine Mutter ein letztes Mal umarmt hatte, stürmte er durch den Notausgang in die Dunkelheit hinaus.

Bevor er jedoch bei seinem Auto angekommen war, hielt er inne, um sein Handy herauszuholen und eine Nachricht zu schreiben. Dann ging er unruhig auf und ab, während er auf eine Antwort wartete – er wollte nicht zurück ins Pub gehen.

Es dauerte nicht lange, bis Kurt in der Tür auftauchte.

„Was ist los?"

„Ich brauche Ricks Adresse."

„Was? Warum denn das?"

„Ich muss mit ihm reden. Jetzt. Es ist wichtig."

„Warum kannst du nicht hier mit ihm reden?"

Ian verkniff sich einen Vortrag über die miserable Beobachtungsgabe seines Polizistenbruders. Es war nicht ungewöhnlich, dass er bei den vielen Leuten nichts von ihrem Streit oder Ricks Aufbruch bemerkt hatte.

„Er ist gegangen. Wir haben uns gestritten."

„Ian, was ist hier eigentlich los? Rick streitet sich nie mit jemandem. Und dir sieht das auch nicht ähnlich."

Er zwang sich, Kurt in die Augen zu schauen, ihm seinen Schmerz und seine Angst zu zeigen. „Ich habe Mist gebaut und muss es in Ordnung bringen. Bitte."

Plötzlich wurde Kurts Blick weicher. „Aber nur, weil du mein Bruder bist. Rick gibt seine Adresse eigentlich nicht gerne raus."

Das war ziemlich seltsam. „Warum? Stimmt irgendwas nicht mit …"

Kurt brachte ihn mit einer Geste zum Verstummen. „Nein, aber er legt eben großen Wert auf seine Privatsphäre. Er würde wohl eher in einem Club auf einen Tisch springen und sich die Kleider vom Leib reißen, als fremde Leute in sein Haus zu lassen."

„Ich bin nicht fremd. Wir stehen uns ziemlich nah." Gott, hoffentlich stimmte das noch.

„Versprich mir nur eins: Wenn sich das Problem nicht lösen lässt, worum auch immer es dabei geht, vergiss seine Adresse wieder. Dein Drama kann Rick nicht gebrauchen, verstanden?" Plötzlich kam doch wieder der wohlmeinende, aber strenge Polizist durch. Wäre er nicht gerade so verzweifelt gewesen, hätte Ian mit den Augen gerollt.

„Versprochen, versprochen."

Nach einem letzten prüfenden Blick nahm Kurt sein Handy und schickte ihm Ricks Adresse.

Kaum verkündete das Vibrieren seines Handys die erhaltene Nachricht, umarmte er seinen Bruder und rannte zu seinem Auto.

6

Nachdem Rick die Tür hinter sich abgeschlossen hatte, ließ er sich keuchend dagegenfallen. An die Heimfahrt konnte er sich kaum noch erinnern – er wusste nur, dass er gefahren war, als hätte man ihn gejagt. Langsam ließ er sich auf den Boden sinken, zog die Knie an seine Brust und schlang die Arme um seine Beine. In der Sicherheit seines Hauses konnte er endlich die Tränen fließen lassen, nachdem sie bereits seit seiner Flucht aus dem Pub in seinen Augen gebrannt und für verschwommene Sicht gesorgt hatten.

Wie hatte Ian ihm das nur antun können? Ian hatte ihren üblichen Samstagabend wegen der Geburtstagsfeier seiner Schwester abgesagt. Da Kurt ihn bereits angebettelt hatte, mit Jon und den anderen zu kommen, hatte Rick kein Problem damit gehabt. Er war naiverweise davon ausgegangen, dass Ian ihn nur nicht gefragt hatte, weil seine Familie Rick so nervös machte.

Das tat sie wirklich. Doch da sie ein so großer Teil von Ians Leben war, hatte er sich überreden lassen und gehofft, als Kurts Freund würde er sich nicht so unwohl fühlen wie als Ians Pseudodate. Er wollte vermeiden, dass irgendjemand über ihre ... Beziehung spekulierte.

Bis Leon alles geändert hatte. Er hatte dafür gesorgt, dass er sein Verhältnis zu Ian mit anderen Augen sah. Wie viele andere „Freunde" hatte Ian wohl? Mit wie vielen schlief er, während er Rick hinhielt? Wie viele Lügen hatte er ihm erzählt?

Innerhalb von Minuten war er zum eifersüchtigen Idioten geworden.

Verdammt. Er war mit ihrer Freundschaft so glücklich gewesen und hatte sich auf den Teil mit dem Sex gefreut. Er hatte sogar über die Möglichkeit nachgedacht, noch mehr Zeit mit Ian zu verbringen. Und dabei hatte er sich immer einreden können, dass sie nur Freunde waren.

Bis Ian ihm diese schöne Illusion genommen hatte.

Wie um noch Salz in die Wunde zu streuen, ließ er sich seine Worte noch einmal durch den Kopf gehen.

Du musst endlich einsehen, dass wir bereits mehr sind als Freunde. Auch ohne Sex.

Es stimmte. Was die Tatsache, dass Ian Leon eingeladen hatte, nur noch unverständlicher machte. Verdammt sollte er sein. Er hatte Rick dazu gebracht, ihn zu mögen, und zwar mehr, als er sollte. Mehr, als sicher war. Die Sache zwischen ihnen zu beenden war das Klügste, was er je getan hatte. Hätte es doch nur nicht so schrecklich wehgetan.

Ein Schluchzen löste sich aus seiner Kehle. Hatte er Ian wirklich gesagt, er wolle ihn nie wiedersehen? Die Aussicht auf ein Leben ohne Ian erschien ihm unglaublich trostlos. Hätte Ian sich doch nur mit der Freundschaft zufriedengegeben. Rick hätte weiterhin vorgeben können, nichts für ihn zu empfinden und sie hätten endlich zum versprochenen Sex übergehen können. Es wäre so nah an einer Beziehung gewesen, wie Rick es sich erlauben konnte. Jetzt würde er für immer auf Ians Gesellschaft verzichten müssen.

Mit einem Schniefen wischte er sich die Tränen aus dem Gesicht. Verheult stand ihm nicht gut. Und dass er wegen eines Mannes weinte ... Das hatte er bisher nie getan und hatte auch nicht damit gerechnet. Vielleicht sollte er eine neue Regel aufstellen: Keine Tränen für einen Kerl.

Nachdem er sich steif wie ein alter Mann auf die Füße gekämpft hatte, streifte er seine Schuhe ab und ließ seinen Schlüssel in die Schale neben der Tür fallen. Dann machte er sich wie betäubt auf den Weg ins Schlafzimmer. Als er gerade dabei war, sich sein T-Shirt auszuziehen, fiel sein Blick auf die Uhr. Dachte er ernsthaft darüber nach, an einem Samstagabend vor neun Uhr ins Bett zu gehen? Ein Anflug von Wut überdeckte seine Trauer. Möglicherweise hatte Ian absichtlich versucht, ihn eifersüchtig zu machen. Um diese Zeit kamen die Clubs erst langsam in Gang – vielleicht sollte er sich ebenfalls einen niedlichen Twink suchen, wie Ian es getan hatte. Was Ian konnte, konnte er schon lange. Ein Blick in den Spiegel bremste ihn ein wenig. *Er* war der niedliche Twinkie. Aber egal – er würde sicher jemanden finden, dem das zusagte. Jemanden, der Leon in nichts nachstand – falls es jemals zu einer Begegnung mit ihm und Ian käme.

Hastig suchte er sich aus seinem Schrank das perfekte Outfit zusammen, das eindeutig sagte: „Zieh mich aus." Er hatte nicht vor, nach Hause zu kommen, bevor er endlich wieder einen Orgasmus mit einem anderen Mann erlebt hatte. Der letzte war bereits Wochen her und seitdem hatte er sich mit seiner rechten Hand begnügt. Das würde sich heute ändern. Er würde eine neue Liste anlegen, nachdem Ian ihn so lange daran gehindert hatte.

Rick strich vor dem Spiegel das weinrote Hemd glatt. Kombiniert mit einer engen schwarzen Hose sah er darin fantastisch aus. Damit würde er im Club innerhalb von zehn Minuten seinen Schwanz in einem warmen Mund haben. Darauf hätte er gewettet – wenn gerade jemand zum Wetten hier gewesen wäre. Ein Blick auf seine Augen verriet ihm, dass sie noch etwas gerötet waren. Am besten trug er etwas Make-up auf.

Doch plötzlich kamen ihm erneut die Tränen, als ihm klar wurde, dass er genau dieselbe Kleidung an dem Abend getragen hatte, als Ian ihn von der Idee mit dieser ungewöhnlichen Freundschaft überzeugt hatte.

Er war gleichzeitig untröstlich und furchtbar wütend. Beinahe hatte er sich in seiner Verwirrung dazu hinreißen lassen, auszugehen und es mit irgendeinem Fremden zu treiben, obwohl er sich fühlte, als würde er von innen her zerrissen. Jetzt ließen sich die Tränen nicht mehr aufhalten, und das alles nur wegen Ian. Zum Teufel mit ihm. Rick ließ sich auf sein Bett fallen, denn er hatte endlich eingesehen, dass er keinen anderen Mann wollte – und es nicht wagte, sich zu erlauben, Ian zu haben.

Er verlor den Verstand. Wie seine Mutter.

EIN LAUTES Klopfen an seiner Haustür ließ Rick von seinem feuchten Kissen hochschrecken. Für die Clubs mochte es noch früh sein, für einen unangemeldeten Besucher war es dagegen verdammt spät.

Andererseits hatte er Jon in einer Nachricht mitgeteilt, dass er sich nicht gut fühlte und deshalb eher gegangen war. Es konnte also durchaus sein, dass Jon nach ihm sehen wollte.

Das Klopfen hörte kurz auf, dann klingelte der Störenfried zweimal und klopfte weiter.

Rick wischte sich über die Augen, auch wenn man sicher trotzdem noch sah, dass er geweint hatte. Egal: Wenn er diese alberne Sache irgendjemandem erklären musste, dann am liebsten Jon. Und da dieser nicht aufzugeben schien, brachte er es am besten hinter sich.

Er schaltete die Lampe auf der Veranda an und öffnete die Tür.

„Jon, ich …"

Nur handelte es sich nicht um Jon. Stattdessen stand Ian vor ihm, schrecklich blass, aber mit einem zaghaften Lächeln auf seinen talentierten Lippen.

„Was willst du hier?" Wut, dass Ian seine Wünsche ignorierte, wurde von Erleichterung verdrängt, ihn wiederzusehen. Es war der einzige Grund, aus dem er ihm nicht, wie er es eigentlich hätte tun sollen, die Tür vor der Nase zuschlug.

Als Ian ihn musterte, verschwand das Lächeln und er wurde sogar noch blasser. „Hast du noch was vor?"

„Ich …" Rick wusste nicht, was er sagen sollte. Obwohl er alles getan hatte, um eine enge Bindung zu vermeiden, spürte er, dass er Ian sehr verletzt hatte. Sich gleich umgezogen zu haben, um die Clubs unsicher zu machen, wirkte angesichts dessen ziemlich rücksichtslos. Dabei hatte er Ian nicht vorsätzlich wehtun wollen, auch wenn er selbst so viel Angst und Schmerz empfand.

„Bitte geh nicht aus. Ich will mit dir reden und alles klären. Ich will dich nicht verlieren. Ich will nicht, dass es vorbei ist. Bitte."

Da bemerkte er Ians gerötete Augen. Offenbar war es ihm während der letzten Stunde nicht viel besser ergangen als Rick. Dass er Ian so wichtig zu sein schien, machte ihn glücklich und erschreckte ihn. Jedenfalls konnte er sich nicht dazu überwinden, ihn wieder wegzuschicken. Wenn Reden ihm die Chance gab, Ian nicht ganz zu verlieren, würde er sie nutzen. Mehr kam allerdings nicht infrage, so sehr er es sich auch wünschte.

Mit wild klopfendem Herzen trat er einen Schritt zur Seite, damit Ian hereinkommen konnte.

Ian betrat sein Haus, sah sich aber nicht darin um.

„Wolltest du wirklich ausgehen?" Ian klang eindeutig verletzt.

Rick zuckte mit den Schultern. „Nein, nicht wirklich. Ein paar Minuten lang habe ich es für eine gute Idee gehalten."

Ian legte ihm sanft die Hände an die Wangen und betrachtete sein Gesicht. Rick blinzelte mit noch geschwollenen Lidern, als Ian vorsichtig mit den Daumen über die gerötete Haut unter seinen Augen strich.

„Du hättest es später bereut." Bei Ians zärtlichem Tonfall lief ihm ein wohliger Schauer über den Rücken. „Sieh uns nur an. Da haben sich zwei gefunden, nicht wahr?"

Rick antwortete mit einem knappen Nicken. Seiner Stimme traute er noch nicht.

„So wunderschön du in diesem Hemd auch bist, wir müssen wirklich dringend reden. Können wir uns irgendwo hinsetzen?"

Rick stieg das Blut in die Wangen, was seine tränengereizte Haut zum Pochen brachte. Wie konnte Ian ihn unter diesen Umständen wunderschön nennen? Er sah grauenhaft aus. Aber Ian hatte recht: Sie mussten reden.

„Natürlich." Er klang heiser. „Komm mit."

Rick führte sie ins Wohnzimmer mit seinem weichen, gemütlichen Sofa. „Willst du etwas trinken?" Ein Glas, an dem er sich festhalten konnte, würde ihn vielleicht beruhigen.

„Wasser bitte."

So konnte Rick das Gespräch noch ein wenig aufschieben, indem er für Ian und sich ein Glas Wasser holte. Etwas Alkoholisches wäre ihm zwar lieber gewesen, doch er war bereits dehydriert genug.

Als er ins Wohnzimmer zurückkehrte, überlegte er, ob er sich in den einzigen Sessel setzen sollte. Ian klopfte allerdings neben sich auf das Sofa und Rick gab nach.

Kaum hatte er sich neben ihn gesetzt, legte Ian auch schon einen Arm um ihn und zog ihn an sich. Er hatte Ians tröstende Wärme nicht mehr auf diese Weise spüren können, seit er das letzte Mal in seinem Bett aufgewacht war. Es war so schön, dass er fürchtete, sich daran zu gewöhnen.

So blieben sie einige Zeit einfach sitzen und genossen die Berührung ihres Gegenübers. So lange, dass Rick sich irgendwann fragte, ob Ian eingeschlafen war. Er löste sich ein Stück von ihm, um ihn anzusehen.

„Ich weiß nicht, wo ich am besten anfangen soll", sagte Ian, als hätte er Ricks Frage gespürt. „Leon ist ein Freund und kein bisschen mehr. Das schwöre ich dir. Tatsächlich habe ich seit unserem letzten Mal nicht mit einem einzigen Mann geschlafen. Und ich wollte es auch nicht."

Ian klang absolut aufrichtig.

„Ich auch nicht." Das konnte er ruhig zugeben, wenn Ian es ebenfalls getan hatte, oder? Dass Ian ihn kurz an sich drückte, bestätigte ihm, dass er ausnahmsweise das Richtige gesagt hatte.

„Nur glaube ich, dass es nicht nur um Leon geht. Bei meiner Familie fühlst du dich unwohl, aber ich weiß nicht, warum. Du bist gegen Beziehungen, aber ich weiß nicht, warum. Ich habe das Gefühl, dass du genauso gern mit mir zusammen wärst wie ich mit dir, doch irgendetwas bremst dich. Und ich hoffe, dass du mir jetzt genug vertraust, um mir die Wahrheit zu sagen. Wenn ich weiß, wo das Problem liegt, finden wir vielleicht gemeinsam eine Lösung.“

„Bist du sicher, dass Psychologe nicht der bessere Beruf für dich gewesen wäre?“

„Ja, ich bin verdammt gut in meinem Job.“ Ian küsste ihn grinsend auf die Schläfe. „Obwohl man schon sehr auf Leute eingehen muss, um sie dazu zu bringen, Kompromisse zu akzeptieren. Ich glaube, das habe ich von meiner Schwester gelernt – manchmal höre ich ihnen eben doch zu.“

Dann wurde er wieder ernst. „Aber du lenkst ab. Vertraust du mir nicht? Egal was zwischen uns passiert ist, wir sind Freunde. Bitte sag mir, wovor du dich so fürchtest.“

Ricks Herz schlug schneller. Er wollte es Ian sagen. Bisher hatte er niemandem die ganze Geschichte erzählt – selbst Jon wusste nur Teile davon. Damals waren ihnen beiden die schlimmen Erfahrungen ihrer Jugend noch so nahegegangen, dass sie diese nicht in allen Einzelheiten ausgetauscht hatten. Trotzdem hatten sie genug Gemeinsamkeiten gefunden, um Freunde zu werden.

„Ich fürchte mich vor mir selbst“, flüsterte er letztendlich. Obwohl ihn die verwirrte Zärtlichkeit in Ians Blick ermutigte, traute er sich nicht zu, ihn während dieser Geschichte anzusehen. Also schmiegte er sich wieder dichter an ihn und fixierte den schwarzen Fernsehbildschirm.

„Die Ehe meiner Eltern war sehr unbeständig. Heute ist mir klar, dass meine Mutter wohl schon erste Anzeichen einer psychischen Erkrankung gezeigt hat – wahrscheinlich einer bipolaren Störung. Sie hatten beide Affären, hatten deshalb Streit und vertrugen sich wieder. Bis das Ganze von vorn anfing. Mir haben sie nie viel Beachtung geschenkt. Ich war ein Unfall. Sie waren viel zu sehr mit ihrem eigenen Drama beschäftigt, um sich über die Auswirkungen auf mich Gedanken zu machen. Aber ich bin damit zurechtgekommen, bis ich ungefähr … vierzehn war. Da wusste ich bereits, dass ich schwul war, und konnte es auch nicht besonders gut verbergen. In der Schule wurde ich deswegen geärgert, aber zum Glück nie körperlich angegriffen. Meine Eltern waren nicht begeistert, hatten aber zu viel mit sich selbst zu tun, um sich besonders dafür zu interessieren. Mir hat nur ein … ruhiger und sicherer Ort gefehlt.

Eines Tages, kurz vor dem Ende des Schuljahrs, kam mein Vater nach Hause und teilte meiner Mutter mit, er wolle sie verlassen. Diesmal war aus seiner Affäre etwas Ernstes geworden und er wollte sie nicht für die chaotische Ehe mit meiner Mutter aufgeben. Sie hat es nicht akzeptiert. Stattdessen hat sie ein Messer aus der Küche geholt und damit siebenmal auf ihn eingestochen.“

Ian zog ihn mit einem Keuchen dichter an sich. Rick war nicht sicher, was er erwartet hatte. Vielleicht Ablehnung. Vielleicht Abscheu. Auch wenn er noch nicht ganz fertig war, beruhigte ihn Ians verständnisvolle Reaktion.

Ricks Fingerspitzen wurden kalt und taub, als er verzweifelt versuchte, die Erinnerung an das Blut zu verdrängen. An den leeren Blick seines Vaters. Er rieb mit den Händen über seine Oberschenkel, um sie zu wärmen.

Ian nahm Ricks kalte Hände in seine freie. Neben Ricks eigenen war sie warm wie die Sommersonne.

„Wer … ich meine … wie …"

Rick wusste, was Ian fragen wollte. „Ein Nachbar hat Schreie gehört und die Polizei verständigt. Als ich aus der Schule gekommen bin, standen Polizeiautos und ein Krankenwagen vor meinem Haus und sie waren gerade dabei, meinen Vater herauszutragen. Ich dachte erst, er hätte vielleicht einen Herzinfarkt gehabt – bis ich das viele Blut gesehen habe."

Er trank einen Schluck Wasser. Selbst nach so langer Zeit wurde ihm bei der Erinnerung daran übel. Er räusperte sich.

„Am Ende wurde meine Mutter für unzurechnungsfähig erklärt und in eine Psychiatrie eingewiesen."

„Und du warst erst vierzehn? Was ist mit dir passiert?"

Rick zuckte mit den Schultern. „Eigentlich war ich zu dem Zeitpunkt schon fünfzehn. Meine einzige Verwandte war die Schwester meines Vaters und sie hat ihre Pflicht als Christin getan und mich bei sich aufgenommen. Allerdings wusste ich, wie sehr sie meine Mutter für den Mord an ihrem Bruder hasste – und da ich ihr Sohn war, hat sie mich ebenfalls gehasst. Wenigstens hat sie mir erlaubt, meine Mutter zu besuchen, aber die hat immer nur nach meinem Vater gefragt."

„Wusste sie etwa nicht, dass sie ihn umgebracht hat? Wie ist das möglich?"

„Sie muss es irgendwie unterdrückt haben. Keiner der Ärzte hat mir Näheres dazu gesagt und nachdem sie Selbstmord begangen hat, konnte ich nicht sprechen und niemanden danach fragen."

„Das tut mir so leid, Rick. Warte … du konntest nicht sprechen? Wie meinst du das?"

„Ich konnte einfach nicht sprechen. Es hatte wohl mit dem Trauma zu tun. Hätte ich nicht die Schulpsychologin gehabt, die eine Ausbildung zur Logopädin gemacht hat, wäre ich vielleicht nie darüber hinweggekommen."

Seine Tante schien nichts dagegen gehabt zu haben, dass ihm Fragen oder Beschwerden unmöglich gewesen waren.

„So bist du also zu deinem Beruf gekommen?"

„Ja. Wahrscheinlich war es nicht unbedingt ethisch vertretbar, dass sie mich ohne abgeschlossene Ausbildung betreut hat, aber meine Tante hat sich nicht die Mühe gemacht, jemanden für mich zu suchen, und mich allein nach Hilfe umzusehen, hätte mich überfordert. Meine Freunde hatten sich alle von mir distanziert, also blieb mir nur noch Miss Abernathy. Und es war wirklich ein Glück, dass sie mir helfen konnte, denn nach meinem Schulabschluss war meine Tante der Meinung, sie habe sich lange genug für ihren schwulen Neffen aufgeopfert: Sie hat mich rausgeworfen. Und um Arbeit zu finden, musste ich sprechen können. Am Ende bin ich nach Toronto gezogen und habe ein ganz neues Leben begonnen."

Für den Augenblick verschwieg Rick ihm, dass er hin und wieder immer noch mit Sprachlosigkeit zu kämpfen hatte – meistens hervorgerufen durch Frauen wie Ians Mutter, die ihn einschüchterten.

„Wie du siehst, hatte ich also nicht die besten Vorbilder, was Beziehungen angeht. Und ich respektiere Familien nicht besonders." Die diplomatische Art zu sagen, dass er Todesangst vor ihnen hatte.

„Ich … mir fehlen die Worte. Ich hatte ja keine Ahnung."

Rick wartete. Ob Ian jetzt gehen würde? Rick hätte es verstehen können. Ian hatte ganz sicher nicht so eine unfassbare Vorgeschichte erwartet. Vermutlich wurde ihm gleich klar werden, dass er sich mit jemandem wie Rick zu viel aufgehalst hatte. Selbst wenn er es nicht tat, war da noch eine letzte Sache, die ihn von einer Beziehung abbringen konnte. Trotzdem: Solange Ian noch hier saß, konnte er genauso gut die Wärme seiner Arme genießen. Seine Sexfreunde kuschelten normalerweise nicht gern – abgesehen von Oscar, bei dem Rick sich allerdings eher davon erstickt gefühlt hatte.

Eine Weile herrschte Stille, während Rick an Ian geschmiegt dasaß und seinem gleichmäßigen, beruhigenden Herzschlag lauschte.

Dann bewegte sich Ian. Rick kauerte sich zusammen und wappnete sich für abweisende Worte. Umso überraschter war er, als er sich plötzlich mit dem Rücken an Ians Brust gepresst zwischen seinen Beinen sitzend wiederfand, während Ian sich an die hohe Armlehne des Sofas gesetzt hatte.

Ians warme Hände streichelten seine Arme und Rick wartete ab. Als nichts weiter geschah, ließ er sich erleichtert gegen Ian sinken, der die Arme um ihn legte.

„Es tut mir so leid, dass du all das durchmachen musstest. Ich weiß nicht, ob ich das überstanden hätte. Aber du hast es nicht nur überstanden, sondern bist auch … Du bist stark. Du bist witzig und liebenswert und erfolgreich … Man merkt es dir kein bisschen an."

Stark? Erfolgreich? Damit konnte Ian nicht ihn meinen.

„Und ich möchte dir dafür danken, dass du es mir gesagt hast. Jetzt verstehe ich vieles besser. Nur eins verwirrt mich noch: Du hast gesagt, du fürchtest dich vor dir selbst. Was meintest du damit?"

Rick blinzelte die Tränen fort, die in seinen Augen aufstiegen, konnte aber nichts gegen das Zittern tun. Er hatte seine Regeln aufgestellt, um niemals in diese Situation zu kommen oder auch nur darüber nachdenken zu müssen. Nur hatte er Ian bereits so viel anvertraut, dass er es genauso gut zu Ende bringen konnte. Es war ohnehin nicht fair, Ian an sich zu binden, ohne ihm die Wahrheit zu sagen. Nicht wenn Ian sich mehr von ihm erhoffte, als er geben konnte.

„Ich bin ihr Sohn. Was wäre, wenn ich eines Tages dasselbe täte? Psychische Erkrankungen können vererbt werden. Meine Eifersucht könnte irgendwann plötzlich in mörderische Wut umschlagen. Das Risiko kann ich nicht eingehen." Mit diesen Worten setzte Rick sich auf. Er musste Ian vor dieser Gefahr bewahren – auch wenn es nötig war, dafür sein eigenes Glück zu opfern.

„Du solltest jetzt gehen. Am besten beenden wir es jetzt gleich."

Er erhob sich vom Sofa und wartete, schlang dabei die Arme um seinen eigenen Körper. Sie waren ein schlechter Ersatz für Ians, der ihn jetzt verlassen würde.

„Nein."

Rick wandte sich zu ihm um. „Nein? Wie meinst du das?"

„Na ja, ich verstehe natürlich, warum du dich fürchtest. Aber ich habe keine Angst. Nicht vor dir. Ich habe nie auch nur den kleinsten Hinweis darauf gesehen, dass du mir gefährlich werden könntest. Und ich will nicht gehen. Ich glaube, dass du der Richtige für mich bist. Und ich glaube, ich könnte dir problemlos treu sein. Ich habe mit vielen Männern geschlafen, aber es reizt mich nicht, damit wieder anzufangen. Ich möchte mit jemandem zusammenleben. Mit jemandem, der mich versteht und mit dem ich gerne Zeit verbringe. Mit jemandem, der mich so verrückt macht, dass ich schon durch einen einzigen Kuss kommen könnte. Ich wünsche mir, dass du derjenige bist, und ich glaube, du wünschst dir vielleicht dasselbe. Deshalb hast du mir das alles erzählt, oder? Du hast mir mit deiner Vergangenheit vertraut und ich vertraue darauf, dass du mir nichts zuleide tun wirst. Es kann funktionieren, Rick. Bitte gib uns eine Chance."

Das musste ein Traum sein. Warum sollte ein Mann wie Ian sich sonst mit jemandem wie ihm abgeben wollen? „Bist du sicher? Ich … ich weiß ja nicht mal, ob ich mir selbst vertraue. Du verwettest hier gerade dein Leben."

Doch als Ian sich näherte, schmiegte er sich in seine Arme, als gehörte er dorthin.

„Das ist es mir wert. Ich glaube, meine Chancen stehen gut. Aber wenn du deshalb so besorgt bist, rede doch mit jemandem. Es ist keine Schande, sich Hilfe zu holen. Selbst wenn dir deine Mutter ihr Problem vererbt haben sollte – was ich bezweifle –, gibt es sicher Medikamente, und zwar bessere als vor zwanzig Jahren. Wir kriegen das hin."

„Okay", flüsterte er.

Ian lehnte sich ein Stück zurück, um ihm ins Gesicht sehen zu können. „Okay? Was, okay?"

Er wollte das hier mehr, als er jemals etwas gewollt hatte, und wusste nicht, was er tun würde, falls es nicht funktionierte. „Okay, lass es uns versuchen."

Ians Lächeln war ein wunderschöner Anblick. Es erfüllte ihn mit Hoffnung. „Du wirst es nicht bereuen."

Ganz so leicht ließen sich seine Ängste allerdings nicht besänftigen. „Können wir … können wir das aber erst mal für uns behalten? Ich habe mich so lange gegen

Beziehungen gewehrt, dass ich es nicht erklären müssen möchte, bevor ich sicher bin – bevor wir sicher sind –, dass etwas daraus wird."

„Alles, was du willst, Baby. Wir müssen es nicht gleich ausposaunen. Versprich mir nur, dass du mich zu einem Familientreffen als mein Date begleitest. Es muss nicht sofort sein, aber irgendwann soll meine Familie erfahren, was ich für dich empfinde."

„Na gut. Ja. Wenn ich mich erst an den Gedanken gewöhnen kann …" Bei Ian konnte er selbst mit dem Kosenamen „Baby" leben, obwohl er ihn eigentlich hasste.

„Und ich möchte eine monogame Beziehung. Nur wir zwei."

Rick musterte ihn. „Die möchte ich auch. Wirklich. Aber was wissen wir beide schon von Treue?"

„War es denn schwer, in letzter Zeit nicht mit Anderen zu schlafen?"

Er dachte kurz darüber nach. „Nein, eigentlich nicht."

„Für mich auch nicht."

„Aber wie können wir wissen, ob das so bleibt?" Seine Eltern hatten zu Beginn ihrer Beziehung vermutlich ebenfalls ähnliche Vorsätze gehabt und er hatte gesehen, was daraus geworden war.

Ian zuckte mit den Schultern. „Das können wir nicht. Wir können es nur versuchen." Er schien kurz nachzudenken. „Lass uns einfach ausmachen, dass wir darüber reden, falls es uns zu schwer wird. Das ist doch ein realistisches Versprechen: Bevor es so weit kommt, dass wir einander betrügen, sprechen wir es an."

Ja. Ja, so viel konnte er versprechen. „Das klingt gut."

Gefühle, Versprechen, Beziehungen und gebrochene Regeln. Rick hätte absolut verängstigt sein sollen. Stattdessen wollte er sich lediglich auf Ian stürzen.

„Also, mein süßer Freund …"

Er bekam Gänsehaut, als Ian ihn so nannte. Sein Schwanz erwachte zum Leben und presste sich gegen den Reißverschluss seiner Hose. Er hatte einen *Freund*. Auch wenn es wahrscheinlich ziemlich albern war, im Alter von fünfunddreißig Jahren deswegen so aufgeregt zu sein.

„Ja?"

Ian zwickte eine seiner Brustwarzen, die sich ebenfalls aufgestellt hatten. „Ich würde dir jetzt sehr gern genau zeigen, wie sehr ich dieses Hemd an dir liebe. Wo ist dein Schlafzimmer?" Dann zeichneten sich plötzlich Zweifel in seinem Gesicht ab. „Oder … ist dir das zu früh? Möchtest du lieber noch warten?"

Falls es überhaupt möglich war, fachte das Ricks Lust nur noch weiter an. „Vergiss es."

Mit einem Lächeln zog Ian ihn an sich, um ihn zu küssen.

Rick öffnete ihm stöhnend seinen Mund. Er hatte nie gewusst, wie viel er durch seinen Verzicht aufs Küssen verpasste. Vielleicht lag es aber auch an Ian.

Er hob die Hände und legte sie an Ians Wangen, die sich beim Küssen bewegten. Es war ein überraschend erotisches Gefühl, wie wenn ihm jemand einen blies. Nur besser. Lieblicher und heißer und verführerischer. Er wollte die kratzigen Stoppeln unter seinen Fingern an seinem Bauch spüren, an seinem Schwanz und an seiner Wange, während Ian es ihm besorgte.

Da er Ian nicht sagen konnte, wo sein Schlafzimmer war, ohne ihre Münder voneinander zu lösen, schob er ihn stattdessen mit seinem Körper in die richtige Richtung, bis sie an seinem Bett angekommen waren.

DAS MUSSTE ein Traum sein. Rick hatte zugestimmt, ihrer Beziehung eine Chance zu geben. Zwar vorerst nur inoffiziell, was Ian ihm bei seiner Vergangenheit allerdings nicht vorwerfen konnte.

Und jetzt küsste ihn Rick, als wollte er niemals damit aufhören. Einerseits wolle Ian das genauso wenig, andererseits wollte er sich möglichst bald Ricks nacktem Körper widmen. Bei den ersten beiden Malen hatte er sich nicht ausreichend Zeit dafür genommen und diesen Fehler würde er nicht wieder machen.

Er stieß mit den Kniekehlen gegen das Bett. Endlich.

Er drehte sie beide herum, damit er Rick auf die Matratze schieben konnte. Dass er sich dabei von seinen Lippen trennen musste, kam ihm wie ein fürchterlicher Verlust vor.

Doch als er auf ihn hinunterschaute, wie er da auf den blauen Laken für ihn bereitlag, pochte das Blut in seiner Erektion. Sein Freund – wie er dieses Wort liebte – war unglaublich sexy.

Er streichelte mit einem Finger über Ricks Gesicht, am Kragen seines Hemdes entlang und schließlich zu den Brustwarzen hinunter, die sich so verlockend abzeichneten. Der durchscheinende Stoff machte Rick noch viel verführerischer. Ian konnte alles sehen, sehnte sich jedoch trotzdem nach der nackten Haut darunter. Er ließ seinen Finger an Ricks Bauch hinabgleiten, über den schwach sichtbaren Streifen blonder Härchen. Sein Hosenbund saß so tief, dass der Rand der kurzgeschnittenen Haare darunter zu sehen war. Er konnte kaum dem Drang widerstehen, ihm die Hose von den Hüften zu ziehen und den Schwanz zu befreien, der sich zwischen diesem blonden Haar befand.

Rick hätte vermutlich nichts dagegen gehabt, wenn er sich einfach auf ihn gestürzt und wilden, hemmungslosen Sex mit ihm gehabt hätte. Vielleicht würde er später darüber nachdenken. Im Augenblick war es ihm allerdings wichtiger, ihr erstes Mal als Paar zu genießen und etwas ganz Besonderes daraus zu machen. Vielleicht war es albern und rührselig, aber er konnte es nicht ändern. Seine Mutter war eine echte Romantikerin und hatte ihre Kinder dazu erzogen, diese Einstellung zumindest zu respektieren, auch wenn sie selbst nicht das Bedürfnis danach haben sollten. Wie sich herausgestellt hatte, waren sie am Ende doch alle zu Romantikern geworden, obwohl er es bei sich selbst niemals vermutet hatte.

Also unterdrückte er seine brennende Lust und ließ sich vorsichtig auf Ricks Hüften nieder. So konnte er sich vorbeugen, die Arme rechts und links von

Ricks Kopf abstützen und sanft von diesen weichen Lippen kosten. Rick stöhnte, während er sich widerstandslos mit zärtlichen Küssen verwöhnen ließ. Ian fielen die Stoppeln auf, die golden an Ricks Kiefer glänzten, und er ließ seine Lippen darübergleiten, bevor er seine Wange an Ricks rieb. Diesmal war er es, der leise stöhnte.

Er wanderte weiter zur seidigen Haut von Ricks Hals, an der er sanft knabberte und saugte, bis Rick sich keuchend unter ihm wand.

„Fester", verlangte Rick.

„Aber dann sieht man es später." Nicht dass Ians Schwanz dagegen etwas einzuwenden hatte.

„Gut."

Mit einem Knurren legte Ian seinen Mund wieder an Ricks Hals und saugte kräftig. Das tiefe, langgezogene Stöhnen, das sich dabei aus Ricks Kehle löste, hätte ihn beinahe auf der Stelle zum Höhepunkt gebracht. Wie unfassbar sexy.

Nachdem er sein Werk vollendet hatte, betrachtete er stolz den roten Fleck. Er stammte von ihm, auf der Haut seines Freundes. In seinem Kopf hallte ein animalisches "Mein!" wider.

Er konnte nicht länger warten: Nacheinander öffnete er die Knöpfe des verführerischen Hemdes, wobei er über die neu freigelegte Haut leckte.

Als Rick begann, ihn ebenfalls auszuziehen, hielt Ian seine Hände fest und legte sie wieder auf die Matratze. Zwar überließ er daraufhin Ian das Ausziehen, schob aber seine Finger in Ians Haar und streichelte ihn. Einfach dazuliegen und abzuwarten schien nicht seine Art zu sein. Er wollte Ian wohl ebenfalls berühren.

Ian legte eine Hand auf Ricks Bauch, um das nun aufgeknöpfte Hemd ganz auseinanderzuschieben. Bei Ricks heller Haut war deutlich zu sehen, wie sich Brust und Hals vor Lust gerötet hatten.

Er beugte sich wieder hinunter, um diesmal an dem dunkelblonden Haarstreifen entlangzulecken. Unter seiner Kehle spürte er Ricks warme, harte Erektion. Je länger er seine Zunge spielerisch über die kitzlige Haut an Ricks Bauch gleiten ließ, desto energischer fassten Ricks Finger in seinem Haar zu.

Irgendwann konnte er der Hitze und dem männlichen Geruch von Ricks Schwanz nicht länger widerstehen. Wahrscheinlich sehnte dieser sich genauso verzweifelt nach Freiheit wie Ians.

So schob er seine Zunge unter Ricks Hosenbund und erreichte, da keine störende Unterwäsche vorhanden war, gerade eben die Spitze von Ricks nacktem Schwanz. Die Berührung brachte sie gleichzeitig zum Stöhnen. Wäre Rick nicht so bereit gewesen, sich Ian hinzugeben, hätte es ihn vielleicht gestört, dass Rick halb nackt hatte ausgehen wollen.

Er richtete sich auf und befreite Ricks Erektion endlich aus seiner Hose.

„Bitte", flüsterte Rick.

„Du hast also für einen völlig Fremden auf Unterwäsche verzichtet?" Na gut, ein bisschen störte es ihn trotzdem.

Doch anstatt wie erwartet verlegen auszusehen, reagierte Rick mit einem frechen Grinsen. „Ja, aber vorher im Pub habe ich das auch schon."

Ian öffnete den Mund und erbebte. Wäre da nicht der Streit gewesen, wäre Rick heute vielleicht hinter der Bar seiner Eltern von ihm vernascht worden.

„Oh Gott, zum Glück wusste ich das nicht."

Als sich Ricks Gesicht daraufhin verfinsterte, stellte er fest, dass es nicht so schmeichelhaft geklungen hatte wie beabsichtigt, und erklärte hastig: „Dann hätte ich dir nämlich nicht widerstehen können. Ich hätte das Bedürfnis gehabt, dich gegen die nächstbeste Wand zu pressen und es dir zu besorgen."

Rick wand sich ein wenig unter ihm, als stellte er sich das Szenario genau vor. Ian hielt sich an seinen Hüften fest und genoss, welche Wirkung seine Worte auf Rick hatten. Er konnte sogar erste feuchte Tropfen an seinem Schwanz erkennen.

„Du hattest ja bestimmt ein bisschen Gleitgel dabei." Rick errötete etwas heftiger, als sein Blick auf das kleine Päckchen auf dem Nachttisch fiel, das er offenbar tatsächlich mit in die Bar gebracht hatte. Ian musste lächeln. Rick plante wirklich voraus. Er befreite Rick von seiner Hose, spreizte seine Beine und öffnete das Tütchen mit dem Gel, um seinen Worten Taten folgen zu lassen.

„Aber wenn du keins gehabt hättest, hätte ich wohl hinter dir auf die Knie gehen und dich mit meiner Zunge vorbereiten müssen."

Was Rick von sich gab, konnte man nur als gequältes Winseln bezeichnen. Ian grinste. Oh ja, das würde er später garantiert ausprobieren. Nur konnte er sich dafür im Augenblick nicht lange genug zurückhalten – auch wenn er Rick auch so bereits verrückt vor Lust gemacht zu haben schien.

Er wischte sich die Finger an seiner Jeans ab, die ihm gerade ziemlich egal war, und suchte nach dem kleinen Paket in seiner eigenen Tasche, um es auf Ricks Bauch zu legen.

„Danach hätte ich meinen treuen kleinen Begleiter hier ausgepackt und ihn mir übergestreift." Ian öffnete seine Jeans und befreite seine beeindruckende Erektion aus seiner Unterwäsche. Nachdem er das Kondom geöffnet und in Rekordzeit übergestreift hatte, schob er seine Arme unter Ricks Beine, um sie anzuheben und zu spreizen.

„Und schon wäre ich drin gewesen." Ians letztes Wort endete in einem Knurren, denn diese heiße Enge um ihn herum fühlte sich unerträglich gut an. Als Rick sich dann bewegte – entweder um Ian noch tiefer in sich aufzunehmen oder um seinen Schwanz an ihm zu reiben –, verlor er endgültig die Kontrolle.

Er zog sich aus Rick zurück und schob sich heftig hinein, wieder und wieder. Rick stöhnte bei jedem harten Stoß laut auf, drängte sich ihm aber bereitwillig entgegen. Es dauerte nicht lange, bis sie beide schweißüberströmt waren.

„Fass mich endlich an, verdammt!"

Ian riss sich ein letztes Mal zusammen, um Rick zuzugrinsen, und ignorierte seinen Befehl. Natürlich hätte Rick es einfach selbst tun können, doch sie schienen sich wortlos darauf geeinigt zu haben, dass Ian diesmal die Führung übernahm.

Als Ian den Winkel seiner Stöße änderte, fletschte Rick die Zähne „Ian, verdammt." Rick spannte frustriert jeden Muskel seines Körpers an.

Plötzlich war es vorbei. Der Abgrund tat sich vor ihm auf und Ian stürzte hinein. Seine Hüften zuckten wie wild und das Blut rauschte in seinen Ohren, als er sich mit einem unglaublichen Orgasmus in Rick ergoss.

Er sank kraftlos auf Rick zusammen. Als er einige Sekunden später wieder klar denken konnte, spürte er, wie Rick sich an ihm rieb. Ricks ganzer Körper vibrierte praktisch. Ian zog sich vorsichtig aus ihm zurück, woraufhin Rick ihm fluchend mit der Faust gegen die Schulter schlug.

„Ich war so verdammt nah dran, Ian."

Anstelle einer Antwort glitt Ian an seinem Körper hinunter und nahm ihn, ohne zu zögern, in den Mund.

Rick wimmerte und stieß einige Male zu, bevor Ian sein salziges Sperma schmeckte. Er schluckte jeden einzelnen Tropfen und küsste ein letztes Mal die Spitze, bevor er sich neben Rick ins Bett kuschelte.

„Mistkerl", stieß Rick zwischen keuchenden Atemzügen hervor.

„Also willst du das nicht wiederholen?"

„Natürlich will ich das. Mistkerl."

Ian grinste gegen Ricks Nacken, während er den Duft seines müden, verschwitzten Körpers einsog. „Um noch mal auf die Sache mit deiner fehlenden Unterwäsche zurückzukommen …"

Wie erwartet verspannte Rick sich in seinen Armen.

„Tja, hätte ich es gewusst, wäre es vielleicht überhaupt nicht zu unserem Streit gekommen und ich hätte gerade deinen süßen Arsch genossen, als mein Dad rauskam, um nach mir zu suchen."

Rick blieb für einen weiteren Moment steif, als wäre er nicht sicher, wie er reagieren sollte, lachte dann aber plötzlich los. Ian stimmte mit ein und sie lachten, bis das Bett bebte.

„Oh Mann. Deine Sexualität akzeptiert er ja vielleicht, aber den eigentlichen *Sex* möchte er bestimmt nicht sehen."

Ian prustete. „Das will er garantiert bei keinem seiner Kinder. Vor allem nicht draußen, wodurch wir Kunden vergraulen oder sogar im Gefängnis landen könnten. Da hätte ich mir erst mal einen Vortrag über sicheren Sex und Respekt vor meinem Partner anhören dürfen."

Rick drehte sich kichernd zu ihm um. „Vielleicht sollten wir es trotzdem versuchen. Der Reiz des Verbotenen."

„Klar, dich reizt so was. Du willst bestimmt sehen, wie ich eine Standpauke bekomme."

„Mag sein."

Das gleichgültige Schulterzucken nahm Ian ihm kein bisschen ab. Rick hätte eindeutig Spaß daran gehabt. So sehr er Rick alles geben wollte, was ihn glücklich machte, würde er sich wohl nicht dazu überwinden können, sich von seiner Familie beim Sex erwischen zu lassen, nur um Rick zu unterhalten.

Die kühle Feuchtigkeit an seinem Schwanz erinnerte ihn an das gebrauchte Kondom. Er hievte sich von der Matratze hoch. „Wo ist das Badezimmer?"

Rick streckte sich katzenhaft und sexy, bevor er auf eine Tür links von ihnen deutete.

Als Ian zurückkehrte, hatte Rick sich nicht bewegt und lag noch immer nackt auf dem Bett. Wäre er durch das emotionale Durcheinander nicht so ausgelaugt gewesen, hätte er Lust auf eine zweite Runde gehabt. Stattdessen kroch er zu Rick ins Bett und kuschelte sich von hinten an ihn, als hätten sie schon immer so geschlafen.

„Und Wegschleichen gibt's diesmal nicht, okay? Wir sind ein Paar."

„Auch wenn es niemand weiß?"

„Auch dann. Diese Beziehung ist für uns und wir können selbst entscheiden, wie wir sie führen wollen."

„Na gut, Schatz. Dann werde ich mich ausnahmsweise nicht aus meinem eigenen Haus wegschleichen." Rick schmiegte sich dichter an ihn.

Ricks schläfrige Zufriedenheit beruhigte Ian. Rick schien kein Problem damit zu haben, in den Armen seines Freundes einzuschlafen. Seines ersten Freundes.

RICK KUSCHELTE sich in sein Kissen, während er den gleichzeitig ungewohnten und angenehmen Geräuschen lauschte, die Ian im Badezimmer machte. Vor ihnen lag ein ganzer gemeinsamer Tag, an dem sie nichts anderes geplant hatten. Ein gemütlicher Tag mit seinem Freund. Rick hatte niemals zu hoffen gewagt, so etwas einmal zu haben. Nach dem emotionalen Abend waren sie erst spät aufgewacht, was Ian nicht daran gehindert hatte, es ihm erneut richtig zu besorgen. Jetzt fühlte er sich völlig erledigt. Und überraschend leicht. Nach den Orgasmen, Ians Verständnis für seine Vergangenheit und seiner Bereitschaft, auf Ricks Probleme einzugehen, verspürte er ein Gefühl von Freiheit und tiefster Zufriedenheit.

Zwar hatte er in diesem Bett auch mit anderen Männern Sex gehabt, ihnen allerdings nie erlaubt, zu schlafen und die Nacht mit ihm zu verbringen. Wenn man jemanden bei sich übernachten ließ, machte man sich zu verletzlich und konnte nur schwer entkommen. Zumindest hatte er das bisher so gesehen. Mit Ian in diesem Bett zu schlafen, war anders gewesen als erwartet. Sicher, beruhigend und entspannend. Er hatte nicht vor, es wieder aufzugeben.

Würde Ian von jetzt an am Wochenende hier übernachten? Rick hätte nichts dagegen gehabt – er liebte sein Haus. In Ians Wohnung konnte er zur Not auch übernachten, würde dort aber vielleicht doch wieder den Drang verspüren, sich früh fortzuschleichen. Und er wollte Ian nicht verärgern, nachdem ihre Beziehung so gut angefangen hatte. Am besten überzeugte er Ian davon, dass Übernachtungen vorerst in seinem Haus stattfanden.

Ian kehrte nackt und warm von seiner Dusche ins Bett zurück. Sein Atem roch nach Pfefferminz.

Rick fragte stirnrunzelnd: „Schatz, hast du etwa eine Zahnbürste mitgebracht? Du scheinst dir deiner Sache ja sehr sicher gewesen zu sein." Das war doch wirklich seltsam, oder? Er hätte Ian schließlich auch einfach vor der Tür stehen lassen und die Polizei rufen können.

„Vertrau mir einfach mal ein bisschen, *Schatz*." In das letzte Wort legte er etwas Spott. „Ich habe deine Zahnpasta und meinen Finger benutzt. Aber wenn du nichts dagegen hast, könnte ich beim nächsten Mal eine Zahnbürste hierlassen. Und vielleicht einen Rasierer."

Rick überlegte, wie er sich dabei fühlte, und stellte überrascht fest, dass es ihm ebenfalls gefiel. Er musste Ian loben: Erst Freundschaft mit ihm zu schließen, hatte sehr dabei geholfen, ihm bei der Sache ein gutes Gefühl zu geben. Mehr als gut.

„Ich glaube, das wäre in Ordnung."

Ian schenkte ihm ein Lächeln, ein süßes Lächeln, das ihn viel jünger und unschuldiger wirken ließ. Dann, ohne sich darum zu kümmern, dass Rick noch keine Zahnpasta benutzt hatte, küsste er ihn.

Rick löste sich allerdings von ihm, bevor aus dem Kuss mehr werden konnte. Sex kam nicht infrage, bevor er die ausstehende Verabredung mit seiner Zahnbürste und der Dusche hinter sich gebracht hatte.

Als er aus dem Bett stieg, ließ ein lautes Magenknurren ihn zögern. Ian schlang lachend die Arme um seine Taille und küsste seinen Bauch.

„Geh duschen. Ich kümmer mich in der Zeit um das Frühstück." Ein weiterer Kuss und ein Klaps auf den Hintern. „Ab mit dir."

Leicht verwirrt betrat Rick das Badezimmer. Noch nie hatte ihm jemand Frühstück gemacht. War auch nicht leicht, wenn er niemanden übernachten ließ.

Er stand mit einem Grinsen unter der Dusche. Diese Beziehungssache lief bisher ziemlich gut. Er weigerte sich, der Befürchtung nachzugeben, dass es sich nur um die Ruhe vor dem Sturm handelte. Er hatte in seinem Leben so viele Stürme überstanden, dass er sich ein bisschen Sonnenschein verdient hatte.

ANSTELLE SEINER Jogginghose, die er im Haus normalerweise trug, wählte Rick eine schlichte schwarze Schlafanzughose. Er war noch nicht bereit, Ian so früh sehen zu lassen, dass er in den eigenen vier Wänden bei Weitem nicht so viel Wert auf Stil legte wie außerhalb.

Sauber und erfrischt betrat er die Küche.

Ian stand, bis auf seine Jeans unbekleidet, vor dem Ofen. Da Rick seine Unterwäsche erst vor wenigen Minuten mit dem Fuß aus dem Weg geschoben hatte, wusste er, dass Ian auch unter dem sexy Jeansstoff nichts trug.

„Hallo, mein Großer." Rick stolzierte zu ihm hinüber und streichelte erst über einen ansehnlichen Bizeps, dann über feste Brustmuskeln. Ian war nicht übertrieben muskulös, aber gut gebaut und sportlich. Außerdem verdammt heiß.

Ian hielt seine Hand fest, bevor sie in südlichere Gefilde wandern konnte. „He, heb dir die Abenteuerlust für später auf." Er ließ dem Satz einen Kuss folgen, um die abweisenden Worte zu mildern.

„Warum?"

„Weil ich nicht möchte, dass du verhungerst. Also erst das Essen und dann …" Was Ian mit seiner Zunge machte, konnte man nur auf eine Art interpretieren. Sein Blut wanderte zwischen seine Beine und er fragte sich, wie er zitternd vor ungezügelter Lust essen sollte.

„Ähm … können wir den Teil mit dem Essen nicht überspringen?"

„Nö, am Ende ist sonst dein Blutzucker zu niedrig – dann kippst du mir noch beim Sex um, Liebling." Ian rührte die Eier in der Pfanne um.

Rick wollte gerade protestieren, als ihm der Geruch von gebratenem Gemüse und Gewürzen in die Nase stieg. Sein Magen knurrte noch lauter als zuvor.

„Na gut. Ich denke, wir können erst essen." Er konnte damit leben, wenn die Eier so gut schmeckten, wie sie rochen.

Ian grinste. „Setz dich, bevor du zu dünn wirst."

Als wäre das möglich gewesen. Er würde sich in den nächsten Tagen viel bewegen müssen, um den heutigen auszugleichen.

„Worauf hast du heute Lust?", erkundigte sich Ian, während er die Eier servierte. „Den Bauernmarkt? Das Kino? Etwas anderes?"

Normalerweise hätte er nach Ausreden gesucht, um nicht den ganzen Tag mit einem anderen Mann zu verbringen. Bei Ian brachte ihn die Frage lediglich zum Lächeln.

„Ich weiß nicht. Ich … möchte, glaube ich, noch nicht ausgehen." So sehr er diese neue Beziehung auch genoss, war er noch nicht bereit, sie mit der Welt zu teilen.

„Wenn wir zu Hause bleiben, sollen wir uns dann einfach ein paar Filme ansehen?"

Ja, das klang gut. Sie konnten gemütlich und unkompliziert die Gesellschaft des anderen genießen – wie Rick es ihnen bisher wegen seiner Regeln nicht gestattet hatte.

„Gerne, ich habe jede Menge Filme."

Während sie aßen, herrschte Stille, da Rick einfach zu hungrig war, um viel zu sagen, nachdem er Ian fürs Kochen gedankt und ihm ein Kompliment für seine Kochkünste gemacht hatte.

Irgendwann legte Ian jedoch seine Gabel hin und musterte ihn nachdenklich.

„Was ist?"

„Willst du zur Hochzeit meines Bruders kommen? Meine Familie kennenlernen?"

449

Ricks Finger zitterten so heftig, dass er ebenfalls seine Gabel aus der Hand legen musste.

„Ich weiß nicht, Süßer."

„Bitte. Es wäre ein Anfang. Du musst ja nicht als mein Freund hingehen, sondern kannst einfach *ein* Freund sein. Aber alle sollen wenigstens wissen, dass du nicht nur mit Kurt befreundet bist, sondern auch mit mir. Zumindest das möchte ich nicht verheimlichen müssen. Zu etwas anderem werde ich dich nicht drängen. Ich will den Menschen um mich herum zeigen, wie großartig du bist und wie viel Spaß wir miteinander haben. Eines Tages sollen sie auch wissen, was ich für dich empfinde, und das wäre ein erster kleiner Schritt dahin."

Dieser Tag lag Ricks Meinung nach noch in ferner Zukunft, an einem mystischen Ort voll von Sonnenschein und Regenbögen. So schwer es ihm fallen würde, wollte er das eines Tages ebenfalls. Und wenn er wirklich mit Ian zusammen sein wollte, musste er lernen, mit seiner Familie umzugehen. Eine Hochzeit war dazu gut geeignet: Man würde ihm nicht viel Beachtung schenken, sondern sich auf das Brautpaar konzentrieren.

„Na gut, in Ordnung. Wir können es versuchen. Aber du musst wirklich sagen, dass wir nur Freunde sind. Mehr traue ich mir noch nicht zu."

Ian antwortete mit einem glücklichen Lächeln und widmete sich wieder seinen Eiern. Seltsamerweise hatte auch Rick noch Appetit, trotz des beunruhigenden Themas. Also nahm er ebenfalls seine Gabel, um das köstliche Frühstück aufzuessen.

Als ihre Teller leer waren, stellte Ian sie in der Spüle ab.

„Bereit?"

„Ja. Willst du den ersten Film aussuchen?"

Ian verdrehte die Augen. „Hatten wir nicht erst noch etwas anderes vor?"

Rick sah ihn verwirrt an, bis Ian erneut die obszöne Zungenbewegung vollführte. Da fühlte er sich plötzlich wie vor dem Essen: so scharf auf Ian, dass es beinahe unerträglich war.

IAN KONNTE einfach nicht aufhören zu lächeln. Der Film war ein übertrieben dramatischer Schwarz-Weiß-Krimi – nicht unbedingt schlecht, aber kein Grund zum Lächeln. Der eigentliche Grund hatte sich an ihn gekuschelt und Ian konnte ihn leise schnarchen hören.

Der arme, süße Mann. Ian hatte nach dem Frühstück all seine Erfahrung aufgeboten, um Rick auf die erotischste Art und Weise zu ermüden. Sein Kiefer tat immer noch ein bisschen weh. Rick hatte anschließend darauf bestanden, den Plan mit den Filmen in die Tat umzusetzen, und war dabei eingeschlafen.

Er hatte Wochen gebraucht, um mit Rick an diesen Punkt zu gelangen. Am liebsten hätte er laut hinausgeschrien, wie gut es sich anfühlte, mit ihm zusammen zu sein.

Es war immer noch schwer zu glauben, wie viel Rick ihm anvertraut hatte. Endlich begriff er, warum er sich so vor Beziehungen fürchtete. Aber er hatte keinen Grund, für immer allein zu bleiben. Das würde Ian ihm beweisen.

Die vielen Sorgen, die Ian sich all die Jahre wegen seiner Sexualität gemacht hatte, waren natürlich nicht ohne psychische Folgen geblieben. Doch etwas so Furchtbares wie Rick durchzumachen und trotzdem so stark und unabhängig zu werden ... Ian konnte ihn nur bewundern. Er war fest entschlossen, sich des Vertrauens, das Rick in ihn hatte, als würdig zu erweisen. Denn er wollte mit Rick das komplette Paket, mit allem Drum und Dran, und glaubte mittlerweile wirklich, dass es möglich war.

Wenn Rick ihn jetzt zu einer Familienfeier begleitete – und seine Mutter ihn nicht zu sehr verängstigte –, stellte er vielleicht fest, dass Familien gar nicht so übel waren. Ians war zumindest ziemlich großartig.

Er streichelte Ricks Arm und versuchte, sich wieder auf den Film zu konzentrieren, doch es war zu spät. Mittlerweile hatte er zu viel von der Handlung verpasst und war eigentlich auch viel mehr an Ricks warmem Körper interessiert als daran, wer der Mörder war. Außerdem fragte er sich, ob er schnell einen Anzug für die Arbeit am nächsten Morgen aus seiner Wohnung holen konnte und Rick ihn ein zweites Mal übernachten ließe. Sicher hatten sie sich beide bald weit genug erholt, um am Abend noch ein bisschen Spaß zu haben.

Ian schaute nach unten, als er weiche Lippen an seiner Seite spürte.

„Hi."

„Hi." Rick lächelte mit zerzaustem Haar zu ihm herauf. Was für ein umwerfender Mann.

„Gut geschlafen?"

Rick nickte leicht verlegen. „Tut mir leid, dass ich den halben Film verpasst habe."

„Viel hast du nicht verpasst."

„Dann tut es mir erst recht leid – du hättest einfach einen besseren Film einlegen sollen."

Ian zuckte mit den Schultern. „Er war nicht schlecht genug, um dich deshalb aufzuwecken. Habe ich dir eigentlich schon gesagt, wie schön es hier ist?"

„Nein. Aber danke."

Die obere Etage war für eine Person vielleicht etwas zu groß, aber Rick hatte sie gemütlich eingerichtet. Aus dem Erdgeschoss seine Praxis zu machen war eine hervorragende Idee gewesen und Ian konnte kaum glauben, dass Rick das alles allein geschafft hatte.

„Mit dem Kamin ist es im Winter bestimmt richtig gemütlich."

„Das stimmt."

„Du bräuchtest nur noch ein bisschen Kunst für das Sims." Das schmucklose Holz schrie geradezu nach einem Gemälde. „Ist unten auch ein Kamin?"

451

„Ja, aber nicht in dem Raum, in dem ich meine Kunden behandle. Es war Glück, dass ich ein Haus mit Kaminen gefunden habe, vor allem einem in der zweiten Etage. Meistens werden sie rausgerissen, wenn aus Häusern mehrere Wohnungen gemacht werden."

„Hier waren mal Wohnungen?"

„Ursprünglich war es ein Doppelhaus. Dann wurden die oberen Etagen beider Hälften zu vier Wohnungen umgebaut. Ich habe erst eine Hälfte gekauft, bis ich mir ein paar Jahre später auch die andere leisten konnte. Unten habe ich die beiden Seiten nur mit einer Tür verbunden, aber hier oben habe ich die Trennwände entfernt und alles neu eingerichtet."

„Unglaublich. Es ist fantastisch geworden." Jedoch hatte er eigentlich keine Diskussion über Architektur anfangen wollen.

Er holte tief Luft. Ricks Schläfchen hatte ihm neben der Gelegenheit für stille Freude auch Zeit zum Nachdenken gegeben.

„Kann ich dir ein paar Fragen stellen?"

Rick setzte sich auf und sein schläfriges Lächeln verschwand. Sofort fehlte Ian seine Wärme.

„Ja, Schatz, von mir aus."

Ian knirschte mit den Zähnen. Er hasste diese Kosenamen, wenn Rick sie als Abwehrmechanismus einsetzte. Dann wusste er jedes Mal, dass er ganz vorsichtig sein musste – auch wenn er mittlerweile verstand, warum Rick so verschwiegen war. Er nahm Ricks Hand und verflocht ihre Finger miteinander.

„Was ist passiert, nachdem du ausgezogen bist? Du hast eine erfolgreiche Karriere und ein wunderschönes Haus. Wie ist dir das gelungen? Versteh mich nicht falsch: Ich finde das unglaublich bewundernswert und beeindruckend. Aber neugierig bin ich trotzdem."

Rick wandte den Blick ab, woraufhin Ian kurz befürchtete, er würde sich ganz von ihm zurückziehen. Stattdessen hielt er Ians Hand plötzlich noch fester.

„Es war nicht so schlimm, wie du dir vielleicht vorstellst. Ich habe mir mein Studium mit einem Studienkredit finanziert und gleichzeitig Geld als Barkeeper in einem Stripclub verdient."

Ian blinzelte. Er spürte ein Kribbeln in seinem Bauch, als er sich Rick mit einem Cowboyhut auf der Bühne vorstellte, wo er sich seine Chaps vom Körper riss.

„Aha."

„Ernsthaft: Der Besitzer wollte mich ein paar Mal zum Strippen überreden, aber es hat mich nicht gereizt und ich habe auch so genug verdient."

„Ja, ich glaube dir. Aber die Vorstellung ist … interessant."

Rick warf ihm einen Blick zu und schien seine Reaktion zu bemerken. „Oh, ich habe beim Zuschauen einiges gelernt. Und ich habe Jon bei seinen Shows geholfen."

„Jon?"

452

„Ja. So haben wir uns kennengelernt. Er hat in dem Club gestrippt, in dem ich Barkeeper geworden bin."

Ian nickte. Das konnte er sich gut vorstellen, denn Jon war ein attraktiver Mann. Wenn auch nicht so attraktiv wie Rick.

„Du besitzt nicht zufällig einen Cowboyhut?"

„Oh, du bist also ein kleiner Perversling. Wenn du brav bist, kann ich vielleicht einen organisieren."

Ricks schmutziges Grinsen machte seinen Schwanz noch interessierter.

„Aber ernsthaft." Er legte eine Hand an Ricks Wange, um ihm tief in die Augen zu schauen. „Du weißt, dass es mich nicht stören würde, wenn du gestrippt hättest, oder? Ich bewundere dich so sehr."

„Ich weiß, aber ich rede nicht gern darüber, auch wenn ich wirklich nur an der Bar gearbeitet habe. Meiner Karriere wäre das trotzdem nicht besonders förderlich."

„Unsere Beziehung leidet jedenfalls kein bisschen darunter."

Das schmutzige Grinsen kehrte zurück, zusammen mit verdächtig feuchten Augen. Ian kommentierte sie nicht weiter, da Rick sich sowieso im nächsten Moment auf ihn stürzte und er Besseres zu tun hatte, als zu reden.

7

IAN TROCKNETE sich ab und schlang sich das Handtuch um die Hüften. Plötzlich legten sich Arme um ihn, während weiche Lippen seinen Nacken berührten.

Er drehte sich um, damit er Rick küssen konnte. Genau davon hatte er geträumt, als er beschlossen hatte, sich zu outen. Erstaunlicherweise hatte Rick tatsächlich einer zweiten Nacht zugestimmt, auch wenn Ian ihn kurz mit seinen Gedanken allein lassen musste, um einen Anzug für die Arbeit zu holen. Allerdings war er in Rekordzeit zurückgekehrt.

Anschließend hatten sie einen aufregenden Abend im Bett verbracht und Ian war nie glücklicher gewesen. Obwohl es zu früh war, um ans Zusammenleben zu denken, wusste Ian nach diesem Vorgeschmack bereits, dass er es lieben würde. Obwohl es eine Umstellung war, sich bei der Morgenroutine mit jemandem arrangieren zu müssen, genoss Ian diesen kleinen Tanz viel mehr, als dabei allein zu sein.

Ian rieb sich das Kinn. Er konnte auf das Rasieren verzichten. Zum Glück. Obwohl der Wecker nämlich früh genug geklingelt hatte, waren sie anschließend noch fast eine Stunde im Bett ... beschäftigt gewesen.

„Jetzt muss ich mich aber wirklich fertig machen – sonst komme ich zu spät." Trotzdem konnte er einem letzten kurzen Kuss nicht widerstehen.

„Ich weiß. Ich auch. Einer meiner Patienten kommt heute ziemlich früh."

Gemeinsam schlüpften sie in ihre Arbeitskleidung.

Wie durch Zauberhand wurde aus dem sexy Discoboy Rick der professionell und ernst wirkende Richard Haviland. Wie die Toronto-Version von Clark Kent. Das Wissen, was sich unter dem weißen Polohemd und der beigen Chinohose verbarg, und die Erinnerung an Ricks Laute, als Ian ihn mit der Zunge verwöhnt hatte, machten das langweilige Outfit überraschend anziehend. Ein weiteres Geheimnis, das er mit Rick teilte.

„Hallo, Mr. Haviland. Mein sexy Logopäde." Ian wollte ihn an die Wand schieben, um ihn ein wenig zu zerzausen, doch Rick streckte abwehrend den Arm aus.

„Oh mein Gott, Ian. Ist das etwa deine Arbeitskleidung?"

Ian sah an sich herunter. Er konnte an dem dunkelgrünen Anzug mit schwarzem Hemd und schwarzer Krawatte nichts Ungewöhnliches entdecken – keine Flecken, keine Falten und alles schien zusammenzupassen. „Manchmal. Warum?"

„Ich dachte, du arbeitest für den *Errant*."

„Das tue ich ja auch."

454

„Aber da geht es um Promiklatsch. Und übersinnliches Irgendwas. Ich hatte eher mit Jeans gerechnet. Und dazu vielleicht ein Bandshirt."

Ian lachte. „Damit hast du den Großteil meiner Kollegen beschrieben. Aber meine Abteilung ist für die Finanzierung verantwortlich und die funktioniert nur, wenn ich halbwegs nach einem erfolgreichen Geschäftsmann aussehe. Zumindest an den Tagen, an denen ich mich mit Kunden treffe."

Rick musterte ihn mit einem hungrigen Blick, der Ians Schwanz zum Zucken brachte. „In dem Anzug bist du sehr, sehr sexy", sagte Rick mit tiefer Stimme. Hätte er es nicht so eilig gehabt, hätte Ian ihn gleich wieder ins Schlafzimmer gezerrt.

„Das Kompliment kann ich zurückgeben, Richard Haviland."

Rick schüttelte den Kopf. „Sei nicht albern. Das hier ist kein bisschen sexy."

Ian näherte sich. „Aber ich weiß, was daruntersteckt. Das macht es *sehr* sexy. Heute Abend nach der Arbeit werde ich dein perfektes Outfit auseinandernehmen und dich bis auf deinen kleinen Tanga ausziehen. Dann besorg ich's dir, bis du explodierst." Ihm war nicht entgangen, dass Ricks Unterwäsche nicht zum Rest seiner Kleidung passte.

„Aber lass die Krawatte um", antwortete Rick keuchend und wickelte besagtes Kleidungsstück um seine Hand, um Ian an sich zu ziehen.

Ian gab ein leises Wimmern von sich, als er darüber nachdachte, was sie mit dem schwarzen Stoffstück alles anstellen konnten. Er legte die Arme um Rick. Ein paar Minuten Verspätung konnte er sich leisten.

Leider wurden seine amourösen Absichten von einem lauten Summen unterbrochen. „Scheiße, Ian, das ist mein erster Patient."

Ian löste sich von Rick, obwohl sein Schwanz heftig protestierte. „Verschieben wir diesen Termin dann auf heute Abend, Mr. Haviland?"

„Ich werde Sie ganz bestimmt erwarten, Mr. O'Donnell." Rick schob sich lächelnd an ihm vorbei.

RICK SORTIERTE pfeifend seine Akten. Seine Rezeptionistin war diese Woche im Urlaub, weshalb er zwar mehr Arbeit hatte, jedoch keine neugierigen Fragen zu seiner guten Laune beantworten musste. Er hatte Ian nicht belogen: Im Augenblick fühlte er sich noch nicht wohl dabei, ihre Beziehung öffentlich zu machen. Aus irgendeinem Grund ließ ihn die Befürchtung nicht los, dass sich seine schöne neue Beziehung dann in Luft auflösen könnte.

Nachdem er die Akten auf Jennys Schreibtisch abgelegt hatte, ging er zum Hauseingang, um die Post zu holen.

Er sah die Briefe durch, entdeckte jedoch nichts besonders Dringendes. Ganz unten im Stapel befand sich ein schlichter brauner Umschlag ohne Adresse. Offenbar hatte ihn jemand selbst eingeworfen, was sehr ungewöhnlich war.

Neugierig öffnete er ihn und zog mehrere mit Fotos bedruckte DIN-A4-Blätter heraus. An den unteren Rand hatte jemand in roter Druckschrift „ich sehe dich" geschrieben.

Erst nach einigen Sekunden begriff er, was er vor sich sah: sich selbst und Ian im Bett beim Sex. Letzte Nacht. Mit hämmerndem Herzen ließ er die Blätter fallen, während sich seine Gedanken wild im Kreis drehten. Was sollte er jetzt tun?

Er verspürte den Drang, Ian anzurufen. Sie waren kaum achtundvierzig Stunden ein Paar. Konnte er seinen neuen Freund direkt mit so etwas belasten? Er hatte keine Ahnung, wollte aber mit ihm reden.

Sein Blick fiel auf die Fotos am Boden. Da er sie dort nicht lassen konnte, hockte er sich hin, um sie mit kalten, zitternden Fingern einzusammeln und in den Umschlag zu stecken.

Nachdem er die Haustür abgeschlossen hatte, setzte er sich an den Tisch seiner Rezeptionistin und sagte die beiden Nachmittagstermine ab. Dann wählte er Ians Nummer.

„Rick?"

„Äh, hi. Störe ich?"

„Nein, kein bisschen. Mein Meeting habe ich gerade hinter mir. Was ist los?"

„Kannst du … kannst du …?" Wie sollte er ihn fragen? Er hatte sich sein Leben lang allen Problemen allein gestellt. Hin und wieder hatte er sich von einem Freund helfen lassen, aber das meiste hatte er auf eigene Faust geschafft. Eigentlich hätte das auch jetzt der Fall sein sollen. Nur hatte er bereits nach so kurzer Zeit das Gefühl, Ian zu brauchen.

„Rick? Ist alles in Ordnung? Kann ich helfen?"

„Kannst du nach Hause kommen? Ich habe etwas in der Post gefunden und … es macht mir ein bisschen Angst. Bitte."

„Natürlich. Bin gleich da."

Nachdem Ian aufgelegt hatte, musste Rick ein erleichtertes Schluchzen unterdrücken. Diesmal musste er damit nicht allein zurechtkommen.

Er löschte das Licht im Büro und schloss die Haustür auf, damit Ian hereinkommen konnte. Dann umklammerte er den Umschlag und ging in den Wohnbereich hinauf, wo er sich damit auf dem Sofa zusammenkauerte.

Die Minuten vergingen. Er war nicht sicher, wie lange die Fahrt von Ians Büro dauerte oder ob Ian überhaupt sofort hatte gehen können.

Irgendwann hörte er Schritte auf der Treppe. Wenige Sekunden später stürzte Ian herein. „Was ist passiert?"

Rick antwortete nicht, sondern öffnete nur seine Hand und ließ den Umschlag auf den Boden fallen.

Ian kam ums Sofa herum, um ihn aufzuheben.

„Was ist das bitte?"

„Ich weiß es nicht. Beziehungsweise doch: Es sind Fotos von uns. Beim Küssen. Beim Ficken. Nackt. Von gestern Abend."

Er wusste nicht, was hier los war, aber diese Bilder konnten seine Karriere ruinieren. Sie vollkommen zerstören. Er arbeitete häufig mit Kindern. Dass er schwul war, hatte die Eltern bisher nicht gestört, doch wenn sie solche Bilder zu sehen bekämen ...

„Wo kommen die her?"

Rick zuckte mit den Schultern. „Keine Ahnung. Ich habe nicht gemerkt, dass wir beobachtet wurden."

Ian schien ein Schauer über den Rücken zu laufen. „Ein bisschen Exhibitionismus ist ja eine Sache, aber das hier geht zu weit. Wer könnte das getan haben? Dieser Oscar?"

„Ich bin nicht sicher. Er hat zwar wesentlich mehr für mich empfunden, als mir klar war, aber er hat nie den Eindruck gemacht, als wäre er von mir besessen."

„Ich denke, wir sollten Kurt anrufen."

Eine Welle der Panik spülte seine durch die Bilder ausgelöste traurige Teilnahmslosigkeit fort. „Nein. Nein, das geht nicht. Niemand muss es wissen."

Wenn sie es Kurt sagten, würde bald jeder von ihrer Beziehung erfahren. Die Fotos hatten bereits ihren Schatten auf einen der glücklichsten Tage seines Lebens geworfen. Da brauchte er nicht auch noch Tratsch über sich und Ian unter ihren Freunden und in Ians Familie.

„Rick, bitte denk darüber nach. Das hier könnte gefährlich werden."

„Das kann ich mir nicht vorstellen. Vielleicht war es einfach nur unüberlegt. Ich werde mit Oscar reden."

„Ich weiß nicht. Das geht schon sehr in Richtung Stalking. Wir müssen ja nicht Kurt anrufen, aber es der Polizei zu melden, wäre trotzdem gut. Es könnte mit den anderen Vorfällen zusammenhängen, die dir in letzter Zeit passiert sind."

Rick konnte sich einfach nicht vorstellen, dass es sich bei Oscar um einen gefährlichen Stalker handelte. Absolut nicht. „Nein, da liegt bestimmt ein Irrtum vor." Wenn es wirklich Oscar gewesen war, würde er ihn dazu zwingen, alle Fotos zu löschen. Er konnte es sich nicht leisten, diese Bilder an die Öffentlichkeit gelangen zu lassen. Am Ende müsste er sonst wieder seinen Namen ändern – und er hatte sich sehr an Rick Haviland gewöhnt.

Ian setzte sich neben ihm auf die Couch. „Na gut, aber triff dich bitte an einem öffentlichen Ort mit Oscar. Oder mit mir zusammen. Ich finde immer noch, dass wir die Polizei einschalten sollten."

„Oscar war ein netter Kerl. Einen Eintrag im Strafregister hat er nicht verdient."

„Fällt dir vielleicht jemand anders ein, der es gewesen sein könnte?"

Dass einer der Männer, mit denen er geschlafen hatte, so etwas getan haben könnte, war ein grauenhafter Gedanke. Gegen Sexfotos an sich hatte er nichts einzuwenden, auch wenn er bisher niemandem genug vertraut hatte, um sie zu machen. Selbst ein bisschen Voyeurismus war nicht das Schlechteste, wenn alle Beteiligten einwilligten. Aber diese heimlichen Bilder verursachten ihm Übelkeit.

457

Ihre Ähnlichkeit mit Erpresserfotos, wie in dem Film am Vorabend, konnte bedeuten, dass noch mehr folgen könnten. Er hatte sich seine Männer immer sorgfältig ausgesucht, damit so etwas nicht passieren konnte. Oscar war nicht der Erste, dessen Zuneigung er unterschätzt hatte, doch abgesehen von einigen verärgerten Wortwechseln hatte es nie negative Konsequenzen gehabt.

„Nein, ich glaube nicht. Mir fällt niemand ein, dem ich das zutrauen würde." Dann kam ihm ein anderer Gedanke. „Besteht die Möglichkeit, dass es mit dir zu tun hat?"

Ian errötete heftig. „Ähm, nein. Das kann ich mir nicht vorstellen."

Trotz des verstörenden Themas musste Rick schmunzeln. „Oh, richtig: Es wüsste ja niemand, wie er dich finden sollte, *Steve*." Dann wurde er wieder ernst. „Es tut mir übrigens leid, dich bei der Arbeit gestört zu haben. Ein großer Notfall war es schließlich nicht, auch wenn es mich ziemlich erschreckt hat. Musst du zurück?"

„Du musst dich nicht entschuldigen: Meine Arbeitszeiten sind ziemlich flexibel, also kann ich auch mal etwas früher gehen." Ian ergriff seine Hand und zog ihn in eine kräftige Umarmung. „Ich bin wirklich, wirklich froh, dass du mich angerufen hast."

Rick nickte nur und genoss die beruhigende Wärme, nach der er sich seit seinem ersten Blick auf die Fotos gesehnt hatte. Obwohl er normalerweise ein selbstbewusster schwuler Mann war, rief dieser Vorfall Gefühle in ihm wach, die ihn viel zu sehr an seine Jugend erinnerten. Auf diese Art und ganz ohne seine Zustimmung entblößt zu werden, war nicht angenehm, und der Unterton bösartiger Eifersucht ließ ihn an das gewaltsame Ende der Ehe seiner Eltern – und in gewisser Weise auch das seiner Kindheit – zurückdenken.

„Vielleicht solltest du ein paar Tage bei mir wohnen."

„Nein, keine Sorge. Ich rede mit Oscar und kläre das." Nachdem Rick so viel Zeit damit verbracht hatte, dieses Haus zum perfekten Heim und Arbeitsplatz zu machen, würde er es nicht so schnell aufgeben. Ihm gefiel es hier, besonders mit Ian. Zum Glück hatte er das Kellerfenster repariert.

„Dann lass mich wenigstens hier übernachten."

Insgeheim gefiel Rick der Gedanke, Ian für immer bei sich zu haben. Dennoch war es ein großer Schritt, den er so schnell nicht machen konnte. Vor allem hätten sie es dann nicht mehr vor anderen verheimlichen können. Sein Herz klopfte wild. Dafür war er nicht bereit und würde es nicht so bald sein. „Heute Nacht noch. In Ordnung." Eine letzte Nacht, aber danach würden sie über die Anzahl zukünftiger Übernachtungen reden müssen.

„Und versprich mir, dass du mich – oder Kurt – anrufst, wenn dir wieder etwas Ungewöhnliches auffällt."

Das konnte er problemlos versprechen. Er hatte in seinem Leben einen Punkt erreicht, von dem er niemals auch nur zu träumen gewagt hatte: eine erfolgreiche Karriere, gute Freunde, die seine Eigenheiten akzeptierten, und ein Partner, der …

von Liebe wollte er jetzt noch nicht sprechen, aber Ian empfand eindeutig etwas für Rick. All das würde er sich auf keinen Fall wegnehmen lassen.

WÄHREND ER aus dem Aufzug stieg, rückte Ian ein letztes Mal seine Krawatte zurecht. Obwohl er von Ricks Haus aus hergekommen war, hatte er nur wenige Minuten Verspätung. Seine eigene Wohnung lag näher am Büro, aber er war sicher, dass er sich daran gewöhnen konnte. Schließlich handelte es sich nur um zwanzig zusätzliche Minuten, denn Ricks Haus lag immer noch im Stadtzentrum, wenn auch etwas weiter außerhalb. Hoffentlich gab Rick ihm in nächster Zeit reichlich Gelegenheit, die längere Fahrt zur Gewohnheit zu machen.

Dass Rick sich geweigert hatte, in seiner Wohnung zu übernachten, hatte ihn nicht überrascht. Rick war ohnehin der Typ, der sich in seinen eigenen vier Wänden wohler fühlte und die Aufregung durch die Fotos änderte das sicher nicht.

Auf dem Weg zu seinem Büro zog er kurz in Erwägung, Kurt um Rat zu fragen. Rick war nach dem ersten Schreck überzeugt gewesen, dass es sich nur um eine Kleinigkeit handelte, die man leicht aus der Welt schaffen konnte.

Ian war da nicht so sicher. Stalking war selten eine unkomplizierte Angelegenheit – zumindest sagte sein Bruder das häufig, wenn er an Fällen dieser Art arbeitete. Das Problem war Ricks zerbrechliches Vertrauen. Ein falscher Schritt von Ian und es würde in tausend Teile zerspringen, die sich vielleicht nicht mehr zusammensetzen ließen. Er war schon einmal zu kurz davor gewesen, wegen eines kleinen Missverständnisses alles zu verlieren. Er wollte Rick genauso wenig durch einen besessenen Ex verlieren, der bereits gezeigt hatte, wie aggressiv er sein konnte. Ian würde die Situation genau im Auge behalten müssen.

Als er so gedankenverloren den Flur entlangging, wäre er beinahe mit Leon zusammengestoßen.

„Hi, Kumpel. Wie geht's? Ist alles gut ausgegangen?"

Ian runzelte die Stirn, während er sich bemühte, seine Gedanken von Ricks Stalker loszureißen. Leons Frage verwirrte ihn. „Äh, ja? Ich denke, schon."

„Deine Mutter hat bei der Party am Samstag erwähnt, dass ein Freund deine Hilfe brauchte", erklärte Leon.

Oh, verdammt. „Ach ja, natürlich. Viel geschlafen habe ich in dieser Nacht nicht. Aber es tut mir leid, dass ich einfach abgehauen bin."

Leon schenkte ihm ein strahlendes Lächeln. „Kein Problem. Da waren viele Leute, mit denen man sich gut unterhalten konnte. Und Parker hat angeboten, mir ein paar Freunde von der Uni vorzustellen."

Das klang gut. Leon war ein netter Kerl, aber eher in Parkers Alter als in Ians. Bei Parkers Freunden fanden sich sicher viel leichter gemeinsame Interessen.

„Das freut mich."

„Und mit dem Freund von Samstag ist alles in Ordnung?"

Ian wusste genau, wie wertvoll Ricks Vertrauen war. Er hatte nicht vor, ihn in dieser Hinsicht nur wegen Leon zu enttäuschen. Rick hätte ihm niemals verziehen. „Einigermaßen. Einiges muss noch geklärt werden, aber die Situation ist unter Kontrolle", sagte er also nur.

„Das ist gut. Sollen wir in der Mittagspause zusammen essen?"

„Gerne. Ich lade dich ein, okay?" Das war er Leon dafür schuldig, dass er ihn einfach mit seiner ganzen Sippe zurückgelassen hatte. Außerdem hatte Leon so kurz nach seinem Studium wahrscheinlich sowieso keine besonders großen Ersparnisse.

„Danke." Ein weiteres Lächeln. „Ich komme dann zu deinem Büro."

Ian nickte und klopfte ihm zum Abschied auf die Schulter.

RICK TIPPTE nervös mit einem Finger gegen den Umschlag auf dem Tisch. Eigentlich wollte er nichts bestellen, da er nicht vorhatte, lange zu bleiben. Und wenn Oscar im Dienst war, bestand zusätzlich eine ziemlich große Chance, dass er wegen eines Notfalls ganz absagen musste. Trotzdem hatte Rick nicht auf Oscars nächsten freien Tag warten wollen, um das zu klären. Besonders gut war das Essen in diesem Sandwichladen zwar nicht, allerdings lag er gleich neben dem Krankenhaus, sodass Oscar ihn schnell erreichen konnte.

Ricks Handy piepte. Anstelle einer Absage von Oscar handelte es sich jedoch um eine Nachricht von Ian.

Sag Bescheid, wie es gelaufen ist. Ich komme vielleicht etwas später – soll ich Essen mitbringen?

Rick berührte lächelnd das Display. Irgendwie hatte er einen Beziehungsmenschen gefunden, der sein Herz höherschlagen ließ, den er am liebsten jeden Tag gesehen hätte und der ihm gleich fehlte, wenn er nicht bei ihm war. Ian hatte sich in sein Leben und sein Herz geschlichen. Und es war perfekt.

Etwas Thailändisches oder Italienisches wäre gut :)

Aus dem Augenwinkel sah er blauen Stoff, als sich jemand zu ihm setzte. Er steckte das Handy in die Tasche und hob den Kopf.

„Oscar." Die blaue Krankenhauskleidung passte nicht hundertprozentig zu seiner Vorliebe für Uniformen, aber er hatte sie immer gemocht. Auch wenn sich seine Vorlieben in letzter Zeit eher auf Anzüge konzentrierten, solange Ian sie trug.

„Rick." Es schien Oscar schwerzufallen, seinem Blick zu begegnen.

Wie sprach man so etwas am besten an?

„Es tut mir unglaublich leid."

Oh. Offenbar erledigte Oscar das für ihn. Auch wenn sich in seine Erleichterung Enttäuschung darüber mischte, dass Oscar so etwas wirklich getan hatte. Außerdem ärgerte es Rick, sich dermaßen in ihm geirrt zu haben. Er war nicht sicher, was er sagen sollte.

460

„Ich war betrunken und habe dich mit diesem Mann gesehen und … na ja."
Oscar seufzte. „Eigentlich hast du dich von Anfang an sehr klar ausgedrückt. Wir hatten eine schöne Zeit zusammen, und nur weil ich mehr wollte, hatte ich noch lange nicht das Recht, mich so unverschämt zu verhalten. Aber ich habe dich mit diesem Typ gesehen und konnte erkennen, dass du ihn magst. Sogar sehr. Da bin ich wütend geworden. Und das tut mir schrecklich leid."

Rick runzelte die Stirn. Machte man spontan Sexfotos und warf sie in Briefkästen, wenn man einen betrunkenen Wutanfall hatte?

„Ähm, tja."

„Und dass ich dich dann auch noch so gepackt habe … das war echt das Letzte. Ich hätte mich schon viel eher bei dir melden und mich entschuldigen sollen. Ich bin wirklich dankbar, dass du daraus keine große Sache gemacht hast. Das hätte mich meine Stelle im Krankenhaus kosten können."

Der vernünftige, logisch denkende Mann, der heute vor ihm saß, war der, den er sich ursprünglich für seine Liste ausgesucht hatte. Nur hatte er sich dafür entschuldigt, Rick gepackt zu haben – was bedeutete, dass er über den Abend bei Lettie's sprach und nicht über die Fotos oder den Vandalismus.

Also holte Rick die Fotos aus dem Umschlag. „Und die hier?"

Oscar warf einen Blick auf das oberste Blatt und zog beide Augenbrauen hoch. „Okay, anscheinend magst du ihn *wirklich*. Aber warum zeigst du mir das?"

„Du hast sie nicht gemacht?" Rick stellte fest, dass er lieber von Oscar enttäuscht gewesen wäre, als zu wissen, dass ihn ein völlig Unbekannter ausspionierte.

„Nein, natürlich nicht. Hast du das wirklich gedacht?" Oscar schob ihm die Fotos entgegen.

„Ich … ich mag diesen Mann tatsächlich sehr", erklärte Rick. „Die hier kamen gestern bei mir an und nach der Sache bei Lettie's … Tja, ich konnte es mir bei dir nur schwer vorstellen, aber du warst der Einzige, der so emotional auf das Ende unserer gemeinsamen Zeit reagiert hat."

Oscar lachte wehmütig. „Dann kennen wir uns wohl nicht besonders gut. Sonst hättest du gewusst, dass ich niemals mit so einer Sache bewusst meinen Traumberuf riskiert hätte."

Rick nickte. Dass Oscar seinen Beruf so ernst nahm, war ein Grund gewesen, aus dem Rick ihn als guten Kandidaten für Gelegenheitssex ohne Verpflichtungen betrachtet hatte.

„Als ich euch im Lettie's gesehen habe, hatte ich gerade eine sechsunddreißigstündige Schicht hinter mir, war völlig ausgehungert und habe dummerweise zwei Gläser Bier runtergestürzt, bevor mein Essen kam. Und so hatte ich einen kurzen Aussetzer und habe mich zu einer riesigen Dummheit hinreißen lassen. Glaub mir, ich wäre dir niemals gefolgt und hätte heimlich Fotos von dir gemacht."

461

Nein. Rick glaubte ihm. Er hatte sich doch nicht geirrt, was Oscars Charakter anging. Man konnte hören, wie aufrichtig er war.

„Entschuldige, dass ich dir das zugetraut habe."

Oscar tätschelte ihm die Hand. „Entschuldige, dass ich dir einen Grund dazu gegeben habe. Ich hoffe, du wirst mit diesem Mann glücklich. Sonst ruf mich einfach an."

Rick nickte, obwohl er wusste, dass er an einer Beziehung nur mit einem Mann interessiert war. Sollte es mit Ian nicht funktionieren, würde er es nicht mit einem anderen versuchen.

Oscar erhob sich. „Aber sei vorsichtig. Die Person, die die Fotos gemacht hat, könnte gefährlich sein."

Darüber durfte er jetzt nicht nachdenken, auch wenn Ian dasselbe gesagt hatte. Nachdem er die Fotos wieder in den Umschlag gestopft hatte, stand er ebenfalls auf. Als Erstes würde er sich irgendwo ein schönes Stück Käsekuchen besorgen. Wenn er fett wurde, ließ ihn vielleicht auch der verdammte Stalker in Ruhe.

Heute Abend würde er sich von Ians Anwesenheit beruhigen lassen. Und ihm vielleicht ein bisschen Stripunterricht geben – nachdem er alle Vorhänge zugezogen hatte.

IAN BETRAT das Weinrestaurant und entdeckte gleich seine Arbeitskollegen. Eigentlich wäre er jetzt lieber bei Rick gewesen, doch Avery war eine großartige Kollegin, mit der er gern Zeit verbrachte. Sie war fast von Anfang an dabei gewesen, damals noch als freie Mitarbeiterin. Ians Erfolg bei den Werbeeinnahmen war es zu einem großen Teil zu verdanken, dass sie später als eine von wenigen Mitarbeitern fest angestellt wurde. Sie waren schnell Freunde geworden und sie wäre ihm sicher böse gewesen, wenn er es versäumt hätte, mit den anderen auf ihren Geburtstag anzustoßen.

Es konnte sowieso nicht schaden, sich das Lokal einmal anzusehen. Rick trank zurzeit hauptsächlich Wein, und wenn die Atmosphäre stimmte, war es vielleicht gut für einen gemeinsamen Abend geeignet.

Diesmal plante er allerdings, sich nach einem Drink und ein bisschen Knabberzeug wieder auf den Weg zu machen. Zum ersten Mal in seinem Leben konnte er es kaum erwarten, nach Hause zu kommen – nach Hause zu kommen, sich saubere Kleidung zu schnappen und gleich wieder zu Rick zu fahren. Irgendwie hatte er Rick dazu überreden können, ihn bei sich übernachten zu lassen – die vierte Nacht in Folge. Es hätte natürlich mit der Stalkersache zu tun haben können, aber dafür machte Rick keinen besonders besorgten Eindruck. Eigentlich kam ihm dieser Geburtstag gerade recht: So hatte Rick ein bisschen Zeit für sich und fühlte sich nicht zu sehr durch die neue Beziehung eingeengt.

Da Rick ihn allerdings ausdrücklich eingeladen hatte, nach Averys Party zu ihm zu kommen, ließ er sich die Gelegenheit nicht entgehen.

„Ian! Da bist du ja endlich!" Avery hob ein Weinglas und umarmte ihn mit dem anderen Arm. Als sie ihn losließ, schwankte sie etwas.

„Alles Gute, Avery."

Ian zuckte zusammen, als ihm jemand an den Hintern fasste. Dann schob sich Leon um ihn herum und lächelte ihm zu.

Die Kombination seines üblichen engen T-Shirts und seiner Cargohose mit dem großen Rotweinglas in seiner Hand wirkte etwas ungewöhnlich. Seiner Begrüßung und dem leicht glasigen Blick nach zu urteilen, war das Glas nicht sein erstes. Vielleicht auch nicht sein zweites.

„Ian! Ich dachte schon, du kommst nicht."

„Leon, ich wusste nicht, dass du auch hier bist."

„Tja, Avery und ich stehen uns ziemlich nah. Und nicht nur, weil unsere Tische so nah beieinanderstehen."

Leon und Avery warfen sich Blicke zu, bevor sie laut loslachten und sich gegen Ian lehnten.

„Wie viel habt ihr schon getrunken? So spät ist es doch noch gar nicht."

Leons übertriebenes Schulterzucken ließ den Wein in seinem Glas überschwappen, der daraufhin beinahe Ians T-Shirt getroffen hätte. Obwohl er heute nicht seine eleganteste Kleidung trug, konnte er auf hartnäckige Flecken gut verzichten.

„Dieses Zeug ist fantastisch! Und man bekommt einen zweiten zum halben Preis dazu. Es lohnt sich also!" Leon trank einen Schluck, wobei der Wein einen kleinen Rand hinterließ, wie die rote Version eines Milchbarts.

Ian schüttelte schmunzelnd den Kopf. „Übertreib es nur nicht. Sich mit Rotwein zu betrinken, kann ziemlich übel enden."

Als sie Teenager gewesen waren, hatte Dylan einmal mehrere Flaschen Wein aus dem Pub stibitzt. Weder er noch Kurt hatten den Geschmack angenehm genug gefunden, um viel davon zu trinken, aber Dylan hatte ihn geliebt – zumindest für kurze Zeit, bis er sich stundenlang in wunderschönem Weinrot erbrochen hatte und später mit einem so furchtbaren Kater aufgewacht war, wie Ian ihn nie wieder bei jemandem gesehen hatte. Danach hatte er Rotwein nicht mehr angerührt.

„Also bitte. Ich vertrage eine Menge." Leon schmiegte sich an ihn wie ein kleiner Hund, während Avery ihre Aufmerksamkeit auf einen anderen ihrer Gäste richtete.

Ian winkte der Kellnerin. Selbst in einem Weinrestaurant gab es normalerweise Bier. Das Testen der verschiedenen Weinsorten wollte er sich für einen Abend mit Rick aufheben.

„Leon, es freut mich wirklich, dass du dich so gut eingelebt hast und dich mit allen verstehst. Ich arbeite gern mit dir zusammen."

„Danke, Ian. Es ist ein guter Job und ich bin froh, einen Kollegen wie dich zu haben."

Er hatte ein schlechtes Gewissen gehabt, weil er nicht mehr Zeit mit Leon verbrachte. Leider hatte ihre Freundschaft zu dem Zeitpunkt begonnen, als es mit Rick richtig ernst geworden war. Da Rick die Beziehung für sich behalten wollte, konnte Ian es ihm auch nicht erklären. Aber dass Leon sich jetzt mit Avery angefreundet hatte, beruhigte ihn. Mit ihr konnte man wirklich Spaß haben und Ian hatte sich immer gut mit ihr verstanden – erst recht, nachdem ihr klar geworden war, dass Ian sich nicht für sie interessierte.

Jetzt rief sie nach Leon, der Ian noch einmal den Hintern tätschelte, bevor er wegging. Ian lachte. Das würde Leon am nächsten Morgen bestimmt ziemlich peinlich sein.

8

„HALLO, IAN, hast du kurz Zeit?"
Ian schaute von seinem Computer auf. „Klar, Leon. Was ist los?"
Leon stand ein Tablet umklammernd vor ihm. Der gesamte Kleiderschrank des Jungen schien aus T-Shirts zu bestehen. Ob es ihm so gefiel oder ob er sich einfach nichts anderes leisten konnte? Er erinnerte sich an eine Zeit, zu der seine Brüder und er auch kaum etwas anderes getragen hatten. Leon war ein attraktiver, gut gebauter junger Mann – vielleicht gehörte ein enges T-Shirt einfach zum Paarungskleid eines jungen schwulen Mannes. Die Blässe und die dunklen Augenringe gehörten allerdings definitiv nicht dazu, sondern wiesen auf zu viel Wein und eine lange Nacht vor der Toilettenschüssel hin.

„Kannst du dir diesen Artikel für mich ansehen? Es ist das erste Mal, dass ich das ganze Layout alleine mache und ich könnte ein paar Tipps gebrauchen, bevor ich ihn an Avery weitergebe."

„Natürlich." Ian streckte seine Hand nach dem Tablet aus.

Der Artikel schien eine typische „Was wurde aus ...?"-Geschichte zu sein. Alle paar Wochen, wenn einfach nicht genug passiert war, über das es sich zu schreiben lohnte, wurde freitags so eine Geschichte veröffentlicht. Sie wurden hier als „Die Freitagsverlorenen" bezeichnet. Normalerweise kümmerte es niemanden, ob sie besonders viel Substanz hatten. Wichtig war nur, dass sie von genug Leuten angeklickt wurden. Ian schenkte ihnen meist nicht viel Beachtung, denn sie waren häufig ein bisschen deprimierend. Ein aufstrebender Star war drogenabhängig oder obdachlos geworden. Ein ganz normaler Mensch, der über Nacht berühmt geworden war, wurde als das personifizierte Böse dargestellt. Und wenn die Redakteure gerade keinen Mörder fanden, den sie als Helden präsentieren konnten, versuchten sie stattdessen, die Leser davon zu überzeugen, dass es sich bei irgendjemandem um einen Alien, Vampir oder Werwolf handelte. Lächerlich. Und natürlich besaßen die meisten „Opfer" dieser Berichte nicht die nötigen Mittel, sich dagegen zu wehren – obwohl die Autoren es mittlerweile sowieso ausgezeichnet beherrschten, sich durch ihre Formulierungen unangreifbar zu machen.

Jedenfalls waren die Geschichten unglaublich reißerisch und Ian hoffte, dass die meisten Leser sie nicht ernst nahmen.

Leon hatte für die Überschrift eine auffällige Schriftart gewählt. Nicht die klischeehaften bluttriefenden Buchstaben, sondern die kantigen Konturen, die an mit einem Messer in Holz geritzte Schriftzüge erinnerten.

WIE DIE MUTTER, SO DER SOHN?

Die Überschrift war nicht gerade originell, aber da waren einem eben Grenzen gesetzt. Den Rest des Textes ignorierte er, da Leon mit dem eigentlichen Inhalt nichts zu tun hatte, und konzentrierte sich stattdessen auf das Optische – auf die Schriftart und die Anordnung der Spalten, Bilder und Werbeanzeigen.

„Ähm … kann ich mir das vielleicht später wieder abholen?"

Ian hob den Blick zu Leon, dessen Gesicht mittlerweile leicht grünlich wirkte.

„Natürlich."

Leon stürzte aus Ians Büro. Er überlegte kurz, ob er nach ihm sehen sollte, entschied allerdings, dass Leon ein erwachsener Mann war. Er hatte es trotz des vielen Weins erfolgreich zur Arbeit geschafft und würde den Tag schon irgendwie überstehen, auch wenn es nicht gerade angenehm war.

Als er sich wieder Leons Layout widmete, fiel ihm ein Foto ins Auge. Ein blonder Teenager, der Rick verdammt ähnlich sah. Komischer Zufall.

Dann betrachtete er erneut die Überschrift. Sie hatten doch nicht etwa …

Nachdem er hastig aufgestanden war, um seine Bürotür zu schließen, setzte er sich wieder und las den Artikel.

Wie die Mutter, so der Sohn?

Vor zweiundzwanzig Jahren erstach Maria Svenson ihren untreuen Ehemann und zerstörte damit den Frieden eines verschlafenen Städtchens im Norden Ontarios …

So ging die Geschichte weiter und erzählte Ricks Vergangenheit so reißerisch wie nur möglich. Jedes einzelne Detail traf Ians Herz wie ein Messer. Was ihn jedoch am meisten erschütterte, war der Name des Sohnes: Sandor Svenson, dessen wahre Identität, zusammen mit anderen „schockierenden Neuigkeiten" in der folgenden Woche nachzulesen sei. Handelte es sich bei Sandor und Rick tatsächlich um dieselbe Person? Alles deutete darauf hin. Nur warum hatte Rick die Sache mit dem Namen dann nie erwähnt?

Er war am Boden zerstört. Total fertig. Und er wusste nicht, wie es jetzt weitergehen sollte. Er musste wohl davon ausgehen, dass sein Freund Rick Haviland in Wirklichkeit Sandor Svenson war. Am liebsten wäre er in Averys Büro gestürmt, um den für nächste Woche geplanten Artikel zu verlangen, hätte den beschissenen Schreiberling ausfindig gemacht, der für die ganze Geschichte verantwortlich war, oder seine zukünftige Schwägerin Stephanie angerufen, damit sie dem *Errant* mit einer vernichtenden Klage drohte.

Nur leider stand in dem Artikel technisch gesehen nichts, was gelogen war. Rick hatte tatsächlich in einem Stripclub gearbeitet, und dass er sich nebenbei Geld als Stricher verdient haben könnte, war nur angedeutet und nicht direkt behauptet. Vielleicht hatte man für den nächsten Teil sogar Fotos aus Jons Zeit als Stripper gefunden – er sah Rick so ähnlich, dass man auf einem unscharfen alten Bild wohl kaum einen Unterschied erkannte. Verdammt.

Was ihn wirklich aufgewühlt hatte, war die Namensänderung. Na ja, eigentlich nicht so sehr die Änderung, sondern eher die Tatsache, dass Rick sie ihm verschwiegen hatte. Es überraschte ihn nicht, dass Rick für einen Neuanfang diese Maßnahme ergriffen hatte. Nur warum hatte er ihm dieses Detail seiner Vergangenheit vorenthalten? Das Schlimmste war allerdings, wie der Artikel auf die Öffentlichkeit wirken würde. Welcher von Averys Lieblingsautoren auch immer ihn verfasst hatte, er hatte Rick bei jeder sich bietenden Gelegenheit in ein möglichst schlechtes Licht gestellt. Am liebsten hätte Ian jedes Wort davon aus der Datenbank gelöscht.

Gott. Die Geschichte machte Rick zu einem seltsamen Verrückten, der für Kinder eine Gefahr darstellte. So sehr Rick auch fürchtete, die Veranlagungen seiner Mutter geerbt zu haben, er war nicht gefährlich. Da war Ian ganz sicher. Doch dieser Artikel würde ihn schrecklich erschüttern und es war gut möglich, dass er die Schuld bei Ian sah. Leider wusste Ian nicht, wie er die Veröffentlichung verhindern konnte.

„AVERY, VERDAMMT, das kannst du nicht veröffentlichen." Mit diesen Worten stürmte Ian so eilig in Averys Büro, dass die Tür gegen die Wand knallte. Sie zuckte zusammen und presste die Hände an ihre Schläfen.

„O'Donnell, was zum Teufel soll das? Schrei nicht so." Er hatte noch nie erlebt, dass jemand so viel Verärgerung in ein Flüstern legte.

„Dieser Artikel." Er hielt ihr Leons Tablet vors Gesicht, woraufhin sie schluckte und sich bemühte, sich auf den wackelnden Bildschirm zu konzentrieren.

„Was ist damit? Es ist eine ganz typische Freitagsverlorenen-Geschichte."

„Du musst sie streichen."

„Nein, das muss ich nicht. Sie ist perfekt. Und du weißt, dass wir nichts streichen, was einmal von oben genehmigt wurde, auch wenn sich Leute darüber aufregen. Das hier geht zwar manchmal an die Grenzen zur Verleumdung, überschreitet sie aber nie."

„Aber ich kenne diesen Mann."

Avery lachte los, verstummte allerdings schnell wieder und schloss die Augen. Sie saß so lange still, dass Ian beinahe das Tablet an die Wand geworfen hätte, um sie aufzuwecken.

„Avery, komm schon, streich den Artikel."

„Nein, dafür ist es zu spät."

„Bitte, ich kenne ihn und es wird ihn umbringen."

„Ich weiß, dass du ihn kennst. Das macht den zweiten Teil nur noch besser."

„Wie bitte?"

Ein ungutes Gefühl machte sich in ihm breit, als hätte er am Abend zuvor ebenfalls ein Glas zu viel gehabt, anstatt sich früh zu verabschieden, um es zu Hause wild mit seinem Freund zu treiben, wie es sich gehörte.

„Ich habe immer gewusst, dass du nackt nicht übel aussiehst." Ihr lüsternes Grinsen wurde dadurch ruiniert, dass sie erneut zusammenzuckte und sich den Kopf hielt. „Hätte ich gewusst, dass du schwul bist, hätte ich eher aufgehört, dich anzumachen. Oder einen Dreier mit einem anderen Mann vorgeschlagen."

„Oh mein …" Er sank auf den neben ihm stehenden Stuhl. Den metallischen Knall, als das Tablet ihm aus der gefühllosen Hand rutschte, registrierte er kaum. Okay, er würde offenbar online auf die demütigendste Weise geoutet werden, die möglich war. Seine Mutter wäre zweifellos enttäuscht, auch wenn sich seine Familie, soweit er wusste, von der Seite fernhielt – die meisten von ihnen waren zu praktisch veranlagt, um sich mit Skandalen und Tratsch zu beschäftigen.

„Avery, bitte. Wir sind Freunde. Und dann schickst du einen Fotografen zu Ricks Haus, um Sexfotos zu machen?"

„Sei nicht albern. Das habe ich nicht. Eine anonyme Quelle hat sie uns geschickt."

Dieser verdammte Stalker. Ian würde ihn umbringen. Oder dem kleinen Widerling seine Familie auf den Hals hetzen. Im Gegensatz zu Rick war er davon überzeugt, dass es sich dabei um Oscar handelte. Jetzt blieb ihnen sowieso keine andere Wahl mehr, als die Polizei einzuschalten und es endgültig herauszufinden.

„Veröffentliche das nicht, Avery. Bitte."

Als sie mit den Schultern zuckte, erkannte er, dass er gegen den gnadenlosen Instinkt einer Journalistin, die eine Story witterte, keine Chance hatte. „Hier geht's ums Geschäft. Du weißt doch, wie es läuft. Es ist ein großartiger Artikel."

„Das ist er nicht. Er hat schließlich niemanden ermordet oder so. Er hat nur versucht, sich ein neues Leben aufzubauen – und du willst ihm das wegnehmen."

„So sind bei uns die Vorschriften: Sutton hat die Story genehmigt, also wird sie nicht gestrichen. Alles andere wäre ein Verstoß gegen journalistische Prinzipien. Und jetzt verschwinde endlich aus meinem Büro, bevor ich dich vollkotze."

Da es wie eine ziemlich realistische Drohung klang, hob er das Tablet auf und ging.

Journalistische Prinzipien. Wie hatte Avery diesen Begriff auf ihre Veröffentlichungen anwenden können, ohne dabei laut loszulachen?

Er stolperte zu seinem Büro zurück und warf die Tür zu. Das Problem war, dass Avery in einer Hinsicht recht hatte: Hector, der Besitzer, weigerte sich strikt, Artikel zu entfernen. Oft genug hatten ihm schon die Manager eines Prominenten Geld dafür geboten, bis er eine Regel aufgestellt hatte: Was einmal von Chefredakteur Randall Sutton genehmigt worden war, wurde veröffentlicht. Selbst wenn man ihm mit Klagen drohte, blieb er eisern – bisher hatte er noch keinen Prozess verloren, denn seine Anwälte waren mit allen Wassern gewaschen.

Ian musste Rick von dem Artikel erzählen. Nur wie brachte er es ihm am besten bei? Rick würde sicher noch fassungsloser reagieren als er. Da er den zweiten Teil der Geschichte nicht gesehen hatte, konnte er natürlich nicht hundertprozentig sicher sein, dass darin Ricks jetziger Name erwähnt wurde, aber die Wahrscheinlichkeit war groß.

Wieso hatte Rick ihm nur seinen echten Namen verschwiegen? Was sagte das über ihre Beziehung? Dabei hatte Ian geglaubt, Ricks Vertrauen gewonnen zu haben. Jetzt wusste er nicht mehr, was er glauben sollte. Und er wusste nicht, was Rick tun würde.

ANSTATT SICH neben Rick auf die Couch zu setzen, ging Ian davor auf und ab. Zum Sitzen war er zu nervös. Sie hatten ihren Kinoabend auf heute verschoben, da am Donnerstag Dylans Probeessen für die Hochzeit stattfand, doch Ian hatte Rick von der Arbeit aus angerufen, um ihn zu fragen, ob sie sich stattdessen auf einen Filmeabend zu Hause beschränken könnten. Er hatte natürlich nicht geplant, sich wirklich Filme mit ihm anzusehen, hatte allerdings auch nicht vorgehabt, das Gespräch mit den unheilvollen Worten „wir müssen reden" zu beginnen.

„Was ist los?", hatte Rick gefragt.

Oh Gott, und dann war es ihm einfach herausgerutscht. „Wir müssen reden."

Jetzt saß Rick wie erstarrt auf dem Sofa. Ja, in einer Beziehung besaßen diese Worte viel Macht.

„Der *Errant* veröffentlicht eine Geschichte über dich", erklärte Ian. „Den ersten Teil am Freitag, den zweiten eine Woche später. Und der Stalker hat diese Fotos eingeschickt."

Ian erinnerte sich an einen Film, in dem ein Archäologe nach langer Suche eine antike Schriftrolle gefunden hatte. Als er sie dann berührte, zerfiel sie zu Staub, wodurch sein ganzes Lebenswerk vergebens geworden war. So fühlte es sich jetzt für Ian an, Rick an seinen Worten zerbrechen zu sehen.

Dann schienen sich die Scherben plötzlich zu einem wilden Tier zusammenzufügen. Mit einem wortlosen Schrei riss Rick erst die Lampe vom Beistelltisch und fegte dann die Papiere, Gläser und Untersetzer vom Couchtisch, bevor er schluchzend auf dem Sofa zusammenbrach.

Ian sprang über zerbrochenes Glas und Porzellan, um Rick in die Arme zu schließen.

„Hey, nicht. Das wird schon wieder. Versprochen."

„Das kannst du nicht versprechen." Rick klang so mutlos wie nie zuvor. Hoffentlich lag es nur daran, dass seine Stimme durch Ians Hemd gedämpft wurde.

„Doch. Wir reden mit Dylans Verlobter. Sie ist Anwältin."

Ian schluckte schwer. Er rechnete auch jetzt noch damit, dass Rick ihn hinauswerfen würde. „Ich weiß nicht, ob wir etwas gegen den Artikel unternehmen können. Stephanie ist gut, aber die Zeit ist knapp, und bisher hält sich der Erfolg solcher Klagen in Grenzen. Probieren können wir es trotzdem. Und es muss irgendeinen Weg geben, dich zu schützen, auch wenn die Story veröffentlicht wird. Wir werden das gemeinsam durchstehen. Das verspreche ich dir."

„Ich möchte es niemandem sagen. Ich möchte es einfach nur vergessen."

„Ich weiß, ich weiß." Ian wiegte ihn ein wenig und hoffte, dass er ihm wenigstens etwas Trost spendete.

„Ich muss wieder meinen Namen ändern und wegziehen."

Panik ergriff Ian. Das konnte er nicht zulassen.

„Nein, nein. Das musst du nicht. Niemand nimmt diese Geschichten besonders ernst und sie wird bald vergessen sein." Obwohl die Seite von vielen Leuten gelesen wurde, konnte er sich nicht vorstellen, dass sie viel davon glaubten. Ihnen ging es wohl eher um Unterhaltung.

Rick sah ihn aus tränennassen Augen an. „Bist du sicher?"

„Das bin ich. Wirklich. Letzte Woche gab es einen Artikel mit Tipps dazu, wie man erkennt, ob seine bessere Hälfte ein Außerirdischer ist. Selbst wenn einige deiner Kunden den *Errant* lesen, werden sicher nicht viele von ihnen so eine Geschichte über dich glauben, ohne sie zu hinterfragen. Aber du kannst natürlich trotzdem darüber nachdenken, mit Stephanie zu reden, falls es dich beruhigt."

Rick holte tief Luft und wischte sich die Tränen aus dem Gesicht. „Ich mag meinen Beruf, Ian. Ich möchte ihn nicht aufgeben."

„Das musst du nicht. Versprochen." Irgendwie würde er dieses Versprechen halten.

„Du hast wohl recht. Die meisten Patienten werden das weder lesen noch glauben und meine Stammkunden verliere ich bestimmt nicht."

„Siehst du? Das ist die richtige Einstellung. Und vielleicht findest du sogar ein paar neue – die von der sensationslustigen Sorte."

Rick verzog das Gesicht. „Igitt, ernsthaft? Na ja, wahrscheinlich kann ich jetzt nicht mehr wählerisch sein."

Ian atmete tief durch. Wenn Rick sich nicht an einen Anwalt wenden wollte, hatte es keinen Sinn, jetzt weiter darüber zu spekulieren, welche Auswirkungen der Artikel auf seinen Beruf haben würde. Sie würden sie zu spüren bekommen, wenn er veröffentlicht worden war.

„WARUM HAST du mir die Sache mit deinem Namen verschwiegen? Das ist ein großer Teil deiner Vergangenheit, den du einfach ausgelassen hast. Ich kann mir nicht vorstellen, dass es ein Versehen war." Es handelte sich nicht gerade um einen Themenwechsel, doch Ian musste es wissen. Schließlich waren sie ein Paar.

„Als Versehen kann man es nicht bezeichnen. Aber ich bin Rick Haviland und niemand anders. Sandor Svenson hat so viel durchgemacht und ich bin zu Rick geworden, um damit abzuschließen. Als Rick habe ich gelernt, auf eigenen Füßen zu stehen, habe mein Studium beendet, meine Praxis eröffnet, ein Haus gekauft und

470

Freunde gefunden. Sandor ist von seiner Familie und seinen Freunden verstoßen worden, weil seine Mutter eine verrückte Mörderin war. Diese Person bin ich seit über fünfzehn Jahren nicht mehr und möchte sie nie wieder sein."

„Ich verstehe überhaupt nicht, wie dich dann jemand finden konnte. Sollte ein neuer Name das nicht verhindert haben?"

Rick zuckte mit den Schultern. „Ich war ja nicht in einem Zeugenschutzprogramm oder habe versucht, meine alte Identität auszulöschen. Ich hatte nur das Bedürfnis, die mit den Svensons verbundene Tragödie hinter mir zu lassen und neu anzufangen. Jeder kann seinen Namen ändern und wenn man es wirklich will, kann man Aufzeichnungen dazu finden."

„Und wie bist du auf deinen neuen Namen gekommen? Warum hast du dich für Rick Haviland entschieden?"

„Na ja, als Kind war mein Lieblingsfilm *Spaceballs* ...""

„*Spaceballs*?" Darüber musste Ian kurz nachdenken. „Warte, du hast dir den Namen des Mannes ausgesucht, der Lord Helmchen gespielt hat? Ernsthaft?"

Als Rick lachte, wäre Ian beinahe vor Erleichterung in Ohnmacht gefallen. Rick unglücklich zu sehen war schrecklich.

„Ja, es kam mir damals witzig vor. Außerdem wollte ich einen Namen, den man gut abkürzen kann. Bei Sandor war das immer schwierig."

„Lord Helmchen. Dann bist du nicht nur Spielefreak, sondern auch Science-Fiction-Fan? Wie passend! Und woher kommt Haviland?"

„Ehrlich gesagt hatte ich mich noch nicht für einen Nachnamen entschieden, als ich schon auf dem Weg zum Amt war. Als ich aus der U-Bahn gestiegen bin, ist mir an einem Kiosk eine Zeitung mit einem Artikel über ein Flugzeug des Herstellers de Havilland ins Auge gefallen. Ich fand, dass es ziemlich gut klang, und habe es einfach ein bisschen anders buchstabiert."

„Tja, für mich bist du jedenfalls Rick."

Ian konnte froh sein, das Gespräch überstanden zu haben, ohne dass Rick ihn, zumindest teilweise, für die ganze Sache verantwortlich gemacht hatte. Auch wenn das Schlimmste noch kommen würde, hatte er jetzt das Gefühl, dass sie es gemeinsam schaffen konnten.

RICK SAß auf der Bettkante, während er Ian dabei zusah, wie er in den Anzug für das Probeessen schlüpfte. In dieser Woche hatte Ian bisher jede Nacht bei ihm geschlafen und er war nicht sicher, wie er darüber dachte. Oder doch, er war sicher: Es gefiel ihm viel zu gut. War es seinen Eltern in der ersten Zeit ähnlich ergangen? Hatten sie jede freie Minute miteinander verbracht? Würde er Ian in einem Anzug auch in ferner Zukunft noch so unfassbar heiß finden, dass er ihn am liebsten gleich wieder ausgezogen hätte?

Er war nicht begeistert davon, dass das Probeessen ihrem üblichen Kinoabend in die Quere kam. Ian hatte erklärt, dass das Essen an einem Donnerstag billiger war als an einem Freitag, was Rick allerdings nicht viel glücklicher machte. Wenn Ian nicht bei ihm war, vermisste er ihn jede einzelne Minute. Das war doch nicht normal, oder? Nahm die eifersüchtige Besessenheit seiner Mutter nun endlich auch bei ihm überhand?

Dabei belastete er Ian bereits genug. Er war so nervös, wenn er an die Folgen des Artikels dachte. Manchmal erwischte er sich dabei, wie er darüber nachdachte, ein zweites Mal von vorn zu beginnen. Es gab allerdings ein großes Problem: Ian würde er zurücklassen müssen.

Ian unterstützte ihn so sehr. Er hatte versucht, die Veröffentlichung von Ricks Geschichte zu verhindern. Er war bei ihm geblieben. Er hatte ihm wieder und wieder versichert, dass niemand die Artikel des *Errant* ernst nahm. Vor der ganzen Sache hatte Rick in Erwägung gezogen, Ian als sein Date zu Dylans Hochzeit zu begleiten und der Heimlichtuerei ein Ende zu setzen. Abgelenkt vom Hauptereignis hätte ihnen die Familie vielleicht nicht allzu viel Beachtung geschenkt. Von seinen Freunden würden nur Kurt und Davy dabei sein, die mit der Beziehung sicher gut leben konnten – auch wenn Kurt seinen Bruder wahrscheinlich damit aufziehen würde.

Da nun jedoch am Tag vor der Hochzeit der Artikel erscheinen sollte, sah er beim Gedanken daran eine Kirche mit Damen vor sich, die hinter behandschuhten Händen über ihn flüsterten und ihm unter ihren Hüten hervor so vorwurfsvolle Blicke zuwarfen, als träte er in seiner Freizeit kleine Hunde. Er hatte Visionen von Ians Mutter, die ihre Enkel aus seiner Nähe entfernte, um ihn dann mitten in der Zeremonie der Kirche zu verweisen. Und in jedem dieser Horrorszenarios war er allein. Schmerzlich allein. Selbst als Ians Date. Er würde ohne ihn dort sitzen müssen, während Ian vorn bei seinem Bruder stand. Er würde sich unter die Leute mischen müssen, während Ian Gäste begrüßte. Er würde anderen erzählen müssen, woher er das Brautpaar kannte, während Ian für Fotos posierte. Vielleicht würde er sogar beim Essen allein sitzen müssen, falls Ians Bruder sich für einen dieser großen Tische entschieden hatte, der nur für Familienmitglieder bestimmt war.

Das Flüstern und die Blicke wahrzunehmen, ohne zu wissen, ob sie mit Ians vorher unbekannter Vorliebe für Männer oder mit dem Artikel über seine verdammte Mutter zu tun hatten, war ein unerträglicher Gedanke.

Er schuldete es Ian, ihn zu begleiten. Ian hatte unglaublich viel Geduld mit ihm gehabt und als Gegenleistung lediglich darum gebeten, seiner Familie irgendwann von ihnen erzählen zu dürfen. Aus irgendeinem Grund wollte er, dass es alle wussten. Nur konnte Rick damit nicht umgehen. Noch nicht.

„Ich kann es nicht."

Ian sah von seiner Krawatte auf, der er gerade den letzten Schliff verpasste, und begegnete im Spiegel Ricks Blick.

„Was kannst du nicht?"

„Zu der Hochzeit gehen."

Ian drehte sich schockiert um. „Natürlich kannst du das. Du hast gesagt, du kommst mit."

„Ian, es ist mir einfach zu viel auf einmal. Du weißt, was ich von Familien halte. Und bei einer so großen Familie ist der Druck noch größer."

„Sie werden dich lieben. Bestimmt. Wir gehen doch nur als Freunde hin."

„Komm schon, als würde das funktionieren. Sie werden sowieso sofort vermuten, dass wir's miteinander treiben, und vielleicht sogar die Story zu meiner Vergangenheit gelesen haben."

Ohne Rücksicht auf seine elegante Kleidung zu nehmen, kniete Ian sich vor ihn auf den Boden. „Na ja, wir … treiben es ja auch miteinander, also sollte dich das nicht stören – auch wenn ich weiterhin für dich lügen werde. Und ich verspreche dir, dass wegen der Hochzeitsvorbereitungen keiner Zeit für diesen Artikel haben wird."

Als Rick zum Sprechen ansetzte, hob Ian eine Hand, um ihn zu bremsen.

„Und selbst wenn sie ihn lesen sollten, wird es sie nicht stören. Ich kenne meine Familie."

„Aber ich nicht."

Ein Hauch von Frustration machte sich in Ians Stimme bemerkbar und er ging in die Hocke. „Weil du dich weigerst, sie kennenzulernen." Er sprang auf, um im Zimmer auf und ab zu gehen. „Meine Familie ist ein großer Teil meines Lebens. Ich kann sie nicht einfach ausschließen. Das will ich auch gar nicht. Sie sind hier nicht das Problem."

„Also bin ich es?" Als wäre er ein unbeteiligter Zuschauer, sah Rick sich wieder und wieder das Falsche sagen, ohne etwas dagegen tun zu können. Angst und Erbitterung schalteten Vernunft und andere Gefühle aus.

„Nein, das wollte ich damit nicht sagen. Aber ich will …"

„Und was ich will, spielt keine Rolle?"

„Doch, natürlich, aber …"

„Nichts, aber. Du drängst mich zu allem, seit wir uns kennen. Plötzlich übernachtest du hier, lässt deine Zahnbürste bei mir und willst mich zwingen, deine Familie kennenzulernen, obwohl ich das nicht möchte. Es ist zu viel. Es geht mir zu schnell."

„Und wann wirst du es wollen?", fragte Ian ausdruckslos. „Wann wird es nicht mehr zu viel und zu schnell sein?"

„Das weiß ich nicht. Das werde ich wohl erst wissen, wenn es so weit ist. Falls es jemals so weit kommt."

„Tja, Goldlöckchen, wenn du auf den perfekten Moment wartest, um zu leben, habe ich schlechte Nachrichten für dich: Im Leben ist nie alles genau richtig."

„Wenn mir Perfektion so wichtig wäre, würde ich niemals das Haus verlassen, Schatz." Die unbekümmerte Antwort passte eigentlich nicht in ein so ernstes Gespräch, doch Ian reagierte gerade völlig übertrieben.

Ian warf ihm einen bösen Blick zu. „Nenn mich nicht so. Ich bin keins von deinen vielen kleinen Betthäschen."

Autsch. Das tat unerwartet weh.

Ian stapfte ins Badezimmer. Rick hielt es nicht für nötig, ihm zu folgen, bis er Ian in den Flur gehen hörte.

„Ian? Scha..." Er schluckte das Wort hinunter, obwohl ihm nicht klar war, warum Ian plötzlich ein Problem damit hatte. Er nannte ihn ständig so.

Als er die Haustür zufallen hörte, rannte er los. „Ian?" Er riss die Tür auf und stürzte hinaus, hörte jedoch nur noch Ians Auto, als es davonfuhr.

Er blinzelte. Normalerweise war Ian so ruhig und gefasst. Was war so toll an einer Familie, dass Ian sie ihm unbedingt aufdrängen wollte? Was hatte ihn plötzlich so emotional und wütend gemacht? Hatte es ihn wirklich dermaßen überrascht, dass Rick nicht zur Hochzeit gehen wollte? Er begriff einfach nicht, warum es Ian so wichtig war.

Wenn sie sich etwas beruhigt hatten, konnte er Ian seinen Standpunkt vielleicht etwas besser erklären. Es war gut möglich, dass er zu einer engeren Beziehung als dieser niemals fähig sein würde.

Ians plötzliches Verschwinden gefiel ihm nicht. Es beunruhigte ihn, dass Ian so wütend auf ihn war. Trotz der Horrorgeschichte um seine Eltern war er nicht um seine Sicherheit besorgt, hatte sich allerdings so sehr an Ians ruhige, verständnisvolle Gesellschaft gewöhnt, dass diese abrupte Veränderung ein Gefühl der Kälte in ihm hinterlassen hatte.

Zu kochen und sich dann einen Film anzusehen oder ein Buch zu lesen, was er eigentlich für den Abend ohne Ian geplant hatte, reizte ihn nicht mehr.

Nachdem er Ians abgelegte Kleidung zusammengefaltet und auf dem Stuhl platziert hatte, den er mittlerweile als Ians betrachtete, überlegte er, was er jetzt tun sollte. Ob Jon wohl Zeit und Lust für einen Abend mit ihm hatte? Zu Hause bleiben konnte er jedenfalls nicht. Zur Not würde er einfach tanzen gehen, um die Zeit zu überbrücken, bis Ian zurückkam. Rick machte sich auf den Weg ins Badezimmer, um sich zu kämmen und seine Zähne zu putzen.

Der Anblick seiner einsamen Zahnbürste traf ihn hart. Die Kälte in seinem Innern breitete sich immer weiter aus, bis sie ihn vollkommen einhüllte.

Ian würde nicht zurückkommen. Mit dieser Erkenntnis sank er auf dem Badezimmerboden zusammen. Abgesehen vom mühsamen, ungleichmäßigen Klopfen seines Herzens spürte er nur die Tränen, die wie heiße Lava über seine Wangen rannen.

9

GLÜCKLICHERWEISE HATTE sich Dylan ihren ältesten Bruder Mike als Trauzeugen ausgesucht. Es stellte sich nämlich heraus, dass er sich beim Probedurchlauf als Einziger konzentrierte. Sowohl Ian als auch Kurt mussten mehrmals ermahnt werden, zu diesem Punkt zu gehen oder an jener Stelle stehen zu bleiben und besser aufzupassen. Ian war so mit seinem eigenen Elend beschäftigt, dass er Kurt nicht nach dem Grund für dessen mangelnde Aufmerksamkeit fragte. Er war erleichtert, dass Kurt es ebenfalls nicht tat, denn er wollte seinen kleinen Bruder nicht belügen – nicht schon wieder –, konnte im Augenblick allerdings nicht über Rick reden. Schon allein der Gedanke an ihn machte ihn rasend vor Wut.

Obwohl seine Mutter ihm für immer böse gewesen wäre, wenn er am Abend vor Dylans Hochzeit Streit mit einem seiner Brüder angefangen hätte, war er so erschüttert, verletzt und verärgert, dass er fürchtete, seine Aggressionen schon beim geringsten Anlass nicht mehr unterdrücken zu können.

Er konnte immer noch nicht glauben, dass Rick einfach einen Rückzieher gemacht hatte. Absolut nicht. Natürlich war er über seine Geschichte im *Errant* besorgt, das verstand Ian. Aber dass er ihm so wenig vertraute ... Irgendwie brachte er den Teil in der Kirche hinter sich, ohne sich auch nur an das kleinste Detail zu erinnern, und versammelte sich mit den anderen im Restaurant, in dem das Probeessen stattfinden sollte.

Sein Vater stand auf und klatschte in die Hände. „Hört alle zu, Deirdre hat euch etwas zu sagen." Er holte drei große Rahmen hinter seinem Stuhl hervor und platzierte sie auf dem Tisch. Von seinem Platz aus konnte Ian nur erkennen, dass sich darin Fotos befanden.

Seine Mutter erhob sich. „Ich bin mit einer fantastischen Familie gesegnet worden. Meine Kinder haben einander immer geliebt und sich gut verstanden ... letztendlich."

Die versammelten Familienmitglieder beider Seiten lachten, wie es sich gehörte.

„Aber meine drei Jüngsten, Dylan, Ian und Kurt, waren immer besonders gut befreundet. Dylan wird als Erster von ihnen heiraten, und als ich mit Sean über ein kleines Geschenk für ihn nachgedacht habe, wie es bei uns üblich ist, fiel uns sofort etwas ein. Da einige von euch es vielleicht nicht wissen ..." Seine Mutter nickte lächelnd Stephanies Eltern und ihren zwei Schwestern zu.

„Seit wir nach Toronto gekommen sind, haben wir in einem Bauernhaus am Stadtrand gewohnt. Dort haben wir all unsere Kinder großgezogen und im Garten steht eine Holzbank, die Sean aus einem riesigen umgestürzten Baum

475

gebaut hat. Meistens haben die drei Racker sie ignoriert und sind höchstens schreiend um sie herumgerannt oder darübergesprungen. Außer wenn einer von ihnen unglücklich war."

Ian war sich plötzlich der neugierigen Blicke anderer Gäste bewusst. Ein Seitenblick auf Kurt und Dylan zeigte ihm, dass sie genauso wenig wussten wie er, worauf seine Mutter hinauswollte.

„Wenn einer von ihnen unglücklich war, nahmen ihn die anderen beiden mit zur Bank, setzten ihn zwischen sich und redeten darüber. Ich wusste nicht immer den Grund für diese Gespräche, aber ich wusste, dass meine Jungs danach glücklich und zufrieden zurückkommen würden. Und Sean wusste das ebenfalls, weshalb er die Bank immer instand gehalten hat. So kamen wir auf das perfekte Geschenk, eine Erinnerung an die Familie. Allerdings ist uns dabei auch klar geworden, dass die anderen zwei ebenfalls eine Erinnerung daran gebrauchen könnten und deshalb gibt es für jeden von ihnen eins."

Seine Mutter hob einen der Rahmen hoch und drehte ihn um.

Darin befanden sich drei Fotos, die sie von hinten zeigten, wie sie auf der Bank saßen. Auf dem oberen mussten sie ungefähr acht Jahre alt sein. Kurt mit seinem roten Haar saß in der Mitte. Auf dem zweiten Foto waren sie Teenager und Dylans strohblonder Kopf leuchtete zwischen ihren. Das letzte Foto … Es musste an dem Abend aufgenommen worden sein, an dem Ian sich geoutet hatte. Sein dunkler, beinahe schwarzer Haarschopf in der Mitte war unverkennbar. Ihm wurde klar, wie oft er und seine Brüder einander durch schwere Zeiten geholfen hatten.

Ian schniefte leise. Hätte Rick doch dieses Gefühl erfahren können. Dann hätte er vielleicht eher Verständnis dafür gehabt, warum Ians Familie einen wesentlichen Teil seines Lebens darstellte. Nur war es dafür jetzt zu spät. Jetzt hatte Ian es beendet.

Nach einigen weiteren kleinen Ansprachen wurde das Essen serviert. Unter Druck hätte Ian sich vielleicht daran erinnern können, dass es sich um irgendeine Art von Fleisch mit Gemüse handelte, doch für ihn schmeckte es an diesem Abend nur wie Pappe.

NACHDEM DAS Essen vorbei war, verteilten sich die Gäste in kleinen Grüppchen im Raum. Dylan verließ die Seite seiner Zukünftigen, um Kurt und Ian zur Rede zu stellen.

Erst musterte er Kurt. „Dir geht's gut", beschloss er. „Ich weiß nicht, warum du so abgelenkt bist, aber es ist wahrscheinlich irgendeine komische Sex-Sache." Er warf Kurt einen übertrieben angewiderten Blick zu, der ihn zum Lachen brachte.

„Davy hat ziemlich viel Talent für Sex-Sachen."

Dylan presste eine Hand an seine Brust, als wäre er tödlich verwundet worden. „Verdammt, erzähl mir das doch nicht. Über das Sexleben meiner Brüder will ich absolut nichts wissen. Jedenfalls bist du abgelenkt, aber nicht unglücklich.

Es geht hier um meine Hochzeit. In genau sechsundfünfzig Stunden geht meine Hochzeitsreise los und bis dahin gehörst du mir. Also reiß dich zusammen und heb dir deine schmutzigen Fantasien für später auf, kapiert?"

Kurt lachte erneut. „Verstanden."

„Und du." Dylan zeigte auf Ian. „Dich würde ich jetzt am liebsten auf die Holzbank im Garten unserer Eltern setzen, um herauszufinden, welches tollwütige Eichhörnchen dir über die Leber gelaufen ist."

Kurt drehte sich hastig zu Ian um und starrte ihn an. „Scheiße, du hast recht. Verdammt, Ian. Was ist los?"

„Ich will nicht darüber reden."

Auf der Holzbank zwischen seinen Brüdern wäre es ihm möglicherweise leichter gefallen.

„Mom hat etwas von einem Begleiter erzählt, den du mitbringen wolltest. Hat es damit zu tun?"

„Kurt, hör endlich auf. Ich möchte wirklich nicht darüber reden." Denn jetzt hatte er keinen Begleiter und fühlte sich furchtbar. Aber Dylan hatte recht: Es war *sein* Wochenende. Ians persönliche Probleme gehörten nicht hierher. Nur hatte er sich gerade von dem Mann getrennt, der … für ihn hatte werden sollen, was Davy für Kurt war. Er konnte einfach nicht damit umgehen, es seiner Familie zu verheimlichen. Er hatte bereits zu lange ein Leben im Verborgenen geführt und wollte nicht wieder damit anfangen.

Ihr Gespräch wurde von ihrer Mutter unterbrochen, die fragte: „Ian, Schatz, bringst du jetzt deinen süßen Jungen zur Hochzeit mit?"

„Nein, Mom. Ich habe keinen ‚süßen Jungen'." Wann gab sie endlich auf? Das war doch grausam.

„Wenn du meinst, Schatz." Sie tätschelte ihm die Wange.

Gott. Er konnte das nicht länger ertragen. Bei der Hochzeit würde er ebenfalls allen erklären müssen, warum er allein gekommen war. Und vorher fand noch der Junggesellenabschied seines Bruders statt, dem er ebenfalls beiwohnen musste. Ganz allein. Er war der Einzige in der Familie, der niemanden hatte. Selbst seinen heimlichen Freund hatte er verloren.

„Ich bin gleich wieder da." Mit diesen Worten verschwand er in Richtung der Toiletten, um für eine Weile den vielen Menschen und seiner liebenden Familie zu entkommen. Dann holte er sein Handy heraus, um Leon anzurufen.

„Hi. Ich weiß, dass es kurzfristig ist, aber hast du Samstag zufällig Zeit? Der Freund, der mich zur Hochzeit meines Bruders begleiten wollte, musste absagen. Hast du vielleicht Lust, einem einsamen Mann im Smoking Gesellschaft zu leisten?"

„Sogar sehr gerne. Aber ... *ich* muss keinen Smoking tragen, oder?"

Ian musste unfreiwillig lachen. „Nein, natürlich nicht." Dann fielen ihm Leons übliche Arbeitskleidung und seine Vermutung zu seinen finanziellen Schwierigkeiten ein. „Hast du einen Anzug?"

Das Schweigen sprach Bände. „Kein Problem, ich kann dir einen leihen."

Nachdem er aufgelegt hatte, holte er tief Luft und kehrte ins Restaurant zurück. Irgendwie würde er den Abend überstehen.

ODER AUCH nicht. Im Laufe des Abends hatten ihn alle seine Geschwister und ihre Partner gefragt, wen er zur Hochzeit mitbringen würde. Und er brachte es einfach nicht fertig, „Leon" zu sagen, nachdem er in einem Augenblick der Dummheit den Mann aufgegeben hatte, in den er verliebt war.

Vielleicht war jetzt der richtige Zeitpunkt, um einer anderen Sache ebenfalls ein Ende zu setzen. Er verließ das Gebäude, damit niemand mithörte, holte sein Handy aus der Tasche und suchte in seiner Kontaktliste nach Hectors Namen. Nicht jeder besaß die Privatnummer des Chefs und Ian hatte sie bisher nie benutzt. Doch jetzt konnte er nur daran denken, dass er ohne diese beschissene Story noch mit Rick zusammen wäre. Rick hatte vorgehabt, ihn zu der Hochzeit zu begleiten, und hätte es ohne die ganze Aufregung sicher nicht zurückgenommen. Dort wäre ihm klar geworden, dass Ians Familie ihn mochte und er hätte zugestimmt, ihre Beziehung öffentlich zu machen. Sie hätten so glücklich werden können.

Ian tippte kräftig auf das Display und wartete, bis er verbunden wurde.

„Ian? Was kann ich für Sie tun?"

Die ruhige, entspannte Stimme seines Chefs, der im Gegensatz zu ihm ganz offensichtlich nicht damit zu kämpfen hatte, dass sein Leben um ihn herum zusammenbrach, verärgerte Ian nur noch mehr.

„Ich kündige."

„Wie bitte? Ian, haben Sie getrunken? Sie sind mein bester Mann für die Werbeeinnahmen. Tun Sie nichts Überstürztes. Reden wir doch morgen früh in Ruhe darüber – ich nehme mir Zeit für Sie."

„Ich bin nicht betrunken. Aber ich weigere mich, für jemanden zu arbeiten, der nicht nur das Leben eines anständigen Mannes zerstört, sondern dazu auch noch das Privatleben eines der eigenen Mitarbeiter benutzt."

„Wovon reden Sie überhaupt?"

Auch wenn es ihn freute, einen Hauch von Panik in der Stimme seines Chefs zu hören, machte er sich keine Illusionen. Selbst bei einem persönlichen Gespräch würde er Ians Forderungen nicht zustimmen, denn in Bezug auf den *Errant* hatte er seine eisernen Prinzipien. Also beschloss Ian, es hier und jetzt zu beenden.

„Vom Sandor-Svenson-Artikel. Wenn der veröffentlicht wird, bin ich weg." So hatte er an einem Tag seine Beziehung und seine Karriere ruiniert. Rekordverdächtig.

„Ich habe keine Ahnung, was das für ein Artikel ist."

„Eine Freitagsverlorenen-Geschichte. Und sie wird das Leben eines guten Mannes zerstören und mich gegen meinen Willen vor der ganzen Welt outen."

Er verkniff sich die Drohung einer Klage wegen übler Nachrede – daran waren vor ihm bereits zu viele gescheitert. Trotzdem hatte er vor, Stephanie zumindest nach seinen Möglichkeiten zu fragen. Die Veröffentlichung konnte so kurzfristig sicher nicht mehr verhindert werden, aber vielleicht bestand zumindest eine Chance auf Schadenersatz.

„Wissen Sie, was ein guter Artikel gewesen wäre? Die Geschichte von Sandor, der sich trotz der widrigen Umstände ins Leben zurückkämpfte und zu einem erfolgreichen und liebenswerten Mann wurde. *Das* ist eine gute Geschichte, nicht diese schmutzige Story mit ihrem erlogenen Dreck."

Jetzt gab es kein Zurück mehr. Er wurde mit jedem Wort wütender. Warum hatte er nie darüber nachgedacht, an welch verabscheuungswürdigem Ort er arbeitete?

„Ich hole nächste Woche meine Sachen ab." Er hatte nicht vor, sich am nächsten Morgen dort sehen zu lassen, denn er hatte sich freigenommen, um bei den Hochzeitsvorbereitungen zu helfen. Nachdem er aufgelegt hatte, schaltete er das Handy aus. So konnte er Rückrufe von Hector ignorieren und sich gleichzeitig einreden, dass sich Rick nur deshalb nicht meldete.

Er hatte sich von seinem Freund getrennt und gekündigt, sein nacktes Hinterteil würde bald überall im Internet verteilt sein und er musste fröhlich tun, während ein weiteres seiner Geschwister den Bund fürs Leben schloss, und durfte nicht aufhören zu lächeln, bis Dylan endlich in seinem Flugzeug nach Hawaii saß. Er ging wieder hinein, um sich ein Bier zu besorgen.

Es war eindeutig die schlimmste Woche seines Lebens.

Jede Minute, die er einsam in seinem Haus verbrachte, schien noch länger zu dauern als die vorhergegangene. Obwohl Ian heute wegen der Hochzeit auch ohne ihren Streit nicht bei ihm gewesen wäre, war das Alleinsein schmerzhaft anders, wenn er wusste, dass Ian nicht nur kurz unterwegs war, sondern nie mehr zurückkommen würde.

Anstatt am Donnerstagabend auszugehen, hatte er die meiste Zeit zusammengekauert auf dem Badezimmerboden verbracht und später an seine Schlafzimmerdecke gestarrt, ohne einschlafen zu können. Er hatte sogar versucht Ian anzurufen, allerdings nur seine Mailbox erreicht. Rick hatte keine Nachricht hinterlassen, da er ohnehin nicht wusste, was er Ian sagen sollte.

Ihr Streit war offenbar wesentlich ernster gewesen, als er anfangs angenommen hatte und Rick hatte keine Ahnung, wie er alles wieder in Ordnung bringen konnte. Er wusste noch weniger über Beziehungen als Ian – dieser hatte wenigstens viele geliebte Menschen in seinem Leben. Wahrscheinlich hätte er Rick sagen können, was jetzt zu tun war, wenn er nicht der Grund für Ricks Problem gewesen wäre.

Rick konnte gerade so die Energie aufbringen, seine Termine für den Rest des Tages abzusagen. Vermutlich würden seine Patienten sich nach diesem verdammten Artikel sowieso in Scharen abmelden.

Er hatte sich geweigert, seinen Computer einzuschalten und sich die Seite des *Errant* anzusehen, und es stattdessen bevorzugt, antriebslos herumzuliegen wie ein toter Fisch. Niemand hatte ihn angerufen. Auch Ian nicht.

Heute war Samstag. Irgendwo zog sich Ian gerade seinen Smoking an und bereitete sich auf ein großes, fröhliches Familienereignis vor. Er würde trinken, tanzen … vielleicht sogar jemanden kennenlernen. Es tat ihm in der Seele weh, sich vorzustellen, wie ein Fremder Ians Anblick genoss. Ihm wurde übel, wenn er daran dachte, wie Ian einem anderen Mann ebenfalls bewundernde Blicke zuwarf.

Ihm blieb nur noch eine Möglichkeit.

IM LETTIE'S suchte Rick sich bewusst einen Tisch aus, der weit entfernt von dem stand, an dem er mit Ian gesessen hatte. Es erwies sich als nicht besonders schwer, da es für die Leute, die vor dem Tanzen oder vor dem Theater hier aßen, noch etwas zu früh war.

Jon ließ ihn nicht lange warten und nahm hastig auf der Bank gegenüber von ihm Platz.

„Rick, Süßer, das haben wir schon ewig nicht mehr gemacht. Leider hatte ich so viel mit dem Club zu tun und du scheinst ja auch ziemlich beschäftigt gewesen zu sein."

Er biss die Zähne so fest zusammen, dass sein Kiefer schmerzte. Er war nicht auf die Art beschäftigt gewesen, die Jon wahrscheinlich vermutete. „Tja, man könnte sagen, dass ich mich genau deshalb mit dir treffen wollte. Können wir bestellen, bevor ich es dir erkläre?"

Appetit hatte er absolut nicht, aber ein Glas Wein konnte er jetzt gut gebrauchen. Am liebsten hätte er eine Margarita bestellt, wollte seinen Magen jedoch nicht noch weiter reizen. Also bestellte er eine Flasche Wein, um sie mit Jon zu teilen, der so ziemlich alles trank.

Da das Restaurant bereits auf den Ansturm des frühen Abends vorbereitet und daher gut mit Personal ausgestattet war, wurden sie in Rekordzeit bedient.

Obwohl das Essen auf seinem Teller köstlich roch, konnte Rick sich wie erwartet nicht zum Essen überwinden und schob ihn von sich. Da seine Kehle wie zugeschnürt war, hätte er wahrscheinlich sowieso nichts anderes schlucken können als seinen Wein. Also trank er von dem süßlichen Chardonnay und überlegte, wo er anfangen sollte.

Jon nahm einen Bissen von seinem Gericht, bevor er Rick über den Tisch hinweg musterte. „Sagst du mir endlich, was los ist? Du siehst ziemlich fertig aus."

„Danke, Schatz. Jetzt fühle ich mich schon viel besser." Rick hielt inne. Sarkasmus war kein guter Anfang für diese Unterhaltung. „Tut mir leid. Das hätte ich nicht sagen sollen."

Jon betrachtete ihn misstrauisch. „Warum nicht? Das war doch typisch für dich. Aber jetzt mache ich mir wirklich Sorgen."

Rick atmete tief ein und langsam wieder aus. Er konnte es nicht länger aufschieben. Wäre Jon nicht so sehr mit seinem neuen Projekt beschäftigt gewesen, hätte er die Sache zwischen ihm und Ian wahrscheinlich schon lange herausgefunden.

„Ich war mit Ian zusammen."

„Ian? Welchem … warte. Ian O'Donnell? Kurts Bruder, mit dem du zweimal geschlafen hast? Wie kam es dazu?"

„Er wollte, dass wir Freunde werden. Also haben wir immer öfter Zeit miteinander verbracht."

„Und trotzdem hast du ihn nie erwähnt? Und ihr habt nie was mit anderen Freunden unternommen? Das klingt nicht wie eine Freundschaft, sondern wie eine Affäre. Warum sollte er eine Freundschaft verheimlichen wollen?"

Rick fuhr sich mit den Fingern durch die Haare. „Das wollte er nicht. Ich wollte es."

„Warum? Ich weiß, dass du nie eine Beziehung hattest oder haben wolltest, aber wenn es mit Ian dazu gekommen ist, warum musste es dann ein Geheimnis bleiben?"

Rick presste sich eine Faust gegen den Bauch und erzählte Jon die ganze Geschichte. Jede kleinste Einzelheit, die er bisher nur einer einzigen Person erzählt hatte – Ian.

Als er es hinter sich gebracht hatte, war ihr Essen kalt geworden und vom Wein waren nur einige Tropfen am Boden ihrer Gläser zurückgeblieben.

„Großer Gott, Rick. Warum hast du mir das nie gesagt?"

Rick biss sich auf die Lippe und zuckte mit den Schultern. Obwohl es beim zweiten Mal leichter gewesen war, seine Geschichte zu erzählen, war er durch die Kombination mit seinem Streit mit Ian den Tränen nah.

„Okay, na gut: Es war eine ziemlich große Sache. Wahrscheinlich hattest du Angst, ich könnte dich deswegen hassen oder unsere Freundschaft beenden. Das verstehe ich. Aber du glaubst mir hoffentlich, wenn ich dir jetzt sage, dass es absolut nichts ändert. Du warst mein erster Freund, nachdem meine Eltern mich auf die Straße gesetzt haben. Du warst mein erster Mitbewohner. Du warst immer für mich da und ich werde immer für *dich* da sein. Immer. Verstanden?"

Mit einem letzten Schniefen verlor Rick den Kampf gegen seine Tränen.

„He, Rick, nicht. Zwischen uns ist alles in Ordnung und wir sorgen dafür, dass es das bald auch wieder zwischen dir und Ian ist."

Jon rutschte von seiner Bank, um sich neben Rick zu setzen und einen Arm um ihn zu legen. Rick verbarg sein Gesicht an Jons Hals und ließ den Tränen freien

Lauf. Zwischendurch fragte er sich kurz, ob ihn irgendjemand erkannt hatte und sein Zusammenbruch gerade seiner Geschichte im *Errant* hinzugefügt wurde. Glücklicherweise hatte er bisher keine Auswirkungen gespürt.

Als er sich ausgeweint hatte, reichte Jon ihm eine Serviette. Während er sein Gesicht abwischte und sich die Nase putzte, kehrte Jon zu seinem Platz zurück. In der Zwischenzeit hatte ihnen eine Bedienung Kaffee gebracht. Er war nicht sicher, ob Jon ihn bestellt hatte oder ob die Angestellten gehofft hatten, dass er sich beruhigen würde, sobald er etwas nüchterner war. Jedenfalls war er für das warme, dampfende Getränk sehr dankbar.

„Ich kenne dich. Dein wahres Ich – ob du dich nun Sandor oder Rick nennst." Jon sah ihn so eindringlich an, dass Rick seinem Blick trotz seiner verweinten Augen nicht ausweichen konnte. „Du hast dein ganzes Leben lang gekämpft. Wenn jemand behauptet hat, du könntest etwas nicht, hast du ihm das Gegenteil bewiesen. Wenn du einmal Angst hattest zu versagen, hast du trotzdem irgendwie die Entschlossenheit gefunden weiterzumachen. Nur aus diesem Grund hast du eine erfolgreiche Praxis und ein wunderschönes Haus. Warum versuchst du nicht, in deinem Privatleben mit derselben Entschlossenheit vorzugehen? Du willst Ian – sonst hättest du dich niemals auf ihn eingelassen. Ich weiß, dass du ihn magst, vielleicht sogar liebst – sonst hättest du dir schon den nächsten Schwanz geschnappt, ohne ihm nachzutrauern, wie du es bisher immer getan hast. Also kämpf um ihn, auch wenn du dich dabei deinen größten Ängsten stellen musst."

„In der Theorie klingt das gut, aber was soll ich tun, wenn er mich nicht mehr will?"

Jon rollte mit den Augen. „Süßer, du hast wirklich keine Ahnung von Beziehungen. Was du mir erzählt hast, deutet absolut auf einen Mann hin, der sich etwas Dauerhaftes von dir wünscht. Er hat alles getan, um es dir recht zu machen. Du hast es nur irgendwann ein bisschen zu weit getrieben und er war frustriert."

„Und wenn er mich betrügt? Und ich meiner Mutter zu ähnlich bin und ihm etwas antue?"

„Im Leben gibt es leider keine Garantien. Aber überleg doch erst mal, wie du dich bei dem Gedanken fühlst, von jetzt an nur noch mit Ian zusammen zu sein."

Rick dachte darüber nach. Es war ihm überraschend leichtgefallen, andere Männer aufzugeben. Und mit einem Mann, dem er vertrauen konnte, Neues ausprobieren zu können, war wie ein wahrgewordener Traum.

„Gut. Glücklich."

„Okay. Warum kannst du dir dann nicht vorstellen, dass er es genauso sieht?"

Gutes Argument. Er hatte kein Problem mit Treue – warum redete er sich dann ein, Ian könne eines haben?

Allerdings war Jon noch nicht fertig. „Und selbst wenn wir mal das Schlimmste annehmen. Denk darüber nach. Stell dir vor, ihr hättet seit Jahren zusammengelebt. Ihr hättet einen gemeinsamen Hund, ein gemeinsames Haus, ein gemeinsames Leben."

Der Teil klang verdammt gut. Dabei hatte er nie gewusst, dass er all das wollte.

„Und dann kommst du eines Tages nach Hause und findest heraus, dass er dich betrogen hat oder dich für einen anderen Mann verlassen will. Wie fühlst du dich dann wohl?"

Das klang eher nach einem wahrgewordenen Albtraum. Es war schmerzhaft, darüber nachzudenken, aber für Jon tat er es. „Verletzt. Traurig. Wütend."

„Und was würdest du machen?"

„Wahrscheinlich würde ich ihn rauswerfen. Aber den Hund behalten."

Jon hob ein Messer vom Tisch auf und richtete es auf Rick. „Kein heftiges Verlangen danach, ihm ein Messer in den Bauch zu rammen?"

Rick wich keuchend zurück. „Nein!"

„Siehst du? Es spricht ja nichts dagegen, mal mit jemandem zu reden, der auf so etwas spezialisiert ist und dir über deine Ängste hinweghelfen kann. Aber wenn der schlimmste Fall eintreten sollte, wirst du damit fertig. Und ich helfe dir dabei, okay?"

Rick musste lächeln. Zum ersten Mal seit Ian aus seinem Haus gestürmt war verspürte er Hoffnung. „Was mache ich dann jetzt? Und wenn du schon alles weißt, kannst du mir ja vielleicht auch sagen, warum er nicht mehr ‚Schatz' genannt werden möchte."

Jon gestikulierte geheimnisvoll wie ein Wahrsager bei einem Straßenfest. „Tja, *Schatz*. Du nennst so ziemlich jeden Schatz oder Süßer oder Großer … Für ihn bedeutet dieses Wort wahrscheinlich etwas Intimeres, das du einfach mit allen zu teilen scheinst, wodurch es für ihn aussieht, als wäre er für dich wie jeder andere. Wenn du ihn mit einem Kosenamen ansprechen willst, denk dir etwas aus, das du nur für ihn benutzt. Er muss merken, dass er für dich jemand Besonderes ist."

Bei Jons Erklärung ging Rick ein strahlend helles Licht auf. Und er wusste genau das Richtige. Es war ihm sowieso bereits mehrmals fast herausgerutscht und war ein Kosewort, das er nie zuvor für jemanden benutzt hatte. „Und wie bringe ich das zwischen uns in Ordnung, wenn er nicht auf meine Anrufe reagiert?"

„Das ist doch ganz einfach: Fahr zu ihm. Jetzt gleich."

„Jetzt? Er ist bei der Hochzeit seines Bruders!"

„Du solltest es nicht länger hinausschieben. Wahrscheinlich sind sie jetzt gerade mit dem Essen fertig. Während du fährst, finden die Ansprachen statt, und wenn du angekommen bist, sind sie schon zum Tanzen übergegangen. Dann kannst du mit ihm reden und er wird dir eher in Ruhe zuhören, weil er vor seiner Familie bestimmt kein riesiges Drama daraus machen will."

Dann waren Familien wohl doch zu etwas nütze. Was für eine Überraschung. Aber Ian hatte recht: Rick musste endlich über sein Problem mit ihnen hinwegkommen. Er konnte nicht erwarten, dass Ian sechs Geschwister und zwei liebende Eltern aufgab, weil sie seinen Freund nervös machten. Das wäre lächerlich gewesen. Rick musste seinen Beitrag leisten, um sich den Traum von einem Leben als glückliches Paar zu erfüllen.

Von seinem Platz am etwas erhöht stehenden Tisch des Brautpaares und der Trauzeugen schaute Ian auf die Tische für Eltern, Partner und Begleiter hinunter. Leon sah gut aus, auch wenn ihm Ians Anzug etwas zu groß war. Er schien sich hervorragend mit Ians Familie zu verstehen, was Ian freute, da ihm kaum Zeit für mehr als ein paar kurze Begrüßungsworte und ein schnelles Bekanntmachen geblieben war, bevor er Leon seinen Anzug übergeben und ihn allein gelassen hatte. Glücklicherweise war Ians Familie von Natur aus freundlich und hätte einen Gast niemals einfach ignoriert. Doch obwohl eigentlich alles perfekt lief, konnte er einen Anflug von Verbitterung nicht unterdrücken. *Rick* hätte jetzt dort sitzen und seine Familie kennenlernen sollen. Hätte er sich nur nicht so in die Sache mit diesem dämlichen Artikel hineingesteigert …

Wenigstens waren die Fotos von ihm und seinem Exfreund beim Sex nicht vor der Hochzeit seines Bruders erschienen. Damit würde er erst in der folgenden Woche auf einer der beliebtesten Klatschseiten Kanadas zur allgemeinen Unterhaltung beitragen.

Jemand wie Leon hätte vielleicht sogar Spaß daran gehabt – jüngere Männer schienen oft weniger Wert auf Privatsphäre zu legen. Der Unterschied hatte wahrscheinlich nicht nur mit der Tatsache zu tun, dass Ian seine Orientierung so lange verheimlicht hatte, sondern auch damit, dass es sich um eine andere Generation handelte. Er war ohne das Internet aufgewachsen und manchmal erschreckte es ihn, wie viel Macht es über das Leben eines Menschen haben konnte.

Dagegen schienen jüngere Leute sich kaum Gedanken darum zu machen, was sie online posteten und wer es las oder wie es sich auf die Berufschancen oder sogar die geistige Gesundheit anderer Menschen auswirkte, deren Bilder dort ohne ihre Zustimmung veröffentlicht wurden. Und bis er selbst davon betroffen gewesen war, hatte Ian sich nie Gedanken darüber gemacht, wie eng sein eigener Beruf mit dieser Einstellung verknüpft war. Wie viele andere Leben waren durch die reißerischen Geschichten des *Errant* ins Chaos gestürzt worden? Beim Gedanken daran wurde ihm übel – vor allem, weil er bisher so wenig Rücksicht darauf genommen hatte.

Am meisten fürchtete er sich allerdings davor, die Nacktfotos seinen Eltern zu erklären. Ja, das hier war eindeutig die schlimmste Woche seines Lebens. Er warf einen Seitenblick auf seinen Bruder, der Davy kichernd zuwinkte wie ein frisch verliebter Teenager. Mistkerl.

Dennoch erinnerte ihn der Blick auf Kurt daran, dass es sich bei dieser Woche, so furchtbar sie sich auch auf sein Privatleben auswirkte, eben doch nicht um die schlimmste seines Lebens handelte. Denn das war die gewesen, in der man Kurt angeschossen hatte und niemand sicher gewesen war, ob er es überstehen würde. Den zweiten Platz nahm diese Woche allerdings problemlos ein.

Als der Kellner kam, um die leeren Teller mitzunehmen, warf er Ian einen verwunderten Blick zu: Ians Teller war noch fast voll. Seit dem Streit mit Rick hielt sich sein Appetit stark in Grenzen.

Als die Reden begannen, lehnte er sich auf seinem Stuhl zurück und gab vor zuzuhören, klatschte und lachte, wenn es die anderen taten. Dass er selbst keine Rede halten musste, war an diesem Tag ein kleiner Lichtblick.

Die klassisch römisch-katholische Trauung hatte ewig gedauert. Genau wie die Fahrt von der Kirche hierher, da ein Unfall einen Stau verursacht hatte. Die Fotos hatten sich lange hingezogen und das Essen hatte kein Ende genommen. Dabei wollte er sich einfach nur in seinem kalten, leeren Bett verkriechen, bis er die Energie aufbringen konnte, sich nach einer neuen Stelle umzusehen.

Er sah zu, wie das Brautpaar den obligatorischen Tanz hinter sich brachte, und rechnete damit, dass der DJ anschließend etwas Lebhafteres spielen würde, um die von einem Elf-Gänge-Menü gut gesättigten Gäste auf die Tanzfläche zu locken. Na gut, es waren lediglich vier Gänge gewesen, die sich bei Ians Appetit allerdings wie elf angefühlt hatten. Jedenfalls überraschte ihn der DJ, indem er erneut ein langsames Lied auflegte, woraufhin seine Mutter gleich auf ihn zusteuerte. Ian stöhnte innerlich.

„Komm her, mein Junge. Du bist mir heute lange genug aus dem Weg gegangen."

Warum konnte sie ihre Aufmerksamkeit nicht wie eine typische Mutter auf den Sohn beschränken, der der Bräutigam war?

„Hi, Mom." Ian führte sie auf die Tanzfläche. „Es war wirklich eine schöne Trauung. Hat Stephanie nicht toll ausgesehen?"

„Du glaubst doch nicht wirklich, dass du mich so leicht ablenken kannst? Dieser Junge, Leon – er scheint nett zu sein, aber er ist keine schüchterne blonde Schönheit und heißt nicht Rick. Ist das der Grund, aus dem du ein Gesicht machst, als hätte dir einer deiner Brüder einen Tritt an eine empfindliche Stelle verpasst? Dieser kleine Leon freut sich nämlich wie ein Schneekönig, weil du ihn eingeladen hast, aber du bist nicht ein einziges Mal in seine Nähe gegangen."

Plötzlich fiel ihm das Schlucken schwer und seine Augen brannten. Und der einzige Moment des Tages, an dem er Freudentränen hätte vortäuschen können, war leider bereits vorbei.

„Ich bin nun mal mit Leon hier und nicht mit Rick." Rick würde ihn nie wieder begleiten. „Rick ist nur ein Freund von Kurt und Davy. Mehr nicht." An den Gedanken würde er sich gewöhnen müssen.

„Mach mir nichts vor – darüber haben wir schon bei Erins Party geredet: Ich weiß noch genau, wie du ihn angesehen hast. Das war der Blick eines O'Donnell-Mannes, der seine große Liebe gefunden hat."

„Aber zu dem Zeitpunkt war mir das doch noch gar nicht klar."

Als seine Mutter grinste, wurde er rot. Verdammt, jetzt hatte er es versehentlich zugegeben. Warum musste seine Mutter so ein Gespür für Romantik haben?

„Ach, Liebling. Dein Kopf wusste es vielleicht noch nicht, aber dein Herz und dein bestes Stück ganz bestimmt."

„Mutter!" Und musste sie bei der Hochzeit seines Bruders wirklich so direkt sein?

„Du hättest Rick mitbringen sollen, sonst wird er sich nie an uns gewöhnen. Alle anderen Freunde und Freundinnen haben es auch überstanden."

„Wir haben uns getrennt. Glaube ich."

Zumindest hatte es sich ziemlich endgültig angefühlt, als er aus Ricks Haus gestürmt war, obwohl er das überhaupt nicht beabsichtigt hatte. Vielleicht hatte Rick recht: Vielleicht nahm er wirklich zu wenig Rücksicht auf das, was Rick wollte und brauchte.

„Dann musst du das in Ordnung bringen."

„Aber wie? Wenn er wirklich mit mir zusammen sein wollte, würde *er* dann nicht den ersten Schritt machen?"

Seine Mutter schüttelte traurig den Kopf. „Schatz, ich konnte auf den ersten Blick sehen, dass dieser Mann sich wie ein misshandelter Hund verhält. Eigentlich möchte er unbedingt jemanden glücklich machen, aber er hat Angst und weiß nicht, wie man so etwas überhaupt macht."

„Aber das weiß ich auch nicht. Ich hatte nie eine Beziehung."

„Wirklich nicht? Und was ist mit deiner Beziehung zu deinen Brüdern, Schwestern und Eltern? Du weißt, wie man Probleme und Auseinandersetzungen mit seinen Liebsten überwindet. Er nicht. Also musst *du* es in Ordnung bringen."

Ian fragte sich, ob Kurt oder Davy ihr etwas über Ricks Ängste erzählt hatten. Woher wusste sie sonst so genau Bescheid? Oder war es wieder ihr berühmter sechster Sinn, der zumindest in Bezug auf ihre Kinder so gut funktionierte?

„Das werde ich, Mom."

„Außerdem wirst du dich dafür entschuldigen, dass du Leon eingeladen hast."

„Werde ich das?"

„Allerdings. Du weißt genau, dass jetzt eigentlich Rick dort sitzen sollte. Du hättest Leon nicht als Ersatz benutzen dürfen."

Sie hatte recht. Deshalb hatte er Leon auch den ganzen Abend gemieden. Wenn er einen Mann zu so einer Feier mitbrachte, zog seine Familie daraus bestimmte Schlüsse. Und in Leons Fall handelte es sich um vollkommen falsche. Er hätte allein kommen sollen.

Als das Lied endete, tätschelte sie ihm kurz die Wange, bevor sie sich zurück in die Menge stürzte. Während die Gäste bei einem endlich etwas schnelleren Lied auf die Tanzfläche strömten, machte Ian sich auf die Suche nach Leon.

GERADE ALS die Musik wieder etwas ruhiger wurde, fand er Leon am Rand der Tanzfläche.

„Da bist du ja. Ich habe dich gesucht." Leon lächelte ihm mit leuchtenden Augen zu.

„Leon." Was sollte er sagen? Dass er ihn jetzt nach Hause bringen musste, weil er nicht Rick war? Leon war nun einmal hier und es war schließlich kein Date. Sie waren Freunde und konnten einen netten Abend miteinander verbringen. Selbst wenn er die Erlaubnis seiner Mutter hatte – und ganz sicher war er da nicht –, hätte Dylan ihn umgebracht, wenn er so früh gegangen wäre. Mit Kurts Hilfe.

Er hatte Kurt vor zehn Minuten mit Davy durch den Wintergarten nach draußen verschwinden sehen. Es war nicht schwer zu erraten, was sie im vor Blicken geschützten Garten vorhatten. Fieslinge.

„Willst du tanzen?" Leon legte die Arme um Ians Nacken und schaute zu ihm hoch. Die Berührung ließ ihn für einen Augenblick erstarren. Dann legten sich plötzlich Leons Lippen auf seine und ihm wurde einiges klar: Leon war an mehr interessiert als einer Freundschaft oder sogar unverbindlichem Sex. Man küsste einen Mann nicht vor seiner Familie, weil man es auf einen schnellen Blowjob auf der Toilette abgesehen hatte.

Er wich zurück. Verdammt, verdammt, verdammt. „Leon, nein, das geht nicht."

„Warum nicht?" Leon folgte ihm und versuchte erneut, ihn zu umarmen. Diesmal legte Ian ihm die Hände auf die Schultern und führte ihn zu einem leeren Tisch in der Nähe der Tür.

„Setz dich."

„Ich verstehe das alles nicht."

„Leon, Mann, es tut mir wirklich leid. Ich wusste nicht … dass du an mir interessiert bist. Ich bin in einen anderen verliebt."

Er hatte sich so sehr bemüht, es für sich zu behalten, bis er Rick für bereit hielt, es zu hören. Jetzt hatte er es einfach vor einem anderen Mann ausgeplaudert. Seine Mutter hatte recht: Rick war der Richtige für ihn und er musste alles in seiner Macht Stehende tun, um sich mit ihm zu versöhnen.

Doch während er zu diesem Entschluss gelangt war, hatte sich Leons Gesicht verfinstert und Tränen waren ihm in die Augen gestiegen. Glücklicherweise kamen in diesem Moment Kurt und Davy an den Tisch, wodurch er das Gespräch mit Leon kurz unterbrechen konnte.

„Sag mal, hast du Rick eingeladen?"

Ian war verwirrt. „Wie kommt ihr darauf?"

„Wir sind ziemlich sicher, dass wir ihn beim Reinkommen gehen sehen haben, aber er war schon zu weit weg und hatte es ziemlich eilig. Wir haben ihn nicht eingeladen und Dylan kennt ihn dazu nicht gut genug. Da ist uns außer dir niemand mehr eingefallen."

Ians Herz begann zu rasen und sein Körper wurde von Adrenalin durchflutet. Er konnte sich nur einen Grund dafür vorstellen, dass Rick ihn bei Dylans Hochzeit

487

aufsuchte. Und es gab einen riesengroßen Grund für seine eilige Flucht, bevor er überhaupt mit Ian geredet hatte.

„Leon, ich muss zu ihm. Kurt und Davy werden dich nach Hause fahren."

„Aber … ich kann alles auf diesen Fotos. Ich kann dich glücklich machen."

Nein.

Oh nein.

Das hatte Leon doch nicht wirklich gerade gesagt.

„Was für Fotos?" Kurt klang wie bei einem Verhör.

Ian wedelte mit der Hand in seine Richtung, woraufhin er erstaunlicherweise verstummte.

„Avery hat dir diese Fotos gezeigt?", fragte er, obwohl ein anderer, schlimmerer Verdacht in den Vordergrund rückte, als Leons schmales Gesicht heftig errötete.

„Ich habe sie gemacht", flüsterte er.

„Warum? Wieso solltest du so etwas tun? Und was ist mit dem Vandalismus?"

Leon rutschte auf seinem Stuhl herum, was ihn zusammen mit dem zu großen Anzug extrem jung wirken ließ. „Ich bin ihm nach Hause gefolgt, nachdem ich euch zusammen im Anaconda gesehen habe. Ich war so wütend. Trotzdem wollte ich eigentlich nichts tun, bis ich das tote Eichhörnchen gesehen habe. Danach hatte ich das Gefühl, euch überall über den Weg zu laufen – und ihn hast du ganz anders angesehen als mich. Als du mich zu der Geburtstagsparty eingeladen hast, dachte ich schon, du hättest deine Meinung geändert, aber am Ende bist du doch wieder mit ihm gegangen. Also bin ich euch gefolgt und habe die Fotos gemacht. Ich verstehe einfach nicht, was an ihm besser ist. Wir haben so viel gemeinsam, wir arbeiten zusammen und ich bin sicher, dass ich gelenkiger bin als er und …"

Er unterbrach sich mit einem lauten Schniefen und Ian musste sich sehr beherrschen, um den Jungen nicht zu packen und zu schütteln.

„Also hast du Avery die Bilder gegeben?"

„Nicht direkt."

„Du weißt schon, dass mein Bruder hier Polizist ist, oder? Und dass du etwas Illegales getan hast? Ich will Antworten, sonst lasse ich dich von ihm einsperren. Also spuck's endlich aus."

Er ignorierte die hektischen Blicke, die Kurt ihm zuwarf. Im Augenblick kümmerte es ihn nicht, dass er log und Kurt dem Jungen vielleicht überhaupt nichts anhaben konnte.

„Ich war einfach so wütend. Also habe ich Avery um Rat gefragt, wie ich dich überzeugen kann, deine Meinung über ihn zu ändern. Zusammen haben wir die Sache mit dem neuen Namen rausgefunden und alles andere war dann ganz leicht."

„Neuen Namen?" Ian ignorierte Davys Frage. Erst wollte er den Rest der Geschichte hören.

„Und Avery hat beschlossen, dass es eine gute Story wäre?" Eine Geschichte wie diese, die sich ihr so unerwartet präsentierte? Natürlich hatte Avery da nicht widerstehen können.

„Ja. Vielleicht hätte ich ihr nicht von den Fotos erzählen sollen."

Ian musste ein Augenrollen unterdrücken.

„Jetzt bin ich an der Reihe, ein paar Fragen zu stellen." Kurt benutzte die verärgerte Version seiner Polizistenstimme. Ian fand sie nicht besonders beeindruckend, ließ Kurt jedoch gewähren – vielleicht würde er Leon wirklich verhaften oder wenigstens ein bisschen einschüchtern, um ihm eine Lektion zu erteilen.

Kurt und Davy setzten sich zu ihnen an den Tisch und Ian fragte sich, wie viel Zeit sie hatten, bevor ein Familienmitglied oder Freund ihr Gespräch unterbrechen würde.

„Es gibt Fotos von dir und Rick?", fragte Kurt mit hochgezogener Augenbraue. „Dem Rick, der sich vor ein paar Minuten so eilig verdrückt hat? Hat deine schlechte Laune etwa damit zu tun?"

Ian atmete tief durch. „Hört zu, ich war mit Rick zusammen."

„Wirklich?" Davy wirkte völlig verblüfft. „Heimlich?"

„Er wollte es so." Und da Leon ohnehin so viel verraten hatte, konnte er ihnen wenigstens einen Teil der Geschichte erzählen. „Es hat schon am Tag eurer Anstreichparty angefangen."

Kurt und Davy sahen ihn mit großen Augen an.

„Er wollte es niemandem sagen. Er hat eine starke Abneigung gegen Beziehungen und Familien, besonders gegen Mütter. Und, tja, ihr kennt ja Mom – bei der Einweihungsfeier hat er sich ziemlich von ihr eingeschüchtert gefühlt." Aber er schweifte ab. „Jedenfalls waren wir endlich so weit gekommen, dass er sich auf eine Beziehung mit mir eingelassen hat und mich zur Hochzeit begleiten wollte, wenn auch nur als Freund."

„Kann ich bitte gehen?", meldete sich Leon in klagendem Tonfall zu Wort.

Kurt warf ihm einen seiner bösesten Blicke zu. „Du bleibst sitzen, bis ich alles gehört habe. Ich habe noch nicht entschieden, ob ich dich verhafte."

Leon verstummte nervös.

Kurt wandte sich wieder an Ian. „Erzähl weiter."

„Erst gab es nur kleinere Vorfälle: platte Reifen, Zeug in Ricks Briefkasten … Ich wollte, dass er es meldet, aber er hat es für harmlose Streiche gehalten. Bis er die Fotos gefunden hat. Fotos von uns beiden, und zwar verdammt freizügige. Wir haben erst gedacht, es wäre Ricks letzter Kerl gewesen. Er hat nämlich ziemlich aggressiv reagiert, als Rick die Sache mit ihm beenden wollte."

„Ihr habt Fotos bekommen, die auf einen Stalker oder Erpresser hindeuteten und du hast es nicht für nötig gehalten, mich darüber zu informieren?"

Na gut, jetzt schüchterte ihn Kurts Stimme doch ein bisschen ein.

„Rick hat sich geweigert, die Polizei einzuschalten. Wahrscheinlich wollte er die Sache mit seiner Namensänderung nicht erklären müssen."

„Ich möchte die Erklärung auf jeden Fall hören", sagte Davy überraschend energisch.

„Das kann ich dir nicht einfach erzählen, aber das meiste kannst du im *Errant* lesen. Diese Woche war Rick der Freitagsverlorene. Der zweite Teil der Geschichte folgt nächste Woche – mit den Sexfotos."

Davy schüttelte den Kopf. „Nein, da stand nichts über Rick."

„Doch. Nur unter dem Namen Sandor Svenson."

„Es gab keinen Artikel über einen Sandor Svenson."

Ian starrte Davy an. „Liest du etwa wirklich diese Seite?"

An Davys Ohrläppchen und über seinen Wangenknochen breitete sich eine niedliche Röte aus. „Ich mache mich nur gern darüber lustig. Und der Test letzte Woche hat ergeben, dass Kurt wahrscheinlich ein Werwolf ist."

Kurt warf ihm einen ungläubigen Blick zu.

Tja, Geschmäcker waren wohl verschieden. „Du musst etwas übersehen haben. Er hat mir das Layout für den Artikel gezeigt." Ian deutete auf Leon.

„Glaub mir, da stand nichts über Rick. Oder diesen Sandor." Davy holte sein Handy aus der Tasche.

Ian erinnerte sich daran, dass er seines ausgeschaltet hatte, und holte es ebenfalls heraus, um das zu ändern. Auf seiner Mailbox befanden sich mehrere Nachrichten. Rick hatte zwar keine hinterlassen, allerdings mehrmals versucht, ihn anzurufen. Hector hatte ebenfalls dreimal angerufen und ihm schließlich eine Nachricht geschickt:

Ich entschuldige mich und werde den Artikel nicht veröffentlichen. Sie sind weiterhin als Mitarbeiter willkommen, auch wenn ich Verständnis für Ihre Kündigung habe.

Ian atmete erleichtert auf. Damit hatte er nicht gerechnet. Allerdings konnte er es nicht mit seinem Gewissen vereinbaren, noch länger an solch einem Ort zu arbeiten.

„Der Artikel wurde nicht veröffentlicht."

„Aber, aber …", stotterte Leon. „Ich dachte, wenn du diesen Artikel liest, willst du ihn nicht mehr."

„Leon, mit dem Artikel hättest du seine Karriere und sein Leben zerstören können."

„Worum geht es bei diesem Artikel überhaupt?" Davy schlug mit der Faust auf die Tischplatte. Kurt wirkte nicht viel geduldiger.

„Leute, es steht mir nicht zu, euch das zu erzählen. Ich kann euch nur sagen, dass Rick ein großartiger, tapferer Mann ist. Und Leon, selbst wenn Rick mich nach der ganzen Sache nicht zurücknehmen sollte, wirst du ganz bestimmt nicht an seine Stelle treten. Ich glaube nicht, dass wir uns wiedersehen werden."

„Auch nicht bei der Arbeit?"

„Ich habe gekündigt." Ein dreifaches Keuchen war zu hören. „Und jetzt fahre ich zu Rick und versuche, das in Ordnung zu bringen."

Auch wenn Dylan ihn dafür vielleicht umbringen würde, hielt er es einfach nicht länger aus.

„Aber Ian, ich wollte das alles nicht, warte …" Leon sprang auf, doch Kurt schob ihn zurück auf seinen Stuhl.

„Nein, du bleibst hier. Wir werden uns jetzt einmal ausführlich über Privatsphäre und Stalking unterhalten. Oder möchtest du das lieber auf dem Revier machen?"

Ian warf einen letzten Blick auf Leon, der dort wie ein verängstigter Junge saß, der von seinem Vater gescholten wurde. Es war das Mindeste, was er verdient hatte – schließlich war er alt genug, um die Folgen seines Handelns zu verstehen. Trotzdem konnte Ian im Grunde froh sein, dass es sich nur um einen unvernünftigen jungen Mann gehandelt hatte und nicht um einen gefährlichen Stalker.

10

RICK BETRACHTETE aus seinem in der Auffahrt geparkten Auto heraus sein Haus. So sehr er dieses Haus auch liebte, hatte er am Vorabend einfach nicht dorthin zurückkehren können, nachdem er Ian bei einem Kuss mit diesem … diesem gutaussehenden jungen Bürschchen beobachtet hatte. So schnell hatte er sich also mit einem anderen getröstet. Leon in einem von Ians Anzügen zu sehen, hatte noch Salz in die ohnehin schmerzhafte Wunde gestreut. Da ihn in seinem Haus viel zu vieles an Ian erinnerte, war er stattdessen zu Jon gefahren, der glücklicherweise Zeit für ihn gehabt hatte.

Er konnte Ian sein Verhalten nicht vorwerfen: Rick hatte den Mann, der ihm etwas bedeutete, den Mann, den er liebte, mit seinen Ängsten vertrieben. Es war seine Schuld. Falls diese Beziehung noch irgendwie zu retten sein sollte, war dies nur möglich, wenn er den ersten Schritt machte.

Jon war bei ihm geblieben, bis er im Anaconda nach dem Rechten hatte sehen müssen, woraufhin sich Rick den Rest der Nacht schlaflos in Jons Gästebett herumgewälzt hatte. Das einzig Gute an diesem beschissenen Abend war gewesen, dass Jon recht gehabt hatte: Ian zu verlieren hatte so wehgetan und ihn zum Weinen gebracht wie nichts anderes seit dem Tod seiner Eltern, und trotzdem hatte er nicht für eine einzige Sekunde in Erwägung gezogen, ihn zu verletzen oder gar zu töten. Wenigstens darum musste er sich jetzt keine Sorgen mehr machen.

Was er jetzt brauchte, war eine Dusche, das Ladegerät für sein Handy und etwas Essbares außer Eis. Ian würde noch seine Figur ruinieren – vor allem, weil er nicht da war, um ihm die Kilos mit Sex wieder abzutrainieren. Mistkerl.

Als Rick aus dem Auto stieg und sich streckte, erinnerte ihn sein Rücken schmerzhaft an Jons verdammt weiches Gästebett. Die blasse Morgensonne erinnerte ihn an seine trübe Stimmung. Er stapfte auf seine Tür zu, fest entschlossen, den Rest des Tages in seinem eigenen Gästezimmer zu verbringen, das Ian nie betreten hatte. Wenn er sich etwas ausgeruht hatte, würde er vielleicht den Mut aufbringen, Ian aufzusuchen und diesem Leon Beine zu machen.

Er bemerkte die Gestalt auf seiner Verandabank erst, als sie sich bewegte, und wich erschrocken zurück.

„Rick?" Ian sah ihn aus müden, geröteten Augen an.

„Ian? Was machst du hier?" Hatte er etwa die ganze Nacht hier gesessen? Die Situation kam ihm unheimlich bekannt vor – wobei er sich über Ians Anwesenheit weit mehr freute als über Oscars.

„Auf dich warten."

Beide sprachen leise, als fürchteten sie, einander versehentlich zu verjagen.

„Ähm, ich habe bei Jon übernachtet. Ich war bei der Hochzeit, aber, äh …"

„Ich weiß. Ich weiß, was du gesehen hast. Und glaub mir, es war ganz anders. Ich habe versucht, dich anzurufen." Ian wedelte schwach mit seinem Handy.

„Ich habe mein Ladegerät vergessen." Er holte tief Luft. Jetzt oder nie. Er ignorierte seine Ängste, um sich zu holen, was er sich wünschte. „Willst du nicht reinkommen?"

„Gerne."

Rick ging vor in die Küche, wo sie sich am Tisch niederließen.

„Mir tut das alles so leid", begann Ian, bevor Rick etwas sagen konnte, obwohl *er* sich eigentlich hatte entschuldigen wollen.

Dann erzählte ihm Ian eine beinahe unglaubliche Geschichte über diesen harmlos aussehenden Leon.

„Ich glaube nicht, dass er dir wirklich ernsthaft schaden wollte. Er war einfach nur egoistisch. Wäre ich jung und impulsiv, hätte ich vielleicht etwas Ähnliches getan, um dich zu halten." Rick lächelte zögernd. Er war nicht sicher, ob Ian wegen einer Versöhnung hier war oder nur, um das Ganze mit Würde zu beenden.

„Wirklich?" Ian stand auf und zog ihn ebenfalls auf die Füße. „Ich war so ein Arschloch. Ich hätte nicht so einfach abhauen dürfen. Auch wenn es nur ein paar Stunden waren, habe ich dich schrecklich vermisst."

„Ich muss mich auch entschuldigen. Ich hätte unsere Beziehung nicht von meinen Ängsten ruinieren lassen sollen."

„Sie ist nicht ruiniert. Sie ist nicht vorbei. Es sei denn, du willst es." Ian schaute ihn ernst mit seinen blauen Augen an.

„Nein. Das will ich nicht."

Da legte Ian ihm die Hände an die Wangen und küsste ihn. In diesem Moment schienen Ians Lippen für sein Überleben genauso wichtig zu sein wie Sauerstoff. Der Kuss war sanft und warm. Als Ians Zunge sich gerade vorsichtig zwischen seine Lippen schob, wurden sie von einem lauten Piepen unterbrochen.

Rick löste sich ein Stück von Ian. „Was ist das?"

„Oh, ich habe mir einen Wecker gestellt, weil ich Angst hatte, da draußen einzuschlafen. Zum Abschluss der Hochzeitsfeierlichkeiten steht heute Morgen ein Familienfrühstück an." Ian verzog das Gesicht. „Ich könnte absagen."

Jetzt war der Zeitpunkt gekommen, sich zusammenzureißen. Ian brachte eben eine Familie mit, so wie Rick eine Vergangenheit mit sich herumtrug, die so viel wog wie das Gepäck einer Dame von Welt für eine Schiffsreise über den Atlantik im Jahr 1920.

„Nein, das solltest du nicht. Vielleicht habt ihr ja noch Platz für einen Gast?"

Dem strahlenden Lächeln und der stürmischen Umarmung nach zu urteilen, hatte er gerade genau das Richtige gesagt. Und die ängstlich aufgeregten Schmetterlinge in seinem Bauch waren nichts im Vergleich zu den Untiefen der Untröstlichkeit, als er gefürchtet hatte, Ian verloren zu haben.

493

„Du willst wirklich mitkommen?" Das Lächeln ließ etwas nach. „Dann müssten wir jetzt los und hätten keine Zeit für Versöhnungssex."

„Glaub ja nicht, dass wir den nicht nachholen ..." Rick holte erneut tief Luft. Zeit für den letzten Schritt. Mit „Schatz" war es jetzt vorbei. „... Liebling."

Ians Lippen bebten und er umklammerte Rick noch fester. „Ich ... ich liebe dich."

Rick war nie zuvor so glücklich und dabei den Tränen so nah gewesen. „Ich liebe dich auch."

„Verdammt. Jetzt würde ich *wirklich* gern absagen."

Rick küsste ihn halb lachend, halb schluchzend. „Kein Problem. Wir haben später noch genug Zeit, Liebling."

„Kann ich mich hier umziehen? Ich glaube, ich habe noch ein paar geeignete Sachen hier."

„Klar. Willst du mit mir duschen?"

„Ich dachte, wir wollten das Frühstück nicht absagen."

Rick verdrehte die Augen. „Na gut, dann geh du zuerst. Ich koche uns in der Zeit Kaffee."

„Oh mein Gott, Kaffee! Jetzt liebe ich dich noch viel mehr."

Rick ließ ihn lachend allein. Er fühlte sich, als wäre ihm eine Last von den Schultern genommen worden.

IAN IN Hemd und Khakihose war fast so sexy wie Ian in einem Anzug. Allerdings sah Ian wahrscheinlich in so ziemlich allem gut aus.

„Willst du bei mir mitfahren? Ich würde mich wirklich freuen."

Eine weitere Regel, die ab jetzt der Vergangenheit angehörte. Aber es war eine Erleichterung, sich nicht mehr krampfhaft an die vielen Regeln halten zu müssen. „Gerne."

Als Rick ins Auto stieg, bemerkte er einen rechteckigen Gegenstand, der in braunes Papier gehüllt war. Er war unübersehbar, da er praktisch den gesamten Rücksitz einnahm. „Was ist das?"

„Oh, Scheiße. Wir müssen wohl doch erst bei meiner Wohnung vorbeifahren und das Ding ausladen. Mom wollte, dass ich ein paar Sachen aus dem Hotel mitnehme, wo sich die Braut vorbereitet hat. Dafür muss die Rückbank frei sein."

„Ah, deshalb wolltest du mich mitnehmen – damit ich dir mit meinen muskulösen Armen beim Schleppen helfe." Rick spannte scherzhaft seinen Bizeps an und war erstaunt, als Ian ihm einen hungrigen Blick zuwarf, anstatt zu lachen. „Aber ernsthaft: Was ist das?"

Da erzählte Ian ihm die ganze rührende Geschichte von einer Familie, die niemanden im Stich ließ. Zum ersten Mal seit Jahrzehnten verspürte Rick echte Hoffnung für die Zukunft. Mit einer Familie wie den O'Donnells war ein Familienleben vielleicht möglich.

„Kann ich es mir ansehen?"

„Klar, wenn wir es hochgetragen haben. Ein paar Minuten können wir uns noch gönnen."

IN IANS Wohnung angekommen löste Rick das Papier und lehnte den Rahmen an die Wand, um sich die Bilder anzusehen. Sie waren noch rührender, als er erwartet hatte. „Das hier, bei dem du in der Mitte sitzt, kann noch nicht alt sein." Ian war nicht näher darauf eingegangen, um welche Probleme es bei den Fotos jeweils ging und Rick war nicht klar gewesen, dass sie einen Zeitraum von so vielen Jahren überbrückten.

„Das stimmt. Mom hat es an dem Tag gemacht, als ich mich geoutet habe."

Rick streichelte mit den Fingerspitzen darüber und hoffte, dass Ian nie wieder einen Grund haben würde, der Bruder in der Mitte zu sein.

„Wo willst du es aufhängen?"

Ian zuckte mit den Schultern. „Ich weiß nicht, ob sich das jetzt lohnt. Da ich gerade arbeitslos bin, kann ich die Wohnung vielleicht sowieso nicht behalten."

„Du bist arbeitslos? Wurdest du etwa wegen dieser Geschichte rausgeworfen?" Ian hatte ihm nur gesagt, dass sie am Ende nicht veröffentlicht worden war, hatte es aber nicht näher erklärt.

„Nein, ich habe gekündigt. Ich kann da einfach nicht mehr arbeiten, seit mir klar geworden ist, wie schlimm die Folgen dieser Geschichten sein können und wie sehr sie die Realität verzerren."

„Aber dann haben wir wahrscheinlich beide bald keine Arbeit mehr. Das ist nicht gut."

„Wie kommst du darauf?"

Rick zuckte mit den Schultern. „Auch wenn der Artikel nicht erschienen ist, kennen jetzt mehrere Leute meine Vergangenheit. So etwas spricht sich meistens rum. Wenn wir Pech haben, sind wir bald beide arm." Allerdings sagte er es mit einem Zwinkern, um Ian zu zeigen, dass er nur scherzte. Er war ein guter Logopäde, weshalb er sicher war, dass ihm auf Dauer genug Kunden erhalten bleiben würden.

Ian erwiderte das Zwinkern. „Dann werden wir wohl leider bei meinen Eltern einziehen müssen."

Rick boxte ihm spielerisch gegen die Schulter. „Sei nicht albern, mein Haus ist abbezahlt. Du kannst einfach bei mir wohnen."

Dann erstarrten sie beide, als ihnen klar wurde, was Rick da gerade gesagt hatte.

„Aber jetzt noch nicht, oder?" Ians Stimme zitterte ein wenig.

„Nein, jetzt noch nicht." Rick berührte den Bilderrahmen. „Das würde perfekt über meinen Kamin passen."

„Aber ich dachte, du wärst noch nicht bereit." Ians Sehnsucht danach war ihm, genau wie seine Liebe, deutlich anzusehen.

„Das bin ich auch nicht." Er schluckte. „Aber betrachte es als Versprechen, dass ich es in nicht allzu ferner Zukunft sein werde."

„Danke." Ian zog ihn an sich und gab ihm einen weiteren zärtlichen Kuss. „Ich liebe dich."

„Ich dich auch."

Ian räusperte sich. „Und im Ernst: Wir können mit Stephanie über deine rechtlichen Möglichkeiten reden, falls es wegen deiner Vergangenheit irgendwelche Probleme geben sollte. Aber eigentlich ist es eine Geschichte von Durchhaltevermögen und Tapferkeit. Avery und Leon haben nur versucht, dich in ein möglichst schlechtes Licht zu rücken. Und ich werde bestimmt bald eine neue Stelle finden – ich kann eigentlich überall arbeiten, wo es um Werbung geht. Das wird schon werden. Wenn sich die Lage dann etwas beruhigt hat, können wir übers Zusammenziehen reden."

Bei Ians vernünftiger Einstellung und der beruhigenden Wirkung, die er auf Rick hatte, vermutete Rick, dass er ziemlich bald bereit sein würde. Er hatte es satt, sich vor dem Leben zu fürchten. Er wollte es endlich leben, und zwar mit Ian.

RICK SCHAUTE sich in dem Raum um, den das Hotelrestaurant für das Frühstück nach der Hochzeit vorbereitet hatte. Ians Familie – und wohl auch die der Braut – war so groß wie ein kleines Heer.

„Hey, keine Sorge", flüsterte Ian. „Wir können immer noch sagen, dass du nur ein Freund bist."

„Nein." Rick schüttelte den Kopf. „Nein, denn wir sind mehr als das."

Er bemühte sich um ruhiges Atmen, während er seine Finger mit Ians verschränkte. Ian drückte ihm lächelnd die Hand und führte ihn in den Raum.

„Ian, Schatz, du hast es geschafft." Als Deirdre O'Donnell aufsprang, um ihren Sohn zu begrüßen, musste Rick sich zwingen, still stehen zu bleiben. „Und Rick, hallo. Wie schön, dass du mitgekommen bist. Du kannst mich Deirdre nennen. Oder Mom."

Deirdres Augen waren genauso ausdrucksvoll wie die ihres Sohnes und zeigten deutlich, dass sie sich wirklich über seine Anwesenheit freute. Trotzdem war er noch nicht so weit, sie Mom zu nennen. „Hallo, Deirdre."

Rick war erleichtert, so normal zu klingen.

Ians Mutter stellte Rick allen vor, wobei sie ihn als Ians Freund bezeichnete. Hatte Ian es ihr gesagt oder wusste sie es einfach? Jedenfalls protestierte er nicht. Kurt und Davy lächelten ihm aufmunternd zu, wirkten jedoch ebenfalls nicht überrascht.

Nachdem das Frühstück begonnen hatte, wandte Deirdre sich mit einem vorwurfsvollen Blick an ihre zwei jüngsten Söhne.

„Von jetzt an erwarte ich euch sonntags zum Essen mit der Familie. Bringt Rick und Davy mit."

„Mom, hör auf, Rick verrückt zu machen. Das ist alles neu für ihn." Ian hatte zum Essen Ricks Hand losgelassen, legte jetzt aber unter dem Tisch eine Hand auf seinen Oberschenkel.

„Ich werde mich bemühen, aber ich will endlich auch meine zwei Jüngsten unter die Haube bringen." Sie lächelte Ian und Kurt erwartungsvoll zu, woraufhin beide erröteten.

Rick stieß ein etwas atemloses, jedoch aufrichtiges Lachen aus. „Beschränken wir uns doch erst mal aufs Essen."

KC Burn schreibt schon, seit sie denken kann, und hat eine Schwäche für Happy Ends aller Art. Nach ihrem Umzug von Toronto nach Florida, damit ihr Mann seinen Traumberuf ergreifen konnte, entdeckte sie ihr Interesse für schwule Liebesromane und beschloss, sich ebenfalls einen Traum zu erfüllen und ein Buch zu veröffentlichen. Seitdem arbeitet sie tagsüber als Online-Redakteurin und vernachlässigt abends ihren verständnisvollen Mann und ihre anhängliche Katze, um über Männer zu schreiben, die Männer lieben, sei es in der Vergangenheit, Gegenwart oder Zukunft. Ihre Männer machen das Schreiben zu einem noch viel größeren Vergnügen und sie hofft, dass ihr genauso viel Freude an ihnen habt wie sie.

Besucht KC auf ihrer Website: http://kcburn.com/
auf Twitter: https://twitter.com/authorkcburn
oder bei Facebook: https://www.facebook.com/kcburn

Von KC BURN

TORONTO TALES
Küss Mich, Bulle
Vertrau mir, Bulle
Ausgestoßen
Toronto Tales: Die komplette Serie

Published by DREAMSPINNER PRESS
www.dreamspinnerpress.com

* 9 7 8 1 6 4 4 0 5 9 5 1 7 *